아내좀
나눠줘

2014년 10월 27일 초판 1쇄

글 김태현 · 김현숙 · 김영호

펴낸곳 책밭

펴낸이 유광종

책임편집 손시한

디자인 하동현 최정아

일러스트 최민경

출판등록 2011년 5월 17일 제300-2011-91호

주소 서울 중구 필동 1가 39-1 국제빌딩 607호

전화 02-2275-5326

팩스 02-2275-5327

이메일 go5326@naver.com

홈페이지 www.npplus.co.kr

ISBN 979-11-85720-05-0 03810

정가 16,500원

1948년

2014년 10월 11일 오후 4시,
65년을 함께 한 89세의 남편 이탈비노Italvino와
80세의 아내 디바Diva Poss는 마지막 인사를 나누었다.

"여보... 데이트 잘 했어."
"저도요."
"먼저 가서 준비해 놓을 테니까, 천천히 와."
"그러세요."
"손 줘봐. 엉뚱한 데로 가면 안 되니까..."
"응."

남편은 아내의 손을 꼭 쥔 채 조용히 눈을 감았다.
그리고 불과 40여 분 후,
아내 역시 남편을 찾아 떠났다.

프롤로그

"잠시 '애정'의 가슴에 손을 얹고 나의 짝이 될 남성을 떠올립니다. 그는 믿음직한 성품에 안정적인 분위기의 소유자였으면 합니다. 나이도 나보다 조금 더 많아서 배울 것도 있어야 하고, 체격이 좋으면 더 좋겠지요. 특히 키요. 난 키 큰 남자가 좋거든요. 참, 경제적인 능력과 사회적인 지위가 있다면 더 바랄 게 없겠죠. 날 정말로 사랑하기만 한다면 꼭 필요한 건 아닐 수도 있겠지만. 그렇죠?"

"잠시 '정욕'의 감각에 손을 얹고 나의 짝이 될 여성을 떠올린다. 신뢰감? 안정적인 분위기? 그런 거 다 필요 없고, 일단은 예뻐야지. 혼전 순결 같은 것도 신경 안 써. 요즘 세상에 그런 거 입에 담다가는 밴댕이 소갈딱지 소리 듣기 딱이니까. 그렇지만 일단 나랑 사귀면 성적으로는 충실해야지. 거럼. 나이는 어릴수록 좋고, 또⋯ 그렇지, 볼륨! 그건 좀 있어 줘야 돼. 34:24:34까지는 아니더라도 가녀린 엉덩이와 육중한 허리, 뭐 이러면 좀⋯ 그렇지 않아?"

갓 어른이 된 남녀는 애정의 가슴과 정욕의 감각에, 있는 전략 없는 전략 총동원해 가며 선택과 유혹의 보이지 않는 난장性戰, sexual campaign으로 들어선다. 그런 그들에게 '순진함의 절정'이라는 말보다 더 어울리는 표현은 없을 듯하다.

사랑에 관한 한, 살아가는 동안 언젠가는 반드시 마주서야 하는 질문이 있다.

「사랑의 이유는 뭘까? 사랑이라는 걸 도대체 왜 하는 거냐구. 결혼은 또 뭣 때문에 하고?」

사랑하니까 결혼한다는 말, 결혼이야말로 사랑의 진정한 목적지라는 말은 정말이지 더는 하지 말아야 한다. 마치 순진한 남녀가 뭘 정확히 알고 사랑도 하고 결혼도 한다는 소리로 들리니까. 인정하기 어렵겠지만, 사랑도 결혼도 순진함의 절정들이 내린 결정에 의한 행위가 아니다. 당연히 '지고지순한 그 무엇'의 추동에 의한 것도 아니고 말이다.

결혼을 하는 갖가지 이유는 결혼이라는 행위를 대하는 우리의 내면에 담겨 있으며, 그 이유들은 최종적으로 생존과 번식이라는 두 가지 이유로 수렴된다. 인간을 이해하기 위해 인간의 시초라 여겨지는 오스트랄로피테쿠스나 루시로부터 출발하는 문화인류학과 역사학, 철학의 진영은 이런 규정에 발끈하며 이렇게 투덜거린다.

"뭐? 인간이 결혼하는 이유가 고작 생존과 번식 때문이라고? 무슨 이따위 인간 폄하적인 말이 있어. 당신, 사랑이 뭔 줄이나 알고 그 딴 소릴 지껄이는 거야? 인간이 개나 소처럼 단순한 존재인 줄 아는 거냐고!"

인간을 이해하는 기준이 하나 더 있다. 어쩌다 가장 강한 존재가 되긴 했지만, 인간 역시 생명계에 존재하는 수많은 생명 중 하나일 뿐이라는 시각이다. 이런 시각은 우리를 인본주의人本主義, humanism라는 견고한 오만에서 벗어나게 해 준다. 주인이 출근한 뒤에 목이 쉬도록 깽깽거리는howling 반려견을 위해 대책을 세우게 한다. 죽어 가는 동료의 마지막 호흡을 돕기 위해 동료의 머리를 물 밖으로 끊임없이 밀어 올리는 돌고래를 보며 눈물짓게 한다. 그래서 인간의 지고지순한 사랑 역시 반려견과 돌고래의 그것과 동일한 출발선을 공유하고 있으며, 다만 조금 더 발전해 온 것일 뿐이라는 통찰로 우리를 이끈다.

이러한 통찰은 사랑의 이유를 규정하기 위해 결혼의 이유인 생존과 번식마저 낱낱이 해부하게 한다. 생존과 번식 중 생명에게 가장 중요한 것은 무엇일까? 당연히 생존이다. 번식보다 생존이 앞서고, 자신의 생존이 없고서는 번식도 없을 것이기 때문이다. 그래서 사랑이란, 결국 단 하나의 뚜렷한 목적, 즉 생존을 위해 생명계가 모든 생명에게 내리는 정언명령이다.

사랑은 내 짝 외에 모든 이성을 우리가 주인공인 세상의 엑스트라로 만들고, 우리는 그들의 축하를 받으며 결혼에 이른다. 하지만 사랑이 100방울의 정욕과 10방울의 애정과 1방울의 정으로 이루어져 있으며, 우리를 결혼으로 이끈 사랑이란 유효기간이 고작 4년에 불과한 정욕이라는 사실을 아는 부부가 몇이나 될까? 정욕이 애정을 타고 정에 다다를 때라야 진정한 사랑에 대해 논할 자격이 주어진다는 사실을 아는 부부는 또 과연 몇이나 될까?

그런 사실을 알려면 사랑의 처음이 기록되어 있는 생명의 기억遺傳子, gene으로부터 출발해야 한다. 그렇게 하지 않는다면 지금처럼 사랑에 대한 생명계의 정의와 인간적인 정의가 끊임없이 충돌할 것이기 때문이다. 그 충돌을 우리는 장미의 전쟁 또는 부부싸움이라 불러오지 않았던가.

이 책은 인간의 사랑과 결혼을 이해하고 장미의 전쟁을 끝낼 수 있는 솔루션을 제공할 목적으로 씌어졌지만, 보다 원초적인 욕망을 분석하기 위해 인간이 아닌 생명의 시초로부터 출발한다. 원시세포 이후 첫 성별을 갖게 된 미진me·gene이라는 여성이 반복된 삶을 통해 우리를 성性스러운sexual 사랑과 결혼으로부터 성聖스러운high-souled 사랑과 결혼으로 이끌어 준다.

그녀의 여정에 함께하면서, 우리는 유혹과 선택의 각종 전략이 치열하게 펼쳐지는 성전의 마당, 낭만만 가득한 정욕의 단계와 이해가 동반되는 애정의 단계, 그리고 사랑의 정점인 정의 단계를 거치게 된다. 또한 그녀는 우리를 유인원, 문명인, 자선가, 광대라는 남녀의 네 가지 성 성격을 통해 순진함의 절정에 있는 연인들 및 무지한 신랑과 오해덩어리 각시가 벌이는 장미의 전쟁으로 인도해 간다. 그 여정의 끝에, 생명계의 일원으로서 인간이 누려야 할 사랑과 결혼이 우리를 기다리고 있다.

이 책에 기록되어 있는 내용들은 완전하지 않다. 사랑과 결혼에 관해 이해하고 통찰을 얻으려는 마음짓일 뿐 사랑과 결혼 자체에 대한 단정도 아니며, 올바른 눈으로 바라보고 기록한 것인지조차 의문스럽다. 더군다나 내용의 수다스러움에 비해 너무 방대하고, 사랑과 결혼이라는 주제에 비하면 턱없이 편협하다.

이런 여정에 어쩌면 환원주의還元主義, reductionism라는 딱지가 붙을지도 모르겠다. 하지만 분명한 것은, 인간의 정신은 다양한 현상을 설명할 수 있는 기본적인 실재를 찾으려는 노력에 의해 거듭 고양되어 왔으며, 그런 노력이 남녀의 심리와 사랑, 그리고 결혼에 적용되지 못할 이유는 어디에도 없다는 것이다.

　미진과 함께하는 마음의 여정이 내 안에 살아 있는 암컷 또는 수컷이라는 동물과 이야기를 나누는 시간이 되었으면 한다. 그리고 사랑의 종착지에서 조금 더 나은 동물, 성숙이라는 말이 조금 더 어울리는 인간이 되어 있는 나 자신을 느낄 수 있다면 더없이 좋겠다.

　끝으로 원고의 방향을 같이 모색하고, 옹색한 지면을 디자인으로 염색해 준 책밭에 감사드린다.

2014년 10월

김태현·김현숙·김영호

은빈에게
to Eunbin

보이지 않는 성전性戰

아내좀
나눠줘

저장된 기억

me·gene

35억 년 전의 어느 날, 뜨겁기만 했던 지구는 너무도 작은 어떤 것에 의해 기적의 길로 접어들었다. 누군가에 의해 만들어졌을까? 아니면 그냥 생겼을까? 아무튼 기억력 하나만큼은 대단한 어떤 것이 깊은 바닷속에 있다. 우리가 유기물有機物, organic matter[1]이라 부르는 생명의 조짐이다.

바닷물을 순환시키는 힘deep sea current[2]이 엄청난 압력에 짓눌려 있던 유기물을 위로 밀어 올렸다. 수많은 유기물이 상승하는 유기물에 들러붙었다. 붙었던 것들이 떨어져 나가고 다른 것들이 와서 또 들러붙기를 반복하며 유기물의 덩치가 커졌다. 이 덩치의 이름은 원시세포protocell[3]이다. 원시세포는 수면 쪽으로 올라갈수록 편해졌다. 떠다니기도 점점 더 수월해졌다.

비슷하게 생긴 친구들이 수면 근처를 돌아다녔다. 무언가가 곁을 지나쳐갔다. 원시세포는 그것과 물을 한꺼번에 들이마셨다. 힘이 났다. 들이마실수록 더 강해지는 느낌. 사방이 들이마실 것 천지였다. 자꾸만 들이마시고 싶어졌다. 그렇게 원시세포의 첫 욕망이 태어났다. 욕망은 태어나자마자 우리가 죽음이라 부르는 멈춤에 대한 두려움을 낳았고, 그 두려움으로 인해 들이마시고 싶은 욕망은 멈추지 않으려는 욕망이 되었다. 그 욕망의 이름은 생존生存이다.

그런데 무슨 이유 때문인지 어느 순간부터 들이마실 것들이 줄어들기 시작했다. 친구들은 들이마시기 위해 바쁘게 돌아다녔지만, 들이마시는 친구는 많지 않았다. 어떤 친구들은 들이마시지 못해 멈추었고, 어떤 친구들은 숨을 쉬지 못해 멈추었다. 두려움이 밀려왔다. 평온했던 일상이 삶과 죽음의 갈림길로 변했다.

원시세포는 들이마실 것이 있는 곳과 숨쉬기에 편한 곳을 찾아 친구들을 따라다녔다. 그런 와중에도 수많은 친구들이 동작을 멈추고 사라져갔다. 원시세포는 친구들과 떨어져 사방을 헤매 다녔지만, 들이마실 것은 턱없이 모자랐다. 어떻게 하면 죽지 않을 수 있을까? 살려면 무엇이든 해야 했지만, 할 수 있는 것은 아무것도 없었다.

수면 바로 아래, 기진맥진한 원시세포는 물의 흐름에 이리저리 떠밀려 다녔다. 이제 남은 것은 동작을 멈추고 사라지는 것뿐. 몸을 움직이게 해주던 털들이 하나둘 굳어갔다. 그런데 털 몇 가닥이 마지막 몸부림을 치는 순간, 아래쪽에 있던 친구 하나가 빠르게 다가와 거의 충돌하듯 몸을 부딪쳐왔다. 그 순간 원시세포는 무엇을 해야 할지 깨달았다.

잠시 후, 원시세포는 친구를 온몸으로 받아들였다. 둘은 똑같은 모습이었지만, 서로의 몸에 저장된 기억gene[4]은 아주 조금 달랐다. 둘은 각자의 기억을 한데 합치기 시작했다. 시간이 갈수록 원시세포는 새로워지는 자신을 느꼈다. 친구 역시 마찬가지였다.

얼마 지나지 않아 둘의 기억은 완전한 하나가 되었다. 그러자 신기하게도 숨쉬기가 한결 편해졌다. 굳어져가던 털들이 하나씩 되살아났다. 그 즉시 둘이 합쳐서 하나가 되는 것이 생존에 수월하다는 기억이 형성되었다. 그 기억은 적응adaptation[5]이라는 느낌으로 각인되었다.

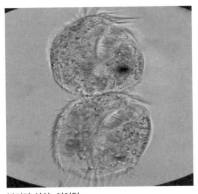

붙어야 살아. 이이익…

이전보다 숨쉬기가 더 쉬워졌지만, 그렇다고 상황이 해결된 것은 아니었다. 호흡은 여전히 불편하고, 들이마시고 싶은 욕망은 채워지지 않았다. 그러나 오로지 환경이 변하기만 바랄 수밖에 없었던 이전과 달리, 새로 탄생한 세포에게는 환경에 적응할 수 있는 기술이 있었다. 다른 친구와의 합일이었다. 주저할 이유가 없었다. 세포는 가장 가까이 있는 다른 친구를 향해 돌진해갔다.

과연 친구들과 합칠수록 몸은 생존에 유리한 방향으로 변해갔고, 죽음에 대한 두려움은 조금씩 멀어졌다. 그렇게 얼마나 다녔을까, 다른 친구에게 다가서던 세포가 멈칫거렸다. 죽을지도 모른다는 두려움이 한 가지 가능성을 알려주었기 때문이다.

'잠깐만, 잠깐만. 이렇게 계속 합치는 것도 좋지만, 효율을 생각해야지.'

'효율이라니?'

'하나보다 둘이 더 유리하지 않을까 싶은데.'

'둘?'

'둘로 나뉘어서 따로따로 계속 합쳐나가면 살아남을 가능성이 더 많잖아. 둘로 나뉜다 해도 둘 다 모두 나이고, 하나가 사라져도 하나는 남을 테니까.'

'맞아. 그럼 나중에 다시 만나기로 하고 갈라지자.'

세포는 깊숙한 곳에서부터 갈라지기 시작했다. 잠시 후, 하나였던 세포는 기억과 몸을 절반씩 나누어 가진 두 세포로 분리되었다. 두 세포는 각자 자신을 미진me·gene, 상대를 유진you·gene으로 인식했고, 그렇게 떨어지는 것을 번식分裂生殖[6]이라 여겼다. 미진이 멀어져 가는 유진을 보며 생각했다.

'유진, 다음에 꼭 다시 만나. 우린 하나였다는 것 잊지 말고.'

멀어져 가던 미진이 되돌아보며 생각했다.

'알았어, 유진. 나중에 만나서 어떻게 번식하고 살았는지 서로 이야기해. 너도 나 잊으면 안 돼.'

더 나은 나를 이어가기 위해 둘로 나뉘기로 한 미진의 결정은 틀리지 않았다. 미진은 이후에도 합치고 떨어지는 행위를 반복했으며, 비록 더뎠지만 그때마다 더 나은 나로 탈바꿈해갔다.

그 과정에 생존의 기술 두 가지를 더 갖게 되었다. 주변의 친구들과 합치

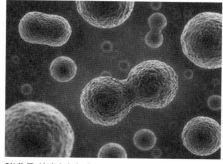

안녕! 꼭 살아남아야 해

고 헤어지기를 반복하는 동안 좀 더 빨리 나아지려면 생존에 보다 유리한 친구를 찾아야 한다는 느낌이 들었다. 선택하려는 욕망이었다.

수많은 친구들 중에 누가 더 생존에 적합한지 알아차리기는 어려웠지만, 선택의 욕망은 그중 몸을 더 강하게 부딪쳐오는 친구를 택하게 했다. 그러자 또 다른 욕망이 생겨났다. 생존에 보다 유리한 친구를 다른 경쟁자보다 더 빨리 만나려는 욕망, 바로 경쟁의 욕망이었다.[7]

처음 생긴 이후에 가졌던 욕망들과 함께 보다 강한 친구를 만나려는 욕망과 그런 친구를 만나기 위해 경쟁하려는 욕망은 미진이 환경에 더 잘 적응할 수 있도록 도와주었고, 이후 끊임없이 바뀌는 환경에서 살아남을 수 있는 가능성의 폭을 넓혀주었다.

성의 분화

한 몸에 두 성

그로부터 30억 년 후, 미진은 먼지가 켜켜이 쌓인 바닷속 평원 위를 열심히 기어가고 있다. 그 오랜 시간 동안, 그녀는 욕망이 지시하는 대로 오로지 살아남기 위해 노력해왔다. 한 번도 들이마셔 본 적이 없는 것들을 들이마시기도 했고, 하늘에서 내려오는 뜨거운 기운을 들이마시기도 했다.[8]

그때마다 다른 번식의 가능성을 시도했다. 맨 처음 시도한 방법은 몸을 둘로 나눌 때 정확히 이등분하는 대신 한쪽의 크기를 작게 하는 것이었다. 그 방법은 똑같은 유진을 떠나보내면서도 가능한 한 자신의 덩치를 유지할 수 있어 살아남기에 유리했다. 그렇지만 떨어져 나간 유진은 덩치가 줄어든 만큼 죽을 확률도 높았다. 그런 상황은 더 빠른 분화分化, reproduction by division로 이어졌다. 떨어져 나간 유진이 죽더라도 금세 또 다른 유진을 만들 수 있다면 살아남을 가능성은 그만큼 커지기 때문이었다.

그 방법은 한동안 성공을 거두었지만, 언젠가부터 큰 친구들이 작은 친구들을 잡아먹기 시작했다. 이제까지 생존의 가장 결정적인 변수였던 환경에 공격성이 더해졌던 것이다. 공격성의 출현으로 떨어져 나간 유진이 생존할 가능성은 현저히 줄어들었다.

미진은 더 많은 유진을 쉴 새 없이 떠나보냈지만, 큰 친구들의 먹성을 배겨낼 수 없었다. 큰 친구들 곁에서 분화하는 것은 더 이상 번식의 의미가 없었다.

그런 환경은 자연히 다른 방법을 찾게 했고, 큰 친구들이 없는 안전한 곳을 찾아야 한다는 욕망과 그들의 먹성을 이겨내야 한다는 욕망으로 이어졌다. 그러려면 지금껏 해온 분화로는 한계가 있었다.

수많은 노력과 실패가 계속되었다. 그 끝에 미진은 가장 안전한 장소를 찾아내는 데 성공했다. 그곳은 바로 자신의 몸이었다. 그리고 친구들의 먹성을 견뎌낼 방법도 알아냈다. 유진을 한꺼번에 많이 만들어내는 것無性生殖이었다. 미진은 그런 시스템을 고안해내고 몸 안에서 자신과 똑같은 유진들을 만들어냈다. 그 유진들을 알ova이라고 생각했다.

무성생식(無性生殖)
암수 교배 없이
이루어지는 생식법
(agamogenesis)

그 방식으로 적지 않은 알을 낳을 수 있었다. 미진은 알을 깨고 나온 유진들을 새끼라 생각했다. 하지만 얼마 지나지 않아 문제가 생겼다. 정상적이지 않은 새끼가 태어나더니, 세대가 거듭될수록 그런 새끼가 더 많아졌던 것이다.[9] 또한 더 나쁜 친구들이 나타나 알이나 새끼가 아닌 미진을 노리기에 이르렀다. 그들의 공격성은 환경보다 더 치명적이었다. 두 가지 모두 생존을 위해 시급히 해결해야 할 문제였다.

그들을 피해 도망만 다니던 미진에게 새로운 욕망이 찾아들었다. 잡아먹히지 않아야겠다는 욕망과 비정상인 새끼가 나올 가능성을 없애려는 욕망이었다. 이두 욕망은 알 하나하나에 스며들어 세대를 이어가며 방법을 찾아갔다.

남성 할까, 여성 할까

미진은 얼마 남지 않은 남성들을 둘러보며 지난날의 성공을 떠올렸다. 나쁜 친구들에게 잡아먹히지 않기 위해 선택한 것은 덩치였다. 부지런히 덩치를 키우다 보니 어느 정도의 공격성도 덤으로 얻게 되었다.

비정상인 새끼가 나올 가능성을 줄이기 위해 선택한 것은 다른 유진들과의 만남 有性生殖이었다. 그녀는 처음 알을 낳던 때 몸속에 이미 여성과 남성으로 나뉠 가능성이 있음을 느끼고 있었다. 그 가능성은 세대를 반

유성생식(有性生殖)
암수의 생식세포가
결합해 생식하는
생식법(sexual
reproduction)

복하는 과정에 독자적인 두 가지 특성으로 발전해왔고, 작은 물고기가 된 지금 분명한 성과로 나타나 있었다.

그렇게 발전해오는 동안, 남성은 자신의 기억을 담은 정자spermatozoon를 만들어 방출하는 기관을 갖게 되었고, 여성은 남성의 정자와 결합體外受精[10] 할 수 있는 알을 낳는 기관을 갖게 되었다. 그러자 남녀 간에 현저한 불공평이 발생했다. 물론 모든 물고기 종족이 그런 것은 아니지만, 대부분의 종족의 남성은 정자를 만들어 뿌리기만 하면 되었고, 그에 비해 여성은 알을 잉태해 낳고 알을 깨고 나온 새끼를 홀로 기르는 등 투자할 것이 더 많아졌던 것이다.[11] 이런 차이로 인해 여성과 남성은 독특한 성 역할sex role을 발전시켰다.

남성은 또 다른 자신인 정자를 뿌리기 위해 다른 남성과 싸워야 했다. 그 덕에 여성보다 더 강한 몸과 공격성을 갖게 되었다. 또한 끊임없이 여성의 선택을 구하는 성별이 되었다.[12] 여성을 차지하지 못하는 것은 새끼를 남길 수 없다는 의미였기 때문이다.

여성은 보다 강한 새끼를 얻기 위해 강한 남성을 고르는 성별이 되었다.[13] 약한 남성의 정자는 그만큼 새끼가 죽을 가능성이 많다는 의미였기 때문이다. 비록 번식 속도는 느렸지만, 다른 유진들과의 만남으로 태어난 새끼들은 대부분 정상이었고, 혼자서 낳은 새끼보다 환경에도 훨씬 잘 적응했다.

또 다른 성과도 있었는데, 그중 생존에 특별히 유리한 성과는 물의 움직임을 감지하는 촉각에 의존해 살았던 과거와 달리, 이제는 소리를 들을 수 있는 청각과 사물을 볼 수 있는 시각을 갖게 되었다는 것이다. 시각과 청각을 갖게 되면서 나쁜 친구들에게 잡아먹힐 가능성은 크게 줄었고, 보다 강한 짝을 찾을 가능성은 커졌다.

그러나 늘 그렇듯 변화에는 단점이 뒤따랐다. 남녀가 만나 몸 밖에서 수정을 하다 보니 수정이 안 되거나 애써 낳은 알과 갓 부화해 나온 새끼들이 나쁜 친구들의 먹이가 되기 일쑤였다. 여성들은 그 문제를 수십, 수백 개의 알을 숨겨진 장소에 낳는 것으로 해결했다. 남성들 역시 여성들의 전략에 호응해 알보다 더 많은 정자를 여성이 낳은 알에 뿌려댔다.

기회를 살피던 어린 남성이 미진에게 접근하자, 무리의 우두머리 남성이 득달같이 달려와 어린 남성의 주둥이를 물어뜯었다. 미진이 속한 종족은 가장 강한 남성 한 마리가 여성 수십 마리를 거느리고 있었으므로 미진을 포함한 여성들은 남성을 선택하는 일에 별다른 노력을 기울이지 않았다.

싸움에 진 남성이 물러난 후, 우두머리의 집돌 틈으로 들어선 미진은 전신을 떨며 알을 낳았다. 그 모습을 지켜보던 우두머리는 미진이 낳은 알 위에 자신의 정액을 쏟아놓았다.

그런데 평화롭던 무리에 위기가 찾아왔다. 크고 사나운 물고기 떼가 미처 도망칠 사이도 없이 습격해왔던 것이다. 남성들이 기를 쓰고 달려들었지만, 용케 도망친 여성 세 마리 외에는 알을 포함한 무리 전체가 놈들의 입속으로 사라지고 말았다.

살던 곳에서 멀리 떨어진 돌 틈, 남성이 모두 죽어 번식을 할 수 없고 살아남기도 어려운 절박한 상황이지만, 미진은 어떻게든 새끼를 만들어 무리를 다시 일으켜야 한다고 생각했다. 생각과 동시에 몸에 저장되어 있던 오래된 기억이 고개를 들고 나섰다. 그 기억에 따라 미진은 남성이 되기로 결정했다. 그리고 불과 나흘 만에 실제로 그렇게 되었다.[14]

여성이 낳은 알에 정액을 뿌리면서도 미진은 자신이 어떻게 남성

"이제 남성 할래" 성을 마음대로 바꾸는 물고기 오키나와 베니하제(Trimma okinawae)[15]

이 될 수 있었는지 의아했다. 여성일 때 알을 낳기 위해 꼬리를 평소보다 천천히 흔들며 남성이 좋아할 것 같은 행동을 하곤 했는데, 남성이 된 지금은 그런 몸짓이 무슨 신호인지 금방 알아차릴 수 있었다. 그 차이가 어디에서 오는 것인지도 궁금했다. 단, 여성이나 남성으로만 사는 것보다 필요할 때 필요한 성별이 될 수 있다면 더 많은 새끼를 남길 수 있으리라는 생각이 성별을 마음대로 바꿀 수 있는 기초가 된 것만은 분명한 것 같았다.

얼마 지나지 않아 무리가 다시 복원되었다. 미진은 여성의 수가 남성에 비해 너무 많은 것이 걱정이었다. 남녀의 비율을 맞출 수 있다면 번식과 생존에 더 유리할 것이라는 생각이 들었지만, 새로 태어난 새끼들은 미진이 해왔던 것처럼 어릴 때는 여성으로 살고, 남성들과 싸워 이길 수 있을 정도로 덩치가 커지면 성을 전환해 많은 여성을 거느리며 살았다.

처음 생겨난 이후 지금까지 그래왔던 것처럼, 성별을 마음대로 선택할 수 있는 능력과 여성과 남성의 불균형한 개체 수에 대한 걱정은 미진의 깊은 곳에 기억으로 저장되어 세대에서 세대로 전해졌다.

알은 건너뛰고

언젠가부터 또 바뀌기 시작한 물속 환경이 최근 들어 변화의 속도를 키우고 있었다. 힘들게 낳은 알을 뚫고 들어가 먹어치우는 작은 세포 놈들이 또 떼를 지어 나타났다. 그런 상태로는 아무리 많은 알을 낳아도 헛수고였다. 놈들의 침입으로부터 알을 보호하고, 알에서 나온 새끼가 환경에 더 잘 적응해 살아갈 수 있는 새로운 번식 전략이 있어야 했다.

미진이 속한 종족의 여성들이 택한 전략은 알을 낳는 대신 아예 몸속에서 새끼를 키운 다음 세상에 내놓는 것이었다. 그러려면 여성이 낳은 알 위에 남성이 정자를 뿌리던 이전의 방식은 몸 안에서 수정이 이루어지는 방식體內受精으로 대체되어야 했다.[16]

남성들도 호응해왔다. 그런 방식이라면 불필요한 정자를 만드느라 힘을 낭비할 필요가 없을 것이기 때문이었다. 남성들은 수정의 가능성을 높이기 위해 정자가 알에 보다 확실하게 도달할 수 있도록 하는 방식을 고민했다.

그런 고민을 한 것은 그녀의 종족뿐만이 아니었다. 남성과 여성이 만났을 때, 어떤 종족의 남성들은 여성의 생식

암컷의 몸에 정포를 붙이는 심해 오징어
Octopoteuthis deletron

체내수정(體內受精)
2005년 호주의 고고 지층(Gogo Formation)에서 발견된 판피어류의 화석은 적어도 3억8천만 년 전에 이미 교미를 하고 어린 새끼를 출산한 물고기가 존재했다는 사실을 입증하였다. 이 화석에서 어미는 새끼를 출산하는 데 필요한 모든 장기를 갖추고 있었으며, 자궁(womb) 내에는 같은 종의 새끼들이 들어 있었다. 또한 그들은 정교한 구애의식을 갖고 있었을 것으로 추정된다.

기에 정자주머니를 붙였고,[17] 어떤 종족은 여성을 향해 아예 자신의 생식기를 발사해 스스로 헤엄쳐 가게 했다. 또 어떤 덩치 큰 친구들은 정자가 알을 찾아가는 거리를 최대한 줄이기 위해 미진의 몸보다 열 배나 길고 튼튼한 생식기를 여성의 몸속으로 밀어넣었다.[18] 생식기를 여성의 몸에 밀어넣는 방식은 그녀의 종족이 선택한 방식이기도 했다.

다른 남성에 비해 헤엄치는 속도가 비교적 빠른 남성이 다른 여성보다 더 어리고 미끈한 몸을 가진 미진에게 다가왔다.

'이봐. 너 좀 짱인 듯. 새끼 잘 낳게 생겼어. 어때? 우리 새끼 좀 만들까?'

미진은 그 남성이 오래전에 떨어져 나갔던 자신의 분신일지도 모른다고 생각했다. 그녀는 남성을 만날 때면 늘 품었던 질문을 생각했다.

'너 혹시 유진이니?'

'무슨 소리야?'

'아니구나…'

'쓸데없는 소리 집어치우고, 내 지느러미나 좀 보지? 튼튼하지 않아?'

'헤엄은 잘 치던데, 싸움도 잘해?'

'그러엄!'

'좋아. 이리 와.'

남성은 미진의 배 밑으로 들어가 수면을 향해 드러누운 자세로 자신의 생식기를 그녀의 생식기에 밀어넣어 정자를 쏟아내고는 멀어져갔다.[19]

그런데 잠시 후 더 크고 빠른 남성이 다가왔다. 남성이 생각을 전해오는 순간, 미진은 자신도 모르게 몸을 살짝 비틀고 꼬리를 묘하게 휘저었다. 남성은 그런 미진의 변화를 금세 감지했다.

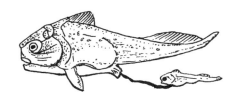

교미 후 탯줄 달린 새끼를 출산하는 판피어류
인사이소스큐텀(Incisoscuturm) 상상도

'어이, 여성. 우리 새끼나 좀 만들면 어때? 멋진 놈이 나올 것 같은데.'

미진은 수정을 끝내고 떠나간 남성보다 헤엄치는 속도도 빠르고 덩치도 훨씬 큰 그 남성에게 끌렸다. 하지만 이미 끝난 수정을 되돌릴 수는 없었다.

'난 이미 수정했어. 그러니까 딴 데 가서 알아봐.'

'오다가 약골처럼 생긴 놈 봤어. 그놈이지?'

'응.'

'걔보다 내가 더 근사하지 않아?'

'그건 그래.'

'그럼 하자. 혹시 알아? 내 새끼가 나올지.'

미진은 그렇게 되었으면 좋겠다고 생각하며 수정을 허락했다. 그리고 그 생각 역시 깊숙한 곳에 아쉬운 기억으로 저장되었다.

알의 왕국에서

모래가 가득 쌓인 강변, 덩치가 8m에 달하는 덱타가 강에서 잡아온 물고기를 질근질근 씹고 있다.[20] 뚬자미가 1m나 되는 날개를 퍼덕이며 덱타의 머리 위를 지나갔다.[21] 온갖 종류의 풀과 나무로 빽빽한 숲은 곤충의 삶터. 미진의 종족은 땅속에서 근근이 생명을 이어가고 있다.

육지에 상륙하는 틱타알릭(Tiktaalik) 모형

많은 친구들이 새로 태어나고 사라져가는 동안, 그녀는 더 많이 먹을 수 있는 곳과 나쁜 친구들을 피할 수 있는 곳, 그리고 새끼를 무사히 키울 수 있는 곳을 찾아다녔다. 물에서 약자로 살아온 그녀가 발견한 곳은 물속 어딘가가 아니라, 작은 친구들, 즉 먹이가 넘쳐나는 육지였다.

그녀의 종족이 알 대신 새끼를 낳고, 물 대신 육지를 택하며 생존과 번식의 기술을 발전시켜오는 동안, 친구라는 개념은 희박해졌다. 많은 친구들이 겉모양부터 먹이와 번식에 이르기까지 각자 자신만의 기술을 발전시켜와 몇몇 친구들을 빼고는 거의 대부분이 먹고 먹히는 관계food chain가 되었기 때문이다.

덱타 종족은 그녀가 물에서 새끼를 낳기 위해 노력하는 동안 가장 먼저 육지로 올라왔다. 그들은 물속에서 겁쟁이로 통했지만, 땅으로 올라오자마자 약한 친구를 잡아먹는 무서운 존재로 변했다. 그들이 번식을 위해 선택한 곳은 모래 속이었는데, 오랫동안 고생한 끝에

건조한 환경에 견딜 수 있을 만큼 말랑말랑한 알을 껍질에 싸서 내놓는 방법을 터득했다.[22]

드라쿠는 여전히 남녀 구분 없이 알을 낳았다.[23] 미진으로서는 드라쿠가 알을 뚫고 들어가 공격하는 작은 세포들을 어떤 방법으로 막아냈는지 신기했다. 그런 방법으로는 종족이 살아남을 수 없으리라 여겼건만, 지금의 그들에게서는 죽음에 대한 두려움을 찾을 수 없었다.

큰 종들만 그런 기술을 가진 것은 아니었다. 벌이나 베르처럼 작은 종들도 자신들만의 훌륭한 번식 기술을 갖고 있었다. 그중 진딧물 종족이나 키란 종족의 방식이 가장 희한했는데, 그들은 제멋대로 번식 방법을 택했다. 마음이 내킬 때는 짝을 찾다가 귀찮으면 홀로 알을 낳았던 것이다.[24] 알 하나에서 여러 마리의 새끼가 튀어나오게 하는 몰룩의 방법도 꽤 기발해 보였다.[25]

또 물렁도마뱀들은 예전에 물속에서 가끔 보곤 했던 번식의 기술을 여전히 쓰고 있었다. 그들은 남성이 축축한 땅에 정자주머니를 내려놓으면 여성이 날름 집어삼켜 수정하는 방식을 발전시켰다.[26]

수천, 수만의 종족들이 각기 서로 다른 번식의 기술을 개발해왔지만, 전혀 변하지 않은 것이 하나 있었다. 그것은 상대를 선택하는 기준이었다. 이 기준은 짝이 있어야만有性 번식을 할 수 있도록 발전해온 종에게 해당되는 법칙이었다. 이 기준에 따라 남성들은 하나같이 어리고 건

"우린 알 동지라구요"
다배생식으로 태어난 네 마리의 아르마딜로(Nine-banded Armadillo)

강해 보이는 여성을 골랐고, 여성들은 시간과 공을 들여가며 강한 남성을 고르는 데 여념이 없었다.[27]

그래서 몇몇 강한 남성들이 여성들을 독차지했고, 강하지 않은 남성들은 늙거나 약한 여성들의 선택을 받을 수밖에 없었다. 그것도 강한 남성들이 그런 여성들에게 관심을 보이지 않을 경우에 한해서. 그러므로 어리고 건강한 여성을 고르고 싶지만 그럴 수 없는 현실은 충족되지 못할 욕망으로 약한 남성들의 기억에 저장되었다.[28]

미진은 그 모든 번식 방법을 기억하고 있었다. 하지만 지금껏 남성의 삽입기관을 받아들이는 방식을 발전시켜왔기 때문에 다른 번식 방법을 취할 수는 없었다. 여성의 몸 안으로 정자를 찔러 넣을 수 있는 삽입기관, 즉 성기를 택한 종족들은 성기의 모양과 작용을 환경이나 종족의 특성에 맞도록 다양하게 발전시켰다.

성기를 여성의 생식기에 찔러 넣을 수 있을 정도로 단단하게 만드는 방법은 제각각이었는데, 어떤 종족의 성기는 근육을 써서 단단해졌고, 어떤 종족의 성기는 피가 몰려 단단해졌다. 또 뼈가 든 성기를 가진 종족도 있었다.[29]

성기를 가진 남성들은 자신의 정자를 다른 남성들로부터 보호하는 데 온정신을 쏟았다. 남성들이 정자를 보호하는 방법은 크게 세 가지였다. 홍단비노린재stinkbug 남성은 다른 남성이 접근할 수 없도록 하루 종일 여성을 붙들고 놓아주지 않는 방법을 택했고, 바구미seed beetle 남성은 수정 후에 거품처럼 생긴 딱딱한 분비물로 여성의 생식기를 막아버렸다.[30]

실잠자리damselfly 무리는 수정을 했더라도 다른 남성이 나타나면 얼마든지 정자를 받아들여 그중 강한 남성의 정자를 선택하는 방향으로 발전해왔기 때문에 남성들은 자신의 정자를 쏟아 놓기 전에 여

성의 생식기에 들어 있는 다른 남성의 정자를 파내는 기술을 발전시켰다.[31]

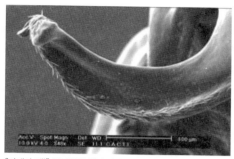
"파내야 해!" 국자처럼 생긴 실잠자리 수컷의 생식기

그러나 그런 노력도 자신의 새끼를 반드시 남기고 말겠다는 남성들의 욕망을 이겨낼 수는 없었다. 여성의 생식기에 들어 있는 자신의 정자를 보호하려는 노력과 더불어 그 보호막을 뚫을 수 있는 기술도 개발되었던 것이다.

보호막을 뚫는 기술에 있어서는 노린재 종족과 바구미 종족의 기술이 가장 필사적이었다. 노린재 남성은 여성에게 죽기 살기로 들러붙어 시간을 질질 끌고 있는 남성을 기절시키거나 물리치는 방법을 개발했고, 바구미 남성은 여성의 생식기에 딱딱하게 붙어 있는 분비물을 뚫을 수 있는 가시 달린 성기를 개발했다.[32]

일부 빈대 무리는 정자를 지키고 보호막을 뚫는 데 지친 나머지 여성의 배 아무 곳에나 정자를 찔러 넣을 수 있는 기술을 발전시켜 아예 여성의 복부 전체를 생식기로 만들어버리기도 했다.[33]

"무섭게 생겼지?" 암컷의 생식관을 뚫기 위해 가시로 무장한 콩바구미 수컷의 생식기

미진이 속한 무리의 남성들도 다른 남성의 정자를 제거하고 자신의 정자를 뿌리는 매우 기발한 방법을 개발했는데, 그들이 생산하는 25억 마리의 정자 중 절반은 수정이 목적이 아니라, 여성의 생식기 내부에 남아 있는 다른 남성

의 정자를 파괴하는 자살특공대였다.[34]

"흐흐… 어딜 찔러 줄까?" 암컷의 배에 정자를 직접 찔러 넣기 위해 주사 바늘처럼 진화한 빈대 수컷의 생식기

젊은 남성 한 마리가 다가오자, 미진이 물었다.

"혹시 유진이니?"

"……"

"새끼 낳고 싶어?"

"응."

"대장이 저기서 보고 있잖아. 그러다가 죽으면 어쩌려고."

"괜찮아. 도망칠 수 있어. 안 되면 싸우지 뭐."

그의 몸 색깔과 초롱초롱한 눈은 대장보다 더 튼튼하고 강렬해 보였다. 미진은 그 남성이 대장만큼 강한 남성이 될 수 있을 거라는 느낌을 받았다. 몸이 미묘하게 반응해오자, 그녀는 대장을 바라보았다. 대장은 몸을 파르르 떨고 있었다. 젊은 남성이 그녀에게 한 발만 더 다가서면 당장이라도 달려올 기세였다.

"죽기 싫으면 저리 가. 넌 아직 대장의 상대가 아냐. 하지만 곧 대장이 될 수 있을 거야. 그러니까 새끼는 좀 기다렸다가 그때 낳아."

미진의 선택을 받지 못한 남성은 물러났지만, 그가 풍기는 대장이 될 가능성에 자신도 모르게 몸이 반응한 느낌은 그녀의 기억에 단단히 저장되었다. 하나 더, 힘이 약해 자신의 정자를 남길 수 없는 남성들이 불쌍하다는 생각도 기억에 저장되었다.

포유류의 제국으로

성기를 가진 종족은 대개 덩치가 크지 않아 알을 낳는 종족reptile
의 먹이가 되었으므로 알의 왕국에서 살아남을 수 있는 곳이라고는
후미진 곳뿐이었다. 미진의 종족도 먹이를 구할 때만 땅위로 올라올
뿐, 대부분의 시간을 땅속에서 보냈다.[35]

그런데 어느 날 물에서 살 때 95%의 생명을 앗아갔던 사건[36]보다
더 강한 힘으로 세상을 발칵 뒤집어 놓는 대사건이 일어났다.[37] 땅이
격렬하게 흔들린 후에 따뜻하던 공기가 뜨거워지는가 싶더니 검은
연기가 하늘을 가렸다. 이후 맞으면 몸이 화끈거리는 비가 내렸다.
그러더니 끔찍한 추위가 밀어닥쳤다.

그녀의 종족은 추위를 피해 먹이까지 바꿔가며 더 깊은 땅속으로
파고들어야 했다. 그러느라 가뜩이나 작았던 덩치는 10cm 정도로 더
작아졌다. 하지만 한 번에 10마리, 20마리 남짓 태어나는 새끼들은 과
거 어느 시절보다 강한 생명력을 지니고 있었다.

대부분의 육상 동물을 죽음
으로 몰아넣은 위협이 사라진
후, 미진의 종족은 땅 표면으로
올라왔다. 작은 풀과 곤충들만

최초의 포유류 에오마이어(Eomaia)

보일 뿐, 거대한 덩치를 가진 종족들은 거의 사라지고 없었다. 그런
환경은 삶의 대부분을 포식자를 피해 도망치며 살았던 그녀의 종족
이 이제까지 한 번도 경험해보지 않았던 새로운 기회였다. 더 이상 어
두침침한 땅속으로 돌아갈 이유가 없었다.[38]

사방에 먹이가 널려 있고, 공기는 따뜻했으며, 포식자들이 사라지
고 없는 세상에서, 그녀는 마음껏 먹고 덩치를 불렸다. 새끼들에 대한

위협도 현저히 줄어 새끼를 많이 낳는 것보다 튼튼한 새끼 몇 마리만 낳아 잘 길러도 번식에 실패할 염려가 없었다.

그 외에 몸에도 여러 가지 변화가 생겼는데, 그중 여성에게 일어난 특기할 만한 변화는 언젠가부터 남성의 성기를 받아들일 때 느끼곤 했던 성기의 촉감이 훨씬 더 뚜렷해진 것이었다. 그녀는 그 느낌을 즐거움이라 여겼다.

남성들 역시 그 즐거움을 위해 사냥해온 먹이로 여성을 유혹하곤 했는데, 그럴수록 여성을 차지하기 위한 남성들의 싸움과 여성을 유혹하려는 노력은 치열해졌고, 남성을 선택하는 여성들의 기준 또한 까다로워졌다. 또한 남녀 간의 역할도 비교적 명확해져서,[39] 남성은 주로 사냥을 하는 방향으로, 여성은 새끼를 낳고 길러내는 방향으로 발전했다.

사방이 높다란 나무로 둘러싸인 숲속, 미진은 나무를 자유자재로 오르내릴 수 있는 유인원 침파 종족으로 살아가고 있다. 침파 종족은 힘에 의한 서열체계를 유지하고 있어서 대장이 여성을 유혹할 수 있는 우선권을 갖고 있었다. 그렇지만 제아무리 대장이라도 여성이 거부하면 짝짓기를 할 수 없었다. 대부분의 여성들은 대장의 유혹에 기꺼이 응했지만, 어떤 여성은 종종 대장을 외면한 채 젊은 남성들을 경쟁시켜 원하는 남성을 택하곤 했다.[40]

그에 비해 침파의 사촌격이자 먹이이기도 한 라파 종족과 고라 종족은 좀 다른 짝

"우린 이렇게도 한다고" 교미하는 보노보 침팬지

짓기 행태를 보였다. 라파들은 서열이 없어서 여성 남성 가릴 것 없이 아무하고나 짝짓기亂交를, 그것도 수시로 했고, 고라들은 침파보다 더 강한 서열체계를 유지하고 있어서 한 남성이 무리 전체의 여성과 짝짓기를 했다.[41]

그런 차이는 고환의 크기에서 확실하게 드러났다. 라파 남성들은 남성끼리 벌이는 정자 전쟁에서 이기기 위해 더 많은 정자를 더 빨리 만들어야 했기 때문에 세 무리 중 가장 큰 고환을 갖고 있었다. 반면 그럴 필요가 없는 고라 남성들의 고환은 자그마했다.[42]

그래서 언제나 짝짓기를 하려는 욕구에 사로잡혀 있는 침파 남성들은 수시로 짝짓기를 하는 라파 고기를 더 좋아했고, 침파 여성들은 짝짓기만 하고 가버리는 라파보다는 여성들에게 먹을 것을 대주며 보살펴주는 고라 고기를 더 좋아했다.

미진의 종족은 겉으로 잘 드러나지 않는 정자 전쟁에 몰두하고 있었지만, 그렇다고 번식이 삶의 모든 과정을 지배하는 것은 아니었다. 예전에는 볼 수 없었던 몇몇 특성들이 분명한 형태로 나타난 것도 그즈음이었다.

먼저 집단생활에 익숙해진 유인원들은 종족에 대한 신의와 협력, 헌신과 같은 느낌을 갖고 있었다.[43] 그 느낌들은 짝을 고르는 과정에 중요하게 작용했으며, 특히 주변을 경계하거나 무리를 지어 사냥할 때 이타성altruism으로 발휘되었다. 침파 개개인은 모두 이기적으로 행동했지만, 그런 이기적인 행동이 때로는 종족의 생존과 번식에 이롭게 작용했으므로 이기성selfishness에서 태어난 이타성은 손바닥의 앞면과 뒷면처럼 이기성의 단짝으로 굳어져갔다.[44]

다음으로 중요한 특성은 배우는 능력이었다. 집단생활이 점점 복잡해지고 새끼를 기르는 시간이 조금씩 길어지면서 새끼들이 어미가 하는 복잡한 행동을 따라 하기 시작했던 것이다. 그런데 한날한시에 태어난 새끼라도 커가는 모양새나 하는 행동은 달랐다. 어떤 새끼는 미진이 한 번도 하지 않은 행동을 하기도 했다. 그녀는 왜 그런지 궁금했지만 이유를 알 수 없었다.

그 궁금증은 그녀가 어느 젊은 남성의 새끼를 낳은 후에 풀렸다. 그녀가 쌍둥이 자매를 낳는 순간, 그때까지 무심한 척 외면하고 있던 대장이 갑자기 젊은 남성에게 달려들었고, 놀란 남성은 엉겁결에 새끼 하나를 물고 도망쳐버렸다. 한참 후에 그 남성은 거의 다 자란 새끼를 데리고 다시 나타나 늙은 대장을 물어죽이고 무리의 대장이 되었다.

그런데 남성이 데리고 온 새끼와 미진이 키운 새끼는 분명 한 배에서 난 자매가 확실함에도, 생김새와 행동은 전혀 달랐다. 남성이 키운 새끼는 날카로운 눈매로 끊임없이 주변을 경계했으며, 나무 타는 솜씨도 남성 못지않을 정도로 재빨랐

내가 왜 내 앞에 있지?

다. 그런 행동은 미진의 기억에 없는 것이었다. 그에 반해 미진이 키운 새끼는 아직 어린 티도 벗지 못했을 만큼 유약했다.

그녀는 두 새끼가 보이는 차이가 환경에 기인한 것이라 믿었다. 자신이 키운 새끼보다 남성이 키운 새끼가 더 강하기 때문에 더 잘 살아남을 것은 분명했다. 또 하나의 궁금증이 떠올랐다.

'환경 때문에 생긴 차이일 뿐인데, 저 아이는 저렇게 강해. 그럼 저

아이의 아이도 어미처럼 강하게 태어날까?'

그 의문은 미진의 기억에 저장되었다.

그녀가 짝짓기 할 남성을 선택하는 기준도 훨씬 다양해져 있었다. 그중 가장 먼저 발동되는 능력은 남성의 냄새를 맡는 것이었다.[45] 냄새로 선택하는 능력은 홀로 알을 낳던 오래전부터 비정상적인 새끼가 나올 가능성을 사전에 차단하기 위해 길러온 능력인데, 그녀는 남성의 냄새가 자신과 비슷할수록 비정상적인 새끼가 나올 가능성이 크다는 것을 기억으로 알고 있었다.

남성이 풍기는 비슷한 냄새는 그녀의 친밀감을 유발했고, 친밀감은 본능적으로 짝짓기를 기피하도록 했다.[46] 미진은 여전히 원시세포일 때 헤어졌던 첫 유진을 찾고 있었지만, 남성의 냄새를 맡을 수 있게 된 이후로는 다가서는 남성에게서 자신과 비슷한 냄새가 날 때만 '너 혹시 유진이니?' 하는 질문을 던졌다.

냄새 기준을 통과한 남성들에게는 무리에서 차지하는 지위나 덩치, 사냥능력과 같은 조건들이 차례로 적용되었다.[47] 이는 더 나은 나가 되기 위해 더 강하게 부딪쳐오는 유진을 선택했던 원시세포 시절과 동일한 방식이었다.

그런데 지위와 덩치와 사냥능력 순이었던 선택 기준에 작지만 의미 있는 변화가 일기 시작했다. 그 변화는 오로지 여성에게 선물을 할 목적으로 홀로 사냥에 나서는 남성들이 생기면서 시작되었다. 그들은 지위로 보나 덩치로 보나 여성을 차지하기 어려운 약자들이었다.

그들이 노리는 것은 여성을 먹이로 유혹해 어떻게든 짝짓기를 하는 것이었다.[48] 그런 전략은 대단한 효과를 발휘했다. 여성들은 곧 선물을 가져다줄 수 있는 능력을 덩치와 동일하게 대우했다. 그러자 선물로 여성을 유혹하려는 경쟁이 더 치열하게 펼쳐졌고, 덩치만 큰 남성은 차츰 뒤로 밀려났다.

물론 남성만 변한 것은 아니었다. 여성이 절대적인 선택권을 휘둘렀지만, 그렇다고 남성에게 선택권이 전혀 없는 것은 아니었기 때문이다. 한눈에 봐도 병약한 여성을 선택할 남성은 없었다. 따라서 선물로 유혹하려는 남성들의 경쟁은 더 매끄러운 털, 더 큰 가슴과 엉덩이, 더 붉은 성기를 가진 여성에게 집중되었다. 그런 것들은 출산과 양육, 즉 우수한 번식능력을 눈으로 확인할 수 있는 지표였기 때문이다.[49]

그리고 비슷한 조건이라면 팔다리가 긴 여성이 더 많은 유혹을 받았는데, 이유는 적이나 포식자가 나타났을 때 새끼를 데리고 빨리 도망칠 수 있기 때문이었다.[50] 짝짓기 전략을 모두 동원해 애써 낳은 새끼를 허무하게 잃을 수는 없는 일이니.

여성들은 그런 남성들의 요구에 부응해 틈날 때마다 자신의 털을 매끄럽게 다듬었다. 하지만 비슷한 환경에서 비슷한 생활을 했으므로 부모에게서 물려받은 대로 어느 정도 크기가 정해져 있는 가슴과 엉덩이는 어떻게 해 볼 재주가 없었다.

나 좀 봐요. 좀 봐봐

그런 한계를 극복하기 위해 여성들은 유혹의 기술을 발전시켰다. 과거 알을 낳던 시기에 자신도 모르게 꼬리를 평소보다 천천히 흔들며 남성이 좋아할 것 같은 행동을 했던 것처럼, 여성들은 자신의 번식능력을 드러내 보이기 위해 남성의 코앞에 엉덩이를 들이대고 좌우로 흔드는 전략을 발전시켰던 것이다. 또한 새끼를 가질 준비가 되었다는 신호, 즉 배란排卵, ovulation의 냄새를 더 강하게 풍기는 전략도 중요했다.

여성들의 전략 중에는 남성이 아니라 같은 여성을 대상으로 하는 전략도 있었는데, 그중 가장 직접적인 전략은 공격성이었다.[51] 일부 여성들은 평소에는 다른 여성과 잘 지내다가도 배란기가 되면 남성들 앞에서 가슴과 엉덩이가 큰 여성을 노골적으로 공격해댔다. 그런 행동을 보이는 이유는 남성의 짝짓기 경쟁 상대가 남성인 것처럼 여성의 경쟁 상대도 여성이기 때문이었다.

미진은 무리에서 번식능력이 가장 우수한 축에 드는 여성이었다. 그믐밤처럼 검은 그녀의 털은 저녁 달빛을 받은 강물처럼 반짝였고, 뺨은 촉촉한 듯 매끄러웠다. 허리 끝에서 크게 벌어진 엉덩이와 볼록한 가슴에는 대장을 키워낼 능력이 숨어 있었으며, 긴 팔과 다리는 포식자로부터 새끼를 지켜낼 수 있는 안전장치였다.

젊은 남성 두 마리와 늙은 남성 한 마리가 고기를 물고 동시에 미진에게 다가왔다. 그녀는 먼저 그들의 냄새를 맡았다. 모두 자신과 다른 냄새라 비정상적인 새끼가 나올 가능성은 적었다.

하지만 늙은 남성은 곧 발길을 돌려야 했다. 그에게서는 대장이 될 가능성보다 새끼를 낳아 기르는 동안 죽어버릴 가능성이 더 많아 보여 그녀가 이빨을 드러냈기 때문이다.

젊은 남성 둘은 대장이 될 가능성, 즉 덩치와 야망과 사냥능력에서 우열을 가리기 힘들 정도로 비슷했다. 그때 오래된 기억이 그녀의 선택을 도왔다.

그녀는 그들이 물고 온 고기를

책임 져…

살폈다. 한 남성은 고라 고기를, 다른 남성은 라파 고기를 물고 있었다. 라파 종족은 마음대로 짝짓기를 하고 짝짓기 후에는 나 몰라라 하고 가버리는 종족이고, 고라 종족은 짝짓기 한 여성들을 보살피며 먹이를 대주는 종족이었다.

그녀가 어느 쪽을 선택할지는 자명했다. 그녀는 라파 고기를 물고 온 남성에게 이빨을 드러냈고, 고라 고기를 물고 온 남성은 그녀의 등 뒤로 가서 자신의 성기를 그녀의 성기에 집어넣었다.

누가 대장이 될 수 있을까? 누가 더 많은 먹이를 가져다줄 수 있을까? 누가 더 오래 보살펴줄까?[52] 그녀는 짝짓기를 하는 동안 세 가지 물음을 되풀이했고, 그 물음들은 남성을 고르는 중요한 기준으로 그녀의 기억에 저장되었다.

문화의 전달자 '메메'

미진은 두 발로 걷는 종족인 인간이 되어 있다. 예전에는 급변하는 환경이 생존을 결정할 때도 있었고, 한순간에 목숨을 앗아가는 맹수나 독뱀, 독거미 따위가 환경보다 더 무서울 때도 있었지만, 두 발로 걷고 도구를 제작할 수 있게 되면서 가장 두려워진 존재는 같은 종족, 바로 다른 인간의 무리였다.

인간들의 집단생활grouping은 상당히 정교해져 있었다. 개미나 벌처럼 협업과 분업이 고도로 조직된 것은 아니지만, 대장을 중심으로 한 지배와 복종의 질서는 포유류 가운데 가장 엄격했다.

오랫동안 집단을 이루고 살아온 결과, 인간 종족이 얻은 교훈은 무리를 떠나서는 절대로 살아남을 수 없다는 것이었다. 그렇기에 '우리', 즉 부족이라는 울타리는 최소한 개인의 생존을 보장받을 수 있는 든든한 장치였고, 그런 이유로 자연재해를 당하거나 맹수 또는 다른 인간 부족이 공격해오면 '우리'라는 울타리를 지키기 위해 함께 사력을 다해 싸웠다. 자신의 생존을 보장받으려는 이기성이 부족의 존속을 위한 자발적인 이타성으로 발현되었던 것이다.[53]

물론 그중에는 부족이 무엇이며 자신이 왜 부족 내에 존재하는지 모른 채 마치 독립적인 존재인 것처럼 이기성에 치중해 행동하는 인간들도 있었다. 그들은 틈만 나면 개인의 자유를 위해 정해진 질서를 무시하려 했고, 사냥을 나가거나 다른 인간 부족과 전투를 치를 때면 후미에서 어정거리며 자신의 안위부터 살피기에 급급했다.

그런 인간들이 적지 않았음에도 서로에게 헌신하는 관계와 신의, 협력, 그리고 이타성은 꾸준히 발전해갔으며, 그런 것들을 더 소중히 여기는 부족은 그렇지 않은 부족과의 싸움에서 승리하는 경우가 많았다.[54]

다른 포유류 종족이 그들의 사촌과 전투를 벌이는 이유가 생존과 번식 때문이듯, 인간과 인간이 싸우는 주된 이유 역시 사냥감과 여성이었다.[55] 터를 잡은 지역에서 사냥감을 안정적으로 확보하려면 그곳에 있는 맹수는 물론 다른 인간 부족도 몰아내야 했다. 인간의 영역territory 개념이 확립된 것도 그즈음이었다.

그리고 어느 종족이건 여성은 부족했다. 남성들이 다른 부족과의 전투 도중 사망해 여성이 상대적으로 많기는 했지만, 우두머리와 몇몇 힘있는 지도자들이 여성을 독차지하는 경우가 많았기 때문이다.

그러므로 여성은 전투에서 승리한 부족이 반드시 챙겨야 하는 귀중한 전리품戰利品이었다. 패한 부족의 남성들은 그 자리에서 죽임을 당해 씨가 끊기거나 다른 지역으로 도망쳐야 했지만, 출산이 가능한 여성들은 대부분의 경우 승리한 부족의 일원이 되어 그들의 아이를 낳아 길렀다.

그런데 다른 인간 부족 역시 유사한 집단생활을 하고 배우는 능력 또한 대동소이했기 때문에 전투에서 발휘되는 협력과 이타성과 헌신의 이점은 그리 오래 가지 않았다. 경쟁에서 우위를 점하려면, 즉 다른 부족과의 전투에 승리해 사냥감을 확보하고 더 많은 여성을 전리품으로 얻으려면 무언가 다른 부족들과는 차별된 전략이 필요했다.

우웍! 우워웍!

그런 요구에 따라 개발된 것이 병법tactics이었다. 물론 달리기와 숨기, 동시에 물어뜯기 등 병법의 여러 가지 기초는 인간이 되기 훨씬 이전, 그러니까 무리를 지어 사냥할 때부터 활용된 것들이지만, 무기를 사용하게 된 이후에 개발된 병법들은 훨씬 기습적이고 은밀하며 치명적이었다.

그럼에도 사냥에나 큰 도움이 되었을 뿐, 인간 부족 간의 전투에서는 그런 병법의 이점 역시 별로 도움이 되지 않았다. 무기 또한 육박전에서 돌멩이 투척으로, 돌도끼로, 다시 활로 변해갔지만, 마찬가지였다. 협력보다 더 강한 협력, 이타성보다 더 강력한 이타성이 있어야 했다. 무엇보다도 다른 부족이 쉽게 눈치 챌 수 없을 정도로 오랫동안 누릴 수 있는 전략이어야 했다.[56]

그런 전략을 개발해낸 부족이 있었다. 바로 미진의 부족이었다. 대부분의 인간 부족이 협력과 이타성을 동원한 싸움의 기술에 더해 새로운 병법과 무기를 개발하는 동안, 미진이 속한 부족의 대장과 지도자들은 전혀 다른 통합의 기술을 세워나갔다.

잔인하기로 악명 높은 떼봉가 부족과의 전투를 앞
둔 어느 날, 미진이 속한 가룽가 부족의 대장과 지도자
들은 돌도끼와 활로 무장한 수십 명의 전사들 앞에 섰
다. 그들은 생전 처음 보는 모자를 쓰고 있었는데, 맹수
의 머리 가죽으로 만들어진 모자 꼭대기에는 붉은 갈대
로 짠 동그란 원이 얹혀 있었다.[57]

대장이 앞으로 나서더니 돌도끼를 치켜들며 소리
쳤다.

"우리 부족을 만든 신이 있다. 신은 우리를 내려다보
고 있다. 우리가 힘을 달라고 하면 신은 줄 것이다. 모두
힘을 달라고 하자."

"신은 어디 있는데?"

"하늘을 봐라. 마주 볼 수 없을 만큼 강하게 빛나는
저 태양이 바로 우리 부족의 신이다.[58] 우리를 지켜주는
신이다. 우리를 만든 신이 우리를 버리겠는가? 우리는
이길 수밖에 없다. 모두 힘을 달라고 외쳐라! 힘을 달라!
힘을 달라! 힘을 달라!"

대장의 선창에 지도자들이 따라하자, 전사들도 태양
을 향해 힘을 달라고 소리쳤다. 그러자 두려움이 사라지
고 전에 없던 용기가 일었다. 태양은 전사들에게 서로를
깊이 신뢰하고 협력한다면 전투에서 승리할 것이라는
믿음을 주었다.

그날의 전투는 가룽가 부족의 승리로 돌아갔다. 가

이집트 신화의 '라', 페르시
아의 '미트라', 인도의 '비
슈누', 수메르의 '샤마시',
북유럽과 로마의 '솔', 아즈
텍의 '케찰 코아틀' 등 인간
에 의해 탄생된 모든 태양
신을 지칭한다.

룽가 전사들은 가장 귀중한 전리품, 즉 출산 가능한 여성들을 포획한 후에 살아남은 떼봉가 전사들과 늙고 병약한 여성들을 무참히 도륙했다. 지구상에서 가장 덩치가 크고 강한 공격성을 가진 인간 부족이 신의 도움으로 멸종되는 순간이었다.[59]

미진은 부상당한 동료를 부축해 마을로 들어서는 전사들에게서 숭고함을 느꼈다. 그 느낌은 이타성으로 기억에 저장되어 있는 모습이었다. 해묵은 궁금증이 떠올랐다.

'살려는 욕망은 처음부터 있었어. 그러니까 먹고 숨쉬고 도망치면서 살았지. 더 나은 나를 이어가려는 번식의 욕망도 그랬고. 하지만 이타성은 처음부터 있었던 게 아니잖아. 어떻게 생겨난 거야?'

분명한 것은 이타성이 처음부터 이어져 온 기억과는 상관없는 어떤 것 때문에 생겨났으리라는 것이었다. 그것이 무엇일까? 생각을 거듭한 끝에, 그녀는 이타성이 집단생활을 하면서부터 생겨났음을 기억해냈다. 이타성은 대상이 있어야만 생겨날 수 있는 것이니 그녀의 기억은 너무도 타당한 것이었다.

그러자 또 다른 궁금증이 불거졌다.

'처음부터 있지도 않았던 것이 어떻게 계속 전해질 수 있었을

4만5천 년 전에 멸종한 네안데르탈인, 즉 호모 네안데르탈렌시스의 멸종을 의미한다. 네안데르탈인의 멸종에 대한 직접적인 증거는 아직 발견되지 않았고 가설뿐이다.

원시인의 이타적인 행동

까?'

기억gene이 생존의 본능과 번식의 본능을 세대에서 세대로 이어주는 것처럼, 이타성을 계속 이어주는 무엇인가도 있을 것이었다. 그게 무엇일까?

그때, 오래전 기억이 떠올랐다. 여성에서 남성으로 바꾸어야겠다고 마음을 먹자마자 몸이 반응을 일으켰고, 얼마 후에 정말로 그렇게 되었던 물고기Trimma okinawae 시절의 기억이었다.[60]

'그래. 그건 내 안에 남성으로 바뀔 수 있는 가능성 potentiality이 있었기 때문에 그렇게 되었던 거야. 남성이 될 수 있는 가능성… 그렇다면 이타성도 가능성이 이어줄 수 있겠네.'

생각이 급속도로 확장되기 시작했다. 이타성을 이어주는 가능성이 있다면, 헌신과 협력을 이어주는 가능성도 있을 테고, 불씨를 지키고 무기를 만드는 방법을 이어주는 가능성과 움집 만드는 기술을 이어주는 가능성, 태양을 향해 기도하는 행동을 이어주는 가능성 등 처음에는 있지 않았던 모든 것을 이어주는 가능성도 있을 것이었다. 해답은 가능성이었다.

그녀는 처음에 없었던 모든 활동, 즉 생존이나 번식과 직접적인 상관이 없는 모든 활동을 문화文化라고 생각했다. 예를 들면 갈대 모자를 만든다거나 신을 믿고 그림을 그린다거나 하는 활동들이었다. 그리고 그 모든 문화의 배후에 각각을 다음 세대로 이어주는 가능성이 있을 것이라 생각했다. 그녀는 그 수많은 가능성들

오키나와 베니하제와 같이 성을 마음대로 바꿀 수 있는 동물은 양성인의 출현이나 동성애의 원인에 대한 단초를 제공할 수 있다. 양성인(intersex, intersexual)이란 남녀의 성기가 둘 다 존재하는 사람 또는 성기의 모습이 자신의 성 정체성과 다른 사람을 말하는데, 2,000명 중 한 명 꼴로 나타난다. 한국에도 약 25,000명 정도가 존재하는 것으로 보고된다. 태아는 남성의 성기가 될 '볼프관'과 여성의 성기가 될 '뮐러관'을 모두 갖고 있는데, y염색체의 sry유전자의 활동에 따라 둘 중 하나가 발달하고 나머지 하나는 퇴화된다. 이때 내부 생식기를 남성 또는 여성으로 만드는 유전자의 작용이나 성 호르몬의 작용에 문제가 발생하면 남성의 성기와 여성의 성기를 모두 가진 양성인이 된다. 우리나라 역사에 등장하는 첫 양성인은 조선왕조실록에 1437년 등장하는 '사방지'이다. 사방지는 '어지자지'로 불렸다.

을 한마디로 메메meme(Richard Dawkins)[61]라고 생각했고, 메메는 그녀의 기억에 처음부터 있었던 기억, 즉 본능만큼 큰 비중으로 각인되었다.

밈(meme)은 '모방'을 의미하는 그리스어 mimeme에서 따온 것으로, 유전자가 유전적 진화의 단위인 것처럼 문화 전달에도 유전자와 같이 복제기능을 가진 것이 있으리라는 생각하에 만들어낸 문화적 진화의 단위를 지칭하는 용어이다.

세 가지 욕망 _'피할 수 없는 엇갈림'

미진은 인간 종족이 되기 전부터 자신에게 짝짓기와 관련된 세 가지 욕망[62]이 있음을 인지하고 있었다. 세 욕망은 번식과 관련이 있지만, 그렇다고 딱히 번식만으로 한정지을 수는 없었다.

첫 번째 욕망은 성적 쾌락이었다. 성적 쾌락은 마치 인사하듯이 남성에게 성기를 들이대는 라파 종족의 여성들을 보며 시작되었을 수도 있고, 어쩌면 남성의 성기를 받아들이기 시작하면서 시작되었을 수도 있었다. 먹고살려는 욕망에서 더 맛있는 것을 더 많이 먹으려는 욕망이 태어난 것처럼, 성적 쾌락은 번식하려는 욕망에서 나왔지만, 언젠가부터 번식이라는 애초의 목적과 무관하게 독립적인 의미를 갖게 되었다.

이 욕망은 번식과 상관없이 단지 성적인 쾌락을 즐기기 위한 욕망이므로 상대 남성을 까다롭게 고를 필요가 없었다. 그녀는 이 욕망을 정욕情慾, sexual desire이라 생각했다. 정욕을 느끼는 동안, 덩치가 우람하고 빠른 남성이 보이면 그녀는 자신도 모르게 엉덩이를 실룩였다. 몸이 먼저 성적 쾌락을 나눌 상대를 알아보고 반응했던 것이다.

두 번째 욕망은 번식을 하려는 욕망이었다. 이 욕망은 번식을 해야겠다는 마음이 이는 시기, 즉 배란기에 기준에 맞는 남성이 나타났을 때 주로 일어났다. 그녀는 이 욕망을 애정愛情, attachment이라 생각했다.

그녀의 기억이 설정해 놓은 짝 선택의 기준은 두 가지였다. 하나는 몸이 반사적으로 알아차리는 기준이고, 또 하나는 조건이 요구하는 기준이었다. 그런데 수많은 인간 세대를 거치는 동안, 두 기준은 부침을 거듭해 어떤 때는 몸이 짝을 결정했고, 어떤 때는 조건이 짝을 결정했다. 두 조건을 동시에 가진 남성이 흔치 않았기 때문이다.

어느 조건이 적용되건 애정은 한 남성과 성적으로 충실한 관계를 맺게 해주었다. 그 결과 번식이 성공할 가능성은 높아졌고, 짝짓기에 드는 불필요한 시간과 노력은 줄어들었다.

그러나 번식을 하려는 욕망인 '애정'은 강렬한 반면, 그리 오래 지속되지 않았다. 애정에 빠져 있을 때가 평상시보다 생존에 더 위협적이었기 때문이다. 실제로 애정관계에 있는 남녀는 그렇지 않은 인간들보다 맹수들에게 잡아먹힐 확률이 더 높았는데, 특히 임신 중이거나 새끼를 낳은 직후가 가장 위험했으며, 새끼를 기르는 동안에도 위험은 늘 주변을 맴돌았다.[63] 새끼를 무사히 성체로 길러내려면 애정과는 다른 욕망이 있어야 했다.

세 번째 욕망이 바로 그 욕망이었다. 이 욕망은 두 번째 욕망이 지나간 후에 일어났다. 그녀는 이 욕망을 정情, affection이라 생각했는데,

정은 평온함과 안정감을 선사해주었고, 새끼를 기르는 동안 남성을 향한 애착이 유지되게 해주었다.

성적인 쾌락을 알게 된 이후, 그녀는 세 욕망을 반복해 경험했다. 번식기가 아니거나 번식의 과정이 종료되었을 때는 정욕이 그녀를 지배했고, 번식기 동안에는 애정이, 또 애정이 사라진 후에는 정이 그녀를 지배했다.

따라서 너무나 당연하게도, 평상시 그녀는 덩치가 우람하고 빠른 남성의 유혹에 민감하게 반응했고, 번식기에 접어들면 그런 남성보다는 새끼를 낳아 기르는 동안 안전과 먹이를 보장해 줄 수 있는 남성을 골랐다. 그런 남성이 다정다감하고 부드럽기까지 하다면 금상첨화였다.

그녀가 원하는 가장 이상적인 상황은, 결국 따지고 보면 덩치가 우람하고 빠른 남성의 새끼를 출산해 물적·심적 지원을 원활히 제공해줄 수 있는 남성과 함께 키우는 것이었다. 물론 두 기준을 동시에 만족시켜 주는 남성은 흔하지 않았지만.

세대가 거듭될수록 정욕보다는 애정이, 애정보다는 정이 여성의 생존과 새끼의 양육에 중요하게 부각되었다. 그러나 대부분의 남성들에게는 정보다 애정이, 애정보다 정욕이 우선이었다. 먹이를 지속적으로 제공하고 새끼를 지켜야 하는 정의 단계는 남성들에게 그다지 즐거운 단계가 아니었다. 새끼를 잘 키우기보다는 더 많은 새끼를 낳는 것이 번식에 유리하다고 생각했기 때문이다.[64]

그런 생각의 바탕에는 새끼를 버릴 수 없는 모성母性, motherhood이 곧잘 인질이 되곤 했다. 따라서 남성들은 정의 단계까지 한 여성과 함께하는 대신 또 다른 정욕과 애정의 단계를 찾아 숲속을 돌아다녔다.

심지어 유인원 라파 종족의 남성들처럼 정욕의 단계만 반복하려는 남성들도 적지 않았다. 그런 남성들은 몇 가지 특징적인 행동을 보였다. 그중 눈에 띄는 것은 선택의 기준과 접촉touching이었다. 성적 쾌락이 그들의 짝짓기에서 차지하는 비중이 높았으므로 짝을 선택하는 그들의 기준은 대개 까다롭지 않았다. 그들은 관심을 보이는 여성이라면 그 관심이 크건 작건, 성적인 관심이건 지원을 요청하는 관심이건 가리지 않고 달려가 정욕을 구걸했다.

그들은 성적인 관심을 보이지 않는 여성에게도 다가가기를 주저하지 않았는데, 그때는 대개 접촉이라는 재능을 사용했다. 여성이 성적인 관심을 보이지 않음에도, 그들은 여성이 자신에게 관심을 보일 게 분명하다고 착각해 손으로 슬쩍슬쩍 만지거나 엉덩이를 비벼댔다.[65]

여성으로서는 이해할 수 없는 착각이었지만, 접촉의 재능은 종종 생각 외로 큰 결실을 맺었다. 관심을 보이지 않는 여성들 가운데 몸이 반응해 관심으로 돌아서는 경우가 있었기 때문이다. 몸의 반응이라는 면에서, 일단 들이대고 보는 그들의 수법은 꽤나 효과적이었다.

정욕보다는 애정이 우선이며 한 남성과 보다 장기적인 관계를 맺기를 원하는 여성, 그리고 애정보다 정욕을 우선시하며 가급적이면 많은 여성과 단기적인 관계를 맺으려는 남성.[66] 이처럼 짝짓기 전략의 우선순위부

긍정오류와 부정오류
자신에게 성적 관심이 없는데도 있다고 잘못 추론하는 것을 긍정오류라 한다. 상대 이성이 성적 관심이 있는데도 잘못 추론하는 것을 부정오류라 한다. 긍정오류를 사용하는 것이 부정오류를 사용하는 것보다 자손 번식이라는 진화론적 문제를 해결하는 데에 더 효과적일 수 있다. 따라서 남성은 긍정오류를 사용하도록 진화되어왔다. 이런 사실은 남성들이 왜 여성이 웃거나 눈을 마주치거나 가벼운 신체접촉을 해오는 것만으로도 자신에게 관심이나 호의가 있다고 잘못 추론하는지에 대한 설명을 제공한다.

터 현격한 차이를 보이는 두 성의 엇갈림은, 이후 고등동물, 특히 인간이 누릴 성 선택性 選擇, sexual selection의 역사를 주관할 토대로 자리잡았다.

몇 대 몇?

성이 분화된 이후, 세상에는 네 가지 번식의 방식이 존재해왔다. 한 여성이 여러 남성과 짝을 맺는 일처다부—妻多夫, polyandry 방식, 암수 가릴 것 없이 닥치는 대로 번식하는 난혼亂婚, promiscuity 방식, 한 남성이 여러 여성과 짝을 맺는 일부다처—夫多妻, polygamy 방식, 그리고 한 쌍의 남녀가 장기 관계를 맺는 일부일처—夫—妻, monogamy 방식이다.[67]

　미진은 네 가지 방식을 모두 기억에 갖고 있었다. 일처다부 방식은 잠시 스쳐간 기억뿐이었다. 그도 그럴 것이 여성이 임신 중이거나 번식기가 아닐 때, 남성들은 노골적인 불만을 드러내며 다른 남성을 공격하거나 딴 여성을 찾아 떠났고, 새끼가 태어나더라도 자신의 새끼라는 보장이 없어 먹이나 보살핌과 같은 지원에 소홀했기 때문

이다.[68]

　난혼도 효과적인 방식은 아니었다. 이 방식은 성적 쾌락의 측면에서는 남녀 모두의 본능을 충족시켜주는 가장 이상적인 방식이었다. 그러나 남성의 책임 방기라는 큰 문제를 드러냈다.

　여성에게 번식이란 새끼를 낳는 것뿐 아니라 길러내는 것까지 포함하는 장기적인 행위이지만, 남성은 자신의 정자를 뿌리기에만 급급했고, 그렇게 태어난 새끼는 오직 어미만의 새끼일 뿐, 어느 아비의 새끼도 아니었다. 부성父性의 불확실성이 모든 아비에게 모든 새끼는 자신의 새끼가 아니라고 일러준 셈이었다. 따라서 새끼의 생존은 오로지 어미에게 달려 있었고, 그런 상황은 무리의 생존과 유지에 큰 위협이 되었다.

　일부다처 방식은 거의 모든 동물이 채택한 가장 자연스러운 방식이었다. 특히 여성에게 매우 유리한 방식이었는데, 여성은 강한 아비를 닮은 강한 새끼를 얻을 수 있고, 남성이 부성에 대해 의심할 여지가 많지 않아 먹이나 보살핌과 같은 지원을 지속적으로 제공받을 수 있었다.[69]

　남성들은 많은 여성과 짝짓기를 할 수 있는 대장이 되기 위해 서로 치열하게 싸웠으므로 이 방식을 채택한 종족의 남성들은 예외 없이 여성보다 덩치가 컸다. 그러나 이 방식 역시 심각한 문제를 안고 있었다.

　개인의 측면이 아니라 무리의 측면에서 볼 때, 여성 쟁탈전에서 패한 남성은 죽임을 당하거나 심한 상처를 입고 무리를 떠날 수밖에 없었다. 강한 남성 한 마리가 수십에서 수백 마리의 자손을 퍼뜨릴 수 있어 마리 당 번식에는 성공적이었지만,[70] 가장 강한 남성만 자손을 퍼뜨릴 수 있는 바로 그 점 때문에 무리는 계속해서 쪼개질 수밖에 없었고, 따라서 다른 무리나 포식자, 또는 동족의 습격에 취약했던 것이다.

생명이 가진 생존과 번식의 본능은 곧 무리의 생존을 담보할 수 있는 대책을 찾아냈다. 제아무리 대장이고 제아무리 난다 긴다 하는 남성이라도 무리의 생존 없이는 살아남을 수 없었기 때문이다.

전부 아니면 전무

그 대책은 너무도 당연히 개체수를 불리는 것이었고, 불릴 대상은 싸움에 나설 수 있는 전사, 즉 남성이었다.[71] 이런 요구에 의해 남성과 여성 간의 생물학적인 능력의 차이는 자연스레 성에 따른 지위의 차등으로 연결되었고, 이즈음부터 남성이 여성보다 우월한 세상이 열리게 되었다.

그런데 전사를 불리려면 반드시 필요한 전제조건이 있었다. 그것은 한 남성이 다른 남성들을 쫓아내고 여성들을 독차지하는 일부다처 방식의 포기였다. 그러려면 여성 쟁탈전에서 패한 남성들에게도 최소한의 짝짓기 기회가 제공되어야 했다. 짝짓기 할 여성을 구하지 못해 속만 태우던 약한 남성들은 변화된 환경의 요구에 적극적으로 호응했다.

대장이 자신의 기득권을 조금씩 내려놓는 사이, 소수 강자들이 나타나 그 기득권을 나누어 가지면서 일부다처의 명맥이 완전히 끊어지지는 않았다. 그럼에도 무리의 생존을 지킴으로써 자신의 생존을 도모하고 지위를 유지하려는 대장 및 소수 강자와 자신의 후손을 남겨룰 여성이 필요한 대다수 약자는 성적 자산인 여성을 나누어 가지기 위한 **타협**에 들어갔고,[72] 타협의 궁극에 일부일처, 즉 일 대 일 번식 방법이 탄생하게 되었다.[73]

대장과 소수 강자는 무리의 생존에 필요한 전사들에게만 여성을 제공하는 등 가능한 한 여성에 대한 기득권을 유지하려고 노력했지만, 한번 출현한 일부일처 방식은 약자들의 전폭적인 지지를 등에 업고 세를 빠르게 확산해가며 번성하는 종족의 번식 방법으로 자리를 잡아갔다.

자연이 부여한 지위, 즉 여성에 대한 독점적 지위를 상당 부분 잃어버린 무리의 지도자들은 인위적인 방법으로 여성들을 유혹했다. 그들은 자신들이 풍부한 자원의 소유자임을 보이기 위해 새의 깃털과 동물의 가죽으로 몸을 치장하고, 약한 남성이 가진 움집보다 몇 배나 큰 움집을 지었으며, 집단 사냥에서 더 많이 분배받은 먹이를 마치 과시라도 하듯 움집 입구에 걸어 놓았다.

남성들이 일부일처 방식에 합의한 이후에도, 여성들은 여전히 자신의 안전과 새끼의 양육을 위한 장기 관계를 원했으므로 빈털터리 남성의 관심을 얻으며 불안하게 살기보다는 차라리 부유한 남성을 공유하는 쪽을 택했다.[74] 따라서 많은 여성들이 먹이가 걸려 있는 큰 집을 찾았고, 지도자들은 집으로 찾아든 여성들과 짝짓기를 했다. 말하자면 종족이 인정하는 번식의 형식은 일부일처이되, 자연이 인정하는 형식인 일부다처의 공존이 묵인되는 셈이었던 것이다.[75]

사실 일부일처제는 균형감과 영속성 측면에서 보면 나무랄 데가 없었다. 하지만 오랫동안 누려온 여성의 선택권을 제약하는 전혀 자연적이지 않은 방식이라 여성들 사이에서는 정당화될 수 없었다. 그럼에도 일부일처제는 많은 남성들의 지지 속에 인간 종족의 대표 번

Polygamy is not injurious to domestic peace on the Gold Coast, but is favoured by the women, whose work is lightened thereby. The dozen wives of this Buntuku chief are afflicted by no sense of jealousy

추장의 아내들

식 방식이 되어갔다. 그에 따라 남성들, 특히 유약한 남성들 사이에서 짝짓기에 관한 암묵적인 합의가 생겨났다. 이른바 성 윤리性 倫理, sexual morality라는 것이었다.[76]

여성들에게 성 윤리라는 것은 참으로 불합리하기 짝이 없었다. 남녀 한 쌍을 기반으로 하는 성 윤리는 강한 정자를 가진 남성과 부유한 남성을 선택할 수 있는 여성의 자연 권리를 심각하게 침해할 뿐 아니라, 그 자연 권리를 남성에게 대폭 넘겨주기까지 하는 일방적인 횡포였기 때문이다.

여성들은 줄어든 선택 기회로 인해 제대로 된 판단 절차를 거치지 못한 상태에서 남성을 택하거나 남성의 선택을 기다려야 했으므로 약한 남성이나 빈털터리가 될 소지가 높은 남성과 짝이 될 가능성이 전보다 더 커졌다.

그렇게 제한된 여건 속에서, 여성들은 장기적으로 지원해 줄 잠재력을 가진 남성을 찾아내는 기술과 모두가 인정하는 강하고 부유한 남성의 눈에 들기 위한 전략을 동시에 발전시켜야 했다. 그 과정에 가장 중요하게 작용한 것은 성이 분화된 이후 한 번도 변하지 않았던 번식의 법칙, 즉 젊고 건강한 여성일수록 새끼를 더 잘 낳고 튼튼하게 길러낸다는 법칙이었다.

여성의 번식 능력을 겉으로 드러내주는 젊음과 건강은 여성이라면 더 많이 가져야 할 짝짓기의 핵심 조건으로 부상했다.[77] 젊음과 건강은 곧 아름다움美이라는 이름을 얻었다. 그즈음 아름다움의 저편에서 남성들을 노려보는 시선이 있었다. 아름다움만큼이나 크게 부각되고 있던 추함醜이었다.

아름다운 여성들은 전과 마찬가지로 강하고 부유한 남성들의 차지가 되었고, 가장 아름답지 않은 여성들은 가장 약하고 가난한 남성들에게 돌아갔으며, 중간 정도의 남녀는 그 틈바구니에서 그나마 건강해 보이는 남성, 그나마 있어 보이는 남성, 그런대로 젊은 여성, 그런대로 건강한 여성을 찾아내려는 기나긴 짝 찾기의 미로로 접어들었다.

한 가지 아이러니한 것은, 여성들이 아름다워지려고 노력할수록 여성들 간의 경쟁은 심해졌고, 그럴수록 아름다움을 판단하는 남성들의 눈 또한 점점 더 높은 곳으로 향하게 되었다는 점이다.

자연성과 인간성의 충돌

생명은 종족을 보존하기 위해 무리의 구성원끼리 서로 협력한다. 미어캣meerkat은 경고음으로 포식자의 출현을 알리고, 늑대와 돌고래, 리카온African hunting dog은 힘을 합쳐 사냥에 나선다. 인간 역시 자신이 속한 무리를 보호하고 생존력을 확보하기 위해 노력한다.

미진은 일부일처 방식을 표방하는 인간 사회에서 정숙한 여성으로 살고 있다. 이즈음 인간들은 사랑과 이해, 양심, 윤리, 이타심, 동정심과 같은 덕목을 발전시켜 사회적인 유대를 다지고 가장 번성한 종족으로서 다른 종족과는 차별된 존엄성을 스스로에게 부여하고 있다.

그런데 이러한 덕목들로 인해 이전에는 자연적인 행위로 인식되었던 두 가지 짝짓기 행위가 범죄로 전락했다. 강제 짝짓기와 은밀한 짝짓기이다.

강제 짝짓기

　강제 짝짓기란 남성이 폭행이나 협박을 동원해 여성과 짝짓기 하
는 강간强姦, rape을 말한다. 인간의 몸으로 5만 년 가량 살아오는 동
안, 그녀는 셀 수 없이 많은 강간의 기억을 갖게 되었다. 그중 유달리
고통스러웠던 기억은 대부분 언어와 문화가 다른 인접 부족들과 전
투를 치르는 와중에 얻은 것들이었다.

　각 부족들은 하나같이 영토와 물, 식량 등 꽤 절박해 보이는 명분
을 내세워 전투를 벌였지만, 그녀가 보기에는 각 부족을 이끄는 지도
자들의 알량한 자존심과 협력을 싫어하는 옹졸함, 공존을 모르는 배
타성, 그리고 수십억 년 동안 연마해온 공격성이 전투의 직접적인 이
유였다.

　그들이 쳐들어올 때면 미진의 부족민은 파괴와 약탈, 살육의 대
상이 되었고, 여성들은 전사들에게 전리품으로 분배되었다. 이웃 실
푸루 부족이 쳐들어왔을 때는 임신 가능한 모든 여성이 강간을 당
했고, 바투마 부족이 쳐들어왔을 때는 주로 소녀들이 고통을 받아
야 했다.[78]

　서로 물어뜯고 죽이는 인간의 포악성은 5만 년이 지난 지금까지
규모를 계속 키워가며 이어지고 있다. 미진이 살고 있는 코발국은 사
방이 베르국, 오온바시국, 박탈루나국, 훈국 등 큰 나라로 둘러싸인
대평원에 위치해 있는데, 인접한 나라들은 걸핏하면 시비를 걸고 쳐
들어왔다. 매번 다른 명분을 앞세웠지만, 그들이 침략해 오는 진짜

이유는 단 하나, 코발국 대평원 바로 밑에 지천으로 널려 있는 구리를 손에 넣기 위해서였다.

코발국을 점령한 각국의 군인들이 코발국 사람들을 강간하는 이유는 크게 네 가지였다. 잦은 영토 분쟁으로 감정이 상해 있던 베르국 군인들은 코발국에 대한 골 깊은 증오와 혐오감을 여성들을 상대로 풀었다. 베르국의 지도자들은 자국 병사들의

켈트족 전사에게 끌려가는 여성

사기를 높이기 위해 강간을 부추기기까지 했다.[79]

오온바시국 군인들은 과거에 실푸루 부족의 전사들이 그랬던 것처럼 코발국이 오랫동안 간직해온 혈통의 순수성을 무너뜨리려 했다. 침략군이 물러간 후, 코발국 여성들은 그들의 의도대로 혼혈아를 출산했고, 남성들이 가하는 엄청난 박대를 견뎌내야 했다. 코발국 남성들은 혈통이 다른 아이를 낳는 것은 코발국 혈통을 가진 아이를 낳을 기회를 빼앗긴 것이라 믿고 있었기 때문이다.

박탈루나국 군인들이 강간을 일삼은 이유는 다른 어떤 나라보다 저열했다. 그들이 노린 것은 코발국이 다시는 자긍심을 가질 수 없게 만드는 것이었다.[80] 그들은 전쟁에서 패한 코발국 군인들과 짝짓기 적령기에 접어든 젊은 남성들을 골라 강간하면서 "네놈은 이제 내 아내야. 더 이상 남자가 아니라고." 하는 소리를 반복해 주입했다.

광활한 대륙을 영토로 가진 훈국 군인들은 코발국을 점령하자마자 수천 명의 여성을 아예 훈국으로 데려가 버렸다. 그들이 그렇게 한 이유는 자국 여성이 절대적으로 모자랐기 때문이다.

전쟁이 없는 시기라 해서 여성에 대한 성적 폭력sexual assault이 없는 것은 아니었다. 여성 쟁탈전에서 연거푸 고배를 마신 일부 남성들은 자손을 남길 수 없을지도 모른다는 절박감에 사로잡혀 주변 여성이나 친족 또는 혈족 관계에 있는 여성을 강간했다.[81]

또 마을사람들이나 친족들에게 피해의식을 품고 있는 남성들과 다양한 이유로 여성들에게 증오심을 갖게 된 남성들도 강간이라는 뒤틀린 방식으로 자신의 고통을 표출시켰다.

그들이 노리는 대상은 젊고 건강한 여성이 아니라, 늙거나 어리거나 정신적·육체적으로 약하거나 장애가 있는 등 저항력이 떨어지는 여성이었다. 그런 여성은 대개 그들의 주변에 있었고, 그래서 대부분의 경우 강간은 우발적이지 않았다.[82]

일반 여성 시민이 그렇게 당할 정도였으니, 노예 여성이나 하층민 여성, 빈곤층 여성, 감옥에 수감된 여성들의 사정이야 말할 필요도 없었다. 그들에게 성적 폭력을 행사하는 가해자 중에는 짝이나 딸과 같은 여성 가족 구성원이 있는 지극히 평범한 가정의 보통 남성들도 적지 않았다.

그들이 비뚤어진 행동을 하는 이유는 단지 성욕을 채우려는 것만이 아니었다. 강간은 절망을 느끼게 하는 일련의 과정을 사회로부터 반복적으로, 또 지속적으로 받아온 남성이 마지막으로 택하게 되는 일종의 보복 기전이었는데,[83] 자신의 내면에 도사린 분노를 여성을 상대로 한 성적 폭력이라는 수단을 동원해 배출함으로써 약자에 대한 정복 욕구를 충족하고, 그 행위가 가져다주는 쾌감을 보상으로 얻으려는 것이었다.

미진은 남성 중심의 사회가 강간을 대하는 자세에 불만이 많았다. 인간이 사랑과 이해, 양심, 윤리, 이타심, 동정심과 같은 덕목을 발전시켜오는 동안, 강간은 일찍부터 중대한 범죄로 간주되었다. 그렇기에 본인이나 가족이 의도적으로 숨기지 않는 한, 강간을 가볍게 여기거나 미온적으로 대처하는 경우는 드물었다.

강간 사건이 발생하면 사회는 관습과 법과 율법을 총동원해 적극적인 대응에 나섰다. 그런데 그런 적극적인 대응의 목적지는 여성의 고통이나 인권이 아니라, 피해 여성의 아버지나 남편의 명예였다. 재판관들은 가해 남성이 실제로 피해 여성의 아버지나 남편의 재산권을 침해한 사실이 있는지에 대해서만 판단했고, 판단의 결과는 돈으로 귀결되었다.[84]

처녀를 강간한 남성에게는 부인이나 과부를 강간한 남성보다 더 많은 돈을 지불하라는 판결이 내려졌고, 매춘부를 강간한 남성에게는 폭력의 경중이나 음부의 열상 정도 등 육안으로 충분히 관찰할 수 있는 최소한의 피해도 무시된 채 그녀가 평소에 받는 화대에 준하는 돈을 지불하라는 판결이 내려졌다.[85] 여성에게 특히 가혹한 어떤 문화권에서는 강간의 모든 책임을 피해 여성에게 뒤집어씌워 가족의 명예, 또는 종교의 이름으로 살해하는 일이 벌어지기도 했다.

남성을 중심으로 돌아가는 사회는 강간당한 여성에게 어떤 고통이 찾아드는지 무심했다. 남성들은 피해 여성이 정서적으로 매우 불안정한 상태에서 평생을 살아간다는 사실을 애써 무시했다. 주변 남성이나 친족, 혈족 관계인 남성에게 당한 여성은 주변을 끊임없이 경계하고, 일면식도 없는 남성에게 당한 여성은 일면식이 없는 모든 남성을 두려워해 골방으로 숨어든다는 사실을 인정하지 않았다. 인간이 두려워진 나머지 은둔을 택하는 것도, 피해 가족이 정신적으로 파탄에 이르는 것도, 강간 이후에 발생하는 영아 유기와 여성 살해도 모두 피해 여성이 견뎌내야 할 문제였다. 모조리 여성의 책임이었다.

한 가지 다행한 것은, 아버지나 남편이 가해 남성으로부터 더 많은 돈을 받아내기 위해 '견디기 어려운 상처', '망가진 인생', '불행한 여인의 삶' 따위의 말들을 주워섬겼을 뿐, '강간을 당한 여성은 행복해질 수 없다'는 강간보다 더 치명적인 상처를 주는 사회적 굴레는 아직 형성되어 있지 않다는 것이었다. 물론, 강간이 남성들에게 그만큼 대수롭지 않은 일이라는 반증이긴 했지만.

미진은 남성들의 그런 무시와 회피, 그리고 남성에 비해 한없이 나약하고 무기력한 존재가 되어버린 여성의 실상을 몸속 깊은 곳에 분노의 기억으로 저장해 두었다.

은밀한 짝짓기

은밀한 짝짓기란 윤리가 아닌 것, 즉 불륜婚外情事, extramarital affair이라는 용어에서 인간성humanity을 살짝 벗겨내 본 표현이다. 강간이 그랬던 것처럼 불륜 역시 성이 분화되어 짝짓기가 생겨난 이후 바다와 강, 초원과 숲속 어딘가에서 끊임없이 이어져온 자연적인 행위이다.

생명이 보이는 모든 행태가 종족의 번영과 어떤 식으로든 관계를 맺고 있지만, 윤리, 특히 성 윤리는 종족의 번영을 위해 탄생되었다기보다는 성적 자원을 확보하려는 개체 간의 타협이 세대를 이어 지속된 결과물이라는 측면이 더 강하다. 지능이 높은 동물일수록 힘이나 폭력보다 타협으로 문제를 해결하려는 경향이 크고, 그런 경향은 성 윤리에도 적용된다. 그중 가장 치밀한 성 윤리를 발전시켜온 종족은 인간이다.

대부분의 인간은 짝짓기가 타협의 산물인 윤리의 틀 안에서 지켜져야 한다는 데 이견을 달지 않는다. 하지만 때때로 불륜의 가능성을 더듬고 있는 자신을 발견할 때면 저도 모르게 깜짝 놀라곤 한다. 그리고 이런 이유 저런 사정으로 인해 불륜의 종용이 너무도 매혹적이라 느껴질 때, 절박한 심정으로 자문해 본다.

'불륜이 왜 불륜이지?'

생명의 짝짓기에 윤리를 들이대는 것은 자연적이지 않다. 인간의 불륜을 윤리의 문제로 해결할 수 있다는 생각은 그래서 인간적이다. 윤리를 동원해 불륜을 규제할 수 있다는 생각 자체가 인간이라는 동물이 사랑의 서약을 지킬 수 없는 자연의 존재임을 시인하는 것이기 때문이다.

현재 존재하는 포유류의 4%, 인류의 20%만이 일부일처 방식에 따라 짝짓기를 하고, 1,154개 인간 사회 중 980여 곳이 일부다처 방식을 거쳐 왔다는 연구 결과[86]는 성 윤리가 인간성의 발로이며 교육을 통해 지속적으로 강화되어 왔다는 증거로 손색이 없다. 그냥 둬도 지켜질 일이라면 성 윤리는 애초부터 생겨나지도 않았을 것이다. 그런 점에서 인간의 불륜은 최소한 자연스럽다.

미진은 일부일처제가 남성들의 타협에 의해 탄생되었으며 일부일처제를 강화하기에 적합한 성 윤리가 계속해서 개발되었음을 기억으로 알고 있었다. 불륜을 막기 위해 종교를 동원한 교육이 행해지고, 세상 사람들은 빈부와 미추美醜, 그리고 남녀를 불문하고 하나같이 불륜의 부당성을 당위로 받아들이지만, 미진의 기억에 있는 불륜의

가서 다시는 죄를…

자연성과 인간성의 정면충돌

본능은 다만 억제할 수 있을 뿐, 결코 제거될 수는 없는 것이었다.

미진이 생각하기에, 문명이 발전했고 사회구조도 복잡해졌지만, 짝짓기에 대한 인간의 본능은 수십만 년 전의 숲속에 그대로 머물러 있었다. 지극히 자연적인 불륜과 그 자연성을 입 모아 거부하는 인간성. 그녀는 맞지 않는 옷을 걸친 것 같은 지금의 상황이 문명이 발전하는 속도에 비해 본능이 발전하는 속도가 턱없이 느리기 때문에 생긴 틈이라 여겼다.

어느 파티 석상, 짝짓기 4년차인 미진에게 지도자급 남성이 다가왔다. 그는 남편과 왕래가 잦은 편은 아니지만, 공식석상에서 몇 번 마주친 적 있는 꽤 근사한 외모의 소유자였다.

"미진씨."

"예."

"남편이 라인국에 갔다고 들었는데, 아직 안 오셨소?"

"예. 인편에 한 달쯤 더 있어야 한다는 소식을 전해왔어요."

"파티 끝난 후에 작은 술자리가 있을 예정인데, 어떻소? 내 파트너가 되어줄 생각 없소?"

그에게는 짝과 새끼들이 있었다. 짝짓기 7년차에 접어들어 짝에 대한 정욕은 거의 사라졌지만 애정은 남아 있고, 세 아들과 두 딸도 끔찍이 아꼈다. 그러나 그는 다른 여성에게 접근하기를 주저하지 않았다.

그의 아내는 그가 다른 여성과 불륜을 저지르는 것을 알고도 속으로만 끙끙거릴 뿐, 불만을 겉으로 드러내지는 않았다. 남성의 불륜은 짝과 새끼에게 돌아갈 자원의 일부가 다른 여성에게 빼돌려지는 것이기에 보통 심각한 문제가 아니었다.[87] 하지만 그런 문제는 자원이 빠듯한 남성에게 해당되는 문제일 뿐이었다.

그는 충분한 자원을 가지고 있었고, 따라서 아내로서는 부유한 그와 헤어져 새 남성을 찾는 것이 자신의 생활과 새끼들의 양육에 아무런 이득이 되지 않았다. 그녀에게 남편의 불륜은 손이 닿지 않는 곳에 난 뾰루지나 속으로 삭여야 할 잇몸 통증 같은 것이었다.

그가 불륜의 대상을 찾는 이유는 대부분의 남성과 마찬가지로 자신의 시간과 자원을 지속적으로 투자할 필요가 없는 새끼를 보려는 욕망 또는 정욕 때문이었다. 정욕의 본향本鄕은 새끼를 남기려는 번식의 욕망이지만, 성기의 삽입과 함께 시작된 즐거움과 맞물리면서 독자적인 성적 쾌락의 영역을 구축해왔고, 이즈음에는 번식의 욕망을 초월해 사랑의 영역까지 넘보고 있었다.

남성들, 특히 정욕과 사랑을 혼동한 남성들이 정욕에 인간적인 사랑의 가치를 부여하기 시작한 것도 이즈음이었으며, 어떤 경우에는 정욕이 사랑의 탈을 쓰고 짝짓기의 전 과정을 지배하기도 했다.

그에 비해 여성이 불륜의 대상을 찾는 이유는 새끼를 남기기 위한 것이 아니었다. 새끼를 남기기에 급급해 다수의 남성과 불륜을 저지르다가는 오히려 새끼를 먹여 살려 줄 남성이 없어서 생활이 어려워지기 십상이었기 때문이다.[88]

여성에게는 남성의 정서적·물질적 지원이 새끼를 보려는 욕망보다 더 중요했으므로 남편의 정서적·물질적 지원이 떨어지거나 위태로워졌다고 판단될 때, 그런 지원을 제공해줄 수 있는 다른 남성, 즉 불륜의 대상으로 눈을 돌리는 것이었다.[89]

물론 정도의 차이는 있을지언정, 정욕이 여성에게 미치는 영향도 결코 적지 않았는데, 이 무렵 상당수의 여성들도 정욕적인 불륜에 대한 욕구를 가지고 있었다. 그리고 남성들이 정욕과 사랑을 혼동한 것과 달리, 여성들은 자신의 정욕을 곧잘 애정이라 믿곤 했으며, 어떤 경우에는 애정에 대한 갈망이 너무 큰 나머지 정욕이 애정의 가면을 쓰고 스스로를 속이기도 했다.

특히 여성들은 새끼가 어느 정도 자라는 짝짓기 4년차[90]에 이르면 불륜의 유혹에 가장 취약했는데, 공교롭게도 그 시기는 남편을 향한 정욕이 애정으로 바뀌어야 하는 시기와 일치했다. 그런 시기에 남편의 정서적인 지지나 물질적인 지원이 현저히 떨어지면 불륜의 가능성은 한층 더 높이 날아올랐다.

불륜은 남편과 아내 모두에게 두려움을 가져다주었다. 아내에게 남편의 불륜은 정서적·물질적 지원의 저하를 의미했고, 남편에게 아내의 불륜은 부성 불확실성을 의미했기 때문이다. 궁핍한 남편만 바라보고 살기에는 아내의 기억에 저장되어 있는 자연이 부여한 남성 선택권이 가만있지 않았고, 다른 남성의 새끼를 키우는 것은 다른 인간 종족의 씨를 말려 가며 분전해온 남편의 본능상 생물학적 명령에 정면으로 배치되는 일이었다.

그러므로 남편들은 불륜을 저지른 아내들에게 '성기를 받아들였느냐'고 물었고, 아내들은 불륜을 저지른 남편들에게 '그 여자를 사랑하느냐'고 물었다. 그러면 아내들은 '그 남성을 사랑하지만, 성기는 받아들이지 않았다'고 대답했고, 남편들은 '성기를 삽입했지만, 그 여자를 사랑하는 것은 아니다'라고 대답했다. 그렇게 남편들은 아내가 덜 두려워하는 성적인 태만을 찾아 돌아다녔으며, 아내들은 남편들이 덜 두려워하는 정서적인 태만을 탐닉했던 것이다.[91]

미진이 술자리 파트너를 제안해온 남성에게 대답했다.

"집에 가봐야 별로 할 일도 없으니 기꺼이 파트너가 되어 드리겠어요. 하지만 정욕을 애정으로 혼동할 만큼 가난하진 않답니다. 남편이 하는 걸로 봐서는 앞으로 그럴 가능성도 별로 없어 보이구요. 그래도 괜찮겠어요?"

남성은 그녀가 하는 말의 의미를 이해하지 못해 잠시 머뭇대다가 우물쭈물 물러났다.

아내좀
나눠줘

성性스러운 결혼

짝짓기 계약

결혼 역시 다른 약속과 마찬가지로 성을 달리하는 두 사람, 즉 나와 당신 사이에서만 아이를 낳자는 계약契約이다. 이 계약을 지키지 않는 것은 기만이고, 배신이며, 죄악이다.

톨스토이Leo Tolstoy

생명의 역사를 통틀어 짝짓기mating를 의미하는 표현이 없었던 적은 단 한순간도 없다. 미진이 기억하는 표현만 해도 상대의 성기에 코를 대고 킁킁거리거나 배설강을 맞비비는 것부터 우후이, 무무, 갸욱 등 수백 개에 이른다.

결혼이라는 표현은 그중 가장 늦게 만들어졌고 인간이라는 종에 국한된 것이다. '인간에 국한된'이라는 표현을 쓴 이유는 다른 종의

홍학 수만 마리가 짝짓기를 위해 케냐 나쿠루 국립공원에 모여든 광경

짝짓기와 달리 인간의 짝짓기에는 도덕과 관습, 특히 법률까지 동원되기 때문이다.

자연은 성을 가진 모든 생명에게 짝짓기란 하고 싶을 때 하고 하기 싫을 때 하지 않는 것이라 말해왔다. 그런데 인간은 왜 굳이 수많은 짝짓기 상대를 단념한 채 도덕과 관습과 법률을 동원해가며 너와 나, 단 둘만 해당되는 짝짓기 제도를 이어갈까? 얼마나 많은 상대와 짝짓기를 하든, 그것이 무슨 상관이기에 약혼식, 결혼식이라는 부산한 형식까지 만들어가며?

결혼의 기원에 관한 거의 대부분의 질문에 부합하는 가장 근원적인 해답은, 일부일처 방식이 인간이 생존에 이롭다고 판단해 선택한 방식이라는 것이다.

덕분에 생존경쟁에서 살아남을 수 있었다. 거기에 더해 결혼식이라는 성聖스러운 형식을 고안해내어 이 사람은 둘만의 아이를 낳아 기르기로 계약한 나만의 짝임을 공표하고, 그 공표를 도덕과 관습과 법률로 강제하면서 폭발적으로 번식할 수 있었다. 그래서 결혼은 인간적이며, 그 기원은 성性스럽다.

그러나 결혼이 아무리 인간적이라도 자연이 수십억 년을 두고 이어온 번식의 기억을 거스를 수는 없다. 사랑이든 문화든 그 어떤 것을 동원해 결혼의 의미를 재단하고 재해석한다 해도, 결혼이란 짝짓기의 인간적인 형태일 뿐이고, 짝짓기란 근본적으로 본능의 행위이기 때문이다.

그리고 그 본능은 결혼의 전 과정을 통해 남성을 가능한 한 많은 여성에게로 이끌고, 여성으로 하여금 가능한 한 그렇지 않은 남성을 찾도록 끊임없이 속삭인다.

우리 짝짓기나 할까?

학교 뒷담을 따라 오솔길을 걷다 보면 나타나는 펍pub, 대학생들이 삼삼오오 모여 술을 마시고 있었다.

한 남학생이 미진에게 다가오며 말을 건넸다.

"안녕! 오늘 모임 처음이지? 만나서 반갑다."

뒤돌아 본 미진의 눈과 감각에 남학생의 키와 눈과 어깨 넓이와 목소리가 동시에, 또 순식간에 접수되었다. 그녀가 그에 대한 자신의 호감도를 체크하는 데는 3초도 걸리지 않았다. 그녀의 몸이 상당히 괜찮아 보이는 남성이라고 대답해왔다. 미진은 매우 오래된 질문을 던졌다.

"응. 반가워. 너 혹시 유진이라고 아니?"

"유진…? 그게 뭔데?"

그 질문은 원시세포일 때 헤어졌던 첫 유진을 찾고 비정상적인 새
끼가 태어나는 것을 막기 위해 던지곤 했던 질문이었다. 남성이 풍기
는 냄새를 맡을 수 있게 되면서 불필요한 질문이 되었는데, 그녀가
다시 묻기 시작한 이유는 인간이 되는 과정에 냄새 외에 다양한 감각
이 발달해 비슷한 기억을 가진 남성인지 아닌지를 냄새로 구별해내는
능력이 거의 사라졌기 때문이다.

그녀는 남성의 큰 키와 선해 보이는 눈매, 넓은 어깨가 마음에 들
었다. 그렇지만 그녀의 마음을 더 강하게 끌어당긴 것은 비슷하게 생
긴 얼굴과 저음의 목소리였다. 비슷한 외모는 생각도 비슷할 것이며,
전혀 다르게 생긴 사람보다는 더 많은 지지를 보여줄 것 같은 기분이
들게 했고, 낮은 목소리는 안정감과 신뢰감을 주었다. 그녀는 낮은
목소리를 가진 남성일수록 성적인 능력이 뛰어나다는 사실을 기억으
로 알고 있었다.[92]

본능의 시선

남학생 역시 미진을 처음
보는 순간부터 강한 호감을
느끼고 있었다. 그녀의 맑은
눈과 긴 다리와 알맞게 큰
가슴, 잘록한 허리 끝에서 둥
글게 벌어진 엉덩이가 순식
간에 그의 감각을 관통했기
때문이다. 그의 몸이 그녀의
아름다운 육체야말로 훌륭
한 성적 능력의 증거라고 일
러주었다.

미진이 판단하기에 남학생은 사귀기에 좋은 조건을 두루 갖추고 있었다. 남학생의 판단도 미진과 비슷했다. 두 사람은 곧 집중탐구에 들어갔다.

성性스러운 수컷: 결혼의 이유

남성의 번식 본능은 많은 여성과 단기관계를 추구하는 방향으로 발전해왔다.[93] 하지만 종족 보존의 본능에 눌려 일부일처 방식으로 선회하게 되었다. 일부일처제는 성적 자산인 여성을 비교적 균등하게 나눠 가질 수 있는 이점이 있지만, 되도록 많은 단기관계를 원하는 남성의 번식 본능에는 꽤나 심각한 제약이었다. 그럼에도 몇 가지 강력한 이익을 제공해 남성들로 하여금 단기관계보다는 장기관계인 결혼이 이익이라는 결론에 이르도록 했다.

성관계를 위해

인간이 발전시켜온 갖가지 문화의 다양한 간섭을 배제한다는 조건하에, 그리고 자각 여부에 관계없이, 남성이 성관계를 갖고 싶어 하는 이유는 두 가지뿐이다. 새끼를 남기려는 번식의 욕망과 성기를 삽입하면서부터 개발시켜 온 정욕을 채우려는 욕망, 즉 여성의 육체를 향한 성적 욕망이다.

번식의 욕망은 완전히 체화體化되어 자각의 과정에서 비켜나 있기 때문에 현대 남성들이 가임기 성인 여성을 두고 자각할 수 있을 만큼 강하게 느끼는 욕망이 있다면, 그것은 정욕이다.

그렇지만 물리적 강제력이 없는 상태에서 정욕만으로 성관계에 선뜻 동의해주는 여성은 드물다. 성인 여성이 단기적인 정욕에서 얻을 수 있는 것이라야 성적 쾌락, 그것도 성적 쾌락을 이미 알고 있는 여성에 한할 뿐, 출산과 양육을 포함한 출산 이후의 삶을 홀로 감당해야 하기 때문이다.

따라서 보통의 가임기 성인 여성에게 단기적인 성관계는 성적 쾌락보다는 미래에 펼쳐질 정상적인 삶에 대한 위협으로 다가선다. 임신 사실이 미혼 여성에게 행복감보다 두려움 또는 그보다 더한 공포로 다가서는 것도 이런 이유에서이다.

이런 차이로부터 성관계를 가지려면 여성의 동의를 구해야 하는 당위가 생겨났다. 어떻게 하면 저 여성이 성관계에 응해 올까? 이 질문은 수많은 가임기 여성들이 돌아다니는 거리에 나선 모든 남성들의 역사적·생물학적 난제이다.

미혼 남성의 경우, 여성을 매료시킬 수 있는 무엇인가가 없다면 그 문제는 미제로 남고, 남성의 삶은 미궁에 빠진다. 어쩌면 정욕이 발동할 때마다 포르노그래피와 단기적인 성관계를 맺어야 할지도 모르고, 어쩌면 본능의 명령을 외면하기 위해 이런저런 핑계를 대며 심산深山의 절간이나 궁곡窮谷의 바위틈처럼 여성이 아예 보이지 않는 곳으로 도망을 가야 할지도 모를 일이다.

물질적 자원을 획득해 얼음구멍 밖으로 날아오르는 물총새

그러나 세상의 모든 남성은 문제의 해답이 이미 나와 있음을 안다. 『사랑의 기술Ars amatoria』에서 여성을 유혹하는 최상의 기술을 노래

한 로마의 시인 오비디우스Publius Ovidius Naso[94]에게 물어볼 필요도, 스승들에게 조언을 구할 필요도 없다. 유인원, 아니 조류나 땅 위를 기어다니는 벌레들조차 자연이 정해 놓은 그 해답에 따라 살아가고 있다. 답은 오직 한 가지, 바로 정신적·물질적 지원이다. 그것도 장기적일수록 좋다.[95]

따라서 남성들은 자신이 정신적·물질적 자원을 가진, 또는 가질 수 있는 남성임을 여성에게 보이는 데 노력을 기울임으로써 다른 남성들과의 여성 쟁탈전에서 우위를 점하려 한다.

얘, 내 새끼 맞아?

다른 남성의 새끼에게 부성이라 생각되는 것을 베풀 수는 있지만, 그 새끼에게서 혈육의 부성을 느끼는 남성은 없다. 생물학적인 명령에 배치되기 때문이다. 사실 여성을 아무리 사랑한다 해도 그 여성이 다른 남성과의 사이에서 낳은 새끼를 처음 접하는 순간, 남성은 자연적인nature 부성과 인간적인nurture 부성의 틈바구니에서 유의미한 혼란과 복잡한 심경의 변화를 경험한다.

새끼가 딸린 여성과 결혼한 남성들 중에는 그녀의 새끼를 마치 자신의 혈육인 것처럼 대하는 남성이 분명히 있다. 그는 여성을 자신보다 더 사랑하는 남성이거나 대단한 헌신의 염念으로 무장한 문화적 별종일 수 있다. 사랑하는 여성을 향한 헌

울 엄마 결혼해?

신의 일부가 여러 이유로 새끼에게 전이될 수 있고, 헌신하기로 마음을 먹으면 그 마음이 때로는 진정에서 나오는 헌신보다 더 훌륭한 행위로 표출되는 경우도 있기 때문이다.

그게 아니라면 소설이나 연극, 텔레비전에서 습득한 부성, 또는 자신의 경험에 축적되어 있는 부성을 밖으로 끄집어내기 위해 치열하게 노력하는 심성 착한 남성일 수도 있다.

남성이 다른 남성의 새끼를 배척하는 본능의 소유자임을 확인하려면, 생물학적 명령에 충실해 부성의 잔혹함을 원초적으로 드러내며 사는 대표 엑스트라, 수사자[96]까지 갈 것도 없이 정신병리학적으로 완전히 설명되지 않은 인간의 한 잔인성에 대해 살펴보는 것만으로도 충분할 것이다.

문화의 간섭을 덜 받을수록 본능에 근접한 인간이며, 본능에 근접한 인간이 일반적으로 원초적인 행동을 할 개연성이 많다는 가설을 거부하지 않는다면, 의붓자식의 양육을 못마땅해 하거나 거부하는 부성, 의붓아들을 방치 또는 폭행하거나 노예처럼 부리는 부성, 의붓딸을 성적 노리개로 삼는 것도 모자라 살해한 후 암매장하는 잔인한 부성이 수사자의 그것과 매우 닮아 있음을 받아들일 수 있을 것이다.

이 새끼가 정말로 나의 새끼일까? 직접 출산하는 여성에게야 어느 남성의 정자가 수정되었건 자신의 새끼가 분명하지만, 남성은 그저 여성에게 묻고 의심하고 미행하기를 되풀이할 뿐, 자신의 새끼임을 확신할 수 없었다.

이 문제는 성이 분화된 직후에 시작되어 남성들이 죽기를 각오할 만큼 치열한 정자 전쟁으로 비화되었고,[97] 친자인지 아닌지 비교적 명확하게 확인할 수 있는 DNA검사가 도입된 지금까지도 끈질기게

이어지고 있는 모든 남성의 은밀한
고민이다.

　생명계에는 탁란托卵, brood parasitism
이라는 독특한 방식의 사기형 유모
제도가 있다. 원앙류와 뻐꾸기류,
흰뺨오리류는 다른 조류의 둥지에
몰래 알을 낳아두고 도망친다. 이런
탁란은 물속에서도 일어나는데, 돌
고기와 가는돌고기류는 아예 남성

"내 새끼를 길러줘" 회색딱새의 둥지에 탁란
한 긴꼬리뻐꾸기

과 여성이 합세해 꺽지의 산란장에 알을 낳고 도망친다.[98]

　이들의 탁란은 정신적·물질적 지원 중 일부를 가로채는 사기가
분명하지만, 사기를 당하는 쪽으로부터 어느 정도 용인될 소지가 있
다. 다섯 개의 알 속에 한 개 또는 두 개의 사기, 이백 개의 알 속에 백
개의 사기가 끼어드는 형태이기 때문이다.

　그러나 인간의 탁란은 전혀 그렇지 않다. 여성의 태중에 세쌍둥이
가 들어 있다 해도 남성으로서는 모두 나의 새끼 아니면 남의 새끼.
남의 새끼가 하나라도 있다면, 그중에 나의 새끼가 있을 확률은 제
로이다. 남성들이 가장 원하는 번식의 유형인 탁란은, 그래서 당하는
남성에게 가장 치명적이다.

　그러므로 번식에 관한 한, 다른 남성의 새끼를 자신의 새끼인 줄
알고 키워내는 것만큼 인간 남성에게 멍청하고 끔찍한 상황은 없다.
다행히 부성 불확실성을 깔끔히 해결할 수 있는 확실한 방법이 있다.
여성을 독점해 내 새끼가 아닐 가능성을 사전에 차단할 수 있게 해
주는 것, 바로 결혼이다.

　순간순간 비어져나오는 의심에 시달리기보다는 이 방식을 택하는

것이 백번 낫다. 보다 많은 여성과 단기관계를 맺고 싶은 마음은 부성 불확실성을 제거한 후에 해결해도 늦지 않을 테니.

양육을 위해

문화가 복잡해지면서 경제적인 사정을 포함한 다양한 이유로 인해 제 새끼를 부양할 의무를 포기하는 남성이 느는 추세이지만, 부성이 확실할 경우, 일반적으로 여성에 대한 남성의 정서적·물질적 지원은 늘어난다. 이는 자신의 새끼를 태어나게 하려는 원초적인 욕망과 더불어 새끼가 자라는 모습을 지켜보고 잘 자라도록 해주려는 욕망도 있기 때문이다.[99] 이 욕망 또한 남성이 결혼을 택하는 중요한 이유이다.

난 이런 여자가 좋더라

인간의 문명이 발달하고 문화가 복잡해지면서 아름다움의 기준과 결혼의 조건도 다양해졌지만, 짝짓기의 대원칙이 번식이라는 사실은 변하지 않았다. 이 원칙에 따라 남성은 보다 좋은 번식능력을 가진 여성을 고르고, 여성은 보다 좋은 번식능력에 더해 번식의 과정에 필요한 자원을 제공해줄 수 있는 남성을 고른다.

어떤 남성이 보다 나은 여성을 차지할 수 있는지는 두 가지 요소에 의해 결정된다. 하나는 여성의 번식능력을 판단하는 남성의 관점이고, 또 하나는 여성이 선호하는 남성상이다. 두 요소는 상호 작용하며 시대에 맞는 아름다움의 기준과 결혼의 조건을 발전시켜왔다.

여성이 선호하는 남성상에 대해서는 나중에 살펴보기로 하고, 우선 남성의 선호도에 집중하자. 남성이 여성의 번식능력을 판단하는 관점은 젊음과 건강, 순결, 가슴과 엉덩이의 크기 등 육체에 집중되어 있다.

이중 순결이 시대의 변화에 따라 덜 중요해지고 있기는 하지만, 이러한 요소들은 오랜 생명의 역사에서 그랬던 것처럼 여전히 아름다움의 핵심 기준으로 남성들에게 어필한다. 매력적이라는 별칭으로 말이다.

매력 = 젊음 + 건강 + 큰 가슴과 엉덩이 + 순결 + α + β + ……

번식능력의 직접적인 지표는 배란이다. 배란기에 든 동물은 실제로 성욕이 증가한다. 특히 인간 여성은 성욕이 증가할 뿐 아니라, 피부가 밝고 매끄러워지고 혈기가 왕성해지며 호르몬의 작용으로 허리 대 엉덩이의 비율WHR, waist-hip ratio도 낮아진다.[100]

그러나 이미 발표된 여러 사회생물학적, 진화심리학적 성취에 따르면, 의복이 발달하고 성적 쾌락이 번식의 본능과 맞먹을 정도로 중요해지면서 인간 여성의 배란기가 감추어졌고, 이는 남성으로 하여금 어떤 여성이 보다 나은 번식능력을 가졌는지를 외부적으로 판단하도록 이끌었다.

당연히 젊음과 건강, 가슴과 엉덩이의 크기와 같은 육체적인 특징들이 남성들의 판단에 유효한 외부적 단서로써 배란의 자리를 차지하게 되었다. 그런 특징들은 번식능력이라는 노골적인 표현 대신 육체적 매력, 육체적 아름다움이라는 부드러운 말로 바뀌었다. 우리가 생각하는 아름다움의 실체는 결국 외부로 드러나 보이는 번식능력의

2008 미스 유니버스, 베네주엘라의 데이아나 멘도자(Dayana Mendoza)

우열에서 시작되었던 것이다.[101]

육체적으로 매력이 풍부한 여성이 매력이 덜한 여성보다 더 많은 새끼를 출산했다는 증거는 많다. 파라과이의 아체족Ache 여성들에 관한 조사나 1,244명의 미국 여성들을 대상으로 한 어느 실험도 그런 사실을 증명해준다Jokela. 2009.[102]

남성들에게 매력적인 여성의 사진을 보여준 후 다른 곳으로 시선을 돌리라고 요구한 어느 연구에서, 시각적 주의가 매력적인 여성의 사진에 고착되어 남성들이 다른 곳으로 시선을 돌리기 어려워한 것도 많은 증거 중 하나이다Maner, Gaillot & DeWall. 2007.[103]

또한 레스토랑의 여종업원 374명을 대상으로 그들이 받는 팁을 계산한 결과, 더 젊을수록, 가슴이 더 클수록 그렇지 않은 여종업원보다 더 많은 팁을 받았다거나Lynn. 2009, 약혼반지를 사는 남성 127명을 대상으로 조사한 결과, 여성이 젊을수록 남성들이 더 비싼 반지를 샀다거나Cronk & Dunham. 2007 하는 것도 증거로 손색이 없다.[104]

젊음과 건강

젊다는 것과 건강하다는 것은 여성의 번식능력을 나타내는 가장 강력한 증거이다. 실제로 젊고 건강한 여성일수록 건강한 새끼를 출산할 가능성이 크다. 구체적으로는 20대 초중반의 여성이 최고의 번

식력을, 10대 후반의 여성이 최고의 번식적 가치를 지닌다.[105]

결혼하는 남녀의 나이 차이는 세계적으로 평균 3살이다David M. Buss, 1989. 그런데 남성의 경우 재혼할수록 신부와의 나이 차이가 벌어진다. 그리고 지위가 높거나 인기가 많을수록, 또 나이가 지나치게 많지 않다는 전제하에 나이가 많은 남성일수록 더 젊고 건강한 여성과 결혼한다. 이런 현상은 일부다처제 문화권에서 보다 확실하게 관찰되는데, 오스트레일리아 북부의 티위Tiwi 부족에서는 높은 지위를 가진 남성이 20세 아래의 여성과 결혼하는 일이 흔하게 일어난다Hart & Pilling, 1960.[106]

특기할 것은 남성들의 젊음에 대한 선호가 귀여움에까지 연결될 수 있다는 점이다. 남성들은 종종 귀여움이 품고 있는 매력에 빠져들곤 한다. 귀여움은 분명 어림과 관계되는 매력이고, 어림은 장난기와 무능력, 양육을 떠올리게 한다. 이런 특징들이 남성들로 하여금 보살피려는 마음을 갖게 하는 것이다. 그래서 귀여움은 생존에 꽤 중요하게 작용하는 요인 중 하나이다.

배럿Barrett은 자신의 저서 『인간은 왜 위험한 자극에 끌리는가』에서 이처럼 어림의 특징들이 성년까지 남아 있는 현상을 유형성숙neoteny이라 불렀다.[107] 유형성숙은 남성에게 어필할 수 있는 도구로 쓰일 가능성이 있다. 여성들은 과연 이 도구를 쓰고 있을까?

가슴과 엉덩이

엉덩이가 큰 여성일수록 건강한 새끼를 출산할 수 있고, 가슴이 클수록 잘 먹일 수 있다는 사실이 과학적으로 입증된 것은 이미 오래전 일이다. 특히 육체적인 매력을 판단하려는 남성들의 노력은 여성

의 허리 대 엉덩이의 비율WHR에까지 미쳤다.[108]

물론 이 조건은 문화권에 따라 다를 수 있어서, 어떤 문화권에서는 여성의 풍성한 배를 다산의 상징으로 여기기도 한다. 그럼에도 문명이 발달한 대부분의 문화권에서, 남성들은 허리 대 엉덩이의 비율이 0.7에 근접하는 여성에게 더 큰 관심을 보인다. 이런 사실은 허리 대 엉덩이의 비율이 0.7에 가까운 여성들이 미인대회에 나가고 슈퍼모델이 되는 것에서 확인할 수 있다.

영어에 소수점 숫자까지 동원된 비율이라 무언가 대단한 발견이라도 되는 것 같지만, 이 비율을 우리가 잘 아는 표현으로 바꾸면 '34 : 24 : 34'이다. 마찬가지로 허리 대 가슴의 비율도 남성들에게 강하게 어필할 수 있는 도구임에 분명하다. 여성들이 이 도구를 쓰고 있는지 묻는다면 너무 순진한 걸까?

혼전 순결과 성적 충실함

이 두 가지 요구는 지극히 자연적이다. 성이 분화된 이후, 남성들은 아무것도 모른 채 다른 남성의 새끼를 키우는 최악의 경우를 피하기 위해 정자 전쟁을 벌이는 것은 물론 다른 남성들로부터 여성을 지켜내기 위해 목숨을 걸고 노력해왔다.

그렇지만 혼전 순결과 성적 충실함을 대하는 남성들의 자세는 미묘한 차이를 보인다. 임신과 출산의 전 과정에 걸리는 시간이 명확한 경우, 혼전 순결은 종에 따라, 또 문화권에 따라 그다지 중요하지 않은 문제일 수 있지만, 성적 충실함이 없어 짝을 맺은 이후에 다른 남성의 정자를 받을 기회에 노출된다면 이야기는 달라진다. 이런 이유로 성적 충실함에 대한 요구는 대부분의 종과 문화권에서 혼전 순결보다 더 높다.

이 외에 남성이 여성을 판단하는 기준에는 여성의 부모가 어떤 사회·경제적 지위를 가졌는지, 가정환경은 어떤지, 여성의 패션 감각은 어떤지 등이 있고, 이 기준들의 중요도는 시대가 변함에 따라 끊임없이 가감되어왔다.

미안하지만 됐거든

미진에게 다가온 남학생의 큰 키는 다른 남성보다 우수한 정자를 가졌다는 증거였고, 선한 눈매는 안정감을 선호하는 내면의 신호였다. 보는 것만으로도 따뜻한 느낌이 들 만큼 넓은 어깨는 성실과 근면의 이미지를, 낮지만 또렷한 목소리는 뛰어난 번식능력의 소유자임을 스스로 드러내고 있었다. 그는 미진의 몸이 원하는, 아니 그보다 더 좋은 육체적 자질을 갖춘 보기 드문 남성이었다.

하지만 그녀는 마음을 살피기 위해 집중탐구에 들어간 지 20분도 되지 않아 그가 가진 육체적 매력을 그의 조상이 살았던 숲으로 되돌려 보냈다. 어떤 타입의 여성을 좋아하느냐는 그녀의 질문에 그는 성적 매력이 넘치는 쿨한 여성이 좋다고 답했고, 섹스를 뭐라고 생각하느냐는 질문에는 인간이 발달시킨 삶의 가장 고귀한 기술이라고 답했다.

또 결혼의 의미를 묻는 질문에는 '결혼하기로 약속한 후가 아니면 사랑할 수 없다는 것은 소설을 거꾸로 읽는 것과 같다'고 했던 몰리에르Moliere[109]의 말을 시작으로, 결혼은 관이고 자식은 관 뚜껑에 박는 못이라느니, 결혼한 이브야말로 신이 남성에게 내린 첫 벌이라느니, 결혼은 사랑을 만든 신에 맞서기 위해 악마가 만들어낸 음모라느니 하며 떠들어대다가 보들레르Baudelaire[110]의 말로 결혼에 관한 자신의 비난에 방점을 찍었다.

"마누라가 죽었다. 나는 자유다. 쿨하지 않아? 하하하."

"쿨해? 그 정도가 아니라 아예 얼어버리겠는 걸."

그는 결혼 혐오자이거나 독신주의자가 틀림없었다. 자신의 멋진 외모와 훌륭한 육체적 자질을 앞세워 성관계를 두고 여성과 흥정하는 데 선수가 된 것일지도 모르고, 어쩌면 증세가 결코 가볍지 않은 성도착증paraphilia 환자일 수도 있었다. 그런 그는 그녀가 보기에 짝짓기만 하고 가버리는 라파 종족, 이미 멸종했어도 세상 모든 종의 모든 여성이 전혀 아쉬워하지 않을 난교의 후예였다.

"어때, 이런 지겨운 데서 죽치고 앉아 있지 말고 나랑 나가지?"

물론 모든 성관계가 결혼으로 이어지는 것은 아니며, 성관계를 맺기 전에 결혼의 가능성부터 타진하는 것만큼 웃기는 것도 없는 세상이지만, 그에게 여성이란 성적 쾌락을 나눌 대상일 뿐이었다. 결혼을 그토록 싫어하는 것으로 봐서는 여성을 번식이 갖는 최소한의 의미, 즉 자신의 정자를 받아줄 대상으로도 여기지 않는 것 같았다.

"차에 콘돔 있겠네?"

"당근이지. 난 최소한 여성들을 배려할 줄 아는 남성이라고."

미진의 몸에 고스란히 들어 있는 기억, 수십억 년을 겪어온 성의 숭고한 자연사自然史는 그에게 하등의 가치가 없어 보였다. 사랑도 번식도 아닌, 번식의 욕망에서 파생된 정욕에만 올인하는 남성. 그런 그에게서는 관계를 맺어봐야 성관계 이상의 긍정적인 관계로 발전할 어떤 가능성도 보이지 않았다. 자리에서 일어난 그녀는 그에게 사뿐사뿐 다가가 귓속말로 다정하게 속삭였다.

"유인원씨, 미안하지만 됐거든."

성性스러운 암컷: 결혼의 이유

보다 많은 여성과의 단기관계, 즉 번식의 양量을 추구하는 방향으로 발전해온 남성과 달리, 여성은 질質적인 측면에 주력해왔다.[111]

여성이 가장 강하거나 비교적 강한 남성의 새끼를 낳아서 가장 안정적이거나 비교적 안정적인 정서적·물질적 지원을 받을 수 있는 시절이 있었다. 일부다처 시절이었다. 번식의 본능이라는 차원만 고려할 때, 지원만 든든하다면 여러 여성이 한 남성을 공유하는 것은 그리 큰 문제가 아니었다.[112]

그런데 남성들이 무리의 생존권을 위해 여성을 나누어 가지면서 자연이 여성에게 부여한 남성 선택권이 위협을 받았고, 거기에 성적 쾌락의 발달까지 더해지면서 여성이 자신의 안전과 안정적인 새끼 양육을 도모할 수 있는 기회도 줄어들었다. 그런 점에서 남성들의 타협에서 출발한 일부일처제는 무리의 생존에 유용할지언정 여성 개인의 삶과 번식에는 실익이 덜한 방식이었다.

미진은 라파 종족이 멸종한 이유를 되새겼다. 라파 종족의 남성들은 성의 역사에서도 보기 드문 바람둥이라서 도피적인 성향이 매우 강하고 가족이라는 개념이 거의 없었다. 그런 남성들이 이 여성 저 여성 가릴 것 없이 짝짓기만 하고 다녔으니, 새끼는 줄기 따라 줄줄이 튀어나오는 고구마처럼 생산되었지만, 건강한 성체로 자라는 비율은 갈수록 줄어들었던 것이다.

그럼에도 그녀는 라파 종족을 멸종으로 이끈 직접적인 책임이 남성들이 아니라, 다른 종보다 일찍 알게 된 정욕에 눈이 어두워 출산 이후를 생각하지 않고 짝짓기에 몰두한 여성들에게 있다고 생각했다.

번식의 기나긴 여정에서 살아 남은 종족의 여성들은 새끼를 낳는 것보다 키워내는 것이 더 중요한 번식의 과정이며, 그 과정에 얼마나 많은 정서적·물질적 자원이 여성 자신과 새끼에게 제공되어야 하는지를 아는 현명한 여성들이었다. 그런 요구에 따라

"떨어지지 않게 꼭 붙들고 있으렴"
이미 죽은 새끼를 업고 다니는 침팬지

그들은 자신과 새끼를 위해 자원을 획득하고 통제할 수 있는 능력을 가진 남성을 선호하게 되었다.

순결純潔, virginity의 개념과도 관련이 있는 이러한 생물학적 메커니즘은 이후 진실성, 친절성, 신뢰성, 안정성 등과 어우러지면서 남성이 자신에게 그런 헌신을 제공할 것이라는 확신이 설 경우에만 성관계에 동의하는 방향으로 발전해왔다. 그런 정서적·물질적 자원에 대한 요구는 현대 여성들의 심신에도 깊이 아로새겨져 있어서, 최소한의 인간적 교류가 가능한 성관계 상대를 고를 때에도 어김없이 적용된다. 하물며 결혼임에랴.

난 이런 남자가 좋더라

　남성들에게는 다소 비참함을 불러일으키는 말로, 여성들에게는 부드럽고 섬세한 여성의 이미지와 전혀 어울리지 않는 말로 들릴지 모르지만, 장기관계를 원하는 여성에게 진정으로 어필할 수 있는 남성의 조건은 크게 두 가지뿐이다.

　여성에게 제공될 정서적·물질적 자원을 현재 갖고 있거나 그럴 것 같은 남성, 그리고 앞으로 그런 자원을 얻을 가능성이 있거나 그럴 것 같은 남성이다.

　지금 이 순간, 사랑의 감정을 비롯한 여성 특유의 수많은 자질을 간과한 여성 비하 발언을 당장 철회하라는 여성계의 준엄한 외침이 들려오는 것만 같다. 특히 자신의 짝은 전혀 그런 속물이 아니라고 자신 있게 항변하는 남성의 목소리도 들리는 것 같다.

　여성계나 그런 남성이 대변하는 여성이라면, 진정한 사랑이 얼마나 큰 사랑을 가져야 하며, 그런 사랑이란 어떤 단계들을 무사히 거쳐야 완성되는지, 그리고 그 과정이 얼마나 원숙한 헌신과 인내와 배려를 필요로 하는지 정확히 아는 여성임에 틀림없을 것이다.

돈? 내 사랑은 진짜 맞거든요

　만일 그게 아니라면 명심보감에 등장하는 '혼인의 일에 재물을 논함은 오랑캐의 도이다婚娶而論財　夷虜之道也[113]'라는 구절과 유사한 인륜 교육에 지속적으로 노출된 마음 착한 여성일 수 있다.

　대부분의 여성들은 조상

여성들이 살아남기 위해 짝이 될 남성을 얼마나 까다롭게 골라왔는지를 기억으로 갖고 있으며, 지금도 그 생존의 기억이 지시하는 대로 다음 몇 가지 특성을 가진 남성을 선호한다.

한 가지, 남성의 입장과 인간우월주의적인 입장을 고려해 정서적·물질적 자원이라는 용어를 썼지만, 여성의 입장과 생명평등주의적인 입장에서 보면 순서를 바꿔서 물질적·정서적 자원이라 쓰는 것이 더 적합하지 않을까 싶은 마음도 덧붙여 둔다.

경제적 능력과 가능성

남성의 경제력만큼 여성의 안전과 새끼의 양육을 직접적으로 보장해주는 자원도 없다. 여러 연구보고서들은 경제력을 중요하게 여기는 비율에서 여성이 남성에 비해 두 배 가량 높으며, 이는 세계적인 현상이라는 데 의견을 같이한다. 지구상에 존재하는 모든 재투성이 엉덩이cul cendre, 곧 신데렐라가 예외 없이 가난한 이유가 어쩌면 이런 이유 때문일지도 모를 일이다.

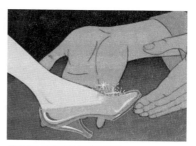

신데렐라 이야기에 숨겨진 코드

여성들은 또한 이제 막 사냥터社會에 진출하려는 젊은 남성들 중에 어떤 남성이 앞으로 사냥을 더 잘 할 수 있을지 알아내는 기술도 발전시켜왔다. 덩치와 달리는 속도 등 육체적인 조건의 우열을 판가름하는 데서 시작된 이 기술은 집단생활이 복잡해지고 문화가 정교해지면서 육체적인 조건 외에 다른 조건들을 더 중요하게 살피는 방향으로 진행되어왔다.

남성에게서 그런 능력이 보이지 않을 경우, 종종 남성의 가족이 보유한 경제력이 여성의 선택을 결정하는 요소로 작용하기도 한다.

'월급은 백만 원밖에 안 되지만, 아파트가 두 채 있고 시골에 논도 몇 마지기 있어… 못해도 10년은 끄떡없겠는데. 그냥 결혼해버려? 10년 후에는 어떡하지? 하지 마? 돈을 잘 굴리면 어떻게든 되겠지. 그럼 해? 아이 참…'

여성들은 번식의 역사를 거쳐 오는 내내 어떤 남성이 사냥을 잘하는지, 먹이를 얼마나 풍성하게 제공해주는지, 어떤 남성이 앞으로 그럴 가능성이 있는지 훔쳐보기를 그치지 않았고, 지금도 여성들의 촉수는 남성들의 사냥터와 그 주변으로 향해 있다.

사회적 지위와 가능성

사회적 지위 역시 자원에 대한 주요 지표이다. 들판이나 숲속에서 살던 유인원 시절부터 무리의 대장이나 지도자는 더 많은 먹이를 분배받아왔다.

두말할 필요도 없지만, 인간 세상에서는 기업체 대표, 의사, 판검사, 교수, 고급 장교, 정치인 등이 여성에게 더 많은 먹이를 제공해주고 안전을 보장해줄 수 있는 사회적 지위의 대표주자들이다.

여성들은 이제 막 사냥터에 진출하려는 남성들 중 어떤 남성이 소속된 집단의 대장이나 지도자가 될 가능성이 있는지도 금세 판단할 수 있게 되었다. 미래의 사회적 지위를 추정할 수 있는 지표는 남성의 최종학력과 학위이며, 남성의 가족의 최종학력과 학위가 여성의 결정에서 차지하는 비중도 시간이 갈수록 높아지고 있다.

신뢰성과 안정성

남성들은 자신이 가진 물질적 자원을 겉으로 드러내려는 경향이 있기 때문에 여성들이 물질적 자원과 관계된 남성의 자질을 추정하는 일은 그리 어렵지 않다. 반면 정서적 자원은 그렇지 않다. 여성에 대한 마음이 담겨 있는 그의 일기장을 보지 않는 한, 그가 어떤 마음으로 여성을 대하는지 판단하기란 보통 어려운 일이 아니다.

그러나 겉으로 드러나는 단서가 전혀 없는 것은 아니다. 그중 여성들이 가장 큰 가치를 두고 알아내려는 것은 남성이 어느 정도의 신뢰성과 안정성을 갖추었는가 하는 것이다.[114]

*A fur vent serenade is here in sight!
Thus cats a mews themselves at starry night.*

널 어떻게 믿냐~~옹

여성들이 이 두 가지 요소를 정서적 자원의 핵심 요소로 간주하게 된 기원은 임신 중일 때 남성이 도망치거나 새끼를 갓 출산한 후에 지원이 끊기곤 했던 오랜 기억에 있다.

신뢰성은 도망치지 않을 만큼 믿을 만한 남성인가라는 말로, 안정성은 어떤 일이 있더라도 자원을 꾸준하게 제공해줄 수 있는 남성인가라는 말로 치환할 수 있다.

남성이 이런 자질을 가졌는지 아닌지 판단하고 확신하는 일은 그의 소양을 점검하고 주변 인물을 살피는 등 다양한 확인 절차를 거쳐야 하고, 그래서 충분히 긴 시간을 필요로 한다. 필요하다면 보다 정확한 판단을 위해 남성의 가정을 방문해야 할 경우도 있다.

　이럴 때 여성들은 남성의 자질을 판단하기 위해 친절성과 진실성, 헌신적인 행위, 사랑의 표현과 같은 소도구들을 활용한다.[115] 친절하고 진실한 남성은 도망칠 가능성이 적고, 헌신적인 행위는 자원을 충실하게 바칠 수 있는 가능성을 의미한다. 그리고 사랑의 표현은 두 가지를 한데 아우르는 강력한 단서이다.

유사성

　남성들도 그렇지만, 여성들은 자신과 외모가 비슷한 남성이라면 어쩐지 사고의 패턴이나 상황에 대한 판단도 비슷할 것이라 여기는 경향이 강하다. 서로의 이해가 잘 맞아떨어질 것 같아 갈등을 일으킬 소지도 적을 것이라 생각한다.[116] 학력 또는 지능이 비슷하거나 가치 기준이 비슷한 경우에도 그렇고, 자라온 환경이나 가정의 배경이 유사할 경우에도 그렇다.

　실제로 우리나라 부부들의 다양한 이혼 사유 가운데 유사성의 주요 지표 중 하나인 성격 차이가 오랫동안 상위에 랭크된 사실[117]만 보더라도, 유사성이 짝 선택에 얼마나 중요하고 실질적인 고려대상인지를 알 수 있다. 이처럼 여성들은 대체적으로 같은 집단 또는 비슷한 부류나 환경에 속한 남성들에게 친밀감을 느끼며 더 많은 관심을 쏟는 경향을 보인다.

　물론 이러한 경향은 어디까지나 경향일 뿐, 남성의 경제력이나 사회적인 지위가 월등하다면 유사성에 대한 여성의 선호는 효용 가치를 잃을 수 있다. 유사한 부분이 거의 없더라도, 그런 상이성이 여성의 남성 선택에 별다른 영향을 미치지 않을 수 있다는 의미이다.

그럴 경우, 앞에 언급한 신뢰성과 안정성마저 비슷한 신세로 전락할 수 있으며, 훗날 남성이 추락한 자신의 신뢰성과 안정성을 전혀 다른 상황 판단에 따라 합리화하려 할 때가 되어서야 현실적으로 중요한 판단의 기준들을 소홀히 취급한 잘못을 절감할 수도 있다.

우리는 남성이 가진 돈과 지위 또는 가면에 가린 대중적 인기에 혹한 나머지 유사성과 신뢰성, 안정성을 간과한 대가로 이혼을 할 수밖에 없었노라고 말하는 여성들을 얼마나 많이 보아왔는가.

나이

현대 사회에서 동일한 조건이라면 나이가 많은 남성일수록 더 많은 경제력과 지위를 갖고 있을 개연성이 크다. 그리고 나이든 남성이 대체적으로 신뢰성과 안정성 측면에서 젊은 남성보다 우위에 있으며, 보다 헌신적이다.[118]

이런 이유로 인해 여성들의 선호는 대개 서너 살 연상인 남성을 선택하는 경향으로 진행해왔다. 그러나 이 역시 평균적인 경향일 뿐, 성적인 쾌락을 포기하지 않는다는 전제하에, 여성은 보다 우월한 경제력과 사회적 지위를 가진 남성, 즉 나이가 서너 살보다 더 많은 남성을 포기하지 않으려는 성향을 보인다.

심지어 성적 쾌락을 완전히 포기하면서까지 사랑이라는 이름으로 남성의 우월한 조건을 선택하는 여성들도 있다. 대화가 피카소80세를 선택한 쟈클린 로크30세처럼, 석유 재벌 하워드 마셜89세을 선택한 애나 니콜 스미스26세처럼, 부동산재벌 천斤, 60세씨를 선택한 샤오위小雨, 21세처럼, 그리고 선박왕 오나시스62세를 선택한 재클린 케네디39세와 플레이보이지誌 창업자 휴 헤프너86세를 선택한 크리스털 해리스26세처럼.

그리고 그녀들의 선택에는 남성의 경제력이나 사회적 지위라는 우월한 조건에 더해 '매우 보편적이지만 동시에 매우 개인적인 특질' 하나가 추가되어 있다. 이런 표현을 쓰는 이유는, 누구나 결혼하기 전 가족, 즉 원가족과의 관계에서 비롯되어 심신에 축적되는 성격을 가진다는 점에서 보편적이고, 그럼에도 성격이란 지극히 개인적이기 때문이다.

쟈클린 로크는 대화가를 마치 봉건시대 영주 모시듯 했다. 애나는 사망이 임박한 석유 재벌의 곁을 무려(?) 14개월이나 지키면서 성심을 다해 아껴주었고, 샤오위는 부동산 재벌을 딱 한 번 보고 번개결혼閃婚을 올렸다. 그리고 플레이보이지誌 창업자의 아름다운 신부 크리스털 해리스와 선박왕의 품위 있는 신부 재클린 케네디는 변호사를 시켜서 예비신랑과 혼전계약을 체결한 후에야 결혼에 동의했다.

얼핏 보면 그녀들이 돈과 명예를 선택한 게 분명해 보인다. 사실이다. 그러나 목청을 통해 밖으로 비어져 나오려는 비난을 잠시 멈추고 우리가 초점을 맞춰야 하는 것은, 앞에 언급한 매우 보편적이지만 동시에 매우 개인적인 특질이 없는 상태라면, 경제력과 사회적 지위를 갖춘 남성이 다가와 아무리 청혼을 한다 해도 40년, 50년, 60년의 나이 차이를 개의치 않을 수 있는 여성은 거의 없다는 엄연한 사실이다.

돈이나 지위가 있다면 그녀들의 짝 선택에 나이는

원가족
원가족(family of origin)이란. 부모와 형제 등 통상적으로 결혼하기 전에 소속되어 있던 원래의 가족을 말한다.

번개결혼
번쩍일 섬(閃)과 혼인할 혼(婚)이 합성된 신조어. 2008~2010년을 전후로 중국에서 생겨난 신풍속도이다. 상대를 충분히 알아보려는 노력 없이 첫 만남 이후 주로 1개월 이내에 결혼에 이르는데, 가장 중요한 결혼의 조건은 상대가 가진 경제력이다.

정말로 아무것도 아니었을까? 노인을 사랑하게 되면 자신도 모르게 성적 쾌락에 대한 욕구가 사라지는 것일까?

나중에 사례를 곁들인 설명이 소개되겠지만, 이 질문의 핵심은 '그녀들이 사랑한 남성들의 속성 또는 실체가 과연 누구였는가' 하는 것이고, 답은 위에 언급한 특질에 있으며, 그 특질은 성을 대하는 여성들의 성격 및 원가족과의 관계에서 비롯된다.

보다 궁극적으로 말하자면, 그 특질이란 모든 문화의 배후에서 각각의 문화를 다음 세대로 이어줄 거라고 생각했던 가능성, 바로 메메meme이다. 따라서 경제력이나 사회적 지위 덕에 수십 년이라는 나이 차이를 극복했다고 믿었던 결혼이 실패로 돌아갔을 때, 그 책임은 당연히 메메가 져야 할 것이다.

우리네 어른들이 어떤 사람의 잘못을 야단칠 때 흔히 사용하는 '피는 못 속인다'는 문장은, 어쩌면 나쁜 메메를 향한 질타인지도 모를 일이다.

지능

지능은 인간이 되기 이전에도 남성의 능력을 가늠할 수 있는 중요한 요소였지만, 1912년 독일의 정신학자 윌리엄 스턴William Stern이 처음으로 지능지수Intelligenz-Quotient를 고안해낸 이후, 남성이 미래에 어느 정도의 자원을 획득할 수 있을지를 수치적으로 보여주는 멋진 도구로 활용되어왔다.

인간 이전의 여성들은 물론이고, 현대 여성들 역시 자신도 모르게 높은 지능을 가진 남성에게 끌리는데, 거기에는 분명한 생물학적 이유가 있다. 높은 지능에서 풍겨 나오는 더 높은 생존 가능성의 냄새가 그것이다. 실제로 뉴멕시코대 제프리 밀러Geoffrey Miller 박사팀은 지능이 높은 남성일수록 생존에 유리한 정자를 생산하고 있음을 밝혀내기도 했다.[119]

한때 지능검사로 남성의 점수를 매기는 방법이 유행한 것과 지능이 상위 2%에 해당하는 인간만 가입할 수 있다는 멘사Mensa가 선망의 대상이 된 데는 이런 생물학적 배경이 깔려 있다.

두말할 여지없이, 지능에 대한 여성의 선호 역시 그저 경향일 뿐이다. 사랑이라는 무형의 지고지순에 대한 관념을 깨뜨리기 위해, 100명의 여성들에게 사랑 따위에는 관심이 없는 재벌 4세와 아름다운 사랑의 느낌을 보유한 빈털터리 중 한 명의 배우자를 택할 수 있는 기회가 주어졌다고 가정해 보자. 여성들의 본능은 어느 쪽을 택할까?

당연히 모든 여성이 빈털터리를 택할 것이다. 결혼이란 사랑에 기초하는 행위이며, 사랑에 관심 없이 돈만 많은 남성에게서는 어떠한 인간적인 사랑도 기대할 수 없기 때문이다. 하지만 과연… 그럴까? 사랑만 갖고 어떻게 사느냐는 말을 핑계 삼아 재벌 4세를 선택하는 여성이 더 많지 않을까?

덩치와 힘

다른 종족에게 잡아먹힐 염려가 없고, 다른 인간 종족의 씨를 말리기 위한 전투도 줄어들었으며, 몸으로 하던 사냥을 머리로 하게 된 지금, 남성의 육체가 가지는 유혹의 강도는 현저히

연애는 육체와, 결혼은 자원과

줄어들었다.

그러나 장기관계를 전제로 하지 않는 남녀관계일 때, 육체의 유혹은 성적 쾌락의 영역에서 여전히 유효한 고려대상이며, 남성의 덩치와 힘과 성적 기능을 완벽히 재현해낼 수 있는 로보맨robot-man이 출현하지 않는 이상 앞으로도 유효할 것이다.

보이지 않는 성전 性戰

선택과 유혹의 난장

성의 역사가 시작된 이래, 무수한 종과 그들의 문화가 명멸했지만, 짝짓기의 목적이 번식이라는 대원칙은 한순간도 흔들리지 않았다.

인간 역시 그러한 대원칙에 예외일 수 없어서, 남성은 번식능력이 좋은 여성을 고르기 위한 유혹誘惑의 전략을, 여성은 번식의 전 과정에 자원을 제공받을 수 있는 남성을 고르기 위한 선택選擇의 전략을 개발해가며 각자 유혹의 달인과 선택의 고수로서 복잡다단한 짝짓기 전선에 참여해왔다.[120]

성 역사의 초기에 짝짓기는 남녀 모두에게 그리 복잡하지도, 어렵지도 않은 일이었다. 가임기에 든 여성이 배란의 냄새를 풍기거나 여성의 신체 또는 행동의 변화가 남성이 눈으로 확인할 수 있을 정도로 뚜렷했기 때문이다.

그런데 집단이 형성되고 서열 구조에
따른 짝짓기 방식의 변화, 의식주를 비
롯한 생활방식의 변화, 성적 쾌락의 발달
등을 포함하는 문화의 발전이 지속되면
서 여성의 배란은 차츰 감추어졌고, 남성
의 짝짓기 욕망을 자극하는 체취의 발산
이나 신체 및 행동의 변화가 대폭 줄어들
었다. 남성 역시 여성이 보내는 번식의 신
호를 감지해내는 능력을 잃어갔다.[121] 오
랜 시간 이어져왔던 남녀의 생물학적인

아랫도리를 천으로 감싼 서부 수마트라 멘타이와
부족 여성들. 1895년

biological 유혹과 선택의 전략이 후퇴하고, 그 자리를 문화적인cultural 유
혹과 선택의 전략이 대신하게 되었던 것이다.

그로 인해 현대 인간들은 나에게 가장 적합할 것 같은 이성과 짝
을 맺기 위해, 더 나아가 가능한 한 가장 매력적인 여성이나 물질적·
정서적 자원을 가장 많이 제공해 줄 수 있는 남성과 짝을 맺기 위해
보이는 모든 삶터를 보이지 않는 성전性戰의 장으로 만들어 놓다시피
했다.

성전에는 원초적인 본능에 기초한 각종 전략이 동원되지만, 상대
를 속이는 기만술 또한 적지 않은 위력을 발휘한다. 그리고 성전에서
이겨야 할 상대에는 이성뿐 아니라 동성도 포함되며[122], 동성 간의 전
투는 이따금 이성 간의 전투보다 더 격렬하고 낭비적인 모습으로 표
출되기도 한다.

남성의 전략

물개 남성과 산양 남성이 여성을 차지하기 위해 무리의 남성 전체를 상대로 싸우듯, 인간 남성의 기본전략도 1등 남성alpha male이 되는 것이다.[123] 그런데 인간은 물개와 달리 1등 남성의 조건이 여성들의 선호에 의해 결정되므로 남성들은 유혹하는 성별답게 여성들의 요구에 부응하기 위해 최선을 다한다.

남성의 부모, 특히 어머니는 여성이 어떤 남성을 선호하는지 알려주는 최고의 번식학 스승이다. 그녀는 자신의 남성 새끼에게 출산이란 번식 과정의 시작일 뿐이며, 여성들에게 번식이란 출산 이후를 모두 아우르는 기나긴 과정이라는 사실을 가르친다. 그리고 아버지는 여성에게 어필할 수 있는 조건들을 교육하며 그런 조건을 갖추기 위해 노력하는 새끼를 돕는다.

오빠, 강남 스타일

1등 남성의 조건 중 가장 강력한 조건이 경제적 능력과 사회적 지위라는 사실은 더 언급할 필요도 없다. 그렇지만 대부분의 어린 남성들은 1등 남성의 조건에 부합하는 경제력과 지위를 가지려면 짝짓기를 어떻게 해야 하는지도 모르는 꼬마 시절부터 대단한 노력을 기울여야 한다는 사실을 모른다.

그들은 여성에 대한 무관심과 태만한 노력의 시기를 지나 원하는 경제력과 지위를 가지기 힘들 무렵이 되어서야 1등의 대열에서 이미 도태되었음을 자각하고는 긴 한숨을 내쉰다.

반면 그들과 유사한 무관심과 태만의 시기를 보내고도 경제력과 지위를 비교적 손쉽게 얻는 새끼들이 있으며, 그들은 여성들의 관심 한가운데에 선다. 그런가 하면 각고의 노력을 기울이고도 1등의 대열에 합류할 수 없는 부류도 있다. 이런 현상은 경쟁市場自由主義, free market capitalism을 문명 발전의 기본 동력으로 삼고 있는 대다수 문화권에서 점점 보편화되고 있다.

위의 두 가지 자질은 드러내고자 마음만 먹으면 주택과 직업, 복장, 자동차, 학력, 취미 등으로 쉽게 노출되기 때문에 여성을 자극하는 정도가 가장 강하고 직접적이다. 환경이나 개인적인 성향으로 인해 두 가지 자질이 전혀 드러나지 않는 경우도 많은데, 이때 여성들의 안테나는 그런 자질을 암시하는 것들에 맞추어진다. 그것들은 남성의 표정과 그가 사용하는 몸의 언어態度, attitude이다.

여성들은 남성이 경제력이나 지위가 있는지 또는 미래에 그것들을 가질 가능성이 있는지를 그의 표정과 몸짓으로 판단할 수 있다.[124] 표정과 몸짓에서 당당함과 여유와 유연함의 징후가 어느 정도 드러나기 때문이다.

이런 자질들은 남성의 자아존중감에서 오는데, 자아존중감은 주로 그가 경제력이나 사회적 지위 중 최소한 하나를 가진 상태 또는 그런 환경에 속한 상태에서 주변의 인정을 지속적으로 받았을 때 형성된다.[125] 따라서 당당한 표정과 여유 있고 유연한 몸짓을 패턴으로 지닌 남성이라면 1등 남성의 가장 중요한 자질 중 최소한 한 가지는 갖추고 있을 개연성이 있다.

남성들은 이 두 가지 자질을 판단의 도구로 삼는 여성들의 사고 메커니즘을 잘 알고 있다. 그래서 자신의 능력을 대놓고 드러내거나 그런 능력이 있음을 드러내는 데 표정과 몸의 언어를 십분 활용한다.

그가 어떤 경로로 1등 남성의 조건을 획득했는지 또는 그런 조건을 가질 가능성을 갖추었는지 여부는 불문하고, 여기까지는 지극히 정상적인 짝짓기 전략이다. 여성과의 성전은 그 다음에 벌어진다.

경제력과 지위에 관한 여성들의 요구와 관찰은 세대를 이어가며 그 세대에 꼭 들어맞는 남성의 기만술을 불러왔다. 실제 가지고 있지 않은 경제력이나 지위를 가진 것처럼 속이거나 그런 자질들을 미래에 가질 가능성이 희박함에도 가질 수 있는 것처럼 속이는 것이다.

제대로 준비한다면 표정이나 몸짓을 지어내는 것은 어렵지 않다. 심성이 비교적 착한 사기꾼이라면, 여성이 남성이 미래에 벌어들일 수입과 승진 또는 발전 가능성을 연상할 수 있도록 현실적으로 이룰 수 없는 야망을 꾸며낼 수 있고, 그 야망을 이루기 위해 노력하는 것처럼 근면과 성실을 가장할 수도 있다.

그들의 사기는 능수능란한 사기꾼들에 비하면 귀여운 수준이다. 짝짓기 사기에 능한 사기꾼들은 여성을 차지할 수만 있다면 당당한 표정과 여유가 묻어나는 몸짓뿐 아니라, 언제든 여성이 미처 생각지도 못한 놀라움을 선사할 만반의 준비를 갖추고 있다.

그들은 최신 트렌드의 옷을 걸치고 사업가 명함을 건넨 후에 여성을 장기 렌트한 자동차에 태워 사전에 준비해놓은 타인의 은밀한 별장으로 데려갈 수 있다. 또 자신이 정말로 1등 남성의 조건들을 갖추고 있으며 직업과 관련이 없는 취미활동을 즐기면서도 성공적인 삶을 영위하고 있음을 증명이라도 하듯 여성과 함께 전시회장과 연주회장을 순회할 수 있으며, 능력이 없는 남성에게는 그림의 떡인 승마, 골프, 급류타기와 같은 고급 스포츠의 세계로 여성을 초대할 수도 있다.[126]

그런가 하면 철학 사조나 심오한 문학적 소양 등 작심하고 달달 외운 정서적 미끼를 순간순간 발생하는 상황과 적절히 연결시키면서 여성으로 하여금 '아, 이 사람이다. 이 사람이 대단한 철학자/작가가 될 수 있도록 내 모든 것을 바쳐서 도울 테야. 이런 게 사랑일까?' 하는 마음을 먹게 할 수도 있다. 물론 그들의 사기가 장기관계를 목표로 하는 경우는, 사기가 들통난 이후의 파장을 감수할 만큼 여성을 사랑하지 않는 한, 없다.

여성들이 가장 쉽게 공략당할 수 있는 강력한 지원의 징후는 이런 식으로 남성들의 기만술에 의해 도발되고, 여성들은 그들의 기만술에 당하지 않으려 촉각을 곤두세우고 빈약한 정보를 수집해가며 성전에 말려든다.

신뢰와 안정

　경제적 능력과 사회적 지위가 비교적 단기간에 여성을 자극할 수 있는 자질인 반면, 신뢰와 안정은 보다 긴 숨을 요하는 자질이며, 1등 남성의 자질을 갖추지 못한 대다수의 남성들에 의해 매우 요긴하게 활용되는 성전의 도구이다.

　남성들은 여성들이 단기관계만 맺고 도망치는 남성과 정서적인 지원을 꾸준히 제공할 여력이 없어 보이는 남성을 좋아하지 않는다는 것을 알기에 자신은 그렇지 않다는 것을 내보이는 전략을 개발시켰다.

　신뢰를 보이기 위해 주로 활용되는 소도구는 친절과 진실이다. 여성을 향한 마음이 친절하고 진실하다면 신뢰를 획득할 기회는 커진다.[127]

　안정을 보이기 위한 소도구는 헌신과 사랑의 표현이다.[128] 헌신은 두 사람의 관계가 이기利己에 기초하지 않을 것이며 많든 적든 자원을 충실히 바치겠다는 단서이고, 사랑의 표현은 관계를 지속시키겠다는 약속이다.

　이중 사랑의 표현은 여성의 짝짓기에서 상당한 비중을 차지한다. 다소 서정적인 감흥을 불러일으킬 수 있는 표현이기는 하지만, 여성이 사랑의 표현에 가치를 두는 이유는 상대를 고를 때 유형有形의 남성만큼 무형無形인 사랑도 중시하기 때문이다.

　기만술을 동원한 남성의 성전은 이 영역에서도 치열하게 전

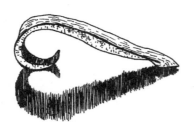

오판 또는 가면

개된다. 신뢰와 안정이라는 자질은 감정의 영역이라 표정이나 몸짓만큼 손쉬운 기만의 대상이다. 따라서 기만적인 남성은 감정 사기꾼[129]으로서 거짓 신뢰와 안정을 앞세우고 성전을 선포한다.

여성과의 단기관계에만 관심이 있는 남성이 자신의 정욕을 애정으로 오판하지 않을 가능성이 얼마나 될까? 정욕에만 민감한 탓에 한층 고양된 사랑의 단계인 애정과 정에 관해 잘 알지 못하는 그가 자신의 정욕을 진정한 사랑이 아니라고 생각할 가능성은 과연 있을까?

정욕에 정신을 앗겨버린 그는 만나는 모든 여성에게 자신의 정욕을 평생토록 지속될 진실한 사랑의 감정이라며 애끓는 마음을 토로할 것이다. 그는 자신이 알든 모르든 친절의 가면을 쓰고 사랑을 입에 담으며 오래도록 헌신하리라는 약속으로 여성들을 매료시킨다.

더 나쁜 것은 위에 언급한 '오판하는' 남성보다는 사기의 정도와 범위를 불문하고 속이기로 작정하고 치밀하게 준비하는 '저격수 같은' 남성의 수가 훨씬 많다는 것이다.

감정 사기꾼들은 모든 역량을 동원해 여성을 편하게 대함으로써 여성의 방심을 유도하고, 지난 사랑의 상처에 아파하는 모습을 보이며 여성으로 하여금 '저 정도의 사랑이라면 나에게도 깊은 사랑을 보여주지 않을까.' 하는 착각에 빠져들게 한다. 심한 경우, 거짓 슬픔을 동원해 여성의 모성애를 자극하거나 장기관계를 암시하는 언행을 넌지시 던지기도 한다.

우리는 라파 종족의 살아 있는 화석과 다를 바 없는 그들을 '바람둥이'라 부른다. 특히 단기관계를 향한 자신의 강렬한 욕구를 숨긴 채 여성이 장기관계에 대한 희망을 품도록 몰아가는 이들을 오랫동안 '혼인 빙자 간음범죄자'로 간주해왔다.

그러나 남성들은 기만의 대상인 여성들이 정서적으로 얼마나 치밀한 상대인지 종종 잊는다. 여성들 또한 그런 기만술에 속아온 경험을 기억으로 갖고 있으므로 남성들의 사기가 정교해질수록 그들이 하는 말과 행동의 저변에 도사린 진의를 알아차릴 수 있는 감정의 가닥들을 세밀히 개발시켜왔다. 속이려는 남성들과 속지 않으려는 여성들의 성전은 지금 이 순간에도 연애라는 이름, 사랑이라는 약속으로 세상 곳곳에서 치러지고 있다.

이 외에도 남성들은 유사성을 선호하는 여성들의 요구에 부응해 산악회나 독서모임과 같은 사회동아리, 학원, 교회 등 여성들이 안도감과 친밀감을 느낄 수 있는 집단으로 스스로 찾아 들어간다.

물론 자신의 덩치와 힘, 또는 그런대로 잘생긴 외모를 가장 직접적이고 효과적인 전략이라 믿으며 휘황찬란한 네온사인과 빌딩 사이를 부나비처럼 돌아다니는 숲속 인간의 후예도 부지기수이다.

여성의 전략

여성의 전략 역시 대부분 남성의 선호도에 대응해 발전해왔는데, 자신의 안전과 새끼의 양육에 이상적인 조건을 갖춘 남성에 집중된다. 여성의 부모, 특히 그녀의 아버지는 남성들이 번식이란 출산 이후를 모두 아우르는 기나긴 과정이 아니라, 그저 자신의 새끼를 출산하는 것쯤으로 여긴다는 점을 강조하기 위해 애꿎은 늑대를 들먹이며 신중한 선택을 당부한다. 그리고 그녀의 어머니는 남성에게 어필할 수 있는 조건들을 교육하기에 힘쓴다.

줄까, 말까?

사랑이라는 묘약은 정욕과 애정과 정으로 이루어져 있다. 이중 가장 늦게 생겨나는 정을 빼면, 남성의 본능이 알고 있는 사랑은 정욕 100방울에 애정 10방울이다. 그러나 여성의 본능이 지향하는 사랑은 애정 100방울에 정욕 10방울이라서, 여성의 정욕은 애정에 대한 확신이 어느 정도 형성된 이후에 발현된다.

사랑의 묘약, 정욕과 애정과 정

당연히 여성의 전략은 정욕을 채우기 위해 일단 덮치고 보려는 남성의 전략보다 훨씬 더 치밀하고 다양하며 오랫동안 구사된다. 그리고 그런 경향은 단기관계보다 장기관계에 비중을 더 많이 두는 여성일수록 강하다.

생명이 성의 역사를 거쳐 오는 동안 남성들이 정욕에 엄청난 열정을 보여 온 탓에 여성들은 남성들의 가장 큰 관심사가 정욕이라는 사실을 본능처럼 기억하고 있다. 하지만 이상하게도 남성들은 여성들이 그런 사실을 모를 거라는 어리석음 또는 순진함에 빠져들곤 한다.

이상적인 조건을 갖춘 남성에 대한 집착이 강한 여성일수록 이런 남성의 허점을 좋은 먹잇감으로 인식하고 단기적인 성관계를 원하는 남성의 심리를 역이용하는 경우가 많다. 단기관계에 흥미가 있는 것처럼 남성을 유인해 성관계를 맺은 다음 장기관계, 즉 결혼으로 이끌어가는 성적 사기꾼[130]으로 돌변하는 것이다.

이것을 혼인 빙자 간음에 대응하는 의미로 성관계 빙자 혼인이라

부를까. 남성의 감정 사기에 대응하는 전략 중에 이만큼 치명적인 전략도 드물다.

당신 새끼 맞거든

어느 날, 한 남성이 갓 결혼해 얻은 아이를 안고 의사 친구를 찾았다.

"이보게. 이놈이 우리 증조할아버지를 쏙 빼닮았어."

그는 긴가민가했지만, 의사 친구는 그가 각종 성병을 동반한 무절제한 청년기를 보낸 탓에 이미 생식기능을 상실했음을 알고 있었다.

"근데 뭐?"

그 남성이 친구를 찾아온 이유는 의사로부터 자신의 아이라는 보장을 얻음으로써 아내가 불륜을 저질렀을 거라는 의심을 가라앉히기 위함이었다. 그는 친구의 눈치를 살피며 조심스럽게 말을 이었다.

"그런데 말이야, 나를 닮은 데도 있거든."

"어디가?"

"우리 집안은 말이야, 대대로 가운데 발가락이 제일 길거든. 근데, 여기 봐봐. 여기 이 발가락, 가운데 발가락이 제일 길잖아. 하하하…"

"음… 그렇군. 엇, 그러고 보니까 얼굴도 닮았는데?"

"그렇지? 하하하… 글쎄 그렇다니까."

우리나라의 3대 단편소설로까지 일컬어지는 김동인의 『발가락이 닮았다』를 각색해 본 이야기이다. 부성의 확실성에 대한 남성의 본능을 이보다 더 간결하고 애처롭게 다룬 작품도 찾기 어렵지 않을까 싶다.

부성의 확실성은 자신의 새끼를 남기고자 하는 모든 생명계 남성의 근본적인 태제이며, 인간 남성에게는 혼전 순결 및 불륜과 직접 관계된 문제이다.

남성들은 부성을 확보하기 위해 지난한 성전을 벌여왔다. 다른 남성의 접근을 차단하려고 여성의 몸에 올라탄 채 생식기를 맞대고 기진맥진할 때까지 버티던 시절이 있었는가 하면, 딱딱한 분비물로 여성의 생식기를 봉쇄해버리던 시절도 있었다. 또한 경쟁자들을 추방하거나 다른 남성의 새끼를 모조리 죽여 버리던 시절도 있었다.

여성의 혼전 순결에 대한 사회의 요구는 지속적으로 강화되어 왔을까, 아니면 감소되어 왔을까? 모계사회母系社會, matrilineal society 시절에 살았던 남성들은 출산의 경험이 있는 여성에게 비교적 호의적이었다. 로마제국의 개방된 성 문화는 기독교의 출현으로 쇠락의 길을 걷기 시작했으며, 조선시대 남성들에게 배필의 순결은 고려 때보다 더 귀중한 가치였다.

이런 사실들은 우리에게 혼전 순결에 대한 요구가 일방적인 강화나 감소의 방향성을 갖는 것이 아니라, 시대적 환경이나 문화·종교적 이유와 더 밀접한 상관관계를 맺고 있다는 것을 귀띔해준다.

우리는 여성의 권리와 자유연애의 당위가 신장됨에 따라 정신적 순결이 소

다른 수컷의 새끼를 물어 죽인 수사자

중한 가치로 부상한 시대, 즉 혼전 순결이 결혼에서 차지하는 비중이 크게 줄어든 시대에 살고 있다. 과거의 여성들이 자의에 의해서건 타의에 의해서건 혼전 순결을 소중히 여긴 데 비해, 현대 여성들은 과거와 비할 수 없는 자유를 누리고 있는 것이다.

그럼에도 혼전 순결에 대한 남성들의 요구는 남성들뿐 아니라, 여성들의 심신에도 강력한 기억으로 저장되어 있으며, 고귀한 혈통을 주창하는 일부 가문과 전통적인 결혼의 가치를 잊지 않고 있는 부모들 사이에서는 혼전 순결이 여전히 결혼의 중요한 조건으로 간주된다.

열렬한 혼전 순결 예찬론자들은 예비신부의 순결성에 의혹의 눈길을 보내다 못해 임신검사를 핑계로 순결 여부를 판단하는 데 별 실효성이 없는 검사들, 예를 들면 여성의 몸에 남성의 정자에 대한 항체抗體가 만들어져 있는지를 확인하는 항정자 항체ASA, antisperm antibody 검사[131] 따위를 하느라 은밀한 법석을 떨기도 한다.

이런 사람들이 정신적 순결에 더 높은 가치를 부여하는 모든 문화권에서 차지하는 비율이나 사회에 미치는 영향력은 미미하다. 그러나 이는 거시적인 관찰에 의해 드러난 결과일 뿐, 미시적인 관점, 즉 결혼 당사자들이 벌이는 성전의 관점으로 범위를 좁히면 상황은 달라진다. 혼전 순결에 관한 남성들의 기억이 엉뚱하게도 여성들에 의해 성전의 유용한 도구가 되는 것이다.

한때 혼전 순결의 대명사로 처녀막hymen이 등장해 위세를 떨쳤던 시절이 있지만, 현대 남성들 중에 처녀막에서 순결의 의미를 찾는 성인 남성은 거의 없다. 그들은 40%도 되지 않는 여성만이 처녀막을 가진 상태로 출생하며, 처녀막이란 성인이 되기 전에 쉽게 파열되는 근육일 뿐임을 안다.

설령 성인기에 파열되더라도 출혈을 관찰하기가 쉽지 않고, 출혈이 있다 해도 그것이 처녀막 파열에 의한 것인지 구별조차 하기 어렵다는 사실도 안다. 모르더라도 키보드 몇 번만 두드리면 알게 된다. 또한 성관계로 처녀막이 파열될 가능성은 50%에 불과하며, 평생 파열되지 않을 수 있다는 사실도 금세 알 수 있다.

이런 사실에 비추어 볼 때, 혼전 순결에 대한 남성들의 요구는 하나둘 성 역사의 공동묘지로 향하고 있는 것처럼 보인다. 그러나 남성들의 뇌리에서 사라져가고 있는 이 요구는 오히려 여성들에 의해 극적으로 부활해 훌륭한 성전의 도구로 활용된다.

일부 여성들은 혼전 순결의 요구가 남성들의 기억에 깊이 아로새겨져 있다는 사실을 간과하지 않았다. 남성들이 정공법에 가까운 기만술을 동원해 본능을 충족시키는 방향으로 발전해오는 동안, 여성들은 대체로 남성들의 본능을 역이용하는 기만술을 개발해왔다. 그런 여성들에게 혼전 순결에 대한 남성들의 기억은 놓칠 수 없는 기만의 도구였다.

1990년대 후반, 혼전 순결을 기만하는 여성의 전략적 사기가 마침내 대규모로 그 실체를 드러냈다. 이슬람교를 믿는 여성들이 삶을 어그러뜨릴 수 있을 정도로 심각한 종교적 지탄을 피하기 위해 의사 앞에서 부르카burqa와 차도르chador를 기꺼이 벗어던진 채 질 입구의 표피를 끌어당겨 잇는 처녀막 재생수술hymenoplasty을 무더기로 받았던 것이다.[132] 그들과 결혼한 이슬람 남성들은 첫날밤을 보낸 후 담요에 남은 혈흔에 대고 자신의 사랑이 변치 않을 것임을 서약했다.

그녀들의 성공은 전파를 타고 전 세계로 송출되었고, 세월이 흐른 지금 그녀들이 사용했던 기만술은 '혼전 예비신부들이 가장 많이 선택하는 웨딩성형'이라는 이름으로 다양한 문화권에서 모방되고 있다.

하이힐과 미니스커트를 착용하고 부르카 금지법에 저항 중인 프랑스 여학생들

종교의 힘이 법의 영역에까지 이른 몇몇 문화권을 제외하면, 실제로 처녀막이 없는 여성을 순결하지 않다고 생각하는 남성은 드물다. 처녀막이 없기 때문에 결혼할 수 없다고 말하는 남성은 아예 찾아볼 수도 없다.

그러나 이슬람 남성들이 경험했던 것처럼, 첫날밤을 보낸 담요에서 혈흔을 목격했을 때, 혼전 순결을 떠올리지 않을 남성이 있을까? 그리고 기대하지 않았던 장면 앞에서, 오직 자신에게 바치기 위해 오랜 시간 지켜왔을 순결을 드디어 잃고 잠들어 있는 순수한 신부를 보면서, 예전에 없던 사랑이 생겨나고 있음을 느끼지 않을 남성이 과연 있을까?

혼전 순결을 가진 여성을 별종처럼 여기는 별종 같은 남성이 아니라면, 거의 모든 남성은 자신의 내면 어디에선가 더 크고 깊은 사랑의 감정이 샘솟고 있음을 감지할 것이다. 그것이 정욕이건 애정이건 간에 말이다.

그 사랑을 우리가 아는 언어로 표현하면, 경제적·정서적 자원을 되도록 풍족하게, 또 되도록 지속적으로 제공하기 위해 더 많이 노력하겠다는 스스로의 다짐이다. 어쩌면 평생을 넘어 영원을 걸고 다짐할지도 모를 일이다.

순결하냐구요? 후훗… 어떨 거 같아요?

이처럼 처녀막은 처녀막이야말로 순결의 확실한 증거라는 남성들의 잘못된 인식을 역이용한 여성들의 기만술에 의해 더 많은 경제적·정서적 자원을 제공받을 수 있는 동기 촉매제로 작용한다. 생물학적으로 아무런 기능이 없는 처녀막이라는 근육은 이렇게 해서 여성에게 보다 큰 안정성을 가져다줄 수 있는 구속 장치의 지위를 획득하게 되었다.

부성의 확실성을 원하는 남성들에게 혼전 순결보다 더 위협적인 요인이 있다. 성적 자원을 확보하려는 남성들 간의 타협이 성 윤리라는 이름으로 세대를 이어오며 정교하게 구축되는 동안, 그 대척점에서 성 윤리의 인간성을 조롱하며 자연성을 유지해온 행위, 불륜이다.

불륜이 자연적인 행위라는 주장에 이견이 있을 수 있지만, 불륜이 외치는 소리, 즉 '인간이 단 한 사람의 남성이나 단 한 사람의 여성과 평생을 살도록 되어 있는 자연의 법전은 어디에도 없다'는 소리에 귀를 기울인다면, 불륜의 정의가 최소한 인간적이라는 데는 충분히 동의할 수 있을 것이다.

혼전 순결에 대한 의심은 하다못해 수태受胎 기간으로라도 해결할 수 있지만, 불륜이 가진 은닉성은 그것마저 무의미하게 만든다. 불륜에 관한 통계는 문화권에 따라 크게 다르고, 은닉적인 불륜의 특성상 집계하기 어렵지만, 통상 현대 남성의 절반과 여성의 30%가량이 결혼생활 중에 다른 이성과의 성관계에 흥미를 갖거나 실제 성관계를 맺

는 것으로 추정된다.[133]

그런데 불륜에 관한 중대한 오해가 우리 사이에 존재한다. 불륜이 곧 이혼의 서막이라는 착각이다. 대부분의 경우, 불륜은 처음부터 이혼을 전제로 하지 않는다. 이혼이 불륜의 예정된 종착지가 아니라는 것이다. 이러한 오해는 불륜의 동기에 관한 인식의 결여에서 비롯된다.

불륜의 은닉성

불륜은 남녀 모두에게서 매우 유사한 행동 패턴으로 나타나고 성적 쾌락이 불륜의 동기 중 하나인 것도 동일하지만, 여성이 불륜에 빠지는 직접적인 동기는 남성과 다른 양상을 보인다. 성적 다양성을 추구하려는 욕망이 직접적인 동기인 남성에 비해, 여성의 눈은 경제적 지원이나 정서적 지원 중 하나 또는 둘 다 떨어지거나 위태롭다고 판단될 때 다른 남성에게로 향한다.

특히 남편을 향한 정욕이 애정으로 바뀔 시기인 결혼 3~5년차에 남편의 경제적·정서적 지지가 심하게 흔들린다면 여성이 불륜을 택할 가능성은 괄목할 정도로 높아진다.[134] 이런 점에서 여성의 불륜은 성적 다양성을 추구하는 남성의 불륜보다 더 치명적인 국면으로 치달을 가능성이 분명 있다.

성적 다양성이라는 욕망을 충족시킬 수 있는 대상과 현장은 기본적으로 결혼관계를 떠나 있는 곳에 존재하기 때문에 남성은 자신의 불륜과 이혼을 연결시키는 데 종종 어려움을 겪는다. 그래서 그는 '이제 그만해. 잠깐 한눈을 팔았지만, 우리 사이에 변하는 것은 아무것도 없다고!'라며 항변한다.

반면 남성이 제공하는 경제적·정서적 지원의 대상과 현장은 결혼 관계를 떠날 수 없기에 여성은 남성의 불륜을 이혼의 서막으로 간주한다. 그래서 그녀는 '그 여자가 그렇게 좋으면 마음이고 돈이고 아예 다 갖다 줘버려!'라고 소리치고는 돌아서버린다.

그러나 상당수의 여성은 실컷 소리를 지르고 돌아선 다음에도 떠나기를 주저한다. 만만치 않은 사회적 시련이 이혼이라는 대문 너머에서 기다리고 있기 때문이다.

당장 문제가 되는 것은 경제력과 현저히 떨어진 번식능력이다. 이혼녀를 비딱하게 보는 시각이 완전히 사라진 것도 아니다. 그런데도 이혼한 남성은 그리 어렵지 않게 재혼할 수 있다. 게다가 재혼 상대의 나이도 더 어려진다. 나이가 들수록 더 많은 자원을 얻을 가능성이 높기 때문이다.[135]

이런 구조라면 여성이 택할 수 있는 전략은 하나뿐이다. 몇 번 이빨을 드러내며 으르렁거린 후에 남성의 불륜을 용서하는 것이다. 생물학적인 명령도 남성에 대한 애정이 있다면 사랑이 동반되지 않은 남성의 불륜은 반복되지 않는 한 용서하라는 것이다.

마찬가지로 여성의 불륜 역시 아예 이혼을 작정한 것이 아닌 한, 용서되어야 한다. 사실 여성의 불륜은 경제적·정서적 지원에 소홀해진 남성에 대한 반항이자, 떨어진 지원을 조속히 정상으로 되돌리라는 종용일 가능성이 크기 때문이다.

그리고 이것이 남성의 부성 확실성을 불륜으로 위협함으로써 애초에 약속받았던 경제적·정서적 지원을 계속 받으려는 여성들의 전략이다.

여성의 작전명, 매력

성전에 임하는 남성에게 본능이 하달한 작전명은, 능력을 기른 후에 과시하고 사랑과 헌신을 약속하라는 것이다. 여성이 접수한 작전명은 그런 남성을 고를 능력을 기르는 한편, 아름다움을 드러내라는 것이다.

우리는 여성의 아름다움, 즉 매력이라는 것의 실체가 외부로 드러나 보이는 번식능력에 기원을 두고 있으며, 따라서 매력이란 배란의 징후와 젊음과 건강과 큰 가슴 및 엉덩이와 윤기 나는 털과 α 와 β 의 총합임을 안다.

물론 이런 생물학적 요인 외에 지적능력과 감성을 비롯한 다양한 심리적, 사회·경제적, 문화적 요소도 매력의 중요한 지표이지만, 여기서는 성의 역사를 관통하는 육체적 매력 및 그와 관계된 행동에 집중하기로 한다.

성의 역사를 통틀어 남성에게 가장 매력적인 상황은 윤기 나는 털과 큰 가슴과 엉덩이를 가진 젊고 건강한 여성이 코앞에서 엉덩이를 흔들어대며 배란의 냄새를 풍기는 것이었다. 거기에 긴 팔과 다리를 가지고 있어서 포식자가 나타났을 때 새끼를 안고 재빨리 도망칠 수 있다면 더 바랄 것이 없었다.

매력을 드러내 보이려는 인간 여성의 전략도 여기에서 출발하고, 그런 전략에는 외모를 부풀리기 위한 다양한 속임수trickery도 포함된다.

준비 다 됐어요

매력 풍기기 전략의 가장 강력한 수단은 뭐니 뭐니 해도 원초적인 번식의 징후, 배란이다. 배란기가 다가오면 배란과 관련된 호르몬들의 작용에 의해 여성의 몸에 미묘한 변화가 인다.[136]

먼저, 난자가 배출되면 프로게스테론progesterone의 분비가 촉진되면서 체온이 상승해 피부가 발그레해지며 맑고 매끄러워진다.[137] 여성들은 이런 변화의 징후들을 아예 상시적으로 보유함으로써 어느 때건 남성들의 관심에 어필할 수 있는 전략을 발전시켜왔다. 화장이라는 기만술이다.[138]

화장을 처음 한 인간은 여성이 아니라 남성이었으며, 목적은 이성을 기만하려는 것이 아니라 신성한 제단으로 나아가기 위해 몸을 청결히 하는 것이었다. 4대 문명의 발상지에 남아 있는 화장의 흔적들은 종교적인 목적에 의해 발명된 화장이 이후에도 한동안 강렬한 태양빛으로부터 눈을 보호하거나 사막의 모래바람으로부터 피부를 보호하는 등 생리적인 필요를 충족시키는 도구로만 활용되었음을 말해준다.[139]

화장한 클레오파트라

그러나 여성들이 화장이라는 도구에서 더 아름다워지려는 여성 자신의 욕망을 충족시켜 줄 능력과 남성을 기만할 수 있는 가능성을 발견하는 데는 그리 오랜 시간이 걸리지 않았다.

인간의 조상 여성들은 목욕한 몸에 향유香油, balm를 바른 후에 입술과 볼에는 해초나 오디mulberry로 만든 루즈臙脂, rouge를 칠했고, 손톱에는 식물성 염료인 헤나henna로 만든 다양한 색상의 매니큐어를, 얼굴에는 납 분말로 만든 파우더를 발랐다.[140]

조상 남성들은 배란기에나 볼 수 있는 발그레하고 맑고 매끄러운 번식의 신호에 열광했고, 그들의 열광은 다시 여성들을 부추겨 진일보한 기만술을 향해 나아가게끔 했다.

그런데 납 성분이 든 파우더는 인체에 치명적이어서 거의 2천 년 동안 아름다워지려는 욕망에 휩싸인 수많은 여성들을 죽음으로 몰아갔다.[141] 그럼에도 화장이 가진 강력한 유혹의 힘은 여성으로 하여금 생명의 위협까지 감수하게 하면서 유기화학산업의 급진적인 발달을 등에 업고 남성을 현혹하는 가장 대중적인 기만술로 성장해왔다.

이런 과정을 거친 끝에 현대 남성들은 발그레하고 맑고 매끄러운 여성의 기만술에 익숙하게 되었고, 여성들은 더 강력한 유혹의 열매를 얻기 위해 피부 트러블이라는 또 다른 국지전을 수행해가며 남성들의 익숙함을 깨부수려는 노력을 멈추지 않는다.

배란의 징후를 이용하는 두 번째 전략은 냄새 풍기기이다. 배란기가 다가오면 난포자극卵胞刺戟호르몬follicle stimulating hormone은 난포 내에 있는 난자를 성숙시키고, 황체형성黃體形成호르몬luteinizing hormone은 여성의 생식샘을 자극한다. 에스트로겐estrogen은 성욕을 증대시키고, 프로게스테론은 자궁 내부를 임신에 최적인 상태로 만듦과 동시에 성기를 부풀린다.[142]

조상 여성들은 번식할 준비가 되면 부푼 성기를 남성의 코앞에 대고 흔들어대는 전략을 구사했는데, 그런 행동을 접한 조상 남성들의 몸에서도 여성의 몸과 거의 흡사한 반응이 일어났다.

조상 남성의 난포자극호르몬―처음 발견되었을 때 여성에게만 존재하는 것으로 오인되어 이런 이름이 붙었다—은 고환의 정소를 자극해 정자를 만들게 했고, 황체형성호르몬은 생식샘을 자극하는 테스토스테론testosterone을 분비하도록 명령했다. 여성이 풍기는 자극에 너무 민감한 나머지 유선자극乳腺刺戟호르몬luteotropic hormone이라 불리는 프로락틴prolactin이 과다하게 분비되어 젖꼭지에서 우유를 뚝뚝 떨어뜨리는 남성도 있었다.[143]

조상 여성들은 냄새가 가진 강력한 유혹의 힘에 주목했다. 그들은 필요할 때면 언제든 냄새를 풍김으로써 남성들의 관심에 어필할 수 있는 전략을 발전시켰다. 성적 욕구를 불러일으킬 수 있는 냄새, 즉 향기라는 기만술이었다.

심령을 다른 세계로 인도하기 위해 전례에 사용되는 향. 로마 가톨릭

화장과 마찬가지로, 향기 역시 처음에는 전혀 성적이지 않은 용도로 사용되었다. 인공적인 향기의 기원에 관한 다양한 가설이 있지만, 악취를 없애고 제단으로 나아가기 위해 향나무 연기의 향을 이용하는 관습에서 유래했다는 설이 그중 설득력 있다.[144]

남성이 여성의 몸, 특히 성기에서 풍겨오는 냄새를 맡고 성적인 자극을 받는다는 것은 여성의 몸에 있는 화합물이 공기 중으로 확산될 수 있을 만큼 미세한 입자로 쪼개어져 남성의 코에 도달한다는 의미와 그 입자들이 남성에게 성적으로 좋게 느껴진다는 의미를 함께 갖고 있다.

여성들은 이 두 가지 의미에 근거해 남성의 성적 욕구를 불러일으킬 수 있는 냄새를 찾아내려는 긴 여정에 올랐다. 그들은 압출과 추출, 혼합의 기법을 동원해 수많은 나무와 과일과 꽃에서 냄새를 수집해나갔다. 죽음 또는 위협의 신호인 썩는 냄새나 부패한 냄새는 당연히 배제되었다.

그러나 열악한 기술 탓에 나무와 과일과 꽃에서는 생존의 역사를 거쳐 오는 동안 맡았던 '좋은 먹잇감의 냄새'밖에 얻을 수 없었다. 물론 그 냄새로도 일정 정도 남성의 성욕을 부추길 수는 있었지만, 성적 기만이라는 의도를 충족시키기에는 아무래도 부족했다. 더 강한 무엇인가가 있어야 했다.

새로운 모색의 결과, 여성들은 결국 남성의 성적 욕망을 부채질할 수 있는 강력한 기만의 향기를 찾아냈다. 그것은 식물의 잎이나 줄기가 아니라, 동물의 몸에 있었다. 그녀들이 가장 먼저 찾아낸 향기는 시커먼 기름주머니에서 발산되는 머스크향, 사향麝香이었다.[145]

그 후 세계 곳곳에서 다양한 기만의 향기가 발견되었다. 처음 발견된 이후 지금까지 성적 기만술에 유용하게 활용되고 있는 향기에는 북미 지방에 서식하는 비버의 생식선에서 나오는 해리향海狸香, castoreum, 결석을 잃는 향유고래의 장에서 얻을 수 있는 용연향龍涎香, ambergris, 에티오피아에 서식하는 사향고양이의 영묘향靈猫香, civet 등이 있다. 곤충이 뿜어내는 페로몬pheromone도 당당히 한 자리를 차지한다.[146]

최초의 현대적 향수 헝가리 워터

하지만 동물의 향기는 구하기가 너무 어려웠기 때문에 여성들의 관심은 다시 식물로 향했고, 1,300년대 후반에 알코올과 증류법을 이용해 장미향을 뽑아낸 '헝가리 워터'가

등장하면서 기만의 향기는 향수라는 형태로 대중에게 파고들었다.[147]

오늘날, 여성들은 퍼퓸과 오드퍼퓸, 오드토일렛이 가진 기만의 효과에 적지 않은 돈을 기꺼이 지불하고 있으며, 거의 모든 남성들은 스쳐지나간 여성이 흘리고 간 오드콜로뉴와 샤넬 넘버5의 매혹적인 냄새에 취해 마치 남성의 코에 성기를 대고 흔들어대듯 좌우로 실룩이는 그녀의 엉덩이와 새끼를 안고 포식자로부터 도망치기에 충분할 것 같은 미끈한 다리를 훑는다.

배란의 징후를 이용하는 세 번째 전략은 몸의 변화 이용하기이다. 비록 눈으로 확인할 수 없을 정도로 미미하지만, 배란기가 다가오면 실제로 여성의 허리 대 엉덩이 비율은 낮아진다. 허리가 잘록해지고 엉덩이가 부푸는 것이다. 그런 사실은 인간의 몸에 기억으로 저장되어 있다.[148]

이런 특성 역시 1등 남성을 선택하려는 여성으로서는 결코 놓칠

기형 허리를 가진 중세 여성

수 없는 전략적 도구 중 하나이다. 우리는 인간의 역사에서 허리 대 엉덩이 비율을 낮추기 위해 자신의 허리를 몹시도 괴롭혔던 여성들이 있었음을 알고 있다. 중세에 유럽의 사교계를 주름잡았던 귀부인들이 그들이다.

그들이 고안해 낸 기만의 장치는 불룩한 배와 살이 접힌 허리를 튼튼한 밧줄로 싸잡아 체포해버리

는 의복, 코르셋corset이었다. 허리와 엉덩이의 비율이 일 대 일에 가까울수록 밧줄을 거머쥐는 하녀의 덩치도 커야 했고, 일 대 일이 넘어설 경우, 하녀는 귀부인의 등을 발로 거세게 밀어내야 했다. 그 바람에 당시 많은 여성들이 기형적인 몸매를 갖고 있었다.

그렇게 해도 도저히 보정이 불가한 귀부인들은 어쩔 수 없이 코르셋의 기만성을 포기해야 했다. 하지만 대신 치마 속에 철사를 밀어넣어 엉덩이의 크기를 부풀림으로써 허리를 줄이는 것과 유사한 효과를 누릴 수 있었다.

그런 귀부인을 발견한 어느 신사가 '덩치는 좀 큰 것 같지만, 비율은 그런대로 좋아 보인다'고 판단해 본격적인 번식활동에 들어갔다면, 그는 여성의 육중한 허리와 가녀린 엉덩이 앞에서 무슨 생각을 했을까? 아마도 여성들에게 팬티처럼 짧은 치마를 입힐 수 있게 될 날이 언젠가는 반드시 와야 하리라 생각하지 않았을까?

그 신사의 예상이 현실이 되는 데는 길게 잡아도 채 300년이 걸리지 않았다. 근세 이후, 여성들은 그 신사의 예상과 달리 스스로 '짧게 더 짧게'를 외치며 의복에 의지할 수밖에 없는 허약한 기만술을 포기했다.

미니스커트를 입은 현대 여성

대신 보다 노골적인, 그러나 보다 진실한 유혹의 방향으로 선회했고, 그녀들의 진실성은 스스로를 다이어트라는 거부할 수 없는 고통과 압박의 질곡으로 밀어넣었다. 엉덩이의 볼륨을 살리기 위해 허리를 가늘게 하려는 노력, 즉 날씬해지려는 노력이 스트레스와 거식증anorexia이라 불리는 신경성 식욕부진, 실컷 먹은 다음 구토를 하거나 단식으로 만회하려는 신경성 대식증과 같은 여러 부적응적인 부산물을 낳았던 것이다Abed. 1998.

화장과 향수와 허리 대 엉덩이의 비율. 배란의 징후에 기초한 이 세 가지 전략 덕에, 현대 남성들은 언제든 번식활동에 들어갈 수 있을 것처럼 보이는 무수한 여성들 틈에서 욕망을 다스리고 자중하느라 애를 먹고 있다.

젊게 더 젊게

젊음은 여성의 번식능력과 번식적 가치를 드러내는 최상의 지표이다. 성 역사에서 출산경험이 있는 여성이 남성들로부터 호의적인 대접을 받았던 시절이 있었던 것은 분명하다. 그렇지만 어떤 형태의 완력도 작용하지 않는 상태에서, 그녀가 유사한 신체 조건과 매력을 가진 젊은 여성을 상대로 남성 쟁탈전에서 이긴 역사는 없다.

그녀가 젊은 여성과의 쟁탈전에서 겪었던 패배의 쓰라린 기억과 젊은 여성에 대한 남성의 본능적 선호는 후예들의 심신에 단단히 기록되어 세대를 이어 내려오며 젊어지는 방법을 찾게 했다.

그런데 발그레하고 맑고 매끄러운 피부는 화장으로, 자극적인 배란의 냄새는 향기로, 또 굵은 허리는 밧줄로 묶어가며 어떻게든 해결할 수 있지만, 젊어지는 비법은 어디에도 없었다. 기껏해야 화장을 더 진하게 하거나 어리게 행동하는 것뿐이었다. 그래서 인류사의 대부분의 기간 동안 노소老少는 남녀의 구분과 마찬가지로 여성이 부릴 수 있는 기만술의 대상에서 철저히 제외되어왔다.

하지만 그런 와중에도 늙은 여성들에게 가짜 젊음을 선사할 수 있는 대단한 기만술의 기초가 몇몇 문화권 남성들에 의해 착착 다져지고 있었다. 그것은 성형成形, plastic surgery의 기술이었다.

스컬 바인딩으로 인해 외계인의 두개골로 오인된 유아의 두개골. 뉴멕시코

수술의 의학적인 의미를 고려하지 않는다면, 성형의 역사는 결코 짧지 않다. 수천 년 전, 인도와 중남미, 시베리아, 한반도의 가야를 포함한 여러 지방에는 신생아의 머리통을 단단히 묶어두는 스컬 바인딩skull binding, 머리 한쪽을 돌로 눌러 찌그러뜨리는 편두遍頭 등 두개골을 변형하는 풍습cranial deformation이 있었다.[149]

작은 헝겊으로 한 달 동안 발을 꽁꽁 묶어두는 중국의 전족纏足, 지금도 미얀마와 아프리카 등지에서 발견되는 기린 목giraffe neck, 남성에 대한 복종의 표시로 여성이 입술을 찢어서 쟁반을 끼우는 쟁반입술과 같은 풍습도 넓은 의미에서는 성형의 범주에 포함될 수 있다.

외과적 도구가 사용된 세계 최초의 성형수술은 고대 이집트의 에드윈 스미스 파피루스Edwin Smith papyrus에 기록되어 있는 턱 골절과 코뼈 수술이었다. 기원전 500년경에는 벌이나 보복으로 인해 코나 귀가 절단된 사람들에게 이마, 뺨, 엉덩이 살을 떼다가 되살려주는 기술이 있었고, 동로마 시절에는 전투 도중에 엉망이 된 얼굴을 복원해주는 기술도 있었다.[150]

에드윈 스미스 파피루스
BC 1,500년경 고대 이집트에서 제작된 의학(외과) 교재. 머리부터 신체 전반에 걸쳐서 검진과 진찰, 치료, 예후 등 치료의 전 과정이 기록되어 있다.

이런 기술들은 마취기술이 발명되고 성형기술을 필요로 하는 부상자를 양산해 낸 두 번의 세계대전을 거치면서 급속도로 발전해 대중화의 길로 접어들었다.

성전에 나선 여성들이 불로장생의 영약과도 같은 신비의 기술을 놓칠 리 없었다. 그리고 그 기술을 간절히 원하는 여성들의 지갑을 가볍게 여길 의사도 없었다. 그 덕에 현대 여성들은 이제 '여성의 아름다움과 자신감을 위하여'라는 거부하기 어려운 구호 아래, 남성을 속여야 할 필요가 있는 부위를 골라가며 어느 정도까지 기만할지 마음 내키는 대로 결정할 수 있게 되었다.

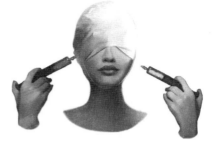

신체발부 수지부모… 및 성형

*Before*와 *After*의 행렬은 실로 찬연할 정도이다. 여성의 가늘고 작은 눈을 눈 꼬리의 각도까지 고려해가며 앞뒤로 찢고, 부푼 눈밑을 절개해 지방을 제거한 후에 피부를 당겨 주름을 없애고, 거기에 쌍꺼풀까지 만들면 매력 없던 마음의 창은 사슴처럼 크고 맑고 또렷한 눈매가 된다.

반듯한 마음을 가진 여성의 이미지가 필요하면 낮은 콧대와 콧망울을 날렵하게 세우면 되고, 지성적인 여성으로 보이려면 길고 좁은 코를, 귀여운 여성이 되고 싶으면 짧고 작은 코를 주문하면 된다. 크거나 작은 입술을 적당한 크기로 만들면 남성으로 하여금 앵두를 사 먹고 싶은 생각이 쏙 들어가게 할 수 있다. 그래도 뭔가 부족하다 싶으면 정기적으로 주사를 맞는 것으로 늙음은 젊음이 될 수 있다.

남성이 새끼를 훌륭히 키워낼 수 있는 여성이라 착각하게 하려면 겨드랑이 아래를 절개해 빈약한 가슴에 코젤cohesive gel[151]이라는 보형

물을 삽입하면 되고, 지나치게 큰 가슴 때문에 남성이 숨막혀 할 것 같으면 한손에 잡힐 만큼 아담한 크기로 줄이면 된다.

각진 턱도, 크거나 통통하거나 비대칭인 얼굴도 안면윤곽술의 도움을 받아 깎아내고 빼고 잡아당기면 된다. 팔자주름도 마찬가지이다. 수술기구가 닿을 수 있는 부위라면 어느 곳이나 성형이 가능하다. 살flesh이라는 신체 조직은 이제 성전이라는 원대한 현상 앞에서 본래의 생물학적 의미를 절개당하고 있다.

수술한 곳이 마음에 들지 않아도 걱정할 필요가 없다. 여성의 아름다움을 지상 최고의 가치로 여기는 의사들이 전자제품에 제공되는 것과 같은 1년 완벽 A/S를 보장해 줄 만반의 준비를 갖추고 있기 때문이다.

위에 나열한 수술들은 매부리코나 들창코, 사자코를 교정하는 당위까지는 아니더라도 '사회생활에 필요한 자신감을 위해' 또는 '아름다움을 원하는 여성 고유의 본능 때문에'와 같은 주장이 그나마 통할 수 있는 것들이다. 그런 주장이 통할 여지가 없는, 그래서 전적으로 성전을 위해 도입된 기만술이라고밖에 간주할 수 없는 수술이 두 가지 있다. 보조개dimple 성형수술과 질vagina 성형수술이다.

볼우물이라고도 불리는 보조개. 의학계에서는 여러 구순口脣 근육 중 구각하제근口角下製筋, Triangularis과 미소근微笑筋, smiling muscle이 수축해 구각을 뒤로 잡아당길 때 미소근의 길이가 짧아 발생하는 일종의 불구현상으로 설명한다.

쉽게 풀어 보면, 말을 하거나 미소를 짓거

보조개 성형의 포인트 중 한 곳

나 음식을 섭취할 때 구각하제근이라는 근육과 미소근이라는 근육이 입술의 양끝을 뒤로 당기는데, 이때 미소근 중 하나 또는 둘이 제대로 발육하지 못해 볼의 어느 부위가 오목하게 들어간다는 의미이다.

현대 여성들 중 적지 않은 여성들이 보조개 성형에 나선다. 어려 보이는 느낌과 성숙미라는 동석하기 어려운 분위기를 동시에 기만술로 장착하고 싶은 여성은 의사에게 자신의 코 옆 볼을 가리켜 보인다. 귀엽고 깜찍한 느낌을 원하는 여성은 입꼬리 옆을 가리키고, 천진난만함과 건강미가 필요한 여성은 볼의 상단부를, 순진무구하고 발랄한 느낌을 장착하고 싶은 여성은 볼 한가운데를 가리킨다.

왜들 이러는 걸까? 장애우에 대한 사회적 처우가 얼마나 열악한지 알아보려는 것은 결단코 아니다. 여성 고유의 본능 때문도 아니고 사회생활을 해나가는 데 자신감이 없어서도 아니다. 답은 보조개 성형에 나선 여성들이 원하는 네 가지 목적의 공통분모에 담겨 있다.

어려 보이는 느낌, 귀엽고 깜찍한 느낌, 천진난만함, 순진무구, 이 네 가지는 남성이 선호하는 한 가지 특질을 정확히 겨냥하고 있다. 그것은 어림과 관계가 있어서 남성으로 하여금 장난기와 무능력과 보살피려는 마음을 떠올리게 하는 특질, 바로 유형성숙이다.[152]

그래서 여성들은 유형성숙을 선호하는 남성의 심리를 역이용해 불구가 되면서까지 어린 느낌의 기만술을 뺨 한쪽에 장착하는 것이다. 그리고 전혀 기만적이지 않아 보이는 그들의 기만술은 실제로 기만이 없는 여성들의 밋밋한 뺨을 비웃으며 남성을 유혹하는 데 주목할 만한 성공을 거둔다.

한 가지, 소녀처럼 순수한 마음에 보조개를 갖고 싶어 하는 여성이 의외로 많기 때문에 이런 시각은 여성의 심리를 왜곡하고 여성의 순수성을 깎아내릴 수 있다는 주장이 있다.

　그러나 다른 여성의 보조개를 보고 '너무 깜찍하고 귀엽다'고 말하는 것은 자신이 인지하든 못하든 '넌 나보다 성전에서 한발 앞서 있군. 매력이 있어 보여. 나도 그 무기를 가지고 말 테야'라는 내면의 외침이 순수라는 형식을 빌려 외적으로 표현된 것에 불과하다.

　보조개가 주로 남성을 유혹하는 단계에 사용되는 기만술이라면 질 성형수술은 대개 이미 유혹한 남성을 단단히 붙들어놓기 위해 선택되는 기만술이다.

　이 수술에는 두 가지가 있는데, 한 가지는 이미 언급된 처녀막재생수술을 포함해 여성의 질을 해부학적으로 처녀의 질과 같은 상태로 복원하는 것이고, 또 한 가지는 남성을 단단히 붙들어 놓기 위해 말 그대로 남성의 성기를 꽉 물어서 조이는 느낌을 줄 수 있도록 하는 수술이다.

　여성들은 왜 이렇게 수치심을 유발하는 은밀한 부위까지 의사에게 내보이며 절박한 기만술을 택할까? 여성들의 심신에 저장되어 있는 선택의 본능은 이 질문의 답을 가장 확실히 알고 있는 존재로 남성의 성기를 지목하고 있다.

　폐경을 지난 50대는 월경이 있던 40대를 그리워한다. 40대는 혈기왕성한 30대가 되려 하고, 30대는 번식능력이 최고조인 20대가, 20대는 번식적 가치에서 월등한 10대 후반이 되려 한다.

　젊음은 성전에서 막강한 위력을 발휘하는 자질 중 하나이기에 성형수술이 가지는 기만의 효과는 대단하다. 하지만 이 전술을 구사하려면 기만하려는 마음과 함께 경제력도 있어야 한다. 그래서 경제력이 있는 여성들과 그렇지 않은 여성들 사이에 매력의 격차가 생기고,

남성의 여성 선택은 왜곡된다.

성형이라는 탁월한 기만술이 향하는 목적지는 어디일까? 수천, 수만 년을 반복하면 성형의 기억이 인간의 심신에 저장될까? 그럴지도 모른다. 아니, 겨우 수십 년 흡연으로도 변형을 일으켜 자기방어에 나서는 유전자이니, 어떤 형태로든 기억으로 저장될 것이 분명하다. 그런 시대가 오면 인류가 쌓아온 문화적 유산들은 어떤 기준에 의해 감상될까? 지금과 동일한 미적 기준으로?

다행스러운 점은, 성형 기만술이 처음 등장했을 때 속수무책으로 당했던 것과 달리, 남성들이 방어 전략을 구축하기 시작했다는 것이다.

남성들이 성형 기만술을 장착하고 텔레비전 화면과 스마트폰 액정, 또는 거리를 누비는 여성들에게 환호를 보내는 것은 예나 지금이나 변함이 없다. 하지만 그들의 방어 전략은 그녀들의 얼굴에 장착된 기만술에 속아 장기관계를 떠올리기보다는 마음속으로 견적을 뽑아보며 단기적인 성관계로 이끄는 일에 마음을 쏟는 방향으로 발전해가고 있다.

여기에는 여러 이유가 있을 수 있다. 가공된 매력에 대한 피로감 때문일 수 있고, 비슷비슷한 스마트폰을 보는 것 같은 식상함 때문일 수도 있다. 남성에게 잘 보이려는 자신의 본능은 인식하지 못한 채 성형미와 자연미에 동일한 가치를 부여하는 여성들에 대한 환멸 때문일 수도 있고, 기만술을 장착할수록 실제로 성공에 더 가까워지는 현실을 살아가는 여성들에 대한 애처로움 때문일 수도 있다. 어쩌면 그런 피로감과 식상함과 환멸과 애처로움에도 불구하고 예쁜 기만술을 즐겨온 스스로에 대한 자괴 때문일 수도 있다.

그러나 핵심적인 이유는 성의 역사를 이끌어온 번식의 본능에 닿아 있고, 그렇기 때문에 지극히 간단하다. 매력 있는 여성의 얼굴 뒤에

감출 수 없는 기억

숨어 있는 본색을 자라나는 새끼의 얼굴에서 발견하는 것이 두렵기 때문이다.

성형미인은 정제되지 않은 흑설탕보다는 보기 좋게 탈색된 백설탕과 닮았다는 생각, 아무리 돈을 들여서 매력의 기만술을 장착한다 해도 새끼는 원래대로 못생겼을 것이라는 불안감, 그리고 생각보다 더 못생겼으면 어쩌나 하는 두려움, 이것이 현대 남성들, 특히 결혼 적령기의 막바지에 접어든 남성들이 이제 막 개발하기 시작한 방어 전략이다.

불로장생의 영약처럼 신비한 성형의 기만술은 계속될까? 경제력만 뒷받침된다면 인류는 유전자 변형이 일어나고 변형된 유전자가 세대를 이어 반복될 때까지 기만의 매력에 흠뻑 빠져들 것이며, 덩달아 높아지는 남성들의 눈 때문에 더더욱 차별화된 성형의 기만술이 필요하게 될 것이다.

만일 그런 미래를 원치 않는다면, 미래에 태어날 새끼가 어미에게 무슨 말을 던질지 찬찬히 생각해 보고, 페어플레이 정신을 되새기며 성의 제네바협정에라도 나설 일이다. 성전에 참여한 남녀, 그들에게 기만적 지원을 아끼지 않는 부모, 그리고 성형 권하는 사회까지, 모두 말이다.

케어care에 목숨 거는 이유

큰 가슴과 엉덩이를 가진 젊은 여성이 남성의 코앞에서 엉덩이를 흔들어대며 배란의 냄새를 풍긴다. 그녀는 긴 팔과 다리도 가졌다. 그런 매력에도 불구하고 남성이 돌아선다면 이유는 두 가지이다. 털 또는 피부가 푸석푸석하거나 배란의 냄새 틈틈이 묻어오는 건강하지 못한 냄새 때문이다.

서울역 광장에 사는 남성 비둘기 뭉치는 낚싯줄에 한쪽 다리를 잃은 여성의 등에 올라타 배설강을 비빈다. 부산의 한적한 국도변에 사는 유기견 복돌이는 자동차 타이어에 뒷다리를 잃은 복순이와 함께 다니고, 광주 무등산을 활보하는 길냥이 캡틴과 아슈라의 꼬리는 동상에 잘려나가고 없다.

잘려나간 다리와 꼬리도, 작은 가슴과 엉덩이도, 건강한 정신에 깃든 장애도 사랑하고 번식하는 데 문제가 되지 않는다. 인간도 마찬가지이다. 그래서 신체적·정신적 결함은 종종 경이로운 삶과 사랑의 기적을 낳는다. 그렇지만 출산 자체가 어렵거나 어렵게 낳은 새끼를 양육할 힘이 없다면 이야기는 달라진다.

인간을 비롯한 몇몇 동물 종족은 건강하지 않은 짝과도 찬란한 사랑을 꽃피우며 고귀한 영적 자산으로 사랑의 고단함이나 슬픔을 대체할 수 있지만, 생명은 처음부터 건강하지 못한 신호에 민감하게 반응해왔고, 인간 또한 남녀 공히 생존과 번식을 위해 달려온 생명의 속성에 단단히 구속되어 있다.

건강하지 않음은 인간의 기억에 어떤 감정으로 저장되어 있을까? 불쾌? 동정? 거리에 쓰러져 있는 노숙인에게서는 불쾌의 냄새가 나고, 양팔과 두 다리가 없는 사람을 봤을 때 속이 울컥거리는 것을 보면 그럴 수 있다. 그러나 그런 감정은 정서의 표피에서 일어나는 것일 뿐이다.

전쟁이나 자연사가 아니더라도, 매년 수십, 수백만 명의 인간이 각종 사고로 세상에서 사라진다. 세월호가 침몰해 300여 명이 희생되었다는 가슴 아픈 뉴스는 미국인들에게 잠깐의 놀라움과 약간의 인류애, 그리고 사익에 매몰된 사회 및 감독기관의 부패와 관할 기관의 처참한 책임 방기로 인한 국가 부재 사태에 대한 경각심을 주었을 뿐이고, 뉴욕에서 발생한 9·11 테러로 3,000여 명이 사망했다는 뉴스 역시 한국인에게 그리 길지 않은 놀라움과 브레이크 없이 독주하는 미국에 대한 우려를 주었을 뿐, 미국 로열 캐리비안 인터내셔널사社가 보유한 세계 최대 크루즈선 MS 얼루어 오브 씨즈호의 매출이 줄어드는 일도, 서울 삼성동 무역센터의 유동인구가 감소하는 일도 일어나지 않았다.

먼 곳에서 아무리 많은 사람이 죽어나가도 우리는 그들의 죽음을 잠재적인 위협으로 인식할 뿐이다. 그 위협이 실제로 나에게 닥치리라는 가능성은 생존의 본능에 의해 간단히 무시되기 때문이다.

하지만 동네 아주머니가 강도의 칼에 찔려 사망하거나 매일 아침 싹싹한 인사를 건네며 등교하던 꼬맹이가 성폭행을 당했을 때, 우리는 동일한 일이 나에게도 언제든 닥칠 수 있음에 치를 떨며 멀리 넓게 볼 수 있는 시야를 포기하고 창문에 방범창을 단다.

"어머, 이 사진 속 애 좀 봐. 에휴. 쯧쯧…
근데 점심은 뭐 먹지?" 비 예기성 공포

먼 곳에서 발생한 대량의 사망 사
고와 이웃에서 발생한 단 한 명의 사
망 사고, 둘 사이에는 공포신경증恐怖
神經症의 일종인 예기성 공포가 숨어 있
고, 우리는 기억에 각인되어 있는 공포
가 지시하는 대로 행동한다.

매년 5,000여 명의 한국인이 교통사
고로 사망하고[153] 10세 미만의 세계 아
동들이 5초마다 1명씩 굶어죽는 세상[154]에 살면서도, 거미와 뱀과 쥐
와 바퀴벌레를 보는 순간 우리의 본능은 머리털을 곤두세운다.[155] 물
리면 죽는 거미와 뱀, 그리고 시체의 배를 갉아먹던 쥐와 입속을 떼
지어 돌아다니던 바퀴벌레에 대한 직접적인 공포가 기억에 새겨져 있
기 때문이다.

건강하지 않음은 생존을 위협하는 예기성 공포로 인간의 기억에
저장되어 있다. 이것이 생명이 건강하지 않은 개체를 외면해온 까닭
이며, 건강한 인간이 건강하지 않은 인간에게서 되도록 멀리 떨어져
있으려는 이유이다. 이러한 생명의 대원칙은 성전에도 여지없이 적용
된다.

건강하지 않음은 사랑할 기회나 사랑할 수 있는 마음의 부재를
의미하는 것이 아니라, 매력의 결여를 의미한다. 성전에 나선 남녀가
건강하지 않은 이성에게서 공통적으로 맡는 냄새는 건강하지 않은
새끼의 냄새이다.

거기에 더해 여성은 자신과 새끼의 미래에 관한 불안감을, 남성은
출산과 출산 이후의 양육에 관한 불안감을 경험한다. 그러므로 여성

의 전략은 자연히 출산과 출산 이후의 양육에 문제가 없을 만큼 건강하다는 신호를 남성에게 보내는 것으로 모아진다.

오래전, 무리에서 생식능력이 가장 우수한 축에 들었던 미진의 건강은 어땠는지 되짚어 보자.

'미진은 무리에서 번식능력이 가장 우수한 축에 드는 여성이었다. 그믐밤처럼 검은 그녀의 털은 저녁 달빛을 받은 강물처럼 반짝였고, 뺨은 촉촉한 듯 매끄러웠다. 허리 끝에서 크게 벌어진 엉덩이와 볼록한 가슴에는 대장을 키워낼 능력이 숨어 있었으며, 긴 팔과 다리는 포식자로부터 새끼를 지켜낼 수 있는 안전장치였다.'

미진의 우수한 몸은 현대 여성들이 성전의 도구로 삼을 수 있는 조건들을 모두 갖추고 있었다. 그녀의 그믐밤처럼 검은 털과 촉촉한 듯 매끄러운 뺨과 대장을 키워낼 능력은 여성들에 의해 헤어케어, 스킨케어, 그리고 바디케어라는 전략으로 발전해왔다.

그동안 흘러간 장구한 세월에 비하면 놀랍기 그지없지만, 생명의 번식과 생존의 본능 차원에서 보면 너무나 당연하게도, 육체적인 건강에 대한 인간의 기준은 그때와 달라진 게 전혀 없는 것이다.

건강의 첫 번째 단서는 털이다. 조상 남성들은 윤기가 없는 여성의 털에서 건강하지 않은 냄새를 맡았다.

그들은 거칠고 손상이 많은 털을 가진 여성을 보면 먼저 목부터 살폈고, 울대聲帶, vocal cords 바로 밑이 부어 있다면 다른 여성을 차지할 기회가 전혀 없는 경우가 아니고는 그 여성과 짝짓기를 하려 하지 않았다. 목 부위가 부어 있는 여성에게서 종종 약한 뼈를 가진 새끼가 태어났다는 사실을 기억하고 있기 때문이었다.[156]

가는 털을 가진 여성을 보면 그녀의 생식기에 코를 대고 오줌 냄새를 맡거나 털을 뒤적였다. 오줌 냄새를 맡는 이유는 장기의 이상신호인 고약한 냄새가 나는지 알아보기 위해서이고, 털을 뒤적이는 이유는 노란 비듬이나 피부 염증을 찾아내기 위해서인데,[157] 그런 여성은 비슷한 특성을 가진 새끼를 낳을 수 있기 때문이었다.

몸에 비해 덜 자란 것처럼 보이는 털을 가진 여성이 나타나면 남성들은 그녀가 아무리 젊더라도 다가서기 전에 가만히 지켜보며 혹시라도 비틀거리지 않는지 살폈다. 남성들은 먹이를 골고루 먹지 않거나 불규칙하게 먹으면 머리에 피가 모자라 비틀거리게 되고,[158] 그런 여성은 새끼를 그렇게 길러낼 수 있다는 것을 경험으로 알고 있었다. 비틀거리는 횟수가 많아질수록 남성의 호감도도 비틀거렸다.

듬성듬성한 털은 쉽게 알아볼 수 있는 건강하지 않음의 신호였다. 그런 털은 대개 가늘고 건조하며 윤기가 없었는데, 폐경이 가까울수록 더 그랬다.[159] 그런 털을 가진 여성은 호감도에서 가장 후순위로 밀려났다.

그런데 거칠거나 가늘거나 덜 자랐거나 듬성듬성한 털이 보내는 신호는 건강하지 않은 새끼를 낳을 수 있으니 신중을 기하라는 의미일 뿐이라서, 그런 털을 가진 여성들이 짝짓기를 못하는 경우는 거의 없었다.

짝짓기를 해봐야 정자 낭비이거나 아예 해서는 안 된다는 몇몇 위협의 신호들은 남성들로 하여금 다가서는 여성을 향해 이빨을 드러내게 했다.

비호감 3위는 영양분을 제때 섭취하지 못해 적색이나 황색을 띠는 털이었다. 그런 털을 가진 여성은 월경 주기가 일정하지 않았으며[160] 그것은 곧 정자를 낭비할 가능성과 병약한 새끼의 출산을 의미했다.

비호감 2위는 피부 일부가 드러날 만큼 숭덩숭덩 빠지는 털이었다. 속병이 깊은 경우를 제외하면 그런 털을 가진 여성은 특정한 먹이, 특히 동물만 편식하고 움직이기를 귀찮아해 지방이 체내에 축적되어 있는 경우가 많기 때문에 거의 대부분 뚱뚱했다. 심할 경우 과다하게 축적된 동물성 지방 때문에 대머리가 되는 여성도 있었다.[161] 남성들은 그런 여성의 번식에 대한 욕구와 생식기능이 뚝 떨어져 있음을 알고 있었다.

그런 여성과의 짝짓기는 성적 쾌락은 고사하고 정자만 축낼 가능성이 매우 높았다. 또한 강한 남성으로부터 예상치 못한 공격을 받을 수도 있었다. 뚱뚱하다는 것은 누군가가 먹이를 지속적으로 제공해준 증거일 수 있기 때문이었다.

비호감 1위는 장기간 서서히 빠지는 털이었다. 그런 털을 가진 여성은 남성이 접근하기를 가장 두려워한 유형이었는데, 털이 서서히 빠지는 이유는 피에 독이 남아 있기 때문이며,[162] 독이 피에 섞인 것은 자신도 모르게 독성이 든 먹이를 섭취했기 때문이었다. 그런 여성은 앞으로도 독성이 있는 먹이를 계속 먹을 가능성이 있으므로 출산은 기대할 수 있을지 모르나 제대로 된 양육을 기대하는 것은 지나친 욕심일 수 있었다.

여성들 역시 남성들이 털의 상태를 보고 번식능력을 판단한 후에 짝짓기에 들어간다는 것을 알고 있었으므로 하루 중 많은 시간을 털에 기생하는 벌레를 잡고 노란 비듬을 제거하는 등 털 관리에 할애했다. 털을 성전의 도구로

밀림 미용실

가발 쓴 클레오파트라

삼는 여성의 첫 기만술은 그렇게 탄생되었다.

인간의 신체가 오랜 기간을 두고 변화를 거듭하는 동안, 털은 대부분 퇴화되고 머리털만이 풍성했던 과거의 흔적으로 남았다. 따라서 털을 성전의 도구로 삼는 여성의 기만술은 당연히 머리털에 집중되었고, 이런 현상은 시대와 문화에 따라 현실 생활에 고스란히 반영되었다.

머리털이 퇴화되지 않은 이유는 머리로 올라간 체열의 손실을 방지하고 태양의 열기를 막기 위한 것으로 추정된다. 그러나 이런 머리털의 기능은 남성을 유혹하려는 여성의 욕구 앞에서는 거추장스러운 기능일 뿐이었다.

고대 이집트의 지체 높은 여성들은 머리털을 완전히 잘라내고 남성을 유혹하기에 가장 어울린다 싶은 가발을 착용했다. 중국 당대의 양귀비는 움직이는 동선과 시간의 변화에 따라 머리를 제각기 다르게 말아 올려 현종을 신하와 국정으로부터 빼앗았다.[163]

머리털 기만술은 이집트와 중국뿐 아니라 세계 각지에서 다양한 방식으로 수행되었다. 그런데 이 기만술은 매력을 제공하는 대신 때때로 그에 상응하는 대가를 요구하기도 했다.

조선의 여성들은 어여머리나 꼬지머리 같은 가체를 쓰고 다니다가 목이 부러져 죽기도 하고, 유럽과 이슬람

가체
가체는 머리숱이 많아 보이게 하기 위해 덧 넣어 땋은 머리를 말한다. 고려 때부터 조선조까지 여성의 우월한 신분을 드러내기 위해 사용했는데, 웬만한 집 한 채보다 비쌌다. 궁중의 나인과 후궁이 쓰는 작은 가체는 최소한 3~4kg이었으며, 중전이나 대비의 가체는 무게가 두 배에 달했다. 거기에 비녀와 떨잠의 수에 따라 무게는 더 무거워져서 한 살 배기 아이의 몸무게와 유사한 7~10kg에 이르기도 했다.

문화권에서는 찰랑거리는 머리털이 남성들에게 너무 자극적이라는 이유 때문에 모자나 베일, 히잡을 쓰도록 강제 받는 등 기만의 대가가 만만치 않았던 것이다. 그중 가장 안쓰러운 대가는 유럽 여성들이 치러야 했다.

풍땅쥬 헤어스타일

　루이 14세의 정부 중 멍청하기로 유명했던 마리 안젤리끄 풍땅쥬 공작부인은 리본과 쿠션을 이용한 머리털 기만술을 유행시켰는데, 돈 많은 귀부인들은 그녀를 따라 머리에 꽃과 작은 나무, 심지어 범선까지 올리고 다니느라 목 디스크와 심한 두통, 그리고 비듬을 먹고 사는 벼룩과 개미와 바퀴벌레에 시달려야 했다.[164]

　길고 부드럽고 풍성하고 윤기가 흐르는 머리털은 분명 관능적이며, 남성의 성적 욕구에 강하게 어필할 수 있는 도구임에 틀림없다. 가체와 베일과 히잡과 가발의 후예인 현대 여성들 중에도 머리털을 그저 체열의 손실과 태양의 열기를 막아주는 생리적인 장치로만 인식하는 여성은 없으며, 머리털을 기만의 도구로 택한 대가를 유럽의 귀부인들 못지않게 톡톡히 치르고 있다.

　유럽의 귀부인들이 가려워서 미쳐버릴 지경이 될 때까지 장식을 풀지 않을 정도로 비싼 돈을 머리털에 지불했다면, 현대 여성들은 순간순간, 마음이 바뀔 때마다, 기분이 울적할 때마다, 또한 마음을 바꾸고 싶을 때마다 헤어스타일리스트에게 달려가 '영구적이지 않은' 퍼머넌트permanent를 하고, 진정한 의미의 '생生'이 아닌 생머리를 한다. 너무 많이 달려갔다 싶을 때면 헤어케어를 받기 위해 또 다른 전문가를 찾아가고, 그럴 돈이 없으면 하다못해 샴푸와 린스로라도 헤어를 케어하기에 여념이 없다.

건강의 두 번째 단서는 맑고 매끄러운 피부이고, 세 번째 단서는 균형 잡힌 몸매이다. 머리털과 마찬가지로 현대 여성의 피부와 몸매는 성전에서 승리하기 위해, 또는 승리하는 여성들을 따라잡기 위해 갈고 다듬어지며, 거기에는 각종 스킨케어와 바디케어 기법들이 동원된다.

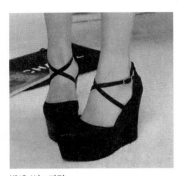

발에 쓰는 가면

그 외에도 여성들의 전략은 차별화를 내세우며 보다 낯선 영역으로까지 진출했다. 찢고 당기고 쌍꺼풀까지 만들어가며 마음의 창을 고치는 성형수술이 보편화되자, 발 빠른 여인들은 남성을 유혹하려는 마음을 아예 동공에 투영시키기 위해 눈 건강에 좋을 게 없는 컬러 콘택트렌즈를 착용하는 전략을 개발시켰다.

손의 언어에 악센트를 주려는 여성들은 흔하디흔한 연분홍색을 가리는 네일케어에 나선다. 허리가 잘록한 것처럼, 혹은 가슴이 볼록한 것처럼 보이려는 여성들은 패드가 들어간 옷을 입으며, 새끼를 안고 더 빨리 도망칠 수 있는 능력이 있는 것처럼 가장하려는 여성들은 뒤꿈치를 한껏 들어올림으로써 발가락이 비명을 내지르게 한다. 도망칠 능력이 없어 보이는 여성일수록 발가락은 더 큰 고통을 견뎌낼 수밖에 없다.

그녀들은 과연 오로지 자신의 두피와 눈과 손톱을 건강하게 유지할 목적만으로 헤어와 아이와 네일을 케어하는 것일까, 아니면 성전에 참가하느라 혹사당한 머리털과 눈과 손톱에 잠시의 휴식을 제공한 후에 더 격렬한 전투에 참전시키기 위해서 케어를 하는 것일까?

또한 피부가 좋지 않을 때 신체 내부를 살피기 위해 병원으로 가는 대신 스킨케어에 매달리는 이유는 무엇일까? 그리고 성전에 나선 여성들이 허리둘레를 고민하는 가장 큰 이유가 정말로 건강 때문일까?

이 질문들에 대한 답은 남성의 본능에 저장되어 있고, 그렇기 때문에 남성은 건강을 도구로 한 여성의 성 전략을 도저히 이길 수 없다. 인간의 성이 다시 하나로 합쳐지지 않는 한, 남성의 본능은 앞으로도 자신의 주인을 더 반들반들한 털과 더 매끄러운 피부와 더 날씬한 허리를 가진 여성, 더 차별화된 전략을 구사하는 여성들 앞으로 끊임없이 밀어붙일 것이다.

친숙한 적, 동성

생명계에서 벌어지는 남성과 여성 간의 모든 성전은 상대를 죽여 없애기 위한 전투가 아니라 얻으려는 전투이고, 성전이 치열할수록 종족이 번성할 가능성은 높아진다.

그런데 남성과 여성 간의 성전에 끼어들어 종족 번성의 활성제로 작용하는 또 다른 전투가 있다. 매력 있는 여성을 얻기 위한 남성 간의 전투, 경제적·정서적 자원을 가진 남성을 얻기 위한 여성 간의 전투이다.

동성 간의 전투는 성적 가치의 비교에 의해 촉발되고, 인간은 비교우위를 차지하려고 노력하는 과정에 다양한 감정을 경험한다.

우위를 점한 남녀가 경험하는 감정은 당당함이다. 점유한 우위가 압도적일수록 당당함의 강도 또한 세다. 그들에게 겸양謙讓이 결여되어 있을 경우, 당당함은 대부분 거만과 뻐김으로까지 발전하며, 부모의 거만과 뻐김을 단지 물려받았을 뿐인 남녀 중에는 당당함의

동성 간의 성전

실체를 직접 겪어오지 않은 탓에 오히려 겸양을 보이는 경우도 있다.

어떤 경로를 거쳤건 그들은 이미 승리자이며, 승리한 자들은 가장 큰 자산인 성적 우위를 활용해 영속성을 확보하려는 노력에 매진한다. 우리는 지금까지 그들이 노력해온 대가를 목도하고 있다. 그것은 비록 일시적이나마 그들에게 최적의 성전 터가 되어 있는 곳, 바로 이 세상이다.

반면 거의 대부분의 인간은 당당함의 반대편에서 선망羨望과 시기猜忌와 질투嫉妬를 경험하고, 기만술을 포함한 모든 전략에 선망과 시기와 질투에서 비롯되는 부정의 힘까지 동원해가며 당당해지려고 노력한다.

선망은 승리자 또는 승리할 가능성을 가진 자를 보며 느끼는 부러움이다. 시기는 선망에 시샘과 불쾌감, 미움이 더해진 것이다. 질투는 내가 가진 것을 그들에게 빼앗길지도 모른다는 비이성적인 불안과 그들이 가진 것에 대한 폄하와 폄훼, 그리고 그것들이 고양된 증오나 적의가 시기에 더해진 것이며, 증오나 적의를 품는 것뿐 아니라 외부로 드러내는 적극성까지 아우른다.

이 세 가지 감정이 미치지 않는 삶의 영역은 없다. 경제력, 미모, 지적·정서적 능력, 행복, 성공, 명예 등 모든 영역이 성스러운 전투가 노

리는 탐스러운 고지들이기 때문이다.

이미 결정난 승패

남성들 간의 전투는 겉으로 잘 드러나 보이지 않기에 여성들에 비해 격렬하지 않다고 여기는 경향이 강하다. 하지만 이런 식의 사고는 세상의 이면에 숨겨진 남성들의 치열한 서열 구축 과정에 대한 간과와 남성과 여성을 드러난 현상에만 기초해 단순 비교하려는 편협한 시각에 기인한 너무도 거대한 오해이다.

남성은 분명 여성에 비해 선망과 시기와 질투에 덜 민감한 것처럼 보인다. 그러나 그것이 덜 느낀다는 것을 의미하지는 않는다.

남성들 간에 벌어지는 전투의 결과는 우리가 잘 아는 대로 기업인, 판·검사, 의사, 교수와 같은 세상의 서열 구조로 판명된다. 그리고 서열

가능하지 않은 싸움

구조의 기초는 본격적인 성전에 나서기 훨씬 이전부터 어떤 노력을 얼마나 기울였는지, 얼마나 충실한 지원을 받으며 자신을 개발해 왔는지에 따라 결정된다. 그러므로 여성이 성전에 나설 무렵이면 남성들 사이에 벌어졌던 전투의 승패는 이미 판가름이 나 있다.

성전에 들고 나설 무기가 노동력뿐인 남성은 기업인과 판·검사를 선망할지언정 시기하지 않는다. 어쩌면 선망에 할애되는 시간조차 아까워할지 모른다. 일반적으로 그들에게서는 선망이 시기를 거쳐 질

투로 이어질 어떤 가능성도 발견하기 어렵다.

고물상을 경영하는 남성은 대형 제지업체 대표를 시기할지언정 질투하지 않고, 정치적인 세가 없어 당대표가 될 가능성이 전혀 없는 국회의원은 실세 대표를 질투할지언정 자신의 질투를 행동으로 드러내 보이지 않는다.

차라리 그들에게 유용한 것은, 성전에 쓸 무기를 어릴 때부터 마련하지 않았던, 또는 못했던 자신을 향한 한숨이다. 서글프지만 어찌할 수 없는 현실이니 감내할 수밖에 없다.

질투의 추동력은 시기이고, 시기는 선망의 극한에서 시작되며, 각 단계가 다음 단계로 이행하는 데 가장 크게 작용하는 요인은 가능성可能性이다. 판·검사가 될 가능성이 있다고 판단될 때라야 노동자 남성의 선망은 시기로, 또 질투로 이행할 수 있는 것이다.

남성을 격려하는 여러 철학자들과 교육가들, 자기계발서나 힐링서 저자들의 논지는 상당 부분 선망에 집중되어 있다. 그들은 선망이야말로 행복으로 가는 지름길이라며 자신의 욕구를 선망의 극한까지 끌어올리라고 당부한다.

그 충고에 따라 노동자 남성이 판·검사가 되려면 시기와 질투 및 그에 따른 행동의 단계를 모두 거쳐야 한다. 그때마다 시기로 뭉친 집단, 질투로 뭉친 조직의 옹골찬 저항도 견뎌내야 한다. 먹고살려면 노동을 그만둘 수도 없다. 안 되라는 법은 없지만, 그게 과연… 될까?

그들의 충고는 노동자의 목표가 낮을수록 잘 맞아떨어지고 높을수록 빈말이 된다. 선망에 그칠수록 현실적이고 질투의 행동에 가까울수록 몽상이 되는 그런 충고로는 못 오를 나무는 쳐다보지도 말아야 한다는 좌절의 당위만 견고해질 뿐이다.

한恨에 버금갈 정도로 여간 독한 마음을 먹지 않는 한, 노동자 남성에게는 시기가, 고물상 남성에게는 질투가, 세 없는 국회의원에게는 질투로 인한 행동이 필요 없다. 가능성의 측면에서 자신과 별 관계가 없는 것에 감정을 일으키거나 설쳐봐야 득 될 것이 없기 때문이다.

짝짓기를 할 때쯤이면 거의 모든 남성은 자신이 서열 구조의 어디쯤에 위치하는지, 무엇이 가능하고 무엇이 가능하지 않은지 매우 잘 파악하고 있으며, 그 과정에 경험한 숱한 좌절을 패배감으로 갖고 있다. 이것이 남성이 여성에 비해 선망과 시기와 질투에 덜 민감한 것처럼 보이는 이유이다.

물론 포기는 금물이다. 일부일처라는 구원의 제도가 있기 때문이다. 더 많은 물질, 즉 경제적 자원은 더 매력적인 여성을 보다 손쉽게 차지할 가능성이 높음을 의미할 뿐이다. 경제적 자원의 측면에서 열등한 지위에 있다 해도 기회는 있고, 그 기회는 대부분의 여성들이 경제적 자원 다음으로 중요하게 여기는 자원, 바로 정서적 자원이다.

주저할 것이 무엇인가? 마음의 지능지수, 즉 감성지수EQ를 지능지수IQ보다 더 높이, 최대한 끌어올려도 좋고, 물질의 저속함을 비하하며 아리스토텔레스의 형이상학形而上學을 동원해도 좋고, 여성의 심층 심리에 빠져들어도 좋다. 가장 매력적인 여성은 아니라 할지라도 그 중 매력 있는 여성의 선택을 받을 수만 있다면.

경제적인 자원은 성전에서 대량살상무기WMD나 마찬가지이다. 하지만 세상은 경제적 자원보다 정서적 자원에 더 높은 가치를 매기고, 실제로 대부분의 남성들은 자신이 보유한 소량의 경제적 자산보다 눈에 보이지 않는 정서적 자산을 더 소중히 여기며 성전에 참여한다.

이 대목에서 비웃음의 언사가 우리 사이를 가볍게 날게[165] 함으로써 문화적인 인간의 내면에 똬리를 틀고 앉아 인간의 짝짓기 문화를 조종하는 유인원을 끄집어내 보자.

　정서적 자산을 더 소중히 여긴다? 경제적 자원이 정말로 정서적 자원보다 덜 소중해서 그럴까? 인간의 모습을 한 남성 유인원들은 정말로 그렇게 믿고 있는 것일까? 아니면 경제적 자원을 풍부하게 보유한 남성들이, 여성들이 물질을 얼마나 귀하게 여기는 유인원인지 자신들의 경험을 광고하지 않아서일까? 그것도 아니라면 여성들이 정말로 정서적 자원을 경제적 자원보다 소중히 여기기 때문일까?

　남성에게 여성의 외모가 1순위이듯, 생명이 거쳐 온 성의 역사는 정서적 자원이 가진 많은 이점에도 불구하고 경제적 자원이야말로 여성이 추구해온 최상의 보물이라 말하고 있다. 성의 역사는 성전에 참여한 여성들의 귀에 대고 끊임없이 속삭인다. 정서적 자원에 대부분의 시간을 할애하는 남성 참전자에게 '직업은 뭐예요?', '연봉은 얼마나…', '학교는…' 하고 묻기를.

외모계급사회

　여성에게는 분통이 터질 노릇이지만, 지금 이 세상은 분명 남성의 것이다. 성이 분화된 이후 얼마간은 남녀가 함께 세상을 공유했지만, 남성이 생존을 보장할 수 있는 육체적인 능력을 키우고 여성이 번식과 양육의 과정을 책임지는 방향으로 성 역할이 분화됨과 동시에 세상의 지배권은 남성에게 넘어갔다.

　여성의 번식과 양육 능력은 처음부터 외모에 의해 판단되었고, 지금도 강력한 판단의 기준으로 삶의 현장에 적용된다. 그 과정에 필연적으로 탄생할 수밖에 없었던 사회의 종류가 있다. 외모계급사회[166]

이다.

　일부 페미니스트들은 외모계급사회가 출현한 근본적인 이유를 외모로 여성을 판단하는 남성들에게 돌리고, 이에 동조하는 일부 인류애로 무장한 이들은 남녀의 존재론적 동등성을 들먹이며 남성이 여성의 외모에서 아름다움을 찾는 원초적인 시각을 교정하지 않는 한 인류 정신의 발전은 요원하다며 역설한다.

그러나 외모계급사회는 자연이 선택한 정당한natural 사회이다. 아름다워지려는 욕구는 여성만의 욕구가 아니다. 여성의 아름다움은 남녀가 함께 공유하고픈 욕구이며, 남녀 모두 자신의 이익을 위해 추구해온 본능의 가치이다.

가장 꼼꼼한 면접을 치러야 할 것 같은 입사 후보는?

　여성이 다른 여성보다 더 아름다워지려고 의식적으로 노력하지 않았다면 처음에 존재했던—또는 아예 존재하지 않았던— 미추美醜의 간격은 지금도 그대로일 것이며, 문화의 강력한 축 중 하나인 예술에서 아름다움의 개념은 빠져 있을 것이다. 남성이 더 아름다운 여성을 차지하기 위한 본능을 발휘하지 않았다면 인류는 호모 네안데르탈렌시스Homo Neanderthalensis[167]처럼 이미 멸종했거나 여전히 사냥감을 찾아 숲속을 돌아다니고 있을 것이다.

　그래서 기만술을 동원하지 않는 한, 남성 간의 성전에 쓰이는 최상의 무기인 경제적 자원을 더 많이 가지려는 노력이 정당하듯, 기만술을 동원하지 않는 한, 여성 간의 성전에 쓰이는 최상의 무기인 외적 매력을 더 많이 추구하려는 노력에도 이의를 제기해서는 안 된다.

여기서 또 비웃음의 언사가 날개를 펼치려 한다. 기만술을 동원하지 않는 한…? 기만 없이는 큰돈을 벌 수 없다는 남성들의 인식이 보편화된 시대에, 수천, 수만의 전지현의 코와 송지효의 입술과 김태희의 눈과 하지원의 턱 라인이 존재하는 기만의 시대에, 이 얼마나 공허한 전제인지.

여성이 남성보다 외모에 민감한 이유는 성전을 벌이는 기간이 남성에 비해 훨씬 짧고, 부족한 외모를 채움으로써 단기간에 불리한 판세를 뒤집을 수 있기 때문이다. 그만큼 여성 간의 전투는 훨씬 더 예민하고 조직적이고 광범위하며 집중적으로 전개된다.

예쁜 여학생이 공부도 잘하면 질투의 대상이 되고, 그 여학생이 인기 있는 총각 선생님과 이야기라도 나누면 교실 구석구석에서 날아오는 눈총을 견뎌내야 한다. 학교 도서관이 어느 구석에 있는지도 모른 채 학창시절 내내 홍대 앞과 압구정 거리를 헤매고 다녔는데도 잘생기고 돈 많은 남성과 결혼한 여성이 있다면, 그녀는 공공의 적이다.

상사에게 칭찬받는 동기, 조리 있는 말솜씨로 회식자리에서 빛을 발하는 선배, 연약한 모습으로 남성의 보호본능을 유발하는 후배, 나보다 더 멋진 애인을 둔 친구, 코를 세웠는데 처음보다 더 자연스러운 계집애, 아무리 먹어도 살이 찌지 않는, 에휴… 적, 적, 적…

여성이 여성과의 전투에 사용하는 전술은 그녀들의 선망과 시기와 질투가 다양한 것처럼 너무도 다양하다.

가장 고전적인 전술은 자신을 드러내는 견제 전술이다. 여성들은 경쟁관계에 있는 여성들의 기선을 제압해 싸우지 않고도 이기기 위해 쉽게 가지기 어려운 물건들을 입고 바르고 걸치고 지니고 다님으로써

자신의 지위를 은근히 드러낸다. 그 물건들은 현대 여성들이 명품이라 부르는 것들이다.[168]

남성들의 눈에는 다소 한심하고 소모적으로 비칠 수 있으나, 이 전술은 명품 핸드백이 명품 아닌 핸드백보다 더 많이 보이는 지금까지도 남성을 유혹하고 경쟁자의 도전의지를 꺾는 데 엄청난 효과를 발휘하고 있다.

명품을 경박하게 여기고 그 위력을 무시하는 남성들? 지금 매고 있는 5천 원짜리 넥타이를 에르메스 타이로, 20만 원짜리 기성복을 800만 원짜리 최고급 맞춤 정장으로 바꾸고 거리로 나서 보라. 가장 먼저, 내면을 알차게 하라는 영적 지도자들의 충고가 하나둘 가슴에서 떠나감을 느낄 것이다. 다음으로는 지나치는 남성들이 사뭇 초라해 보이고, 다가오는 모든 여성에게 말을 걸 수 있을 것만 같을 것이다. 그 끝에 '아, 지금까지 명품을 비하한 실체는 내 소양이 아니라, 나의 경제적 무능이었구나!' 하는 깨달음이 찾아올지도 모른다.

두 번째로 효과적인 전술은 깎아내리기이다. 그중 못생겼다거나 몸 크기가 비정상이라거나 속살이 퉁퉁하다거나 하는 따위의 외모 깎아내리기는 주로 경쟁자를 향한 시기에 기인한 하급 전술에 불과하다.[169]

차지하려는 남성의 조건이 우월할수록 경쟁관계에 있는 여성들의 전술도 치밀해지는데, 심할 경우 성적으로 조신한 여성을 원하는 남성의 본능을 역이용해 경쟁 여성의 성적 충실성을 깎아내리는 데까지 이른다.[170]

그런 전술에는 학창시절에 행실이 좋지 않았다는 근거 없는 말에서부터 친구의 애인을 가로챈 게 한두 번이 아니라느니, 여러 남성과 성관계를 맺었다느니, 저 자리에 올라가기까지 얼마나 많은 남성을 이용했는지 모른다느니, 성관계를 맺은 남성은 두 번 다시 안 본다 느니 하는 것들이 있다. 그리고 그런 전술은 거의 소문이라는 형식을 빌려 해당 남성의 귀에 은밀히 도달한다.

매리엔 피셔Maryanne Fisher 2004는 여성들이 생리 주기 중에 에스트로 겐 수치가 평소보다 높을 때, 즉 배란기에 들어섰을 때 경쟁자를 깎 아내리는 전술을 더 자주 사용한다는 사실을 발견하기도 했다.[171]

역사가 오래되지 않은 전술도 있다. 성형에 관한 것인데, 여성들 은 종종 고등학교 때 사진을 보면 너무 딴판이라서 몰라본다느니, 온통 칼을 댄 얼굴이라느니, 견적이 수천만 원은 족히 나왔을 거라느 니, 수술하고도 저 정도밖에 안 된다느니 하며 성형미인을 과격하게 비난한다.

그녀들이 비난을 퍼붓는 이유는 남성과 전혀 다르다. 이미 언급한 대로, 남성들이 성형미인에게 곱지 않은 시선을 보내는 이유는 아내 의 본색을 새끼에게서 발견할지도 모른다는 두려움 때문이다.

그에 비해 여성들이 성형미인을 비난하는 이유는 전투의 공정성 과 관계가 있다. 성형을 많이 한 여성일수록 페어플레이를 하지 않는 불공정한 경쟁자가 되고, 그런 여성이 많을수록 괜찮은 남성을 차지 할 가능성은 줄어들기 때문이다.

성전에 초연한 여성이라면 모를까, 그렇지 않은 여성일수록 성형 미인에 대한 비난은 더 거칠어진다. 물론, 비난에 가세하는 여성들 중 에서 최소한 쌍꺼풀수술이나 앞트임을 하지 않은 여성을 찾아보기도 힘든 시절이지만 말이다.

짝을 차지하기 위해 벌이는 성전性戰, 남성과 여성은 전혀 다른 전 략을 구사하는 것처럼 보인다. 동성 간의 전투는 물밑에서 전개되지만, 이성 간의 전투보다 더 치열한 양상을 보인다. 그럼에도 양측 플레이어들의 짝짓기 전략은 생존과 번식이라는 긴 여정에 정확히 부합한다.

성전은 그 치열함으로 우리에게 한 가지 명확한 사실을 알려준다. 유혹하는 성별이건 선택하는 성별이건, 그들이 어떤 전략과 기만술을 구사하건, 짝짓기 전략이란 짝을 짓는 데 필요할 뿐, 지은 짝과의 관계를 유지하는 문제에 대해서는 아무것도 알려주지 않는다는 것이다.

그러므로 성性스러운 전투에 참여한 모든 플레이어의 과제에는 짝짓기 상대를 고르는 것뿐만이 아니라, 치열한 경쟁을 뚫고 쟁취한 짝과 함께 사랑의 완성에 이르려면 얼마나 성聖스러운 전력투구를 펼쳐야 하는지를 고민하는 것까지 포함된다.

희생자: 바람의 왕자와 절망의 공주

성性스러운 결혼의 종합선물세트라 할 수 있는 위대하고도 추저분한 untidy 커플이 있다. 이 커플은 미국 역사상 성적으로 가장 타락한 대통령 커플 중 한 쌍이며, 대중의 높은 평판과 학문적인 평판 사이에 존재하는 차이에 관한 한 타의 추종을 불허한다.

주인공들은 뉴 프론티어 정신으로 세계인의 뇌리에 너무도 깊이 각인되어 있는 인물, 케네디John Fitzgerald 'Jack' Kennedy 대통령과 그의 아내 재클린Jacqueline Lee Bouvier Kennedy이다.

성聖스러운 결혼으로 넘어가기 전에, 이들의 결혼생활이 성性의 단계에서 더 이상 나아갈 수 없었던 이유, 그리고 두 사람이 어떤 전략으로 성전에 임했으며, 그 전략들이 결혼생활에 어떤 영향을 미쳤는지를 지금까지와는 다른 우리의 방식, 즉 경제적·정서적 자원과 사회적 지위, 그리고 불륜의 관점에서 조망해 보자.

일국의 대통령과 영부인을 지낸 이들이, 그것도 세계인의 추앙을 받고 있는 이들이 추저분하다? 그들에 대한 환상이 깨어지지 않는 한 설득력은 담보될 수 없을 것이기에, 우선 대중적인 저항을 누그러뜨리기 위해서라도 만들어진 JFK 신화를 향한 대중의 선망에 관해 언급하지 않을 수 없다.

만들어진 신화라는 표현은 JFK 신화가 완성된 사실에 근거하지 않는다는 의미이다. 실제로 미국의 한 정치 잡지는 사망한 지 반세기가 지나도록 대중이 여전히 그에게 끌리는 이유로, 젊은 대통령의 갑작스러운 죽음이 남긴 미완의 삶을 꼽는다Politico 2013.10.19. 대통령 역사 연구가 크레이그 셜리는 폴리티코와의 인터뷰에서 암살에 대한 만족할 만한 해결책이 없는 현실을 들었다. 또 케네디 서거 50주기와 관련된 서적 3권을 출간한 '타임 홈 엔터Time Home Entertainment'의 편집장 스티븐 코프는 그의 죽음에 대한 대중의 완치 불가능한 정신적 상처를 들기도 했다.

제목에 언급한 왕자와 공주라는 호칭은 역사서나 동화책 또는 영화에서나 접할 수 있는 호칭이다. 그럼에도 사용한 이유는 대부분의 미국인들이 JFK 가문의 구성원들을 그렇게 부르는 언론에 별 저항감을 갖지 않기 때문이다. 이 호칭에는 명문가를 대하는 미국인들의 선망이 그대로 반영되어 있다.

20세기 팍스 TV2003.1.12처럼, 비행기 사고로 사망한 케네디의 아들을 비운의 왕자로 표현한 언론들, '뉴 케네디'라는 선거 캐치프레이즈로 대통령에 당선된 빌 클린턴, 그리고 상원의원의 아들 앨 고어와 대통령의 아들 조지 부시 2세 사이에 벌어졌던 2000년 대선을 '로

열패밀리의 싸움'으로 묘사한 모습 등에서 그들의 선망이 확연히 드러난다. 그 정점에 대사관 2명, 상원의원 2명, 대통령 후보 1명, 대통령 1명을 배출한 케네디家가 있다.

유럽의 왕정체제로부터 벗어나기 위해 독립전쟁까지 치러야 했던 미국인들에게 왕자와 공주라는 동화적 선망을 심어 놓은 주체는 무엇이었을까? 그것은 명문가 일원의 일거수일투족을 가십성 상품으로 만들어 대중의 선망을 끊임없이 부추겨 온 것, 바로 자본주의의 시장논리였다. 그리고 그 논리는 문화제국주의의 힘을 빌려 세계 각국으로 파고들었다.

케네디를 이야기할 때, 미국인들은 곧잘 꿈과 희망, 도전을 떠올린다. 이는 우리나라 사람들도 별반 차이가 없다. 그렇게 배웠고, 또 지금도 수많은 채널을 통해 그렇게 입력되고 있기 때문이다. 하지만 문화제국주의를 맹목적으로 추종하는 이들이 재생산해 온 허상을 걷어내고 역사를 직시하려는 자세를 갖는다면, 꿈과 희망과 도전의 케네디 정권은 전혀 다르게 다가온다.

쿠바의 피델 카스트로 국가평의회 의장이 독립운동에 이어 미국의 경제수탈에 반기를 들고 나서자, CIA를 조종해 피그만을 침공하고 이후 50년 넘게 이어질 경제봉쇄조치를 개시한 정권이 어느 정권이었던가? 베트남전 확전을 결정한 정권은 어느 정권이었으며, 우리나라에서 벌어졌던 5·16 군사쿠데타를 자국의 이익에 따라 지지해 준 정권은 어느 정권이었던가? 70~80년대를 주

2013년 뉴욕포스트는 케네디 암살 50주년을 앞두고 그에 대한 재평가를 실시했다. 조사 결과 긍정적인 평가는 줄고 냉정한 평가는 늘어나 있었다. 특히, 80년대 교과서는 60, 70년대 교과서와 달리, 그가 재임 기간 동안 이룬 입법적 성과는 미미했으며, 쿠바 미사일 위기의 해결 과정에서 그의 업적이 공허하다고 실려 있었음을 밝혔냈다. 워싱턴포스트(WP)는 케네디에 관한 CIA의 기밀문서 100만 건 중 상당수가 2017년 10월 26일 이후 해제될 예정이므로 케네디 신화 벗기기는 앞으로도 계속될 것으로 전망했다.

름잡은 이래 지금의 중동 정세에까지 이어지고 있는 미국의 주요 군사정책, 저강도 전쟁低强度戰爭, low intensity warfare의 기틀을 마련한 정권은 또 어느 정권이었던가?

케네디 정권의 꿈과 희망과 도전은 미국만을 위한 구호였을 뿐, 그들은 2차 대전 이후 자주와 민주를 열망하며 갈 길을 모색하던 중남미, 중동, 아시아, 아프리카 등지의 제3세계 국가들을 시체안치소의 냉동고보다 차가운 냉전정책으로 막아섬으로써 해당국 민중들을 엄청난 고통으로 몰아넣은 패권주의 정권이었다. 이런 사실은 비밀 해제된 미국의 정부 문서들이 증명해 보이고 있다.

이런 평가에 대해 혹자는 한국전쟁을 도운 맹방 미국에 대한 혹평이라 말할 수 있겠지만, 분명한 것은 한국전쟁의 개입을 결정한 정권과 왕자의 정권, 즉 케네디 정권은 아무런 관계가 없다는 점이다.

JFK 신화를 향한 환호에 부화뇌동하기에 앞서 우리가 되돌아봐야 할 것은, 미국 언론의 신화화 작업에 의해 탄생된 JFK 신화 및 국내 언론의 확대재생산작업에 대한 무비판성이다. 최근 냉정한 역사적 시선을 장착한 미국의 연구자들은 케네디 가문이 꿈과 희망과 도전의 아이콘이 아니라, 부정적인 수단으로 쌓은 거대한 부를 이용해 정치를 금권화한 세력, 최강의 정치적 파워인 로열패밀리에 의한 정치를 구축한 세력 중 하나로 보기를 주저하지 않는다.

능력은 있지만 천문학적인 자금이 없으면 자신의 정

저강도 전쟁
제3세계에서 발생하는 전쟁은 군대 간 전쟁이 아니라 사회체제 간의 싸움이라는 인식 하에, 무력을 동원하는 전쟁보다 월등히 적은 인력과 자원을 활용. 적이 장악한 민중을 중립화시킴으로써 적을 민중으로부터 분리시키는 것을 전략목표로 하는 전쟁을 말한다.

치적 견해를 현실에 구현해 내기 어려운 사회, 명문가 출신이기만 하면 손쉽게 정치에 입문해 탄탄한 정치적 경륜을 쌓을 수 있는 사회, 교과서에서 배운 대로의 민주주의가 존재하는 곳은 최소한 그런 곳은 아니어야 할 것이다. 이런 점에서 우리의 정치는 과연 명문가로부터 자유로운지, 지금 이 순간 또 다른 부정의 정치 명문가가 잉태되고 있는 것은 아닌지 성찰해보는 것도 의미가 있을 것이다.

이제 JFK 신화에 대한 환상이 어느 정도 깨어졌으리라 믿고, 바람의 왕자와 절망의 공주가 벌였던 끔찍한 난장판으로 들어가 보자. 이 이야기에서 혼전의 케네디는 '잭'이라 부르고, 유부남 케네디는 결혼이라는 엄중한 약속을 지키지 않았다는 의미로, 또한 불륜의 리얼리티, 즉 그의 불륜과 통닭집 아저씨의 불륜이 하등 다를 것 없다는 느낌을 보다 극적으로 전달하기 위해서 우리네의 대중적 호칭인 '케서방'이라 부른다. 채 두 장을 넘기기도 전에 이보다 진지하고 적합한 호칭도 없지 않을까 싶은 마음이 들 수 있을 것이다.

1962년 6월 어느 날, 백악관 공보실 인턴 직원으로 근무한 지 4일밖에 되지 않았음에도 대통령의 수영장 파티에 초대받아 간 19살 아가씨 미미 앨포드는 케서방의 손에 이끌려 비어 있는 재클린의 방으로 들어섰다. 케서방은 방에 들어서자마자 그녀의 옷을 벗기기 시작했다.

"자, 잠깐만요, 대통령님Mr. Present…"

그녀가 싫은 기색을 보이자, 케서방이 대뜸 물었다.

"왜? 처음이야?"

처녀였던 그녀는 '예'라고 대답했다가 다시 '아뇨'라고 고쳐 말했다. 미국에서 가장 힘 있는 사람이 자신을 원하고 있다는 사실이 저항력을 앗아갔기 때문이었다.[172] 그녀는 인턴직을 그만두고 대학으로 돌아간 뒤에도 케서방이 암살되기 불과 일주일 전까지 18개월 동안 함께 잠자리를

가졌던 여성이었다.[173]

얼마 후, 재클린은 자신의 방으로 걸려온 전화 한 통을 받았다. 당대 최고의 인기 스타 마릴린 먼로였다.

"재클린, 당신 남편이랑 잤거든요. 그런데 그 사람이 가족을 떠나기로 약속했어요."

"이봐요, 먼로. 당신이 내 남편과 결혼한다면 정말 대단하겠군요. 여기 들어오면 영부인의 책임을 다해야 할 거예요. 난 여기서 나갈 수 있을 테고, 그럼 당신은 내가 겪었던 모든 문제를 떠안아야 할 겁니다." [174]

그해 3월, 케서방은 빙 크로스비의 저택에서 마릴린 먼로와 함께 주말을 보냈다.[175] 백악관 전화교환대에는 1962년 내내, 정확히는 그녀가 사망한 8월 5일 전까지 그녀로부터 전화가 걸려왔다고 기록되어 있으며,[176] 당시 FBI 수장 에드가 후버J. Edgar Hoover는 케서방의 경솔함에 대해 지속적인 보고를 받고 있었다.[177] 그런데도 케서방은 언론과 자신의 우호적인 관계가 자신의 성생활이 폭로되는 것을 막아줄 거라 굳게 믿고 있었다.[178]

두 여인을 예로 들었지만, 그는 백악관에서 함께 마리화나를 피운 화가 마이어를 비롯, 끊임없이 다른 여성을 찾았고, 그들과의 관계를 아내에게 전혀 숨기려 하지 않았다. 아내가 백악관에 없을 때는 물론이고 공식 석상에 동반 참석했을 때에도 공공연히 다른 여성과 어울리곤 했다. 그리고 재클린은 그런 그를 못 본 척했다.

전기 작가 사라 브래드퍼드는 저서 『재클린 케네디 오나시스의 삶』에 어느 상류층 여성의 인터뷰 내용을 실었다. 「암살당하기 얼마 전에 백악관 파티에 초대를 받아서 갔는데, 잭이 다른 여성들과 춤을 추다가 그중 한 명과 위층에 올라갔다가 20분쯤 후에 내려왔어요. 그런데도 재클린은 전혀 관심을 두지 않았어요.」[179]

최근 재클린이 '남편은 백악관 인턴과 바람을 피웠어요. 내 침실에서 여자 속옷이 나왔거든요'라고 말한 육성 테이프가 공개되고,[180] 그녀의 여동생인 리 래지월이 지인과의 대화 도중 '잭은 겉으로는 언니를 위하는 척하면서 늘 밖에서 여자들과 놀아났어요. 하지만 일말의 죄책감도 느끼지 않는 것 같아요'라며 울분을 토한 사실[181]이 밝혀지는 등 당시 재클린이 인턴직원뿐 아니라 다른 여성과의 정사 사실을 알고 있었다는 증거가 속속 드러나고 있다.

재클린은 케서방의 바람에 어떻게 대응했을까? 영부인이라는 제약 때문에 이혼을 할 수는 없었다. 특히, 어디로 튈지 모르는 성격의 소유자인 먼로와 남편의 스캔들이 터지면 남편의 명성이나 자신의 결혼생활 모두 파괴되고 대중의 조롱거리가 될 것이 뻔했기 때문이다.[182]

대신 그녀는 단조롭고 패턴화된 성생활에 활력을 불어넣을 수 있다면 문제를 해결할 수 있을 것이라 판단, 조지타운대 의대 전문의 프랭크 피너티 박사를 찾아가 '남편이 너무 빨리 잠이 들어요. 남편이 사람들 앞에서 손도 잡지 않고, 팔로 감싸 안지도 않아요'라고 털어놓으며 부부생활을 개선할 수 있는 방법을 묻기도 했다.[183] 심지어 먼로에게 극도로 화가 난 나머지 그녀로부터 남편을 되찾기 위해 방중술에 관해 물었다는 이야기도 있다.

그리고 야밤에 차를 몰고 나가 분통을 다스리기도 했다. 워싱턴의 포토맥 강변을 따라 달리는 경치가 매우 아름다운 도로, 조지 워싱턴 파크웨이George Washington Parkway, 워싱턴 시민들은 이 도로에, 케서방이 바람을 피울 때마다 재클린이 울분을 삼키며 홀로 차를 몰았다는 이야기를 붙여 놓았다.[184]

그러나 그런 소극적인 방식으로 대응하기에는 그녀는 너무 젊고 자존심이 강했다. 젊은 혈기와 상처 난 자존심이 안으로 곪아 들어가지 않게 하려면 어떤 식으로든 해소할 방법을 찾아야 했다. 그녀의 젊음이 택한 대응방식은 맞바람이었고, 그녀의 자존심이 택한 대응방식은 쇼핑이었다. 지금의 언론계와 학계는 그녀의 맞바람을 기정사실로 받아들이고 있다.

실제로 주간지 '인콰이어러Inquire'와의 인터뷰에서, 케서방 연구가 조지 카포지 2세는 3년의 재임기간 동안 그녀가 그리스의 선박왕 오나시스, 뉴욕의 보석 사업가 모리스 템플스먼, 그리고 케서방의 국방담당 보좌관 로스웰 질패트릭 등 세 명의 남자와 깊은 관계를 맺었다고 폭로했다. 그의 조사에 따르면, 특히 질패트릭은 그녀가 임신 7개월이던 63년 여름, 케서방이 군 시찰을 떠났을 때 캠프 데이비드 별장에서 1주일이나 함께 지내기도 했던 것으로 드러났다.

두 번째 대응방식, 즉 쇼핑은 상상을 넘어서는 낭비벽으로 표출되었다. 백악관 첫 해 동안, 케서방은 대통령 연봉인 100,000만 달러를 모두 자선 단체에 기부했지만, 그녀는 그보다 45,446달러 더 많은 돈을 모두 패션에 써버렸고, 재임 3년 동안 패션 디자이너 올렉 카시니가 디자인한 의상뿐 아니라, 샤넬, 지방시, 디오르 등 프랑스 패션 전설들의 의상을 닥치는 대로 구입했다.[185] 그리고 케서방을 알게 된 이후부터, 자신이 가장 좋아했던 그의 선물, 반 클리프 & 아펠스의 결혼반지를 비롯해 우아하고 값을 매길 수 없을 정도로 귀중한 보석들을 수집했다.[186]

63년 11월 22일, 그가 암살된 직후 병원에 관이 도착했을 때, 그녀는 끼고 있던 결혼반지를 빼내 남편의 손가락에 끼워주면서 '이제 남은 것 없어요.' 하고 말했다. 무엇이 남지 않았다는 의미였을까? 남편의 장례를 치르고 2주일 후 백악관을 떠날 때, 그녀는 자신의 운전사에게 이렇게 부탁했다. "뜻하지 않게 백악관을 흘끔거리는 일이 없도록 해주세요."[187] 이 말에서 이제 남은 것이 없다는 말의 뜻을 유추해 볼 수밖에 없을 것 같다.

그렇다면 대통령이 되기 전의 케서방은 어땠을까? 그의 여성편력은 너무도 복잡하고 상대도 많을 뿐더러 대통령 재임 기간에만 나타난 게 아니라서 실로 편두통이 올 지경이다.

케서방 역시 의미는 전혀 다르지만 실제로 편두통을 겪고 있었고, 그것에 대해 이야기하곤 했다. 친구에게는 '도저히 외도를 끊을 수가 없다'라고, 민주당 상원 원내대표의 비서 보비 베이커에게는 '매일 다른 여자를 만나지 않으면 두통이 온다'라고, 그리고 자기관리가 철저하기로 유명했던 영국 총리 헤럴드 맥밀런에게는 '하루라도 섹스를 하지 않으면 편두통에 시달린다'라고 했던 것이다.[188] 말 그대로 안중근 의사의 일일부독서 구중생형극─日不讀書 口中生荊棘에 비견될 만한 일일부정사 뇌중생통증─日不情事 腦中生痛症이다.

그의 나이 23세이던 1940년 이후, 언론에 의해 밝혀지거나 연구자들에 의해 폭로된 성관계 상대만 해도, 덴마크의 저널리스트 잉가 아르바드[189]

여배우 진 티에르니,[190] 엔지 디킨슨, 마릴린 먼로,[191] 주디 켐벨,[192] 구닐라 폰 포스트,[193] 메리 핀첫 메여,[194] 미미 앨포드[195] 및 다수의 스트립 댄서들이 있다.

그리고 대부분의 연구자들은 그의 여성편력이 시작된 시기를 10대 후반까지 늘려서 라나 터너, 에바 가드너, 주디 갤런드, 올리비아 드 하빌랜드, 노마 시어러, 잉그리드 버그만, 조앤 크로포드, 수전 헤이워드, 베로니카 레이크와 같은 고전 헐리우드 스타들을 포함시키는 데 이견을 보이지 않는다.

그의 병적인 여성편력은 심지어 아름답고 정숙한 위엄을 갖춘 재클린과의 결혼식을 고작 한 달 앞두고도 구닐라 폰 포스트라는 스웨덴 여성에게 추파를 던질 정도였다. 그때부터 그녀와의 관계를 발전시킨 케서방은 유부남이 된 지 9개월 만에 그녀에게 다음과 같은 편지를 썼다.

「…… 구닐라, 나는 당신과 지중해를 항해하기 위해 작은 배라도 구하겠소…」[196]

더 경악할 태도는 재클린이 첫 아이를 유산한 55년 8월에 그녀에게 보낸 편지에서 발견할 수 있다.

「…… 고릴라구닐라의 애칭, 오늘 급히 할 말이 있소. 내 부인과 여동생이 이리로 오고 있다는군요. 이 일 때문에 내 감정이 복잡해질 거요… 내가 할 수 있는 것이라고는 그저 태양 아래에 앉아서 바다를 바라보며 당신을 생각하는 것뿐이라오… 내 사랑하는 여인에게, 사랑을 다해, 잭이.」[197]

괴테가 봤다면 화들짝 놀랄 정도로 매우 세련되고 상대로 하여금 시적인 고통을 수반하게 하는 고백이 아닐 수 없다. 그리고 1957년 상원의원 시절 쿠바를 방문했을 때, 그는 당시 쿠바의 조직범죄자 마이어 랜스키에게 하룻밤 정사를 할 수 있는 여성을 부탁한 적도 있었다는 후문이다.

만일 재클린이 결혼 전에 그가 얼마나 바람둥이인지를 몰랐다면, 그녀는 대중으로부터 충분한 연민 또는 동정을 받을 자격이 있다. 그러나 그녀는 이미 그 사실을 알고 있었다. 결혼을 1년 앞둔 1952년 7월, 그녀는 가족과 친근한 관계인 아일랜드의 신부 조셉 레너드에게 다음과 같은 편지를 써서 잭과의 결혼에 대한 불안한 마음을 드러내었다.

「신부님, 잭은 어떤 면에서 보면 제 아버지와 너무 닮았어요. 목표를 좇는 것을 좋아하지만, 그 목표를 정복하고 나면 싫증을 냅니다. 일단 결혼을 했는데도 자신이 여전히 매력적이라는 것을 증명하기 위해 다른 여성에게 추파를 던지는 남성이 여성을 얼마나 힘들게 하는지는, 저는 어머니를 거의 죽음으로까지 내몰았던 아버지를 보면서 알 수 있었어요.」[198]

케서방은 도대체 왜 그랬을까? 그가 여성편력을 일삼게 된 원인 역시 앞에서 언급했던 '매우 보편적이지만 동시에 매우 개인적인' 특질과 관련이 있고, 따라서 근원을 찾으려면 그의 청년기는 물론, 그보다 훨씬 이전으로 거슬러 올라가야 한다.

가난한 아일랜드 이민 1세대인 잭의 증조부는 술통wine barrel 만드는 일로 미국에서의 첫 벌이를 시작했다. 그의 아들인 잭의 할아버지는 술집을 운영했고, 양조업에서 거둔 성공을 바탕으로 메사추세츠주 하원의원과 상원의원을 지냈으며, 아이리쉬 천주교의 후원인이기도 했다.[199]

잭의 아버지 조셉 케네디는 아버지의 도움으로 하버드대학을 졸업한 뒤, 25세라는 어린 나이에 아버지가 대주주인 콜롬비아은행에 미국 최연소 은행장으로 취임해 사회생활을 시작했다.[200]

그는 보스턴 시장의 딸인 잭의 어머니와 결혼한 후, 1919년 10월에 가결된 금주법禁酒法, Volstead Act 시대에 양조업, 주류판매업, 스카치 위스키의 미국 총판권까지 갖게 된 주류 밀수 등 밀주사업으로 막대한 부를 쌓았다.[201] 당시 밀주사업은 마피아가 전권을 쥐고 있었으므로 그가 쌓아올린 부는 마피아와의 긴밀한 협조에 의한 것이었다.

그 자금으로 월스트리트에 진출한 그는 주식 내부거래로 엄청난 폭리를 취했으며, 1926년에는 영화사 FBO의 주식을 매입해 헐리우드에 진출했다. 또한 1929년부터 약 5년간 투자금융회사인 헤이든스톤사의 증권부부장으로 일하면서 배운 증권 조작술을 동원, 주가조작으로 막대한 돈을 벌어들였다.[202] 1940년이 지나기 전에, 그는 이미 미국에서 몇 번째 안에 드는 부호의 반열에 올라 있었다.

밀수든 주가조작이든 여기까지는 성性에 대한 아들들의 성격에 영향을 미치지 않았다. 문제는 헐리우드에 진출한 그가 당대 톱스타인 그레타 가르보, 마를렌느 디트리히, 캐럴 롬바드, 제인 맨스필드 등 수많은 여배우들과 염문을 뿌렸다는 것이다.[203] 그중 찰리 채플린과 공연하기도 했던 영화배우 글로리아 스완슨은 그가 가장 뜨겁게 사랑한 정부였다. 노년의 그는 셸리 윈터스와 만년의 로맨스를 즐기기도 했다. 아들들이 그런 그에게서 아내를 존중하고 사랑하는 법을 배울 수 있었을까?

그의 여성편력은 아들들에게 부정적인 영향을 끼쳤는데, 그중에서도 영국 왕실과 깊은 관련이 있는 한 사건의 파급효과는 매우 지대했다. 그는 프랭클린 D. 루즈벨트와 절친한 사이였으며, 그의 재정적 후원자였다. 그 덕에 1934년에 설립된 미국 증권거래위원회SEC의 초대 위원장에 임명되었다. 그가 위원장으로서 가장 심혈을 기울인 작업은, 아이러니하게도 자신을 부유하게 만들어준 주식 내부거래 및 주가 조작과 같은 투기적 책략을 금지시키는 일이었다.[204]

이어서 미국 해상위원회 위원장을 거쳐 1938년에 주영 미국대사로 부임했다.[205] 그의 바람기는 영국에서도 멈출 줄 몰랐는데, 이때 그는 세상에 너무도 잘 알려진 한 러브 스토리와 연루되었다. 그 스토리는 왕위까지 버릴 정도로 아름답고 숭고한 '세기의 로맨스'로 한동안 추앙받았던 에드워드 8세의 사랑에 관한 것이었다.

에드워드 8세는 영국 국왕 조지 5세의 장남으로 왕위를 이어받은 인물이었는데, 최근에야 필립 지글러 등 영국 왕실 전문 작가들에 의해 밝혀지고 있는, 하지만 당시로서는 명확히 알려지지 않은 성적 결함을 갖고 있었다. 그런데 어느 날, 그는 자신의 성적인 결함을 치유해주고 완전한 남성이 될 수 있게 해주는 여성을 만났다. 그 여인은 런던 사교계에 바람둥이로 알려져 있고 이혼 경력까지 가진 미국인, 월리 심슨이었다.[206]

그녀가 성관계를 맺는 남성들 중에는 두 사람의 고위 관료가 포함되어 있었다. 한 사람은 부적절한 관계로 인해 간첩혐의까지 받기도 했던 주영 독일대사 리벤트롭이었고, 또 한 사람은 주영 미국대사였는데, 그가 바로 잭의 아버지 조셉 케네디였다.[207] 이는 조셉의 아내이자 잭의 어머니인 로즈 케네디가 심슨이 참석하는 모든 디너파티를 거절할 정도로 세간에 널리 알려진 사실이었다.[208]

에드워드 8세에게는 그녀와의 결혼이 허락되지 않았다. 잘 알다시피, 영국 국왕은 영국 국교의 수장을 겸하고, 영국 국교는 이혼녀와의 결혼을 허용하지 않기 때문이었다. 그는 결국 자신을 남성이게 해주는 여인과의 결혼을 위해 왕위를 포기했고, 딸만 둘을 둔 그의 동생 알버트가 왕위를 물려받아 조지 6세가 되었다. 그리고 그가 사망한 후, 장녀가 왕위를 물려받았으며, 그녀는 바로 윈저가의 최고령 어른인 현 국왕 엘리자베스 2세이다.[209]

이제 케서방이 여성편력에 몰두한 이유, 즉 그가 여성에 대해 가졌던 매우 보편적이지만 동시에 매우 개인적인 특질의 근원이 확연히 드러났다. 그런데 이처럼 명확한 이유를 두고 제법 그럴듯한 의학적 소견들이 지금까지도 꽤나 중요하게 취급되고 있다.

그것은 케서방이 부신, 즉 콩팥 위에 있는 내분비샘의 기능이 저하되어 부신기능부전adrenal insufficiency으로 나타나는 에디슨병을 앓고 있어서 약물을 지속적으로 복용해야 했는데,[210] 그 부작용으로 성적인 측면이 제어 불가능하게 되었다는 소견이다. 이런 소견을 피력하는 의사들은 케서방이 영국 수상 헤럴드 맥밀런에게 했던 말, 즉 일일부정사면 뇌중생통증이라 했던 말을 증거로 들이민다.

그러나 그런 소견은 명문가의 자손이자 대통령을 지낸 케서방을 미화하고, 왕자의 신화를 계속 이어가려는 의도에서 나온 엉터리 애국심으로 보는 것이 옳다. 왜냐하면 식욕부진에 이은 전신 쇠약감과 무력증이 전형적인 증상인 에디슨병의 치료에는 당류코르티코이드나 염류코르티코이드의 투여가 필요한데, 그런 치료가 성욕을 증가시켜서 여성을, 그것도 늘 새로운 여성을 찾게 만든다는 의학적인 보고나 그 병으로 고통 받는 환자 중에 성욕에 미치도록 매달리는 환자가 있다는 어떠한 임상기록도 찾을 수 없었기 때문이다.

만일 그 소견이 신빙성이 있는 것이라면 케서방의 주치의들은 코르티코이드제가 그런 후유증을 유발할 수 있다는 사실을 모르고 그 같은 처방을 내렸던 것일까? 그 소견이 말이 되지 않는다는 결정적인 증거는, 케서방의 곁에 재클린이 없는 상태도 아니었다는 것이다.

따라서 그의 여성편력은 새로운 여성을 찾아 성관계를 맺으려는 원초적인 본능에서 비롯된 것이며, 그가 아무런 죄의식 없이 원초적인 본능을 마음껏 펼치도록 하게 한 직접적인 원인은 약물의 부작용이 아니라, 유전적 소인과 사회적 성공에 기초한 아버지 조셉 케네디의 방종이었다.

우리는 이처럼 세대를 이어 반복되는 일련의 과정에 무엇이 관여하는지 알고 있다. 그것은 우리네 어른들이 잘못을 저지른 사람들을 향해 툭하면 뱉어내곤 하는 말, 즉 '피는 못 속인다'는 말의 깊은 곳에 도사린 원인, 바로 메메|meme이다.

이제 재클린의 맞바람 성향과 낭비벽은 언제 시작되었으며 이유는 무엇인지 알아보고, 그 결과를 케서방의 여성편력과 연결해 볼 차례이다. 재클린의 경우는 남편보다 조금 더 복잡하다. 이유는 맞바람과 낭비벽, 둘 다 방어기제적인 측면에서 접근해야 하기 때문이다.

재클린의 낭비벽은 백악관에서만 발현된 것이 아니었다. 케서방이 상원의원 재선에 몰두해 있던 1958년에도, 그녀는 그가 푸념을 늘어놓을 정도로 많은 돈을 치장하는 데 쏟아부었다.

하지만 그녀의 낭비벽은 그와의 만남 이후에 발현되었을 뿐, 이전에는 어떠한 낭비의 징후도 없었다. 이는 그녀의 낭비벽이 언제까지 이어졌는지를 파악함으로써 낭비벽의 근원을 유추해 볼 수 있음을 의미한다.

그녀의 모계는 잭의 조상들처럼 아일랜드 이주민이었다. 부계 고조부는 필라델피아 지역을 기반으로 하는 목수이자 상인이며 부동산 투기꾼이었다.[211] 그녀의 부모는 1928년에 결혼했는데, 아버지 존은 귀족 가문인 부비에|Bouvier 출신의 월가 증권 중개인이었고, 어머니 자넷은 변호사와 교육계 인사를 배출한 엄격하고 부유한 집안의 딸이었다.[212]

두 사람의 결혼은 정략적이었는데, 귀족 가문과의 결합을 원했던 자넷의 아버지는 존의 방탕한 생활과 바람둥이 성향에도 불구하고 그를 사위로 맞았고, 존 역시 처가의 재력을 보고 자넷과 결혼했던 것이다. 하지만 자넷의 아버지는 존의 아버지가 저지른 사기에 속고 있었다.

그 사기는 부비에 가문의 정통성 또는 진실성과 관계가 있는 것이었는데, 존의 아버지가 가족의 장래를 위해 족보에 고귀한 혈통을 조작해 넣었던 것이다. 이 사실은 후에 재클린의 사촌 존John Hagy Davis이 자신의 저서에서 부비에 가문의 환상적인 혈통은 조작된 것이라고 폭로하면서 세

상에 드러났다.[213]

아무튼 존과 자넷은 사고방식에서부터 생활방식에 이르기까지 전혀 어울리지 않는 부부였다. 엄격하고 정숙한 가정에서 가난을 한 번도 경험하지 않고 살아온 자넷은 남편의 힘겨운 경제상황을 견딜 수 없었다. 뿐만 아니라, 남편의 상습적인 바람기와 음주, 도박[214]은 그녀를 깊은 회의로 몰아넣었다.

자넷은 두 딸 재클린과 캐롤라인을 엄격히 가르쳤다. 하지만 존은 딸들을 자유롭게 키우려 했는데, 딸들에게 어떻게 하면 남자의 관심을 끌 수 있을지를 가르치면서 했던 말에 그의 방종한 교육관이 잘 드러나 있다.

"얘들아, 아무도 접근하지 못할 것처럼 신비롭고 불가사의한 미소로 자신을 가꾸거라. 비밀스러움은 남자들을 미치게 해서 너희들한테 꼼짝 못하도록 만들어 준단다." [215]

이처럼 아예 처음부터 맞지 않았던 결혼은 결국 별거로, 또 재클린이 11살 되던 해에 이혼으로 이어졌다. 부모의 계속된 불화와 별거는 재클린의 성격에 부정적인 영향을 미쳤고, 이혼은 그녀에게 큰 충격을 주었다. 특히 엄격한 어머니보다 자유분방한 아버지를 더 좋아했던 재클린은 아버지와 떨어져 살아야 한다는 사실을 받아들이기 힘들어했다.

재클린의 어머니는 이혼한 지 2년 만에 스탠더드 오일의 상속자와 재혼했고, 그 바람에 두 딸은 어머니를 따라 워싱턴으로 이사를 가야 했다. 1952년, 재클린은 계부의 소개로 워싱턴 타임즈 헤럴드의 수습 사진기자로 첫 사회생활을 시작했으며, 그 해에 젊은 증권 중개인과 약혼했다.[216] 그러나 어느 디너파티에서 잘생긴 하원의원 잭을 만난 이후 그 약혼은 즉시 파기되었다.

당시 그녀는 잘생긴 하원의원의 수많은 여성들 중 한 사람일 뿐이었지만, 이듬해, 상원의원이 된 잭이 아이젠하워 대통령 취임 축하무도회에 그녀를 동반한 이후 두 사람은 급속히 가까워졌다.

케네디 가문은 오래전부터 대통령을 배출하려는 야심을 갖고 있었다. 그래서 가문의 모든 역량은 첫째인 조Joseph Patrick 'Joe' Kennedy, Jr.에게 집중되었지만, 그가 2차 대전 도중 전사하는 바람에 잭이 가문의 야심을 통째로 짙어지고 있는 상태였다.

대통령을 꿈꾸는 상원의원이 반드시 통과해야 하는 관문은 결혼이었다. 그리고 수많은 여성들 중에 퍼스트레이드로서의 자질과 가문, 경제력을 갖춘 적임자는 단 한 사람, 재클린뿐이었다. 오로지 잭의 의중만으로 그녀를 택한 것이 아니라, 그 선택에 가문의 야심이 어떤 식으로든 개입되었을 가능성이 있음을 추측할 수 있는 대목이다.

최근 케네디 부부의 친구들 및 친지들의 진술을 토대로 서술된 서적[217]이 출간되었는데, 그 책은 그러한 추측을 강하게 뒷받침해준다. 책에는 잭의 비서였던 에블린 링컨의 다음과 같은 증언이 실려 있다.

「케네디는 대통령이 되고 싶었던 정치인이었고, 그 목표를 위해서 아내가 필요했을 뿐입니다. 이들 부부는 서로 사랑하지 않았음이 분명합니다.」

그보다 더 강한 증언은 재클린 자신에 의해 씌어졌다. 그녀는 아일랜드의 신부 조셉 레너드에게 보낸 편지에서, 다음과 같이 자신의 아픔을 정확히 표현했다.

「신부님, 저는 잭을 사랑하지만, 잭이 저와 결혼한 이유는 상원의원이 되려면 아내가 필요했기 때문입니다… 잭은 정치적인 목적을 위해서 저와 결혼했으며, 그 때문에 저는 매우 큰 상처를 입었습니다.」[218]

남편의 끊임없는 여성편력과 사랑에 기초하지 않았던 결혼. 백악관에 입성할 때부터, 아니 결혼식을 올리던 당시부터 두 사람의 결혼생활에는 이미 일종의 계약관계와 유사한 무드가 조성되어 있었던 셈이다. 정략결혼政略結婚이라는 말보다 그 결혼에 더 적합한 표현이 또 있을까.

재클린이 의사에게 호소했던 말, 그리고 죽은 잭에게 결혼반지를 끼워주며 중얼거렸던 말들을 다시 한번 복기해 보자.

"남편이 너무 빨리 잠이 들어요. 남편이 사람들 앞에서 손도 잡지 않고, 팔로 감싸 안지도 않아요."

"이제 남은 것 없어요."

이로써 그녀의 맞바람 성향이 언제, 왜 시작되었는지에 관한 답은 어느 정도 도출된 것으로 봐도 무방할 것이다.

이제 남은 문제는 그녀가 노골적으로 보였던 낭비벽의 기원이다. 앞에서 확인한 대로, 변호사와 교육자를 배출한 집안의 딸인 그녀의 어머니 자넷은 엄격하고 정숙한 성품의 소유자였으며, 어느 연구자나 언론 보도도 그녀와 낭비벽을 연결시키지 않았다. 잭을 만나기 이전의 재클린 역시 낭비벽이 없기는 마찬가지였다.

그렇다면 시작은 분명 잭과 관련이 있다고 말할 수 있다. 그러나 그렇다고 잭이라는 인간을 낭비벽의 원천이라 단정 지을 수는 없다. 그가 죽은 후에도 재클린의 낭비벽은 죽지 않았기 때문이다.

잭이 사망해 백악관을 나온 이후, 그녀의 스타일은 극적으로 변했다. 고상하고 정숙한 퍼스트레이디 복장은 사라지고, 다리폭이 넓은 여성용 슬랙스와 재킷, 깃 넓은 재킷, 집시 스커트, 실크 에르메스Hermes, 큼지막한 선글라스 등 더 밝은 색상과 유행에 민감한 스타일을 골랐으며, 심지어 청바지를 입기도 했다.[219]

그녀는 영부인 시절에 가까이 지냈던 두 남성 중 한 명인 오나시스와 만나기 시작했다. 두 사람의 관계는 재클린이 세 번째 아이를 조산으로 잃었던 1963년 가을에 시작되었다. 당시 여동생 캐롤라인이 큰 충격에 빠진 언니의 슬픔을 달래주기 위해 평소 알고 지내던 오나시스와 상의해 함께 그의 호화 요트 크리스티나호를 타고 여행을 떠날 것을 제의했던 것이다.[220]

잭은 그 여행을 극구 반대했다. 오나시스는 평판도 좋지 않았을 뿐더러, 미국 법무부로부터 몇 차례 조사를 받은 적도 있고 사기혐의로 기소된 적도 있었기에, 영부인이 그런 사람과 함께 여행을 한다는 것은 1년 앞으로 다가온 재선에 부정적인 요소로 작용할 게 뻔했기 때문이다.[221]

하지만 세 번째 아이를 잃고 바람난 남편에게 무언의 원망을 퍼붓고 있던 여인에게, 고통의 연장과 다름없는 재선이 다 무슨 소용이었을까. 그녀는 결국 여행에 동의했고, 오나시스는 미국의 영부인을 극진하게 맞이했다. 그 여행 덕에 그녀는 아이를 잃은 슬픔을 어느 정도 달랠 수 있었다.

두 사람이 다시 만난 이후, 언론은 그들이 함께 있는 사진을 대문짝만하게 실었다. 하지만 세간의 주목을 받지는 못했다. 누구도 두 사람의 결합을 상상하지 않았기 때문이다. 그러나 그녀는 분명 재혼할 마음을 먹고 있었고, 케네디가도 그런 그녀의 마음을 알고 있었다.

그러나 그녀의 결혼은 곧바로 이루어질 수 없었다. 68년 3월, 잭의 동생 로버트가 대선 출마를 선언하면서 형수의 결혼 발표가 이미지에 타격이 될 것이므로 결혼을 대선 이후로 미뤄달라고 요청했기 때문이었다.[222] 그녀는 시동생의 요청을 흔쾌히 받아들였다. 하지만 석 달 후 시동생마저 암살당하자, 장례식 후 그녀는 자신의 복잡한 심경을 다음과 같이 표현했다.

"나는 이 나라가 싫습니다. 나는 미국을 경멸하고, 내 자식들이 더 이상 이곳에서 살기를 원치 않습니다. 만일 그들이 원하는 것이 케네디가를 죽이려는 것이라면, 나의 아이들이 첫 목표입니다… 나는 이 나라를 떠나고 싶습니다." [223]

그해 10월, 재클린과 오나시스는 이오니아해에 있는 그의 개인 섬 스콜피오스에서 결혼식을 올렸다. 그 결혼으로 그녀는 대통령 미망인에게 주어지는 비밀경호서비스와 자신의 이미지를 잃었다. 배신감을 느낀 미국 국민들은 오나시스와 그녀의 재혼에 분노를 감추지 않았고, 그녀는 파파라치의 표적이 되었다.

두 사람의 결혼에 미국 국민들만큼 큰 상처를 입은 여인이 있었다. 남편과 오페라까지 버리면서 오나시스와의 사랑을 택했던 여인, 세계적인 오페라 가수 마리아 칼라스였다. 결혼식이 거행된 직후, 그녀는 자살을 기도하기까지 했다.

세간에 떠도는 소문대로, 두 사람의 결혼은 사랑해서가 아니라, 서로의 필요에 의한 것이었다. 오나시스는 자신의 나쁜 평판을 쇄신하고 사업을 확장하는 데 도움이 되는 정치력을 확보할 필요가 있었다.[224] 그런 그에게 교양과 명성, 정치적 연줄과 위엄까지 갖춘 재클린은 왕족이나 다름없는 존재였다. 반면 미국 정부로부터 받는 연금으로는 생활을 해나갈 수 없었던 재클린에게, 오나시스는 돈과 안전을 제공해줄 수 있는 사람이었다.

이런 사실은 두 사람이 결혼하기 전에 체결한 혼전계약에 잘 나타나 있다. 재클린이 변호사를 시켜서 오나시스와 협상한 계약서에는, 결혼과 동시에 오나시스가 300만 달러를 일시불로 지급하고, 그녀의 자녀가 21세 때 찾을 수 있도록 1백만 달러를 별도로 지급할 것이며, 오나시스가 죽거나 이혼할 경우, 매년 20만 달러씩 지급해야 한다는 조항이 명시되어 있다. 대신 오나시스는 자신이 사망할 경우, 재클린은 상속권을 포기해야 한다는 조건을 내걸었다.[225]

그러나 두 사람의 결혼생활 역시 사랑으로 한 결혼에서 기대할 수 있는 종류의 것이 아니라서, 얼마 지나지 않아 서로를 이해할 수 있는 여력에 한계를 드러냈다. 그녀의 낭비벽이 다시 출현한 것도 그즈음이었다.

직접적인 원인은 남편과 일정한 거리를 유지한 재클린에게 있었다. 그녀는 결혼생활 도중에도 해군 항모 케네디호USS John F. Kennedy (CV-67) 명명식, 아일랜드 뉴 로스New Ross 근교의 공원 명명식, 잭의 이름을 딴 도서관 개관식 등 그를 기념하는 행사에 계속 참석했으며, 잭에 관해 오나시스가 질투를 느낄 만큼 많은 이야기를 해댔다.[226]

오나시스는 오나시스대로 모든 공식석상에 정치적 이용가치가 충분한 재클린을 반드시 대동했으며, 그런 행동은 그녀를 숨막히게 하기에 충분했다. 그즈음, 달아오를 대로 달아오른 그녀의 낭비벽 역시 싸움의 주요 원인이었는데, 그녀는 영부인 시절에 비해 10배 이상의 돈을 뿌려대며[227] 오나시스의 넋을 빼놓았다.

두 사람 사이의 틈이 회복될 수 없을 정도로 벌어지자, 오나시스는 전 애인 마리아 칼라스를 다시 만나기 시작했다. 재클린 역시 맞바람으로 응수했는데, 그녀가 만나는 남성에는 이탈리아 자동차업체 피아트의 창업자 지오반니 아그넬리, 영화배우 윌리엄 홀든, 그리고 영부인 시절에 만난 적이 있는 뉴욕의 보석 사업가 모리스 템플스먼도 포함되어 있었다.[228]

1973년, 오나시스의 아들 알렉산더가 비행기 사고로 사망한 것을 계기로 두 사람의 관계는 파국으로 치달았다. 오나시스는 자신의 유서에 다음과 같은 조항을 추가했다.

「나의 부인 재클린 부비에와는 이미 미국에서 공증까지 받은 결혼합의서를 교환했다. 거기에 따르면 재클린은 상속권을 포기하게 되어 있다. 나는 그녀와 그녀의 아이들이 차지할 몫을 제한하고자 한다. 만약 재클린이 상속 문제로 소송을 걸어올 경우, 오나시스 가문의 구성원들은 모두 나서서 엄청난 비용을 물더라도 법정투쟁으로 맞서야 한다.」[229]

두 사람의 관계가 악화될수록 그녀의 낭비벽도 심해져갔다. 심지어 그녀는 현금줄을 틀어쥔 오나시스에 반항하기 위해 그의 카드로 구입한 물건을 시장에 되팔아 현금을 마련할 정도였다.

사랑을 되찾은 마리아 칼라스는 74년에 내한공연을 갖는 등 다시 자신의 본업인 오페라에 전념했고, 오나시스는 재클린과 이혼하기로 결심했다. 그러나 이혼은 현실화되지 못했다. 이듬해 3월, 그가 파리에서 사망했기 때문이다.

77년, 재클린은 오나시스의 딸 크리스티나와 벌인 18개월간의 법정투쟁이 종료된 후, 2,600만 달러를 손에 쥐었다.[230] 한편, 그해 9월, 오나시스를 진정으로 사랑했던 프리마돈나prima donna 마리아 칼라스는 수면제 과다복용으로 54세라는 젊은 나이에 그를 찾아 떠났다.

이후, 재클린은 자신의 인생에서 마지막이 될 남성을 선택했다. 그는 그녀가 백악관에 있을 때 이따금 만나기는 했지만, 이후로는 늘 그녀의 마음 밖에 있어야만 했던 남성, 모리스 템플스먼이었다. 모리스와 재클린은 결혼하지 않은 상태로 뉴욕의 한 호화 아파트에서 동거에 들어갔다.

그는 재클린이 비호치킨임파선종양으로 94년에 사망할 때까지, 그녀에게 매우 헌신적이었을 뿐 아니라, 그녀의 자식들과 손자들을 그녀만큼 아끼고 사랑해주었다. 주위 사람들은 두 사람이 오랜 시간을 함께한 노부부처럼 지냈다고 증언했다.

당시 사람들은 몰랐지만, 그녀의 아들 JFK 2세 및 딸 캐롤라인과 함께 그녀의 임종을 지킨 그가 그녀를 마음에 품고 지냈던 시간은 실제로 32년이었으며, 그 시간은 그가 그녀를 이해하기에 충분히 긴 시간이었다.

그리고 그런 그의 마음을 알아차렸던지, 재클린은 모리스 외에 다른 어떤 남성과도 사귀지 않았고 조금의 낭비도 하지 않았으며 오직 출판사 편집일과 자식 교육, 그리고 자신의 삶을 충실히 꾸려가는 것에만 전념했다.

그녀가 딸과 아들에게 남긴 것은 4,370만 달러의 가치가 있는 재산과 다시 돌아온 대중의 우호적인 평판이었고, 그 덕에 케네디 가문에서 유일하게 살아남은 직계 가족, 딸 캐롤라인은 2014년 현재 주일 미국대사로 부임해 있다.

43세라는 나이에 선거로 선출된 최연소 대통령이 된 바람의 왕자 잭과 젊디젊은 나이에 백악관 안주인이 된 절망의 공주 재클린. 두 사람의 결혼생활은 고통을 주는 쪽의 무심無心과 그 고통을 당하는 쪽의 인고忍苦, 그리고 거기에서 파생된 부인과 외면과 저항의 희망 없고 성性스럽기만 한 여정이었으며, 그 핵심에는 주체할 수 없는 정욕과 정서적 자원에 대한 호소가 있었다.

재클린의 어머니 자넷은 남편의 바람기 때문에 큰 고통을 치러야 했지만, 재클린은 엄격한 어머니보다 정서적으로 풍부하고 자유분방한 아버지를 더 좋아했으며, 그 기억은 아버지의 바람기와 함께 그녀의 심신에 저장되어 있었다. 그런 그녀에게 잭은 아버지와 다를 바 없는, 다시 말해서 사랑과 애증의 대상이었다.

하지만 잭에게는 아버지가 갖고 있지 않았던 것 한 가지가 있었다. 바로 사회적 지위였다. 그리고 그 지위는 일국의 정점을 향해 나아가고 있었다. 아버지에게서 느낄 수 있었던 사랑과 애증에 사회적 지위까지 가진 잭. 그의 매력과 별개로, 이런 점이 그녀가 잭을 사랑했던 이유 중 하나일 것이다.

그러나 아버지의 바람기 때문에 결국 부모가 이혼까지 하게 되었으며, 그 과정에 어머니와 함께 숱한 고통을 나눠왔던 그녀로서는 잭의 바람기로부터 자신이 고통받을 수 있음을 모르지 않았다.

그럼에도 잭을 선택한 이유는, 그가 아버지처럼 풍부한 정서적 자원의 소유자일 거라는 기대, 그리고 대부분의 심성 착한 여성들이 흔히 저지르는 실수, 즉 자신으로 인해 남편이 변할 수 있으리라는 희망 때문이었음이 분명하다. 정서적 자원이 없거나 결혼한 후에도 계속 바람을 피울 것이라 판단했다면 결혼을 하지 않았을 테니 말이다.

그녀가 잭을 만난 이후 겪어온 일련의 과정들과 그때마다 그녀가 보였던 행동들은 심리학에서 이야기하는 여러 방어기제와 정확히 부합한다. 그녀의 시각에서, 그러한 기대와 희망이 어떤 과정을 통해 대중에게 알려지지 않은 고통이 되었으며, 그 고통이 어떤 기작을 통해 맞바람과 낭비벽으로 표출되었는지 찾아들어가 보자.

잘생긴 하원의원 잭을 처음 만났을 때, 그녀는 강한 호감에 휩싸였다. 증권 중개인과의 약혼을 없던 일로 되돌려버릴 정도로. 그러나 정보 빠른 사교계는 그가 천하의 바람둥이임을 이구동성으로 외치고 있었다. 그럼에도 그녀는 아이젠하워 대통령의 취임 축하무도회에 동반 참석하는 등 잭과의 긴밀도를 높여나갔다.

그 배경에는 가문과 경제력 등 다른 여러 이유들과 함께 잭이라는 사람에 대한 사랑과 정서적 자원에 대한 기대, 그리고 사회적 지위를 향한 동경이 자리하고 있었다. 또한 언젠가는 자신이 잭의 바람기를 통제할 수 있으리라는 자신감도 한 자리를 차지하고 있었다.

하지만 잭의 여성편력은 깊어지는 관계와 아무런 상관이 없었다. 그때 그녀의 마음속에서 '욕구 불만에 의한 긴장을 해소하기 위해 감정이나 원망 등 자각하는 갈등을 대면해 해결하는 대신 의식적으로 눌러서 참아내려는 생각'이 일어났으리라는 추측은 어렵지 않게 할 수 있다.

심리 분야에서는 이런 반응을 억제suppression라 부른다. 그녀의 내면에서 반복된 억제는 아마도 억제의 가장 강한 형태인 억압repression으로 성장해 보다 정교한 자기방어의 기초로 자리를 잡았을 것이다.

그럼에도 정숙하고 이지적인 그녀는 자신의 불만을 겉으로 전혀 드러내지 않았다. 그러기는커녕 사교계 모임과 정치 모임 등 공식석상에서 늘 그 자리에 합당한 자세를 견지했으며, 아일랜드의 신부 조셉 레너드에게만 결혼에 대한 자신의 불안을 유려한 필체로 알렸을 뿐이다. 그러나 바로 그것이 그녀 스스로도 몰랐던 두 번째 심리기제의 결과이다.

인간은 불안이나 긴장을 수반하는 사건과 직면했을 때, 그 사건을 이지적으로 설명해 객관화함으로써 당면한 충격이나 고통을 회피하려는 성향을 보인다. 심리 분야에서는 이러한 성향을 이지화理智化, intellectualization라 부른다.

그녀의 편지에서는 지성적인 어휘와 추상적이고 건조한 어조로 자신의 불안을 설명한 부분이 적지 않게 발견된다. 이는 내담자가 과거의 감정적인 사건을 논리적으로 차분히 설명함으로써 사건과 연결된 감정의 고리들을 피하려는 것과 동일한, 불안 회피를 위한 전형적인 방어기제이다. 이어질 '성聖스러운 결혼' 부분에서 다루겠지만, 그녀가 이지화를 동원한 것은 그녀의 성 성격이 문명인文明人 스타일이었기 때문이다.

그러한 행위로는 자신의 불안만 감출 수 있을 뿐, 잭의 바람기에 어떤 긍정적인 영향도 미칠 수 없다는 사실을 그녀도 잘 알고 있었겠지만, 잭에게 자신의 불안을 표현하지 않았거나 표현했더라도 최소한에 그쳤을 가능성이 크다. 일일부정사면 뇌중생통증이라 했던 잭이기에, 만일 그녀가 적극적인 의사표시로 대응했더라면 결혼이 성사되지 않았을 수 있기 때문이다.

대통령에 당선되어 미리 백악관을 둘러보는 자리. 그녀는 아마도 제아무리 바람의 천재 잭이라도 전 국민이 주시하는 백악관에서까지 바람을 피울 수는 없을 거라는 기대에 부풀었으리라. 그래서 가슴에 여전히 남아 있는 불안과 원망과 야속함을 백악관 가구를 바꾸고 가족 공간을 매력적으로 꾸미고 세계적인 첼리스트 파블로 카잘스를 비롯한 유명 연주자들의 연주회와 세계적인 화가들의 작품 전시회를 개최하고 백악관 가이드북을 발행하는 '퍼스트레이디 프로젝트'라는 계획으로 현실에 녹여내었다. 생각대로라면 진정한 결혼생활은 이제 곧 실현될 것이었다.

그녀의 그런 행동은 '겉으로 표현하기 어려운 내면의 욕구 또는 심리를 사회적으로 용납되는 형태로 둔갑해 표출하는 행위', 즉 승화 sublimation와 매우 유사한 것이었다.

그러나 그녀의 기대는 한낱 꿈이었을 뿐, 백악관 안팎은 추저분한 염문으로 물들어갔고, 그에 따라 그녀의 결혼생활도 빈껍데기로 전락해갔다. 결혼생활에서 남편이라는 존재가 사라져버린 그즈음, 그녀에게 남은 것은 무엇이었을까? 죽은 잭에게 결혼반지를 돌려주며 했던 그녀의 마지막 말을 다시 한번 되새겨 보자.

"이제 남은 것 없어요."

호소와 인내와 기대가 무위로 돌아가 버린 상황에서 그녀가 할 수 있는 것이라고는 모른 척하는 것 외에 달리 없었다. 남편의 더럽고 불쾌한 행위와 그로 인해 찾아들 아픈 기억과 새로운 상처에 맞서서, 다시 말해서 의식화된다면 감당키 어려운 눈앞의 현실에 맞서서, 무의식적으로 의식의 눈을 감아버림으로써 고통이 찾아오리라는 불안으로부터 자신을 지키고자 했던 것이다. 마치 사랑하는 사람이 죽었을 때 죽음 자체를 부인하는 것처럼. 전쟁의 공포를 외면하기 위해 비참함에서 눈을 돌려버리는 것처럼… 우리는 이러한 태도를 부정 denial이라 부른다.

그런데 다른 불륜은 대개 일회성이거나 심각하지 않아 그나마 참을 수 있다 해도, 그녀의 잠재된 불안을 직접적으로 자극하는 여인과의 불륜은 도저히 참아낼 수 없었다. 그 여인은 백악관 안방까지 전화를 걸어와 자신이 잭과 잠자리를 함께했으며 곧 영부인이 될지도 모르겠다고 천연덕스럽게 떠들어댄 인물, 마릴린 먼로였다.

그렇지 않아도 어찌할 수 없는 울화가 가슴 한가득 쌓여 있던 재클린으로서는 더 이상 참아낼 수가 없었을 것이다. 그 울화는 마릴린 먼로에 의해 촉발되었을 가능성이 크지만, 그렇다고 그녀에게 모든 책임을 전가시키기에는 재클린의 아픔이 너무 컸다.

그 아픔은 55년의 첫 아이 유산과 56년의 딸 사산이었다. 아직 이에 대한 심리학적 견해나 판단은 없지만, 나중에 셋째 아이까지 조산으로 잃은 사실과 가족 중에 그녀처럼 유산과 사산을 반복한 사례가 없는 사실로 미루어 짐작할 때, 잭의 정자에 문제가 없는 한, 심리학에서 말하는 전환轉換, conversion 또는 신체화身體化, somatization로 인한 결과일 가능성이 있다.

전환이란 저작에 갈등을 느낀 작가의 오른팔에 마비가 오는 경우처럼 심리적인 갈등이 몸의 감각기관이나 수의근계의 증상으로 표출되는 현상을 말하고, 신체화란 그런 갈등이 감각기관과 수의근계를 제외한 다른 신체부위의 증상으로 표출되는 현상을 말한다.

사촌이 논을 사도 창자가 아픈 일일진대, 아내인 자신을 무시하고 보란 듯이 불륜을 일삼는 남편의 아이를 잉태한 자궁이 온전하리라는 생각은 인간의 심리를 무시한 기대가 아닐까. 독자의 상상에 맡긴다.

위의 분석은 드러난 사실에 근거해 최대한 합리적으로 도출해낸 것이지만 다 들어맞지는 않을 것이다. 그러나 중요한 것은 그중 한두 가지만 맞다 해도 결혼생활에는 치명적인 결함으로 작용할 수 있다는 점이다.

어떻든, 한 여인이 결혼생활 도중에 억제와 억압에서 시작해 이지화, 승화, 부정, 그리고 전환 또는 신체화의 과정을 드문드문이라도 밟았다면, 무슨 생각을 하게 될까? 당연히 이렇게는 살 수 없다는 결론에 이를 것이다.

그러나 그녀는 그렇게 살 수 없다고 그냥 살지 않을 수 있는 위치에 있지 않았다. 그렇다면 상처 난 자신을 지키고 새로운 상처로부터 스스로를 보호하기 위해 남는 것이라고는 남편에게 정당한(?) 보복을 가하는 길밖에 더 있었겠는가.

이것이 그녀의 젊음이 맞바람을 택한 이유였고, 그녀의 자존심이 남편이 감당하기 버거운 사건, 즉 쇼핑을 택한 이유였을 것이다. 물론 영부인이 되기 전에도 낭비벽으로 그의 정서적 지원에 호소한 적이 있었다. 그러나 백악관에서의 낭비벽은 그때와 비교할 수 없을 정도로 심한 것이었다.

이처럼 바라는 것, 즉 남편의 사랑을 가질 수 없음에 따라 겪게 되는 좌절감과 그 좌절감에서 비롯되는 긴장을 줄이기 위해, 비슷한 것, 그러니까 다른 남성을 취해 만족을 얻는 행위를 대체형성代替形成, substitution이라 하고, 남편의 관심이 다른 여성들에게 가 있는 상황에서, 그 관심, 즉 남편의 정서적 자원을 자신에게 돌릴 목적으로 다른 여성들이 아닌 덜 위험한 대상낭비벽으로 자신의 욕구를 표현하는 행위를 전위轉位, displacement라 한다.

그녀의 맞바람과 낭비벽은, 잭과의 만남으로 시작되어 오나시스의 사망과 동시에 사라졌다는 점에서 대체형성과 전위에 의한 결과일 가능성이 크다고 보아도 무방할 것이며, 모리스와 결혼하지 않고 지낸 것 역시 위의 모든 과정을 다시 겪지 않으려는 판단에서 비롯된 행동일 수 있을 것이다.

남녀가 결혼을 하는 이유 중 유일하게 동일한 것은 성관계이다. 그 외에 남성은 부성의 확실성과 양육의 즐거움을 위해 결혼한다. 그리고 남성이 좋아하는 여성은 젊고 건강하고 가슴과 엉덩이가 크고 순결하고 성적으로 충실한 여성이다.

재클린은 남성이 좋아할 조건을 모두 갖춘 여성임에 틀림없었지만, 잭은 전혀 만족하지 않았으며, 더 젊고 더 건강하고 더 큰 가슴과 엉덩이를 가진 여성들을 탐닉했다.

여성은 자신의 안전과 새끼의 양육에 필요한 경제적·정서적 지원을 받기 위해 결혼한다. 당연히 여성이 좋아하는 남성은 경제적·정서적 자원이 있거나 사회적 지위가 있는 남성이며, 부수적으로 자신과의 유사성, 나이, 덩치와 힘 등이 고려된다.

잭 역시 여성이 좋아할 조건을 모두 갖춘 1등 남성임에 틀림없었고, 그 조건들이 그녀를 결혼으로 이끌었지만, 그의 조건은 항상 다른 여성들을 향해 있었다.

두 사람 사이에 무엇이 개입되어 있었기에, 그들의 결혼생활을 성性스러운 단계에서 한 발짝도 더 나아가지 못하게 했을까? 가문과 돈과 사회적 지위에 얽힌 유전적 습관 외에는 달리 설명할 길이 없다. 그리고 그 습관의 본격적인 기초는 그들의 가난한 조상들이 아일랜드에서 미국으로 이민 갔을 때부터 착착 쌓아올린 것이었다.

그래서 바람의 왕자에게도 절망의 공주에게도 일말의 책임이 없지는 않지만, 그들을 잘못의 수괴로 간주해 모든 책임을 뒤집어씌울 수는 없다. 왕자와 공주를 그렇게 몰아간 것은 문화를 세대에서 세대로 이어주는 가능성, 바로 메메meme였기 때문이다.

그런 점에서 자신도 어쩔 수 없는 동물적 본능으로 고통받았던 잭과 윗대가 다져온 문화적 욕망의 구속에서 헤어나지 못했던 재클린은, 공히 성性스러운 조건이 만들어낸 결혼의 가장 큰 희생자였다.

　　돈으로도, 가문으로도, 사회적 지위로도 얻기 어려운 성聖스러운 결혼. 돈이나 가문, 사회적 지위보다 아름답고 정욕보다 찬란하며 애정보다 고귀한 그 사랑의 바구니는 어떤 여정의 끝에서 우리를 기다리고 있을까. 그리고 그 사랑에 이르기 위해 우리에게 요구되는 것은 무엇일까.

아내좀
나눠줘

성聖스러운 결혼

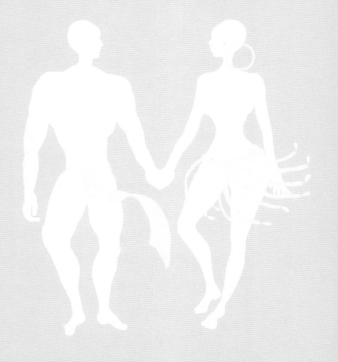

입장과 72억 개의 성 성격

성이 분화된 이후 지속되어 온 짝짓기와 결혼생활의 역사는 생명의 아름다운 기억으로 우리의 심신에 고스란히 저장되어 있다. 사랑이란 대체 무엇일까?

남녀 간의 사랑을 서정적이거나 형이상학적인 추상抽象으로만 여기지 않고 생존과 번식이라는 생명의 대원칙에서 바라보려는 구상적 具象的 자세를 가진다면, 사랑을 완성할 수 있는 실마리를 발견할 수 있다. 어쩌면 완성된 사랑의 실체를 확인하며 삶의 마지막 순간을 보낼 수도 있을 것이다.

입장, 立場, a standpoint, 모두 마당에 서 있다는 뜻이다. 입장의 의미는 처해 있는 상태와 그 상태에 대한 판단, 그리고 판단의 기초를 아우른다.

　지금까지 짝을 찾기 위해 벌였던 성전, 즉 나에게 경제적·정서적 자원을 제공해 줄 남성과 나를 위해 건강한 새끼를 낳아서 길러줄 수 있는 매력적인 여성을 찾는 일은 나 자신의 입장을 최대한 만족시키려는 과정의 연속이었다.

　그 과정에는 두 가지 입장이 서로 간섭하며 끊임없이 개입해왔다. 상대의 사냥능력이나 머리털과 허리와 엉덩이와 팔다리가 드러내 보이는 번식능력을 보는 생물학적인 입장과 상대의 정서와 습관 등을 살피는 정신적인 입장이다.[231]

　생물학적인 입장은 성 역사의 대부분의 시기에 걸쳐 생명의 조상들이 짝을 유혹하고 선택하는 핵심 판단기준으로 작용했지만, 시대가 변하고 문화가 발전하면서 차츰 정신적인 입장에 자리를 내주었으며, 이제 현대 인간들은 정신적인 입장을 생물학적인 입장만큼이나 중요한 기준으로 간주한다.

　인간의 정신적인 입장은 개인이 지닌 특유한 품성으로 나타난다. 우리는 그 품성을 성격性格, personality이라 부른다. 성격은 신장이나 체중, 외모, 기질, 지능 등 선천적으로 갖고 태어나는 생물학적 요인, 출생 이후에 겪는 개인 고유의 경험, 그리고 다양한 문화적 요인에 의해 결정된다.[232]

　카를 융C.G. Jung[233]의 심리유형론Psychological Type Theory에 기초해 고안된 성격유형지표MBTI, Myers-Briggs Type

심리유형론
의식의 구조와 각 기능의 유형 및 그 유형들과 무의식과의 관계를 설명한 융의 초기 학설이다.

Indicator는 개인의 성격을 외향형과 내향형, 감각형과 직관형, 사고형과 감정형, 판단형과 인식형이라는 네 부문의 선호 경향과 그에 따른 16가지의 유형으로 나눈다.[234]

골드버그Goldberg와 코스타Costa, 맥크래McCrae 등의 성격의 5요인 모델FFM, Five-Factor Model은 성격의 요인을 외향성, 우호성, 성실성, 신경증, 개방성 등 다섯 요인으로 나누고McCrae et al., 2000, 이외에도 성격 판단에 도움이 되는 여러 모델들이 존재한다.

그러나 이러한 모델들은 다양한 성격을 큰 틀에서 분류한 것일 뿐, 실제 성격은 사교성, 논리성, 수용성, 성실성, 현실성, 협력성, 독창성, 책임감, 상황에 대한 이해도, 이상에 대한 선호도, 상상력, 열정 등 수많은 요인의 간섭과 간섭 정도에 따라 천차만별이다.[235]

이제 앞에서 반복적으로 언급되었던 매우 보편적이지만 동시에 매우 개인적인 특질에 그럴싸한 이름을 선물해 줄 때가 되었다. 이미 간파했겠지만, 그 특질은 성性에 관계된 개인의 품성을 의미한다. 지금부터 그것을 성 성격sexual personality이라 부르기로 한다.

성 성격은 성전에 나선 개인의 판단과 행동을 특징짓는 행동양식이며, 수많은 요인의 상호작용에 의해 형성되고 지속적으로 변화해가며 발현된다.[236]

생명공학의 발달로 동일한 유전자를 얼마든지 복제해낼 수 있는 세상이 되었지만, 동일한 방식으로 생각하고 느끼고 행동하는 인간은 단 한 명도 없다. 그래서 72억 명이 살고 있는 이 세상에 존재하는 성 성격의 형태는 72억 개이다.

성 성격 역시 성격과 마찬가지로 생물학적인 요인과 개인 고유의 경험, 문화적인 요인 등에 의해 결정되는데, 특히 성장기의 가정환경과 부모의 양육 태도가 성 성격의 형성에 많은 영향을 끼친다.

합리적이고 타협적인 부모의 양육을 경험한 사람의 성 성격은 짝에 관한 건강한 호기심을 가지며, 짝과의 대화를 즐기는 방향으로 발현된다.

부모로부터 버림받은 경험이 있는 사람의 성 성격은 짝을 더 빨리 찾으려는 경향을 보이고, 짝이 늘 곁에 있기를 원하며, 짝의 마음을 얻는 일에 큰 가치를 부여하는 방향으로 발현된다.[237]

잦은 방임放任이나 거절拒絕을 경험한 사람의 성 성격은 짝 찾기에 대한 관심이 비교적 덜하며, 짝을 만났을 때 두 가지로 발현된다. 방임과 거절에서 오는 고통을 회피했던 것처럼 짝과의 깊은 심리적 접촉을 피하려 하거나, 반대로 부모에게 관심 받기를 원했던 것처럼 짝의 관심을 지속적으로 요구하기도 한다.[238]

과보호를 받으며 압박감을 경험한 사람은 짝이 관심을 보일수록 부담을 느껴서 거리를 유지하려 하거나 부모에게 그랬던 것처럼 열등한 지위를 감수하고 짝에게 의존하려는 성 성격을 보일 수 있다.[239]

영화 '사운드 오브 뮤직Sound of Music'에서 마리아가 나타나기 이전의 폰트랩 대령의 가정과 비슷한 가정 분위기를 경험한 사람은 부모에게 배운 대로 짝의 흥미나 요구를 고려하기보다는 자신의 고집을 강조하고 짝을 명령하듯 조종하려는 성 성격을 가질 수 있다.[240]

삶의 의미를 사회적 성취에 두는 가정에서 자란 사람은 짝에게 자신의 가치를 보여주려 하고, 청렴결백한 부모 슬하에서 성장한 사람은 짝의 사소한 실수나 작은 결함에 예민하게 반응하는 경향을 보인다. 연구자의 자식은 자신의 일에 몰두하는 성향으로 인해 짝의 외로움을 모를 수 있고, 화가나 시인의 자식은 짝의 성 성격은 무시한 채 틈만 나면 세계를 보는 자신의 독특한 시선을 자랑하려 들 수 있다.

이 외에도 수없이 많은 성 성격이 저마다 성전에 참여해 주인으로 하여금 짝과의 하모니를 일구게 하거나 불협화음을 뱉어내게 한다.

낭만의 사랑, 정욕 100방울

사랑에 대한 유일한 승리는 탈출이다.

나폴레옹Napoleon Bonaparte

성性스러운 결혼이 성聖스러운 결혼으로 이어지기는 낙타가 바늘 귀로 들어가는 것보다 더 어렵다. 부자가 가진 것 때문에 천국에 들기 어려운 것처럼[241] 성性스러운 결혼도 두 사람이 가진 것, 즉 성 성격의 형성 요인이 너무도 많고 또 다르며 입장 또한 일방적인 까닭이다.

정욕이란 무엇이며, 성性스러운 결혼이 성聖스러운 결혼이 되려면 어떤 과정이 필요할까? 나筆者의 후배들이기도 한 어느 결혼 2년차 부부의 오래된 이야기를 시작으로 지금까지 우리가 간과해왔던 부부 각자의 속살과 겉 궁합을 탐구하는 과정으로 들어가 보자.

약 27년 전 어느 날, 허리춤에 찬 삐삐無線呼出機, beeper에 낯익은 전화번호가 찍혔다. 필자의 아내가 될 뻔했던 후배 정현지였다.

"오랜만이네."

"응. 선배. 잘 지내지?"

"널 잃고 내가 어떻게 잘 지낼 수 있겠니? 난 아직도 밤마다 애타게,"

"장난치지 말구, 지금 시간 있어요?"

"왜?"

"선배 보고 싶어서. 오랜만에 데이트 어때?"

"좋지. 불륜의 늪으로 한번… 에헤이, 정태 또 말썽 피웠구나?"

"선배, 나 정말 미쳐버리겠어."

그녀의 동갑내기 남편이자 나에게 실연의 아픔을 맛보여 준 후배 박정태는 원빈 뺨치는 외모와 달콤한 속삭임을 무기로 내게서 그녀를 앗아간 알파 메일alpha male이었다. 2,500원짜리 커피 두 잔을 시켜 놓고 마주앉은 돌고래 다방, 그녀의 핸드백 끈 한쪽이 끊어져 있었다. 6개월 전쯤 동문 모임에서 벌어졌던 난동이 떠올랐다.

"이번에는 또 누군데?"

그녀는 얼굴을 감싸고 한참을 흐느껴 울더니 깜짝 놀랄 이름으로 말문을 열었다.

"인숙이요. 나쁜 년."

"뭐어? 성인숙이?"

그녀와 성인숙은 여고시절부터 우정을 쌓아온 단짝 친구였다.

"오늘 결혼기념일이라서 케이크 하나 사들고 사무실로 갔었어요. 근데 직원들은 어디 나갔는지 안 보이구요, 근데 소파에서 두 사람이 후다닥 일어나면서 치마를 만지고 옷깃을 세우고 막 부산을 떠는 거예요. 내가 갑자기 어디로 숨어버렸으면 싶을 정도로…"

그녀는 남편의 세 번째 외도도 외도이지만, 상대가 둘도 없는 단짝 친구라는 사실에 심한 충격을 받은 상태로 두 사람을 다그쳤다고 했다. 현장을 들킨 성인숙은 친구에게 거짓말을 할 염치가 없어 고개를 푹 숙였고, 남편은 아내가 휘두르는 핸드백의 쇠고리에 얼굴이 찍혀 피가 흐르는 것도 모르고 열심히 얼버무렸다. 그러다 성인숙이 몇 개월 전부터 부적절한 관계를 맺어 왔노라고 이실직고하는 순간, 남편은 냅다 도망치고 말았다고 했다.

결혼한 지 2년밖에 되지 않은 남편이 사랑하는 아내를 두고, 더군다나 선배가 먼저 공개적으로 사랑한 여인을 잘생긴 외모와 알파 메일이라는 우월한 조건을 앞세워 쟁취해 놓고도 세 번이나 바람을 피운 이유는 어디에 있을까? 혹 케서방이 비밀리에 한국을 방문하기라도 했던 것일까?

보다 정확한 이유는 이어지는 '이해의 사랑, 애정 10방울' 부분에서 밝혀지겠지만, 정욕을 사랑으로 오판한 것, 그리고 그가 성장기에 겪었던 경험, 즉 가정환경과 부모의 양육태도에 의해 형성된 성 성격에 있었다.

정욕은 생물학적인 입장에 충실한 사랑이다. 인간의 조상들에게 가장 중요한 결혼의 조건은 번식능력이었다. 번식능력은 겉으로 훤히 드러나 보였기 때문에 이성理性, rationality이나 논리論理와 같은 정신의 기능이 상대적으로 덜 필요했다. 당연히 성 성격이 개입할 여지도 많지 않았다.

정욕은 성적인 욕망이다. 시인들은 인간의 고귀한 영적 사랑을 노

래하기 위해 정욕의 가치를 지속적으로 격하시켜왔으며,
『채털리 부인의 사랑』의 저자 로렌스D. H. Lawrence의 삶에
서 보듯 아예 사랑의 범주에서 빼버리려는 시인도 적지
않았다.

그들의 노래는 인간의 사랑에 동물과 다른 그 무엇
이 있음을 암시한다. 하지만 정작 인간 뇌의 해부학적
anatomical 구조는 동물과 다른 그 무엇, 즉 영적 사랑의
근원을 다름 아닌 정욕으로 지목하고 있다.[242]

성을 통해 인간의 자유를 노래하려 했던 로렌스는 폐결핵으로 사망(45세)하기 2년 전에 『채털리 부인의 사랑』을 발표했다. 하지만 엄격한 영국의 청교도 사회는 자유로운 성 담론을 허용하지 않았고, 사후 최소 30년 이상 외설 논란에 휩싸여야 했다.

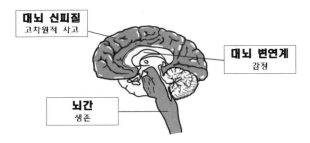

인간의 뇌에서 생존과 감정, 이성에 관여하는 부위

호흡하고 헤엄치고 뛰어다니고 체온을 조절하는 것
과 같은 생존을 위한 몸부림의 기억은 근원根源의 기억이
라서 뇌의 가장 깊숙한 부위腦幹에 저장되어 있다. 그 위
를 번식과 관계되는 기억들이 덮고 있으며大腦 邊緣系, limbic
system, 그런 기억에는 이성이 가진 번식능력에 대한 호불
호와 동성에 대한 공격성 등에서 비롯되는 성 감정들이
있다. 그리고 언어와 논리적인 사고에 대한 기억은 가장
늦게 발달한 탓에 주로 뇌의 바깥 부위大腦 新皮質, neo-cortex
에 자리하고 있다.[243]

뇌과학과 신경생물학은 숭고한 정신의 정점에 앉아 있던 인간의 사랑을 동물의 수준으로 끌어내렸다. 과학자들은 번식능력을 가진 상대가 나타나면 감정을 담당하는 대뇌 변연계에서 도파민과 페닐에 틸아민, 세로토닌, 옥시토신, 바소프레신, 엔돌핀과 같은 호르몬이 분비되고, 그에 따라 각 단계마다 성충동과 흥분과 쾌락을 경험하며, 이런 현상은 상대의 번식능력이 우월할수록 강하게 나타난다는 사실을 밝혀냈다.

뇌과학과 신경생물학의 성취 덕에 우리는 이제 호르몬이 사랑의 과정에 관여하며, 그런 메커니즘에 있어서는 동물과 다를 게 없다는 사실을 안다. 우리는 그 호르몬을 사랑의 호르몬이라 부른다.

그러나 인간우월주의적인 시각을 벗어던지고 생명 본능의 관점에서 보면, 사랑의 호르몬이 아니라 번식본능의 호르몬이며, 사랑에 빠지기 때문에 호르몬이 분비되는 것이 아니라, 호르몬이 분비되기 때문에 흥분감과 황홀감에 빠져드는 것이다. 그리고 호르몬을 분비하게 하는 주범은 인간에게만 있는 영적인 그 무엇이 아니라 상대가 가진 번식능력이다.

따라서 시인들이 갖가지 논리적인 사고와 언어를 동원해 인간 고유의 그 무엇이라 노래했던 사랑은, 사실 상대가 가진 번식능력에 성충동과 흥분감, 쾌락, 황홀감으로 반응하는 본능의 메커니즘이며 일종의 단기 중독현상일 뿐이다.

그런 점에서 우리는 동물에게도 사랑이 있느냐는 질문에 정욕의 관점에서 '당연히 그렇다'고 답할 수 있으며, 유기견 남성이 뒷다리가 잘린 여성

교통사고를 당한 수컷의 곁을 지키는 암컷 유기견

과 함께 다니고, 반려견이 주인의 얼굴을 핥거나 주인이 사라지면 분리불안으로 인해 하울링howling 현상[244]을 보이고, 길고양이 여성이 죽어 널브러진 남성의 얼굴을 주둥이로 밀고, 돌고래가 죽어가는 동료를 물 밖으로 밀어 올리며 마지막 호흡을 돕는 것에서, 시인들이 인간 고유의 사랑이라 말하는 그 무엇을 동물도 가지고 있다고 말할 수밖에 없다.

정욕이 성 성격을 그리 필요로 하지 않는다는 점을 들어 저급한 사랑으로 치부하는 것은 부당하다. 사랑의 묘약 111방울에서 정욕은 100방울이나 차지하며, 수십억 년의 성 역사를 통틀어 사랑의 기원이 번식본능이 아니었던 적은 없었기 때문이다. 무엇보다도 정욕이야말로 생명계를 피워내고 번성하게 한 본원적 사랑이기 때문이다.

노틀담의 곱추를 보고 정욕을 일으키는 여성이 몇이나 될까. 선천성 중증 장애나 헌팅턴 무도병huntington's chorea으로 사지를 뒤트는 여성의 모습에서 자신의 새끼를 떠올리는 남성은 또 얼마나 될까.

결국, 낭만적인 사랑이란 단지 상대방이 있기만을 바라는 것이라고 했던 마가렛 앤더슨[245]의 말은 옳았고, 그녀는 고라 종족의 후예이다. 반면 정욕을 사랑의 전부로 인식한 채 사랑에 대한 유일한 승리는 탈출이라고 했던 나폴레옹은 라파 종족이 멸종하기 직전에 밀림 어딘가에 깊숙이 숨겨 놓았던 바람둥이의 후예이다. 그런 그에게 여성은 정욕의 감옥일 뿐이었다.

이해의 사랑, 애정 10방울

연애는 결혼의 새벽이고, 결혼은 연애의 황혼이다.

드 삐노De Pineau

2011년 어느 겨울날, 결혼 6년차에 접어든 남성이 찾아왔다.

"이제 저희한테 남은 거는 이혼뿐인 거 같습니다. 더 해 볼라 그래도 뭘 어떻게 할지도 모르겠고요."

이혼을 입에 담는 내담자들에게서는 흔히 좌절감과 무력감이 느껴지지만, 그의 목소리에서는 미약한 분노와 짜증 섞인 염려가 더 많이 묻어나왔다.

"아내 분에게 느끼는 가장 큰 불만이 뭡니까?"

"정이 안 가요. 여자가 애교도 있고, 퇴근하고 집에 들어가면 포근한 느낌도 주고, 뭐 그런 맛이 있어야 되는 거 아닙니까? 이건 뭐 애교는 쥐꼬리만큼도 없고, 무슨 말을 하면 이건 이렇고 저건 저렇고 하면서 한마디도 지지 않을라 그러고…"

"싸움은 언제부터 시작하셨습니까?"

"한 1년 반쯤 전에요."

"이혼까지 생각하셨다니 지금은 싸우지 않으실 것 같은데, 어떠세요."

"예. 서로 눈도 안 마주쳐요. 아뇨, 저는 말이라도 붙여볼라 그러는데, 예뭐 좀 그러는 편입니다."

"싸울 때 주로 누가 먼저 시작하는 편이었죠?"

"항상 와이프가 먼저 시비를 걸었어요."

"이혼을 생각하신 건 언제부터입니까?"

"뭐… 5개월, 아니 6개월쯤 된 거 같네요."

"혹시 싸운 동기가 무엇인지 말씀해 주실 수 있으신지…"

그는 잠시 뜸을 들인 후에 대수롭지 않은 표정으로 대답했다.

"그게, 제가 볼 때는 그런 거는 뭐 중요한 거 아닌 거 같고요, 문제가 뭐냐 하면요, 와이프가 너무 계산적이고, 꼬박꼬박 말대꾸하고, 여자가 매력이 없다는 겁니다. 아니 원래부터 그런 건 아니고요. 예뻐 보여서 결혼한 거니까요. 근데 다른 부부들도 다 그런지 모르겠지만요, 사실 밤에 그… 섹스에 재미가 없어졌습니다. 잘 되지도 않고요. 애 낳고 난 뒤에는 더요."

배우자의 성 성격에 대한 오해가 복잡하게 엉켜 있어서 실타래의 끝을 찾을 수 없는 경우가 아니라면, 갈등관계에 있는 대부분의 부부는 불화의 직접적인 원인과 애초의 책임이 누구에게 있는지를 잘 안다.

그는 아내의 떨어진 매력과 집요한 성격, 그리고 불만족스러운 성생활에 초점을 맞추며 나의 관심을 그쪽으로 돌리려 하고 있었지만, 그의 머뭇거리는 표정과 '그런 것은 중요하지 않다'는 말은 불안이나 괴로움 등 여러 이유 때문에 불쾌한 기억을 꺼내 보이지 않으려는 저항resistance처럼 보였다.

저항(resistance)
성적·공격적 충동이나 적개심 등 여러 요인에서 발생하는 갈등과 불안으로부터 자신을 보호하고 내적인 긴장을 완화시키기 위해 자아가 무의식적으로 동원하는 방어기제(defence mechanism) 중 의식화되면 고통이나 수치가 수반되기 때문에 기억이 의식으로 나오는 것을 막는 기제를 말한다.

"예. 중요하지 않은 문제라면 굳이 지금 말하지 않아도 됩니다. 결혼하기 전에는 어떻게 살았는지 얘기를 좀 해주시겠습니까? 부모님이라든가 형제관계나 경제사정, 가치관, 뭐든 좋습니다."

그는 자신의 어린 시절부터 이야기를 시작했다. 그런데 공무원인 아버지에 대해 말하던 도중, 갑자기 이혼 이야기로 화제를 돌리더니 긴 한숨과 함께 불화의 원인을 털어놓았다.

"후우… 아무래도 미리 말씀을 드리는 게 맞겠네요. 제 아버님은 정확히 말씀드리기는 좀 그렇지만, 공무원이신데요, 도청에서 꽤 높은 자리에 계신데요, 많이 고지식하셔서 제가 이혼을 하면 큰일이 나는 줄 아십니다. 저는 이 일이, 그러니까 이 일이 아버님 귀에 들어가면 나중에 어떻게 될지 그게 좀, 그래서 어떻게 좀 이혼은 하지 않을 수 있으면 싶어서."

"무슨 일이…?"

"사실 제가 실수를 좀 했거든요."

"아… 언제쯤입니까?"

"그게 우리 아기 나오고 얼마 되지 않았으니까 2년 조금 안 됐을 땐데, 갑자기 메일이 와서, 그래서 잠깐 보고 메일을 지운다는 게 깜빡 잊고 안 지우는 바람에 들켜버렸습니다."

그의 불륜 상대는 직장 동료였다. 바람을 피운 이유를 묻는 질문에, 그는 처음에는 아내의 집요한 성격과 단조로운 성생활 때문이라고 단정지었지만, 가만히 생각해보니 꼭 그런 것만도 아닌데, 그게 무엇인지 모르겠다며 답답해 했다. 그러면서 자신은 성에 개방적인 사람이 전혀 아니며, 동료가 푹 빠질 정도로 매력적인 여성도 아니고 또 사랑한 것도 아니라서, 불륜 관계를 이어가면서도 문제가 이렇게 확대될 줄은 몰랐다고 강조했다.

그는 나름의 잣대를 갖고 도덕적인 삶을 살아가는 아버지의 영향을 많이 받은 자신이, 더군다나 불륜을 저지를 만큼 비도덕적이지도 않은 자신이, 동료가 다가왔을 때 관계를 단호히 거부하지 않은 이유가 무엇인지 혼란스러워 하고 있었다.

아내를 향한 낭만의 사랑, 즉 정욕이 남아 있는 상태에서 불륜에 빠져드는 대다수의 남편들이 그렇듯, 그 역시 혼외정사—특히, 들통난 혼외정사—가 결혼생활에 미칠 파장의 심각성에 대한 이해가 부족한 상태에서 불륜을 저질렀고, 불륜이 몰고 온 이혼이라는 현실적인 위기 앞에서 자신은 절대로 나쁜 남편이 아니라고 강변하고 있었다.

실제로 그는 '왜?'라며 다그치는 아내를 향해 답답한 한숨을 내쉬며 용서만 구했을 뿐, 딱히 뭐라 할 말이 없었으며, 동료 탓으로 돌리는 옹색하고 뻔한 변명은 차마 할 수 없었다고 했다.

아내는 자신이 상황을 이해할 수 있게 되기를 원하며 불륜의 명분을 캐물었지만, '왜?'라는 질문이 끊임없이 반복되자, 궁지에 몰린 쥐 앞의 고양이처럼 따져 묻는 아내가 몸서리쳐질 만큼 징그러워졌고, 그때부터 아내가 싫어지기 시작했다고도 했다.

아내의 성격이 그렇게 집요한 줄 그때 처음 알았다는 말로 미루어 볼 때, 정욕에 가려져 있던 아내의 성 성격이 남편의 불륜을 기화로 본모습을 드러낸 것으로 판단되었다.

작정하고 바람을 피운 것도 아니고 아내를 사랑하지 않는 것도 아니기 때문에 이혼은 하고 싶지 않다는 남편 문기출32세과 남편이 불륜을 저지른 이유—나중에 밝혀졌지만, 아내에게 불륜의 이유는 불륜 자체보다 더 중요한 의미를 지니고 있었다—를 모르는 상태에서 그냥 별일 아니라는 듯 묻어두고 결혼생활을 지속할 수는 없다는 아내

곽은영30세.

부부는 남성의 본능에 새겨져 있는 양을 추구하는 짝짓기 전략과 아내의 성 성격 문제, 그리고 낭만의 사랑에서 이해의 사랑으로 넘어가는 시기에 전형적으로 드러나는 정욕의 고갈 문제에 시달리고 있었다.

드러난 현상만 보면 불륜 사실에 관해 부부가 공유하지 않은 현실은 없어 보였다. 하지만 두 사람의 몸과 내면에는 그때까지 공유되지 않은 것들이 저장되어 있었다. 이 젊은 부부는 무엇을 모르고 있으며, 부부를 화로로 이끌어 이해에 기초한 결혼생활의 여정으로 돌려놓으려면 어떤 솔루션이 필요할까?

짝짓기 이후에도 번식의 본능은 계속된다. 번식이란 자신을 닮은 새끼를 낳는 것뿐 아니라 무사히 길러내는 것까지 포괄하는 행위인 까닭이다.

인간 역시 마찬가지라서 결혼 이후에도 번식의 본능은 이어진다. 그 덕에 번식을 위해 또 다른 짝을 찾는 수고를 겪지 않아도 된다. 성관계를 지속적으로 가질 수 있는 것도 길러내는 번식활동, 즉 결혼이 주는 혜택이다.

하지만 이 혜택의 생명력은 짧아서 길러내는 번식활동이 종료될 즈음, 인간은 또 다른 번식의 욕구와 대면한다. 이 과정은 인체가 가진 면역免疫 메커니즘에 의해 주도된다.

우리가 학질malaria이라 부르는 질병과 관련이 있는 낫 모양 적혈구 빈혈증sickle-cell anemia만큼 인체가 가진 면역 메커니즘의 신비로움을 잘 보여주는 것도 드물다. 말라리아 원충은 모기의 주둥이를 통해 적혈구에 침입한 뒤 적혈구를 서로 엉기게 만듦으로써 인간을 사망에 이르게 한다. 그런 위기에서 인간의 생존 본능은 둥글고 납작한 적혈구를 낫처럼 만들어 주인의 생명을 지킨다.[246]

인간의 조상들이 들판에서 살던 시절, 번식본능의 호르몬은 흥분과 쾌락을 가져다주는 반면 그런 상태는 생존에 위협으로 작용했으므로,[247] 생존의 본능은 인체가 가진 면역 메커니즘을 활용해 번식본능의 호르몬에 대한 내성耐性이 생기게 함으로써 정욕을 차츰 줄여나갔다.[248]

그래서 현대 인간들은 그토록 사랑했던 짝을 짧게는 3년, 길게는 새끼가 어느 정도 자라는 5년 만에 시큰둥한 눈으로 대함으로써,[249] 인간의 낭만적인 사랑이 번식 과정이 종료되면 짝을 떠나는 다른 많은 동물들의 정욕과 별반 다르지 않다는 것을 스스로 증명한다.

인간은 이 부분에서 심각한 문제에 봉착한다. 성적 자산인 여성을 균등하게 나누어 갖자는 남성들의 타협에서 탄생한 결혼제도, 즉 일부일처제가 오히려 벽으로 작용해 다른 동물들처럼 떠날 수가 없는 것이다.

이때부터 일부일처제가 제공해온 혜택은 가치를 잃어가고, 인간의 성 윤리는 고개를 드는 또 다른 번식의 가능성, 불륜과 충돌하기 시작한다. 드 비노의 말대로 결혼이 연애의 황혼이 되는 순간이다.

타협에 의해 태동한 성 윤리는 남녀 모두에게 어떻게 하든 짝과의 관계를 지속적으로 이어갈 수 있는 인간적인 방법을 개발하라고 명령해왔다. 세익스피어가 만일 성 과학자였다면, 햄릿의 문제는 죽느냐 사느냐가 아니라, 생물학적인 번식의 본능에 충실할 것인가, 도덕의 요구에 충실할 것인가가 되었을지도 모를 일이다.

이미 꺼져 내리기 시작한 사랑을 어떻게 다시 불러일으킬 수 있을까? 인간의 일부일처제가 오랜 탐구 끝에 찾아낸 답은 정욕에 있지 않았다.

정욕은 나의 입장에서 시작되고, 대부분의 과정에 나의 입장이 우선시되는 사랑이므로 일부일처제 하에서는 그런 나의 입장들이 끊임없이 충돌했다. 남녀가 가진 입장의 충돌은 서로를 서로로부터 떠나가게 했고, 새로운 짝을 찾아 정욕의 사랑을 만끽하는 기쁨을 주었다.

또 다른 연애의 황혼을 찾아서

하지만 새로운 짝과의 두 번째 번식 과정 역시 첫 번째와 하나도 다르지 않았다. 나폴레옹이 원정을 떠나듯 다른 짝을 찾아 또 떠날 것인가? 그런 다음에는?

충분한 경제적·정서적 자원을 보유한 남성과 매력이 철철 넘치는 여성은 사회적인 평판을 감수하고서라도 다른 짝을 찾는 여정에 나서기를 주저하지 않았다. 그러나 새로운 짝을 찾는 데 소모되는 경제적 수고와 사회적 평판, 그리고 약해진 번식능력은 대부분의 그 또는 그녀를 그 자리에 주저앉혔다.

경제적 능력이 부족한 남성과 번식 능력이 약해진 여성. 떠나고 싶지만 떠날 수 없는 각종 여건은 인간의 모습을 한 불쌍한 동물들을 더 크고 잦은 충돌로 몰아갔다. 여성의 권리 신장을 외치는 원초적인 목소리가 터져 나온 것도 이즈음이었다.[250]

부부싸움. 베네딕투스 안토니오. 18세기

결국 남는 것은 짝과의 충돌을 가급적 자제하고 어떻게든 짝에 대한 정욕을 이어가기 위해 노력하는 길뿐이었다. 그런 노력은 짝의 요구를 들어주는 것으로, 또 짝에 대한 이해를 키우는 방향으로 발전했으며, 이해에 대한 요구는 긴 시간이 흐르는 동안 짝이 가진 성적 특성을 가장 효과적으로 판단할 수 있는 도구, 즉 성 성격에 대한 관심으로 모아졌다.

그 과정에 인간은 다른 동물 종족에게도 있는 특질 하나를 발굴해 개발시켰다. 그것은 면역 메커니즘으로 인해 점점 사라져가는 정욕의 자리를 대신할 또 다른 사랑, 애정愛情이었다.

애정은 나의 입장을 관철시키려는 노력에 있지 않다. 진정한 애정은 짝의 성 성격에 대한 이해로부터 싹튼다.

그런데 성 성격을 이해하는 과정은 번식본능의 호르몬을 관장하는 가운데 뇌大腦 邊緣系가 아니라 언어와 논리적인 사고를 관장하는 바깥 뇌大腦 新皮質에서 주로 일어나고,[251] 애정을 불러일으키는 호르몬이라야 정욕을 불러일으키는 번식본능의 호르몬과 그다지 다를 게 없으며, 나의 입장을 하나도 빠짐없이 짝의 입장으로 바꿀 수 있는 성인 같은 사람은 없으므로, 애정의 기반은 처음부터 약할 수밖에 없다. 그래서 정욕이 100방울이나 되는 데 비해 애정의 총합은 있는 애정 없는 애정 다 끌어모아 봐야 고작 10방울뿐이다.

그처럼 미약한 조건에 짝이 가진 성 성격에 대한 비논리적 사고와와 이해의 결여가 결합되면 짝을 차지하려던 성전과는 전혀 다른 의미의 성전이 펼쳐진다. 부부간의 다툼이다.

성 성격에 대한 이해가 애정과 어떤 관계를 맺는지에 관한 통찰을 얻으려면, 먼저 개인의 성 성격이 표현되는 네 가지 패턴을 알아봐야 한다. 그런 다음, 패턴에 따른 부부간의 성전이 어떤 방식으로 전개되는지, 그 전투의 배경에 짝의 성 성격에 관한 무지가 얼마나 깔려 있는지, 전투가 어떤 경로를 통해서 애정으로 전환될 수 있을지를 살펴봐야 한다.

성 성격의 4가지 패턴

개인의 성 성격이 표현되는 네 가지 패턴은 유인원, 문명인, 자선가, 광대인데, 각각이 지닌 극단적인 특질을 매우 원초적으로 의미하며, 어떤 개인도 한 가지 특질만 보이는 경우는 없다.[252]

숲에서 튀어나온 유인원類人猿

첫 번째 패턴은 방금 숲에서 튀어나온 유인원 스타일이다. 유인 원은 가운데 뇌가 지시하는 감정感情, impulse에 비교적 충실하며, 가장 큰 관심사는 '자신'이다. 원하는 것을 획득했거나 즐거운 상황에 처

해 있을 때는 목을 그르릉거리며 좋아
하지만, 그렇지 않을 경우에는 이빨을
드러내면서 위협하거나 물어뜯는다.

그렇다고 짝을 위하는 마음이 없
는 것은 아니다. 짝이 무엇을 원하는
지 어떻게 하면 짝이 즐거워할지 알기
위해 나름대로 노력을 기울인다. 그러
나 그런 노력의 저변에는 짝을 위하려는 마음보다 자신을 위하는 마
음이 더 크게 자리하고 있다. 자신이 원하는 것을 획득하고자 하는
필요에 의해 짝의 마음을 살피는 것이다.

유인원의 감정은 상황에 따라 극명하게 엇갈린다. 숲을 거닐다가
짝을 처음 발견했을 때 얼마나 흥분했으며, 그 짝을 차지하기 위해
또 얼마나 열정적인 헌신을 보였던가. 그럼에도 번식의 과정이 끝을
향해 달려가면 짝을 위하는 마음은 추락하는 흥분과 열정과 헌신을
따라 바닥으로 곤두박질친다.

아무리 대단한 이성과 논리를 장착하고 있을지라도, 또한 짝과의
관계가 그다지 나쁘지 않을지라도, 유인원은 이미 잡아놓은 잡아 놓
은 물고기에게는 먹이를 주지 않는다는 속설을 되새기며 숲 언저리
를 헤맨다. 새로운 짝에게 자신의 감정을 쏟아부을 수 있는 기회를
흘려버리기가 어렵기 때문이다. 마치 케서방 형제나 그들의 아버지처
럼 말이다. 그런 유인원에게 짝은 정복의 대상 또는 부하와 유사한
존재일 수 있다.

물론, 유인원 패턴을 가진 사람이라고 해서 케서방처럼 틈만 나면
울부짖으며 숲을 돌아다닌다는 의미는 아니다. 일반인에게 유인원
패턴은, 다른 특질보다 더 많이, 또 자주 드러나 보이는 주 특질일 뿐,

처한 환경과 상황에 따라 다른 패턴과 복합되어 표출될 수 있으며, 때로는 다른 패턴에 가려져 전혀 드러나 보이지 않는 경우도 있다.

숲으로 들어간 문명인文明人

두 번째 패턴은 도시에서 숲으로 들어간 문명인 스타일이다. 문명인은 바깥 뇌의 지시에 충실해서 짝을 대할 때 감정보다는 이성rationality과 논리論理를 앞세운다.

짝과 함께하는 순간순간이 자신의 이성과 논리에 합당해야 하고, 그렇지 못할 경우에는 왜 그래야 하며 왜 그래서는 안 되는지 차근차근, 조목조목 설명에 나선다.

자신의 행동에 분명한 근거가 있는 것처럼, 짝의 행동에도 인과의 법칙이 적용되어야 한다. 정욕이건 사랑이건 돈이건 감정이건, 인과에 대한 설명이 불충분하면 납득이 어렵다. 인내심을 발휘해 억제suppression[253]할 수는 있을지언정 예외는 없다.

물론 감정이 배제되지는 않는다. 하지만 감정이 발현되는 과정에도 가능한 한 이성과 논리의 법칙을 적용시키려 한다. 예를 들어, 짝이 화를 내면 화를 낸 이유가 무엇이며 책임은 누구에게 있는지, 왜  화를 내어서는 안 되는지를 자신의 바깥 뇌에 축적되어 있는 논리를 총동원해가며 동의를 구한다. 그 과정에 줄기차게 주장되는 것은 자신과 짝이 함께 처한 상황이 아니라, 자신이 처한 비논리적, 비이성적 상황이다.

문명인에게 짝과 함께하는 시간이란, 짝이 자신의 이성과 논리를 이해하고 따라주기를 바라는 자존심 확보의 여정이다. 그리고 그 자존심은 대부분의 경우 매우 까칠한 형태로 짝의 자존심을 건드린다.

만일 자신이 잘못을 저질렀을 때, 그 잘못의 원인이 오해나 착각 등 잘못된 근거에 의한 것으로 판명나면, 그때부터 문명인은 회피의 달인인 광대 모드로 들어가기도 한다.

유인원의 경우와 마찬가지로, 문명인의 패턴을 가진 사람이라고 해서 꼬치꼬치 캐묻고 따지기만 하는 것은 아니다. 경우에 따라 광대나 자선가로 오인할 만한 패턴을 보이는 문명인도 있으며, 심지어 일부 유인원처럼 신체적인 폭력을 동원하는 특질을 보이는 문명인도 적지 않다.

경계 없는 자선가慈善家

세 번째 패턴은 숲과 도시를 종횡무진 누비고 다니는 자선가 스타일이다. 자선가에게 누구와 함께 있느냐는 큰 문제가 되지 않는다.

자선가가 설정해 놓은 최대의 목표는 부부의 행복이며, 행복을 달성하기 위해 활용하는 도구는 짝에 대한 이해이다. 이해는 불화의 씨앗을 없애며 두 사람을 행복이라는 목표로 이끌어간다.

일견 이상적인 풍경처럼 보이지만, 경계 없는 자선가가 짝에게 보이는 이해에는 빠진 것이 있다. 자신의 입장이다. 그래서 자선가의 결혼

생활에는 자신의 자존감과 성 성격을 충족시킬 수 있는 노력은 물론, 사랑이 한층 높은 단계로 성숙해 갈 가능성까지도 빠져 있는 경우가 많다. 자선가에게 결혼생활이란 자신의 입장보다 더 큰 삶의 의미이기 때문이다.

자선가는 자신의 이해―폭넓은 수용 또는 감수―만으로도 행복이라는 목표에 충분히 도달할 수 있을 것이라 믿는다. 따라서 짝이 나를 얼마나 이해해 주는가 하는 문제는 자선가에게 필수 사항이 아니다. 이해가 없으면 어쩔 수 없는 일이고, 있으면 다행이며, 더 많이 있으면 더 많이 좋으면 그뿐이다.

이런 자선가에게 가장 큰 숙제는 부부의 행복이 성취되어갈수록 더 크게 다가오는 자기희생의 그림자이다. 이미 오래전부터 정체되어 있는 사랑을 어떻게 처리할 것인가 하는 것도 난제이다.

경계에 선 광대ₚᵢₑᵣᵣₒₜ

네 번째 패턴은 숲과 도시의 경계에 서 있는 광대 스타일이다. 광대가 관심을 가지는 것은 유인원의 감정이나 문명인의 논리, 또는 자선가의 행복이 아니라, 상황狀況, circumstances이다. 그리고 상황은 대개 평화로워야 하는 것으로 설정되어 있다.

광대는 숲과 도시의 경계에 서 있다가 짝이 불만을 제기하거나 갈등이 표면화될 수 있는 상황이 오면, 그 상황이 숲에서 왔건 도시에서 왔건 슬그머니 반대쪽으로 걸어가 버린다.

부부관계에 관한 한, 광대에게 자존감은 그리 필요한 것이 아니라서 짝이 자신에게 관심을 기울여주지 않더라도 별로 아파하지 않는다. 자신을 내세우다가 둘 중 하나가 상처를 입는 것보다 자신의 자존감을 포기하는 쪽이 더 평화롭기 때문이다. 때로는 사랑도 평화에 의해 희생된다. 삶에 내재된 사랑의 절망이란, 광대에게는 표면화된 갈등보다 위험하기 때문이다.

숲에서 튀어나온 유인원, 숲으로 들어간 문명인, 경계 없는 자선가, 경계에 선 광대. 개인이 가진 특질은 일반적으로 이 네 가지 원초적인 성 성격에 기초해 자신의 감정을 드러낸다.

우리는 애정이라는 사랑의 방식이 떠나려는 정욕의 또 다른 모습이며, 그렇기에 애정의 기반이 정욕에 비할 수 없이 약하다는 사실을 이미 알고 있다. 애정은 그만큼 형성되기 어렵다. 또 그만큼 짝이 가진 성 성격에 대한 세밀한 이해를 필요로 한다.

그런데 네 가지 성 성격은 조합에 따라 각기 다른 형태로 나타나면서 부부를 치열한 다툼으로 이끌고, 그렇지 않아도 붙잡아두기 어려운 정욕은 다툼의 틈바구니에서 버티고 버티다 다른 정욕의 대상이나 도피처를 찾아 훨훨 날아가고 만다. 애정의 가능성이 떠나지 않게 하려면, 즉 가능한 한 많은 정욕이 애정으로 바뀔 수 있게 하려면 어떻게 해야 할까?

무지한 신랑과 오해덩어리 각시

우리 모두는 어떤 환상을 가진 예비 신랑 신부의 과정을 거친다. 끊임없이 샘솟아 오르는 정욕 덕에 결혼이 밝은 미래를 보장해 줄 것이라고 믿기 때문이다. 정욕이 사랑의 전부인데 무엇이 걱정일까. 그러나 짝을 이해하려는 마음이 없다면 정욕이 모두 떠난 후에 밝은 미래라는 환상의 찌꺼기만 남을 뿐이다.

결혼은 둘이 만나서 하나가 되는 것이 아니다. 자신이 가지고 있는 성 성격이 시간이 지나면서 조금씩 변할 수는 있어도 완전히 바뀌지는 않는 까닭이다. 그러니 둘이 하나가 된다는 생각도 환상일 뿐이다. 남성과 여성은 처음에는 하나였지만 헤어진 지가 너무 오래되어 지금은 마치 고양이와 개처럼 다른 종이 되어버렸다. 그래서 결국 둘은 끝까지 둘이다.

그러므로 결혼이라는 인간적 절차는 서로 다른 두 성격이 만나서 하나의 성격이 되는 게 아니라, 두 성격의 차이에 친숙해지는 것이며, 그런 점에서 결혼이란 짝을 이해하는 긴 과정의 시작에 불과하다. 이 사실을 간과하는 부부는 갈등을 불러오는 두 가지 시작점과 만나게 된다. 바로 무지와 오해이다.

부부갈등은 언제나 무지와 오해에서 출발한다. 부부마다 싸움의 양상과 강도와 기간은 다르지만, 갈등 국면이 진행되는 과정은 대동소이하다. 관계를 개선하려는 지속적인 노력이 없거나 부족할 경우, 싸움의 원인이 초래한 답답하고 괴로운 상황은 인내력이 한계에 다다를 때까지 이어지다가 신뢰 상실과 대화 단절, 섹스리스sexless, 각방, 별거의 과정을 거친 끝에 이혼에 이르는 것이다.

겉으로 드러난 양상의 속살을 들여다보면, 소통 능력이나 잘 싸우는 기술의 부족, 역할 분담의 실패, 자녀 교육에 있어서의 낮은 협조 수준처럼 비교적 심각하지 않은 원인에서부터 외도, 신체적·정신적 폭력, 알코올 중독, 원가족과의 관계와 같이 해결이 쉽지 않은 원인들까지 다양하게 도사리고 있다.

그런데 이 모든 갈등의 바탕에는 갈등을 일으키는 원인에 관한 무지와 오해가 깔려 있으며, 그것들은 종국적으로 진화심리학적인 요인 및 성 성격적인 요인으로 수렴된다.

부부갈등의 진화심리학적 요인

이미 살펴본 대로, 인간을 포함한 모든 생물종이 결혼을 하는 근본적인 이유는 번식, 즉 자신의 유진을 떠나보내기 위함이며, 이는 생명의 역사와 생물종의 다양성을 가능케 한 본원적 추동력이다. 이것은 기억에 저장되어 있다.

남성이 결혼을 하려는 이유는 지속적인 성관계를 갖고, 부성의 확실성과 양육의 기쁨을 누리기 위해서이며, 그렇게 하기 위해 경제적 능력과 사회적 지위를 확보하고 정서를 개발하는 등 보다 매력 있는 여성을 차지할 수 있는 알파 메일이 되려고 노력해왔다. 이 역시 모든 남성의 기억에 저장되어 있다.

여성이 결혼을 하려는 이유는 지속적인 성관계를 갖고, 양육하는 동안 자신과 새끼의 안전을 보장해줄 경제적·정서적 자원을 얻기 위해서이며, 그런 능력을 갖추고 있는 남성이나 미래에 갖출 수 있는 남성을 차지하기 위해 다양한 전략을 구사해왔다. 이 기억으로부터 자유로운 여성은 없다.

만일 아내와 남편이 애초에 결혼을 통해 얻으려 했던 것들을 만족스럽게 획득할 수 있다면, 다시 말해 두 사람의 성생활이 처음과 별 차이 없이 즐겁고 신비로우며, 아내가 남편의 부성 확실성과 양육의 기쁨을 충족시켜주고, 남편이 아내와 새끼에게 충분한 자원을 지속적으로 제공해준다면, 갈등을 겪을 소지는 크게 줄어든다.

그러나 우리 몸의 작용—번식본능의 호르몬—과 심신에 저장된 기억과 안팎으로 직면해야만 하는 다양한 가정·사회적 여건은 그런 이상적인 상황을 허용하지 않는다. 단 한 쌍의 부부에게조차.

따라서 결혼 전에 그려보았던 세계와 현실 세계는 충돌할 수밖에 없으며, 그렇기 때문에 인간의 결혼이란 이상과 현실의 충돌을 지극히 자연스러운 현상으로 받아들이려는 자세를 포함하는 비자연적인 약속이다.

하지만 현실은 따로 논다. 충돌이 당연히 일어날 수밖에 없음을 온 머리로 인정하면서도, 실제로 충돌이 일어나면 싸움의 원인을 공유하려는 유연한 자세를 갖는 대신, 마치 지구의 평화를 위협하는 외계인이라도 쳐들어온 것처럼 정색을 짓고는 방어막 안에 들어앉아서 자신의 입장을 주장하며 틀어진 현실의 물줄기를 이상으로 되돌려놓기 위해 안간힘을 쓴다.

그리고는 이렇게 되뇐다. '이런 게 사랑이야? 사랑이 왜 이렇게 치졸해? 진짜 어이가 없네. 아니 그래, 이것도 이해가 안 된단 말이야!? 날 사랑한다면 최소한 이 정도는, 후우…'

부부가 갈등에 휩싸이는 이유는, 결혼으로 인해 포기해야 하는 것들, 애초에 얻으려 했지만 기대에 어긋나는 것들, 그리고 그런 것들 때문에 발생하는 상황들을 대하는 남편과 아내의 차이에 내포되어 있다.

부부는 결혼의 대가로 무엇을 포기해야 할까? 남편이 포기해야 하는 것은 '보다 많은 여성과 만나서 더 많은 새끼를 퍼뜨릴 수 있는' 기회이다. 아내가 포기해야 하는 것은 '더 많은 경제적·정서적 자원을 안정적으로 제공해 줄 수 있는 남성의 새끼를 낳을 수 있는' 기회이다.

애초에 얻으려 했지만 기대에 어긋나는 것은? 먼저, 부부에게 공히 실망을 안겨주는 것은 '심드렁해지는 성생활'이다. 이미 설명한 정욕 감퇴 메커니즘에 따라 결혼 초기에 경험했던 합일의 희열과 유사한 수준의 성적 쾌락을 느낄 수 없는 것이다.

이 부분에서는 특히 남편이 아내보다 더 큰 실망을 경험하는데, 그 이유는 남성이 성적 다양성variety of sexual desire에 훨씬 더 민감하기 때문이며, 이는 남성이 새로운 여성을 만날 때마다 새로운 자극을 경험한다는 쿨리지 효과coolidge effect로도 잘 설명된다.

거기에 더해서, 아내는 자신의 아내가 언제까지나 젊음과 건강을 유지할 거라는 남편의 유아적인 기대를 충족시켜 줄 수 없고, 남편은 남편의 경제적·정서적 지원이 처음에 약속했던 그대로, 또는 더 많이, 그것도 죽을 때까지 제공될 거라는 아내의 만화적인 상상을 배신한다.

정리해 보면, 진화심리학이라는 학문 분과가 성취해낸 그간의 업적들은 생물종 중 하나로서 인간이 겪는 부부갈등의 원인으로 다음의 요인들을 지지한다.

- 성적 다양성을 충족하기 위해 망각에서 깨어나는 남편의 본능
- 늙어가는 아내보다 더 젊은 여성에게 관심을 보이는 남편의 본능
- 보다 감각적인 섹스 상대를 구하려는 남편의 본능
- 더 많은 경제적·정서적 자원을 가진 알파 메일에 대한 아내의 미련
- 소홀해진 경제적·정서적 지원에 대한 아내의 반발
- 보다 감각적인 섹스 상대를 구하려는 아내의 본능

이러한 요인들에 의한 일탈—그러나 실제로는 자연적인— 행위는 사회·문화적 관습과 도덕에 의해 어느 정도 억제될 수 있고, 관습과 도덕이 엄중할수록 억제력은 강화된다. 그러나 관습과 도덕으로 본능을 완전히

쿨리지 효과
동일한 암컷과 계속 교미하는 수컷은 성욕이 저하되는데, 다른 암컷을 만나면 새로운 성적 자극을 경험하는 현상을 일컫는다. 이 용어는 미국의 30대 대통령 쿨리지와 그의 아내가 나눈 대화에서 유래했다. 어느 양계장을 시찰하던 도중, 쿨리지 부인이 농장주에게 "저 수탉은 정력이 정말 좋군요. 저렇게 많은 암컷들과 매일 관계를 가지면서도 지친 기색이 전혀 없어요. 이 이야기를 대통령께 해주시지 않겠어요?" 하고 부탁했다. 그 말을 전해들은 대통령은 농장주에게 "그 수탉이 암탉 한 마리하고만 관계를 계속하는가?" 하고 물었고, 농장주는 "아닙니다. 매번 다른 암탉과 합니다." 하고 대답했다. 그러자 대통령은 농장주에게 "그럼 가서 내 마누라에게 그걸 좀 말해줘!"라고 말했다.

제어할 수 있을 것이라는 기대는 현실화될 수 없다. 관습과 도덕을 관장하는 바깥 뇌의 지시가 본능이 저장되어 있는 가운데 뇌를 장악하기란 불가능하기 때문이다.

그래서 모든 인간은 나이와 지위, 경제력, 육체적 매력 등 상이한 각종 조건에 관계없이, 관습과 도덕의 저울 위에 본능을 올려놓은 상태에서, 또는 본능의 저울 위에 관습과 도덕을 걸쳐 놓은 상태에서, 틈틈이 재고 따지기를 멈추지 못한다.

그렇게 홀로 재고 따지는 과정의 부당성에 대해 배우자와 함께 재고 따지는 행위, 그것을 우리는 부부싸움이라 부른다. 그래서 진화심리학적인 요인들에 의해 촉발된 부부싸움은 결국 칼로 물 베기가 아니라, 본능으로 관습과 도덕 피해가기이며, 부부 파탄의 굵직한 원인들은 여기에 다 모여 있다.

현재 부부의 갈등을 대하는 상담의 주요 해결책은 '화성 대 금성'[254]처럼 과거의 생활사와 가족관계, 성격 등 성 성격에서 비롯된 남녀의 차이에 대한 이해에 초점이 맞춰져 있다.

하지만 아내를 사랑하고 있음에도 불륜에 빠져들었던 남편 문기출의 사례처럼 논리적으로 설명하기 어려운 갈등 사례가 적지 않다. 그럴 경우 성 성격에서 비롯된 남녀의 차이에 천착하기보다는 부부를 원초적인 본능에 대한 이해로 인도하는 것만으로도 갈등 국면이 해소되는 경우가 있다.

이는 상당수의 부부가 원초적인 본능의 중요성을 아예 모르거나 간과하고 있기 때문이다. 따라서 부부갈등에 접근하는 방법론적인 측면에서, 진화심리학적인 관점, 더 좁혀 말해서 동물적인 본능에 대한 인식의 제고도 매우 유효한 수단이라 할 수 있을 것이다.

부부갈등의 성 성격적 요인

재고 따지기, 즉 부부싸움의 배후에서 행위에 정당성을 부여해 주는 것들이 있다. 언제부터인가 슬그머니 만들어져서 몸속 깊이 들어박혀 있는 '성 습관'이다. 나는 이를 부정 감정의 유전자[255]라 부른다.

그것들은 억압과 저항, 부정, 격리, 차단, 동일시, 반동형성, 해리, 대체형성, 치환, 합리화, 투사, 이지화 등 성性과도 관련된 여러 방어기제들을 타고 밖으로 튀어나온다.

그리고 한번 모습을 드러낸 방어기제는 싸움이 격화됨에 따라 이해할 수 없는 원인으로 두 사람의 속살 깊은 곳에 들어박힌다. 왜 저러지? 이럴 때는 이렇게 하고, 저럴 때는 저렇게 해야 하는 거 아냐? 그게 상식이잖아. 근데 왜 저러냔 말이야. 이건, 이건 정말 아니야…

성 성격에 영향을 미치는 요인은 다양하지만, 그중 가장 크고 광범위하게 작용하는 요인은 출생 이후 잘못된 양육에 의한 자기존중감 부족, 원가족으로부터 경험한 부정의 감정 및 부정의 행동과 같은 역기능적 관계이다.

올바르지 않은 양육과 성장 과정을 통해 부정 감정의 유전자로 몸에 축적된 성 성격은 지금의 부부관계에 고스란히 전이轉移, transference되어 부모와 부모의 부모들과 그들의 조상들이 겪었던 갈등 상황을 반복하게 만든다.

그러나 다행스럽게도, 성 성격이 형성되는 과정은 의식과 전의식, 무의식을 불문하고 언어와 논리적인 사고를 관장하는 바깥 뇌에서 주로 일어나기 때문에 본능의 간섭에서 비교적 자유롭고, 그래서 가계도family tree 탐색이나 성장기 조사 등과 같은 방법을 동원해 치유 또는 변화하려는 노력을 기울이는 것으로 어느 정도 해결의 효과를 기대할 수 있다.

어떤 면에서, 성 성격적인 요인은 진화심리학적인 요인보다 그리 심각해 보이지 않을 수 있다. 부부 파탄의 원인 중 가장 상위를 점유해온 두 가지, 즉 불륜과 경제력에 대한 불만이 진화심리학적인 요인에 의한 것이기 때문이다.

하지만 진화심리학적인 요인에 의한 갈등이 매우 즉시적이고 1차적인데 비해, 성 성격적인 요인에 의한 갈등은 오랜 기간을 두고 치열하게, 또 점증적으로 전개될 뿐더러 2차적인 갈등으로까지 이어지므로 부부관계에 미치는 해로운 파급력에 있어서는 진화심리학적인 요인에 못지않다.

진화심리학적인 요인에 의해 촉발된 갈등은 가공되지 않는 한 너무도 즉시적이고 명료하기에 해결책 또한 비교적 명료하다. 짝을 향해 남아 있는 사랑과 갈등의 원인 중 더 무거운 쪽을 택하면 된다. 갈등의 원인이 더 크게 다가오면 이혼 절차로, 남아 있는 사랑이 더 크게 다가오면 용서와 인내라는 이름으로 치유 과정에 들어서면 되는 것이다.

그러나 실제로는 그렇지 않은 경우가 많다. 진화심리학적인 요인에 의한 갈등이 2차적인 갈등으로 발전해 있거나 갈등의 원인이 성 성격적인 요인으로 둔갑해 있는 경우가 대부분이기 때문이다.

따라서 갈등을 해결하기 위해 선행되어야 하는 작업은 부부 각자의 성 성격 중 어떤 것이 주 특질로써 패턴을 형성하고 있는지, 어떤 것이 이차 특질로 작용하는지, 또 자신의 패턴을 잘못 이해하고 있지는 않은지를 파악하는 것이다. 그 과정에 감추어져 있던 진화심리학적인 요인도 모습을 드러낼 수 있다.첨부된 성 성격 설문조사 자료 참조

부정 감정의 유전자와 지니

네 가지 유형에 따른 갈등 사례에 들어가기에 앞서, 성性스러운 결혼에서 성聖스러운 결혼으로 나아가는 우리의 여행에 함께하며 도움을 줄 조력자 친구를 소개할까 한다.

무심을 실현할 수 있는 인간─현실에 존재하는지는 알 수 없지만─을 제외하면 감정이 없는 사람은 없으며, 감정은 긍정의 감정과 부정의 감정으로 나눌 수 있다. 이중 부부갈등뿐 아니라 세상 모든 갈등에서 문제가 되는 것은 부정의 감정이다.

심리상담자들은 흔히 내담자로 하여금 자신의 가슴에 숨겨진, 또는 숨겨 놓은 상처와 그 상처에서 비롯된 부정의 감정을 되도록 객관적으로 바라볼 수 있도록 하기 위해 그/그녀의 내면에서 부정의 감정을 갖고 살아가는 가상의 존재를 설정한다.

그런 존재를 가리키는 호칭에는 어른이 된 내가 돌보고 다독여야 할 상처받은 영혼이라는 의미의 어른 아이, 고통을 받았던 대상이 지금의 나와는 별개의 인격체라는 의미의 옛 자아, 지금까지 아픔을 안고 함께 살아왔다는 의미의 동반자, 그리고 어린 소녀/소년, 내면 아이 등이 있다.

나의 경우, 그 존재는 이슬람 경전인 꾸란Quran에 등장하는 지니 Djinn[256]이다. 그는 사람이나 동물의 모습을 하고 나타나 인간에게 영향을 미치는 보이지 않는 마음으로 묘사되며, 우리에게는 아라비안 나이트의 요술램프 안에서 사는 거인으로 더 잘 알려져 있다.

그에게는 세 가지 속성이 있다. 부르지 않으면 나타나지 않는 수동성, 주인이 원하는 일이라면 살인과 부활과 사랑만 빼고는 무엇이든 해줄 수 있는 전지전능, 주인에게서 자유를 얻으려는 자유에의 갈구이다.

이런 속성들은 갈등 상황에 직면했을 때, 인간의 감정이 발현되는 기작과 매우 유사하다. 이미 그렇게 반응하기로 입력되어 있다는 점에서 수동적이며, 그럼에도 다른 어떤 감정으로도 바뀔 수 있다는 면에서 전지전능이며, 감정을 드러내는 이유가 상황의 구속으로부터 자유로워지려는 것이기 때문이다.

나는 이런 유사성에 착안해—태아의 발생기를 포함하여— 신생아 때부터 어른의 내면에서 살아오고 있는 또 다른 자신, 즉 감정의 존재를 지니라 불러왔다.

지니의 존재를 규정하는 일은 꽤 정교하고 장황한 작업을 필요로 한다. 복잡하고 아리송한 철학적 개념의 도움도 받아야 한다. 이는 드러난 부부갈등의 표피적인 원인뿐 아니라, 인간의 본성과도 직접적으로 관계되는 문제이기 때문이다.

고작 감정을 다루는 일에 거창하게시리 인간의 본성까지 거론할 것까지는 없지 않나 싶을 수 있다. 하지만 행동은 감정에서 오고, 감정의 유래에 관한 개념이 정립되어 있지 않다면 부부갈등의 모든 원인을 출생 이후의 경험, 즉 성 성격적 요인으로 돌려버릴 수 있으며, 그렇게 되면 부부갈등의 중요한 원인인 진화심리학적 요인은 아예 쓸모가 없어지기에 개괄이나마 짚고 넘어가지 않을 수 없다.

나의 본성은 어디에서 온 것일까? 우리의 관심사로 좁혀서 다시 질문하면, 내가 가진 감정과 행동의 기원은 태어날 때 이미 유전자에 새겨져 있었던 것일까, 아니면 경험에 의해 후천적으로 만들어진 것일까?

모두 유전자에 새겨져 있었던 것遺傳子決定論이라면 지금까지 갖가지 부정의 감정을 드러내고 살았던 나는 정당해지고, 내 감정과 행동의 모든 책임은 부모를 포함한 조상에게 전가된다.

　　모두 경험에 의해 후천적으로 만들어진 것文化決定論이라 해도 책임을 메메meme에게 떠넘기면 그뿐이다. 메메란 나라는 존재가 형성된 이후 부모와 사회가 전해준 문화까지 포괄하기 때문이다. 그럼 난 뭐지? 난봉꾼 케서방은? 그저 정해진 대로 살아왔던 것일까?

　　많은 가설이 존재해왔다. 불교는 감정의 근원에 아무것도 없음을 가르쳐왔다. 경험주의 철학자였던 로크John Locke는 인간의 본성은 아무것도 적히지 않은 빈 서판blank slate과 같은 상태로 시작해서 경험을 토대로 이성과 지식의 모든 재료를 갖춘다고 했다. 거기에는 당연히 감정도 포함된다.

　　영육 이원론을 설파하는 종교들이 감정의 원인으로 지목하는 것은 물리적인 원리로 작동되는 육체에 깃든 영혼ghost in the machine[257]이다. 특히, 천주교Roman Catholic와 기독교에는 감정과 행동의 최고선最高善인 원형idea도 존재한다.

　　그런가 하면 계몽사상가 루소Jean-Jacques Rousseau는 '인간은 좋은 성질을 갖고 태어나지만, 문명이 나쁘게 만들기 때문에 자연으로 돌아가라'고 주장하기도 했다.[258] 그가 말한 좋은 성질에는 좋은 감정, 즉 긍정의 감정도 포함될 것이다. 맹자와 순자를 떠올리게 하는 주장이다.

　　많은 사람들이 흥미를 보이고 수긍하는 가설은 처음부터 긍정의 감정이나 부정의 감정을 갖고 태어난다

존 로크는 자신의 저서 『인간 오성론 (An Essay concerning Human Understanding)』에서, 인간은 태어날 때 어떠한 정신적 기제도 갖추지 않은 '백지 상태'로 태어나며, 출생 이후 외부의 감각적인 지각활동과 경험에 의해 정신적 기제가 형성된다고 주장했다. 그의 주장은 개인의 성격과 감정과 행동이 양육으로 인해 형성되는 특질이라는 이론을 지지한다.

플라톤은 자신의 저서 『파이돈(Phaidon)』에서 모든 존재와 인식의 근거이며 인간이 지각하는 현실 사물의 원형으로 이데아를 처음 언급했다. 그의 이데아는 아리스토텔레스에 의해 계층(hierarchy)화된 이후 아우구스티누스, 토마스 아퀴나스와 같은 신학자들에 의해 최고선인 유일신(God)으로 발전한다.

거나 감정을 지닌 영혼이 하늘 저 어딘가에서 내려와 인간의 몸으로 들어온다는 가설보다는 아예 아무것도 기록되지 않은 상태로 삶을 시작한다는 것이다. 갓 태어난 아이를 보면 실제로 그럴 것 같아 보인다.

그러나 그런 흥미는 빈 서판 이론이 지금까지 누려온 막강한 영향력에 의한 것이다. 20세기 심리학의 주류였던 행동주의 심리학자들과 문화가 모든 것을 지배한다는 것을 증명하기에 여념이 없었던 문화인류학자들, 사람들 사이의 선천적 차이를 인정하지 않으려 했던 사회주의자들이 텅 빈 공터를 지지한 대표자들이다.[259] 그리고 그 이론은 지금도 법칙처럼 신봉되고 있다.

빈 서판 이론이 세습왕권과 귀족의 정당성을 부정하고 인종차별과 계층 간 불평등, 남녀차별 등 각종 차별에 맞설 수 있는 이론적 토대의 역할을 수행해온 점은 인류 정신의 발전에 밑거름이 된 대단한 장점임에 분명하다.

하지만 그럼에도 불구하고 진화심리학의 선두주자들은 학문적인 열정과 의혹을 기반으로 빈 서판 이론의 허구성을 밝혀내는 데 진력해왔으며, 이제 그들의 주장은 새롭고 강력하며 진실에 조금 더 근접한 가설로써 사회 전 분야에 걸쳐 큰 변화를 이끌어내고 있다.

그들의 주장은 인간의 본성이 타고난다는 것이다. 이를 우리의 주제인 감정으로 좁히면, 감정의 기작이 유전자에 이미 내포되어 있다는 의미이다. 유전자란 그저 어떤 단백질을 만들라는 명령을 가진 화학물질일 뿐이다. 그런 유전자에 감정의 기작이 들어있다? 생각하기에 따라 화학조미료msg에 감정이 들어있다는 식의 엉터리 궤변으로까지 들릴 수 있다.

감정으로 범위를 좁혀서 하나하나 따져 들어가 보자. 동물의 몸이 지닌 물질적 구조와 기능은 환경 변화에 더 잘 적응하기 위해 발전을 거듭해왔고, 앞으로도 변화하는 환경에 맞춰 계속 발전해 나갈 것이다. 이는 다윈의 자연선택으로 매우 잘 설명되며, 과학계에서도 이견을 달지 않는 정설이다.

그렇다면 물질로 이루어져 있는 인간의 두뇌, 즉 감정의 본산인 두뇌를 탐구하는 작업에 자연선택이 적용되지 못할 이유가 어디에 있는가? 이 질문은 인간의 마음 역시 오랜 기간에 걸쳐 조금씩 다듬어지고 구성되어 왔다는 사실에 비추어 볼 때, 또한 번식본능에서 시작된 사랑이 인간 정신의 영역으로까지 확대되었다는 사실에 비추어 볼 때, 충분히 수긍될 만한 질문이다.

정신분석과 고전적 행동주의, 인지주의 등 감정이 후천적으로 학습된다고 주장한 전통 심리학들은 인간의 감정이 행동으로 발현되는 원인과 양상에 지대한 관심을 기울였고, 괄목할 만한 성과를 이루었다.

하지만 그들은 감정이라는 현상이 인지되는 메커니즘, 즉 감정을 인지하고 조절하는 뿌리는 어디에 있으며, 감정이 어떤 과정에 의해 촉발되는지에 대한 관심은 거의 기울이지 않았다.[260]

손가락이라는 물리적 현상의 뿌리가 유전자에 있는 것처럼, 긍정의 감정이건 부정의 감정이건 감정이 어떤 원인에 의해 현상으로 드러나려면, 감정을 인지하고 조절하는 뿌리, 즉 감정의 컨트롤타워가 존재해야 한다. 감정을 경험으로 습득하고 현실에 드러내려면 그 감정 자체를 습득하는 뿌리가 있어야 하는 것이다.

뿌리 없는 가지는 없기에 이 논리는 너무도 타당하다. 그래도 미진하다 느껴진다면, 진화심리학자 데이비드 버스David M. Buss의 '학습을 하려면 학습내용을 습득하는 본성이 필요하다'는 말[261]에서 학술적인 타당성을 찾을 수 있을 것이다.

이를 설명하기 위해 진화심리학의 선구자들은 사전 배선이라 부르는 감정의 모듈module이 인간의 두뇌에 깔려 있음을 상정한다. 모듈은 특정 조건context에 특정 패턴으로 반응하도록 설계되어 있는데, 특정 조건이 외부에서 가해질 때, 그 조건이 모듈을 건드리면, 다시 말해서 감정의 방아쇠를 당기면 거기에 맞는 감정이 촉발되고, 촉발된 감정이 비로소 행동으로 표출된다는 것이다.[262]

물론, 인간의 모든 감정이 이미 깔려 있는 모듈, 즉 유전자에 의해서만 지배받는다는 의미는 아니다. 인간에게는 유전되는 감정의 모듈이 있지만, 이 모듈을 발현시킬 방아쇠 역할을 하는 새롭고 특정한 환경들도 분명 존재하기 때문에, 즉 출생 이후에 경험하는 환경도 중요한 역할을 하기에, 100% 유전자결정론도, 100% 문화결정론도 주장해서는 안 된다는 의미로 받아들여야 한다.[263]

이 지점에서 정해진 대로 살지 않을 기회와 권리가 생겨나며, 내가 느낀 부정의 감정과 그에 따른 행동을 조절하고 통제할 책임이 나에게도 맡겨진다. 기억에 저장되어 있는 대로만, 출생 이후에 배운 대로만 느끼고 행동하는 사람이 있다면, 그 사람이야말로 모든 결정론을 삶으로 증명해 보이는 유전자의 인형, 문화의 꼭두각시이다. 그런 사람에게서 정신의 발전을 기대하는 것은 붕어빵 틀에서 잉어가 나오기를 바라는 것과 다를 바 없는 일일 것이다.

지금까지 부부갈등의 원인으로 작용하는 진화심리학적인 요인과 성 성격적인 요인에 대해 알아보았다. 그 요인들은 위에 설명한 메커니즘에 따라 감정으로 촉발되고 그에 합당하다고 생각되는 행동으로 연결된다. 이것이 앞에서 부부갈등의 원인으로 부정 감정의 유전자를 지목했던 이유이다.

그리고 기억에 저장되어 있는 부정 감정의 유전자와 경험에 의해 습득되는 부정의 감정을 포함하는 모든 문화의 전달자를 메메meme 라 불러온 이유이기도 하다. 우리의 조력자 지니는 바로 그 모든 메메를 품고 있는 우리 내면의 존재이자, 언젠가는 부정의 힘을 벗고 자유를 찾아야 할 또 다른 나이다.

갈등에 휩싸인 남편들과 아내들은 어떤 부정 감정의 유전자와 경험에 휘둘리며 살아가고 있을까? 그들의 내면에 사는 지니들은 주인의 요구에 어떤 식으로 봉사하며 자유를 획득하기 위해 몸부림치고 있을까?

사랑과 전쟁

성 성격의 네 가지 패턴에 따라 열 가지 부부조합이 만들어진다. 이제 유인원들과 문명인들과 자선가들과 광대들이 한데 감정을 섞고 사는 현장으로 들어가서, 부부갈등의 진화심리학적인 원인에 무지한 이웃집 신랑각시들과 성 성격적인 원인을 잘못 이해하고 있는 아랫동네 오해덩어리 부부들이 어떠한 불협화음에 시달리고 있으며, 불거져 나온 갈등이 어떤 경로를 통해 파국으로 치닫는지, 서로에 대한 이해가 불협화음을 하모니로 바꾸는 데 어떤 역할을 할 수 있는지를 몇 가지 패턴별 사례를 중심으로 탐구해 보자.

유인원 부부

유인원 부부의 대표적인 사례가 있다. 이 장을 시작하면서 부부갈등의 첫 사례로 들었던 커플, 남편이 아내의 친구와 저지른 불륜으로 난리가 났던 박정태·정현지 커플이다.

케서방이 한국에 숨겨 놓은 아들이기라도 한 것처럼 결혼 2년 만에 세 번이나 외도를 한 남편. 실제로 그는 영화 매트릭스의 주인공 키아누 리브스가 연상될 정도로 잘생기고 이국적인 외모의 소유자였다.

거기다가 18세기 영국 멋쟁이들을 대변한 댄디dandy나 오늘날의 여미yummy에 버금갈 정도로 옷과 취미를 포함한 사치성 소비에 신경을 쓰며 당시로서는 흔치 않게 중형 자가용까지 소유한 오렌지족, 야타족이었다.

아내 친구와의 불륜이 들통난 이후 두 사람은 한동안 모습을 보이지 않았다. 그런데 8개월 만에 동창회에 둘이 팔짱을 끼고 다시 나타났다. 두 사람의 이혼 사실이 이미 알려져 있었기 때문에 그들을 대하는 선후배들의 표정에는 하나같이 뜨악한 기색이 역력했다.

"니들…? 야, 정현지. 이혼한 놈들이 이거 뭐하는 시추에이션이냐?"

"제가 한 번 더 봐주기로 했어요."

"허이구, 참 쉽게들 산다."

그녀는 그와 1년 예정으로 동거에 들어갔으며, 동거가 끝난 뒤에 정식으로 재결합할 예정인데, 결혼식은 하지 않고 혼인신고서만 쓸 거라고 했다. 미래를 이야기하는 그녀의 얼굴에 결혼할 때 보았던 미소가 가득했다.

두 사람의 혼인신고서는 성질 급한 그녀에 의해 6개월 만에 작성되었다. 그러나 재결합 기간은 채 1년을 넘기지 못했다. 박정태가 그 사이를 못 참고 또 바람을 피웠던 것이다. 그녀의 용서와 인내는 거기까지였다.

"선배, 이제 그 거지 같은 놈이랑은 완전히 끝났어요. 나랑 다시 어때?"

"됐다, 이놈아. 난 총각이고 넌 애 딸린 유부녀거든."

박정태는 그녀를 사랑하지 않았던 것일까? 도대체 무엇이 그로 하여금 케서방 흉내를 내게 했으며, 정현지는 무슨 이유로 네 번씩이나 용서해 가며 그런 그와의 결혼생활에 대한 미련을 버리지 못했을까?

동기들과 선배들이 안타까운 나머지 그를 다그쳐도 봤지만, 그녀를 사랑하지 않는 것은 아니라는 것만 확인했을 뿐, 왜 그랬는지는 오리무중이었다. 본인이 입을 열지 않았고, 당시로서는 심리 상담 분야가 활성화되어 있지도 않았기 때문이다. 정신과에서 심리 상담을 병행하고는 있었지만, 웬만큼 심각한 상태가 아니고는 정신과를 찾지 않는 사회적 분위기 때문이기도 했다.

그는 따지고 들거나 다른 사람을 위하는 성품이 아니었다. 자신의 잘못을 회피하는 성향도 아니었다. 오히려 지난 일은 빨리 잊고 훌훌 털어버리는 성품이었다. 그런 그의 성품과 학창시절에 보였던 언행에 비추어 볼 때, 그의 스타일은 어느 정도의 야비함과 불뚝 성질을 갖춘 유인원이었다. 그에 비해 정현지는 누구라도 단박에 유인원임을 알 수 있을 정도로 화통하고 괄괄했다.

그녀는 광대 스타일의 아버지—무조건 자신의 잘못을 회피하는 답답한 광대가 아니라, 좋은 의미를 조금 더 가진 광대 스타일—와 유인원 스타일인 어머니 사이에서 태어난 맏딸이었다. 아버지는 좋은 게 좋은 양반이라 이해타산에 예민하지 않았고, 그런 성격 덕에 동네 사람들은 그를 호인이라 불렀다. 어머니는 매우 밝고 활달한 성격의 소유자로, 다소 소심한 남편을 잘 다독여가며 단란한 가정을 꾸렸다.

정현지가 박정태와 결혼한 첫 번째 이유는 그의 잘생긴 외모였다. 두 번째 이유는 계산적이거나 까탈스럽지 않은 성품이었다. 그녀가 보기에 그런 성품은 아버지의 광대 스타일과 매우 흡사했다. 게다가 가끔 아이처럼 천진난만하게 구는 그로부터 보호심리를 자극받았던 것도 그를 선택한 이유였다. 아이러니한 것은, 중요도에서 가장 뒤떨어지는 세 번째 이유가 그녀의 결혼을 파국으로 이끈 주범이었다는 것이다.

아버지에게서 배웠는지는 알 수 없지만, 박정태는 상당한 수준의 이성교제술을 지니고 있었다. 그는 여성들이 남성의 모습, 특히 어린 행동과 어딘지 그늘진 듯한 표정을 어떻게 받아들이는지를 꿰뚫고 있었다. 지금 생각해 보면, 그가 남자들의 술자리에서 심심찮게 꺼내곤 했던 말을 그녀에게 말해주지 않았던 게 후회막급이다.

"공부 잘하는 놈? 다 필요 없어. 계집애들 한방에 꼬시는 법 갈켜 줘?"

"법대생, 의대생이면 뻑 가는 거지 뭐."

"그거는 결혼 잘해서 평생 공쳐먹으면서 살려고 설치는 것들 이야기고."

"그럼 법대생이라고 뻥치면 되겠네."

"어헛, 지성인이 뻥을 치면 안 되지. 그게 말이야, 계집애들한테는 보호본능이라는 게 있거덩. 고것만 살짝 건드리면 그냥 끝나는 거라구."

"모성애 같은 거?"

"그렇지."

"어떻게 하면 되는데? 엄마, 찌찌 좀 주면 안 될까요, 이렇게? 하하하."

"아니, 처음에 만나자마자 딱 3일만 시간을 달라 그래. 그러구는 3일 내내 실컷 먹이고 입히고 선물 주고 그러는 거야. 머니 좀 실려 있어야지."

"거 뭐, 하나마나 한 소리구만. 돈 있으면 그거 누가 못해."

"야, 청량리, 미아리 가서 한 번 하면 얼마냐? 그 돈이면 된다니까."

"얼씨구, 넌 그런 데도 가냐?"

"아니, 안 가는데 얼만지는 다 알잖아."

"그래서? 그 다음에는?"

"근데 3일 동안 저녁에는 술을 먹여야 돼. 가끔가다가 꼬맹이처럼 순진한 척해가면서 말이야. 이게 핵심이거덩. 그러다가 결정적인 순간에 딱 심각해지는 거야. 3일째 저녁에 그러는 게 제일 좋아. 그거는 말야, 어쩌다가 슬픈 얘기나 감동적인 얘기 같은 거 나올 때, 텔레비전에서 그런 얘기 나올 때도 딱 죽이는데, 그럴 때 옛날 생각하는 것처럼 분위기 확 잡아버리는 거지. 근데 너무 심각하면 안 되고, 말을 걸어 올 공간은 남겨둬야 하니까. 그… 어… 그래, 얘기할 수는 없지만 내 마음에 아픔이 있다, 뭐 그런 느낌. 감 오지? 그럼 제물에 뻑 간다니까. 안 와?"

"아픔? 무슨 생각을 해야 아파지지?"

"생각할 거 없고, 그냥 멍청하게 생각하는 척만 하면 되는 거거덩. 정 생각할 거 없으면 컨닝 페이퍼를 만들 건지 교수를 꼬실 건지 생각해 보던가."

"말하는 꼬라지 하고는. 너 임마, 우리 학교 돈 주고 입학했지?"

"에이 씨, 뭐가 그렇게 복잡해? 야, 야, 술이나 마시자."

그가 설명하려고 애쓴 것은 유형성숙과 모성본능의 시너지효과를 적절히 활용해 여성으로 하여금 연민이나 동정을 자아내게 하는, 그래서 별 저항 없이 침실로 이끌 수 있는, 말하자면 '고난도의 낚시 기술'이었다.

폼 나게 차려입고 중형차를 몰고 다니는 잘생긴 남성이 어린아이처럼 행동하며 사흘 동안 선물 공세를 펼친 끝에, 속 깊은 곳에 상처가 있는 것처럼 어두운, 그러나 제법 우수에 젖은 듯한 표정을 짓는다면, 마주앉아 있는 여성은 어떤 기분에 휩싸일까?

그의 부모가 어떤 유형의 사람들이었는지, 그들이 그의 마음속에 사는 지니에게 어떤 부정 감정의 유전자를 심어 주었는지는 유인원과 자선가 부부 편에서 다시 상세히 다루기로 하고, 여기서는 정현지를 먼저 떠나보내자.

정현지와의 첫 번째 이혼 때도 그랬지만, 그는 두 번째 이혼도 그리 심각하게 받아들이지 않았다. 그의 표현을 빌자면, 그녀를 사랑한 것은 맞지만, 사랑이라는 것은 모래성과 같아서 언제든 헤어질 수 있는 게 부부이며, 정현지가 아니더라도 혼을 쏙 빼놓는 자신의 기법에 넘어올 정신없는 여성은 거리에 널려 있기 때문이었다.

결혼은 또 하면 되는 거라고 아무렇지도 않게 말하던 그는 그 당시에 이미 아내, 아니 여성과의 이별을 덤덤히 받아들이는 데 익숙해 있는 듯 보였다.

이혼한 정현지는 여러모로 자신의 아버지와 유사한 남성을 만나 1년 반 동안 교제한 끝에 결혼해 아이 둘을 더 낳으며 지금껏 행복하게 살고 있다. 반면 박정태는 서너 명의 여성과 동거하느라 6, 7년을 보낸 후에 두 번의 결혼과 두 번의 이혼을 경험했으며, 동거생활과 결혼생활 도중에도 무수한 여성들과 사귀었다.

20여 년의 세월이 흐른 후 나와 다시 만났을 때, 네 번의 결혼과 서너 번의 동거 경험을 갖고 마흔이 넘은 나이에 다섯 번째 결혼생활을 시작한 그에게는, 자식도 돈도 멋쟁이 댄디의 모습도 없었다. 그리고 그의 얼굴에는 정현지의 핸드백 고리에 찍혀 서 났던 상처와 비슷한 상처가 깊게 패여 있었다.

유인원들은 떼쓰는 아이들이다. 감정적인 성향이 강해서 좋은 마음을 매우 열정적으로 교환한다. 마찬가지 이유로 갈등이 생겨 다툴 경우에도 원인이 무엇이었는지 잊을 때까지 격렬하게 치고받는다.

평소에 이성적인 사람도 이런 유인원의 성 성격이 발동되면 스스로 제어하기 어려운 상태로 빠져들곤 한다. 이들 사이에 가장 큰 문제가 되는 성 성격은 불뚝 성질이다.

홧김에 무엇인들 못할까. 박정태 부부가 그랬던 것처럼, 유인원 부부는 감정적으로 싸우고 이성적으로 후회하기를 반복하다 서로를 향한 정욕이 거의 다 소진될 지경에 이르면 통쾌하고 후련한 마음으로 함께 놀던 놀이터를 떠난다.

그러나 이들의 감정은 이성보다 강해서 이별 후에도 계속 작동한다. 부부는 놀이터를 떠난 뒤에야 너무도 비슷한 서로의 성 성격으로 인해 동일한 요구조건을 짝에게 내세우며 싸웠다는 사실을 알게 되고 감정적인 후회를 경험한다. 미개한 영혼에 타올랐던 감정의 물결이 되살아나 어린 이성의 섣부른 판단을 질타하는 것이다. 미끄럼틀 먼저 타라고 할 걸… 유인원 부부 중에 박정태 부부처럼 재결합하는 부부가 비교적 많은 것도 이런 이유이다.

물론, 박정태·정현지 커플처럼 한쪽이 극단적인 행태를 보이는 경우는 예외이지만, 보통의 경우 이런 부부에게 효과적인 조언은, 짝의 화를 부추기지 않도록 조심하면서 상황으로부터 빠져나와서, 다시 말해 일시적인 회피를 택한 다음, 숨 한 번 크게 들이쉬며 감정을 최대한 누르라는 것이다.

그렇게 해야 하는 이유는 간단하다. 내 안에 있는 지니는 화가 난 주인이 그동안 무엇을 원해왔는지 너무도 잘 알고 있기 때문이다. 화를 느낄 때, 나는 자신에게 잘못이 없음을 주장하기 위해 부지불식간에 지니를 불러왔고, 지니는 나의 입장을 옹호하는 데 주력해오지 않았던가.

그러니 둘이 붙어 앉아서 미주알고주알 따져가며 아무리 화를 내지 않으리라 다짐해 봐도 지니가 할 수 있는 일이라고는 그동안 해왔던 대로 나의 정당성을 입증하고 짝의 잘못을 파헤치며, 상대가 이해해주지 않을 때 분노를 확대재생산하는 것뿐이다.

머리는 화를 내지 않아야 한다고 생각하지만, 지니가 가진 화의 관성은 몽환처럼 미약한 머리의 지시를 비웃으며 나를 분노의 도가니로 밀어넣는다. 그래야만 지니가 나로부터 자유를 획득할 날이 더 빨리 올 것이기 때문이다.

화의 씨앗에 불이 붙은 상태에서 화가 저절로 수그러드는 일은 절대로 없다. 지금까지 내가 내 안의 지니에게 불붙은 화를 거부하거나 삭이도록 부탁한 적이 없기 때문이다. 득 될 일을 이성적으로 하지도 않은 상태에서 이득이 오기를 감정적으로 바라는 것만큼 도둑

심보도 없지 않을까.

그러므로 당장 필요한 것은 느슨한 대결법FLAC을 추구하는 것도, 사랑이나 이해, 해탈과 같은 거창한 무언가를 떠올리며 성인 흉내를 내는 것도 아니다. 지니에게 화를 거부하거나 삭일 수 있는 새로운 습관을 불어넣어 주는 것, 오직 그것뿐이다. 그리고 그 습관은 지니를 지속적으로 일깨우는 방법을 통해서만 얻어질 수 있다.

지니를 일깨우려 할 때, 가장 크게 관심을 기울여야 할 것은 그가 가진 세 가지 속성 중 부르지 않으면 나타나지 않는 수동성이다. 화가 일어나지 않은 상태에서, 화가 일기 시작할 때를 대비해 다음과 같은 주문을 준비해두고 평소에 그를 불러내어 끊임없이 주지시켜야 하는 것이다.

'지니야, 내가 화를 내더라도 더 이상 화를 부추기지는 말아라…'

'내가 화를 내면 일단 내 마음을 닫아줘…'

'저 사람이 화를 부추긴다 해도 나타나지 말아주렴…'

'네가 내 화를 부추긴다면 우린 자유로부터 점점 더 멀어지고 말거야…'

'지니야, 싸움이 시작되면 나에게 일단 왜 화가 나는지 종이에 적으라고 말해줘…'

'지니야, 날 무조건 밖으로 나가게 해줘야 해. 저 사람이 화가 나지 않게끔 하면서 말이야…'

이러한 일깨움이 반복되면 실제로 싸움이 일어났을 때 지니는 나에게 봉사하는 두 가지 방식, 즉 화를 확대재생산하는 기존의 방식과 화를 멈추게 하는 낯선 방식 중에 선택을 하게 되고, 후자를 택하는 것이 자신의 자유에 더 가까운 방식임을 조금씩 알아가게 된다. 그때 중요한 것은 지지와 격려를 더해줌으로써 새로운 방식을 온전히 자신의 방식으로 받아들이게 하는 것이다.

도망, 즉 일시적인 회피가 어느 정도 습관이 된 후에 할 일은, 느슨한 대결법으로 들어가는 것이다. 느슨한 대결법이란 서로의 감정이 다치지 않도록, 그리고 싸움이 서로에게 도움이 되도록 감정을 조절하면서 '잘 싸우는' 방법을 말하는데, 이런 싸움의 방식은 부부를 현상은 현상대로, 감정은 감정대로 처리할 수 있는 능력으로 이끌어준다.

이때 해야 할 일은 짝에 대한 나의 사랑이 완전히 고갈되지 않은 한, 내가 과연 자기중심적인 감정에 최대한 충실할 수 있는 독신이라는 삶의 패턴을 즐길 만큼 감정적인지, 또는 이 사람과의 이별을 감수할 만큼 이 사람이 큰 잘못을 저질렀는지, 내가 다른 사람과 동일한 문제로 고통받을 일이 없을 만큼 완벽한지를 따져보는 것이다.

이 과정은 내가 살아온 시간 속으로 들어가 나와 나를 둘러싼 환경들을 돌아보는 힘겨운 여정이다. 자신 속으로 들어가는 일에 부정감정의 묵은 찌꺼기를 지닌 지니의 도움은 전혀 필요치 않다. 새로운 방식에는 새로운 사고가 필요하기 때문이다. 그러므로 이 과정은 감정이 아니라 이성이 주도해야 하며, 감정에 비해 턱없이 부족한 이성의 근육을 키우는 방향으로 진행되어야 한다.

판단 결과, 나의 잘못을 발견할 수 없거나—그럴 경우는 없음—짝에 대한 사랑이 고갈되어 혐오로만 가득 차 있다는 확신이 든다면 각자 새 길을 찾아갈 일이다. 그렇지 않다면 새롭게 형성된 이성의 근육이 나로 하여금 다른 사람을 선택하거나 독신을 택할 만큼 자기중심적이지는 않다는 생각에 이르게 한다. 저도 모르게 반성의 단계로 접어들기 때문이다.

그리고 그저 이성이 이끄는 대로, 반성이 마음을 울리는 소리에

귀 기울이며 자존심 접어놓고 따라가다 보면, 치고받기에 실익이 없다는 결론에도 이른다. 이때부터 툭 하면 떼를 써가며 난투극을 벌이곤 했던 아이는 사라져가기 시작하고, 그 과정에 짝에 대한 이해가 피어난다. 그 이해의 다른 이름이 바로 애정이다.

문명인 부부

"선생님, 저희 왔습니다."

"아, 예. 어서 오세요. 잘 오셨습니다. 이쪽으로."

이해의 사랑 편 초입에 등장했던 결혼 6년차 문기출·곽은영 부부였다. 결혼생활에 미칠 파장의 심각성에 대한 이해가 부족한 상태에서 불륜을 저질렀지만, 작정하고 그런 것도 아니고 아내를 사랑하지 않는 것도 아니라서 용서를 받고 싶다는 남편, 그리고 남편이 불륜을 저지른 이유를 모른 채 그냥 덮어두고 살 수는 없다는 아내.

남편과는 몇 차례의 메일 교환을 통해 이미 문제를 충분히 공유하고 있는 상태였다. 그는 동료가 다가설 때 관계를 단호히 거부하지 못한 이유를 여전히 모르고 있었지만, 행위 자체가 잘못이었다는 것은 깨끗이 인정하고 있었다. 도청 공무원인 그의 아버지가 매우 보수적인 성향의 유인원 스타일이라는 것이 걸렸지만, 딱히 별다른 문제를 찾을 수는 없었다.

아무래도 이 커플의 문제는 용서를 둘러싼 어느 부분에 있을 것 같았다. 남편 역시 용서를 해결의 관건으로 지목하고 있었다. 그렇다면 열쇠는 아내가 쥐고 있을 수밖에 없었다. 용서란 가해자의 몫이 아니니 말이다.

그동안 남편은 아내에게 함께 상담을 받아보기를 간청했다. 그러나 아내는 화까지 내면서 거부해왔다. 그럼에도 남편은 설득을 포기하지 않고, 결국 약속을 잡고 한 달 만에 남편을 따라나선 길이었다.

아내는 약간 마른 몸매에 이지적인 느낌을 주는 미인형이었다. 두 사람을 소파로 인도했지만, 아내는 곁에 앉은 남편으로부터 고개를 150도, 마주앉은 나로부터 60도 가량 꺾은 자세로 책상다리만 응시했다. 그뿐 아니라, 간단한 심리 테스트조차 받으려 하지 않았다. 문제가 해결될 가능성이 가장 낮은 자세 중 하나였다. 하지만 경과야 어떻든 간에 일단 상담에 응한 것만으로도 대단한 용기를 낸 일이니, 우선은 거기에서부터 시작해야 했다.

방어 자세를 취하고 있는 내담자로부터 해결의 실마리를 얻으려면 신뢰감을 심어주든 화를 복기시키든 이미 잘 알고 있는 사실을 입구로 삼아야 한다. 그리고 입구에서 마음이라는 건물의 안쪽으로 안내하는 역할을 수행하는 데는 배우자만큼 훌륭한 적임자도 없다.

"남편 분은 그 여성이 먼저 다가왔다고 하셨는데, 그때 왜 거부하지 않았는지 말해주실 수 있습니까?"

"예? 아, 예… 사실 눈에 띄게 다가온 건 아니고요, 같은 사무실에서 일하다 보니까 그냥 친한 뭐 그 정도였는데, 나중에 보니까 제가 그 여자를 보는 거랑 사무실에 있는 다른 여자를 보는 거가 좀 다르다는 걸 알았어요. 전 아무것도 한 게 없는데 그렇게 되어 있어서 저도 좀 놀랐,"

그때 아내가 대뜸 고개를 돌리더니 참을 수 없다는 듯 내쏘았다.

"거짓말 좀 그만하지?"

"거짓말 아니라니까. 내가 진짜로 마음먹고 뭘 어떻게 했으면, 내가 진짜 나쁜 놈이다. 진짜로 나쁜 놈이다."

"다 받아주니까 그렇게 된 거잖아! 여자가 남자한테 어프로치할 때는 생각해 놓은 대로, 단계를 착착 밟는 거라구 내가 몇 번을 말해? 그때마다 다 받아줬구, 그랬으니까 거기까지 간 거야! 그게 어떻게 아무것도 안 한 거야?"

"아니라니까!"

"셧 업shut up. 됐거든."

이후 약 10여 분간, 두 사람은 지난 1년 반 동안 지겹도록 해왔을 소득도 해법도 없는 말다툼을 이어갔다. 두 사람의 말다툼은 처음에만 언성을 높였을 뿐 비교적 조용했고, 이따금 깊은 한숨을 내쉬며 더 치밀한 논리를 준비하는 눈치였다. 전반적으로 싸운다는 느낌보다는 자신의 논리를 이해시키기 위해 상대의 주장에 담긴 허점을 노리는 토론 패널들처럼 보였다. 아내가 상당한 인내력의 소유자라는 것만 제외하면, 문명인 부부에게서 흔히 볼 수 있는 싸움의 양상이었다.

오랫동안 같은 논리가 반복되면서 압축된 탓인지 두 사람의 말다툼은 그사이에 핵심 질문으로 접근해갔다.

"그러니까 왜! 왜 그랬는지만 제발 말을 좀 해 달라는 거 아냐."

"일부러 그런 것도 아닌데 대체 뭔 이유가… 나도 모르겠다니까! 실수 한 번 했다. 그냥 실수 좀 한 거라고. 어후우… 잘못했다고 그렇게 빌었는데도 여기까지 와서 그렇게 꼬치꼬치 따져가면서 괴롭혀야 되겠냐?"

급기야 남편은 자신의 가슴을 치고, 아내는 눈물을 찔끔거리기 시작했다.

그런데 문제를 해결할 수 있는 실마리인지 아닌지는 알 수 없지만, 아내가 구사하는 언어 패턴에 걸리는 부분이 있었다. 영어 어휘를 필요 이상으로 많이 쓰는 것이었다. 나는 남편으로부터 아내가 대학에 합격해 놓고도 등록금이 없어 학업을 포기했다는 사실을 들어서 알고 있는 상태였다.

"자, 두 분, 마음에 여유를 좀 가지는 게 좋을 것 같습니다. 느슨한 대결법이라는 게 있는데요, 어느 한쪽이 잠시 자리를 비켜나서 각자 시간을 좀 가지는 겁니다. 어떻습니까, 남편 분이 좀…"

"후우… 예, 그러죠."

"예, 고맙습니다."

그가 자리를 비운 뒤, 그녀에게 화장지를 건네면서 물었다.

"허어, 참 이거… 남편 분과 얘기를 나눠보니까 잘못했다는데도 용서를 안 해주신다고, 물론 그런 일을 당하면 용서하기가 참 쉽지 않죠. 어쩌세요, 어떤 부분이 용서가 안 되시는지, 아니면 꼴도 보기 싫다거나 더럽게 느껴진다거나 하는 감정도 좋고, 얘기를 해 주실 수 있으세요?"

"선생님, 전 지금까지 용서 안 한다구 말한 적 없어요. 아까두 보셨겠지만, 전 왜 그랬는지가 알고 싶다니까요. 와이why. 와이why."

명료화가 필요한 순간이었다. 명료화란 상담에 자주 동원되는 대화의 기법 중 하나인데, 상대가 자신의 마음을 잘 모르거나 표현에 서툴 때, 다시 질문을 함으로써 마음을 정리할 기회를 주고 하려는 말을 제대로 표현하도록 명확히 하는 작업이다.

"용서가 문제가 아니라 이유가 문제라는 말씀이세요?"

그녀는 내 질문에 일말의 주저도 없이 대답했다.

"예. 이유가 문제예요. 리즌reason요."

그 말에 용서에서 첫 단초를 찾으려던 생각은 연기처럼 사라지고 말았다. 겸연쩍은 마음에 농담을 건넸다.

"가난하셔서 대학 진학을 포기하셨다고 들었습니다. 그런데 알r 발음이 예사롭지 않으신데요. 전공자도 울고 가겠어요."

"예? 아 예."

"따로 배우신 것 같으시네요."

"에이… 별루, 제대로 공부한 것도 아니구, 아이들 가르칠라구 좀 해 본 거라서."

"어디, 주일학교 같은 데 말입니까?"

"아뇨. 마을공동체에서요."

"그게 뭐죠?"

"어머, 마을공동체 모르세요?"

"들어는 봤는데요, 그런데 그게 들을 때마다 꼭 그 뭡니까, 북한에 있는 집단농장 비슷한 것 아닌가 싶어서 뭔지 알아보려고 하지는 않았습니다."

그녀는 다소 어이가 없다는 표정을 지으며 언제 눈물을 보였냐는 듯 마을공동체에 관해 이야기하기 시작했다. 특히 편부·편모 가정의 아이들이 처한 교육환경에 제법 많은 부분을 할애했다. 아버지나 어머니가 없는 아이들에게는 역할을 대신해 줄 사람이 있어야 하는데, 현실은 그렇지 않기 때문에 동네 사람들이 조금씩 역할을 분담해서 아이들이 느끼는 부재감이나 외로움, 소외감을 덜어준다는 이야기였다.

그녀의 이야기는 매우 긍정적이었다. 나는 표정과 약간의 몸짓으로, 또 진심을 다해, 그녀가 그간 아이들에게 기울였던 노력을 지지해주었다. 심리 분야에서 말하는 지지란, 내담자의 생각을 이해하고 행위에 동의를 표함으로써 신뢰가 구축되도록, 그래서 내담자가 보다 쉽게 속내를 털어놓을 수 있도록 도와주는, 상담의 성패를 좌우할 만큼 중요한 공감의 방식이다.

그녀의 이야기가 끝나갈 무렵 남편이 돌아왔고, 그날의 대화는 세 가지 소득을 얻고 그쯤에서 마무리되었다. 하나는 믿을 만하다고 여겨졌던지 일주일 후에 다시 대화를 나누는 게 어떠냐는 제안에 그녀가 선선히 동의한 것이고, 다른 하나는 그녀가 용서보다 불륜의 원인을 더 중요하게 여긴다는 사실을 알게 된 것이며, 마지막 하나는 가능성이 있는 실마리 두 가지를 얻은 것이었다. 그 두 가지는 그녀가 필요 이상으로 많은 영어를 구사한다는 점, 그리고 연민과 집착 사이 어디쯤에 있을 것으로 판단되는 편부·편모 가정 아이들에 대한 그녀의 적극성이었다.

그녀와의 두 번째 대화는 불과 사흘 후에 이루어졌다.

"안녕하세요? 저번에 왔었던,"

"어? 자주 뵙네요. 남편 분은요?"

"그냥 저 혼자 왔는데요."

"그래요? 허헛, 아무튼 잘 오셨습니다. 사실 남편 분은 지금 단계에서는 별 도움이 안 되거든요. 잘 하셨습니다."

"그죠?"

그녀는 엷게 미소를 지어보였지만, 얼굴에는 약간의 비장감까지 느껴질 정도로 불안한 기색이 역력했다. 아마도 대화를 마치고 돌아가 꽤 많은 생각을 하면서 어떤 결심을 한 것으로 짐작되었다. 사전 약속도 없이, 시간을 앞당겨서, 더군다나 혼자 왔다는 사실이 그런 짐작을 강하게 뒷받침해주었다.

내담자에게서 그런 느낌을 받을 경우, 에둘러가는 것보다 솔직한 대화를 나누는 것이 더 효과적이기에, 다소간의 위험부담이 있더라도 두 가지 가능성의 뿌리를 하나씩 확인하는 대신 한꺼번에 접근하기로 했다.

"저번에 오셔서 말씀하실 때, 저는 두 가지를 생각했습니다. 하나는 아이들 가르치려다 보니까 그렇게 된 것이겠지만, 영어를 좀 자주 쓰시는 편 아닌가 하는 거고요. 또 하나는 편모 아이들 이야기를 하실 때, 표정에서 그늘 같은 걸 본 것 같기도 하고. 이건 제가 잘못 생각했을 수 있는데요, 둘 중 어딘가에 어떤 아픔이 있지 않을까 싶었습니다만."

"……"

"둘 다 아닙니까?"

"……"

"아니구나."

"……"

아차차, 가슴이 철렁 했다. 성급한 마음에 그녀가 미처 마음의 준비도 하기 전에 밀어붙인 것은 아닌지… 이대로 그녀의 주저로움에서 끝난다면, 십중팔구 중도포기로 이어질 게 뻔했다. 미숙하게 대처했다는 생각에 가슴 저 밑바닥에서 후회가 밀려들었다.

"알겠습니다. 그럼, 어머니는 어떤 분이신지."

급선회라도 해야겠다 싶어 질문을 던지는 순간, 그녀의 용기가 스스로 나아갈 방향을 결정지었다.

"아뇨. 둘 다 맞아요."

그녀의 안색이 붉게 달아오르고 있었다. 잠시 침묵이 흐른 뒤, 그녀는 떨리는 목소리로 어린 시절 이야기를 털어놓았다.

"저희 어머니는요, 어릴 때 외할아버지랑 외할머니두 못살았구요, 평생을 가난하게 사셨는데요, 우리 저이는 아버지가 돌아가신 줄 알고 있지만, 사실은 제가 여섯 살 때 이혼하셨어요. 바람이 나 갖구요."

"아, 그러셨구나."

"그런데요, 제 기억으루는 아버지가 툭 하면 술 먹고 들어와서는 어머니를 무식하다구, 한 번 잘못 건드렸다가 인생 망쳤다구 막 그랬거든요."

그녀의 음성이 심하게 울렁거렸다. 숨소리도 조금씩 거칠어지고 있었다.

"엄마가 그러는데요, 말을 안 하시니까 막 물어볼 수밖에 없잖아요. 그래서 엄마가 그랬는데요, 결혼한 지 얼마 되지두 않았는데 아버지가 두 집 살림을 시작했다는 거예요. 나중에 결국 그 여자랑 재혼도 했구요. 그 여자랑 바람피울 때 아무리 빌고 말려도 안 되더래요. 그때도 무식한 여편네라구, 너 때문에 내 인생이 엉망진창이 되었다고 그러면서요."

그녀는 재혼한 아버지가 '배다른' 동생 둘을 두었지만 어머니와의 관계를 완전히 끊지는 않았으며, 어쩌다 한 번씩 다녀가곤 했기 때문에 어머니는 재혼도 하지 않고 그런 아버지를 기다리며 평생을 살아왔다고 했다.

"걔들은요, 공부도 잘했어요."

"동생들도 가끔씩 만났나 보군요."

"예. 네 번인가… 어릴 때 아버지가 가끔 데리고 왔어요. 전교에서 몇 등을 한다 그러면서. 걔들은 중학교 가서도 공부 정말 잘했어요. 저요, 저도 화가 나 갖구요, 열심히 공부해 갖구 올 아버지한테 복수할려구 그랬거든요. 저도 공부 잘했어요. 근데요, 엄마가 일하다가 다쳐 갖구 먹을 게 없어서 제가 공장에 가서 일을 해야 했어서요. 엄마가 다리를… 다쳤는데요, 엄마…"

그녀는 더 이상 말을 잇지 못한 채 어깨를 들썩이며 서러운 눈물을 쏟아냈다.

"아이구, 불쌍해서 어쩌나, 그래. 어휴우…"

"저요, 선생님. 저요오… 중학교밖에 못 나왔어요. 대학교 입학했다는 거 거짓말이구요, 그래서 겁이 나 갖구 좋은 대학교도 아니구 허접한 대학교를 골랐는데요, 고졸이라는 것두요. 우리 저이랑 너무 살고 싶어서요.

흑흑… 같이 살면 너무 좋을 거 같아서요, 다 거짓말한 거예요…"

"그럼, 지금은 남편 분을 어떻게 생각하시는지…?"

"저요, 우리 저이 사랑해요. 지금도 사랑해요. 정말루요… 용서도 있잖아요, 벌써 했어요. 마음으로는 벌써 했어요. 선생님 저는요, 우리 저이랑 헤어지기 싫어요. 근데 그게요, 마음대로 안 되는 거예요."

그녀가 불륜 자체보다 불륜의 이유를 더 중요하게 여기게 된 배경에는 아버지가 어머니에게 보였던 경멸적인 태도와 열등감이 자리하고 있었다.

농사꾼 부부의 딸로 태어나 소녀의 꿈이 채 영글기도 전에 들판에서 구슬땀을 흘려야 했던 어머니, 정욕에 취해 그런 어머니와 결혼을 하긴 했지만 얼마 가지 않아 무식하다며 노골적인 모멸감을 안겨주었던 아버지.

아버지로 인해 어머니가 열등감을 느꼈을지는 확인되지 않았고, 중요하지도 않다. 중요한 것은 어머니의 감정이 딸에게 이입되었으며, 딸이 두 사람 사이에 횡행하는 부정의 기류를 열등감으로 간주했다는 것이다.

열등감이 무엇일까? 모르는 성인은 거의 없다. 그러나 어떻게 다독여야 하는지를 아는 사람도 거의 없다. 느낌으로야 너무도 명확한 감정이지만, 실체가 무엇인지에 대한 이해가 부족하기 때문이다.

그런 상태에서 저마다 열등감을 피하거나 이겨보려는 노력을 기울이고, 그 과정에 거짓말과 사실 왜곡, 자기기만과 같은 잘못된 방식들을 동원해 삶과 관계의 물줄기를 원치 않는 방향으로 비틀어 놓는다. 특히 지난날의 상처나 고통과 연결되어 있는 열등감일수록 잘못된 방식들이 드러내는 부정의 파괴력은 커진다.

열등감을 이해하려면 내 안에서 일어나는 열등의 메커니즘을 보다 깊이 들여다보아야 한다. 주변에는 늘 나보다 나은 사람이 있다. 열등감은 그런 사람들과의 직·간접적인 비교에 의해 촉발되고, 보여주려는 가면이나 욕심의 두께에 따라 정도와 심각성이 달라진다. 그리고 거기에는 객관客觀, object과 주관主觀, subject이라는 꽤 흥미로운 두 가지 개념이 개입한다.

객관이란, 넓은 의미에서 인식되는 대상對象을 말하는데, 입장에 따라 관점이 다르다. 관념론자들은 객관적 관념론과 주관적 관념론을 불문하고, 주관이 객관에 선행하며, 객관을 주관이 만들어내는 이차적인 현상으로 본다.

객관적 관념론은 서양의 플라톤 철학에서 완성되었으며, 인간이나 의식 밖의 절대적 신 또는 이성理性을 전제하는 기독교 사상으로 대표된다. 동양에서는 주자朱子의 이학理學에 해당한다.

주관적 관념론은 18세기에 들어 흄David Hume, 버클리George Berkeley 등에 의해 발전되었으며, 실증주의, 생철학, 실용주의, 실존주의로 대표된다. 동양에서는 왕양명王陽明의 심학心學에 해당하며, 모든 것은 마음, 즉 주관이 만들어낸다는 불교의 일체유심조一切唯心造와 맥이 통하는 관점이다.

반면 유물론자들은 객관을 주관 밖에 따로 존재하는 실재實在로 본다. 나의 출생 이전에 객관이 이미 존재하고 있다는 실존적 관점이다. 이는 마르크스Karl Heinrich Marx의 동료이자 후원자였던 엥겔스Friedrich Engels의 다음 문장에 잘 나타나 있다.

'정신이 자연보다 먼저 존재하였다고 주장한 사람들, 따라서 결국 어떤 종류이든지 우주의 창조를 승인한 사람들은 관념론의 진영을 형성하였다. 이와는 반대로 자연을 근원적인 것으로 본 사람들은 유물론의 각종 학파에 속하였다. 관념론이니 유물론이니 하는 표현은 본래 위에서 말한

이외의 것을 의미하는 것은 아니었다.'[264]

고대 그리스의 철학자들은 주관을 정신이나 영혼 또는 자아와 구분하지 않았다. 이후, 주관을 경험의 요소에 기초한 심리학적 주관과 선험—경험 이전에 이미 선천적으로 갖고 있는—의 요소에 기초한 인식론적 주관으로 나눈 칸트Immanuel Kant의 해석을 비롯해 다양한 해석이 첨가되어왔다.[265]

그중 열등감을 가장 쉽게 설명할 수 있는 철학적 해석은 유물론의 장자인 마르크스에 의해 제시되었다. 그는 주관이란 객관, 즉 대상을 그저 인식하는 상태에 머물지 않고, 객관에 가하는 실천적인 활동을 통해 변화하는 객관을 지속적으로 반영하는 나의 능동적인 의식이라 했다.[266]

관념론을 따르건 유물론을 따르건, 내가 느끼는 열등감은 당연히 주관의 영역에 속한다. 그런데 나는 객관을 벗어나 존재할 수 없다. 제아무리 부처님이라 해도 존재의 형태가 물질物質, material인 이상, 가상의 객관—진제眞諦와 구별되는 속제俗諦—이나마 벗어날 수 없기 때문이다. 객관의 십자가형을 당한 예수님도 마찬가지이다. 이런 존재론적 당위에서 문제가 시작된다.

주관의 존재가 객관의 마당에서 살아가야 하기 때문에 나의 주관이 노는 놀이터는 두 군데이다. 내 안, 즉 주관에도 놀이터가 있고, 나의 바깥, 즉 객관에도 놀이터가 있는 것이다. 그리고 나는 주관의 놀이터에서 노는 내 열등감에는 비교적 너그러운 반면, 객관의 놀이터에서 노는 내 열등감에는 매우 예민하다.

그래서 마르크스가 설명한 대로, 나는 나의 열등감을 인식하는 상태, 즉 주관적인 입장에만 머무르지 않고, 나를 바라보는, 또는 내가 비춰지는 객관에 실천적·의지적으로 관여하려 한다. 자신의 열등감을 보상compensation[267]해서 보다 그럴 듯한 사람처럼 보이려는 다른 모든 사람들처럼.

실제로 심리학자 아들러Alfred Adler는 자신이 체계를 수립한 개인심리학individual psychology에서 모든 인간은 타인보다 우월해지려는 선천적인 욕구를 갖고 있기 때문에 보상을 통해 열등감을 극복하려 한다고 했다.[268]

주관과 객관의 관계 속에서, 열등감은 크게 세 가지 양상으로 자신의 실체를 드러낸다. 첫 번째 양상은 주관의 놀이터, 즉 속으로 밀어넣어 객관에 전혀 보이지 않게 하는 것이다.

이런 나는 자신을 지키기 위해, 다시 말해 객관으로 인해 열등감에 휩싸이는 상황을 피하기 위해 객관으로부터 거리를 두는 삶을 살아간다. 객관과의 거리두기가 심해질 경우, 결국 열등감에 점령당한 '기죽은 사람'이 될 수 있다.

반대로 모든 객관에 동의를 표하며 자신을 합리화rationalization[269]하고 스스로를 칭찬하기에 급급한 루쉰의 아큐阿Q가 될 수도 있고, 반동형성reaction formation을 발휘해 온 동네를 돌아다니며 베풀고 봉사하는, 흔히

반동형성(reaction formation) 무의식적인 생각이나 욕구, 충동 등에 대한 억압이 과도하게 일어난 결과, 반대되는 욕구나 생각을 의식에서 가지게 되어 행동이나 태도로 드러냄으로써 불안감으로부터 벗어나려는 심리기제이다. 사람을 미워하는 감정을 가진 사람이 박애주의자가 되는 경우가 여기에 속한다.

말하는 그다지 좋지 않은 의미의 '법 없이도 살 사람'이 될 수도 있다.

무엇이 되건 간에 내 안에 있는 열등감은 사라지지 않는다. 사라지기는커녕 객관과의 거리가 멀어질수록 담아 놓은 솔잎주의 향취가 깊어지듯 오히려 더 숙성될 뿐이다. 이런 나에게 아무런 신경병리학적인 증세도 찾아오지 않는다면 그것이 더 이상한 일일 것이다.

두 번째 양상은 객관을 지나치게 의식한 나머지 가면을 쓰려는 욕구에 휘둘리는 것이다. 이런 나는 자신이 설정해 놓은 객관에 맞추기 위해 스스로를 채찍질하는 삶을 살아간다. 나는 내 모든 의식을 동원해 자신의 행위를 통제한다고 여긴다. 그러나 채찍질을 하도록 종용하는 주체가 자신이 아니라 객관이라는 게 문제이다. 내가 발휘하는 주관의 주인이 객관이라는 역설을 이해하지 못하는 것이다.

이런 현상이 심화될 경우, 객관을 비대하게 키움으로써 내 주관의 놀이터에 있는 열등감을 하찮은 것으로 만들려 할 수 있으며, 비대해진 객관을 만족시키기 위해 거짓과 왜곡을 동원하는 일도 주저하지 않게 될 수 있다. 우리는 이런 심리기제를 허세 또는 가면놀이라 부른다.

물론, 열등감을 지닌 채 내 안에서 살아가고 있는 지니는 자신을 수시로 기만하는 주인을 빤히 쳐다보며, 주인이 열등감을 필요로 할 결정적인 때를 위해 부지런히 파괴의 덩치를 키우고 있다. 허세나 가면놀이 또한 다양한 신경병리학적 증세의 원인이 된다.

세 번째 양상은 주관의 놀이터에서 노는 열등감과 객관이 보는 현실을 되도록 일치시키기 위해 노력하는 것이다. 우리는 흔히 열등감을 긍정적인 삶의 비료나 성공의 동력으로 삼았던 사람들에 대해 이야기하곤 하는데, 그들이 여기에 속한다.

나는 이미 느낀 열등감을 해소할 속셈으로 전치 displacement를 동원해 자신이 지배력을 행사할 수 있는 공간에서 폭군이 될 수 있다. 열등감의 근원을 피하기 위해 나보다 열등하다고 생각되는 상황에만 머무름으로써 반복적으로 우월감을 경험할 수도 있다. 마치 일당 7만 원짜리 잡부가 목수들의 술자리에 끼이는 대신 신출내기 잡부들에게 현장의 무용담을 들려주는 것처럼 말이다.

전치(displacement)
자신의 욕구나 충동을 만족시킬 수 없는 상황일 때, 욕구나 충동을 재조정해 덜 위험한 대상을 향해 표출하는 심리기제이다. 종로에서 뺨 맞은 것을 한강에서 푸는 경우, 타인을 향한 적대적인 충동을 자신에게로 돌리는 '방향전환' 등이 여기에 속한다.

그러나 내 안의 지니는 그런 방식이 아무 짝에도 쓸모없는 유치한 발버둥임을 너무도 잘 알고 있으며, 틈나는 대로 '주인님, 그래봐야 별로 도움 되는 게 없거든요.' 하고 속삭인다. 아마도 이런 지니의 속삭임을 한 번도 들어보지 못한 사람은 없을 것이다.

열등감은 해소되지 않는 한 끝까지 살아남아 일상에 부정의 영향을 미치며, 겉으로 드러나 보이는 행동을 잘 조절하리라 아무리 다짐한다 해도 언젠가는 삶의 리듬을 흐트러뜨리는 요인으로 돌출되게 마련이다. 주인의 감정에 충실하라고, 그러라고 있는 게 지니이기 때문이다.

열등감에 지배당하지 않는 방법은 하나뿐이다. 내 안에서 열등감을 안고 살아가는 지니를 있는 그대로 만나는 것이다. 이때 필요한 자세는 있는 그대로 만나되, 만남으로 그쳐서는 안 된다는 것이다. 마르크스가 나에게 무엇을 요구했던가. 그저 열등감을 인식하는 상태에만 머물지 않고, 실천적인 의지를 갖고 객관에 능동적으로, 또 지속적으로 참여해야 하며, 그 결과를 다시 주관에 반영해야 한다고 하지 않았던가.

열등감을 부정하려거나 회피하려거나 이기려 하거나 지나온 환경의 탓으로 돌리는 대신 인정하고 직시하려 할 때, 열등감은 상황을 호전시킬 재료가 된다. 주관의 무책임한 들썩임을 지그시 누르며 객관에 진솔하게 참여할 마음을 낼 때, 비로소 구체적인 방향을 모색할 용기가 생겨난다. 열등감이 나를 더 나은 나로, 더 편안한 나로 이끄는 동력이 되어줄 수 있는 것이다. 그런 다음에야 공부에 열등감이 있는 사람은 검정고시든 뭐든 준비할 수 있고, 성격에 결함이 있는 사람은 성격개조에 나설 수 있다.

내면의 지니가 어떤 종류의 열등감을 가졌건, 이 단계에 이른 사람이라면 주관의 놀이터와 객관의 놀이터 사이에 조화를 불어넣기 위해 노력하는 사람이라 할 수 있다. 그런 사람은 객관의 시선도, 내면에 있는 지니의 불안도 함께 지니고 가야 할 책임이 오로지 자신에게 있음을 정확히 아는 사람이다.

아내 곽은영의 아버지는 어머니를 무식하다고 질타함으로써 딸의 내면에 사는 지니에게 지식에 대한 열등감을 심어주었다. 어머니 역시 표정이나 지나가는 말 등으로 배우지 못한 자신의 신세를 한탄했을 수 있다. 거기에 딸은 중학교 졸업이라는 현실의 영양분을 자신의 내면에 사는 지니에게 끊임없이 공급해주었다.

그런 상태에서 결혼할 남성을 만났을 때, 그녀의 내면에서 어떤 용기가 솟아나기를 기대할 수 있을까. 우리가 그녀였다면 과연 '저는 중학교밖에 다니지 못했어요.' 하고 말할 용기를 낼 수 있었을까, 아니면 '대학에 입학했는데 등록금이 없어서 다닐 수 없었어요'라는 거짓으로 열등감을 비호하는 게 쉬웠을까. 진화심리학은 후자의 가능성이 더 많다고 이야기하고 있다.

그녀의 내면, 즉 주관의 놀이터에 사는 지니는 부지런히 열등감의 덩치를 키우며 주인에게 봉사할 기회를 노리고 있었지만, 그녀는 그런 지니가 객관으로 튀어나오지 못하도록 가면을 쓰려는 욕구에 휘둘리고 말았다. 이것이 그녀가 학력을 속이고 영어에 필요 이상으로 몰두했던 이유이다.

그러나 열등감을 품고 그녀의 내면에서 살아가던 지니는 남편의 불륜을 알아차리는 순간 보무도 당당히 객관으로 튀어나오고 말았다. 바람을 피웠던 아버지에 대한 기억을 되새겨줌으로써 주인에게 봉사했던 것이다.

그리고 그녀는 즉각 그 기억을 남편에게 덧씌웠으며, 그로써 지니가 놀 수 있는 객관의 놀이터가 마련되었다. 지니가 무엇을 하며 놀았을지 추측하는 일에 고매한 심리학 이론을 떠올릴 필요는 없다. 주인에게 '저 인간이 바람피운 이유가 뭐냐고? 뭐긴 뭐야, 주인님이 무식해서 그런 거야. 그거라니까. 그것 말고 무슨 이유가 있겠어?' 하고 속삭였을 게 분명하기 때문이다.

지니가 그렇게 속삭일 때, 남편을 여전히 사랑하는 아내에게 중요한 것은 무엇이었을까? 남편의 불륜 사실? 아니면 자신의 무식? 아마도 자신의 무식과 그동안 숨겨왔던 거짓말이었을 것이다. 그렇다면 당장 해야 할 일은 남편이 왜 불륜을 저질렀는지를 확인하는 일이었을 것이다.

하지만 그녀는 곧 논리적으로 아무것도 할 수 없는 상태에 빠지고 말았다. 중졸이라는 열등감이 스스로를 비웃고 거짓말에 대한 책임이 어깨를 짓누르는 상태에서, 설령 용기가 났다 해도 지난날을 솔직하게 이야기하며 '당신이 바람을 피운 이유가 혹시 내가 중졸이라서 그랬던 거야?' 하고 물었을 때, 이후에 벌어질 일을 감당할 수 있을지 없을지 판단할 수 없었기 때문이다.

불륜의 원인이 자신의 무식에 있을지 모른다는 성 성격적인 초조함, 거짓이 들통나는 데 대한 압박감과 이후에 벌어질 상황에 대한 두려움으로 인해 과거를 털어놓을 수는 없다는 단호함. 그 사이에서 그저 다짜고짜 불륜을 저지른 원인만 추궁할 수밖에 없었고, 그런 이유로 갈등의 골은 점점 더 깊어져 파국을 향해 나아가고 있었던 것이다.

일주일 후, 다시 만난 두 사람의 표정에는 긴장이 감돌고 있었다. 아내의 긴장은 비밀이 숨겨질 수 없다는 엄연한 사실에서 오는 것이었다. 그녀가 자신의 과거와 거짓말을 비밀로 해달라고 요청했을 때, 거짓을 거짓으로 봉합한다면 앞으로도 영어를 계속 써야 하고, 편부·편모 아이들에 대한 비정상적인 연민도 긍정의 감정으로 바꿀 수 없으며, 자칫하다가는 거짓을 지키기 위해 침묵하는 순간이 올 수도 있기에 순리에 맡기는 것이 어떻겠느냐고 충고했기 때문이다.

남편의 긴장은 일주일 내내 심각한 얼굴을 하고 있는 아내에게서 모종의 절망감을 느꼈기 때문일 수 있었다.

"남편 분께 먼저 말씀을 좀 드리겠습니다. 심리학 중에 진화심리학이라는 분야가 있는데요, 원래 남성이라는 동물은 한 여성으로 만족하기 힘든 존재입니다. 양을 추구하는 짝짓기 전략이라는 것 때문인데…"

남성의 진화심리학적인 특성과 낭만의 사랑에서 이해의 사랑으로 넘어가는 시기에 전형적으로 나타나는 정욕 고갈의 문제에 대한 설명이 이어지는 동안, 남편은 아내에게 몇 번이나 미안한 표정을 지어보였다.

"자, 이제 아내 분 차례시군요."

아내는 질문으로 입을 열었다.

"자기, 내가 그렇게 괴롭혔는데 아직도 나 사랑해?"

"응."

"나, 사실 왜 그랬는지 자꾸 캐물었던 이유가 있어. 내가 말할 텐데, 나도 자기 사랑하지만, 자기가 안 된다면 할 수 없다고 생각하구 있어. 지난 주 내내 그것만 생각했는데, 말하는 게 옳을 것 같아서… 울 아빠 있잖아…"

아내가 과거를 털어놓는 동안, 남편은 아내의 손을 꼭 쥐고 어깨를 어루만져 주었다. 거짓말한 것에 대해 눈물로 고백하면서 미안하다고 말할 때는 함께 눈물을 흘리며 '그게 뭐라고, 그게 뭐라고.' 하면서 포옹해 주었다. 내가 자리를 떠난 후에도 두 사람은 한동안 서로에게 용서를 구하고 서로를 용서해주었다.

가끔 자신은 많이 배우지 않아서 문명인과는 거리가 멀다고 말하는 이들이 있다. 그러나 성 성격은 지식과 전혀 관계가 없다. 아무리 지식이 없는 사람이라도 자신만의 논리는 갖고 있기 때문이다. 마찬가지로 정교한 논리를 갖춘 교수나 신부님, 목사님 중에 문명인과는 거리가 한참 먼 경우도 흔하다.

문명인들은 감정에 휘둘리지 않는 자신들을 꽤 자랑스럽게 여긴다. 감정이 격앙되는 상황을 이들에게서 발견하기란 쉽지 않다. 대신 이들은 서로 자신의 의견이 짝에 의해 받아들여지기를 바라며 최대한 이성적이고 논리적인 언어로 따박따박 따지고 든다.

유인원들의 무기가 원색적인 표현이나 접시 날리기, 주먹질과 같이

직접적인 타격을 목표로 하는 것이라면, 이들의 무기는 대화의 기술과 언어학적 비유이다. 여기에는 빈정대기, 잘못된 행동 열거하기, 따져 묻기, 비꼬기, 확답 받아내기와 같은 치졸하고 집요한 전술이 대거 동원된다. 다툼이 제아무리 고차원적인 논리로 시작되었다 해도 결국은 치졸하고 집요한 지경에 이르고 만다.

특히 문기출·곽은영 부부처럼 말할 수 없는 상처나 고통이 다툼의 배경에 자리하고 있을 때, 외부 조력자에 의한 조정이 없는 상태에서 자신의 입장만 집요하게 주장할 경우, 다툼은 미궁으로 빠져서 겉돌기를 반복하다 불행으로 끝맺을 수 있다. 문명인은 붉으락푸르락한 후에 금세 풀어지는 유인원과 달라서 해결되지 않은 문제를 내면에 담아두고는 처음으로 돌아가기가 어렵기 때문이다.

이들이 주목해야 할 조언은 자신이 짝으로부터 받은 상처에 몰입하는 것만큼이나 짝 역시 자신이 받은 상처를 치유하기 위해 이런저런 주장을 치졸하고 집요하게 펼치고 있음을 미루어 짐작하고, 그 배경에 여태 몰랐던 짝의 부정적인 성 성격이 있을 수 있다고 단정해야 한다는 것이다. 그것이 무엇이건 간에, 또한 그럴 경우는 거의 없지만 설령 없다 해도 말이다.

그렇게 짐작하고 단정할 수 있어야만 긍정과 포용의 감정이 나설 수 있는 공간이 열리며, 일단 긍정과 포용의 감정이 나서면 대부분의 경우 이성의 논리는 서서히 잦아든다. 사랑의 원동력은 이성이 아니라 감정이기 때문이다.

나머지는 긍정과 포용에서 파생된 첫 애정에 맡기고 감정의 소리에 지속적으로 귀를 기울이려는 자세를 갖는 것만으로도 족하다. 갓 나온 애정이 조목조목을 단번에 누를 수는 없다. 하지만 언젠가는 짝의 부정적인 성 성격도 면모를 드러낼 것이며, 그때 치졸하고 집요하고 단기적인 다툼 대신 장기적인 긍정과 포용으로 지난 시간들을 엮어왔음에 감사하게 될 것이다.

누구나 늘 어떤 걸림도 없는 깔끔한 상태에서 짝과의 교감을 나누고자 하며, 걸림돌을 치우고 교감의 감도를 더 높이기 위해 논리와 이성을 동원한다. 하지만 논리나 이성과 사랑 간의 거리는 생각보다 멀다. 따지는 만큼 사랑이 깊어진다면 감정은 어디에 쓰지?

기억해야 할 것은 일일이 따져서 속이 편해지는 것과 사랑이 깊어지는 것은 동행하기 어려우며, 깊은 교감을 나누는 부부들에게서 공통적으로 발견할 수 있는 사랑의 논리는 다름 아닌 포용이라는 사실이다. 그리고 그 곁에서는 선뜻 이해하기 어려운 흘려듣기 또는 못 들은 척하기가 사랑에 깊이를 더하고 있다.

흘려듣기나 못 들은 척하기가 사랑에 깊이를 더하는 이유는 명확하다. 사랑의 일차방정식은 감정이 논리와 이성에 우선하며, 사랑을 키우는 이차방정식의 해법은 논리와 이성이 감정의 부분집합으로 작용할 때라야 얻어지기 때문이다. 걸림 없는 감정의 공유를 위해 걸림돌을 반드시 제거하고야 말겠다는 각오로 논리와 이성을 들이대는 것은 얼마나 어리석은가.

자선가 부부

이번 사례는 상담을 하게 된 배경과 내용, 해결 국면이 두 번 다시 경험하기 힘들 만큼 특별한 두 부부의 이야기이다.[270]

2009년 3월 초순의 서울역 광장은 지난해와 마찬가지로 각종 보호시설에서 겨울잠을 자고 나온 노숙인들로 넘쳐났다. 나는 우연찮은 기회에 서울역 대합실과 광장, 인근 쪽방 등지에서 살아가는 300여 명의 노숙인들과 인연을 맺게 되어 틈틈이 그들과 어울리고 있었다.

어울린다는 의미는 자원봉사와 같은 형식으로 그들을 돕거나 돌보는 게 아니라, 함께 급식소에 들러 밥을 타먹고 광장 한쪽 구석에서 막걸리와 담배를 나누고 때로는 싸우기도 해가며 말 그대로 '노는 것'을 의미한다.

어느 오후, 지하철 4호선 14번 출구를 나서서 서울역으로 발걸음을 옮겼다. 50대 후반 노숙인 까칠이 아저씨와 광장에서 만나기로 약속이 되어 있었기 때문이다. 광장을 가로질러 청파동으로 넘어가는 구름다리—지금은 봉쇄되어 통행할 수 없음— 입구에 다다르니, 그가 벌겋게 달아오른 얼굴로 맞았다.

"왔냐?"

"또 한 잔 걸치셨네. 그러다가 죽습니다."

"쳇, 옛날에 뒈진 영혼이 다 죽어가는 시체를 짊어지고 산다."

서울역에서 그를 본 지는 1년 정도 되었지만, 6개월 전에 그의 발치께에서 라면박스에 한자를 섞어 휘갈겨 쓴 정치한 시대 담론을 발견하기 전까지, 그는 그저 땟국물 질질 흐르는 거지 중 하나일 뿐이었다.

6개월 전, 그의 라면박스 시대 담론이 내 발길을 붙들었을 때였다.

"저, 아저씨."

"왜?"

"이거 혹시 아저씨가 쓰신 겁니까?"

"뭐 이상하냐?"

"이상한 게 아니라… 예, 이상합니다. 이런 글을 쓰는 거지는 없는데."

"거지 되는 조건이 무식이냐?"

"아뇨. 그런 건 아니지만. 어 참… 예, 무식해야 거지답죠."

"어허, 걸어 댕기는 시체 여기 또 있네. 앉아 봐."

비스듬히 누워 있던 그는 눈을 날카롭게 뜨고 일어나 앉더니 생전 처음 듣는 놀랍고 해박한 이론을 동원해가며 거지가 무식한 이유와 책임이 어디에 있는지에 관해 까칠한 설명을 늘어놓았다. 그때 그는 내게 까칠이 아저씨가 되었다.

그 첫 만남 이후 나는 모르는 사이에 그에게 매료되었고, 함께 노는 동안 그의 존재가 놀라움이 아니었던 적은 단 한순간도 없었다.

가장 먼저 다가선 놀라움은 그가 서울대를 졸업한 엘리트라는 사실이었다. 두 번째로는 독재의 그늘에서 신음하던 7, 80년대를 주요 시국사건[271]과 긴급조치[272]에 연루되어 고초를 겪으며 보냈다는 것이고, 세 번째로는 닭들이 모가지를 비틀렸는데도 온다는 새벽은 오지 않고 닭들의 부리에 재갈만 채워졌던 시대에 한 진보언론의 편집장을 지낸 경력이었다.

무엇보다 놀라운 것은 정세와 배후세력의 노림수를 면도날처럼 예리하게 짚어내 연결하는 능력이었다. 그 탁월한 능력 앞에서, 나는 늘 눈 뜬 봉사, 걸어 다니는 시체임을 인정할 수밖에 없었다.

그는 똑똑한 거지였다. 아니, 더 자유로운 세상을 위해 자신을 태우기로 작정했다가 아예 홀랑 타버린 멍청한(?) 지식인이라는 표현이 어울리는 사람이었다. 그러나 바로 그런 이유 때문에 나의 궁금증은 증폭될 수밖에 없었다.

"그럼 지금은 뭐, 거지들 민주화라도 시키려고 여기 계시는 겁니까?"

"……"

"이러고 있는 이유가 있으실 거 아닙니까?"

"……"

그의 대답은 거의 한 달 동안이나 침묵의 동굴에 칩거했

김영삼 전 대통령의 '닭의 모가지를 비틀어도 새벽은 온다'는 말의 비유. 1979년. 당시 신민당 총재였던 김영삼은 법원에 의해 총재 직무를 중지당하고 국회의원 제명처분을 받은 직후, 국회를 떠나면서 위의 말을 남겼다.

다. 그러다가 그가 나라는 존재에 대해 첫 관심을 보이면서 동굴 밖으로 모습을 드러냈다.

"넌 뭐하고 사냐?"

"부부관계, 갈등 해소, 뭐 그런 거요."

"밤일 컨설턴트구먼. 좋은 거 하네."

"부부가 무슨 밤일만 합니까. 사랑도 하고 살기도 하고,"

"사랑이 있나?"

"어떻게 생각하시는데요?"

"없다."

"있습니다."

"없다."

"결혼한 적 있으면 아실 텐데."

"있지만 없다."

"그럼 밤일은 왜 하는데요?"

"꼴리니까. 애도 낳아야 하고."

"아, 그럼 아무하고나 밤일 해도 되는 거구나. 명순씨 아직 폐경 아닌 거 같던데, 저기 열여섯 살짜리 희숙이도 있고."

"지랄을 해라. 내가 개냐?"

"예."

"……"

"……"

"무슨 소리냐?"

"개나 사람이나 씨 뿌릴 밭은 골라야 하는 거 아닙니까. 그게 사랑이라는 소립니다."

"그건 또 무슨 소리냐?"

그는 정욕과 애정과 정이라는 세 가지 사랑과 네 가지 성 성격에 대한 설명에 큰 관심을 보였다. 설명이 이어지는 동안 줄담배를 피워대던 그가 어색한 미소를 띠면서 물었다.

"거기 딱 맞는 놈들 있다. 웃기는 것들이지. 그것들 이혼했는데, 분석 좀 해볼래?"

"얘기해 보세요."

"촌에서 올라온 촌놈하고 백가라는 서울 놈이 있었는데…"

그는 촌놈, 백가, 대모, 공주라는 별명을 가진 네 친구의 이야기를 시작했다.

네 친구는 학생운동을 하면서 알게 되어 우정을 쌓았는데, 졸업 후 촌놈은 대모를, 백가는 공주를 낚아채 부부가 되었다. 촌놈과 백가는 최고 학벌 출신임에도 학창시절 감옥을 들락거린 운동권이라는 이유로 제도권에서는 직장을 구하기가 어려웠다. 뿐만 아니라 결혼 후에도 민주화 운동에만 전념하느라 경제활동은 늘 뒷전이었다.

대모와 공주는 그런 남편들의 옥바라지로 청춘을 보냈다. 하지만 두 여인이 지나온 삶의 행로는 많이 달랐다. 농사꾼 집안의 맏딸로 태어난 대모는 비록 남편의 지명도에는 미치지 못하지만, 나름대로 여성운동에 투신해 여성계 인사들, 운동권 종교인들과 사귀며 그 분야의 실력자가 되었다.

반면, 잘사는 집안의 넷째였던 공주에게는 정치나 민주화보다 남편인 백가와의 행복이 더 중요했다. 그녀는 남편이 감옥을 오가는 동안 졸업 전부터 시작한 과외수업을 계속해 고액과외 선생님이 되었다.

"촌놈 부부는 어떤 성 성격이었던 것 같습니까?"

"자네 설명 들어보니까 딱 문명인이네. 둘 다."

"백가 부부는요?"

"백가 놈은 자선가 쪽인 거 같은데. 우유부단한 게 흠이었지만, 작은 신부 소리 들을 정도로 순하고 착하고, 어려운 후배들도 잘 도와주고, 척진 사람도 없고. 지금 정치하는 변절자 놈들하고도 자~알 지냈다. 썩어 빠진 새끼."

"작은 신부? 큰 신부는 누군데요? 김수환 추기경?"

"아냐, 함… 아무튼 있어. 그리고 백가 마누라도 자선가다. 백가한테 사업자금 대줘서 그놈의 새끼가 레스토랑을 얼마나 크게 했는데. 그 새끼, 마누라 덕에 자가용까지 몰고 다녔다니까. 그거 망한 뒤에 회사 차려서 컴퓨터를 팔아먹는다든가 뭘 한다든가 하더만 얼마 못 가서 또 말아 처먹고. 하여간에 그 여편네는 남편이라면 자다가도 벌떡 일어날 정도였지."

"친구한테 왜 새끼, 새끼 그러세요? 감정 상한 것 있나 보네."

"그놈의 새끼가,"

그는 하려던 말을 멈추고 서울역 지구대 쪽을 한참이나 응시했다. 두어 번 본 적 있는 중년 여성이 지구대 입구에 서서 이쪽을 바라보고 있었다.

"손님 왔다. 오늘은 그만하자."

"저번에 그분이시네. 누군데요?"

"빚쟁이."

"아, 예…"

그 여성은 내가 광장 방향으로 돌아서자 천천히 그에게 다가갔다. 그녀의 손에는 김밥이나 만두가 든 것으로 보이는 흰 비닐봉지가 들려 있었다.

"그날 어디까지 얘기했더라?"

"친구를 새끼라고 부른 것까지요."

"어, 그래. 그놈이 그렇게 착한 마누라한테 이혼해 달라고 그랬거든."

"왜 그랬을까요?"

"마누라가 숨을 못 쉬게 한다고. 꼬박꼬박 돈 갖다 바치니까 배가 쳐 불렀지. 그놈의 새끼. 개보다 못한 새끼."

"……"

"……"

"그래서요?"

막걸리를 들이켠 후에 입을 꼭 다물고 앉은 모습이 심리적인 저항에라도 부딪힌 것처럼 보였다. 안기부[273]에 끌려가서 고문까지 당했다는 사람이니 외부의 도움 따위는 필요 없을 것 같았다. 그저 막걸리를 따라 마시며 기다릴 뿐이었다. 그렇게 얼마나 기다렸을까, 그가 지나가는 듯한 말투로 툭 내뱉었다.

"그놈, 대모하고 눈을 맞춰버렸어."

"아…"

"그 자식, 후우… 그놈 마누라, 충격 엄청 받았지. 이혼할 생각이 전혀 없었거든. 나한테 찾아와서 얼마나 울고불고 하던지. 마음 좀 돌리게 해달라고 말이야."

"촌놈은요?"

"마누라한테 왜 그러느냐고, 뭘 잘못했는지 말해 달라고, 그럼서 설득도 하고 때려도 보고 그랬는데 소용이 없더래. 이혼 도장 찍자마자 정신이 헤까닥 해갖고 애새끼고 뭐고 다 팽개치고 사라져버렸어. 산으로 갔다는 소문도 있고, 죽었다는 이야기도 돌고 그랬지."

"대모는 왜 그랬답니까? 두 사람 사이가 안 좋았나?"

"그걸 모르겠다는 거야. 관계도 괜찮았고, 아무리 생각해봐도 잘못한 것도 없고, 바람도 안 피웠고… 그러니까 미칠 노릇이었겠지. 겉에서 보기에 두 사람처럼 모범 커플도 없었거든. 자네 생각에는 왜 그런 것 같나?"

"이 정도 정보로 뭘 판단하는 건 점쟁이나 할 일이고. 일단, 문명인 부부랑 자선가 부부가 깨어졌고, 두 부부 모두 별로 싸우지 않아서 겉으로 보기에는 괜찮은 관계였고, 그런데 자선가인 백가가 문명인인 대모와 눈이 맞았다, 촌놈은 대모가 왜 그러는지 이유를 몰랐고, 공주도 마찬가지였다… 그럼 이혼한 건 언제쯤입니까?"

"IMF 전이었으니까, 95년이나 96년쯤?"

"40대 중초반이네. 나이도 있고 바람도 안 피웠으니 정욕 문제는 아니고, 두 사람 다 민주화라는 공동의 목표를 갖고 있었으니까 이상의 문제도 아니고. 혹시 촌놈 부부가 경제적으로 어렵지는 않았습니까?"

"많이 힘들었지. 둘 다 손 벌릴 데가 없었으니까."

"그 양반들 뭐 해먹고 사셨죠?"

"잘 몰라. 촌놈은 별로 돈벌이한 게 없었고, 대모가 어떻게 했는지 그럭 저럭 살림을 꾸려갔다는 것 정도밖에 모르네."

"그렇다면 대모는 진화심리학적인 문제로 힘들어 했을 수도 있겠네요."

"뭐? 돈?"

"예."

"그랬을까…"

"이상 좋죠. 하지만 배고픈 이상은 시간이 갈수록 무거워지니까요."

"돈 때문에 징징댄 적은 한 번도 없었던 걸로 아는데."

"그건 하나의 가능성이니까 그쯤 해 두고. 백가 쪽은 어땠습니까. 사업 망한 뒤에 경제적으로 힘들었습니까?"

"아니. 거기는 마누라가 한 달에 수백만 원씩 벌었는데 뭐."

"흐음… 그럼 백가 쪽은 성 성격 문제를 의심해봐야겠네요. 대모랑 공주 집안에 대해서 아는 대로 말씀해 보세요."

까칠이 아저씨는 촌놈과 대모, 백가에 대해 비교적 상세히 알고 있었지 만, 공주에 대해서는 별로 아는 것이 없었다. 그의 판단대로, 촌놈은 문 명인, 백가는 자선가가 분명해 보였다. 그러나 대모는 성장 배경과 성품 에 대한 그의 기억이 추가될수록 문명인으로부터 조금씩 멀어져 갔다.

"그 여편네, 문명인 맞아."

"아닌데… 교수가 밀어줄 테니까 대학원 가라는 것도 포기했고, 남편이 싫어하는 것, 힘들어 하는 것도 알아서 척척 처리했고, 밖에서 돈 벌어다 가 남편 먹여 살린 것도 그렇고. 그런 건 두 사람, 특히 남편의 행복을 위해서 노력한 거라고 봐야 하는데. 아무래도,"

"뭐라고 생각하는 거냐? 자선가?"

"예."

"이 친구야, 자선가가 어떻게 민주화운동을 하나. 그게 무슨 거지 밥 주는 건 줄 알아? 모가지 내놓고, 깜빵 작정하고 하는 거야. 자네가 못 봐서 그러는 거겠지만, 그 여편네 피 뿌리러 나갈 때는 얼마나 치밀했는데. 또,"

"피를 뿌려요?"

"아, 유인물 말이네. 예전에는 그, 등사기 알지? 초 칠한 퍼런 종이를 송 곳이나 다 쓴 볼펜 같은 걸로 긁어서 인쇄하는 거."

"압니다."

"그걸로 밀어서 유인물을 만들었는데, 그걸 피라 그랬어."

"아하, 삐라bill를 줄인 말이구나."

"아니다. 민중의 피라는 소리다. 아무튼 그 여편네가 가끔 피 초안도 쓰 곤 했는데, 논리가 얼마나 치밀하고 꼼꼼한지 다들 깜짝 놀랄 정도였단 말이야. 그런 게 문명인 아닌가?"

"그렇군요. 또 다른 건요?"

"내 마누라도 아니고, 내가 아는 건 여기까지네."

"이혼한 뒤에는 어떻게 됐습니까?"

"넷 다 그쪽에서는 워낙 잘 알려진 사람들이라서 난리가 날 줄 알았는 데, 충격이 너무 컸던지 아무도 말을 꺼내지 않더군. 백가 놈과 대모한 테는 그게 더 견디기 힘들었겠지. 얼마 못 버티고 호주로 가서 식 올리고 살았단다. 나쁜 놈의 새끼들."

"촌놈은 사라져버렸고, 공주는요?"

"많이 아팠나봐. 하기야 첫사랑이 결혼까지 간 케이스는 드물다면서 대 놓고 자랑할 정도였으니… 자식들 키우면서 이빨을 득득 갈고 살았단 다. 재혼도 안 하고."

백가와 대모는 삶의 모든 기반을 버리면서까지 사랑을 택했지만, 그들의 결혼생활은 그리 오래 가지 않았다. 호주로 간 지 3년 만에 별거에 들어 갔고, 두 사람이 이혼한 후인지 아닌지는 알려지지 않았으나, 대모가 교통사고를 당해 두 다리와 청력을 잃었던 것이다.

까칠이 아저씨는 1급 장애인이 된 대모가 귀국해 남쪽의 어느 섬을 유배지 삼아 살아가고 있다는 풍문을 들었다고 했다.

"천벌을 받은 거야. 후우…"

막걸리를 비우고 내려놓는 그의 종이컵에 이유 모를 회한이 가득 들어차 있었다.

"백가도 함께 귀국했나요?"

"아니. 뉴질랜드로 넘어가서 거기 여자와 재혼했다는 이야기도 있고, 수도회에 들어가서 수산지 신분지 되었다는 소리도 있고. 못된 놈."

"결국 대모도 버린 셈이네요."

"그런 셈이지."

까칠이 아저씨의 이야기는 거기에서 끝을 맺었고, 그가 궁금하게 여기는 이혼의 이유는 밝혀지지 않았다.

백가는 공주의 어떤 면을 힘들어 했고, 대모는 촌놈의 어느 부분이 견딜 수 없었을까? 대모의 성 성격은 정말로 문명인이었을까? 백가와 대모의 사랑이 어떤 것이었기에 가족과 친구와 동지, 그리고 자신들의 이상이었던 조국의 민주화까지 버릴 수 있었던 걸까? 파경에 이른 이유는 또 무엇이었을까?

네 사람의 수수께끼 같은 이야기의 전말은 그로부터 약 5개월 후 까칠이 아저씨가 지병으로 사망한 직후에 풀렸다. 어느 아침, 서울역에서 대포폰 사기로 먹고 사는 성칠이 놈에게서 전화가 걸려왔다.

"성. 까칠이라는 놈 안 있소, 오늘 새복에 뒤져 붓다."

"어디로 데려갔는데?"

"동부시립병원 아닐까라? 나야 모르제. 아녀, 보라매로 갔으까?"

"장경위님은?"

"와가꼬 서류도 쓰고이, 다 해가꼬 119 앰불란스 보내붓어."

"알았다."

서울역 지구대에 들러서 장경위를 통해 수소문해 보니 그의 빈소가 한양대병원에 마련되고 있었다.

이튿날 정오 무렵에 방문한 빈소의 풍경은 여타 노숙인 사망자들의 빈소와 달리, 매스컴에 등장하는 중진 정치인과 언론인 등 식자들로 넘쳐났다. 30대 중반에 찍은 것으로 보이는 그의 영정사진을 멀리서 바라보며 소주잔을 기울이는데, 누군가가 말을 걸어왔다.

"선생님, 국 좀 더 드릴까요?"

"아뇨, 괜찮습니다. 고맙습니다."

"저기… 저 기억하시겠어요? 서울역에서."

"예…? 아, 예. 안녕하세요."

그녀는 까칠이 아저씨를 가끔 찾아오곤 했던 중년 여성이었다.

"제가 한 잔 따라 드릴게요. 복지사신가 보죠?"

그녀가 질문하는 순간, 정말이지 순간적으로 어떤 촉 같은 게 발동되었다.

"아닙니다. 근데 혹시 과외하시지 않으셨습니까?"

"저 선배한테 들으셨구나."

"공주님이시고요?"

"예. 후훗, 별 걸 다 말씀하셨나보다."

"전 부부 컨설팅을 하는 사람입니다. 여기, 제 명함입니다. 고인께서 궁금한 게 있다고 하셔서 네 분 이야기를, 예, 촌놈 분이랑 대모 분, 백가 분, 이렇게 다 들었습니다."

그녀의 표정에 엷은 쓸쓸함과 연민이 스쳐지나갔다.

"에휴, 내려놓고 가시지는…"

"실례지만 좀 여쭤 봐도 될는지요. 풀리지 않는 게 있어서 말입니다."

"실례 아니니까 물어보세요. 다 지난 일인 걸요."

"대모님에 관한 건데요…"

그녀가 풀어놓는 대모의 성 성격은 까칠이 아저씨의 판단과 전혀 딴판이었다. 네 가지 성 성격에 대해 간단하게 설명하자, 그녀는 고개를 가로저으며 자신의 생각을 말했다.

"그 언니 처음 만났을 때 얼마나 맑고 밝았는데요. 근데 연애 시작하면서 얼굴도 까무잡잡해지고 성격도 날카로워지기 시작했어요. 언니 꿈이 뭐였는지 아세요? 좋은 남편 만나서 둘이 알콩달콩 사는 거였어요."

"시위도 주도하고 여성운동도 하고 그러셨다면서요?"

"그거요, 처음부터 작정하고 한 게 아니라, 남자친구를, 그러니까 선배를 좋아했고, 선배가 그걸 하니까 열심히 도왔던 거고, 그러면서 학생운동이 뭔지, 왜 민주화운동을 할 수밖에 없는지 알기 시작했던 거예요."

"그러셨구나. 혹시 대모님 부모님은 어떠셨는지 아십니까?"

"시골에서 농사 지으셨는데, 몇 번 놀러 간 적 있어요. 두 분은 아까 말씀하신 걸로 보면 뭐죠? 자선가?"

"예."

"그런 유형이셨어요. 그게 맞아요. 언니 아버님은 뭘 해도 허허 하고 웃으셨고, 어머님은 꼭 보모처럼 아버님 곁에서 이것저것 입에 넣어주시고 입도 닦아주시고 그러셨으니까. 어머님이 아버님은 생전에 화내고 따지는 법이 없으셨다고 하실 정도였어요. 저 선배는 언니를 뭐라고 하던가요?"

"문명인요."

"그러니까. 남자들 여자 보는 눈이 그렇다니까요."

"대모님이 편두통을 달고 사셨다면서요?"

"그랬죠. 처음에는 안 그랬는데 저 선배 만나면서 조금씩 날카로워지더니 나중에는 하루가 멀다 하고 머리가 아프다 그랬으니까요."

"저 선배라뇨? 대모님이 까칠이, 아니 고인과도 사귀셨습니까?"

"어머… 모르셨구나. 저 선배가 촌놈이에요."

"아…"

순간, 그가 생전에 보였던 행동과 표정들이 선연히 재생되었다. 유체이탈 화법, 방관자 화법을 그렇게 치밀하게, 또 아무렇지도 않게 구사할 수 있다니.

돌이켜보니 유체이탈의 신호가 전혀 없었던 것은 아니었다. 백가를 서너 차례 '새끼'라고 부른 것과 백가와 대모를 싸잡아 '나쁜 놈의 새끼들'이라 부른 것, 그리고 가끔 지어보인 회한 젖은 한숨이 그런 신호였다. 하지만 길고 복잡한 이야기에 도둑처럼 숨겨진 미약한 신호를 누구라서 잡아낼 수 있었을까.

이혼 직후에 사라졌으니, 그는 거의 15년을 자신의 세상과 단절된 채 보낸 셈이었다. 그 기간은 사랑하는 아내를 잃은 아픔, 아내와 친구에게 배신당한 충격, 버려두고 떠나온 아이들에 대한 자책이 억압되어 무의식으로 파고들거나 반대로 확대되어 의식을 지배하기에 충분한 시간이었을 것이다.

어쩌면 알지 못하는 책임이 자신에게도 있을 수 있다고 단정하거나 모든 책임을 아예 자신에게 돌린 나머지, 죄책감을 상환restitution하기 위해 사서 고생한 시간들이었을 수도 있다.

그런 상태라면 현실과 추측에 이은 상상이 뒤섞여 둘 사이의 경계가 모호해질 수 있다. 고통스러웠던 사실은 의식 세계에 기억으로 밀어넣고, 그때 느꼈던 감정들은 무의식의 창고에 따로 방치해두는 격리isolation와 같은 강박장애

상환(restitution)
무의식에 들어앉아 있는 죄책감을 씻기 위해 일종의 자기학대와 비슷한 형태로 사서 고생하는 행동을 보이는 심리기제를 말한다. 허름한 집에 세 들어 살면서 돈을 버는 족족 자선단체에 기부하는 행위 등이 여기에 해당된다.

를 보일 수도 있고, 연결된 사고의 앞뒤 부분이 억압되어 차단blocking당한 탓에 현실과 상상을 분리하기 위해, 또 사실을 기억해내기 위해 인상을 찡그리는 등 애를 쓸 수도 있다. 아니, 그럴 수도 있는 게 아니라, 그래야 정상이다. 그래야만 고통에 반응하는 정상적인 인간의 모습이라 할 수 있다.

그럼에도 현실과 상상이 전혀 뒤섞이지 않은 상태로, 어떤 강박의 징후도 없이, 내면에 쌓여 있는 정서적 충격의 소환으로 자칫 재연될 수 있는 불안과 긴장을 피하기 위해 최대한 건조한 어투의 이지화intellectualization까지 동원해가며, 오로지 자신이 궁금해 하는 문제의 해답을 구하기 위해 마치 남의 일 얘기하듯 그토록 태연자약할 수 있었다니.

고통이 어떤 방어적 심리기제도 통하지 않을 만큼 선명하고 깊어서였을까? 아니면 아내를 그만큼 사랑했다는 반증일까? 공주의 이야기를 듣는 내내 나는 속에서 솟구쳐 오르는 모종의 패배감, 배신감을 곱씹고 있었다.

밤늦은 시간까지 공주가 들려준 이야기를 종합해 보면, 대모는 자신의 자선가 기질을 인식하지 못한 채 문명인 기질을 드러내고 살았으며, 촌놈, 아니 까칠이 아저씨는 그런 그녀를 그저 보이는 대로 판단했던 게 틀림없었다.

어머니의 자선가 기질을 물려받은 그녀는 까칠이 아저씨에게서 아버지의 모습을 발견하려 했고, 대학원뿐 아니라 자신에게 다가온 여러 번의 사회적 기회를 포기하면서까지 남편에게 배려와 헌신을 아끼지 않았다.

하지만 남편은 시간이 갈수록 아버지의 모습으로부터 멀어졌고, 문명인인 남편에게 맞추는 삶과 자선가인 자신의 성 성격 사이에서 발생하는 긴장과 고통을 몸으로, 즉 점점 까무잡잡해지는 낯빛과 편두통, 그리고 편두통에서 오는 신경질로 견뎌야 했던 것이다.

따라서 두 사람이 이혼에 이르게 된 배경에, 어느 것이 주원인인지 알 수는 없지만, 남편의 경제적 무능력에 대한 아내의 반복된 회의감이라는 진화심리학적 원인과 성 성격의 차이에서 오는 긴장이 복합적으로 작용했으리라 추정할 수 있다.

그런 그녀의 눈에 예전에는 미처 몰랐지만 아버지와 매우 유사해 보이는 한 사람이 들어왔다. 그가 바로 온화하고 유순한 성품에 사람들과의 관계도 좋고 자상하기까지 한 신부 같은 남자, 백가였던 것이다. 그녀의 기억에 저장되어 있는 본래의 성 성격이 그에게로 기운 것은 어쩌면 당연한 일이었을 것이다.

남은 문제는 백가가 공주를 떠난 이유였다.

"대모님께 화가 많이 나셨겠네요."

"저요? 언니가 아니라 그 사람이 괘씸해서 미칠 지경이었어요. 시쳇말로 돈 벌어다 줘, 밥 해 먹여, 뭐 하나 제대로 안 해준 게 없는데…"

"혹시 민주화운동을 함께하지 않아서 싸웠다거나 한 적은 없으세요?"

"그런 건 전혀 없어요."

"그러면 남편 분께서 왜 이혼을 요구하셨다고 생각하시는지."

"모르죠. 싫증이 났거나, 뭐… 분명한 건 그 사람이 언니를 정말로 사랑한 것도 아니라는 거예요. 전 느낄 수 있었어요."

언니를 사랑한 게 아니다? 명료화가 필요한 순간이었다.

"남편 분이 언니를 사랑하신 게 아니라면, 공주님에게서 벗어나기를 원했다는 뜻인가요?"

"꼭 그런 건 아니지만, 아뇨… 생각해보니까 그랬던 것 같네요."

"그 말씀은 언니가 아니라 다른 여성이라도 가능했을 거라는?"

"뭐어… 예. 그랬을 거예요."

"왜 그러셨을까요?"

"글쎄요. 제가 과외다 강의다 해서 늘 바쁘긴 했는데, 그것 때문은 아닌 것 같고, 사실 지금까지도 왜 그랬는지 모르겠어요. 이젠 중요한 것도 아니지만."

그녀의 표정은 그 이유가 여전히 중요하다고 말하고 있었다.

"본인의 성 성격은 어떤 것 같습니까?"

"자선가요. 전 자선가예요. 저한테는 우리 가족이 최고니까요. 그래서 그 사람이 원하는 건 다 할 수 있도록 해줬던 거구요."

"어머님은 어떤 분이셨는지 말씀해 주실 수 있으세요?"

그녀가 주섬주섬 뱉어내는 어린 날의 이야기들은 그녀의 자선가 기질을 멀찌감치 밀어내고 있었다.

공주의 아버지는 자선가 스타일, 어머니는 문명인 스타일이었다. 그녀는 어머니가 아버지에게 크지는 않지만 분명한 요구조건을 담은 잔소리를 끊임없이 늘어놓는 것을 어릴 때부터 보며 자랐기 때문에 자신은 절대로 어머니 같은 사람이 되지 않으리라 다짐하며 살았다고 했다.

실제로 그녀의 언행에는 문명인 기질보다 자선가 기질이 더 많이 배어있었다. 내 가슴에서 그녀의 그런 자선가 기질이 반동형성에 의한 결과일 수 있다는 외침이 웅성거렸다. 반동형성이라면 백가가 그녀를 버린 이유가 충분히 설명될 수 있었다. 하지만 그걸 그대로 그녀에게 말할 수는 없었다. 대신 비유를 들어 그럴 가능성이 있음을 설명했다.

"광대 스타일인 여성이 있었어요. 그분은 아버지가 입을 꾹 닫고 있는 어머니와 싸울 때, 엄마는 왜 저렇게 말을 안 해, 하고 답답해하면서 자랐다고 했습니다. 자신은 절대로 엄마 같은 사람이 되지 않을 거라 수없이 생각했다고도 했어요. 그런데 습관이라는 게 얼마나 무서운지, 결혼하고 나서 보니까 평소에는 말주변도 좋고 대꾸도 잘 하는데, 결정적인 순간만 되면, 그러니까 부부싸움을 할 때 말입니다. 그때는 자기도 그렇게 하고 있더라는 겁니다. 이건 순전히 제 생각입니다만, 공주님과 남편 분이 겪었던 문제도 두 분의 습관을 가만히 되짚어보면 무언가가 나오지 않을까 싶긴 합니다."

"습관…요?"

"예. 습관이요. 어이구, 벌써 12시가 넘었네. 아저씨 잠시 뵙고 이제 가봐야겠습니다. 혹시 궁금한 게 있으시면 제 명함에."

"아, 예…"

공주의 성 성격은 문명인이 분명했다. 아버지에게 애정을 품은 여아가 어머니를 경쟁자로 대하고 질투하거나 적대시한다는 엘렉트라 콤플렉스electra complex까지 갈 것도 없이, 그녀는 꼬치꼬치 따지고 드는 어머니보다 자선가인 아버지를 더 좋아했고, 남편인 백가는 그런 아버지와 닮은 꼴이었다.

그러나 남편이 자신에게서 벗어나기를 원했던 것 같다는 공주 자신의 판단과 백가가 공주 때문에 숨막혀 했다던 까칠이 아저씨의 말에 비추어 볼 때, 백가를 괴롭혔던 것은 그녀의 등에 타고 있었던 어머니의 문명인 기질이었을 것이다. 크지는 않지만 분명한 요구조건을 담아 끊임없이 늘어놓는 잔소리 말이다.

해맑게 웃고 있는 까칠이 아저씨의 젊은 영정사진 앞에서, 나는 그의 궁금증에 대한 내 나름의 답을 내려놓았다.

'아저씨, 아저씨 부인은 문명인이 아니라 자선가이고요, 공주는 자선가가 아니라 문명인입니다. 차라리 아저씨랑 공주, 백가와 대모가 더 어울릴 뻔했습니다. 오만 걸 다 따져가며 골랐겠지만, 보세요, 정욕이라는 게 이렇게 무서운 거랍니다. 결국은 잘못된 선택이었잖아요. 뭐, 그렇다는 얘깁니다. 아저씨, 닭 모가지를 비틀어도 새벽이 오는지 안 오는지는 둘째 치고, 지금이 밤인지 새벽인지조차 관심이 없는, 그래서 자신이 닭인지, 닭이라면 언제 울어야 하는지도 모르는 병아리들의 시대를 죽은 영혼으로 버티느니, 잘 가셨습니다. 좋은 데로 가세요. 민주화 같은 거 필요 없는 곳으로요. 자, 저는 부부 민주화나 하러 갈랍니다.'

한 달 후, 공주가 메일을 보내왔다.

「…… 남편과 언니가 재혼한 직후에 서로 배려하고 헌신해 가면서 그렇게 행복해 한다는 소리를 들었어요. 서로를 잘 아는 자선가 둘이 만났으니 당연했겠지요. 호주로 건너간 후에도 한동안은 그렇게 잘 살았나 봐요. 그런데 무슨 이유 때문인지 어느 순간 서로 입을 닫았고, 결국 건너간 지 3년 만에 헤어졌대요.

나랑 살 때, 남편은 종종 모든 걸 이해한다는 듯한 표정을 지어 보였어요. 행동도 그렇게 했고요. 언니 역시 마찬가지였어요. 확실치는 않지만, 내 생각에는 두 사람이 그런 가식에 지쳐서 헤어진 거 아닌가 싶어요. 그거 정말 갑갑하거든요. 아니면 나한테서 일단 도망부터 치고 보려고 아무 여자나 골라서 그랬으려나?

…… 어찌 보면 내 속에 어머니가 들어 있다는 걸 벌써부터 알고 있었는지도 몰라요. 서울역으로 선배를 찾아갔던 건 내가 빚을 지고 있다고 느꼈기 때문이었어요. 왜 그런 느낌이 들었을까, 고민해 봤어요.

내가 남편을 괴롭혔던 게 맞아요. 내가 미니까, 그 사람 갈 데가 없어서 숨을 곳을 찾았을 게 분명해요. 거기가 언니였던 거죠. 그 사람이 울면서 이혼해 달라고 할 때, 그걸 미처 깨닫지 못하고 나는 또 선배를 찾아가서 붙들고 얼마나 울었던지. 제발 이혼만은 하지 않게 해달라고, 난 우리 남편 사랑하는데, 언니가 왜 그러느냐고, 마누라 간수 좀 잘 하라고…

역시나 죄스러움 때문에 선배를 만나러 갔던 거예요. 사과를 했어야 했는데, 난 그렇게 하질 못했어요. 피해자로 남는 게 더 쉬워서 그랬을 수도. …… 많이 울었습니다. 용서를 구해야 할 사람은 남편이 아니라 난데, 착하기만 했던 사람을…

지금도 가슴 한 켠이 아파옵니다. 언니가 어느 섬에 있는지 알아요. 이젠 찾아가 볼 때가 된 것 같네요. 언젠가는 남편을 만날 용기도 생기겠지요. …… 이제부터는 자선가 껍데기 벗어던지고 문명인으로 살아야겠어요. 아니면 정말로 자선가가 되어볼까요? 후훗… 고맙습니다.」

그녀는 메일 말미에 자선가가 되려면 어떻게 해야 하는지를 물어 왔다. 나의 대답은 어머니가 살아계시건 돌아가셨건 용기를 내어서 만나 뵙고 내면에 있는 어린 공주가 어머니를 싫어했다고, 그런데도 어머니를 닮을 수밖에 없었고, 그래서 더 싫어졌다고 솔직하게 말씀드리고, 속이 후련할 정도로 깨끗이, 충분히, 있는 그대로, 대화를 나눠보라는 것이었다.

대모와 백가가 재혼한 직후에 그랬던 것처럼, 자선가들은 타인이 부러워할 만큼 근사한 행복을 쌓아올린다. 이들만큼 서로를 잘 이해하는 부부도 드물어 보인다.

짝에 대한 이들의 이야기는 배려와 헌신으로 가득하고, 그 배려와 헌신을 바탕으로 두 사람이 키워내는 행복은 견고하다. 자존심을 지키려는 유치한 노력이나 험악한 갈등의 흔적은 보이지 않는다. 이처럼 이상적인 부부가 있을까 싶을 정도이다.

그러나 이들이 성취해내는 행복은 이상하다. 서로 자신보다는 짝의 행복을 위해 노력해온 결과들의 조합이기 때문이다. 이런 유형이 지향하는 가장 이상적인 상태는, 머리카락을 팔아서 남편의 시계줄을 산 아내에게 시계를 팔아서 산 머리핀을 선물하는 것이다.[274] 추락하는 인공위성이 세상 모든 부부가 들고 있는 크리스마스 선물을 때릴 확률보다 가능성이 더 낮은 환상을 세상 모든 부부에게 전파하다니. 오, 마이 갓 헨리!

현실을 사는 거의 대부분의 자선가 부부에게 이런 상태는 그야말로 구름 위에 존재한다는 플라톤의 이데아idea에 가까울 뿐, 짝의 행복이 쌓일수록 비어가는 자신을 발견할 수밖에 없다.

짝이 하기 싫어하는 일을 내가 알아서 하고, 짝이 하고자 하는 일을 적극 나서서 돕다 보면, 정말로 완숙한 배려와 헌신의 경지에 이른 부부가 아니고서는 지속적인 피로감을 경험한 끝에 그저 너의 행복이 나의 행복이라는 성취감만 남을 수 있다. 그 성취감에 자신의 모습은 보이지 않는다. 그래서 빈껍데기이다.

가족과 친구와 동지와 조국을 버리고 호주로 도망친 대모와 백가가 결혼 3년 만에 파경을 맞은 것도 이런 이유 때문이다. 다만, 그들은 중년이기에 짝의 행복이 쌓일수록 비어가는 자신을 발견할 수밖에 없다는 사실을 매우 빨리 알아차렸을 뿐이다.

두 사람이 사랑한다고 착각한 배경에 각자의 고통이 숨겨져 있음을 간과한 것도 파경의 이유일 수 있다. 또한 짝을 배신한 데서 오는 죄의식과 모든 것을 과감히 버린 것에서 오는 허탈감이 새로운 삶에 대한 기대를 짓눌러 견딜 여력을 고갈시켰기 때문일 수도 있다.

중년에 어울리는 원만한 이해만이 힘겹고 외로운 타지 생활을 견뎌나갈 힘이었겠지만, 중년의 원만함은 그들을 비켜 갔을 것이다. 자신들의 사랑에서 가장 큰 부분을 차지한 것이 낭만의 사랑도 이해의 사랑도 아닌, 고통에 의한 '눈 맞춤'임을 알았을 테니. 그리고 눈 맞춤의 유효기간이 다가올수록 버렸던 것들에 대한 애착이 더 크게 다가섰을 테니 말이다.

우리 주변에는 자기自己 또는 자신自身이 빠진 배려와 헌신으로, 다시 말해서 비어가는 자신으로 빈껍데기를 지어가는 부부가 의외로 많다.

이런 부부에게 효과적인 조언은 부부의 행복에 배려와 헌신이 있어야 하는 것은 분명하지만, 그 배려와 헌신이 자신이 원하는 배려와 헌신이어서는 안 된다는 것을 인식해야 한다는 것이다. 나의 입장에서 내가 하고 싶어서, 또는 해야겠다고 판단해서 하는 배려와 헌신은 결국 나를 위한 것일 뿐임을 대모와 백가 부부가 증명해 보이고 있지 않는가.

정욕에 기초한 배려와 헌신은 가짜이다. 고통을 피하려는 마음에서 오는 배려와 헌신의 끝은 가깝다. 필요에 기초한 배려와 헌신은 필요가 충족되거나 충족될 가능성이 없다고 판단되는 순간 한숨처럼 꺼져 내린다.

부부에게 배려란, 서로 원하는 것을 주장하는 도중에 대화를 통해 나의 성 성격을 이해받고 짝의 성 성격을 이해하는 과정을 거친 다음에야 다가서는 교감과 공유의 소산이기 때문이다.

부부에게 헌신이란, 자신의 고통과 필요를 솔직하게 토로하고 짝의 습관을 내 안에서 녹여내는 단계를 지난한 아픔으로 건너온 다음에야 나올 수 있는 가장 고귀한 사랑의 행위이자 포용의 나눔이기 때문이다.

그런 배려와 헌신이라야 부부를 속이 찬 행복으로 이끌 수 있다. 애정은 그렇게 서로 원하는 것을 주장하며 나누는 대화에서 고개를 내민다. 짝을 위해 나를 누르려는 가장된 포용이 아니라, 짝으로 하여금 나의 고통과 아픔을 어루만지고 다독이게 하려는 진솔한 요청에서 고개를 내민다.

광대 부부

소담스럽게 내리던 눈이 도로를 마비시킬 정도로 대담해진 어느 겨울날, 친구가 문자로 데이트를 청해왔다.

〔저녁 먹자.〕

〔사줄래?〕

〔먹고 싶은 거 있남?〕

〔활복회 배부르게. 땡큐!〕

〔좋아. 그럼 거기서 보자.〕

〔얼씨구… 정말로?〕

〔당근. 얼른 나와.〕

어쩌다 호사를 누리고 싶을 때 가끔 들러 모듬 생선회를 더치페이로 먹곤 했던 고급 일식집. 친구가 30대 중반으로 보이는 남성과 함께 기다리고 있었다.

"어서 와라."

"응. 눈발이 또 굵어진다야."

"여기는 부부 깽판 놓는 사람, 이쪽은 윤형진이라고…"

통성명을 하고 주문을 한 뒤에 잡담을 안주삼아 몇 잔 나누는 동안, 윤형진이라는 남성은 다소 초조한 기색으로 조용히 앉아 있었다.

"그건 그렇고, 무슨 바람이 불어서 이 비싼 걸 다 산다고 그러실까?"

"이 친구가 부부 문제로 답답한 게 있다 그래서 대충 들어봤는데, 정말로 답답하더구만. 상황이 아니라 내가 말이야. 뭘 알아야 말이지. 그래서 해결이 될지 안 될지 판단을 좀 해달라고."

"어쩐지…"

"난 빠질 테니까 두 사람이 얘기해 봐."

"왜? 몇 점 먹고 가지?"

"아냐. 사무실 또 들어가 봐야 돼. 먹은 걸로 치께. 형진씨, 얘기 드리고 잘 해서 가."

"예. 감사합니다."

"친구야, 계산은 확실히 하고 가라. 참복 수육 한 접시 추가에 소주 세 병 그렇게."

"하하하. 알았다. 내일 통화하자. 그럼 난 갑니다."

"자, 우리끼리 목구멍 호강 좀 시켜봅시다. 한 잔 받으세요."

"제 위로 누나가 둘인데요, 둘째 누나가 매형이랑 관계가 틀어져서요."

윤형진이 답답해하는 것은 자신의 문제가 아니었다. 홀로 상담에 나서기가 불안해 가족이나 친구를 대동하는 경우는 간혹 있지만, 성인 가족을 다른 가족 구성원이, 그것도 결혼까지 한 누나의 부부관계를 해결하기 위해 동생이 상담을 청해온 경우는 한 번도 없었다. 누나에게 대인기피증이 있나? 중증질환을 앓고 있을까? 그의 요청은 그 자체로 궁금증을 자극하기에 충분했다.

"누나에게 무슨 문제가 있습니까? 사람 만나기를 싫어한다거나 병이 있다거나."

"아닙니다. 사람 만나는 거 특별히 좋아하는 타입은 아닌데, 그렇게 싫어하지도 않아요. 그냥 평범하다고 보시면 돼요."

"자기 문제는 자기가 해결하면 될 텐데, 왜 동생 분이 끼어들죠? 부부 문제는 밖에서 보는 것 하고는 전혀 다른데요."

"그게요, 매형 이야기라면 누나가 고개만 젓거든요. 그냥 그렇게 살다가 헤어지면 헤어지는 거고, 그렇게 생각해요. 헤어질 때 헤어지더라도 부부라면 그러면 안 되는 거잖아요. 또 누나가 말을 못합니다. 언어장애가 있어서요. 그래서 수화를 해야 하는 문제도 있고."

"아, 그래요."

그는 초등학교 2, 3학년 때부터 친구들과 노는 대신 세 살 더 많은 누나와 놀면서 심부름을 해주고 입 역할을 자처하며 말 못하는 누나를 보살펴왔다고 했다. 그는 누나의 언어장애에 대해 매우 상세히 알고 있었다.

"누나 어릴 때, 세 살인가 네 살쯤에요. 말은 안 하고 기계 돌아가는 것 같은 이상한 소리만 내고 손도 퍼덕거리고 소리에 별로 반응하지도 않고 그래서 병원에 가서 검사를 받아 봤는데, 퇴행성 자폐 진단을 받았대요. 청각기능에 문제가 없는데 그런 행동을 보이면 자폐 가능성이 높다면서요."

"자폐는 원인이 뭐죠? 아, 제가 대충만 알고 있어서."

"생각보다 많더라구요. 선천적인 게 있고 후천적인 게 있는데, 후천적인 건 퇴행성 자폐라 그래요. 어릴 때 뇌에 손상을 입었거나 감염, 아니면 수은 같은 거에 중독되면 걸릴 수 있고, 예방주사 맞을 때 백신 있잖아요, 그거 때문일 수도 있대요. 요즘은 신경전달물질이 너무 많아서, 세로토닌 같은 거요, 그래서 걸릴 수도 있다 그러구요. 아직 확실한 원인을 찾아내지는 못했나 보더라고요."

"그렇군요."

"그래서 한동안 행동치료랑 그림치료 같은 걸 받았는데 효과가 없더래요. 그래서 큰 병원에 가서 다시 검사를 받았는데, 거기서는 또 자폐로 보기 어렵다는 진단이 나왔답니다. 왜냐면요, 정신지체도 아니고 뇌성마비도 아니고 청각기능에도 문제가 없고, 행동장애도 그렇게 큰 문제는 아니라면서요. 다른 사람이 툭툭 건드린 뒤에 말을 하면 들으려고 하는 것도 그렇고. IQ가 정상인 것도 그렇고. 자폐는 80%가 70 이하인데, 누나는 120이 넘거든요."

"그럼 정확한 병명이 뭡니까?"

"RELD라고, 언어 이해력이랑 표현력 장애인데요, 청각 손실 때문에 말 체계를 제대로 이해를 못하니까 말로 구성을 할 수가 없고, 그러니까 표현을 못하는 겁니다. 누나가 가끔 뭐라 그러기는 하는데, 저랑 어머니나 알아들을까 다른 사람은 못 알아들어요."

"청력에 문제가 없다면서요."

"예. 거기서부터 벽입니다. 언어장애는 원인이 두 가진데요, 몸에 문제가 있으면 기능 문제고 없으면 기질 문제거든요. 근데 들리지만 않을 뿐이지 청각기능에는 문제가 없으니까 기질이 문제잖아요. 근데 기질은 성격도 되고 환경도 되고 유전도 되고 예방주사도 될 수 있고… 그러니까 거기서 더 이상 못 나가는 거죠. 저랑 어머니는 예방주사나 환경, 뭐 그런 것 때문일 거라고 생각하고 있어요."

"아버님은 함께 계십니까?"

"5년 전에 돌아가셨습니다."

"그렇군요."

결혼한 누나의 입장을 대변하려는 그의 행동은 심리 쪽에서 흔히 말하는 '외부 조력'이었고, 그는 '외부 조력자'였다. 그러나 누나를 위하는 마음이 이해되지 않는 것은 아니지만, 그가 진정한 조력자이려면 누나에게 언어장애 외에도 성 성격이든 뭐든 좀 더 설득력 있고 심각하다고 생각되는 무언가가 있어야 했다. 그게 아니라면 동생의 개입은 그저 누나를 염려한 나머지 누나 부부의 결혼생활에 끼어든 과잉행동에 불과할 수 있기 때문이었다.

"저어, 선생님. 누나랑 매형…, 말씀드릴까요?"

"아, 예. 그렇죠. 그게 가장 중요하니까. 말씀하세요."

그의 이야기는 외부에서 보는 누나 부부의 관계와 누나가 처한 상황을 중심으로 약 한 시간 동안 이어졌다.

그의 누나 윤희경은 장애를 이겨내고 대학 특수교육학과를 졸업한 후에 장애인 복지관에서 농아인 전담 상담사로 근무하다가 의료기기회사 영업사원으로 일하던 남편 이기석을 만나 결혼했다.

남편은 온화한 성품의 소유자이지만, 영업 능력이 모자라 자주 이직을 해야 했으며, 2002년 여름 무렵 마지막 직장에서도 퇴출되었다. 부부를 갈등으로 이끌 단초가 발생한 것은 그즈음이었다. 남편의 어머니가 지병인 심장병으로 앓아누웠던 것이다. 장남인 그는 만사를 제쳐두고 홀어머니 곁에 머물며 병간호에 매달렸다.

아내가 판단하기에 시어머니의 병환은 장기간의 관리를 요하는 만성질환이고 거동을 못할 만큼 중병도 아니며 시동생 내외도 있기 때문에, 가정생활 틈틈이 찾아뵙고 병원에도 모시고 가면서 돌봐드리면 될 것 같았다. 하지만 효자인 남편은 자신의 의료 상식을 총동원해가며 한사코 어머니 곁을 떠나려 하지 않았다.

아내는 적은 상담사 보수로 두 딸을 키우고 어깨를 늘어뜨린 남편을 격려하고 어머니의 약값을 충당해가며 가정을 꾸려갔다. 그러나 어머니의 병은 차도를 보이지 않았다.

그런 상태로 3년이 경과하자, 복지관 월급으로는 생활비와 자라나는 아이들의 교육비를 감당해낼 수 없는 지경에 이르렀다. 아내는 남편에게 도움을 요청했다. 하지만 남편은 어머니의 병과 시동생의 처지, 자신의 사업 구상 등 몇 가지 이유를 대면서 어머니 곁에 붙어 있을 뿐이었다.

물론 그 3년 동안 남편이 돈을 전혀 벌지 않은 것은 아니었다. 이따금 선배나 후배의 사무실에 나가서 허드렛일 아르바이트로 돈을 벌어 가계에 보탬이 되기도 했다. 그러나 그가 3년 동안 번 돈이라야 200만 원 남짓, 연봉으로 따지면 연 평균 60만 원이 조금 넘을 정도로 초라한 금액이었다.

밖에서 보기에 두 사람은 별다른 문제가 없어 보이는 부부였다. 두 사람의 언행은 그 연배에 맞게 지극히 정상적이었고, 남편이 어머니 집에 주로 기거했지만, 한 달에 열흘 정도는 아내와 두 딸에게 돌아왔으며, 아내가 여러 종류의 부업과 카드 돌려막기로 어렵게나마 살림을 꾸려가고 있었기 때문이다.

동생 윤형진이 두 사람의 관계가 예사롭지 않다고 느낀 것은 사돈어른이 앓아누웠던 해로부터 7년 후, 누나의 문자를 받으면서였다.

〔형진아, 부탁할 게 있어. 퇴근하고 집으로 와줄래? 고구마탕 맛있게 만들어줄게.〕

〔어, 알았어.〕

누나는 고구마탕을 먹고 있는 동생을 한참이나 바라보다가 상을 톡톡 건드린 후에 손가락으로 말했다.

【있잖아… 너, 여윳돈 좀 있니?】

"누나도 참… 내 사정 뻔히 알면서. 얼마나?"

【조금만 있으면 돼.】

"고구마탕 맛있네. 조금 얼마? 안 되면 내가 빌려보지 뭐."

【20만 원만.】

그 순간, 동생은 포크를 접시에 떨어뜨리고 말았다. 200만 원도 아니고, 20만 원이라니? 동생이 놀란 눈으로 바라보자, 누나는 곧 고개를 떨구었다. 잠시 후, 동생은 이상한 기계음을 들었다. 말 못하는 누나가 자신의 말 못할 심정을 눈물 섞인 말로 표현하는 소리였다.

"끼우워… 즈으… 아우…"

"알았어. 누나, 알았어. 쉬이… 쉬이…"

동생은 누나에게서 20만 원을 빌리려는 이유를 들으며 치미는 울화를 삼켜야 했다.

【…… 그래서 카드 정지 안 당하려면 내일까지 통장에 넣어놔야 돼.】

【누나, 지금 은행 가서 넣어 버리자.】

【응? 지금?】

【그래. 어서 일어나. 애들 학원 언제 끝나?】

【9시 좀 넘어야 돼.】

【그럼 애들 먹이게 올 때 삼겹살도 좀 사오자. 좋지?】

【응.】

그날 저녁, 학원에서 돌아온 두 딸은 시커멓게 탄 삼겹살을 앞에 두고 울고 있는 엄마와 외삼촌을 보았다.

"자, 일단 정리를 좀 해봅시다. 형진씨가 알게 된 게 2009년이고, 누나가 혼자 가계를 꾸려나가다가 매형에게 도와달라고 한 게 2005년, 매형이 사돈어른 병간호를 시작한 게…"

"2002년요."

"그럼 지금까지 10년가량 문제가 지속되고 있는 셈이네요. 두 사람은 자주 싸웁니까?"

"이렇게 말씀드리면 이상하게 생각하실지 모르지만요, 제가 2009년부터 지켜봤는데요, 한 번도 안 싸웠어요."

"한 번도요?"

"예. 한 번도요."

"호오… 그게 그럴 수가 있나? 그 전에는요?"

"저도 너무 이상해서 누나한테 물어봤는데요, 전에도 가끔 다투기는 했지만, 심각하게 싸운 적은 없다고 그랬습니다."

"별거나 이혼 얘기는요?"

"제가 알기로는 없었습니다. 예, 확실히 없습니다."

"전혀?"

"전혀요."

"그럼 이상한데요. 문제가 뭡니까? 좀 힘들긴 하지만 누나는 그럭저럭 버티고 사는데 형진씨가 너무 오버하는 것 아닌가요?"

"아뇨. 두 사람이 싸우지 않은 건 서로 이야기를 하지 않아섭니다. 누나 말이, 한 몇 년은 다투기도 하고 그랬는데, 그 다음부터는 거의 말을 안 하고 지냈대요. 4년을요."

"하이구, 대단들 하시네. 4년이면 속이 썩어 문드러지고도 남을 시간인데. 밖에서 보기에 두 사람은 서로를 어떻게 생각하는 것 같던가요?"

"글쎄요, 그건 잘… 누나가 원체 속을 내보이지 않아서요."

"하기야 쓸데없는 질문을 했네요."

윤형진의 이야기는 거기까지였다. 부부 갈등의 양상은 의사소통의 부재로, 표면적인 원인은 가정경제의 파탄이라는 모습으로 명확히 드러나 있는 상태였다. 아내와 두 딸에 대한 남편의 태만 또는 무관심이 가장 직접적인 원인인 것도 분명해 보였다.

하지만 그가 들려준 이야기만으로는 갈등의 원인이 오로지 돈뿐인지, 다른 진화심리학적 원인이나 성 성격적 원인은 없는지, 있다면 두 가지 원인이 복합적으로 작용하지는 않았는지, 남편의 태만 또는 무관심은 어디에서 기인한 것인지 알 수 없었다.

그리고 처음 수면 위로 드러난 갈등이 언제 다시 감추어졌는지, 지금 느끼는 갈등의 골은 얼마나 깊은지, 두 사람이 갈등 상황에 어떻게 대처해 왔으며 지금은 어떻게 여기고 있는지에 대한 정보도 부족했다. 갈등 해결에 무엇보다 중요하게 작용하는 것은 정욕이든 애정이든 사랑이 남아 있는지 여부인데, 그 역시 안개에 가려져 있었다.

다만, 얻은 게 있다면 매형의 성 성격은 전혀 판단할 수 없지만, 누나가 가진 성 성격의 범위는 좁힐 수 있었다는 것이다. 동생이 묘사하는 누나의 성품 및 의사소통도 없고 별거나 이혼 얘기도 없는 상태를 4년이나 버텼다는 말로 미루어, 그녀는 적어도 유인원이나 문명인과는 거리가 있어 보였다.

"형진씨, 오늘은 이쯤 하죠. 따로 날을 잡아서 두 사람과 함께 만났으면 좋겠는데. 그게 어렵다면 우선 누나만이라도 먼저요. 충분히 얘기를 나눠 보고 연락해줘요."

"예. 알겠습니다. 매형 안 오고 누나만 온다면 저도 와야겠죠?"

"그래야죠. 통역이 필요하니까."

윤형진을 다시 만난 건 그로부터 3개월 후였다. 그는 겨우내 매형과 누나를 여러 차례 만나 상황을 개선시켜야 할 이유와 상담의 필요성을 설득했다고 했다. 그러나 두 사람은 상황을 개선시킬 필요성에 공감하면서도 상담에는 지극히 소극적이었다.

그는 자신의 이야기에 무대응으로 일관하는 매형은 일단 제쳐두고 우선 누나부터 설득하기 위해 문제를 확대했다. 어머니에게 도움을 요청했던 것이다. 아들에게서 그간의 경과를 전해들은 어머니는 깜짝 놀라며 딸에게 상담을 강권했고, 그 결과 윤형진은 누나를 데리고 올 수 있었다.

"선생님, 제 누납니다. 누나, 이분이셔."

윤형진의 손짓에 그녀는 조용히 고개를 숙였다.

"어서 오세요. 잘 오셨습니다."

얻어야 할 정보와 해결할 문제가 많았지만, 스스로 찾아오지 않은 이상 마음의 준비가 되었다는 확신이 들기 전에 섣불리 나설 수는 없었다. 그럴 때, 부담을 주지 않으면서 필요한 정보를 얻는 데 자주 활용되는 작업이 가계도 탐색이다. 그것부터 시작해야 했다.

"아버님은 어떤 분이셨죠? 두 분이 아시는 대로 말씀해 주시면 됩니다."

"아버님은 스님이셨는데요, 누나, 언제 스님 되셨지?"

【너 태어나고 얼마 되지 않아서.】

"저 태어나고 얼마 되지 않아서니까, 30년이 훨씬 넘었네요."

"대처승이셨나 보군요."

"예. 어릴 때는 할아버지 집안이 천석꾼이라서 잘 사셨다는데, ……"

동생과 함께 있어서인지 상담에 임하는 누나의 자세는 의외로 진솔하고 숨김이 없었으며, 대화가 진행될수록 차츰 적극적인 모습을 띠어갔다.

남매는 아버지에 대해 많이 알지 못했다. 부자 할아버지와 몰락한 양반 가문의 셋째 딸이었던 할머니 사이에서 장남으로 자랐고, 할아버지가 어떤 이유로 가난해진 뒤에 전자회사 직공으로 고생을 했으며, 스님이 될 정도로 성품이 순했고, 자신들을 늘 온화하게 대해준 아버지 정도로 기억하고 있었다. 그들이 아는 아버지의 성 성격은 자선가였다.

반면, 어머니에 대해서는 비교적 상세히 알고 있었다. 어머니는 평범한 시골 출신 여공으로 회사에서 아버지를 만나 결혼했으며, 남편을 내조하고 마을사람들과 친척들에게 단란한 가정으로 보이려고 노력하는 농촌의 여느 유순한 어머니들과 다르지 않았다. 남매가 묘사하는 어머니는 자선가와 광대 기질을 함께 가진 분으로 판단되었다.

두 사람에게 네 가지 성 성격을 설명한 다음 자신을 판단해 보라고 했더니, 동생은 자선가, 누나는 광대에 가깝다고 생각하고 있었다. 남매는 친가와 외가의 조부모들에 대한 기억을 더듬어가며 어린 시절 이야기를 풀어갔다. 그런데 대화에서 쏙 빠져 있는 사람이 있었다.

"형진씨, 전에 큰 누나가 계신다고 하지 않았나요?"

순간, 두 사람의 낯빛에 묘한 쓸쓸함이 비쳤다. 말을 먼저 꺼낸 건 누나였다. 동생이 다소 풀죽은 모습으로 누나의 말을 설명해주었다.

【언니, 지금 정신병원에 있어요.】

"큰누나는 지금 정신병원에 있습니다."

"아, 그러셨구나. 어쩌다가…"

【저랑 두 살 터울인데, 어릴 때 자폐증이었어요. 이상한 행동을 하고 지능이 좀 떨어지기는 했지만, 제가 중학교 들어갈 때까지는 저희랑 함께 살았어요. 얘가 어린데도 정말 잘 돌봐줬거든요.】

【잘 돌보기는.】

【아냐. 언니가 널 얼마나 좋아했는데. 언니는 일반학교에 못 다니고 특수학교에 다녔는데요, 얘가 초등학교 때부터, 너 그때 몇 학년이었니?】

"2학년이나 3학년쯤 됐지."

【맞아. 선생님, 그때부터 얘가 언니를 통학버스 타는 데까지 데려다주고 기다렸다가 데려오고 그랬어요. 특수학교에는 통학버스가 다 있거든요. 어머니가 하지 말라고 해도 박박 우기면서 그랬다니까요.】

언니 또는 큰누나는 남매의 가슴에 적지 않은 부담으로 자리하고 있는 것처럼 보였다. 하지만 일단 빗장이 풀리자, 남매는 미소를 머금고 부지런히 손짓을 교환해 가며 어린 날의 에피소드들을 나누었다. 그들의 손짓과 표정에는 언니와 큰누나에 대한 애정이 듬뿍 담겨 있었다.

동생의 설명을 들으며 두 사람이 나누는 기억을 물끄러미 바라보고 있던 내게 궁금증이 찾아들었다. 큰딸은 자폐이고, 작은 딸은 자폐 진단을 받은 적이 있는 언어장애라면 가족력이 있는 것은 아닐까? 단순히 예방주사나 환경 같은 문제라 해도 한 집에 두 명이면 발병 비율이 너무 높은 것 같은데…

"혹시 조부모대나 부모님 친척 분들 중에 자폐가 있습니까?"

【가족력 말씀이시죠? 없어요.】

동생이 '보세요, 답답해지죠?' 하는 듯한 눈길을 지어보였다.

【중학교 때 어머니한테 난 왜 다른 애들이랑 다른 거냐고, 다른 애들처럼 살게 수술시켜달라고 막 울면서 조른 적이 있어요. 그치만 어머닌들 어떡해요. 원인을 모르는데.】

가계도 탐색에서 찾을 수 있는 실마리는 없었다. 두 누나의 장애가 예방주사나 외부적 환경이 아닌 가정 내 문제에 의한 정서장애에서 비롯되었을 가능성을 의심할 수 있지만, 너무 이른 시기에 발병한 탓에 남매에게서 얻을 것은 없으니 의심으로 남겨둘 수밖에 없었다.

많은 대화가 오고갔지만 문제를 해결할 수 있는 열쇠는 여전히 오리무중이었다. 대화의 방향을 남편과의 관계로 틀어야 했다.

"남편 분 이야기를 좀 해주시겠습니까? 어린 시절 얘기도 좋고 시아버님 이나 시어머님 얘기도 좋고."

그녀는 남편의 집안과 성장환경에 대해 이상하리만치 모르고 있었다. 그러나 남편의 성 성격에 대한 질문에는 일말의 주저함도 없었다.

【그이는 광대예요.】

"광대랍니다."

"왜 그렇게 생각하세요?"

【화내는 일도 없고, 심하게 따지지도 않아요. 절 무시해서 그렇지. 저랑 애들을 배려하지 않으니까 자선가도 아니고요.】

"그렇군요."

【그이는 신혼 초부터 친구들이랑 다른 사람들한테 잘사는 모습을 보여 주는 데 신경을 많이 썼어요. 왜 있잖아요, 집에는 문제가 많은데 나가 면 아무 문제가 없는 것처럼 행동하는 사람이요. 그땐 그게 이렇게 큰 문 제가 되리라고는 생각하지 않았어요. 그런데 그게 그 사람 성격이었어요. 돈이 없어서 정말 힘든 적이 있었어요. 그때 친구들한테 부탁을 좀 해보 면 안 되겠냐고 한 적이 있는데요, 그때도 그런 모습 보이기 싫다면서 안 했어요. 한다는 게 별로 친하지도 않은 선배랑 후배한테 전화해서는 잠 시 아르바이트나 좀 하려는데 일거리 없냐고, 그럴 정도였다니까요.】

그녀의 이야기를 통해 갈등이 처음 수면 위로 드러난 시기와 다시 감추 어진 시기, 두 사람이 갈등에 어떻게 대처해왔으며, 지금은 깊어진 갈등 의 골을 어떻게 느끼고 있는지 등 몇 가지 의문이 해결되었다. 그러나 남 편과의 갈등은 일반적인 접근으로는 도저히 해결의 실마리를 잡을 수 없는, 예상보다 훨씬 심각한 상태였다.

갈등상황에 처한 부부가 보이는 행동 패턴을 보면, 유인원은 대체적으 로 성질을 부리며 갈등을 풀어내고, 문명인은 조목조목 따지고 든다. 자 선가 역시 자신이 아니라 짝의 행복을 위한다는 명분이 문제이지만, 어 떤 식으로든 갈등을 해결하기 위해 노력한다.

그런데 이 부부는 갈등의 표면적인 원인이 분명히 존재하고, 그 원인에 의해 촉발된 갈등이 삶을 지배하고 있음에도, 남편과 아내 모두 갈등을 자신의 삶에서 일정 거리만큼 분리해놓고 있었다. 싸움을 해야 하는 상황인데도 싸우지 않는 것, 이것이 그들이 처한 심각한 상황이었다.

그녀는 갈등을 묻어두었으면 했다. 남편을 사랑하기 때문이냐는 다소 바람 빠진 내 질문에, 그녀는 이제 남편을 사랑하는지 아닌지 알 수 없게 되어버렸지만, 그것 때문은 아니며, 불편한 관계가 알려지는 게 부끄럽기 때문이라고 했다. 왜 그랬는지 모르지는 않지만, 자신의 부부관계를 어머니에게 말해버린 동생이 한편으로는 야속하다고도 했다. 광대만이 할 수 있는 대답이었다.

약 세 시간가량의 대화에서 얻은 소득은 두 가지였다. 한 가지는 남편과 아내의 성 성격이 광대라는 사실이었다. 또 한 가지는 갈등의 내면에 도사리고 있는 진짜 원인은 진화심리학적인 요인이 아니라 성 성격적인 요인이 분명할 거라는 추측이었다. 가정경제의 파탄이라는 원인에 의해 갈등이 시작된 것은 분명하나, 그것은 시작일 뿐, 갈등의 골을 깊게 하고 그토록 오랜 기간 끌어올 수 있게 한 원인은 성 성격 외에는 없다고 생각되었기 때문이다.

그렇다면 길은 하나, 두 사람의 성 성격이 어떤 경로를 통해 광대가 되었는지를 알 수 있는 어린 시절의 성장환경밖에 없었다. 그 길을 되밟아가는 과정에 남편이 아내와 두 딸에게 태만한 이유가 무엇인지, 정신병원에서 살아가는 큰딸의 자폐와 둘째의 언어장애 사이에 어떤 상관관계가 숨어있는지가 밝혀질 수 있을 것이며, 그 어디쯤에서 갈등을 해결할 수 있는 열쇠가 드러날 수도 있을 것이었다.

하지만 남매에게서 더 들을 수 있는 성장환경에 대한 이야기는 없었다. 또 다른 외부 조력자가 나타나지 않는다면 갈등은 봉합되지 않을 것이고, 그렇다면 부부에게 남겨진 선택지는 뻔했다. 또 다른 외부 조력자로 누구를 기대할 수 있을까? 이 부부의 문제는 그렇게 미궁으로 빠져들었다.

남편에 대한 윤희경의 사랑이 식지 않아서였을까, 여름을 재촉하는 장맛비가 내리던 무렵, 그녀가 조력자가 아닌 남편 이기석과 함께 찾아왔다.

부부갈등은 보통 어떤 원인에 의해 촉발되고, 그 원인을 풀어내는 과정에 감정이 얽혀 갈등의 골이 깊어지게 마련이다. 하지만 이 부부가 가진 문제의 핵심은 갈등의 원인이 아니었다. 갈등을 해결하기 위한 본질적인 대화나 싸움이 부족한 상태에서, 그저 덮어두고 조용한 상황을 이어가려는 데 있었다.

따라서 이 부부를 회복의 길로 돌리는 일에는 성 성격이 형성된 환경에 대한 이해가 우선되어야 했다. 그런데 아내에게서는 실마리를 찾을 수 없었으므로 남편의 성장환경에 기대를 걸 수밖에 없었다. 남편이 광대 스타일을 갖게 된 배경을 알면 아내와 두 딸을 거의 버려두다시피 하며 어머니 병간호에 매달린 이유를 알 수 있을 것이고, 그 이유를 공유하는 과정에 남편에 대한 아내의 이해가 넓어질 것이며, 그런 이해는 자연히 부부를 해결 국면으로 인도해갈 것이었다.

그러나 그는 첫 단추부터 심드렁한 반응을 보였다.

"지난번에 아내 분 말씀을 들었습니다. 남편 분은 어릴 때 어떠셨죠?"

"특별한 거 없습니다. 다른 사람들처럼 그저 그랬죠 뭐."

"그냥 편하게 말씀하셔도 됩니다. 부모님은 어떤 분이셨는지 말씀하셔도 좋고, 어릴 때 어떻게 지내셨는지 말씀하셔도 좋고, 뭐든 좋습니다."

"뭐어… 뭐냐 하면 말이죠. 아버님은 작은 공장에 다니셨는데, 열심히 사셨고, 어릴 때 돌아가셨고, 어머니는 자식들 키우느라 힘드셨고. 그렇죠 뭐."

"그러셨군요."

"……."

남편의 방어적인 태도에 아내가 수화로 끼어들자, 그는 천천히 되받으며 의자에 몸을 깊숙이 파묻었다. 그 모습을 본 아내는 금세 한숨을 내쉬며 고개를 떨어뜨렸다.

"저기, 제가 알 수 있게 설명을 좀 해주시겠습니까?"

"기억나는 대로 알아서 잘 좀 말하라고 해서, 알았다고 한 것뿐입니다."

남편의 대꾸는 당연한 것이었지만, 아내의 반응은 남편의 행동과 말이

어긋난다고 말하고 있었다. 무언가 이상하게 돌아가는 느낌이었다. 다시 아내가 다그치듯 묻자, 남편의 수화는 조금 더 느긋해졌다. 몇 차례 수화가 오고간 뒤에 아내는 자신의 가슴을 두드렸고, 그는 표정 없는 얼굴로 팔짱을 끼고 아내를 흘깃거렸다.

"무슨 말씀들이신지…"

"아 참, 죄송합니다. 지금 여기 왜 와 있는지 모르느냐고 해서, 해결을 원하니까, 방법이 있을까 싶어서 와 있는 거 아니냐고 대답한 겁니다."

그런데 해결을 원하기 때문에 와 있다는 대답과 팔짱을 끼고 흘깃거리는 그의 행동은 완전히 상반되는 메시지를 품고 있었다. 알아서 잘 좀 하라는 아내의 말 역시 반대되는 메시지를 품고 있기는 마찬가지였다.

"당신, 혹시 내가 헤어지고 싶어 한다고 생각하는 건 아니지?"

【그런 게 아니라는 거 알잖아요.】

"그럼 내가 왜 여기 와 있는지 잘 알면서 그런 소릴 한 거잖아. 헤어지고 싶은 건 당신이네."

아내는 또 깊은 한숨을 내쉬며 가슴을 두드렸다. '내가 헤어지고 싶어 한다고 생각하는 건 아니지?'라는 말의 속뜻은 '당신이 잘못한 것 맞지?'였고, '헤어지고 싶은 건 당신이네'라는 말의 속뜻 역시 '거봐, 당신 잘못이잖아'였다.

원하는 것을 직접적으로 명료하게 전달하는 대신 자신의 정당성을 주장하기 위해 속뜻을 감춘 상태에서 공을 상대에게 도로 튕겨 보내는 뒤틀린 소통방식, 고난도로 조직된 폭력적인 의사소통 방식이었다. 순간, 꽤 오랫동안 잊고 있었던 '이중구속double bind'이라는 단어가 떠오르면서 양팔에 소름이 돋았다.

인간의 대화는 언어로만 구성되는 것이 아니다. 언어만 해

이중구속
인류학자이자 언어학자인 그레고리 베잇슨(Gregory Bateson)이 보고서 '정신분열이론에 대해(Toward a theory of Schizophrenia)'에서 처음 소개한 개념으로, 대화 상대에게 상이한 언어적 의사(말)와 비언어적 의사(자세, 표정, 행동)를 동시에 부과하는 상황을 말한다.

도 어조와 어감과 강조점에 따라, 또 상황에 따라, 입에서 나오는 말의 의미가 달라진다. 무엇을 하는지 몰라서 묻는 '뭐하니?'와 무엇을 해야 할지 모르는 사람에게 소리치는 '뭐하니?'가 다른 것처럼 말이다.

거기에 말을 하는 자세, 눈과 입과 얼굴 전체의 표정, 손짓과 발짓을 포함한 행동 등도 의사를 전달하는 채널의 기능을 수행하며, 언어가 아닌 의사소통 채널이 언어보다 더 큰 의미와 소통의 효과를 갖는 경우도 흔하다. 이는 대사 없이 표정과 몸짓만으로 공연하는 무언극pantomime을 연상하면 쉽게 알 수 있다.

어머니가 막 현관으로 들어서는 딸과 눈을 맞추지 않은 상태에서 낮고 건조한 어투로 어서 오라고 해놓고 획 돌아선다면, 어머니의 '어서 와'는 상황에 따라 '왜 이렇게 늦었니?', '아침에 네가 한 짓 때문에 난 아직도 기분이 나빠', '모를 줄 알았지? 야단맞을 각오나 해 둬' 등과 같이 언어와는 전혀 다른 의미를 전달할 수 있다.

힘겨운 일과를 마치고 돌아오는 딸을 반기며 수고했다고 말하고자 하는 어머니가 딸을 위하고 염려하는 마음을 전달하는 데는 진심이면 충분하다. 그럴 때 대화의 모든 채널, 즉 어조와 어감, 강조점, 자세, 표정과 행동은 '어서 와'라는 동일한 메시지를 전달한다.

그러나 우리는 미운 감정을 숨기고 좋은 사람인 것처럼 보이고 싶을 때, 부드러운 말에 앙칼진 자세나 뼈 있는 행동을 실어 보낸다. 원하는 것을 솔직히 털어놓을 수 없거나 갈등에 휩싸여 있지만 평온을 가장하고 싶을 때, 마음이 몹시 꼬여 있어서 말 한마디로 상대의 가슴을 할퀴고 싶을 때, 이중구속이라는 뒤틀린 대화방식의 파괴적인 힘을 빌린다.

이중구속이란, 의사소통의 채널들이 동일한 메시지를 전달하지 않는 상황, 즉 서로 모순된 말과 행동이 동시에 전달되는 상황을 말한다. 이 방식은 자기중심적이라서 상대를 이러지도 저러지도 못하는 곤경에 빠뜨리는 매우 그릇된 대화방식이지만, 우리 중에 이중구속을 사용하지 않는 사람은 거의 없다.

누군가가 금지된 일을 해서 어려움에 직면했을 때, 우리는 종종 '자~알 한다'라고 핀잔을 준다. 친구의 에메랄드 반지가 부럽지만 속물이고 싶지는 않은 아내는 남편에게 '난 자기만 있으면 돼. 근데 영숙이 있잖아,

걔 남편 영숙이 엄청 사랑하나봐. 이따만 한 에메랄드를 끼고 나왔다니까 글쎄.' 하며 딴 주머니도 차지 않은 남편의 속을 득득 긁는다.

이중구속적인 대화방식은 때로 정신을 피폐하게 만들 수 있다. 듣는 이로 하여금 말하는 이의 속마음을 살피기 위해 눈치를 보게 하고, 그래서 긴장의 끈을 놓지 못하게 하기 때문이다. 그런 상황이 반복되면 상대를 대할 때마다 마음에 돌덩이가 하나씩 들어앉게 되어 결국 정신이 아프거나 상대와 결별하는 데까지 이르고 만다.

언젠가 경험했던 어느 자선가 며느리의 사례만큼 이중구속이 삶에 미치는 치명적인 영향을 잘 보여주는 예도 드물다. 그녀는 듣기에도 살벌한 고부갈등을 겪고 있었는데, 시어머니는 서운한 감정을 전달하기 위해 오전 10시부터 이게 먹고 싶느니, 저걸 먹어본 지가 언젠지 모르겠다느니 해놓고는, 며느리가 일껏 차려놓은 밥상머리에서 '밥 한다꼬 고생이 많았제? 그란데 우짜노, 내가 입맛이 없어지뿟다.' 하고는 방으로 들어가 아들이 돌아올 때까지 머리를 싸매고 누웠다가 퇴근한 아들에게 '아이고, 야야… 내가 마 따로 나가서 사는 기 안 좋겠나 시프다.' 하며 찔찔거리는 식으로 며느리를 괴롭혔다.

마음이 뒤틀려 있어서 원하는 것을 직접적이고 명료한 방식으로 전달하는 대신 '내가 뭘 원하는지 그렇게도 모르겠니?'라는 표정과 몸짓으로 자신의 내면으로 들어오지 않는 며느리를 탓하는 시어머니 앞에서, 며느리는 늘 눈치를 살피느라 전전긍긍했고, 아들의 귀가 시간은 점점 늦어졌다.

그렇게 시어머니의 각종 이중구속에 10여 년을 시달린 며느리는 결국 우울증과 협심증, 그리고 가벼운 피해망상으로 1년여 동안 정신과 신세를 진 후에 시어머니의 원대로 그녀의 모든 씨족과 작별하고서야 자신의 삶을 되찾을 수 있었다. 남편을 포함해서 말이다.

생각을 정리하는 동안, 남편 이기석의 느긋한 손짓과 아내의 급박한 손짓, 그리고 이어지는 한숨 및 가슴 두드리기는 계속되었다. 남편이 통역 없이 가끔 무의식적으로 수화에 맞춰 중얼거릴 뿐이었지만, 아내의 눈빛과 행동만으로도 어떤 대화가 오고가는지 충분히 짐작할 수 있었다.

남편 이기석은 어떻게 보면 신중한 것 같으면서도 어떻게 보면 무엇인가를 감추는 것 같은, 내가 종종 '철의 장막'[275]이라 부르는 그다지 선명하지 않아 보이는 성향의 인물이었다. 그런 그가 이중구속이라는 밧줄로 아내의 가슴을 얽어매고 있었다.

아내가 기억나는 대로 잘 좀 말하라고 요청했을 때, 남편은 수화로 천천히 '알았어'라고 대답하고는 의자에 몸을 파묻었다. 그가 구사한 언어는 '알았어'였지만, 태도와 행동의 채널은 '몰랐어' 또는 '잘들 해 봐'였고, 아내는 남편의 이중구속에 신물이 난 듯 한숨을 쉬며 고개를 떨어뜨렸다.

지금 여기 왜 와 있는지 모르느냐는 아내의 물음에, 남편의 언어는 '해결을 원하니까'였지만, 그의 표정 없는 얼굴과 팔짱을 낀 자세는 '당신이 오자고 했으니까'였으며, 그 느낌은 아내뿐 아니라 나에게도 직접적인 저항의 의미였다.

아내 역시 이중구속의 힘을 빌려 남편의 뒤틀린 소통방식에 대응하고 있었다. 평소에 알아서 잘 하지 않는 사람이 어디 있을까. 자살하는 사람조차도 그 방식이 최선이라 여기기 때문에 택하는 것이다. 남편 역시 그동안 나름대로 알아서 잘 해왔을 것이다. 그런데도 아내는 남편의 '알아서 잘 해온 행동'이 마음에 들지 않았으리라. 결국 '알아서 잘 좀 하라'는 말의 속뜻은 '지금까지 잘 못했으니, 오늘은 당신 마음대로 하지 마'였던 것이다.

하지만 아내의 이중구속은 남편에게 배워서 남편에게만 사용하는 것으로 판단되었다. 동생이 어떠한 이중구속도 사용하지 않았던 점, 그리고 동생과 약 세 시간가량 대화를 나눌 때 보였던 그녀의 진지하고 솔직한 성품과 이중구속을 연결시키기에는 무리가 있어 보였기 때문이다.

어떻든 두 사람은 겉으로 드러나지 않는 싸움을 매우 집요하고 치열하게 이어가고 있는 중이었다. 그렇지만 갈등을 10년 동안 끌어왔다는 사실을 감안하면, 두 사람의 싸움은 비록 심하게 뒤틀려 있을지언정 긍정의 신호가 분명했다. 별거나 이혼에 대한 말이 나오지 않은 상태이고, 무관심으로 완전히 돌아선 것도 아니기 때문이었다. 그럼에도 그동안 이중구속적인 언사로 상대의 속을 갉아왔으리라 생각하니 앞이 캄캄해졌다.

이중구속에 놀란 탓인지, 아니면 남편의 비협조적인 태도 때문인지, 상담의 방향이 순식간에 사라지고 말았다. 그에게서 해결의 열쇠를 얻으려던 기대도 차츰 멀어지고 있었다. 아니나 다를까, 통역도 해주지 않고 아내와 손싸움에 열중하던 그가 자세를 고쳐 앉더니 정색을 하고 말했다.

"뭐어… 뭐냐 하면 말이죠. 이 사람이 와보자고 해서 오긴 왔는데, 역시 생각했던 대로군요. 처남이 무슨 얘기를 했는지 모르겠지만, 그… 뭐냐 하면 말이죠. 저는 이 사람과 헤어질 마음이 없습니다. 이 사람도 마찬가지일 겁니다. 별 문제도 없는데 말이죠, 이런 얘기를 하는 게 좀, 허허허…"

그가 일어서려 하자, 아내가 다시 다급한 수화로 제동을 걸었고, 나는 두 사람이 몸짓으로 지어내는 파경의 그림자가 긍정의 신호에 드리워지는 광경을 한참동안 지켜봐야만 했다.

포기만 얻은 채 끝장이 나버린 그날의 대화야말로, 시도는 '해결을 위해서'였지만, 과정은 '해결 따위는 잊어버려'였던 완벽한 이중구속의 장이었다. 이 광대 부부의 사례는 어떤 해결의 기미도 없이 계절을 넘기며 서서히 기억에서 잊혀져갔다.

조력助力의 의미는 일이 잘 되도록 거들거나 돕는 것이다. 진정한 조력자는 문제를 잘 파악하고 있어서 어떤 방식으로 접근해야 하는지 안다. 도움을 필요로 하는 이의 성향을 알고 있기에 배려를 잊지 말아야 한다는 사실도 잊지 않는다. 그리고 끈기로 난관에 대처해가며 자신의 도움이 실질적인 결과로 이어지게 하려 한다. 돕기 위해 나선 동기가 자기만족이나 동정이 아니라 그/그녀를 향한 애정이기 때문이다.

다행스럽게도 윤희경·이기석 부부에게는 그런 조력자가 있었다. 윤희경의 동생 윤형진이었다. 남편의 비협조적인 태도로 인해 중도포기된 지 5개월, 윤형진에게서 전화가 걸려왔다.

"…… 그래서 제가 자꾸 물었지만, 대답을 안 하세요. 어머니가 말하지 않은 게 있습니다. 분명해요."

매형에게서 아무런 해결책을 기대할 수 없다고 판단한 그는 그동안 스스로 가계도를 탐색해보기 위해 친척들을 방문하고 다녔는데, 외당숙모[276]로부터 아버지에 대해 놀라운 이야기를 들었으며, 그것에 대해 어머니에게 따져 물었지만 묵묵부답이었다고 했다.

"아버님 젊으실 때 성격이 장난이 아니셨다고 그러셨거든요. 숙모님 말씀이 맞다면 누나가 언어장애를 앓게 된 원인이 나오지 않을까 싶어서요."

"그럴 수도 있겠군요. 그럼 어떻게 한다…"

"근데 선생님, 궁금한 게 있습니다. 누나가 광대가 된 원인이 밝혀진다 해도, 저는 그게 매형이랑 누나가 다시 좋아지는 데 뭐 어떻게 영향을 미치는지 모르겠습니다."

"허헛, 성 성격을 알고 나서 좋아진 사례가 안 그런 사례보다 많지만, 사실 저도 그게 어떻게 그렇게 되는지 정확히는 몰라요. 부부 마음을 누가 알겠습니까? 현재로써는 다른 가능성이 없고, 사랑이 없어진 것 같지도 않으니까, 거기에 기대를 걸 수밖에요. 아마 사랑이 길을 알려줄 겁니다."

"그럼 어머니 모시고 누나랑 함께 찾아뵙겠습니다."

그러나 사흘 뒤에 만나기로 한 약속은 어머니의 거부로 한 달을 훨씬 넘기고서야 이루어졌다.

【안녕하셨어요?】

윤희경이 수화에 이어 고개를 숙이고는 어머니에게 손짓을 해보였다.

"오랜만입니다. 어머님이시죠? 잘 오셨습니다."

어머니의 표정에는 초조한 기색이 역력했다.

"동생 분은요?"

딸이 수화를 하려다 말고 어머니의 팔을 툭 건드렸다.

"응? 어… 형진이가 갑자기 일이 생겨서 못 왔어요."

"아, 예. 자, 이쪽으로. 뭐 마실 거라도?"

그날의 과제는 아버지와 어머니의 성 성격 파악이었다. 두 사람의 성 성격을 파악하는 과정에 혹시라도 동생이 의심하는 '숨겨진 무엇' 또는 큰딸이 자폐를 앓고 둘째 딸이 언어장애에 걸린 이유를 알게 될지도 모를 일이었다.

그러나 어머니의 초조한 저항에 진심으로 대응하지 못한다면 얻을 것은 아무것도 없었다. 남편의 조력을 전혀 기대할 수 없는 상황이니 어머니의 방문은 부부에게, 또 나에게 주어진 마지막 기회나 마찬가지였다.

어머니가 대화에 관여할 공간을 마련해가며 둘째 딸 부부가 겪고 있는 문제를 차근차근 설명했지만, 그녀는 가만히 듣기만 할 뿐 긴장을 풀지 않았다. 통역을 부탁한 뒤에 딸과 대화를 나누는 도중에도 그녀는 열심히 통역만 해줄 뿐 대화에 참여하지 않았다. 예상보다 강한 인내와 저항이었다.

그녀가 가장 편안히 느낄 수 있는 시작점은, 딸 부부의 문제로부터 먼 거리에 있지만 그녀 편에서는 가깝고 쉬운 자신의 성장환경, 그 지점이어야 했다. 다행히 그녀는 성장환경을 얘기해 달라는 나의 요청에 별다른 거부감을 보이지 않았다.

그녀는 이따금 딸과 수화를 주고받으며 자신이 자란 고향 풍경과 어린 시절에 대해 말했다. 남매에게서 들었던 이야기와 다른 것은 없었다. 별달리 주목할 만한 것도 없었다. 그런데 이야기가 남편을 만나서 결혼하던 시절에 이르자, 그녀의 음성이 가늘게 떨리는가 싶더니, 긴 한숨이 흘러나왔다. 세월과 회한이 짙게 배어나는 한숨이었다.

"예전에는 결혼식을 도시에서 한 번, 시골에서 한 번, 이렇게 하는 경우가 많았다던데, 그러셨나 보군요."

"기흥이 고향인데, 지금이사 버스 타믄 금방이지만 참 멀었잖아요."

"그렇죠. 혹시 신혼 때 고부갈등 같은 건 없으셨어요? 옛날 어른들은,"

"왜 없어요. 에휴, 얼마나 깐깐허고 모진 냥반이었는데. 그걸 내가 말로 다 헐 수가 없어요. 애들 할머니가 양반집 셋째 딸인데, 딸을 그렇키 천대허던 시절에 처녀 적에 천자문꺼정 다 땐 냥반이요."

【엄마, 그거 모르지? 우리 시어머니가 할머니보다 더 무서운 거.】

"아이고, 머 때문에? 어떻게 무서운데?"

"어머님, 저한테도 통역을 좀…"

"얘 시어머니가 할머니보담 무섭다네요. 아프다는 양반이 왜 그런대?"

【몰라. 기석씨가 말을 안 하니까. 그냥 버티고 살아.】

"이서방도 막 그 냥반마냥 괴롭히디?"

【아냐. 꽉 막혀서 그렇지 기석씨는 안 그래.】

"아휴우, 가슴이야. 그 냥반이 멀 어떻게 했길래?"

보통 가정이라면 이미 오래 전에 나누었어야 할 대화를 이제야 나누고 있는 모녀. 분명 예사로운 모습은 아니었다. 딸의 이야기를 들으며 연신 가슴을 쓸어내리던 어머니가 정색을 하고 물었다.

"그래서 그 냥반이 머라 그러디?"

【버버리가 들어와서 집구석이 이 꼴이 됐다고, 사람 하나 망쳐놨다고…】

묵은 감정이 복받쳤던지 딸이 소리를 죽여 흐느끼기 시작했다.

"그 소리를 듣고도 이서방은 가만히 있었어?"

【아니… 나한테 미안하다 그랬어…】

딸의 어깨를 어루만지는 어머니의 손이 파르르 떨리고 있었다. 딸의 감정을 자신의 것으로 느끼는 것 같았다. 그렇게 얼마나 지났을까, 어머니가 테이블에 놓인 주스를 들이켜더니 딸과 수화를 몇 마디 나눈 후에 작정이라도 한 것 같은 표정으로 입을 열었다.

"애들 아버지는 중질을 했는데, 시늉만 내는 사람이었어요. 진짜로 말하믄 중도 아니지 머. ……"

어머니가 풀어놓는 아버지의 과거사에 딸은 큰 충격을 받는 듯 보였다.

그녀의 남편 윤근오는 천석꾼 집안의 막내인 아버지와 몰락한 지식인 집안의 셋째 딸인 어머니 사이에서 장남으로 태어났다. 남편의 아버지, 즉 시아버지는 유순한 성품이었지만 돈을 쓸 줄만 알았지 벌어본 적은 없는 인물이었다. 시어머니는 돈푼께나 있는 집안으로 시집을 왔지만, 남편이 유산을 탕진한 후에 혼자서 식구를 먹여 살리느라 채소 바구니를 이고 20km가 넘는 시장 대여섯 곳을 기차로 오가며 모진 고초를 감당해야 했다.

윤희경의 어머니는 시어머니가 겪었던 고통을 마치 친어머니의 과거이기라도 한 것처럼 자세히 알고 있었다. 그녀는 시어머니가 빈둥거리는 시아버지를 멸시하며 싸우던 모습들을 똑똑히 기억하고 있다는 말을 남편으로부터 여러 차례 들었다고도 했다.

"스님이 되시기 전에 남편 분 성격은 어떠셨습니까?"

"말도 못헐 정도였지. 툭 허믄 깨부수고 때리고, 그때 생각만 허믄…"

딸의 눈이 휘둥그레졌다.

【때려? 아버지가 엄마를?】

"그래… 그랬다."

"결혼 전에는 그런 분이라는 걸 모르셨습니까?"

"허이구, 선생님도. 결혼할 여자 앞에서 그러는 남자가 어딨다고."

"그렇죠. 그런 남자는 잘 없죠. 그러면 말입니다, 그렇게 폭력을 당했을 때 어떻게 하셨습니까? 친정으로 가신다거나 도움을 청한다거나."

"출가외인이 어디 갈 데가 있어요. 넘사시러븐 일로 도와달라고 했다가 동네방네 소문나믄 어뜩헐라고. 애저녁에 생각도 못허던 시절이요. 그런 건."

【그럼 그냥 맞고만 있었어?】

"정 화가 날 때는 몇날며칠을 말도 안 허고 그랬지만, 어쩌냐, 가화만사성인데 내가 참어야지. 화 풀어질 때꺼정. 집안은 조용해야 되는 거야."

단정지을 수는 없지만, 윤희경의 할아버지는 광대의 특질을, 할머니는 문명인의 특질을 갖고 있었던 것으로 추정되며, 어머니가 전해주는 초기 결혼생활은 아버지의 성 성격을 유인원으로 지목하고 있었다. 그리고 남편의 폭력을 해결하기보다는 가정의 평화를 위해 덮어두었다는 어머니의 말에 비추어 볼 때, 윤희경의 광대 특질은 그런 어머니로부터 물려받은 것이 분명했다.

윤희경의 어머니는 남편이 걸핏하면 싸우는 부모를 보고 자라면서 화를 배우고 키웠을 것이라 생각했다. 그녀의 이야기에 드러난 정황들은 그런 생각을 충분히 뒷받침하고 있었다.

무능력한 아버지에 대한 혐오와 어머니를 측은히 여기는 마음, 그리고 부부싸움이 일상이 되어버린 상황에서 오는 답답함이 화로 바뀌어 윤근오의 내면에 차곡차곡 쌓였고, 그로 인해 폭력을 행사하는 유인원의 성 성격을 가지게 되었으리라는 짐작이 가능한 대목이었다.

【엄마. 아버지가 있잖아, 할아버지한테 화가 났던 걸까?】

"그랬것지. 날만 새믄 싸우니까 그것도 지겨웠을 거고."

"제 생각은 좀 다릅니다. 시어머님께서 보통 깐깐하고 모진 분이 아니셨다니까, 아마 남편 분이 당신 어머님에게도 화가 나셨을 것 같은데요. 어머님은 시어머님을 대하실 때 화가 나지 않으셨습니까?"

"났죠. 많이 났죠. 그거 맞는 말 같으네요."

"그런데 말이죠, 어머님은 남편 분 어린 시절을 정말 자세히 알고 계시는데요, 남편 분께 들으신 겁니까? 이렇게 잘 아는 경우는 드물거든요."

"생각을 해보니까 선생님 말이 딱 맞네. 얘들 아버지가 어머니한테 화가 난 게 맞아요. 직장이 시댁에서 쪼끔 먼 데 있어서 우리끼리 따로 살았는데, 토요일만 됨 남편이 날 시댁으로 보냈어요. 자기는 가뭄에 콩나드끼 가믄서. 그 냥반이 아들을 얼마나 보고 싶어 했는데. 우리 장남 어데 갔냐고 물을 때마정 힘들었어요. 회사에 바쁜 일 있다, 동무들 모임에 나갔다, 감기 들었다, 그래 둘러댄다고… 에휴, 무심헌 사람."

"그러니까 남편 분 어릴 때 이야기를 해준 사람은,"

"시어머니요."

"그러셨구나. 왜 직접 안 가시고 어머님을 보내셨을까요?"

"보믄 괴롭다고. 자기 엄마 보기가 힘들다고. 사실로 말허자믄 말이여, 거기만 댕기 오믄 부수고 때리고 집안을 쑥대밭으로 만들고 그랬어."

그녀의 남편에게 화를 심어준 사람은 그의 아버지라기보다는 어머니, 즉 무능력한 남편을 향한 울화를 가슴에 품은 채 장남만 바라보고 살았던 어머니 쪽인 것 같았다. 그런 어머니라면, 남편을 혐오하고 아들을 위하는 마음으로 가득한 그런 어머니라면, 자신의 아들 사랑이 반동형성에 의한 집착에서 비롯된 것일 수 있다는 생각은 하지 못한 채 아들을 괴롭힐 수 있지 않았을까.

어머니의 이야기는 두 딸과 아들의 어린 시절로 접근하고 있었다. 그에 따라 윤희경·이기석 부부의 미래가 결정될 순간도 가까워지고 있었다. 병원에 있다는 첫딸을 언급해 이야기를 문제의 핵심으로 끌어당기고 싶은 욕심이 일었지만, 실패에 대한 염려가 앞을 막아서는 바람에 일단 구르기 시작한 대화의 수레를 지켜보기로 했다. 수레는 스스로 자신의 길을 개척해 나갔다.

【엄마. 왜 지금까지 우리한테 말하지 않았어?】

"그게 말이다, 니들헌테만 숨긴 거 아니다. 친척들도 잘 몰라."

【아버지가 스님 흉내만 내고 스님도 아니라는 건 또 무슨 말이야?】

"휘유우… 이유가 있다. 있는데… 니들 아버지도… 아버지가…"

어머니는 자식들의 행복을 위해 차마 말할 수 없는 과거를 숨겨왔지만, 누나 부부의 문제가 해결되려면 누나가 왜 지금의 성격과 언어장애를 갖게 되었는지를 알아야 한다는 아들의 말에 고민을 거듭했고 이제 털어놓기로 마음을 먹었다고 했다. 비밀로 간직해온 남편과 자신의 치부가 딸 부부의 발목을 잡고 있는 현실을 풀어낼 수 있기를 바란다고도 했다.

【얼마나 대단한 이야긴데? 엄청 궁금해지네.】

행복, 고민, 치부, 예사롭지 않은 단어들이었다. 딸은 대수롭지 않은 듯, 놀라지 않을 테니 걱정 말고 얘기하라는 듯 태연을 가장했지만, 잔뜩 굳어 있는 어머니만큼이나 경직되고 있었다.

【뭔데?】

".......”

【빨리 말해 봐.】

"희경아, 아버지가 젊은 혈기를 못 참어서… 니 언니 갓난 애기 때…, 그때 포대기로 싸서 이불에 눕혀 놨는데…, 엄마가 대꾸를 안 허니까 화가 나서는,”

어머니의 떠듬거리던 손이 빠르게 움직이기 시작했다. 동시에 그녀의 입에는 자물쇠가 채워지고 말았다. 통역을 부탁하려는 순간, 딸이 화들짝 놀라며 수화를 건넸고, 급박한 손짓이 오갔다. 그때부터 나는 무성영화를 보듯 두 사람의 몰입된 손짓과 표정을 바라볼 수밖에 없었다.

모녀는 오래된 이야기 속으로, 함께 흐르는 눈물 속으로 깊이 침잠해갔다. 나 역시 이따금 화장지를 건네고 물을 떠다주며 모녀가 나누는 알아들을 수 없는 이야기와 그 이야기를 감싸 도는 진실과 사랑의 느낌으로 빠져들었다.

두 아내는 대화를 나누는 틈틈이 상대의 가슴에 손을 얹고, 상대의 손을 당겨 자신의 뺨에 대고, 살포시 쥔 주먹 위로 손바닥을 돌렸다. 젊은 아내는 괜찮다는 몸짓으로 어머니의 눈물을 닦아주었고, 늙은 아내는 사랑이 가득한 눈길로 딸의 얼굴을 쓰다듬었다.

진심이 전하지 못하는 메시지가 있을까? 모녀가 손가락과 표정, 몸짓과 눈물로 주고받는 진심에는 어떠한 이중구속도 끼어들 여지가 없었다. 그렇기에 비록 꿔다 논 보릿자루처럼 내용은 알 수 없었으나, 두 사람이 사과와 이해, 용서와 교감을 나누고 있음이 너무도 명확히 다가왔다. 그것으로 만족이었다.

대화를 마치고 일어선 모녀의 낯빛은 화장이 얼룩져 엉망이었지만 더없이 환했다. 어머니가 화장지로 눈물을 훔치며 돌아서는 사이, 윤희경이 인사를 한 뒤에 휴대폰을 귀에 갖다 대더니 안간힘을 쓰며, 그러나 밝게 외쳤다.

"감따하웁따, 저아, 젓하…"

전화가 온 것은 이튿날 오후 무렵이었다.

"선생님 안녕하세요. 저 윤형진입니다."

"어허허, 이 사람. 어제 왜 안 왔어요?"

"어제 누나랑 어머니만 이야기했다던데, 많이 궁금하셨죠?"

"통역이 없어서 좀 답답했죠."

"저녁에 거기서 뵐까요? 맛있는 거 사드릴게요."

"어디요?"

"처음에 뵈었던 데요. 복어 거기요."

"아이구, 좋죠."

누나와 어머니에게서 아버지 이야기를 들었을 때, 그 역시 충격에 빠졌으며 배신감까지 느꼈다고 했다.

남매의 아버지는 부모를 향한 애증과 분노로 점철된 청년으로 살다가 어머니를 만나면서 달콤한 정욕의 세상으로 들어섰다. 정욕은 분통을 터뜨리며 살아온 젊은 유인원을 한 번도 경험해보지 못한 쾌락으로 이끌어 만난 지 석 달 만에 결혼으로 안내했다.

그는 아내를 사랑했고, 잘 살고 싶었다. 세상 어느 남자보다 아내를 위해주고 싶었다. 하지만 내면에 저장되어 있는 기억들, 그의 지니가 가진 기억들은 생활의 단면마다 불거져 나와 사랑과 배려의 삶으로 가려는 그를 막아섰다. 부모에게서 발견할 수 없었던 사랑과 배려의 삶, 그가 꿈꾸었던 부부생활은 어떤 것이었을까.

유순한 아내는 그의 내면에 사는 지니가 어떤 부정 감정의 유전자를 품고 있는지 몰랐다. 그의 지니가 기억하는 아버지는 별 뜻 없는 아내의 핀잔에 예민하게 반응하도록 했다. 아내의 모진 언사에 짓밟혀온 아버지의 자존감이 아들에게 자격지심으로 고스란히 전이되어 있었기 때문이다.

그의 지니가 기억하는 어머니는 별것도 아닌 아내의 투덜거림에 민감하게 대응해 자기애적 논리로 자신의 정당성을 주장하게 했다. 무능한 남편에 대한 답답함과 수치감, 홀로 가족을 돌보면서 가지게 된 울화와 고통이 자신의 처지를 헤아려주기를 바라는 분노의 요청으로 아들의 심신에 저장되어 있었기 때문이다.

그의 지니가 쏟아내는 자격지심과 분노의 요청은 주인에게 지극히 정당한 것이었다. 아내는 그의 화를 받아내고 이해해주며 마음까지 헤아려주어야 했다. 그러나 그럴 수 있는 아내가 몇이나 될까. 평범한 시골 처녀로 자라 부정 감정의 유전자에 익숙하지 않았던 아내는 납득할 수 없는 남편의 분노에 그저 놀랍고 두려울 뿐이었다.

결혼 얼마 후부터 시작된 놀라움, 그리고 공포로까지 발전된 두려움은 아내로 하여금 언행을 극도로 자제하고 눈치를 보게 했으며, 남편의 분노에 될 수 있는 한 반응을 보이지 않게 했다. 어떤 경우에도 승리는 늘 남편의 몫이었기 때문이다. 또한 그녀로서는 그렇게 하는 것만이 가정의 평화를 지키는 길이라 생각했기 때문이기도 했다.

아내는 결혼으로 얻으려 했던 행복이 저만치 멀어졌지만, 자신을 죽이고 살다 보면 언젠가는 남편이 잘못을 깨닫는 순간이 오리라 믿었다. 그때까지 어떻게든 참아내며 가정을 조용히 꾸려간다면, 30대가 되었건 40대가 되었건 결국에는 멀어진 행복도 되돌아올 수 있으리라 믿었다.

그러나 남편은 변하지 않았고, 그녀의 기대는 첫딸을 낳은 직후에 더 무참히 부서져나갔다. 윤형진이 어머니에게 들었던 이야기를 재구성해 보았다.

남편이 시댁에 다녀온 어느 일요일 밤, 윤형진의 어머니를 절망에 빠뜨린 사고가 발생했다.

"아버님 어머님은 별일 없으세요?"

"별일 없기는. 딸래미 시집가면 아무짝에도 소용없는데, 그걸 첫애라고 낳놓았다고 주절주절, 어이구 속 터져서. 지숙이는?"

"자요. 하루 종일 보채다가 좀 전에 겨우 잠들어서 눕혀놨어요. 근데… 술 마셨어요? 지숙이 새벽에 깨면 어쩌려고."

"그래. 오다가 철민이 가게서 한 사발 했다. 젠장맞을…"

"나도 아침 일찍 다녀올 데가 있는데."

신발을 벗고 방으로 들어서던 남편이 뜬금없이 고함을 내질렀다.

"애 울지 않게 기저귀도 자주 보고 젖도 물리고 잘 좀 해라!"

"깜짝이야. 왜 소리를 지르고 그래요?"

"아침에 나가든지 뭘 하든지 안 깨게 하면 되잖아. 새벽 내내 울어 재끼는 통에 회사 가서 존 게 지금 벌써 몇 달째냐? 툭 하면 반장한테 야단 맞게 만들고, 이게 제대로 애 보는 거야? 화 안 나게 생겼냐고!"

아내는 느닷없이 소리를 지르는 남편에게 화가 치밀었지만, 술 먹은 남편과 싸워봐야 이로울 게 없다는 것을 알고 있었다. 다독이든지 다른 이야기로 돌리든지 해야 했다.

"애들이 원래 그런 건데, 뭐… 화내봐야 소용없어요. 아버님은요? 친구분들이랑 놀러 가신다더니 잘 다녀오셨,"

"불편한 게 있으니까 우는 거 아니여~어! 똥을 눴는데도 기저귀를 안 갈아주니까 우는 거잖어!"

"아니에요. 기저귀는 하루에 열 번도 더 본다구요."

"배가 고픈데 젖을 안 주니까! 옷이 더우니까 벗겨달라고! 애 우는 거 하나 제대로 딱딱 못 맞춰!?"

남편의 생각은 한 곳에 고정되어 있었다. 아내가 생각하기에 그것이 무엇이건 화와 관련된 것이 틀림없었다. 어머니한테 또 무슨 소릴 들어서 저러는 걸까? 철민씨 가게에서 안 좋은 일이라도 있었던 걸까? 아내의 혼란이 시작되었다. 마음 저 안쪽에서 공포와 지겨움이 고개를 내밀었다.

지금까지 남편이 보여 온 행동대로라면 어떤 대답으로도 남편의 화를 누그러뜨릴 수는 없을 것이었다. 어떤 말도 어떤 노력도 남편은 자신의 화를 부채질하는 불쏘시개로 만들어버릴 것이고, 대화가 진행될수록 아내를 예정된 궁지로 몰아갈 것이 뻔했다. 그 끝에 남는 것이라고는 눈물밖에 없음을, 아내는 너무도 잘 알고 있었다.

"얼른 씻고 주무세요. 지숙이는 작은방에서 재울 테니까."

"왜? 기분 나빠?"

"기분은 당신이 나쁜 것 같은데요."

"애 좀 잘 보라 그러면 그냥 예, 알았어요, 하면 될 거 아냐! 애가 빽빽거리고 우는 건 사실이고, 울지 않게 하라 그럼, 알았어요, 그럼 되잖아!"

"……"

"그래, 안 그래?"

"……"

"그렇잖어~어!"

"……"

남편이 설정해 놓은 아내는 두 여인의 역할을 훌륭히 수행할 수 있는 사람이었다. 한 여인은 정욕의 상대이고, 또 한 여인은 자신을 이해해주고 화를 받아주며 다독이기까지 해주는 엄마 같은 여인이었다.

그런 남편의 기대와 요구는 지나친 것이었다. 자신에게 아무런 잘못이 없는데도 알겠다고 말하며 남편을 다독일 정도로 넓은 마음은 수십 년을 함께 산 아내에게서나 나올 수 있는 것이지 20대 초반의 아내에게서 바랄 수 있는 것이 아니었기 때문이다.

그리고 부처나 목석이 아닌 이상 아내에게도 어깃장이 없을 수 없었다. 물론 대놓고 맞서거나 반항의 기미를 보이는 것은 옳은 선택이 아니었다. 아내로서는 억울한 감정을 꾹꾹 누르며 침묵으로 위기를 넘기는 것 외에 달리 방법이 없었다. 어쩌면 침묵으로 억울한 마음을 드러내고 싶었던 것인지도 모른다. 그렇다 해도 그런 침묵이라면 여느 새댁이든 보일 수 있는 정상적인 반응이었다.

그러나 남편의 지니가 가진 부정 감정의 유전자, 즉 아버지로부터 전이된 자격지심은 아내의 침묵을 무시로 판단했고, 자신을 이해해주기를 집요하게 바랐던 어머니의 유전자는 아버지의 유전자가 느낀 무시에 기름을 끼얹었다. 남편은 닫힌 대화의 문을 저음의 분노, 폭발 직전의 화로 두드렸다.

"지금 나… 무시하는 거야?"

"……"

"무시하는 거 맞네. 이게 남편을, 야아!"

수차례의 폭언과 그에 걸맞은 손찌검이 날아들자, 더 이상 참지 못한 아내도 자신을 지키기 위해 적극적인 반항으로 돌아섰다. 자던 아이가 깨어나 울기 시작한 것은 그즈음이었다. 남편의 폭언에 이은 폭행, 그리고 아내의 반항이 거듭될수록 아이의 울음은 찢어졌고, 부부의 다툼은 두 사람의 미래를 옭아맬 끔찍한 결말을 향해 나아갔다.

윤형진의 어머니는 그렇지 않을 거라며 부인했다지만, 내가 판단하기로는 그날 벌어진 사고의 단초, 그러니까 남편에게 분노를 심어준 것은 오후에 나누었던 어머니와의 대화가 분명했다. 어떤 말이 오갔는지, 고부 갈등이 얼마나 깊었는지 알 수 없지만, 밝혀진 것만으로 유추해 볼 때, 첫 아이로 딸을 낳은 며느리를 향한 어머니의 부정 감정, 즉 미움이 이미 남편의 가슴에 가득 들어차 있었던 것이다.

그러나 철없는 남편은 자신이 화가 난 진짜 이유가 어머니 때문임을 알지 못했다. 설령 그런 느낌을 가졌다 해도 결과는 바뀔 수 없었을 것이다. 평생 도덕률의 지배를 받고 살아온 사람은 부모에게 화를 낼 수 없다. 도덕은 늘 부모의 편이기 때문이다.

따라서 그에게 어머니는 무죄였을 것이며, 그는 결국 화가 난 이유를 다른 사람 또는 다른 무엇으로 치환해야 했을 것이다. 프랑스에서 실업률이 최고조에 달했을 때 길고양이들이 희생되었던 것처럼, 부장으로부터 서류뭉치 봉변을 당한 과장이 아내의 가계부를 집어던지는 것처럼 말이다.

철없는 남편이 생각해낸 싸움의 원인은 아이를 잘 돌보지 않는 아내, 자신의 요청을 무시한 아내였다. 그리고 아버지가 될 준비를 마치지 못한 남편이 내지른 분노의 화살은 자신의 분노가 지목한 가장 큰 원인인 첫딸, 지숙이에게로 향했다.

아내의 합리적인 반항에 대꾸할 말이 없었던 그는 우는 아이에게 다가가 앉아서 가슴을 다독이며 분노를 억눌렀다. 그러나 한번 터진 아내의 힐난은 계속되었고, 아이는 울음을 그치지 않았다.

"아악, 지숙아! 지숙아! 이 나쁜 놈아아!"

이불을 끌어당겨 아이의 입을 틀어막던 그는 급기야 몇 달 동안 새벽 내내 잠을 설치게 만들었던 울음소리를 번쩍 치켜들었고, 아내로부터 자신의 정당성을 입증 받고 무시한 게 아니라는 사과를 들어야 하는 상황임에도 끊임없이 정신을 어지럽히는 그 울음소리를, 아내가 미처 만류하기도 전에, 방바닥에 냅다 내동댕이치고 말았던 것이다.

윤형진의 이야기를 듣는 동안, 나는 가슴에 통증을 느끼고 있었다. 그동안 부모나 조부모, 또는 다른 양육자에 의해 주입된 성 성격을 마치 자신의 실체인 양 알고 진짜 원인도 모른 채 싸우다가 헤어진 부부는 얼마나 많았던가. 지금 이 순간, 자신이 진정 누구인지, 얼마나 엄청난 긍정의 가능성이 자기 안에 존재하는지 전혀 모르는 상태에서, 부정 감정의 유전자를 지닌 채 내면에 살아 숨쉬는 지니, 즉 부정의 양육자들이 시키는 대로 말하고 행동하며 살아가는 감정의 좀비는 또 얼마나 많은가.

"후우… 그래서 어떻게 됐습니까?"

"누나가 숨을 안 쉬더래요. 다행히 이웃에 사는 의사 선생님이 생각나서 이불째 싸들고 가셨는데, 살리기는 살리셨대요. 그러구 한 일주일 정도 병원에 입원시켰다가 데리고 나오셨고."

"큰누나 자폐는 어느 정도 밝혀진 셈이군요."

"예. 그 일 이후에 어머니는 말할 것도 없고, 아버지 역시 심하게 자책을 하셨나 봐요. 옹알이를 해야 하는데 그런 것도 없고, 까꿍 해서 애기가 보게 하는 거죠, 그거 해도 반응이 없고. 뭐 하여간 어머니가 병원이라는 병원은 다 데리고 다녔는데도 자폐 진단을 받기 전까지는 속 시원히 대답해 주는 의사가 없었답니다."

"아버님 성격이 금세 바뀌지는 않았을 테니까, 그러면 작은 누나도…"

"예."

윤희경이 언어장애를 얻게 된 이유에 대해서는 더 들어 볼 필요도 없었다. 그녀의 아버지가 자기 대신 아내를 부모에게 보냈던 것으로 봐서는, 자신에게 성격적인 결함이 있으며, 그것이 부모로부터 비롯되었음을 모르지는 않았던 것 같았다. 둘째 딸을 낳기 직전에 불교 공부를 시작한 것도 그렇고, 둘째가 네 살 되던 무렵에 머리를 깎은 것도 그런 정황을 뒷받침했다.

"한잔 받으세요. 어머니가 고맙다고 전해 달랍니다."

"어머니가요?"

"예. 선생님 덕분에 가슴이 뻥 뚫렸다고요. 지금 기흥에, 완전 촌구석에 사시는데, 언제 한번 대접할 테니까 오시라고. 꼭 오시라고요."

"이제 누나는 어떻게 한답니까?"

"매형한테 꼭 할 말이 있다고 그러면서 만나러 간다고 했습니다. 아마 내일이나 모레쯤 가지 싶습니다."

"그래요… 자, 누나를 위해서."

"매형을 위해서."

윤희경·이기석 부부의 뒷이야기는 그로부터 약 5개월 후, 만남을 청해온 이기석에게서 직접 들을 수 있었다. 그는 아내가 찾아와 부모님이 숨겨왔던 이야기와 자신이 광대가 된 이유를 말하면서 그동안 잘못한 것들―생각보다 많았다―에 대해 용서를 구했으며, 그 역시 아내에게 자신이 잘못한 것들에 대해 용서를 빌었다고 했다.

그는 아내와 나눈 용서에 대해 생각을 거듭한 끝에, 가족을 사랑한 것은 분명하지만, 자신이 사랑한 것은 아내와 두 딸이 아니라 그들이 속한 가정이라는 테두리임을 깨달았다고 했다. 자신이나 가족보다 가정이라는 테두리를 더 중요하게 여긴 이유가 가면을 쓰고 살아왔기 때문이라는 사실도 알게 되었다고 했다.

그러나 그 이유를 아내에게 털어놓을 수는 없었다고 했다. 아내가 그랬던 것처럼 과거를 털어놓고 고통을 함께 나누려고 몇 번이나 시도해 봤지만, 무엇인가가 자신을 계속 돌려세우는 것 같은 느낌을 받았기 때문이라고 했다.

"…… 그래서 뭐냐 하면 말이죠. 중이 제 머리 못 깎는다는 얘기도 있잖습니까. 저도 도움을 좀 받을까 해서 말이죠."

"그래요. 잘 오셨습니다. 그런데 시간이 벌써 이렇게 됐으니까 배도 출출하고… 어떠세요, 술 하시면 한잔 하면서 계속하시죠?"

"좋습니다."

그는 마음을 다해 사랑할 수 있는 여성과 결혼해서 부부애를 과시하며 잘사는 친구들이 그렇게 부럽고 멋져 보일 수 없었다고 했다. 자신도 그런 결혼생활을 할 수 있으리라 믿었지만, 실상은 그렇지 않았고, 그 이유를 자신의 회피적인 성향과 무능 때문이라 여기고 있었다.

"…… 아, 그때 친구들한테 도와달라고 안 한 거, 그거 말씀이신가 보네요. 그건 뭐냐 하면 말이죠. 일단은 다른 사람들한테 말을 할 수가 없었습니다. 그게 말이죠, 쪽팔려서 말이죠. 직장도 없고 돈도 없고."

"좀 부끄러울 수는 있지만 그래도 가면을 쓰고 살면서 겪는 불편보다는 낫지 않았을까요?"

"뭐어… 뭐냐 하면 말이죠. 지금이야 그게 맞는데, 그때는 뭐."

"생각이 바뀌셨다는 말씀이군요. 왜 생각이 바뀌셨죠?"

"사실 지난달 말에 어머니가 돌아가셨습니다. 상 치르고 나니까 진짜 모든 게 확 펴지면서 선명해졌어요. 진짜루요. 마누라한테 고깝게 군 게 뭣 때문인지, 뭣 때문에 남한테 잘 보일라고 신경 쓰고 살았던 건지… 뭐냐 하면 말이죠. 그게 너무나 히야아… 확실해졌다는 말입니다."

그의 표정은 자신의 지난 이야기를 털어놓기 위해 왔다고 말하고 있었다. 그러나 술기운이 거나하게 올라올 때까지도 그는 말을 하려다 말고, 또 하려다 말기를 반복했다. 생각이 많아 보였다. 결국 그는 하고자 했던 말을 끝까지 입 밖으로 꺼내지 못했다.

다만 그의 이야기로 추측컨대, 어머니의 심장병은 마음에서 온 것일 가능성이 컸다. 아들 역시 어머니 못지않게 마음의 병으로 아파해 온 것 같았다. 그리고 도움을 청하러 온 이유는 어머니의 사망으로 비로소 어머니 또는 부모의 예속과 거기에서 비롯된 부정 감정의 유전자로부터 풀려날 수 있었기 때문이 아닐까 싶었다.

"선생님, 꺼억… 뭐냐 하면 말이죠. 겁이 쫌 납니다. 아직도 이게, 이게 이러면 안 되는데 쪽팔리는 게 없어지지를 않네. 아이구 이거 참… 인제 말할 건데요, 제가 사랑하니까요. 그래서 뭐냐 하면 말이죠. 죄송하지만 마누라한테 먼저 말을 해야… 그게 글쵸?"

"그럼요. 그러세요. 그게 맞겠습니다."

그의 과거는 그렇게 나에게 비밀이 되었지만, 아무런 걱정도 되지 않았다. 이제 곧 자신의 가슴을 아내와 공유하게 될 것이기 때문이었다. 오만과 작위와 자기애로 가득했던 허위를 내려놓고 사랑과 진심의 인도에 내맡긴다면, 어떤 부정의 감정이 버틸 수 있을까. 사랑이 두 사람을 제 길로 인도하고 있었다.

그는 나에게 과거를 털어놓는 대신 노래를 부르겠다고 했다. 막걸리집이라 노래를 부른다 한들 크게 문제될 것은 없었다.

"좋죠. 한 곡 뽑아 보세요. 젓가락 들까요?"

"넓고 넓은 바닷가에 오막살이 집 한 채. 고기 잡는 아버지와 철모르는 딸 있다. 내 사랑아 내 사랑아 나의 사랑 클레멘타인. 흐윽… 늙은 애비 혼자 두고 어후우…"

그가 노래를 마치기까지 기다려준 뒤에 조용히 그의 손을 잡고 말했다.

"기석씨. 요즘은 기계가 좋아서 중도 제 머리 잘 깎는답니다. 노력해 보세요."

"맞아요. 기계, 꺼억… 기계 좋죠."

그 달이 가기 전에 나는 이기석 부부의 저녁식사 초대를 받았다. 애정 넘치고 세심하며 끈기까지 갖춘, 한마디로 매력 만점인 외부 조력자 윤형진도 함께하는 자리였다. 세 번째 참복 수육이 들어올 즈음, 부부는 열심히 손짓을 주고받고 있었다. 평온해 보였다.

"형진씨. 물어볼 게 있어요."

"예. 말씀하세요."

"전에 누나가 어머니 모시고 왔을 때 말인데. 그때 일부러 안 온 거죠?"

"알고 계셨습니까?"

"짐작은 하고 있었지요. 아 참, 하나 더. 지금 매형이 하는 저 손짓 말입니다. 주먹을 쥐고 그 위에 손바닥을 펴서 돌리는 거, 전에도 누나랑 어머님이 저거 하셨거든. 저게 무슨 소리죠?"

그가 큰소리로 웃으며 매형과 누나에게 손짓을 해 보였다. 잠시 후, 세 사람은 누나의 구령에 맞춰 똑같은 손짓을 내게 해 보였다.

"앙나아, 두후우, 때!"

"뭐, 뭐요 이거?"

"맞춰 보세요."

"고맙다는 말은, 아냐… 엇, 혹시 사랑한다
…?"

"바자요! 사낭! 서샌님, 사낭앙비다!"

윤희경·이기석 부부는 나의 권유에 따라 심리치료 전문가로부터 이중구속 치유를 위한 지각위치변화[27] 과정을 마친 후에, 마음을 있는 그대로 전달하는 방법과 가면 뒤에 숨어 있는 자신을 찾는 방법을 배웠다.

지금은 무엇을 배우고 있을까? 아마도 지난 10년이 너무 아까워 사랑을 곱빼기로 하는 방법을 배우고 있지는 않을까?

연애를 했건 커플 매니저나 중매쟁이의 도움을 받았건, 또 짝을 사랑하는 마음이 크건 적건, 세상 모든 부부는 평화를 원한다. 광대들도 마찬가지이다. 그런데 평화를 대하는 마음가짐과 얻는 방법으로 시각을 좁혀 보면, 앞의 세 유형과 광대 유형 사이에는 큰 차이가 존재한다.

유인원과 문명인과 자선가는 원하는 평화를 얻기 위해 성질을 부리고 따지고 자신을 짝에게 맞추려 노력한다. 심할 경우 폭언과 폭행까지 동원한다. 평화로부터 멀어졌다고 느낄 때, 무언가를 하지 않으면 평화를 회복할 수 없다는 것을 너무도 당연한 사실로 받아들이기 때문이다.

그러나 광대들은 그렇지 않다. 우습게도 그들은 평화를 얻기 위해 평화를 얻는 데 반드시 필요한 모든 '시끄러움'을 포기한다. 잠복해 있는 불화의 씨앗에 내포된 가공할 파괴력을 무시한 채 숨죽이고 있다가 파경의 그림자가 덮치는 순간 그대로 고꾸라지고 마는 것이다.

그들이 그처럼 멍청한 외면과 무기력을 택하는 이유는 광대만의 독특한 특질인 '숨기기'에 있다. 잘 알다시피 성 성격은 네 가지로 분류되지만, 광대의 특질은 그 속성에서 나머지 셋과 많이 다르다.

유인원의 주 특질은 감정이고, 문명인의 주 특질은 논리이며, 자선가의 주 특질은 배려라서, 외부로 드러나는 주 특질을 살피면 그/그녀가 가진 성 성격의 유형을 그리 어렵지 않게 판별해 해결책을 모색할 수 있다.

그러나 그런 방식을 광대에게 적용하기는 쉽지 않다. 광대의 주 특질은 가면, 즉 숨기기라서 가면 아래에 본색이 숨겨져 있기 때문이다. 숨겨진 본색? 평화를 위해 숨겨야 하는 것이 도대체 무엇일까? 오직 한 가지, 내면 깊숙한 곳에 웅크리고 있는 지니가 가진 자신의 진정한 성 성격이다.

내면에 있는 지니의 감정적인 폭발이 부부 평화에 해롭다고 판단될 때, 인간은 광대가 될 수 있다. 지니의 '따지고 드는 논리'나 '자신이 빠진 배려를 꺼리는 마음'이 평화에 위협이 될 것 같을 때에도 그럴 수 있다. 그렇다면 누가 광대가 될까? 결론부터 말하면, 유인원이건 문명인이건 자선가건 누구라도 될 수 있다.

다른 성 성격과 마찬가지로 광대의 토대 만들기 역시 자신의 성 성격이 무엇인지 모르는 시기, 아니 성 성격이라는 말이 무엇인지조차 모르는 시기에 양육자에 의해 시작되고, 그로부터 짧게는 몇 년 후, 길게는 청년기 이전에 완성된다.

만일 나의 성 성격이 광대라고 생각된다면, 이렇게 자문해 볼 수 있다. 광대가 되는 양육을 받기 전에 유인원 아버지 또는 자선가 어머니의 영향을 전혀 받지 않았을까? 부모님은 모두 광대였을까? 할아버지와 할머니는? 나의 광대 특질은 양육자 이외의 환경으로부터 완전히 자유로운 것일까?

진정한 의미의 광대는 없다. 광대의 특질을 유달리 많이 가진 유인원과 문명인과 자선가가 있을 뿐이다. 그러므로 자신을 모태 광대라고 단단히 믿지 않는 한, 광대는 자신이 광대가 아닐 수 있음을 안다. 모르더라도 어렴풋한 느낌은 가지고 있다. 인간의 감정은 끊임없는 숨기기에 어떤 식으로든 자기혐오나 싫증을 느끼도록 설계되어 있기 때문이다. 그런 그/그녀는 광대의 삶과 진정한 성 성격의 틈새에서 오는 고통을 감내하며 살아가고 있다.

이런 사실은 어린 그들의 곁에 어김없이 광대 양육자가 있었지만, 모든 양육자가 광대였던 사례는 단 한 건도 없었다는 사실에서 확인할 수 있다. 여러 사례가 있지만, 그중에서도 광대로 살아오다가 치유 과정으로 접어든 지 1년도 되지 않아 내면의 자선가를 발견한 아내, 겹겹이 사회적인 가면을 뒤집어쓴 상태로 세상에 맞추며 살아오다가 어느 순간 문명인의 특질을 드러낸 남편의 사례에서도 확인할 수 있다. 윤희경과 이기석이 바로 그들이다.

광대가 평화를 위해 숨기고자 하는 것은 감정적인 대응과 논리적인 응수와 자신이 빠진 배려이다. 그것들을 우리의 용어로 치환하면 유인원과 문명인과 자선가의 성 성격이다. 결국 광대의 가면을 벗겨 보기 전에는 그 안에 어떤 성 성격이 들어 있는지 알 수 없는 것이다.

그래도 자신이 광대라고 생각된다면, 다시 자문해 보자. 자선가 부부 편에 나왔던 대모와 공주가 성 성격을 오판했던 것과 같은 일이 나에게는 해당되지 않으리라 단정할 수 있는가? 내가 광대가 아닐 가능성은 전혀 없는 것일까?

광대가 아닐 가능성을 배제하는 것은 진정한 성 성격과 광대 역할 사이에서 틈만 나면 불거져 나오는 지니의 압박과 그로 인한 고통을 감수하고 살겠다는 멍청한 외면, 무기력에 다름 아닐 것이다.

이처럼 광대에게도 고유한 성 성격이 있지만, 자신의 성 성격과 부부의 평화가 부딪힐 때 광대는 성 성격을 포기하는 쪽을 택한다. 그래서 좀처럼 다툴 일이 없으며, 다투더라도 절대로 외부에 알려지지 않도록 둘만의 공간에서 지지고 볶는다. 조용히… 쉬쉬 해 가며…

광대 부부의 삶은 두 가지 형태로 나타난다. 숨겨진 성 성격이 잘 어울리고 상호보완적이라서 두 사람의 평화가 진정한 이해의 소산일 때, 삶은 속 깊은 애정의 연속이다. 그러나 대부분의 경우 광대 부부의 평화에는 거짓 이해나 묵인, 외면이 끼어 있기 때문에 서로를 향한 실망의 연속일 가능성이 크다.

윤희경·이기석 부부의 사례에서 확인했듯이, 자신의 성 성격은 쉽게 포기할 수 있지만, 짝으로부터 받은 상처와 실망은 포기되지 않고 감정과 이성에 차곡차곡 쌓인다. 그리고 표현되지 않은 상처와 실망에 오해가 덧붙여지면 무언이 만들어내는 갈등의 골은 깊어진다. 결혼생활이 파탄 직전에 이르렀을 때조차, 이들은 짝과의 관계가 아니라 평화와 파탄 사이에서 고민하는 스스로를 발견하고 소스라치게 놀라곤 한다.

어디부터 어떻게 손을 대야 할까? 이들에게 알맞은 조언은 평화나 안전이 부부의 행복을 성취하는 과정에 필요한 요소가 아니며, 행복을 성취한 결과로 나타나는 얻기 힘든 열매라는 사실을 머리가 아닌 가슴으로, 그것도 하루빨리 깨달아야 한다는 것이다.

그러나 윤희경·이기석 부부처럼 광대는 엄연히 존재하는 갈등을 외부로 드러내기보다는 숨겨 놓고 없는 척 가면놀이를 한다. 이럴 때 외부 조력자가 존재한다면 거짓 이해나 묵인, 외면에 기초한 허망한 평화를 깨뜨리고 부부를 진정한 이해의 시간으로 이끌 가능성은 높아진다. 만약, 윤희경과 이기석에게 애정과 끈기를 가진 윤형진이라는 외부 조력자가 없었다면 어떻게 되었을까?

평화라는 가면persona을 벗지 않으면 평화는 없다. 가면 벗기를 두려워할 필요는 없다. 벗는 순간 진정 한 가닥, 진심 한 톨이 고개를 내밀기 때문이다.

페르소나(persona)
카를 융. 진정한 자아와 달리. 타인에게 투사된 성격을 말하는 심리학 용어.

그러므로 제대로 된 부부 평화의 디딤돌 위에 서려면, 우선은 가장 소소한 가면부터 벗어가며 진정과 진심의 근육을 키우고, 그만큼 이해의 핏줄을 넓혀야 한다. 그런 다음, 시간을 갖고 자신의 내면에 숨겨져 있는 성 성격의 유형을 파악해 조금 더 무거운 가면에 지속적으로 도전할 일이다.

행복한 부부는 평화롭지만, 평화로운 부부가 모두 행복한 것은 아니다. 우리 주변에 겉으로는 평화롭게 보이지만 행복하지 않은 시간, 속으로 곪아 들어가는 삶을 묵인이나 외면으로, 또는 위선에 지친 피로감으로 끌어가는 부부는 얼마나 많은가.

잊지 말아야 할 것은, 날만 새면 장미의 전쟁[278]을 방불케 할 정도로 싸우고 허구한 날 죽이네 살리네 하며 엄살을 떨지만, 그런 다툼을 통해 이해와 평화의 지평을 넓혀가는, 그래서 밖에서 보기에는 왜 헤어지지 않고 저러고 사는지 도무지 이해하기 어려운 부부가 생각보다 많다는 사실이다.

사랑이 완전히 말라버리지 않은 이상, 부부싸움은 짝으로부터 원하는 것을 얻기 위해 벌이는 다소 이기적이고 과격한 평화의 노력이다. 가급적 부정의 힘을 동원하지 않고 짝의 입장에 대한 배려를 잊지 않는다면, 원하는 것을 얻기 위한 충돌은 해롭지 않다. 그런 충돌은 이견을 조정하는 능력을 키워주며, 그렇게 조율된 관계라야 가면 없는 평화로 이어질 수 있다. 그런 노력을 기울이지 않는 부부는 평화를 원하기는커녕 겨우 남아 있는 한줌의 사랑마저 완전히 고갈될까봐 전전긍긍하는 가난한 영혼들에 불과할 뿐이다.

평화가 회복되기를 원하는 광대라면, 부부싸움이 평화를 깨뜨릴 것이라는 두려움을 깨뜨려야 한다. 가면 없는 평화를 원하는 광대라면, 자기주장이 갈등을 부르고, 갈등은 필경 이별로 이어지고 말 것이라는 선입견과 결별해야 한다. 참으로 평화로운 부부로 보이고 싶은 광대라면, 어떤 경우에도 문제가 없는 부부로 보여야 한다는 강박으로부터 자유로워지려는 강박에 익숙해져야 한다.

그리고 그런 심리의 모든 여정을 나의 성 성격이 정말로 광대인지에 대한 자문과 동행해야 한다. 나 자신을 정확히 앎으로써 말라가는 사랑의 샘에 이해의 물길을 터주기 위해서, 회복될 평화가 처음보다 더 단단한 행복의 주춧돌이 되도록 하기 위해서, 사랑하는 아들과 딸이 행여라도 내가 지닌 부정 감정의 강렬한 유전자에 감전되어 자신만의 광대 인생에 눈뜨지 않도록 하기 위해서 말이다.

유인원과 문명인

먼저 유인원과 문명인에 적합한 인물을 떠올려 보자. 이성과 논리가 요구되는 상황에서 가운데 뇌가 지시하는 감정에 충실한 유인원으로는 이미 등장했던 케서방을 들 수 있다. 어릴 때 술 먹고 들어와서 마구 날뛰곤 했던 우리네 아버지들, 오빠들을 연  상해도 좋고, 바람피운 남편 박정태와 그를 향해 핸드백을 휘두른 정현지를 생각해도 좋다.

감정에 내맡기면 간단히 해결될 문제인데도 바깥 뇌의 지시에 따라 굳이 이성과 논리의 힘을 빌리려는 문명인으로는 앞에 나온 곽은영 주부를 생각할 수 있다. 남편의 바람기 때문에 문명인의 체통과 자신의 정체성을 지키기 위해 오만 방어기제를 다 동원해야 했던 재클린 케네디도 있다.

또 누가 있을까… 별일 아니라서 사과 섞인 농담 몇 마디로 넘어갈 수 있는 일을 원칙부터 따진답시고 확대해가며 상대를 궁지로 몰아넣는 사람들도 여기에 해당된다. 국회 청문회에서나 들을 법한 아래 문장들을 생활의 국면에 필요 이상으로 자주 쓰는 사람들도 생각해 볼 수 있다.

"한번 따져봐. 처음부터 요랬으면 이렇게는 안 됐을 거거든."

"왜 그랬어? 내가 이해할 수 있게 설명을 해줘야 할 거 아냐."

"이게 작은 문제처럼 보여?"

"지금 느낌 이야기할 때가 아니잖아."

숲에서 튀어나온 유인원의 성 성격은 감정적이고, 숲으로 들어간 문명인의 성 성격은 이성적이다. 두 유형의 성 성격은 현저히 다르지만, 정욕의 단계에서는 오히려 이런 차이가 서로에게 매력으로 느껴질 수 있다.

미켈란젤로의 다비드 상을 보며 남성의 아름다운 육체와 정교한 조각술을 감상하는 유인원에게 르네상스의 의의와 인문주의人文主義, humanism의 고결함을 귀띔해주는 문명인은 사유思惟의 새로운 지평을 열어준다.

"이 조각상은 인간의 육체가 얼마나 아름다운지 보라고 만든 게 아냐. 조각기술도 마찬가지고. 요즘 진짜 총도 복제한다는 3D 프린터 알지? 거기 대면 이런 건 새발의 피야. 신이 지배하는 엄숙한 세상에서 벗었다는 것, 그게 이 작품의 감상 포인트라구. 인간이 겁도 없이 꼬추를 드러냈다는 것 말이야."

다 썩어빠진 몰골로 해수욕장 한쪽에 방치되어 있는 고깃배를 보며 어촌의 지난한 생활사를 떠올리는 문명인에게 고깃배가 간직하고 있을 추억을 풍부한 감성으로 속삭여주는 유인원은 분명 매혹적이다.

"저 배는 얼마나 많은 즐거움과 고통을 안고 저기 누워 있는 걸까?"

그러나 호감으로 다가왔던 짝의 성 성격은 결혼 직후, 또는 정욕의 샘이 바닥을 드러내는 시기가 오면 반감의 원흉으로 돌변한다. 결혼생활이 감정과 이성이라는 성 성격의 차이가 현실에서 얼마나 많은 충돌의 원인이 되는지를 적나라하게 알려주기 때문이다.

문명인은 툭 하면 감정부터 앞세우는 유인원을 계획적인 삶이나 합리적인 사유와 동떨어진 어린아이로 취급하고, 유인원은 매사에 합리와 불합리를 따지는 문명인을 폐기 직전의 휴머노이드humanoid라 힐난한다.

덜 자란 어린아이와 폐기 직전의 휴머노이드는 어울리지 않는다. 갈등 상황이 발생했을 때, 이런 유형의 부부는 대개 서로의 성 성격이 어떻게 다르며 삶에서 얼마나 큰 차이로 나타나는지 고민해보려는 자세를 갖는 대신 두 가지 태도를 보인다.

한 가지는 가슴이 찢어질 때까지 줄기차게 자신의 감정과 입장만 주장하다가, 머리가 터질 지경이 될 때까지 짝의 잘못을 캐내어 사과를 받으려다가, 상대의 찢어진 가슴과 터진 머리에 넌덜머리를 내며 돌아서는 것이다.

또 한 가지는 남들이 흔히 하는 대로, 적지 않은 수의 멘토들이 하라는 대로, 한 발씩 물러나는 것이다. 이런 태도는 언뜻 생각하면 싸우는 것보다 나아보일 수 있다. 하지만 그래서는 물에 물탄 듯 술에 술탄 듯, 휴머아이와 어린노이드의 다툼만 이어지다가 결국 힘겨루기로 들어가 물이 술을, 또는 술이 물을 억누르게 될 뿐이다. 휴머아이와 어린노이드는 그렇게 정욕이 고갈된 샘 바닥에서 제 앞만 열심히 삽질하는 서로를 할퀴며 갈증으로 죽어간다.

어떻게 해야 할까? 무턱대고 전문가만 찾아가면 될까? 가서 이럴 때 어떻게 하는지, 저럴 때 어떻게 해야 하는지 묻다가는 통장 잔고가 거덜나기도 전에 인내력의 한계와 조우하게 될지도 모른다. 부부 관계에서 통용되는 수식은 산수와 다르기 때문이다.

바둑이와 뛰어노는 꼬맹이 영희와 철수는 1+1=2, 2-1=1이라 배운다. 그러나 결혼한 영희와 철수가 배워야 할 것은, 영희 더하기 철수는 부부가 아니라 최소 둘 이상을 포함하는 양(+)의 집합이며, 철수 빼기 영희는 1이나 0이 아니라 최대한 많은 사람이 포함되는 음(-)의 집합이라는 사실이다. 최소한의 노력도 기울이지 않은 상태라면, 해법 하나를 배웠다 해도 두 번째 문제, 세 번째 문제의 해법을 배우기 위해 또 다른 전문가를 찾아야 한다.

그렇다면 서로 잘 좀 해보라는 주변의 충고는 어떨까? 통할까? 이미 서로 최선을 다해서 잘 하고 있는데, 친구가, 형제가, 이웃이, 부모가 아무리 잘 하라고 한들 그들은 더 이상 잘 할 수가 없다. 최선을 다하고 있지만, 그 최선이 자신만을 위한 것임을 모르기 때문이다. 부부는 그렇게 바보이다. 그런데 아이러니하게도 해결의 열쇠는 바로 여기에 있다.

유인원은 나의 감정을 짝에게 맡기고 짝의 이성을 내가 맡기로 약속해야 한다. 문명인은 나의 이성을 짝에게 맡기고 짝의 감정을 내가 맡기로 약속해야 한다.[279] 짝의 입장을 살피라는 이야기가 아니다. 내가 부족한 부분으로 들어가서 짝의 입장에 투영된 나 자신을 바라보려는 노력에 집중해야 한다는 이야기를 하려는 것이다.

그래서 짝이 이성적인 나를 감정으로 몰아세울 때, 내가 맡은 짝의 감정으로 대응해야 한다. 그래야만 짝이 이성으로 가득 찬 나에게 분노하고 있음을 알 수 있으며, 나 역시 내 안에 있는 이기적인 냉기를 체감할 수 있다.

또한 짝이 감정적인 나를 이성으로 파고들 때, 내가 맡은 짝의 이성으로 맞받아쳐야 한다. 그래야만 짝이 감정만 앞세우는 내게 절망하고 있음을 알 수 있으며, 나 역시 나의 감정이 얼마나 비현실적인지를 깨달을 수 있다.

그럴 때 짝은 충분히 갖고 있지만 나에게는 없는 감정 또는 이성을 채우려는 욕구가 일고, 바깥 뇌와 가운데 뇌는 서로 신호를 보내며 교감의 메커니즘을 발동시킨다. 이 신호가 바로 애정이라는 사랑의 묘약을 잉태시키는 의식의 씨앗vinnyana이다.

이는 말라가는 정욕의 샘 바닥에서 제 앞만 열심히 파들어 가던 머리와 가슴을 마주서게 하는 일이다. 포용이라는 가면을 쓰고 짝으로부터 한 발씩 물러나는 포기나 체념의 과정이 아니라, 이해의 결여를 수용함으로써 짝에게 한 발씩 더 다가서는 채움의 방식이며, 짧은 숨으로 자신을 조금씩 덜어나가는 마이너스의 행로가 아니라, 긴 숨으로 짝을 하나씩 익혀가는 배움의 여정이다.

이렇게 해야 하는 이유는, 자신의 성 성격만 고집하거나 서로에게 맞추기 위해 자신이 가진 성 성격을 줄임으로써 얻을 수 있는 행복보다 짝이 가진 성 성격을 알아내어 두 사람의 차이에 대한 이해를 풍부하게 늘임으로써 얻을 수 있는 행복이 더 크고 깊기 때문이다. 두 사람이 함께 파들어 가는 샘 바닥이라면, 그곳이 동쪽이건 서쪽이건, 사막이건 극지건, 반지하 셋방이건 수십 억 저택이건, 애정의 샘물은 바로 그곳에서 솟아날 것이기 때문이다.

유인원과 자선가

유인원과 자선가의 만남에서, 유인원 아내·자선가 남편 조합은 유인원 남편·자선가 아내 조합에 비해 갈등을 일으킬 소지가 적다. 진화심리학적으로 아내가 불륜에 빠져들 가능성이 남편에 비해 낮고, 성 성격적으로도 자선가 남편이 유인원 아내의 감정을 너그럽게 넘기는 경우가 상대적으로 많기 때문이다.

유인원 남편·자선가 아내 조합의 경우, 실제로 부부 갈등에서 차지하는 비율이 전체의 절반에 육박한다. 이는 책 말미에 첨부된 설문의 결과, 즉 48%에 가까운 아내들이 남편을 유인원으로, 42%에 가까운 남편들이 아내를 자선가로 생각하고 있다는 결과에서도 확인할 수 있다.

이미 감지했겠지만, 유인원 남편·자선가 아내 조합은 우리나라의 대표적인 부부 유형일 뿐 아니라, 일부 예외적인 문화권을 제외하고는 세계적으로도 가장 흔히 볼 수 있는 유형이다. 여성은 밖에서 먹이를 잘 물어오는 남성을 원하고, 남성은 안을 잘 돌보는 여성을 원하는 진화심리학의 원칙에 제일 잘 어울리는 조합이라서 그렇다.

따라서 싸우는 이유는 당연히 남편이 먹이를 못 물어오거나 아내가 안을 엉망으로 만들어 놓기 때문이다. 그렇다면 먹이를 잘 물어오고, 안을 잘 지키는데도 싸우는 부부는? 그런 갈등에 대한 세세한 책임은 모두 성 성격과 일부일처제의 몫이다.

부부 중 어느 한쪽이 일부일처제가 허용하지 않는 행동을 했을 때, 갈등은 고개를 쳐든다. 거기에 성 성격이 극단적인 면모를 드러내면 고개를 쳐든 갈등은 짝을 향해 덮쳐든다. 또 거기에 만일 남편이 먹이까지 못 물어오거나 아내가 안을 난장판으로 만드는 상황까지 겹친다면? 어떤 결말로 이어질지 우리에게 확실히 보여줄 사람이 있다.

그 사람은 바람기 때문에 이혼당한 뒤에 다시 재결합했지만 채 1년을 버티지 못했던 잘생기고 돈 많은 알파 메일, 유형성숙과 모성본능만 잘 이용하면 낚시에 걸려들 여성은 지천에 널려 있고, 부부는 아무리 사랑해도 언제든 헤어질 수 있으며, 남녀의 이별은 감기나 별반 다를 게 없기 때문에 이혼을 심각하게 받아들일 필요는 없다고 떠들어대던 난봉꾼, 박정태이다.

정현지와 헤어진 후에 그가 어떤 삶을 살아왔으며, 부모가 어떤 유형의 사람들이었기에 아들의 내면에 사는 지니에게 혼외정사라는 부정 감정의 유전자를 심어주었는지, 이제부터 찾아 들어가 보자.

연락처를 어렵게 알아냈다며 전화를 걸어온 박정태와 20여 년 만에 만난 자리. 중형 승용차를 몰고 다니던 멋쟁이 댄디의 품격은 그의 꾀죄죄한 모습 어디에도 남아 있지 않았다. 여심을 두근거리게 했던 잘생긴 얼굴에는 정현지의 핸드백 고리에 찍혀서 났던 상처와 비슷한 상처가 깊게 패여 있었다.

"결혼한 지 한 5년 됐어요."

"몇 번째 결혼이지?"

"이번이 딱 다섯 번째잖아. 현지랑 두 번, 골 빈 것들이랑 두 번."

"어떻게 만났는데?"

"오토캠핑 갔다가. 그때 내가 폭스바겐 몰았거든. 캠핑장 도착해 갖고 사이트 구축하고 캔 딱 따는데, 쭉쭉빵빵이 오는 거야. 텐트 치는 거 좀 도와주면 안 되겠냐 그럼서. 나야 땡큐죠. 친구하고 둘이 왔는데, 32살 노처녀에 2 대 2, 느낌 팍 오잖아? 그날로 자빠뜨렸다는 거 아뇨."

"자랑이다."

마흔을 훌쩍 넘긴 나이임에도 가끔 상대의 닭살을 쭉쭉 뽑아내는 유들유들한 태도와 현상의 표피만 보고 떠들어대는 가벼움, 여성을 성적 대상 이상으로 여기지 않는 저속함은 변함이 없었다.

"선배는?"

"나, 이름 바꿨다. 배님이라 부르지 말고, 생님이라고 불러라."

"헤헤. 성은 그대로네?"

"과거랑 이혼한 건 아니니까."

"그럼 불러드려야지. 선생님. 어 참 겁나 어색하네."

"야 이놈아. 네가 아직도 이러고 사는 게 더 어색하다."

"알흠답게 잘살고 있는데 뭐. 나라는 게, 근본이 어디 가는 거 아니잖아요. 이게 난데 뭐. 선배, 원래 인간이라는 게 말이요,"

"얼굴은 왜 또 그 모양이냐?"

"아, 이거요? 몇 년 전에 사랑이라는 게 대체 뭐냐, 이런 주제로 우리가 심야토론을 했다는 거잖아. 근데 마누라가 말빨이 딸려 갖고 헤매더만 갑자기 들고 있던 뒤집개를 휘두르는 거야. 그 왜, 전 부칠 때 뒤집는 거 있잖아. 쇠로 만들어서 날카로운 거. 그래서 확, 헤헤헤."

"토론 좋아하네. 순진한 척 보호본능 유발해가면서 여자들 낚다가 걸린 거겠지."

"캬아, 역시 선배 기억력 하나는 끝내준다니까. 바로 그거거덩. 순진한 척! 보호본능! 그래도 뒤로 샥샥 빠지면서 피했으니까 이 정도지, 안 그랬으면 입술 잘릴 뻔 했다니까. 수술하면 금방 없어진대요."

"금방 없어질 걸 왜 안해?"

"돈이 있어야 하지~이. 마누라한테 돈 달라 그랬다가 또 뒤집개 맞을 뻔 했다니까."

"아버지한테 달라 그러지."

"......"

"왜? 사업이 망하기라도 하셨어?"

"거 뭐, 그렇게 됐어요."

"언제?"

"결혼하고 얼마 안 돼 갖고."

그의 사고와 대화 수준은 20년 만의 만남을 20년 전으로 되돌려 놓고 있었다. 마치 사회에 첫발을 내디디던 시절에 고착fixation이라도 된 것처럼, 불안한 현재를 피하기 위해 과거로의 퇴행regression을 택하기라도 한 것처럼.

그런 그의 정신적 정체와 얼굴에 패인 상처로 볼 때, 다섯 번째 결혼도 그리 오래 갈 것 같지는 않아 보였다. 안타까움 반 궁금증 반으로, 20년 동안 묵혀 놓았던 노골적인 경멸을 던졌다.

"정태야. 왜 이렇게 사냐… 너 문제 많은 인간인 거 알지?"

"알죠. 그래서 내가 딱 선배한테 연락을 한 거잖아요. 한 달 전에 호열이 만나서 선배 얘기 들었거든."

"무슨 문제라도 있어?"

"답답한 게 있어서 좀 물어볼라고."

의외였다. 충고 안 듣고 제멋대로 대충대충 살아가기로 유명했던 인간이 물어볼 생각을 다 하다니… 그가 알고 싶어 하는 것은 자신도 어떻게 할 수 없는 자신을 어떻게 했으면 좋겠느냐는 것이었다.

"이놈아, 니가 널 어떻게 못하는데 난들 뾰족한 수가 있냐?"

"에이, 그러지 말고 얘기나 좀 들어줘 봐. 한잔 사께."

"그래? 좋다. 가자. 내가 요즘 활복에 맛이 들어서 말이야."

"할복? 왜, 자살하게?"

"할복할 소리 하고 있네. 활복, 복어회 말이다."

"그거 좀 비싸지 않나?"

"비싸기는. 한 접시에 8만 원밖에 안 한다."

"어우…"

"왜? 회 안 좋아해? 복어 독 걱정은 안 해도 된다."

"그게 아니라,"

"돈 없냐?"

"그게… 예."

"그럼 뭘 사준다고?"

"국민 고기 있잖아. 삼겹살 찰진 놈으루다가 딱 먹고, 입가심으로 돼지 껍다구 어때요? 이야, 껍데기 팍팍 튀고~오. 침 막 고이네. 마포 저기 공덕동에 잘 하는 집 있어요."

"퍽퍽한 수입산 대패 그런 거 말고, 제주도 흑돼지로."

"흑돼지, 콜."

"좋아. 해 봐."

그는 캠핑장에서 7살 연하인 아내가 접근해온 이유는 텐트가 아니라 자신이 몰고 다니던 벽돌색 폭스바겐 때문이었으며, 부모님을 만나 뵌 후에 거의 매달리다시피 졸라대는 통에 결혼을 서두를 수밖에 없었다고 했다. 당시 그는 아버지가 오랫동안 키워온 중견 어묵 제조업체에서 일하고 있었는데, 아내가 그런 자신의 배경을 보고 결혼을 서두른 게 분명하다고 생각하고 있었다.

두 사람에게 갈등이 찾아온 것은 결혼 3년차 되던 해였다. 제 버릇 개 못 준다는 속담을 증명이라도 하듯, 그는 결혼 후에도 데이트 상대를 구하기 위해 도심의 불야성을 헤집고 다녔다. 어린 아내는 남편의 바람기를 잠재우려고 그를 캠핑장이나 스키장, 수영장으로 이끌며 가정을 지키기 위해 노력했다.

그런데 아버지가 부도를 낸 뒤에 그의 삶은 극적으로 뒤집어지기 시작했다. 그는 그때까지도 TV 드라마에 나오는 재벌 아들이라도 되는 것처럼 아내가 자신의 배경과 돈을 보고 결혼한 것이라 믿고 있었다. 하지만 몇 가지 질문을 던진 후에 이야기를 들어보니 전혀 그렇지 않았다. 아내는 결혼 직후부터 부부의 행복을 위해 노력해온, 우리 주변에서 흔히 볼 수 있는 평범한 여성이었다.

그녀는 돈줄이 막혀버린 박정태가 명품 양복과 시계, 자동차를 팔아가며 노는 데 정신이 팔려 있을 때에도 남편에 대한 믿음을 버리지 않고, 살아갈 길을 찾고 있겠거니, 하는 생각으로 자신을 희생해가며 조만간 다시 찾아올 행복을 위해 노력했다.

그러나 2년 뒤 어느 날 날아든 한 통의 서류에, 그녀는 절망으로 주저앉고 말았다. 그 서류는 남편이 그녀 몰래 받은 전세대출금의 이자가 밀렸다는 독촉장이었다. 희망을 배신당한 아내는 어떤 느낌이었을까.

그녀를 엄습한 느낌이 무엇이었건, 중요한 것은 그녀가 부정의 반응을 보이는 대신 남편을 용서하고 마트 직원으로 취직해 돈을 벌기 시작했다는 점이다. 그런 사실과 이후의 정황으로 보아 그녀는 자선가 유형으로 추정되었다.

"넌 뭐했는데? 돈 안 벌었어?"

"당연히 벌었죠. 마누라가 막 울면서 그러는데 뭐 어쩔 수 있나. 열심히 벌어서 대출금 이자도 꼬박꼬박 내고, 잘 하고 있어요."

"그럼 그렇게 살면 되잖아. 문제될 거 없…, 어휴, 이놈 이거 진짜 나쁜 놈이네. 마누라는 그렇게 참고 용서해가면서 노력하는데, 니가 이, 이, 이 나쁜 놈아, 바람을 피워서 되냐!"

"에휴, 그러니까요."

"그러니까요…?"

그의 유들유들한 대답에 나도 모르게 화가 솟구쳐 올랐다.

"이놈이 유체이탈 화법을 쓰네? 임마, 남 얘기가 아니라 니 얘기잖아!"

"아니, 그러니까 답답하다고요."

"니가 뭐가 답답해!"

"나도 마누라한테 잘 하고 싶거든요. 인제 낚시질 그만하고 둘이서 잘 살고 싶다고. 근데 그게 마음대로 안 되니까, 그래서 미치겠다니까요. 애기가 안 생겨서 안 되면 입양이라도 하자는 얘기까지 다 했는데…"

"그런데?"

"근데 마음이 완전히 따로 논다니까요. 술 마시러 가죠? 옆에 계집애가 딱 붙으면요, 내가 있어 보이기는 하나 봐, 그러면 나도 어떻게 할 수가 없이 막 그런다니까요."

"돈은 어디서 나서?"

"호열이한테 좀 빌리고, 뭐 여기저기서,"

"얼마나!"

"마누라 속이는 게 좀 미안해서 그렇지, 얼마 되지는 않는데,"

"얼마냐니까, 이놈아!"

"그… 아니, 그냥 뭐 얼마 안 되고, 푼돈 정도로,"

"이놈이!?"

"이천 조금 안 되는데요."

"아이구우, 이 징글맞은 놈아. 그냥 할복을 해라! 할복을 해!"

"미안합니다."

"미아안? 미안은 니 마누라한테, 어휴우… 일단 나가자."

삼겹살집으로 향하는 지하철 안에서 그는 내도록 멀뚱한 눈알만 굴리고 있었다. 그의 아내가 자선가 유형이 맞다면, 그동안 부부의 행복을 지킨답시고 자신을 희생해가며 얼마나 큰 고통을 겪었을지 눈에 선했다.

"화내서 미안하다."

"괜찮아요."

"정태야. 너 니가 누군지 정말로 알고 싶은 거지?"

"예."

"왜 알고 싶은 건데? 정확히 말해 봐."

"사람답게 살아볼라구요. 진짜로."

"그럼 몇 가지 물어볼 테니까 거짓말하지 말고 솔직하게 말해라. 대충대충 장난처럼 말하지도 말고. 너 옛날부터 유머 많이 썼잖아. 재미있는 것도 있었지만, 어떨 때 보면 이게 무슨 소릴 지껄이나 싶을 정도로 희한한 소리도 잘했단 말이야. 특히 여자들 이야기할 때. 기억나?"

"예."

"왜 그런 건데? 아냐, 왜 그랬다고 생각하니? 여자 이야기할 때."

"쪽팔리니까요."

"확실하게 짚고 넘어가자. 여자 이야기 자체가 그랬다는 거냐, 아니면 여자 이야기를 하는 너 자신이 그랬다는 거냐?"

"내가요."

농담에 대해 물어본 이유는 그의 유들유들한 태도가 자주 농담으로 시작되었다는 오랜 기억과 농담에 대한 지그문트 프로이트의 케케묵은 이론이 떠올랐기 때문이었다.

"이렇게 말해보자. 여자 이야기할 때, 넌 별로 하고 싶지 않은데 어쨌든 이야기가 툭 하고 튀어나와. 그런데 이야기를 하는 너 자신이 왠지 쪽팔려. 그래서 그걸 만회해 보려고 웃기는 소리를 했던 거야. 말하자면 유머를 동원한 거지. 그게 습관이 된 거고. 이렇게 말하면 어때?"

"그런 거 같습니다. 비슷해요."

"그런 느낌을 처음 가진 게 언제쯤이지?"

"어… 중학교 다닐 때? 뭐, 그때쯤요."

편향적 농담(tendentious jokes)
불안이나 긴장을 해소하기 위해 적개심이나 성적인 욕구를 음담패설 등으로 간접적으로 표현하는 농담을 말한다.

그는 동기가 무엇인지 모르지만, 여자 이야기에 동원한 농담이 그저 말재주를 피운 순수한 농담은 아니었으며, 저질 음담패설로 자신의 행위에 정당성을 부여해왔음을 인지하고 있었다. 내적 긴장이나 불안을 해소하려고 성적인 욕망을 편향적 농담tendentious jokes[280]으로 표현하는

사람이 있다는 프로이트의 주장과 맞아떨어지는 장면이었다.

"네 마누라, 아니지, 사랑하는 후배 안사람인데 그렇게 부르면 안 되지. 제수씨 말이다, 혹시 우울증 같은 거 걸리지 않았어?"

"걸렸어요. 신경쇠약 딱 와갖고 몇 개월 동안 병원 다녔잖아요."

"그거 재발하면 또 뒤집갠지 주걱인지 들고 설친다. 조심해라."

"선배. 사실 나 있잖아요. 쪽팔리지만… 매 맞고 사는 남편이요."

"그래? 그거 참 다행이네."

듣던 중 반가운 소리였다. 배우자를 폭행하는 성 성격은 자선가에게 어울리지 않는다고 생각하는 사람이 적지 않다. 하지만 그런 생각은 유인원은 늘 짝을 두들겨 팰 것이라는 착각이나 마찬가지이다. 유인원이 광대처럼 입을 꾹 닫고 있는 경우가 있는 것처럼, 자선가 역시 꼼꼼히 계산할 수 있고 폭행을 가할 수도 있다. 다만, 자선가의 계산과 폭행은 주 특질이 아닐 뿐이다. 맞고 산다는 그의 이야기가 반가웠던 이유는, 아내가 그런 식으로나마 자신의 속을 다스리고 있구나, 하는 안도감 때문이었다.

"제수씨가 왜 때린다고, 아냐 아냐. 네가 왜 맞고 산다고 생각하니?"

"……"

"내가 맞춰볼까?"

"……"

"경제력이 제수씨한테 있기 때문이야. 박정태가 누구야? 이혼은 인생 살아가면서 걸리는 감기나 마찬가지고, 여자는 널려 있다고 했던 사람 아냐? 그런 사람이 이혼을 못하는 이유가 뭐겠어? 이혼하면 돈을 얻어 쓸 데가 없기 때문이지. 이게 니가 맞고 사는 이유야. 맞지? 솔직하게 말하자."

그의 어깨가 움찔하더니 목소리가 안으로 기어들었다.

"예."

"그럼 열심히 벌어서 대출금 이자 꼬박꼬박 낸다고 했던 소리는 자동적으로 거짓말인 게 드러났고. 열심히 버는 쪽은 정태씨가 아니라 제수씨일 테니까 말이야. 맞지?"

"예."

"이 친구야. 착한 사람을 왜 남편 패는 사람으로 만들고 그러나 그래 …"

"미, 미안합니다."

거짓말과 무능력이 순식간에 까발려지자, 안으로 기어들던 목소리는 이제 거의 들리지 않을 정도로 작아졌다. 덩달아 어깨도 더 깊이 움츠러들었다.

"별로 권하고 싶은 방식은 아니지만, 지금은 때리면 맞아주는 게 좋아. 제수씨 신경쇠약도 생각을 해줘야 하니까. 그건 당분간 그러면 되고. 부모님 얘기 좀 해봐. 문제는 니 바람기니까 거기 맞춰서 핵심만."

"우리 아버지는 바람둥이였어요. 일곱 살 때 처음으로 바람을 피웠는데, 노는 날, 일요일이었던 거 같은데, 공장에 갔는데 거기서 나한테 딱 걸린 거거든요. 어려도 왜 알 건 다 알잖아요. 왜요?"

"아냐, 계속 해."

"인상을 딱 썼지. 근데 아버지가 그 여자한테 뭐라 그러더니 나한테 지폐 다섯 장을 딱 주는 거 아닙니까. 그때만 해도 꼬맹이한테 오백 원이면 엄청 큰돈이잖아. 그러구나서 아버지는 그 여자한테 다시 갔고, 나는 공장에서 나왔고… 대문 나서는데 엄마 생각이 나더라고요."

"마흔 넘은 놈이 호칭 참 어른스럽다. 왜?"

"불쌍하잖아요. 아무것도 모르고 있을 건데."

"어머니 불쌍하니까 그러지 마세요, 그래보지 그랬어?"

"그러면 안 되죠."

"왜, 아버지가 때리고 그러셨나?"

"때리기는요. 원시인도 아니고. 그게 아니라, 찍소리도 안 하기로 약속을 했거든. 글구 입 닫고 있으면 돈이 생기는데 안 지킬 이유가 없잖아요."

"어머니 불쌍한 건 어쩌고?"

"사실, 아버지 그러는 거 별로 나쁘진 않았어요. 아버지는 그 여자랑 있고, 나는 엄마랑 있고. 그럼 되니까. 그런 게 좋았으니까."

"좋았겠지. 일곱 살이면 좀 늦기는 했지만, 다들 그런다고 하니까."

"다들 그러다뇨?"

"오이디푸스 콤플렉스oedipus complex 모르냐?"

"아, 맞네. 딱 그거네. 그 누구냐, 프로스트가 말한 거 말이죠?"

"프로이트."

"그거나 그거나."

"그래서?"

일곱 살 꼬마에게, 작은 차에서 큰 트럭까지 가리지 않고 몰고 사람들 앞에서 장군처럼 연설을 하는 아버지는 거대한 산이었다. 그런 아버지가 아버지를 도와주러 왔다는 아줌마—아버지는 아들에게 그 아줌마가 나라에서 아버지를 도와주라고 보낸 사람이라고 말했다—를 볼 때마다 백원짜리 지폐를 몇 장씩 집어주고는 손가락을 입에 대며 이렇게 말했다.

"아버지 어디서 일해?"

"여기서."

"누구랑 일해? 혼자 하고 있지, 그치?"

"응."

"그래. 아버지는 혼자 공장에서 일하고 있는 거야. 알았지?"

"응. 알았어."

아버지는 이후에도 계속 바람을 피웠고, 어떤 때는 9살, 10살, 11살짜리 꼬마 조력자를 공장으로 불러들여 알리바이의 증인으로 삼기도 했다. 그때마다 꼬마는 아버지를 도우러 왔다는 거래처 아줌마, 은행 아줌마, 시청 아줌마, 소방서 아줌마들에게 인사를 해야 했고, 대가로 점점 더 많은 지폐를 챙겼다.

박정태의 내면에 사는 지니는 어릴 때부터 자신에게 가해진 무거운 딜레마와 싸워왔다. 그 딜레마는 아무것도 모르는 어머니가 불쌍하다는 생각, 그렇지만 아버지와의 약속을 지키지 않으면 집안에 난리가 나고 말 거라는 불안감 사이에서 오는 것이었다. 그리고 아줌마들이 아버지의 불륜 상대라는 사실을 알게 된 이후, 지니는 주인의 수치심까지 덤으로 져야 했다.

한두 번으로 끝나지 않고 지속적으로 반복되며 마음을 괴롭히는 딜레마와 수치심은 어떤 식으로든 해결되어야 했다. 아버지가 불륜을 저지를 때마다 아들의 마음에서는 몇 가지 파괴적인 방안들이 떠올랐다가 사라져갔다. 그런데 가장 그럴싸한 해결책은 사춘기로 접어든 그의 지니가 제시해주었다.

'엄마한테 가서 말할 거야? 그랬다가는 아버지랑 완전히 끝장나고 말 텐데. 성질나지? 부끄럽지? 그래도 참자. 어차피 어른들 문제잖아. 무슨 수를 써도 해결이 안 된다니까. 차라리 아버지한테 돈이나 더 많이 달라 그래서 실컷 쓰고 다니는 거야. 어차피 주는 거니까. 어때? 좋지? 그래, 좋아.'

그 순간, 어릴 때 꼬마를 지배했던 아버지에 대한 동일시identification가 되살아나 사춘기 남학생의 판단을 옹호하고 나섰다. 그때부터 그는 아버지의 불륜을 어머니에게 숨겨야 하는 데서 오는 불안감과 비밀을 지키는 대가로 돈을 받는 데서 오는 수치심을 외면하기 위해 아버지 같은 사람이 되어갔다.

그렇게 아들의 나이가 들어감에 따라 용돈의 규모도 커져 갔으며, 대학 입학 선물로 중형차를 선물받는 데까지 이르렀다. 아버지는 그런 식으로 비밀을 지켜준 아들에게 고마움을 표했던 것이다.

"기억하는 건 이게 거의 답니다."

박정태는 자신이 여자를, 그것도 결혼 여부에 개의치 않고 여자를 밝혀온 원인으로 작용했을 법한 사실들을 꽤 상세히 알고 있었다. 불륜을 일상처럼 즐겼던 아버지의 성 성격이 원인의 한 축인 것만은 틀림없었다. 그럼에도 불륜을 탐닉하는 스스로를 어떻게 할 수 없는 현실은 여전히 남기에, 드러나지 않은 무엇, 즉 그의 지니가 품고 있는 본질적인 원인은 따로 있어야 했다.

"흐음… 솔직하게 말 한 거지?"

"이 마당에 숨길 거 뭐 있다고."

혹시 방어기제를 동원한 부분이 있는 것 아닐까. 놓쳐버린 부분은 없나… 그의 설명대로라면 어머니 쪽에서 더 얻을 것은 없어 보였다. 아내 쪽은 아예 신경 쓸 필요도 없었다. 남은 공간은 어린 시절뿐. 그다지 기대는 되지 않지만 그곳을 더 파볼 수밖에.

"생각보다 어렵네. 비밀 지키기로 약속할 때 얘기 좀 더 해봐."

"그때 엄마가 집에 없었거든요. 엄마 찾으러 간 건지는 모르겠는데, 그랬나? 그랬을 거야. 하여간에 공장에를 딱 갔는데, 사무실에서 두 사람이 뭘 하고 있는 거야. 홀랑 벗고. 여자가 날 먼저 봤는데, 놀랐겠지. 꼬마가 문에 딱 서 갖고 보고 있으니까. 그 여자가 놀라서 후다닥거리니까 아버지가 괜찮다 그럼서 옷인가 뭔가를 덮어주고 지갑 꺼내서 왔던 거거든요."

"그 다음에는?"

"아까 말했잖아요. 혼자 공장에서 일하고 있는 거라고. 그렇게 딱."

"아니, 아니. 그만 좀 딱딱거리고, 약속하라고 하실 때 뭐라 그러셨는지를 묻는 거야."

"예…? 거 뭐, 척 하면 삼척이고 툭 하면 호박 떨어지는 소리지."

"아이고, 진짜 오랜만에 들어보는 소리네."

"그렇잖아요. 그걸 꼭 말로 이렇게 하자, 저렇게 하자, 그래야 되나?"

"글쎄. 아마 그랬어야 할 걸. 아들내미 나이가 좀 된다면 삼척이든 호박이든 통할 거라고 생각하셨을 수 있지. 그렇지만 너 그때 몇 살? 내가 아버지라도 말 안 나게 확실히 했을 것 같은데. 비밀이 어떻고 남자가 어떻고 하면서 도장 찍고 다짐도 받고, 어머니한테 이르면 때치 할 거라고 협박도 해가면서 말이야."

"그런가?"

"생각해 봐라. 스토리가 나오잖아. 너 그 돈 어디서 났니? 아버지가 줬어. 어디서? 공장에서. 아버지 뭐 하시대? 어떤 여자랑 있었어, 홀랑 벗고. 이럴 가능성이 많아, 비밀 지킬 가능성이 많아? 일곱 살짜리가?"

"그러네. 그냥 지금까지는… 그냥 알아서 그랬던 걸로 생각했는데."

"물론 그럴 수도 있지. 그렇지만 그건 좀,"

"잠깐만요. 느낌이 약속을 한 것도 같아. 아닌가? 도장 찍고 다짐도 받고, 약속이라… 하아, 기분 참 묘하네."

"몇 살 때까지 기억나?"

"다섯 살이요. 엄마 따라 시장 가서 국밥 먹은 거. 엄마가 숟가락으로 몇 번 떠줬는데, 아직도 그때 그 국밥보다 맛있는 걸 못 먹어봤다니까."

"또 다른 건?"

"많죠. 차 타고 외할머니한테 간 거. 도랑에 빠져서 울었던 거. 집에 개가, 스피츠 한 마리가 있었거든요. 그거 비싼 종자거든. 근데 도둑놈이 들고 가는데도 엄마가 가만히 보고 있는 거야. 아버지는 날 잡고 있고. 그때 발버둥치면서 울었던 것도 생각나고."

"전부 다섯 살 때 기억이냐?"

"아뇨. 스피츠는 일곱 살 때 꺼고. 외할머니랑 도랑은 다섯 살 때 꺼고."

"여섯 살 때는? 아버지하고 약속하기 전까지."

"뭐, 도랑에 빠져서 이마를 찍었고, 어… 외할머니한테 갔다 왔고, 어…"

"그건 다섯 살 때고."

"그리고 아버지한테 돈 받았는데. 어? 생각이 안 나네. 왜 이러지?"

기억이 다섯 살에서 곧바로 일곱 살로 연결되어 있는 것 같았다. 그는 생각을 해내려고 한참이나 애를 썼지만 아무것도 기억해내지 못했다. 어른들은 6~8세 때 겪은 일을 잘 기억하지 못하는 경향이 있다. 이는 유아 기억상실이라는 매우 흔한 현상 때문이라 알려져 있는데, 그가 겪고 있는 것 역시 거기에서 비롯된 일종의 히스테리성 기억상실일 수 있었다.[281]

그런데 여섯 살 때 기억이 통째로 사라진 것은 이상했다. 아이들은 보통 놀랍거나 고통스러운 일을 당하면, 그 기억이 싫어서 곧잘 사소한 일들로 대치해 기억하곤 하는데,[282] 차폐기억concealing memory이라 불리는 그런 기억을 하나라도 갖고 있어야 하기 때문이었다.

그런 점에서 그의 유아 기억상실은 흔한 현상이 아니라, 앞의 기억은 있지만 뒤가 생각나지 않는 차단blocking에 의한 것일 수도 있었다. 만약 그렇다면 자의든 타의든 억압이 작용했을 것이며, 따라서 본질적인 원인을 찾는 일은 무의식의 영역까지 내려가야 하는 험난한 작업이 될 것이었다.

그 작업은 나의 능력을 넘어서는 것이었다. 풍부한 임상 경험을 가진 정신과 전문의라 해도 결코 만만하게 접근할 수 있는 성질의 것이 아니라 생각되었다. 능력의 한계 앞에서는 일단 백기부터 드는 것이 순리.

"정태야. 미안한데, 솔직히 모르겠다. 여섯 살 때 부정적인 기억이나 트라우마 같은 게 있었던 것 같은데, 내가 어떻게 해 볼 수 있는 영역이 아니다. 그런 건 기억해내서 의식으로 꺼내기 전에는 없어지지 않는데… 나중에 연락해라. 좀 알아보고 실력 있는 정신과 클리닉 소개해 줄 테니까."

"아녜요. 오늘 이야기 들어준 것만 해도, 엄청 뭐… 시원해졌어요."

"자, 지하철 끊기기 전에 잔 비우고 일어나자."

"선배. 내가 말이요, 공범이다."

약 열흘 후, 휴대폰을 타고 흘러나온 박정태의 첫 말이었다.

"무슨 소리냐?"

"다 기억났어요. 울 아버지 그 짓할 때, 나도 했다고. 나도 했어…"

그의 음색은 도무지 어떻게 할 수 없는 상황에 처한 사람의 체념 같은 것이었고, 말한 뒤의 여운에서는 미약한 분노가 감지되었다.

"병원에 다녀왔니?"

"아뇨."

"봉창 그만 두드리고 무슨 소린지 설명을 해라. 뭘 했는데?"

"여섯 살 때 기억 있잖아요. ……"

삼겹살집에서 헤어진 뒤, 그는 집으로 돌아가 오래된 사진첩을 뒤적이며 어릴 때 사진 수십 장을 시간 순서대로 배열해 보았는데, 수십 년 동안 전혀 생각지도 못했던 착각을 발견했다고 했다.

"보통 보면 사진 뒤에 연도랑 날짜 다 적어 놓잖아요. 여섯 살 때 찍은 건 딱 네 장 남아 있었는데, 난 그동안 한 장은 다섯 살 때 찍은 걸로, 세 장은 일곱 살 때 찍은 걸로 알고 있었더라구요."

"정태야, 얘기가 기네. 그러지 말고 아예 이리로 와라. 와서 마저 듣자."

"아뇨. 모레쯤 가께요. 할 일도 좀 있고 하니까."

"다섯 시면 끝난다. 와라. 지금 어딘데?"

"옛날 공장터요."

"아, 그래?"

기억을 찾았다는 그의 말에 의구심이 들 수 있다. 더듬어본다고 사라진 기억이 쉽게 돌아올까? 그것도 겨우 열흘 만에? 기억 찾기가 그렇게 쉬운 일이라면 최면이나 자유연상법과 같은 정신과적 치료법은 어디에 쓰라고?

우리 중에 오래된 기억을 되살려보려고 하지 않은 사람은 없다. 그런데 실제로 원하는 기억을 성공적으로 불러낸 사람은 거의 없다. 그래서 우리는 타인, 구체적으로 전문가의 도움 없이는 기억을 되찾을 수 없으리라 단정짓는다.

그러나 여기에는 알면 절로 고개가 끄덕여지는 사실에 대한 무지가 숨겨져 있다. 정신의학계에서는 인간의 정신이 의식, 무의식, 전의식으로 이루어져 있다고 본다. 이중 오래된 기억은 무의식과 전의식에 저장되어 있다.

무의식은 고통스럽거나 수치스럽거나 받아들여질 수 없는 기억이 억압된 상태로 저장되어 있는 공간이라서, 정신과적 치료의 도움을 받지 않는다면 접근이 매우 어렵다. 반면 전의식은 필요할 때 회상이 가능한 정보들이 저장되어 있는, 의식과 무의식 사이의 공간이라서 조금만 노력하면 쉽게 접근할 수 있다.

다만, 오래된 기억을 불러오는 데 성공하려면 몇 가지 있어야 할 것들이 있다. 불편한 기억과 마주설 용기, 불러올 기억과 연관되어 있는 실마리, 반드시 기억을 되찾겠다는 의지, 그리고 떠오른 실마리를 붙들고 끝까지 파고들 끈기 또는 절박함이 그것들이다.

이런 조건들이 충족된다면, 전의식에 저장되어 있는 기억을 의식의 표면으로 떠올리는 것은 결코 놀라운 일이 아니다. 박정태가 되찾은 기억은 바로 그 전의식에 저장되어 있던 기억이었다. 그는 어떤 기억을 되찾은 것일까.

이틀 후, 사무실로 들어서는 그의 발걸음이 무척 쾌활해 보였다. 그런데 놀랍게도 그는 혼자가 아니었다.

"우리 선배님. 인사 드려."

"안녕하세요."

"예. 안녕하세요. 누구, 제수씨?"

"예. 아주버님. 후훗."

"아이구 깜짝이야. 아주버님, 흠흠… 참 듣기 좋네요. 자, 이쪽으로."

"선배. 이 친구한테 얘기 다 했으니까 뭐 숨길 거 없어요."

"잘 했다. 참 잘 했다. 옛날 공장에는 왜 갔던 거야?"

"여섯 살 때 사진이 네 장 있었다 그랬잖아요. 사진기를 보고 웃고는 있는데, 내가 말입니다, 근데 그게 아무리 생각해도 누가 찍은 건지, 거기가 어딘지 생각이 안 나는 거야."

그는 어릴 때 사진들을 시간 순서대로 펼쳐 놓고 잃어버린 기억의 회로를 더듬었지만, 어렴풋한 형체 외에는 아무것도 떠오르지 않았다고 했다.

"그게 꼭 귀신 사진 보면 희끄무레한 거 있잖아. 그랬다니까요."

그렇게 일주일을 사진만 들여다보다가 다른 사진첩을 펼쳤는데, 대학 1학년 때 사귀었던 여학생 사진을 보는 순간, 그녀가 메고 있는 화구통이 눈앞으로 쑥 다가서더니 마치 블랙홀로 빨려드는 우주선처럼 한 지점으로 치달았고, 그 끝에 어릴 때부터 꿈에 가끔 나타나곤 했던 누나가 서 있었다고 했다.

"그 누나가 희끄무레하던 형체에 딱 들러붙더라구요."

"여학생이 그 누나였다고?"

"아니. 그게 아니고, 왜 음식 냄새 같은 걸 맡았는데 갑자기 옛날에 맡아 본 것처럼 기억이 아리아리할 때 있잖아요. 밥 먹다가 일어나는데, 어? 지금 이거 전에도 이런 적 있는데, 하는 거 같이 낯설지 않은 거요."

"데자뷰旣視感, deja vu 말하나 보네."

"맞아, 데자뷰. 그 누나가, 아냐 귀신이, 아니지 누나지. 하여간 그런 사람이었어요. 꿈에 어쩌다가 가끔씩 나타났는데, 그냥 느낌만 있지 안개처럼 그랬거든요."

그는 기억이 변조되는 기억 착오에 대해 말하고 있었다.

"그런데?"

"누나 얼굴이 선명하게 보이더라니까. 뒤에 아버지도 보이고. 근데 아버지를 보자마자 그때부터 기억이 막 살아나는 거예요. 누나가 누군지, 그동안 왜 기억이 안 났는지."

"잠깐 잠깐. 그 누나가 실제 인물이라고? 언제?"

"여섯 살 때요."

그녀가 실존했다면 그가 일으킨 기억 착오는 데자뷰가 아니었다. 기억 착오에는 상상해오던 모습이나 장면을 무의식적으로 재구성해 말하는 작화증作話症, 기억을 의식적으로 꾸며서 말하는 회상 착오 등 몇 가지가 있다. 그중 경험하지 않은 일을 경험한 것처럼 느끼는 데자뷰는 누구나 종종 경험하는 대표적인 기억 착오이다.

그러나 그의 꿈에 나타났던 여성이 실존 인물이라면, 다시 말해서 그가 무의식에서 재구성해낸 상상의 인물이 아니라면, 그의 기억 착오는 데자뷰가 아니라, 실제로 경험한 일을 경험한 적이 없다고 느끼는 쟈메뷰未視感, jamais vu였다.

그렇다면 해결의 열쇠는 있었던 일이 없었던 일로 변조된 이유이고, 그것이 신체 손상에 의한 것이건 최면이나 망각, 또는 기억상실에 의한 것이건, 그가 실제로 경험한 사건 또는 경험했다고 믿는 사건 속에 숨겨져 있을 것이었다.

"호오… 그럼 그 누나도?"

"그 누나도."

나도 모르게 그의 아내를 쳐다봤다. 하지만 그녀는 다 알고 있으니 신경 쓰지 말라는 제스처를 지어보였다.

"그 누나랑 있을 때 아버지하고 약속을 한 거구나?"

"예. 정확하지는 않지만, 선배 말대로 아버지가 뭐라 뭐라 똑같은 소리를 몇 번이나 계속하는 바람에 무서웠고, 엄마한테 일렀다가는 큰일이 날 거라고 생각한 건 기억나요. 돈도 그때 처음 받았고."

"그랬구나. 그런데 공범이라는 건 무슨 뜻이지? 아버지가 할 때 너도 했다는 소리는 또 뭐고."

"누나를 공장에서 본 게 몇 번 되는데요, 볼 때마다 껴안아주고 만지고 손가락 깨물면서 놀아주고 그랬거든요. 사진 네 장 있잖아요, 그중에 세 장은 누나가 찍어준 거예요. 차 타고 어딜 갔는데, 아버지, 누나, 나, 이렇게요. 아마 무슨 절 근처를 갔던 것 같아요. 그때도 누나가 차 뒷자리에서 날 안고 갔는데, 그게… 어우 씨… 또 눈물 나올라 그러네."

"왜? 제수씨, 왜 이래요?"

"가슴이 많이 아팠는지 저한테 얘기할 때도 이랬어요."

"그게, 지금도 느껴지는데요…, 후우… 그렇게 포근할 수가 없었어요."

"아…"

그제야 머릿속에서 큰 그림이 그려지기 시작했다.

"어머니보다 더 포근했구나."

"예… 후우…"

"그렇지만 어머니한테서 느끼는 포근함과는 많이 달랐을 거고."

"예… 아우… 그게 그러면 안 되잖아요. 근데 누나가 더 좋았다니까요."

"자기, 여기 손수건."

"그 누나가 왜 거기 있는지는 몰랐지만, 너한테는 말하자면, 이걸 뭐라고 해야 되나. 그… 굳이 표현하자면 여자였을 테고."

"예에에…"

"그런데 공장에 누나를 만나러 갔는데, 누나는 없고 처음 보는 여자가 있었던 거네. 아버지를 도와주러 왔다던. 그게 일곱 살 때였고. 그렇지?"

"예… 아우… 하나 더 있어요. 누나가 언젠가 뒤로 돌아서 있었는데, 그때 그게… 본 게 있습니다."

"뭘?"

"엉덩이요. 그게 눈에 확 들어오더라구요."

"그거야 뭐, 어릴 때는 어머니 나체 보고도, 아이쿠야! 벗고 있었구나?"

"예에…"

"왜 벗고 있었는지는 당연히 몰랐겠지?"

"목욕이요. 지금 생각하면 웃기지만, 그때는 그렇게 생각했어요. 사무실에서 무슨 목욕을 한다고 그런 생각을 한 건지 참."

"그랬구나. 그랬어."

비로소 그가 어떻게 할 수 없으니 어떻게 좀 해 달라고 요청했던 바람기의 직접적인 원인이 밝혀지는 순간이었다.

"자아, 그럼 이렇게 해보자. 지금까지 네가 한 말을 재구성해 볼 테니까, 들으면서 체크해 봐. 다른 게 있으면 얘기하고."

다섯 살 꼬마는 어머니를 사랑했고, 어머니는 꼬마가 아는 사랑의 전부였다. 반면 아버지는 사랑하는 어머니를 빼앗으려는 막강한 권력자였으므로 꼬마는 어머니를 빼앗기지 않으려고 전전긍긍해야 했다.

그런데 여섯 살 되던 어느 날, 꼬마 앞에 처음 보는 누나가 나타났다. 꼬마가 판단하기에, 온갖 스킨십을 다 동원해가며 귀여워해주는 누나는 옆집 누나일 수도, 친척 누나일 수도 있었다. 꼬마는 자신을 위해 어디선가 마술처럼 나타난 천사라고 생각했다.

어머니와 아버지 사이에서 전전긍긍하던 꼬마는 어머니에게만 주던 사랑의 일부를 천사에게 나누어주기 시작했다. 성적 대상에 변화가 일었던 것이다. 천사는 어머니에게서 느낄 수 없는 다정한 촉감으로 보답해 주었다. 특히 천사의 의도하지 않은 노출은 꼬마의 성적인 감정을 강하게 자극했다. 사랑은 양분되었고, 그때부터 꼬마의 관심은 천사를 만날 수 있는 공장으로 쏠렸다.

아버지와 천사가 거의 일 년 내내 불륜관계를 맺는 동안, 그런 사실을 모르는 꼬마는 천사가 베풀어주는 특별한 사랑을 받았으며, 그 사랑이 바로 아버지가 그 짓할 때 꼬마도 했다던 것이었다.

천사를 만나게 해준 아버지는 꼬마에게 어떻게 비쳤을까? 이전의 권력자와는 좀 다른 우호적인 아버지로 비치지 않았을까? 그런데다가 천사와 특별한 짓을 하고 있는 상황이었으니, 설령 아버지가 엄마에게 일러바치면 때치 하겠다고 했다 하더라도 그것은 할 필요가 없는 경고였을 것이다.

그러나 공장에서 천사의 특별한 사랑을 받는 것은 더 없이 좋은 일이었지만, 언젠가부터 꼬마는 뭉글거리는 느낌 하나를 갖게 되었다. 어머니에게 줄 사랑을 뚝 떼어 천사에게 주는 데서 오는 미안함이었다.

"어떠니? 비슷한 것 같아?"

"거진 다 맞습니다."

문제는 일곱 살 때 천사를 만나기 위해 공장 사무실에 들렀다가 발가벗은 아버지가 어머니와 그랬던 것처럼 누군가를 올라타고 있는 장면을 목격하면서부터 시작되었다. 박정태는 그때의 충격을 이렇게 묘사했다.

"누난 줄 알고 깜짝 놀랐는데, 누나가 아니어서 더 놀랐습니다."

그리고 그때의 느낌을 이렇게, 너무도 정확히 기억하고 있었다.

"싸운다고 생각할 나이는 지났죠. 뭐라고 생각했느냐 하면요, 애기를 만들고 있잖아! 엄마한테 이를 거야! 그랬다니까요."

하지만 가여운 꼬마 공범자는 뒤돌아 뛰어갈 수 없었다. 아버지와의 약속 때문이 아니었다. 나라에서 아버지를 도우라고 보냈다는 아줌마가 꼭 천사처럼 보였기 때문이다. 그 순간, 그의 마음에 사는 지니가 이렇게 외쳤다.

'누나도 아버지랑 애기 만들었을 거야. 누나는 아버지 꺼야. 가서 일러!'

지폐 다섯 장을 들고 공장 대문을 나서던 꼬마는 엄마에게 일러바치는 장면을 상상했다. 그동안 왜 이야기하지 않았느냐며 야단을 맞을 게 두려웠다. 엄마보다 누나를 더 좋아했다는 말이 툭 튀어나올까 봐 무섭기도 했다.

누나도 아버지와 함께 애기를 만든 게 분명하다고 확신한 꼬마는 무슨 생각을 했을까. 배신당했다는 기분과 불안한 느낌에 사로잡힌 사람이라면 누구나 그렇듯, 그런 감정의 원천인 누나에 대한 기억을 눌러서 참아 내려 했거나 아예 생각조차 하지 않으려 했을 것이다.

그 과정에 사실은 기억하지만 누나와 연관된 감정이나 정서는 의식에서 몰아내는 격리isolation가 일어났을 수 있다. 또는 배신감과 불안감이 유아 기억상실의 원인으로 작용해 누나에 대한 기억만 차단함으로써 그의 성인기를 지배한 히스테리성 기억상실의 기초가 마련되었을 수도 있다. 어쩌면 '누나는 없어, 누나는 없어'라고 반복적으로 되뇌이며 자기최면을 걸었을지도 모를 일이다.

어떤 과정을 거쳤건 꼬마의 생각이 다다른 종착지는 '생각의 봉쇄'였을 것이며, 이는 아버지와 누나의 불륜이 지속되었던 여섯 살 시절이 온통 먹통이었던 것으로 미루어 충분히 상정할 수 있는 가능성이다.

그런데 꼬마의 지니는 누나에게서 느꼈던 성적 감정과 어린 마음에 충격으로 다가왔던 그녀의 엉덩이 또는 벗은 뒷모습을 생생히 기억하고 있었기 때문에 색다른 역전 현상이 일어났다. 일반적인 격리와는 반대되는 격리, 다시 말해서, 사실은 의식에서 몰아내고 누나와 연관된 감정과 정서는 기억하는, 격리의 역전이 발생했던 것이다. 아버지로부터 습득한 혼외정사라는 부정 감정의 유전자가 삶을 지배할 힘을 얻을 수 있었던 것도 기억에 남아 있는 바로 그 감정과 정서 때문이었다.

"예. 맞습니다."

"후우… 공범 맞네. 아버지가 할 때 너도 한 것 맞고."

"그러니까요."

"이제 대충 해결된 것 같은데. 어때?"

"같은 게 아니라 확실히 해결됐습니다. 확실히요."

"정태야, 그럼 그동안 네가 찾아왔던 게… 내가 말할까?"

"누나가 날 만져줄 때 느낌. 그때 느꼈던 포근함. 그리고… 엉덩이요."

"그래, 그래. 그렇지만 그걸 모두 만족시켜주는 여자는 없었고."

"없었죠. 현지도 그렇고, 뭐어. 이런 게 정상은 아니죠?"

"어떨 것 같니?"

"아닐 거 같은데."

"성도착이라고 알지? 순하거나 민감한 아이가 어른한테서 성적인 유혹, 자극, 뭐 그런 걸 받아서 생기는 문젠데. 성기가 아니라 발이나 머리카락 같은 데 별스럽게 집착하는 변태성욕이 올 수도 있고, 여자 팬티 같은 물건에 쏠리는 페티시fetishism나 관음증으로 발전할 수도 있어. 굳이 말하자면 넌 변태성욕 쪽이겠네. 스킨십에 민감하니까. 엉덩이도 그렇고."

"변태라… 맨날 장난처럼 하던 소린데 내가 변태였네. 고쳐야 되잖아요."

"아, 심각하게 생각할 것 없다. 이 정도 성도착은 정말 흔한 거니까. 원인을 몰라서 그렇지 숨어 있던 원인이 의식으로 나오면 거의 다 해결돼. 그건 그렇고, 수고 많았다. 정신과 전문의한테도 만만찮은 일을 혼자서, 그것도 화구통부터 시작해서 자유연상까지 해가면서. 진짜 대단한 일을 해낸 거야."

하지만 마지막으로 확인할 것이 남아 있었다. 그가 한 이야기의 전부 또는 일부가 무의식에서 꾸며낸 것일 수도 있기 때문이었다.

"그런데 지금까지 한 말 사실이라고 확신해?"

"예."

"무슨 근거로?"

"아버지한테 다녀왔어요. 그때 선배한테 전화한 뒤에 바로 갔었거든요."

"아, 그랬구나."

박정태의 부모는 사업이 망한 직후 이혼한 상태였다. 그는 먼저 어머니에게 찾아가 어린 시절의 비밀을 이야기하지 않은 것에 대해 용서를 구했다. 그런데 어머니는 남편의 불륜 사실을 이미 알고 있었으며, 남편 몰래 여자를 찾아가서 해결한 적도 세 번이나 있었다고 했다.

왜 그랬느냐는 아들의 질문에, 그녀는 '이혼해도 네 아버지만큼 돈 있는 사람을 어디 가서 찾겠니?'라고 답했으며, 이혼은 왜 했느냐는 질문에는 '더 버틸 수가 없어서'라는 대답과 함께 깊은 한숨을 내쉬었다.

그의 아버지가 보인 반응은 어머니와 정반대였다. 아버지는 아들의 추궁에 누나의 존재를 확인해 주었으며, 아들이 절규하며 쏟아내는 이야기를 약 한 시간가량 덤덤히 들어주었다.

수십 년간 누르고 살았던 감정을 내려놓은 뒤, 꼬마는 자신을 불륜의 도구로 쓴 것에 대해 사과를 요구했다. 꼬마가 정말로 듣고 싶어 한 것은 진심에서 우러나오는 사과였다. 그러나 아버지는 묵묵부답이었다.

그러다가 꼬마의 종용이 거칠어지자, '네가 그렇게 느꼈다면 좀 잘못된 측면이 있지 싶네. 그렇게 생각할 수도 있겠어. 거 뭐 별것도 아닌 걸 갖고서. 알았다. 인제 가봐라'라는 회피성, 유체이탈성 발언만 내뱉고는 동거녀를 데리고 밖으로 나가버리고 말았다. 박정태는 그것만으로도 속에서 무엇인가가 쑥 빠져나가는 것 같은 시원함을 느꼈다고 했다.

박정태가 화장실에 간 사이, 그의 아내에게 물었다.

"제수씨, 아니 그래 이런 이야기를 다 듣고도 괜찮아요? 화 안 나요?"

"엄청 많이 나죠. 이거 아세요? 확 그냥 막 그냥 여기저기 막 그냥."

"아이구, 그 정도면 장난이 아니네."

"그치만 어떡해요. 부분데. 저 정태씨 많이 사랑하거든요."

"허허. 참 속도 넓다. 정신과에 몇 달 다녔다던데, 치료는 다 끝났나요?"

"중간에 그만뒀어요. 더 다녀봐야 별수 없겠다 싶어서요. 근데 이젠 괜찮을 거 같아요. 느낌상요."

"그래요. 나도 그럴 것 같네. 느낌상. 참, 저 친구 앞으로 어떻게 할 거랍니까?"

"이력서 써서 돌리고 괜찮은 직장 구할 때까지 노가다 한대요."

"그럼 이제 행복할 일만 남았네?"

"그럼요."

"좋네. 좋아. 우리 제수씨, 돼지 껍데기 좋아하시나?"

"네에!"

"오케이. 갑시다!"

유인원은 자신에게 충실하고, 부부의 행복을 최상의 가치로 여기는 자선가는 짝에게 충실하다. 감정적인 유인원과 배려로 무장한 자선가. 유인원이 박정태처럼 유별나지 않은 한, 부부는 심하게 다툴 일이 별로 없다.

배려하는 성 성격이 감정을 드러내는 성 성격을 누를 수는 없으므로 대부분의 경우 관계의 주도권은 유인원에게 있다. 유인원의 감정이 숲에 가까울수록 자선가는 더 큰 자기희생을 감수해야 한다.

그러나 박정태의 모친이 그랬던 것처럼, 자선가가 배려의 대가가 아닌 이상 희생에 끝은 있으며, 끝이 출현하는 시기는 대개 자선가의 인내심이 얼마나 큰가에 달려 있다. 이것이 우리나라처럼 유인원·자선가 조합이 가장 많은 비율을 차지하는 사회에서 황혼이혼이 급증하는 주요한 이유 중 하나이다. 이 조합의 갈등이 극단으로 치닫는 과정은 다음과 같다. 전통적인 우리네 아버지, 어머니를 연상하며 따라가 보자.

자선가의 유일한 위안, 즉 너의 행복이 나의 행복이라는 성취감이 허탈감으로 변하는 순간, 자선가는 그때껏 성취한 행복한 삶에 회의를 품는다. 자선가의 회의는 관계에 지대한 영향을 미치는 경제적 어려움뿐 아니라, 평소라면 대수롭지 않게 넘길 수 있는 작은 입씨름,

아들의 퉁명스러운 반응이나 딸의 무시하는 듯한 행동, 시댁 가족 구성원과의 사소한 알력 등 주변의 모든 상황에 민감해진다.

회의가 깊어진다. 난 지금까지 뭘 하며 살아온 거지? 행복이라구? 이게 다 뭐야… 자선가의 내면에 둥지를 튼 회의는 새로 생겨나는 삶의 가치들을 무위로 돌리며 그동안 쌓아왔던 굴종적인 인내를 비웃고, 그 끝에 미래에 대한 희망을 걷어차 버린다.

그리고 배려를 사랑으로 착각하며 살아온 유인원은 자선가의 골방에서 비공개적으로 진행되는 허탈 → 회의 → 자기비하 → 절망의 프로세스에 우울증과 같은 신경정신과적 병명을 붙이며 의문부호를 단다. 왜 저러지? 갱년기야? 스트레스 때문인가? 이것도 해야 하고 요것도 해야 하는데 저러고 있으면 어쩌자는 거야. 참…

주변에서 일러주거나 어떤 통찰이 스스로 다가와주지 않는 한, 유인원이 자선가의 심중을 이해하기란 보통 어려운 일이 아니다. 원인이 유인원 자신에게 있다는 사실은 생각조차 할 수 없기에 사소한 대화조차 나누기 어렵다. 대화의 실종은 대면의 실종으로 이어지고, 공감 없는 관계는 허무로 치닫는다.

그동안 베푼 갖가지 배려를 떠올리며 무심한 유인원을 경멸해왔던 자선가는 입을 닫아버리고, 유인원은 갈등의 원인을 찾기 위해 이 구석 저 구석을 뒤져가며 탐색에 나선다. 그러나 유인원 자신은 대상에서 쏙 빠져 있다. 이는 마치 밤마다 부엌을 어지럽히는 '수면보행증夢遊病, somnambulism' 환자가 도둑을 잡는답시고 방범시스템을 설치하고 경찰에 신고하는 등 부산을 떠는 격이다.

수면보행증을 완화하거나 고치려면 먼저 환자 자신이 증상을 인정해야 한다. 그래야만 전문의를 찾아갈 마음이 생기고, 질병이 스트레스 때문인지 피로나 알코올 중독 탓인지, 아니면 성격의 일부가 의식의 지배에서 벗어나 독립된 성격인 것처럼 행동하는 해리_{dissociation}에 의한 것인지 알 수 있다.

마찬가지로 자선가의 허무해진 마음을 치유하려면 유인원 스스로 자신의 무심함을 인정하는 작업이 선행되어야 하며, 그러기 위해서는 자선가의 도움, 즉 대화가 반드시 필요하다. 그러나 놀랍게도 많은 수의 자선가는 자신이 왜 허무에 빠졌는지 모르는 경우가 많다. 평소에 자신을 돌아보는 연습이 되어 있지 않기 때문이다.

당연히 대화의 물꼬를 트더라도 허무한 상황에 대한 탓이나 섭섭함에서 시작된 경멸만 난무할 뿐, 원인에 대한 냉정한 분석은 없다. 따라서 위의 상태까지 진행된 부부라면 다시금 삶의 가치를 만들어내고 가치의 현실화 과정을 공유하며 거기에서 오는 기쁨을 부부의 행복으로 가꾸어나갈 가능성은 기대하지 않는 것이 옳다. 결국 부부를 기다리는 것은 이별뿐이다. 유인원은 숲으로, 자선가는 자선단체로. 이런 지경에 이르지 않으려면 어떻게 해야 할까?

상대의 요구를 면밀히 살피지 않은 상태에서 내가 하고 싶어서 하는 배려는 진정한 배려가 아니다. 과장된 표현을 빌려 말하자면 나의 만족을 위해 거리로 나서서 노숙인들에게 식사를 제공하는 것과 다를 바 없다.

그런 배려는 지천에 널려 있지만, 자선가가 베푸는 자기만족의 행위가 자신의 상황에 몰두해 있는 노숙인의 마음에 가 닿기는 어렵다. 그 행위가 길게 이어지는 경우도 매우 드물다. 피드백_{feedback}이 없기 때문이다. 이를 우리의 주제인 애정의 언어로 치환하면 이렇게 된다.

'자선가가 베푸는 자기만족의 행위가 자신의 감정에 몰두해 있는 유인원의 마음에 가 닿기는 어렵다. 그 행위가 길게 이어지는 경우도 매우 드

물다. 유인원은 이미 자선가에 의해 자선가의 배려를 당연하게 여기도록 조련되어 있기 때문이다.'

위와 같은 상황으로 내몰리지 않으려면, 다시 말해서 다른 곳에서 다른 만족을 찾거나 자기만족을 아예 포기해버리는 극단적인 상황과 조우하지 않으려면, 자선가는 먼저 자신의 성 성격부터 이해하려는 자세를 가져야 한다. 나의 최상의 목표가 왜 부부의 행복이 되었는지, 나는 왜 나를 희생하면서까지 자기만족에 집착하게 되었는지, 그런 나에게 영향을 준 것은 무엇인지 따져봐야 하는 것이다.

그 과정에 외면해두었거나 잊고 지냈던 과거와 대면할 수도 있고, 두 번 다시 돌이키고 싶지 않아 마음 깊숙이 숨겨두었던 고통을 직시함과 동시에 억눌려 있던 자기self가 기지개를 켤 수도 있다.

그런 다음, 내가 하고 싶어서 하는 배려는 진정한 배려가 아님을 깨닫고 그 깨달음을 생활의 국면마다 적용시켜야 한다. 특히 자신을 주장하기에 바쁜 유인원을 정욕 또는 얼마 남지 않은 정욕의 찌꺼기로 너그럽게 대하던 태도를 버리고, 자기self를 주장하는 셀프서비스에 많은 노력을 할애해야 한다.

"이건 지금 이런 상황인데, 이렇게 두면 나중에 그렇게 되고 말 테니까 여기서 방향을 돌려야 해. 그래서 내가 이렇게 하는 거야. 알았지?"

"당신은 그렇게 주장하지만, 만약 나도 내 입장을 주장하면 어떻게 되겠어? 싸울 수밖에 없잖아. 당신 입장 잘 알겠어. 하지만 당신도 내가 이런 입장이라는 건 알아둬야 해. 오늘은 당신이 원하는 대로 해줄게."

철부지처럼 징징거리는 꼬마로 하여금 배려를 고맙게 여기도록 (미리부터) 조련해야 하는 것이다.

모든 것을 이해한다는 듯 빙긋 웃으며 유인원이 원하는 대로, 또는 원하기 전에 미리 알아서 해주는 것은 어떤 면에서 사랑의 감정으로 여겨질 수 있다. 자선가는 그런 감정을 베푸는 자신을 대견해 할 수도 있다. 자기계발서에서 본 것도 같고, 성경이나 불경에서 읽은 듯도 한, 그런 품 넓은 자세이니까 말이다.

그러나 스스로를 대견하게 여기든 자뻑에 흠뻑 취하든 자유이지만, 단 한 순간도 잊지 말아야 할 것이 있다. 그것은 부부란 사이이고, 사이에서 나오지 않은 감정은 공유되기 어렵다는 사실이다. 그런 자선가의 자뻑성 감정이라면 자신만 주장하는 유인원의 감정과 별반 다를 것 없는, 그 나물에 그 밥이다.

유인원은 어떻게 해야 할까? 어떤 마음으로 짝을 대해야만 자선가가 회의와 자기비하와 절망이라는 고통의 프로세스를 지나온 후에 무의미와 치명적인 공허로 상처받는 상황을 피할 수 있을까?

자신을 보살펴주는 짝의 배려를 그저 넙죽넙죽 받아먹으며 자선가라는 조련사에 의해 조련되는 서커스 극단의 철부지로 만족하기만 할 것이 아니라, 그 배려에 과잉의 신호는 없는지, 배려의 이면이 정말로 나에 대한 사랑으로만 가득한지, 거꾸로 나의 사랑이 그런 배려를 받을 만큼 진정 대단한 것인지를 감지할 수 있는 레이더시스템을 구축해야 한다.

그렇게 해야 하는 이유는 간단하다. 남편이 유인원인 경우를 예로 들면, 일반적으로 아내의 감성은 남편보다 풍부하기에, 아내는 받은 사랑보다 더 많은 것을 내어준다. 남편에게서 받은 열을 열다섯으로 돌려주는 식이다.

그러나 대부분의 자선가는 열을 받으면 스물을 내어준다. 나머지 다섯은 어디에서 온 것일까? 유인원·자선가 조합이 겪는 갈등의 씨앗은 대개 거기에 숨겨져 있으며, 씨앗을 방치할 경우 언젠가는 발아해 관계의 틈을 파고들기 마련이다. 이것이 레이더시스템이 필요한 이유이다.

시스템이 구축되었다면, 안테나를 가동해 배려를 배려할 수 있는 방법 찾기에 나서야 한다. 그렇지 않으면 영문도 모른 채 자선가의 돌발적인 부재와 맞닥뜨릴 수 있다.

배려를 배려하다니? 도대체 무슨 의미인지 알기가 쉽지 않다. 그러나 짝의 일방적인 배려를 사랑의 소산으로 여기며 자신처럼 가정을 잘 꾸려가는 사람도 드물다고 생각해본 유인원이라면 그 말의 의미를 정확히 이해할 수 있다.

배려를 배려하는 방법 또한 시스템을 구축해야 하는 이유만큼이나 간단하다. 우리네 아버지들은 아내가 수시로 보이는 잔정에 '큰 것 한 방'으로 화답하는 데 익숙해 있으며, 그들의 자식인 지금의 남편들 역시 그 영향에서 자유롭지 않다. 왜 그럴까? 아내의 잔정 다섯 개가 주는 감동보다 남편의 큰 것 한 방이 주는 감동의 무게가 더 크다는 오래된 착각 때문이다.

지금 이 순간, 사랑한다는 아내의 고백 다섯 번을 샤브샤브 한 방으로 해결하면 된다거나 설거지를 도와주지 않는다고 투정부리는 아내에게 최고급 프라이팬 세트를 선물하면 땡이라는 생각을 가진 남편이 있다면, 프라이팬 세트를 들고 숲으로 돌아가서 토끼 등심을 홀로 구워 먹으며 '난 토끼를 사랑해'라는 말을 다섯 번 반복하기를 추천할 수밖에 없다.

사랑한다는 말을 다섯 번 하는 동안, 자선가는 아무렇지도 않은 것처럼 보인다. 하지만 자선가의 가슴에서는 자신도 모르는 사이에 인내심에 대한 우려가 불쑥거린다. 이를 알아챈 유인원은 자선가의 인내가 화로 모습을 바꾸기 전에 큰 것 한 방을 투하해 감동을 이끌어낸다. 그 감동의 성질은 어떨까? 순수할까? 그럴 수 있다. 그러나 그보다는 인내심에 대한 우려가 해소된 데 따른 반작용이 더 많이 포함되어 있을 가능성이 크다.

그렇게 큰 것 한 방 피드백이 5년, 10년, 20년 동안 반복된다면? 무뎌지는 인내력만큼이나 감동 역시 시큰둥해진다. 그래서는 자선가가 부처나 천사가 아닌 이상 유인원에게는 더 큰 것 한 방이 지속적으로 필요해지고, 어느 순간 그렇게 하기가 버거워진 유인원은 큰 것 한 방에 대한 생각을 버리게 된다. 그리고 바로 그때 문제가 시작된다.

자선가는 무뎌진 인내의 칼날을 새로이 벼리며 기다리지만, 유인원은 배려가 밀렸다는 사실을 알고 있으면서도 능청맞게 뭉때리거나 그것조차 모른다면 왜 그러느냐고 묻기만 할 뿐, 할 수 있는 게 별로 없다. 자선가의 배려에 일대일로 피드백을 보내는 훈련이 되어 있지 않기 때문이다.

사랑한다는 말 한마디에 대응하는 것은 사랑한다는 말 한마디이다. 일상의 피로를 호소하는 남편에게 대응하는 배려가 실컷 잠자게 내버려두는 것인 것처럼, 설거지가 필요한 아내에게 대응하는 배려는 '설거지'이다.

아직도 남편이 밖에서 고생하는 동안 집구석에 처박혀 있으면서 설거지도 안 하고 뭐했느냐고, 드라마 볼 시간이면 하고도 남았겠다고, 겁도 없이 소리치는 남편이 있다면, 그 역시 숲으로 돌려보내서 토끼 등심을 구웠던 프라이팬을 닦게 할 수밖에.

아내의 배려로부터 미처 생각지 못한 도움을 받았다면, 거기에 대응하는 것은 그것과 유사한 도움을 되돌려주기 위해 아내의 배려를 배우는 것이다. 남편의 서프라이즈가 감동으로 다가왔다면, 또 다른 감동으로 감사의 마음을 전해야 한다.

하나의 배려에 대응하는 또 하나의 배려. 부부관계에서 이것만큼 당연하지만 기쁘고, 그런 반면 행하기 어려운 것이 또 있을까. 부부관계가 이런 피드백에 기초할 때, 하나를 받고 둘을, 둘을 받고 셋, 넷을 주려는 배려의 마음은 짝의 구체적인 감동과 감사를 획득한다.

그럴 때 둘을 받고 하나를 당연히 여기거나 받은 배려를 미뤄두는 이기적인 심보도, 아예 뭉때리고 마는 도둑 심보도, 인내심에 대한 자선가의 우려도 부부가 배려로 주고받는 감동과 감사에 밀려 어딘지 모를 곳으로 숨어든다.

그럴 때 나의 가슴은 아내가/남편이 날 위해 어떤 배려를 준비하고 있을까, 나는 어떻게 해주면 될까, 하고 자문하게 된다. 그리고 그동안 짝에게서 더 많은 배려를 받아왔다고 생각된다면, 그 배려의 이면에 무엇이 작용했던 것인지 돌이켜 성찰해 볼 마음도 인다. 그 마음을 우리는 배려를 배려하는 마음이라 부른다.

유인원 자신은 인식하기 어렵겠지만, 유인원의 내면에 사는 지니는 이해의 사랑, 애정의 뿌리를 지니고 있다. 애정의 뿌리는 주인이 배려를 배려할 때만을 기다리며 몽글거리고 있다. 그 뿌리는 주인이 그런 배려의 마음을 내는 순간 멀어지려는 정욕을 폭풍흡입하며 더욱 단단한 사랑의 뿌리를 내리고, 주인은 이해와 애정이라는 새로운 사랑의 단계, 교감이 고양된 내밀의 방으로 들어선다.

문명인과 자선가

앞에 등장한 공주와 곽은영 주부의 사례에서 확인한 대로, 문명

인의 주 특질을 간단히 표현하면 이성, 논리, 꼬치꼬치, 조목조목이
다. 자선가의 주 특질은 설정된 행복, 자기희생이며, 전통적인 우리네
어머니들, 누나들이 가장 적합한 사례이다.

만일 앞에 나온 자선가 백가가 문명인
공주를 위해 자신을 희생하는 대신 자기
self를 일정 부분 드러내고 살았더라면 어떻
게 되었을까? 그랬더라도 공주의 꼬치꼬치
와 조목조목을 견뎌내다 못해 인내력이 한
계에 다다른 지점에서 또 다른 자선가인 대
모와 도망을 갔을까?

이성으로 무장한 문명인과 기꺼이 희생할 준비가 되어 있는 자선
가. 문명인에게 모자라는 것은 감정적인 배려이고, 자선가에게 모자
라는 것은 자기를 드러내려는 노력이다.

따박따박 따지고 드는 문명인의 성 성격은 자선가의 배려를 이해
하는 데 장점으로 작용한다. 문명인은 대화를 통해 자선가가 보이는
과잉 헌신과 그 이면에 가려진 성 성격, 그리고 어디까지 접근해야 하
는지를 간파할 수 있다. 유인원에게는 그토록 어려웠던 일이 문명인
에게는 유인원이 바나나 껍질을 벗기는 것만큼이나 쉬운 일이다.

그런데 이 단계에서는 애정이 생기지 않는다는 것이 문제이다. 늘
해왔던 일에서 익숙한 것 외에 다른 무엇은 생겨나지 않기 때문이다.
따라서 그 정도의 이해 수준에 머물러서는 문명인의 정욕 100방울이
소진되는 날까지, 자선가의 희생이 바닥을 드러낼 때까지, 결혼이라
는 제도의 엄중함에 의지하는 익숙한 일상, 정형화된 패턴, 소극적인
삶이 이어질 뿐이다.

열정이 사라지고 희생은 고갈된다. 무심과 권태의 그림자가 시시

각각 다가선다. 피할 수 있
으면 피해야 한다. 그래서 어
떤 부부는 소극적인 삶에 열
망을 불어넣기 위해 새끼를
순풍순풍 낳는다. 어떤 부부
는 등산이나 캠핑, 해외여행과 같은 아웃도어 활동을
통해 함께 할 가치를 재생산하고자 한다. 또 어떤 부부
는 부부생활이 별 것 있겠느냐는 자조를 당위로 받아
들이며 냉장고에 넣어 두고 잊어버린 깻잎뭉치처럼 자
신도 모르는 사이에 짓무르고 시들어간다.

두 사람의 성 성격은 그런대로 괜찮은 궁합이라서
가슴속에 도사린 애정의 씨앗이 발아할 틈이 없다. 애
정의 씨앗을 터뜨리는 데 필요한 자양분은 도대체 어디
에 있는 것일까? 기회는 탐구에 있다.

물론 사회적인 삶의 형식과 내용이 변화하고 새끼
가 성장함에 따라 새로 조성되는 환경들은 분명 새로
운 애정을 필요로 한다. 함께하는 취미가 새로운 애정
을 불러일으키는 것도 자명하다.

하지만 사회적인 변화나 새로 출산한 새끼, 에베레
스트, 또는 더 나은 여행지와 같은 주변 탐구로는 깻잎
처럼 시들어가는 삶을 조금 더 연장할 수 있을 뿐이다.
누구나 할 수 있는 그런 탐구는 우리를 한층 고양된
사랑의 세계로 인도해갈 수 없다.

부부생활은 별것 아닌 게 아니라, 별것이다. 생명의
역사가 번식의 본능에 내리는 정언명령定言命令이자, 생존

정언명령(定言命令)
칸트. 행위의 형식이나 목
적, 결과에 상관없이 그 자
체가 선이기 때문에 무조건
지켜야 할 도덕 명령을 말
한다.

의 본능이 짝을 이룬 모든 생명체를 향해 더 나은 생존의 다양성을 모색하라며 외치는 특별한 주문이기 때문이다.

더 높은 사랑의 단계보다 생존의 다양성을 보장해 줄 수 있는 것이 또 있을까. 매너리즘mannerism이 열정의 진보를 가로막는 것처럼, 시들한 부부생활은 인간 종의 역사뿐 아니라 생명의 역사에도 치명적이다. 사랑을 지속적으로 발견하고 향유하지 않는 부부의 삶은 생명의 매너리즘이다.

서로의 성 성격을 이해하기에 다툼이 없는 상태는 이해 없이 다투는 상태보다 분명 낫다. 하지만 그런 상태가 곧 행복을 의미하는 것은 아니라는 사실, 그렇기에 더 행복해질 수 있는 노력이 필요하다는 것을 부부생활의 전면에 부각시켜야 한다. 부부관계를 한 단계 고양시킬 수 있는 더 큰 애정의 세계가 우리 안에 분명히 있음을 믿어야 한다.

그런 경각심과 자기신뢰는 내부로 향했던 문명인의 눈을 외면, 즉 짝에게로, 외부로 향했던 자선가의 눈을 내면, 특히 자기 자신에게로 돌리게 한다.

누구에게나 어느 정도는 해당되는 이야기이지만, 문명인은 특히 삶을 살아가려 하기보다는 분석하려 한다. 이런 태도는 짝에게도 적용되어 짝의 존재를 있는 그대로 받아들이기보다는 자신의 필터시스템을 동원해 짝과 함께 한 시간들을 걸러내고 그렇게 걸러낸 내용으로 짝을 대하도록 유도한다. 짝이 가진 독특한 성품을 간과 또는 무시하고 짝에게 없는 특성을 부여하는 엉뚱한 오류를 범하게 할 수 있으며, 짝을 대상으로 전락시키는 결과로 이어질 수도 있다.

냉장고에 너무 오래 들어 있었던 깻잎은 꺼내야 하고, 먹을 깻잎이 없으면 어디서든 구해 와야 한다. 어떻게 해야 할까?

문명인이 귀를 기울여야 할 조언은, 건강한 부부에게 짝이란 경험하고 느끼는 존재이지 분석이 필요한 대상이 아니라는 사실이다. 그러므로 문명인은 가장 먼저 문명의 희생자로 살아왔음을 직시하고, 자신이 처한 상황과 자선가의 언행을 분석하려는 습관을 벗어던져야한다. 감정과 배려와 헌신 등 자신에게 부족한 것, 즉 내면에 잠재되어 있지만 덜 발현된 것을 계발하려는 노력은 자신의 내면에 몰두하는 분석자가 아니라 짝을 경험하고 느끼려는 사람에게서만 발견되는 반려의 행위이기 때문이다.

반대로 자선가는 헌신과 배려에 가려져 있는 자기를 드러냄으로서 정말로 되고자 하는 존재가 될 수 있는 방안을 찾아야 한다. 그 방안은 외부로 향했던 탐구의 눈을 자기에게 돌리는 것으로 시작된다.

자선가의 내면에 사는 지니의 관심은 외부로 향해 있으며, 상황이 요구할 때마다 기억에 입력되어 있는 과거로 주인에게 봉사한다. 따라서 자선가에게 필요한 자세는 틈만 나면 주인의 관심을 외부로 돌리려 하는 과거의 지니를 되돌려 세워서 현재를 택하게 하는 것이다.

그러려면 지니가 부부의 행복을 위해 유익한 무언가를 추천할 때, 그것이 무엇이든 그 자체로 내게 가치 있는 것을 하고 싶다고 말할 수 있어야 한다. 지니가 행복을 위해서라면 어느 정도의 희생은 필요하지 않느냐며 떼를 쓸 때, 내 감정을 속이거나 억누르면서까지 행복을 구하고 싶지는 않다고 말해야 한다.

또한 부부의 행복을 위해 뇌리에 입력해 놓은 작의적인 규칙들도 내려놓아야 한다. 설정된 관계를 위해 사는 것은 목적이 이루어질 때까지 스스로를 위축시키고 가두는 것이기 때문이다. 그처럼 정해진 길을 따라가려는 태도는 현실과의 충돌을 야기하며, 충돌은 매번 희생을 요구하기 때문이기도 하다.

관계를 배제한 나라는 개인은 언제 어디서든 마음 내키는 대로 존재할 수 있다. 하지만 부부 안의 나는 지금 그리고 여기에서 진정 원하는 행위로 관계에 참여할 때 존재한다. 부부의 행복은 설정해 놓은 내일의 목표를 달성하기 위해 헌신과 배려로 짝을 독려하거나 자신을 희생해가는 과정에 있지 않다. 진정으로 원하는 것을 하고 있는 지금의 나와 동행하는 길, 다른 부부는 한 번도 가보지 않은 길에 있다.

위의 힘겨운 노력들을 거친 다음에야 문명인은 그때껏 자신의 내면에 잠들어 있던 새로운 감정과 배려와 헌신의 눈으로 자선가를 바라보며 자신의 사랑이 얼마나 분석적이었는지 깨달을 수 있고, 자선가는 자신에게 부족했던 이성의 눈으로 문명인을 바라보며 오로지 부부의 행복에만 몰두했던 지니의 습관을 내려놓고 자기희생을 되돌아 볼 수 있다.

이처럼 부족했던 내면과 넘쳐났던 외부를 서로에게 내비치는 거울이 된다면, 안과 밖의 교감이 어떻게 없을 수 있으며, 두 거울 사이에서 애정이라는 두 번째 사랑이 어떻게 태어나지 않을 수 있을까.

삐에로의 사랑

지금까지 우리가 이야기해온 광대는 어떤 인물일까. 세상에는 다양한 종류의 광대가 존재해왔다. 고대 그리스에는 저명인사들을 흉내내는 배불뚝이 광대가 있었고, 로마에서는 잔재주를 부리다가 조롱거리가 되는 광대가 활약했다. 중세 유럽에는 영주에게 예속된 상태로 지배자들에게 즐거움을 선사하는 궁중 광대jester가 있었으며, 비슷한 시기의 한반도에는 가면극이나 곡예, 인형극, 판소리로 먹고사는 백정과 다름없는 천민이 있었다.

그들에게도 독특한 분장과 익살, 멍청한 행동, 풍자가 있었고 나름대로 시대의 가치를 표현해왔지만, 우리가 이야기해왔던 캐릭터와는 거리가 있다. 우리가 말하는 광대의 기원은 16세기 이탈리아에서 탄생했다.[283]

당시 이탈리아에서는 우리나라에서도 오랫동안 인기를 얻었던 슬랩스틱 코미디 '웃으면 복이 와요', 그리고 지금의 '개그콘서트'나 '웃찻사' 등의 전형인 즉흥 희극 '코메디아 델라르테commedia dell'arte'라는 순회극단들이 무용과 팬터마임이 혼합된 공연으로 엄청난 인기몰이를 하고 있었다.

코메디아 델라르테의 공연에는 두 명의 주인공과 한 명의 조연이 등장했다. 발랄하고 재치 있는 남자 주인공 아를레키노arlecchino와 아를레키노의 상대역 콜롱비나columbina, 그리고 진지한 성품에 마음씨 착하고 소박한 광대 페드로리노pedrolino였다.

이탈리아가 창조한 페드로리노는 사랑에 실패해 아를레키노에게 조롱당하는 인물이었지만, 17세기에 프랑스로 넘어가 삐에로pierrot라는 이름을 얻으면서 우수에 찬 캐릭터로 변했으며, 19세기 초반에 팬터마임의 거장 쟝 바티스트 가스파르Jean-Baptiste Gaspard에 의해 겉으로는 웃고 있지만 속은 사랑의 번민과 애수로 가득한 비극적인 광대로 거듭났다.

이 캐릭터는 이름부터 우리 모두라는 의미를 함축하고 있다. 페드로pedro와 피에르pierre는 이탈리아와 프랑스에서 가장 흔한 이름이기 때문이다. 굳이 우리나라 이름으로 바꾸자면 바둑이를 데리고 영희와 함께 놀았던 철수쯤 될까.

얼굴에 하얀 분칠을 하고 빨간 입술을 가졌으며 눈 밑에 눈물이 있는 광대, 에밋 켈리Emmet Kelly와 찰리 채플린Charlie Chaplin에게 영감을 준 광대, 그가 바로 우리가 말해온 광대 삐에로이다.

네 가지 성 성격이 만들어내는 열 가지 조합 중에 이제 남은 것은 광대·유인원, 광대·문명인, 광대·자선가 조합이다. 부부 중 어느 한 쪽이 광대이거나 앞에 소개된 윤희경·이기석 커플처럼 양쪽 모두 광대일 때, 갈등을 해결하기는커녕 엄연히 존재하는 갈등의 원인을 발견하는 것조차 쉽지 않다.

우리는 다른 성 성격에 비해 광대라는 성 성격에 친숙하다. 자신만의 광대 역할이 있기 때문이다. 누구도 홀로 살아가지 않기에, 설령 깊은 산속 동굴에서 수도자처럼 산다 해도 자기기만이라는 것을 하기에. 다만 정도에 차이가 있을 뿐이다.

따라서 광대 이야기는 광대뿐 아니라 유인원, 문명인, 자선가 모두에게 해당되는 이야기이다. 여기에는 나와 당신과 현재 부부인 사람들과 앞으로 부부가 될 사람들 모두가 알고 있는 몇 가지 공공연한 비밀과 함께 나누고 싶은 통찰이 숨겨져 있다.

이제 광대의 주 특질과 행동 특성에 대해 지금까지 이야기해왔던 것들을 바탕으로 세 조합이 흔히 겪는 갈등과 각각의 갈등을 풀어낼 수 있는 방안을 찾아 우리 모두가 아는 둘 만의 비밀을 넘어 통찰의 문으로 들어가 보자.

광대는 이런 유형이다.

- 광대의 장기는 가면, 즉 숨기기이며, 광대에게 가장 중요한 가치는 부부의 평화이다. 평화를 위해 숨겨야 하는 것은 자신의 진정한 성 성격

이다. 여기에서 거짓 이해와 묵인과 외면이 파생된다.

- 광대에게는 짝에게 내놓을 진솔한 감정이나 이성, 배려보다 부부의 평화를 위해 준비해놓은 행동강령과 절차와 다짐이 더 많으며, 그런 행복의 조건에 맞추는 삶을 살려 한다.

- 광대가 쌓아가는 평화는 광대의 것이 아니라, 부부라는 테두리의 것이다. 부부생활의 주인이 사람이 아니라 부부라는 관념과 자기가치라서 그렇다.

- 광대는 자기self와 자존감을 그리 중요하게 여기지 않는다. 자신을 내세우다가 어느 한쪽이 상처를 입는 것보다 자신을 포기하는 쪽이 더 평화롭기 때문이다. 때로는 사랑도 평화에 의해 희생된다. 삶에 내재된 사랑의 절망이란, 광대에게는 표면화된 갈등보다 위험하기 때문이다. 그러나 짝으로부터 받은 상처와 실망은 포기되지 않고 내면에 차곡차곡 쌓인다.

- 광대는 숲과 무대, 도시와 무대, 배려와 무대의 경계에 서 있다가 갈등이 표면화되면 그렇지 않은 쪽으로 도망간다. 광대는 평화를 위해 도피하지만, 짝에게는 오히려 파탄의 원인으로 작용한다.

- 광대는 갈등이 있더라도 가급적 외부에 노출시키지 않으려 한다. 그래서 갈등의 원인은 내면으로 숨어들고, 부부 갈등의 양상은 장시간 의사 소통의 부재로 나타난다.

- 광대는 상황을 개선시키려는 노력에 소극적이라서 평화를 얻는 데 반드시 필요한 모든 '시끄러움'을 포기한 채 진정한 성 성격과 광대의 삶 사이에서 오는 고통을 감내하며 살아간다.

유인원과 광대

숲에서 튀어나오자마자 광대를 만난 유인원은 두 종류의 평화를 경험할 가능성을 가진다. 광대가 짝에 대한 이해에 기초한 평화를 원할 경우, 유인원은 교감에서 오는 평화를 경험하지만, 광대가 평화를 더 중요하게 생각할 경우, 유인원은 실망으로 그득한 거짓 평화를 경험한다.

감정이 풍부한 유인원은 거짓 평화에 감정이 결여되어 있음을 금세 간파하고는 광대에게 감정을 내놓으라고 다그친다. 그러나 광대의 가슴에는 내놓을 감정보다 부부의 평화를 위해 준비해놓은 행동 강령과 절차와 다짐이 더 많다.

유인원에게 광대는 부부관계에 무심한 사람으로 비치고, 광대에게 유인원은 감정 조절도 못하는 철모르쟁이로 비친다. 무심한 사람과 철모르쟁이의 엇갈린 기대는 실망으로, 실망은 곧 원망으로 모습을 바꾸며, 내면의 평화와 외적인 평화 사이의 거리는 멀어진다.

광대는 자신이 아는 행복의 조건으로 유인원을 얽어매려 해서는 안 된다. 내면의 평화는 얽어매거나 얽매이는 곳으로부터 멀리 있기 때문이다. 그리고 광대가 바라는 평화가 진정 가치 있는 것이 되게 하려면, 유인원은 광대의 페르소나persona, 즉 평화의 가면을 벗겨내는 일에 전력을 기울여야 한다.

그러려면 유인원이 먼저 손을 내밀어 삶의 국면마다 광대가 주장하는 행복의 조건에 서로에 대한 이해를 부여하고, 그 이해를 두 사람이 교감할 수 있는 쪽, 멀어진 내면의 평화와 외적인 평화의 거리가 좁혀질 수 있는 방향으로 유도해 부부의 행복이 공허한 모래성이 되지 않도록 해야 한다.

그런데 감정으로 울부짖는 유인원에게는 서로에 대한 이해를 부여하고 그 이해를 교감과 좁힘으로 유도할 능력이 부족하다. 뿐만 아니라 서로에 대한 이해가 무엇을 의미하는지도 잘 알지 못한다. 여기에서 문제가 시작된다. 서로에 대한 이해가 무엇이며, 그것은 어디로부터 오는 것일까?

세상을 판단하는 기준은 나ι이다. 이 기준이 잘못 서 있으면 나에 대한 세상의 판단이 세상에 대한 나의 판단보다 더 많은 설득력을 가진다. 따라서 세상을 잘 타자화他者化 할수록, 즉 세상의 운행 및 그 운행과 연관을 맺고 있는 사물들 간의 관계를 대상화해 합리적으로 파악할수록, 세상에 대한 나의 이해와 활동반경은 넓어진다.

그러나 인간관계, 특히 부부관계는 그렇지 않다. 부부란 세상을 판단하는 새로운 기준이고, 그 기준에는 나와 함께하는 사람이 포함되기 때문이다. 그래서 타자화가 부부관계에 개입하게 되면 부부는 차츰 진정한 의미의 타자他者가 되어간다.

서로에 대한 이해는 나를 기반으로 하지 않고, 당신에서 출발한다. 당신에 대한 이해란, 당신이 그렇게 하는 이유는 당신이 그렇게밖에 할 수 없기 때문이며, 그렇게밖에 할 수 없는 바로 그곳에 존재하는 당신은 자신의 존재양식을 매우 합당하게 여기고 있다는 사실을 아는 것이다.

내가 서 있는 곳이 내가 있어야 할 곳이 아니라 생각하는 사람이 몇이나 될까. 당신은 분명 있어야 할 곳에 있다. 나는 조금 떨어진 곳에서 나를 향해 가장 합리적으로 사고하고 행동하는 당신을 지켜보고 있다. 나를 기준으로 삼았던 습관을 잠시 멈추고 새로운 기준인 우리夫婦에 초점을 맞춘 상태에서, 나는 그런 당신을 느끼기 위해 노력하고 있다.

싸워야 할 때 피하는 이유가 무엇일까. 당신이 자기 영역으로 숨어들어 한동안 감정을 변조한 뒤에 별일 아니라는 듯 일상으로 돌아가려는 행동을 하는 까닭의 원천은 어디일까. 타인을 의식하고 문제가 없는 것처럼 꾸미면서 평화의 대행자 역할을 하는 이유는 또 무엇일까. 귀찮아서? 아니면 무서워서?

유인원인 내가 어느 때라도 놓치지 않고 되새겨야 할 것은 당신은 늘 당신이 가장 안전하다고 여기는 곳, 합당하다고 생각하는 곳에 존재하고 있으며, 그곳은 당신이 싸움을 회피하지 않거나 감정을 변조하지 않거나 평화의 대행자 역할을 하지 않으면 모진 불안감을 경험한 끝에 불합리의 감옥에 감금당하는 곳이라는 사실이다.

피하는 당신을 쫓아가서 감정적인 싸움을 종용하는 나는 여전히 세상을 판단하는 기준이 나인 철모르쟁이다. 새로운 기준에 당신을 포함시키겠다던 약속도 잊은 채 당신을 판단해야 할 세상의 일부로 대상화시키는 타자화의 화신이다.

그런 나의 행동은 당신을 내면의 감옥으로 몰아넣는 완전한 타자의 압박이자 만행이며, 거기에서는 어떤 사랑의 가능성도, 지난 사랑의 흔적조차도 발견하기 어렵다.

골방에 갇힌 채 혼란을 질서로, 두려움을 꿋꿋함으로, 좌절감을 쓸데없는 감성의 낭비로, 가난해지는 영혼을 평화에 대한 갈망으로 둔갑시키고, 그럼으로써 근원으로부터 기어나오려는 모든 불안을 태연한 일상의 과정 중 하나로 애써 변조하는 당신에게, '당신을 판단해야겠으니 감정을 내어놓으라'며 다그치는 나는 분열의 감옥 입구에서 바들바들 떨고 있는 당신을 재촉하는 자기파멸의 교도관이다.

마치 전혀 다른 사람인 것처럼 침묵으로 감추고 도망치려고만 하는 당신은 이제까지 내가 원해왔던 사람이 아니다. 어디까지 도망치려고? 이제야 당신의 본색을 알아내다니. 당신은 결국 도망자였던 거야. 어디 한번 계속 그래봐.

하지만 부부라는 영역에서 살을 섞고 살지언정 내가 과연 누구라서 당신을 다른 곳도 아닌 당신의 내밀한 영역에 마련되어 있는 감옥으로 보낼 수 있단 말인가? 그것도 행복과 평화의 이름으로? 더군다나 모든 정욕을 동원해 사랑했고, 이해의 사랑으로, 그보다 더 고양된 사랑으로 함께 나아가야 하는 당신을? 사랑하는 당신을?

나는 당신을 택했고 아직도 사랑하기에—설사 사랑의 기억이 까마득하거나 아예 잊어버렸다 해도— 당신을 판단해야 할 대상으로 전락시킨 후에 내면의 감옥으로까지 몰아넣는 타자가 될 수는 없다. 분열과 파멸의 문을 열어 놓고 어서 들어가라며 발길질하는 교도관도 될 수 없다. 나에게는 나 스스로를 타자로 만들 자유만 있을 뿐, 당신의 온 존재에 대한 확신이 없는 한, 당신을 타자로 만들 권리는 없기 때문이다.

당신에 대한 이해란 이런 것이다. 감정의 기준에 기초하지 않은 이런 이해는 유인원인 나로 하여금 짝의 노력에 어떻게 반응해야 할지를 알려준다. 광대인 나의 짝이 평화를 위해 어떤 영역을 설정해 놓았으며, 그 영역을 채우기 위해 얼마나 필사적으로 노력해왔는지, 또 노력하고 있는지를 체감하게 해준다.

이런 알게 됨과 필사적인 노력에 대한 체험은 내가 해야 할 것들에 대한 이해로 이어지며, 당신에 대한 이해에서 출발해 내가 해야 할 것들에 대한 이해에 이르는 이 과정을 우리는 서로에 대한 이해라 부른다.

네 가지 성 성격의 유형 중 위의 과정을 가장 잘 알고 있는 유형은 자선가이다. 자선가에게서 배워야 한다. 그렇다고 되라는 이야기는 아니다. 단 한 가지, 유인원인 내가 배울 것이라고는 그저 나를 잠시 멈추고 당신으로부터 시작하는 자세뿐이다.

그 시작은 당신에 대한 이해의 과정으로 들어가 나의 내면에 사는 지니가 깨알만큼 가지고 있는 관조觀照의 씨앗을 틔우게 하는 것이다. 그런 노력이 거듭될수록 씨앗은 무성해져 배려의 줄기와 헌신의 잎이 두 사람을 비밀스럽게 감싸도록 해줄 것이다.

그런 노력은 먼 훗날 광대가 자신이 주장하는 행복의 조건에 유인원이 은밀한 이해라는 비료를 제공해왔기에 알찬 행복을 성취할 수 있었음을 깨닫고 감사의 눈물을 흘릴 때까지 지속되어야 한다.

이는 숲에서 방금 튀어나와 감정으로 울부짖는 유인원에게는 결코 쉬운 일이 아니다. 나를 잠시 멈추고 바라보기란, 짝을 관조함으로써 내가 미처 알지 못했던 또 다른 영역이 존재함을 깨닫기란, 다시말해서 애정이 성 성격을 뛰어넘기란 이처럼 어렵다.

하지만 서로에 대한 이해의 과정을 나에 대한 이해가 아닌 당신에 대한 이해로부터 시작하기로 마음먹을 수 있다면, 그리고 당신을 바라봄으로써 나를 비추어 보기 위해 그저 나의 감정을 잠시 멈추는 것으로 시작할 수만 있다면, 사랑은 스스로 자신이 갈 길을 찾아갈 것이며, 그 길의 어깨에 숨어 있던 보다 강렬한 애정들이 두 사람이 가는 길 위로 하나둘 튀어오를 것이다.

그 길 위에서, 가만히 귀를 기울여 보면, 나의 짝 광대가 유인원인 내게 무언으로 전하는 호소를 들을 수 있다.

'부부인 이상 당신은 제 영역과 완전히 따로 떨어져서는 존재할 수 없어요. 저 역시 마찬가지이죠. 당신에게 맞추려고 노력해왔고 지금도 노력하고 있지만, 저도 어쩔 수 없는 게 있어요. 저 역시 한때는 세상을 보는 유일한 기준이었으니까요. 절 대상으로 보지 말아 주세요. 당신이 그런 눈으로 나를 대할 때면 속이 많이 상해요. 제가 많이 잘못하고 있다는 거 알아요. 고쳐줘요. 그렇지만 감정과 당신의 기준으로만 야단치지 말고 제 기준이 놀라지 않게, 천천히, 부드럽게, 사랑으로요. 당신you이 내 안in 에 있음을 우리one가 느끼고 감사할 수 있게요.'

언어의 채널을 통해 전달되는 것은 아니지만, 이보다 감정적인 호소가 또 있을까. 유인원이 할 수 있는 대답은 오직 이것이어야 한다.

'미안해요. 지금까지 나는 우리 둘이서 절반씩 노력을 기울이면 행복을 가질 수 있으리라 여겼어요. 하지만 돌이켜 보면 나는 행복이라는 이름 으로 거의 8할의 수고를 기울이고 있다고 감정적으로 주장했을 뿐이에 요. 이제 그 8할을 당신이 가져가세요. 성질을 부리며 나를 주장하는 유 인원이 아니라, 당신을 바라보면서 배려와 헌신의 가슴을 키우도록 노력 할게요. 멀어진 안과 밖이 다시 하나가 될 수 있도록, 당신you 안in에, 우 리one 안에 오래도록 머무를 유인원이 될 수 있도록 말이에요.'

당신이 내 안에 있음을 우리가 느끼는 사이, 우리는 그것을 '애정 어린' 사이라 부른다. 그리고 당신 안에 우리 안에 오래도록 머무를 사람, 아내는 그 사람을 남편이라 부르고, 남편은 그 사람을 아내라 부른다.

문명인과 광대

인생은 가까이에서 보면 비극이지만, 멀리에서 보면 희극이다. 그래서 나는 멀리 보려고 노력한다.

찰리 채플린Charles Spencer Chaplin

우리는 누구나 광대가 될 수 있음을 안다. 가면을 써야 하는 이유는 개인별로 다양하다. 가면 쓴 부모 슬하에서 자랐기 때문일 수도 있고, 외상trauma에 의한 고통이나 열등감, 수치심 때문일 수도 있고, 자존감이 유달리 강하거나 지기 싫어하는 성품을 가졌기 때문일 수도 있다.

그런데 그 모든 이유는 두 가지 마음의 상태로 수렴될 수 있다. 그렇게 보이고 싶은 마음과 그렇게 보이고 싶지 않은 마음이다. 두 마음은 전혀 상반된 것처럼 보인다. 그러나 힘겨운 이들 사이에서 나눔과 공유가 동일한 방향을 가리키듯 두 마음 역시 바라는 목적은 동일하다.

두 마음이 지향하는 곳은 부부의 친밀감이 아니라, 사회적인 지위와 체면, 과시, 주변의 시선과 같은 외형적 가치이며, 그 가치의 저변에는 도태될지도 모른다는 불안이, 그보다 깊은 곳에는 비하와 비난과 경멸에 대한 두려움이 존재한다.

그런 두려움에 종속된 광대는 사람들의 비하가 부부를 더 저속한 삶의 차원으로 끌어내리는 것은 아니라는 사실을 모른다. 비난이 부부를 더 덜 떨어지게 하거나 경멸이 부부를 더 찌질하게 만드는 것이 아님을 모른다.

나와 당신의 주변을 떠도는 비하는 우리를 향한 비하가 아니라, 비하자들의 머리에서 삐져나온 비하에 대한 그들의 틀이다. 비난은 비난하는 자들이 두려워하는 생각이며, 경멸은 무시 받지 않으려는 그들의 오래된 습관이다.

비하자와 비난자와 경멸자들은 자신들이 인정할 만한 아내와 남편의 틀에 대해서, 그래야만 한다고 여기는 부부의 가치에 관해서 말하고 있을 뿐, 나와 당신의 존재양식을 표현하는 것도, 우리의 틀과 가치에 대해 이야기하는 것도 아니다.

비하와 비난과 경멸은 나와 당신의 것이 아니지만, 우리에게 다가와 두 마음을 흔들어댄다. 그 이유는 우리가 비하자의 틀과 비난자의 두려움과 경멸자의 습관을 우리 자신에게 의미 있는 것으로 받아들이기 때문이다.

그들이 내뱉는 틀과 두려움과 습관은 우리를 그들의 평가에 맞추지 않으면 또 다른 불안을 경험하게 될 것이라는 걱정으로 이끈다. 걱정에 사로잡힌 우리는 그들의 평가 역시 우리에 대한 평가가 아니라 그들 자신들에 대한 평가라는 사실을 모른 채 스스로를 그 평가에 내어놓고 만다.

비하와 비난과 경멸 앞에서 우리가 해야 할 것은 그들이 옳은지 그른지를 판단하는 일이 아니라, 그들의 평가가 우리의 존재에 어떤 도움이 될 수 있을지를 살피는 것이지만, 우리라는 존재에 확신이 없는 나는 우리의 관계에 대한 용기가 결여된 당신과 함께 기꺼이 평가 대상으로의 전락을 택한다.

그래도 다행인 것은 우리가 그들의 평가를 우리 자신의 존재에 반영하는 시기를 가진다는 점이다. 그 시기는 세상 모든 짝들이 서로의 좋은 면만 바라보려고 노력하는 시기, 조금 더 정확히 말하자면 아무리 나쁜 면을 보려 해도 잘 보이지 않고 설사 나쁜 면을 발견했다 해도 나도 모르게 샘솟는 관용과 포용의 달콤함에 젖어드는 시기, 즉 정욕과 낭만이 우리를 지배하는 시기이다.

그러나 정욕과 낭만의 시기는 당신만 보고 살겠노라고 결행했던 약속의 엄중함結婚을 지키며 살아가야만 하는 시간에 비해 턱없이 짧다. 진화심리학은 정욕과 낭만의 달콤함이 지속되는 시기를 결혼 이후 평균 4년, 길어야 6년으로 본다. 첫 번째 사랑의 유효기간이 고작 6년뿐이라는 의미이다.

오로지 번식 본능의 관점에 입각해서 비관적인 시각을 들이대면, 유효기간은 훨씬 더 짧아진다. 정욕과 낭만이 시작되는 시작점은 결혼이 아니라 임신 여부와 관계없이 첫 번째 섹스 또는 처음 마음을 맞춘 날로 보는 것이 옳기 때문이다. 아니라면 성 성격적으로 별다른 문제가 없는 커플이 결혼한 지 1년도 되지 않아 섹스리스sexless가 되는 이유와 4, 5년 또는 그 이상 연애한 커플이 결혼에 도달하지 못하는 이유를 무엇으로 설명할까.

비하와 비난과 경멸이 내 안에서, 당신 안에서, 우리 사이에서 의미를 갖게 되는 때는 정욕과 낭만이 사라져간 빈자리를 느끼는 순간이다. 그때부터 나는 당신의 나쁜 점에, 당신은 나의 모진 점에, 우리는 우리를 향한 평판에 비어가는 마음을 기울이기 시작한다.

무엇 하나 시간의 흐름에 따라 변하지 않는 것은 없으며, 정욕과 낭만도 마찬가지이다. 이 시기, 우리에게 필요한 것은 이기적인 정욕에 기초한 사랑의 생명은 너무도 짧다는 사실을 아는 것이다.

당신의 나쁜 점만 도드라지는 시기를 나의 온 존재를 기울여 되도록 건강하고 현명하게 넘기고 나면, 보다 긴 생명을 가진 공유와 이해의 사랑이 다가온다는 사실을 아는 것이다.

그때야말로 그때까지 살아왔던 동물보다 조금 더 나은 동물, 정욕과 낭만에만 의지하는 동물이 아니라 당신의 나쁜 점까지 우리의 특성으로 받아낼 수 있는 제법 근사한 친구가 될 수 있음을 아는 것이다.

무엇보다도 잊지 말아야 할 것은, 조금 더 나은 동물이 될 수 있다는 말의 의미는 한때 정욕의 눈길로 바라보고 낭만으로 포용했던 당신에 대한 변함없는 신뢰를 끝까지 잃지 않는 동물이 될 수 있다는 것이다.

너무 무리한 요구일까… 분명 그럴 수 있다. 정욕의 출발은 이기이니 이기의 끝에 공유와 이해가 기다리고 있음을 어떻게 짐작할까. 정욕과 우정을 구분지어 온 나의 과거가 정욕에서 우정이 태어남을 어떻게 알려주겠으며, 이기의 정욕과 이해의 신뢰가 담벼락 없는 이웃임을 몰랐던 당신이 정욕의 어느 부분에서 신뢰를 발견해낼까.

정욕의 끝자락에서, 나나 당신이나 비어가는 정욕의 자리가 낯설고 당황스럽지만, 당신만 보고 살겠다던 약속의 엄중함이 비어가는 자리를 가볍게 채워서 정욕이 사라져간다는 사실을 공유할 기회는 사라진다. 공유할 수 있는 것이라고는 점점 무거워지는 약속의 무게와 평판과 주변 환경뿐이다.

'당신 요즘 왜 그러는지 모르겠지만, 내 마음의 창고에는 처음보다야 못하지만 그런대로 충분한 정욕이 당신의 손길을 기다리고 있어. 정말이야. 난 그렇게 생각해. 그럴 거야… 당신도 당연히 그렇겠지? 그래야 해. 그렇지? 아마도… 난 정말 그러길 바래.'

그러나 당연함을 가장한 질문과 가장된 질문임을 알고 하는 대답, 그리고 의혹에 찬 자문들이 연쇄작용을 일으키는 순간, 그때까지 의미를 획득할 수 없었던 비하자와 비난자와 경멸자들의 자기주장이 우리 안에서 부부관계에 남은 의미의 지위들을 차지하기 시작한다. 은근슬쩍 다가선 파경의 냉기가 사라져가는 정욕의 자리에 들어앉았던 약속의 엄중함을 밀어내기 시작하는 것이다.

마침 그때에, 정욕과 함께 찾아들었던 낯선 관용과 포용의 달콤함은 아침 햇살에 자취를 감추는 물안개처럼 증발해버리고, 나의 내면에서는 당신이 이해할 수 없는 또 다른 나, 나의 분신이자 나의 조종자, 지니가 깨어난다. 기나긴 아픔의 시작이자 당신의 지니와 평판이라는 두 적을 동시에 대적해야 하는 삼파전의 선전포고이다.

나의 지니가 맞서 싸워야 할 주적은 당신의 지니이고 싸움터는 부부의 내면이며, 나의 지니와 당신의 지니가 공동으로 맞서야 하는 적은 비하자와 비난자와 경멸자들의 평판이고 싸움터는 부부의 외부이다.

어느 한쪽의 지니가 내면의 싸움에서 이기면 나중에야 어떻게 되든 평판은 물러나고 삼파전은 종료된다. 하지만 두 지니가 열등감이나 트라우마, 자존심, 지기 싫어하는 성품까지 총동원해가며 치열하게 맞붙는다면 전선은 외부로까지 확대되고, 그 즉시 평판이 개입하고 나서며 이렇게 속삭인다.

'그렇지. 당신들이 스스로를 보지 못할 정도로 싸우는 모습이 좋아 보여. 주장해. 끝도 없이 자기주장을 쏟아내란 말이야. 옳은 주장이면 봐 줄 거 뭐 있어? 설득해. 내 입장이 정말로 잘못되었는지 끊임없이 되새겨보고, 내 잘못이 아니라면 좋았던 처음으로 되돌려야 할 거 아냐. 저 인간을 고치라구! 복기도 해가면서 정당하게 받아칠 궁리도 하고. 사랑도 확인해야 해! 지금 중요한 건 당신들의 진짜 모습이지 사람들의 눈 따위가 아니야. 저 인간이 정말로 날 사랑해서 결혼한 건지 아닌지 진짜를 확인해야 한다구! 서로를 속이고 감정을 속이면서 살다니, 부끄럽지도 않아? 정당하게 따져서 아니다 싶으면… 이혼해!'

평판이 노리는 것은 우리로 하여금 평판에 굴복하도록 만드는 것이 아니다. 자진해서 평판에 동참하게 하는 것이다. 그럼으로써 나라는 존재, 당신이라는 존재의 독특성을 잊게 하고, 가면 없는 우리를, 둘만의 독특한 관계를 쌓아갈 수 있는 우리 부부를 점점 가면의 유희가 되어가는 부부의 가치에 종속시키려는 것이다.

이는 마치 500만 원짜리 텐트가 즐비한 캠핑장 한가운데에서 20만 원짜리 텐트를 쳤던 부부가 캠핑의 가치를 잊은 채 밤새 고민한 끝에 500만 원짜리처럼 보이는 99만 원짜리 텐트라도 장만하려는 마음을 내는 것과 같다.

평판은 존재를 무시하고 잊게 만든다. 평판은 나로 하여금 당신을 있는 그대로 바라보지 못하게 하고, 당신으로 하여금 나를 인위적으로 조성된 환경에 복종하게 한다. 우리로 하여금 우리가 아닌 가치를 추종하게 함으로써 결국 우리가 아닌 우리를 창조하게 한다.

이혼을 떠올리게 하지만, 정작 평판이 원하는 것은 이혼이 아니라, 이혼에 버금가는 결혼관계라서 아이와 친구, 직장, 체면, 가지고 있는 것 등 가능한 한 모든 주변을 동원해 파경만큼은 막아낸다. 평판에게 이혼이란 그저 더 강한 가면을 선사하기 위해 우려먹는 도구일 뿐이다.

우리라는 존재에 확신이 없는 나와 우리의 관계에 대한 용기가 부족한 당신이 그런 평판의 공격에 대응하는 유일한 길은 전선을 외부로 확대하지 않는 것뿐이다. 이때가 평판이 제공하는 첫 번째 가면을 받아드는 때이다.

첫 번째 가면은 외부에 대해 문제가 없는 부부처럼 꾸미는 것이다. 실제로 우리는 다른 부부들에게서 우리가 가진 것만큼 심각한 문제를 발견하기 어렵다. 그처럼 겉으로 보기에 정상이고 교양 있어 보이고 서로를 위하는 것처럼 보이는 부부 사이에 있으면, 우리가 가진 문제는 매우 비정상이고 졸렬하고 저속하고 무식한 것으로 부각된다.

첫 번째 가면에 잔뜩 위축되어 있을 즈음, 평판은 두 번째 가면을 선사한다. 그 가면은 평판이 우리 부부 각자가 가진 성 성격과 트라

우마, 자존심, 수치심, 열등감 따위를 골고루 버무려 만든 것으로, 정상적인 것처럼 보이는 부부들의 외면을 닮아가게 하고, 더 나아가서 그들과 비슷해져가는 우리를 과시까지 하게 만든다.

두 번째 가면에 잘 적응된 이 무렵, 의문이 찾아든다.

'우리는 누구일까요? 내게는 한때 당신을 사랑했던 기억이 있어요. 당신도 날 사랑하지 않았나요. 그런 우린 어디에 있나요. 지금이라도…'

그러나 평판은 이렇게 속삭임으로써 지난 사랑의 기억으로 되돌아가려는 노력을 돌이키기 어려운 세 번째 가면의 재료로 바꾸어버린다.

'아니, 언제까지 철부지로 살려고 했어? 이렇게 휙휙 돌아가는 세상에서 그게 가당키나 한 소리야? 부부란 원래 그런 거야. 잘 하고 있어. 때론 화가 날 때도 있겠지. 슬프고 외로워서 아무나 붙잡고 날 좀 어떻게 해달라고 소리치고 싶기도 할 거야. 그럴 때는 저 인간한테 복수도 하고 싶어질 거고. 당연해. 정말로 당연해. 하지만 화가 난다고 화를 다 내고 사는 사람이 어디 있어? 슬픈 사람이라고 다 자살하는 건 아니잖아. 외롭다고 모두 우울증 걸리면 병원만 노나겠네. 난 네 안에 부정 감정의 유전자가 있다는 걸 알아. 그거 좋은 거 아냐. 세상은 변하는 거야. 부부도 변하는 거고. 들어봐. 부정 감정이 좋아, 긍정 감정이 좋아? 그렇지. 두말하면 잔소리지. 온 세상이 긍정으로 넘쳐나고 있잖아. 긍정만큼 좋은 건 없어. 정 힘들면 이렇게 해봐. 상황에 대한 감정을 바꾸는 거야. 부정을 긍정으로 누르란 말이야. 화가 나면 화를 열정으로 바꾸고, 슬퍼지면 희망을 생각해. 외로우면 외롭지 않을 수 있는 걸 하면 되고, 많잖아, 학원에 가서 뭘 배워도 좋고. 엇, 설마 침대에 목숨 거는 건 아니겠지? 만약 그렇다면 잠시 바람을 피워. 잠신데 뭐 어때. 비관적인 생각이 들면 딸이든 통장이든 뭐든 좋은 걸 생각해. 아무리 지겨워도 딸 대학 들어갈 때까지, 아니면 시집갈 때까지 기다려보는 거야. 그렇게 바꾸는 거야. 용빼는 재주 없어. 당신들보다 더 비관적인 부부가 세상에 널려 있다구. 다들 그러고 사는데 뭐… 긍정의 힘! 알지?'

평판의 충고에 따라 나의 존재를 외부에 맞춰가며 세 번째 가면에 익숙해질 즈음, 우리가 발견하는 것이라곤 두 사람의 희생자와 그 안에서 곪아 가는 기대의 찌꺼기들뿐이다. 결국 그렇게 되고 만다.

우리는 왜 부정 감정보다 긍정 감정이 언제나 옳다고 생각하게 되었을까? 사랑은 어느 틈에 관념의 제왕처럼 당신과 나의 정수리에 앉게 되었으며, 진솔한 분노와 슬픔과 외로움과 비관이 관념의 제왕에 눌려 힘을 잃어버리게 된 이유는 무엇일까?

긍정 감정이 부정 감정보다 옳다는 생각은 부정 감정을 긍정으로 처리하는 방식에 무지해 감정을 드러내는 것 자체를 두려워하거나 상처받는 것이 무섭기 때문이다. 부정을 부정으로 처리해오면서 축적된 공포와 긍정에 대한 막연한 낙관 때문이기도 하다.

부정 감정을 구체적으로 솔직하게 표출해 이해를 얻고, 그 이해를 공유하지 않고서야 어떻게 없던 긍정 감정이 출현할 수 있을까. 부정 감정은 외면한다고 없어지는 것이 아니라, 내 마음에 심어둔 부정의 뿌리를 더 깊게 만들기 때문에, 부정 감정을 외면한 채 긍정 감정을 구하려는 태도는 나와 당신에 대한 기만이며, 그런 우리는 공유해야 할 미래의 감정을 훔치는 도둑일 뿐이다.

사랑이 우리 사이에서 피어나는 것이 아니라 우리의 시간을 지배하게 된 이유는 빠져나간 첫 신뢰의 자리에 어떤 일이 있어도 사랑은 지켜져야 한다는 관념이 들어앉았기 때문이며, 모든 솔직한 부정의 감정이 힘을 잃게 된 이유는 나와 당신의 존재가 평판의 교묘한 게릴라전에 완패했기 때문이다.

이런 우리의 가슴에는 '네 잘못이야! 지긋지긋해 죽겠어!' 하고 외칠 나만의 무기만 준비되어 있을 뿐, '당신은 있어야 할 곳에 있어. 난 알아. 하지만 이해하지 못하겠으니 날 그곳으로 데려가 줄래?' 하고 호소할 여력이 없다.

이렇게 나와 당신의 존재는 우리로부터, 우리의 가치는 사랑으로부터 멀어져 가고, 우리는 신뢰와 사랑을 잃어가는 부부의 삶이라는 비극으로부터 되도록 멀리 떨어져서 평화라는 희극의 배역, 광대의 시간에 충실한 껍데기가 되어간다. 마치 채플린이 자신의 비극을 희극으로 풀어냈던 것처럼 말이다.

이제 앞에 나온 공주와 이기석을 떠올리면서 갈등에 휩싸인 문명인과 광대가 어떤 생활패턴을 보이는지, 해법은 무엇인지 간단히 살펴보자.

광대는 상황에 민감한 탓에 도시와 무대의 경계에 서 있다가 갈등이 표면화되면 그렇지 않은 쪽으로 향한다. 문명인은 그런 광대를 쫓아가 갈등의 원인부터 그간의 경과와 광대가 했던 말과 도피행각까지 낱낱이 까발리며 설명을 요구한다.

문명인이 갈등의 원인으로 다가서면 광대는 원인이 없는 곳으로 간다. 문명인이 그동안 광대가 저지른 잘못을 거론하면 광대는 자신이 잘못할 일이 없는 곳으로 가고, 문명인이 광대의 말을 문제 삼으면 광대는 그때부터 좀처럼 입을 열지 않는다.

문명인에게 부부관계란 납득할 수 없는 결과로 가득한 미궁迷宮이고, 광대에게 부부관계란 어떤 상황에서도 유지되어야 하는 평화이다. 문명인의 집요함은 광대에게 부부 평화의 주적이며, 광대의 숨바꼭질은 문명인에게 부부 파탄의 종용이다. 평화를 위한 도피가 파탄의 원인이 되는 것이다.

문명인은 자신이 집요하다는 것을 안다. 광대 역시 자신이 회피의 달인이라는 것을 안다. 이런 자각은 두 사람을 유사한 자책으로 몰아간다. 내가 너무 꼬치꼬치 캐묻고 트집을 잡나? 내가 너무 숨기만 하는 것은 아닐까? 하지만 이렇게 하지 않으면 안 되는 걸 어떡해. 이렇게 된 게 내 탓일까? 그런 것 같아. 미치겠네…

말라버린 감정의 미궁에 진정한 평화의 기운이 싹트게 하려면 어떻게 해야 할까. 유인원과 마찬가지로 역시 손을 먼저 내밀어야 하는 쪽은 자신의 성 성격에 더 충실한 문명인이다.

문명인이 먼저 해야 할 일은 심리 서적을 탐독하건 유사한 고통에 시달리는 이들의 커뮤니티에 가입하건 학위를 받건, 수단과 방법을 가리지 않고 광대의 마음과 가면을 쓰게 되는 메커니즘에 대한 지식을 쌓는 것이다. 특히 내 짝이 광대가 될 수밖에 없었던 이유를 파들어가는 것이 중요하다.

이 역시 숲에서 방금 튀어나온 유인원에게 은밀한 이해의 비료를 기대하는 것만큼이나 어려운 일이지만, 앞으로 살아가야 할 시간들과 그 시간들 속에서 부부를 기다리고 있을 새로운 사랑의 단계들, 그리고 처음에 가졌던 짝을 향한 신뢰를 기억하며 어떤 희생을 치루더라도 이루어내어야 한다.

그런 다음, 광대에게 '평화를 원한다고 평화가 오는 것이 아니다'라고 말하기 전에, 아직 오지 않은 평화를 이미 누리고 있는 광대가 되어야 한다. 그리고 '평화를 위해서 그러는 것이니 자꾸 물고 늘어지지 말라'며 강변하는 광대로 하여금 문명인이 누리고 있는 거짓 평화에 참여하도록 끈질기게 이끌어야 한다.

이처럼 묘한 역할극은 광대가 사람마다 여러 형태의 거짓 평화를 가질 수 있음을 깨달을 때까지 계속되어야 한다. 그런 역할극은 전보다 더 심각한 침묵과 냉대를 필요로 하기에 더 넓은 이해와 인내와 새로운 사랑에 대한 기대로 버텨야 한다. 그 과정에 문명인은 각자가 설정해 놓은 거짓 평화에는 논리와 이성이 비집고 들어갈 여지가 그리 많지 않다는 통찰을 얻을 수 있다.

낯설고 설명될 수 없는 평화의 출현에 둘 사이에는 묘함이 이어진다. 그러나 얼마 지나지 않아 묘함이 답답함으로 바뀌면서 이질적인 평화에 대해 이야기할 필요성이 제기되고, 거기에서 이해의 씨앗이 움을 틔운다. 비로소 먼 곳에서 벌였던 희극놀음을 그만두고 가까운 비극에 다가설 수 있는 첫 용기가 싹트는 것이다.

그것이면 시작으로 족하다. 단, 부정의 감정을 있는 그대로 표출해 짝의 이해를 구하되, 모든 과정에 긍정의 방식이 적용되어야 한다는 사실만 잊지 않는다면 말이다.

자선가와 광대

지금까지 등장한 부부의 조합 가운데 갈등의 존재 여부와 원인을 파악하기가 가장 난감한 조합이다.

자선가가 설정해 놓은 최상의 목표는 부부의 행복이다. 광대가 설정해 놓은 최선의 가치는 부부의 평화이다. 자선가는 광대를 배려해가며 부지런히 광대의 행복을 쌓아가고, 광대는 별다른 갈등 없이 그런 자선가를 돕는다. 한 가지만 빼면 서로의 성 성격이 이처럼 잘 들어맞기도 어렵다.

그 한 가지는 두 사람이 공동으로 쌓아가는 부부의 평화와 행복이 두 사람을 위한 것이 아니라는 것이다. 자선가가 쌓아올린 행복은 근원적으로 광대의 것이고, 광대가 구축한 평화는 광대도 자선가도 아닌 부부라는 테두리의 것이기 때문이다. 결국 이들이 성취한 평화와 행복은 관념과 자기가치가 이뤄낸 성공일 뿐이다.

외부에서 이들 부부의 애정을 판단하는 기준은 살아가는 모습이다. 이들의 일상은 자신보다 짝을 먼저 생각하는 자선가의 배려와 헌신과 인내심 덕분에 광대 부부보다 더 단란한 모습으로 비친다. 그래서 다툴 일도 없다. 거의 완벽에 가까운 원앙 한 쌍이다.

그러나 이들이 부부관계에 대해 하는 이야기를 들어보면 '내가'로 시작하는 문장보다는 '우리가'로 시작하는 문장이 압도적으로 많다. 부부생활의 주인이 사람이 아니라 부부라는 관념과 자기가치라서 그렇다.

어떻게 하면 이들이 관념과 자기가치의 주인이 될 수 있을까. 이들은 자신과 짝의 성 성격, 대화를 나누는 방식, 그리고 서로를 바라보는 시각의 교정에 다른 부부 조합보다 더 크고 세밀한 관심을 쏟아야 하지만, 이 또한 가능하지 않은 경우가 대부분이다.

두 사람이 가진 평화와 행복의 페르소나로 인해 부부의 역할이 정해져 있고, 주변과도 그럭저럭 괜찮은 관계를 맺고 있어서 그럴 필요를 느낄 수 없기 때문이다.

소외된 자신을 느낄 수 없을 정도로 견고한 관념과 자기가치의 성. 윤희경·이기석 부부에게 윤형진이라는 사람이 있었던 것처럼, 이들에게도 도움의 손길, 즉 외부 조력자가 있어야 한다. 조력자가 두 사람과 친밀한 관계에 있고, 두 사람의 성 성격을 잘 이해하고 있을 수록 성을 무너뜨릴 가능성은 커진다.

그런 외부 조력자가 없다면, 기대할 수 있는 것이라고는 자선가의 희생이 고갈되어 깊이 감추어져 있던 갈등의 씨앗들이 마침내 발아했음을 둘 중 한 사람이 인식하기만 기다리는 것뿐이다. 그런 다음에야 갈등을 무시한 채 고사하거나 헤어지거나 전문가의 도움을 받거나 할 일이다.

만일 갈등이 이미 자신의 존재를 드러내 두 사람의 가슴속 깊은 곳을 갉아대는 상태에서, 부부가 고사나 이별이 아니라 갈등이 해결되기를 진정으로 원한다면, 매우 험난한 여정이지만 도움이 될 수 있는 방안이 있다.

이 역시 정도에 차이가 있을 뿐, 우리 모두에게 해당되는 방안인데, 바로 '다독이기'이다. 그렇지만 다독일 대상은 나나 당신이 아니라 두 사람의 내면에서 오로지 주인에게만 봉사하기 위해 살아온 지니들이다.

부부의 침묵에는 서로 다른 두 가지 의미가 내포되어 있다. 존중과 배격이다. 존중의 침묵은 확신이며, 나와 당신은 별개이지만 깊은 곳에서 이미 함께하고 있다는 의미이다. 배격의 침묵은 짓누름이며, 나와 당신은 함께이지만 깊은 곳에서 이미 별개가 되었다는 의미이다.

우리는 존중의 침묵보다 배격의 침묵에 더 친숙하다. 모두가 자기애自己愛적 존재이며 자기애란 지켜야 할 영역이 있음을 의미하기 때문이다.

「자긴 내게 침묵으로 말하지만, 난 그 침묵의 이야기를 들을 수가 없어. 다만 자기 찡그린 눈매와 앙다문 입술, 서늘히 돌아서는 뒷모습에서 자기가 내가 알아줬으면 하고 흘리는 부정 감정의 가닥들을 느끼고 익숙한 몸서리에 몸서리칠 뿐이야.

우릴 행복이 가득한 화단으로 데려다주곤 했던 정욕은 시간의 화장장으로 가버린 지 오래야. 우릴 꿈보다 더 몽환적이고 달콤한 현실에서 한껏 날아오르게 했던 낭만은 어딘지도 모를 기억의 구렁텅이로 떨어져 내리고 말았고.

우리가 우리한테 서로를 내어주는 동안, 자긴 내 이유였어. 난 자기 삶의 목적이었고. 맞지? 그렇게 우린 서로에게 세계였잖아. 근데 이게 뭐야. 어느 틈에 자기 목적은 나한테로, 내 이유는 자기한테로 돌아서서 우릴 등지고 있잖아. 글구 우린 서로를 만나기 전에 살았던 세계를 되찾으려고 하고 있어. 이대로 끝이야?

내가 자기한테, 자기가 나한테 내줬던 게 뭐길래, 허망의 선고가 이렇게 빨리 우릴 찾아왔던 거야? 어떤 불길한 기운이 우릴 덮쳤길래, 침묵으로만 대화를 나누게 된 거냐구.

지난날들, 돌이켜봤어. 남은 거라곤 어둠이 짓누르고 믿음마저 사라져버린 불모의 가슴뿐이야. 비었어. 비어버렸다구.

그거 알아? 뭔진 모르겠지만 불길한 기운이 너무도 조용히 다가왔고, 그놈이 자기한테 내가 받을 말보다 더 많은 말을 쏟아내게 했다는 거 말이야. 나보러 자기한테 해야 할 말보다 더 많은 말을 삼키게 했다는 거 말이야.

말로 가슴을 나누기가 버겁다고 느낀 순간이 있었어. 그때 난 자기라는 사람에 대해 모르는 날 봤어. 대화를 나누는 방식에 대해서 모르고 있는 우릴 봤어. 말에 감정을 충분히 담는다는 게 처음부터 불가능한 일이란 것도 깨달았고. 자기 과거와 현재와 미래랑 내 시간들이 마구마구 뒤엉켜 있는 걸 알게 되었던 거라구.

생각해 봤더랬어. 자기랑 나, 누구한테 충실했을까, 하고. 자기가 자기 시간에 충실했던 것처럼, 나도 나한테만 충실했던 거야. 지금 우리 사이에 놓인 침묵이 그걸 증명하고 있잖아. 이대로 끝낼 수도 있어. 내 자존심이 당장 그렇게 하지 않고 뭐하냐 그래. 그치만 내겐 이대로 끝내지 않을 자유도 있어.

자기가 그런 내 자유에 공감한다면, 시간이 조금 더 남아 있길 바래. 내 빈 가슴이 자기 과거에 가 닿게, 자기 침묵이 내 오늘로 찾아오게, 우리 둘의 선택이 제 길로 접어들어서 다시 우리의 세계에 이르도록 너무 늦지만 않았기를…」

늦었다고 생각될 수 있다. 분노와 좌절, 슬픔과 외로움이란 지극히 주관적인 것이어서 점점 더 깊은 수렁으로 빠져드는 매 순간마다 이젠 더 이상 어떻게 해 볼 도리가 없다는 절망과 체념과 포기를 선사하기 때문이다.

정말로 늦어버린 것일 수도 있다. 섹스리스로 보낸 나날을 세다가 잊었다면. 쇼윈도 부부假飾夫婦, show window couple라는 단어를 접할 때마다 휴전과 각방에 암묵으로 합의한 지난날들이 가슴을 때린다면. 도장을 찍고 말리라는 통렬한 압박에 수시로 시달린다면. 이미 이혼법정의 판결문을 받아들었다면.

좋은 사람을 만난다면 허비해버린 인생을 보상받을 수 있으리라. 그뿐인가. 내가 몰랐던 더 멋진 세상을 경험하고, 이렇게 아름다운 삶이 있었음을 미처 모른 채 인연의 사슬에 전전긍긍했던 시간을 후회할 수도 있으리라.

그러나 그럴까…? 내가 원하는 좋은 사람은 어떤 사람이어야 할까. 나의 마음을 이해해주고 내가 원하는 것을 알아주는 사람이어야 한다. 나의 침묵에도 흔들리지 않고 넓은 품으로 보듬어줄 수 있는 사람이어야 한다.

하지만 그 사람은 내가 짜 놓은 관棺, coffin에 몸을 뉘일 수 있는 사람일 뿐이다. 다리가 관보다 길어도 안 되고 어깨가 너무 넓어도 탈락이다. 더군다나 새로 짠 관은 헌 사람을 위해 짰던 관에 비해 턱없이 좁아져 있다.

요행히 그런 사람을 만났다 해도 나 자신을 관조하지 못한 상태라면 새 사람이 만들어 놓은 거대한 관에 홀로 덩그러니 누울 수밖에 없다. 새 사람이 갈등의 원인으로 나의 가슴을 지목할 것이기 때문이다. 가장 큰 원인이 나에게서 비롯되었음을 인정하지 않는다면, 나를 기다리는 것은 인정할 수 없는 원인의 바다에서 다시 또 허우적거릴 나 자신의 도플갱어doppelganger뿐이다.

늦었다고 말할 수 있는 때란 없다. 나를 최대한 관조하려는 노력을 기울여 내 안에 도사리고 있는 원인을 발견해내는 데 있는 힘을 다할 용기를 낼 수 있다면, 그리고 그 노력이 최초의 성과를 보일 때까지 인내할 자신이 있다면, 휴전을 철회하고 각방에 대한 합의도 폐기하자. 정상에서 벗어난 합의를 정상으로 되돌리는 일에 과거의 동의는 필요치 않다. 이혼법정에서 받아든 판결문? 그것이 재결합에 무슨 걸림돌이 될까.

체념과 포기는 그런 노력과 마음을 쏟은 이후에야 정당성을 획득할 것이며, 그때라야 침묵의 반복에 대한 걱정 없이 새로운 사람에 대해 이야기할 자격이 주어진다. 그 전에 다시 안으로 들어가자. 가서 내게만 헌신해온 지니를 다독이며 새로운 사람이 아닌 새로운 나의 시작에 관해 이야기를 나눠보자.

나의 아버지는 광대였고, 어머니는 자선가였다. 아버지는 나를 근엄한 인자로 보듬었고, 어머니의 자애로운 미소는 온 우주가 나를 위해 쏟아붓는 사랑이었다.

그런데 십대 초반쯤이었나, 나는 내가 아버지의 인자함과 어머니의 자애를 동시에 받아 본 기억이 거의 없음을 깨달았다. 그리고 십대가 끝나갈 무렵, 나는 아무리 숨기려 해도 숨길 수 없는 냉기가 두 사람 사이에 시멘트벽처럼 쌓여 있으며, 내가 받아온 인자함과 자애 중 적지 않은 부분이 아내를 찾아 나선 인자함과 남편에게로 향하던 자애가 시멘트벽에 되튕겨 나온 것일 수 있다는 사실을 알게 되었다.

　사랑에 가려진 냉기가 지배하는 가정에서 즐거운 이는 아무도 없기에, 나는 가슴까지 열어젖히며 이제라도 솔직해지자고, 제발 가식에서 벗어나자고 소리쳤다. 하지만 얻은 것이라고는 인자한 침묵과 자애로운 눈물이 전부였다.

　생명의 정언명령, 즉 정욕이 처음으로 찾아온 스무 살 시절, 내가 부모에게서 배워야 할 가장 강력한 연애의 지침은 절대로 부모를 배워서는 안 된다는 것이었다.

　사랑의 기쁨은 모두에게 그렇게 짧은 것일까. 아니면 불행이 내게 다가오기 위해 사랑의 기쁨을 앞세웠던 것일까. 첫 연애는 겨우 6개월 만에 끝나고 말았다. 원인은 여러 차례의 말다툼이었으며, 헤어짐을 택한 쪽은 나였다. 그때 나를 휘감았던 생각은 이런 것이었다.

　'벌써 시작이야… 이제 계속 싸우게 되겠지. 화해도 할 거고. 사소한 것 때문에 싸우고 화해하고 또 싸우는 관계가 시작된 거야. 결국 끝은 정해져 있는 거 아니겠어? 생각이 이렇게 다르잖아. 연애는 해서 뭐하고 결혼은 해서 뭐해. 지니야, 내가 틀렸니?'

　나는 지니에게 선택을 맡겼고, 지니는 체념을 택했다.

　"우리 있잖아… 아무래도 안 되겠어."

　"갑자기 그게 무슨 소리야?"

　"서로에게 솔직해질 수 없을 것 같아."

"싸워서? 아니, 한두 번 싸웠다고 이러는 거야? 미안해. 내가 잘못했어. 잘못했으니까 화 풀자."

"그것 봐. 넌 입으론 그렇게 말하지만, 조금 전까지만 해도 내가 잘못한 거라고 우겼잖아. 물론 내 잘못이 없다는 건 아냐. 그치만 중요한 건 누가 더 잘못했느냐가 아냐. 네가 솔직하지 않다는 거지. 난 널 감당할 자신이 없어."

그런 태도는 나의 연애 패턴이 되어갔고, 유사한 패턴이 반복될수록 결혼에 대한 환상도 연애에 대한 로망도 사라져갔다.

그때쯤, 아마도 나는 시멘트벽을 사이에 두고 살아온 부모의 모습을 정상적인 부부관계로 여기고 있는 것 같다는 생각을 했던 것 같다. 부부 사이에 가식이 있으면 안 된다는 것은 알지만, 내가 두 사람의 가식을 가식으로 여기지 못하고 있는 것은 아닌가, 하는 생각을 마지막으로 했던 것도 같다.

하지만 놀랍게도 체념의 연애 패턴 때문에 결혼이 가능하지 않은 환영일 뿐이라는 생각이 굳어져갈 때, 나의 체념까지 받아줄 수 있을 것 같은 사람이 나타나 독신 흉내를 내던 외로운 단절자를 구원해주었다.

그 구원자는 내가 그때껏 겪어보지 못했던 배려와 헌신으로 우리 夫婦를 쌓아갔다. 우리는 견고했고 남 보기에도 번듯했다. 하지만 짧은 기쁨이 긴 침묵으로 모습을 바꾸는 데는 오랜 시간이 걸리지 않았다. 큰 다툼도 없고, 서로가 서로에게 무엇을 원하는지 모르지도 않는 상태임에도.

그때 나를 지배했던 생각은 이런 것이었다.

'사소한 싸움 말고는 크게 다투지도 않았고, 별로 뭐…'

내 짝은 배려 가득한 눈길로 조심스레 문제를 제기하다가 별다른 행동을 취하지 않는 나에게 조금씩 지쳐갔다.

"날 아프게 하지 마. 내가 싫어졌어? 누구 다른 사람이라도 생긴 거야?"

"전혀 아니거든. 당신이 얘기했던 거, 그거 누구나 다 그러고 사는 거야. 쓸데없는 생각 하지 마."

"알았어. 내가 너무 과민했나 봐."

우리는 아무 일도 아닌 것처럼 봉합하려 했지만, 그것은 머리의 희망일 뿐이었다. 부부사이에서 머리와 가슴만큼 먼 거리도 없는 것이라서 우리 둘은 어디로부터 온 것인지 알 수 없는 염려와 충고와 다짐들과 맞닥뜨려야 했다.

'잘생기고 돈 잘 벌고 침대 매너까지 좋은 사람 없어. 참고 사는 거야.'

'이혼 할 거 아니면 그냥 포기하고 살아. 미치지 않으려거든.'

'애들 핑계 대지 말고 새로 시작해. 왜 삶을 낭비하고 그래?'

'뒷조사해 봐. 바람피우고 있을지도 몰라.'

'이혼하면 더 좋은 사람 만날 것 같지? 아냐…'

예지叡智가 찾아오지 않는 한, 한 사람의 염려와 충고와 다짐이 두 사람의 감정적인 침묵을 풀어낼 재간은 없다. 상황은 개선되지 않았고, 기대가 물러간 자리에 들어앉았던 수많은 원망들 또한 하나둘 맥없이 스러져갔다. 분노조차 잃어버린 텅 빈 가슴…

그저 그러려니, 이런 삶도 있으려니, 하며 감정에 휩쓸리지 않기 위해 8년간 노력한 끝에, 다시 말해서 별문제 아니라는 생각이 처음 들었던 순간부터 7년을 보낸 끝에, 우리는 별문제 아니라는 생각으로 이혼에 합의했다.

세월이 흐른 지금, 나는 마음을 할퀴고 살아온 시간들이 흘려준

이야기들을 짜맞춰가며 나에 대한 눈을 갖게 되었다.

별생각 없이 이혼에 합의했던 나는 결혼에 회의적인 쇼윈도 부부의 철부지 아이였고, 결혼의 진정한 의미를 모르는 관계의 무지렁이였다. 비극을 품은 채 자신마저 속여 가며 쇼윈도에 전시된 마네킹처럼 살아가는 부모로부터 희극이라는 생활의 법칙을 배운 웃는 비극인, 준비되지 않은 채플린이었다.

큰 문제가 없어 보이게끔 포장해온 부모의 삶과 기술은 그 자체로 내겐 트라우마였다. 사랑을 주고 싶으나 어떻게 주어야 할지를 모르는 철부지 아이를 품고 살아온 나는, 사랑을 주고받아야 할 삶의 자리를 디스플레이 기술로만 가득 채우고 사는 가난한 영혼이었다.

받아 본 적이 없는 아이에게는 짝에게 줄 것이 없었다. 그래서 아이는 부담스러운 마음을 '별것 아니라는 거짓 평화'로, 답답한 마음을 '뒤돌아서는 회피'로 표출할 수밖에 없었던, 사랑과 위로가 필요한 희생자였다.

나는 이제 떠나간 그 사람이 떠오를 때면 가끔씩 이런 변명으로 용서를 구하곤 한다.

'그때 내 안에서는 사랑을 받고 싶은 아이가 울고 있었어요. 때때로 당신이 생각날 때면 나는 스스로를 꾸짖곤 해요. 당신 안에 있는 아이도 나처럼 울고 있었을 테니까요. 조금만 더 성숙했더라면, 그래서 내 안에 있는 아이보다 당신 안에 있는 가련한 아이를 먼저 알 수만 있었더라면, 내가 우리에게서 멀어지는 일은 없었겠지요. 미안해요. 상처투성이인 내가 또 다른 상처의 희생자인 당신에게 준 것이라고는 외로움과 슬픔과 가질 수 없는 기대와 원망과 포기뿐이었으니까요. 그 사실이 내 가슴을 후비파고 있어요. 당신의 상처에 조금만 더 빨리 관심을 가졌더라면… 그리고 고마워요. 당신 자신의 아픔은 묻어둔 채 아파죽겠다고, 날 좀 봐달라고 투정만 부려 대는 나를, 사랑을 모르는 아이를 사랑해줘서…'

자존심 세고 지기 싫어하는 내 아내는 나의 행동과 감정까지 쥐고 흔들려 한다. 내게 너무 지나친 기대를 갖고 있을 수도 있다. 내 남편은 밴댕이 소갈딱지라서 말 한마디, 토씨 하나에도 날을 세우며 민감하게 반응한다. 내 통장이, 외모가, 직업이 좋아서 나와 함께 있으면 자신의 수준이 올라간다고 생각하고 있을지도 모른다.

우리는 이해가 아니라 이해하는 척하는 짝이 될 수 있다. 그런 짝이 되려면 호미로 막을 일이 포클레인으로 막기도 어려울 만큼 커질 때까지 알았다는 소리만 연발해도 좋다.

사랑이 아니라 사랑하는 척하는 짝이 될 수도 있다. 그런 짝이 되려면 짝이 자신의 무리한 요구나 과도한 언행에 대해 미안한 표정을 지으며 인형처럼 내뱉는 'I love you'를 'Me, too'로만 받아도 좋다.

우리가 아니라 우리인 척하는 우리가 되려면, 그런 아내와 남편의 뒤통수에 대고 원래 저렇게 생겨먹은 걸 어쩌겠어, 하며 자조 섞인 관용을 남발한 뒤에 내버려둬도 좋다.

그러나 그러려면 파경에 이른 대다수의 부부들이 그런 것처럼 그렇게 내버려둔 앙금들이 시멘트벽이 되어 두 사람을 절망의 벼랑으로 내몰았다는 사실도 내버려둬야 한다. 진짜 나의 삶이 아니라 나의 삶인 것처럼 살아온 지난날들을 후회 없이 받아들여야 한다는 말이다.

이것이 이해와 사랑과 우리의 이름으로 틈틈이 나의 입장을 보내고 짝의 느낌을 받아서 일상의 반응들과 연결시켜 놓아야 하는 이유이다. 그랬더라면 입장과 느낌에 따른 반응과 그 반응에 대한 반응을 조절해가며 갈등 상황에 대처해 왔을 테니, 지금과 같은 시멘트벽이 만들어지지는 않았을 것이다.

하지만 우리는 그렇게 하지 못했고, 이제 나의 삶인 것처럼 살아온 지난날들을 가슴 아파하며 갈등이 해결되기를 진정으로 원하고 있다. 무엇을 할 수 있을까.

지금이라도 자신과 짝의 성 성격을 알아내어야 한다. 하지만 성 성격이 어디에서 온 것인지 알기는 어렵다. 입장과 느낌을 주고받는 데 인색해져버린 일상의 대화는 이미 굳어진 성 성격만 알려줄 뿐이기 때문이다.

성 성격의 유래를 알려면 건강한 호기심을 유지한 상태에서 거부감 없이 나를 풀어놓고 짝을 받아들일 수 있는 대화의 기술을 습득해야 한다. 그리고 대화의 기술을 반박이나 감정 해소의 도구로 잘못 사용하지 않으려면 서로를 바라보는 시각을 교정해 충실해야 할 대상부터 제대로 찾아야 한다.

이 두 가지 단계, 즉 충실해야 할 대상을 찾고 올바른 대화의 기술을 습득할 수 있다면 성 성격의 유래는 서로의 과거와 느낌과 입장을 나누는 과정에서 자연히 얻어질 수 있다.

그런데 첫 단계부터 무슨 이야기인지 모호하다. 충실해야 할 대상이라니? 부부관계에서 충실해야 할 대상이라야 당연히 짝밖에 더 있을까. 하지만 그렇지 않다. 나는 미처 생각지도 못한 상태에서 나의 관심과 정열과 노력을 엉뚱한 대상에게 쏟아왔다.

주말이면 낚시 도구를 챙겨 물가로 나가는 조사들이 모두 고기 낚는 일만 좋아하는 것은 아니다. 야구경기 자체보다 야구장의 열기가 좋아서, 또는 당신과 함께 있는 것이 좋아서 야구장을 찾는 이도 적지 않다.

문화 회관이나 아트홀에 처음 갔을 때를 떠올려 보자. 연극이나 오페라가 너무 좋아서 간 사람이 얼마나 될까? 오페라를 예로 들면, 오페라에는 내가 원하는 다양한 기대가 담겨 있다. 알아두면 교양수준이 높아질 것이라는 기대, 함께 간 사람과의 관계가 더 깊어질 것이라는 기대, 감성의 지평을 넓힐 수 있을 거라는 기대, 행복한 느낌이나 환상에 대한 기대, 오페라 자체에 대한 기대 등이 그런 것들이다.

기대는 우리를 어딘가로 나아가게 하는 추동력이고, 추동력의 다른 표현은 목적이며, 목적의 대상은 크게 두 종류로 나눌 수 있다. 하나는 대상 자체이고, 다른 하나는 대상에 대한 이미지像, image이다.

개인의 삶 역시 여기서 벗어날 수 없어서 나는 나라는 존재 자체에 충실할 수도 있고, 내가 되어야겠다고 생각해둔 이미지에 충실할 수도 있다. 당신도 마찬가지이다. 이를 부부관계로 확장하면 네 가지 일대일 대응관계가 선명히 드러난다.

> ㉠ 나 자신에 충실한 나 vs 당신 자신에 충실한 당신
> ㉡ 나 자신에 충실한 나 vs 당신의 이미지에 충실한 당신
> ㉢ 나의 이미지에 충실한 나 vs 당신 자신에 충실한 당신
> ㉣ 나의 이미지에 충실한 나 vs 당신의 이미지에 충실한 당신

충돌은 모든 관계에서 일어날 수 있다. 하지만 ㉠과 같은 '존재의 충돌'은 오해나 왜곡의 소지가 별로 없기에 이해에 기초한 정리로 이어지는 반면, ㉡이나 ㉢과 같은 '존재와 이미지의 충돌', 그리고 ㉣과 같은 '이미지와 이미지의 충돌'은 오해로, 기대가 어긋남에 따른 실망으로, 실망을 기대치에 맞춰달라는 요구로, 다시 충돌과

철학에서 지각에 의해 의식에서 형성되는 대상의 像을 일컫는 표상(表象, 表裳)을 의미한다.

왜곡과 침묵으로 발전한다.

우리는 이미 우리가 가진 이미지에 대해 알고 있다. 앞의 사례들에서 충분히 확인했듯이, 그 이미지는 나의 등에 업혀 있는 사람에 의해, 또는 그 사람 때문에 형성된 것이다.

남편인 나는 집요한 어머니를 증오해온 아버지를 업고 살아왔다. 그런 내가 원하는 당신은 아버지가 증오하지 않을 만한 사람이어야 했다. 아내인 나의 등에는 외할머니의 습관으로 남편을 대해온 어머니가 올라타고 있다. 그런 내가 원하는 당신은 아버지 같지 않은 사람이어야 했다.

처음에 나는 이렇게 하지 않고 저렇게 하는 당신에게 어떤 부정 감정의 동원도 없이, 매우 정중히 요청했다. 당신이 될 수 없는 어떤 사람이 되어 달라고. 그러나 돌아온 것은 정중한 거절이었다.

그 다음에 당신은 저렇게 하지 않고 이렇게 하는 나를 향해 뚱한 표정을 지어보이며 툴툴거렸다. "그걸 이렇게 하면 어떻게 하자는 거야?" 나는 이렇게 대답할 수밖에 없었다. "난 당신이 아니거든. 그런 식으로 해본 적 없다구."

그리고 '나는 당신이 아니다'라는 대답은 수차례 반복된 끝에 내 행위의 정당성을 확보하기 위해 답답함과 원망과 보복의 옷을 걸치고 우리의 가려진 존재 위로 튀어나왔다.

"그럼 그런 여자 구하면 되잖아!"

"미안하네. 난 그렇게 착한 여자가 아니라서."

"지금이라도 늦지 않았으니까 그런 남자 찾아가!"

"이 여자가 보자보자 하니까…!?"

나는 당신이 아니라 당신이 될 수 없는 어떤 사람에게 충실하려 해왔고, 당신은 나의 존재를 있는 그대로 바라보려 하지 않고 당신이 충실할 수 있는 누군가가 되어달라고 강요해왔던 것이다.

될 수 없는 어떤 사람이 될 수 없었던 당신은 나의 등에 올라탄 채 미소를 짓고 있는 어머니의 존재를 희미하게 인식하면서 나로부터 멀어져갔고, 당신이 충실할 수 있는 사람이 되어주지 못한 나는 당신의 등에 올라탄 채 통쾌해 하는 어떤 사람의 그림자를 느끼면서 당신을 떠나보낼 수밖에 없었다. 그렇게 우리는 우리로부터 돌아서고 말았다.

우리 부부는 ㉠처럼 진정한 존재의 관계일까? 진정한 존재의 관계란 얼마나 명쾌할 것이며, 두 사람이 어떤 배후나 복선도 없이 아이처럼 주고받는 생각이란 얼마나 쉽게 깊어질 수 있을까. 그게 아니라면 적어도 ㉡이나 ㉢처럼 한쪽의 이미지만 개입되어 있는 관계일까?

아쉽게도 대다수의 부부는 ㉣처럼 내가 가진 나의 이미지로 당신이 가진 당신의 이미지를 대하는 관계에 있다. 이는 마치 누구나 발길 닿는 대로 떠나는 여행을 말하지만, 실제로 어떤 목적도 없이 떠나는 사람은 전혀 없는 것과 같다. 결혼이란, 부부란, 원래 그렇다.

그래서 나는 온 존재를 기울여야 한다고 말할 수는 있지만, 그것이 어떤 상태인지에 대한 지혜를 갖고 있지 않다. 그렇다 해도 나와 당신에 대해 가지고 있는 나의 이미지를 줄이고, 당신도 그렇게 하도록 할 수만 있다면 우리가 되도록 존재에 근접하리라는 것은 분명하게 말할 수 있다.

이제 자문해 보자. 나는 누구를 사랑해왔을까? 내가 한때 사랑한다고 생각했던 당신은 과연 당신의 존재 자체였을까, 내가 충실할 수 있는 나의 이미지였을까? 내가 당신에게서 얻기 위해 노력해온 사랑은 진정 누구의 것이었을까? 당신이라는 존재 자체의 것이었을까, 당신이 가진 이미지의 것이었을까? 그리고 이런 질문을 던지는 나는 과연 나일까?

답은 이미 머릿속에서 피어오르고 있다. 나는 과연 나일까, 하는 질문을 내면에 사는 지니와 계속해서 나누다 보면, 비록 뚜렷한 윤곽은 아닐지라도 나의 존재와 내가 가진 이미지의 경계가 조금씩 드러날 것이다. 여명이 산등성이와 하늘을 시나브로 떼어놓듯이, 깊은 산골의 자욱한 숨결에 가려져 있던 오두막 밥 짓는 연기가 어둠이 물러날수록 차츰 선명해지듯이.

서로를 바라보는 시각을 교정해 충실해야 할 대상부터 제대로 찾아야 한다고 했던 말의 의미는 이런 것이다.

지난날의 기억만 들먹이는 지니를 다독이며 어둠이 물러나기를 기다리는 동안, 내가 관심을 기울여야 하는 것은 당신이다. 당신이 있어야 우리가 성립하기 때문이다. 나 홀로 아무리 존재에 근접한다 해도 당신이 당신으로부터 떨어진 그곳에 그대로 있다면 우리는 우리가 아닌 채로 남아 있을 것이기 때문이다.

일반적으로 내가 당신에게 접근해 서로의 이미지를 나눔으로써 당신을 우리에게로 이끌 수 있는 유일한 길은 대화이다. 우리는 입의 언어와 수화, 필담, 눈짓, 표정으로 상황과 입장을 전달해왔고, 그것을 대화라 부른다. 그러나 이런 생각은 중대한 오해를 불러온다.

대화의 채널이 전할 수 있는 것이라고는 기껏해야 입과 몸의 언어로 변환할 수 있는 것들뿐이다. 그런데 인간관계도 그렇지만, 특히 부부관계는 생명이 첫 번식을 시작하던 순간부터 축적되어 온 형언할 수 없는 것들, 언어로 완전히 전달하는 것이 불가능한 무수한 느낌의 토대 위에 서 있다. 그 토대는 바로 감정이다.

인지 여부를 불문하고, 모든 남편과 아내가 가지고 있는 감정의 기억에는 대화로 나눌 수 있는 것보다 그럴 수 없는 것이 훨씬 더 많다. 그럼에도 우리는 잘못된 전달방식까지 동원해가며 모든 감정을 대화의 채널로 전달하려 함으로써 이해보다 오해를 더 많이 주고받는 실수를 범한다. 사실 늘 그렇다.

물론, 감정을 완전히 전달할 수 있는 대화의 채널은 인류의 역사에서 있어본 적이 없고, 앞으로도 존재하지 않을 것이다. 그럼에도 우리의 처지는 감정을 되도록 잘 전달해야만 하는 현실 앞에 놓여 있기에, 할 수 있는 것이라고는 지금 있는 대화의 채널을 최대한 활용하는 것뿐이다.

감정을 대화의 채널로 전달하는 데 가장 중요한 두 가지 요소는 대화의 기술과 시제이다.

대화의 기술을 습득하는 작업은 모든 대화가 나를 이해해 달라는 호소임을 아는 데서 출발한다. 나는 부드러운 속삭임에도 있고, 과격하게 뱉어내는 호흡에도 있고, 휭하니 돌아서는 걸음에도 있고, 화산처럼 터져 나오는 분노와 무덤 같은 긴 침묵 속에도 있다. 당신이 그런 것처럼.

당신이 만일 모든 대화의 채널에 존재하는 나의 감정을 간과하고 피상적인 몸의 언어에만 반응한다면 나는 사라져버리게 된다. 내가 만일 당신의 감정적인 호소를 무시한 채 입술이 뱉어낸 언어의 의미만 붙들고 늘어진다면 당신의 호소는 강요나 체념이 되어버리고 만다. 서로를 느낄 수 없게 되는 것이다.

눈으로 보지 않아도 당신을 볼 수 있는 방법이 있다. 손으로 만지지 않아도 당신을 느낄 수 있는 은유가 있다. 다만 대화의 기술을 모를 뿐, 극렬한 호소로 나를 표현하지 않더라도 당신을 나의 감정으로 초대할 수 있다.

나筆者는 여기에 그 방법을 일일이 열거하는 대신 부부가 나누는 대화의 시제에 집중할 것이다. 부부를 서로의 감정으로 인도하는 대화의 기술에 대해 너무도 구체적이고 상세하게 알려줄 안내서가 존재하기 때문이다.

나를 '성性스러운 결혼'과 '성聖스러운 결혼'에 관해 이야기하도록 이끈 몇몇 예지 중 하나인 그 안내서는, 결점이라고는 남성과 여성을 다른 별 출신으로 간주했다는 것뿐, 이혼 직전에 처한 수많은 부부를 이해의 여정으로 이끈 책, 존 그레이의 『화성에서 온 남자, 금성에서 온 여자 Men are from Mars, Women are from Venus』이다.

남편과 아내로 하여금 일상에서 서로를 성찰하게 하는 데 이 책만큼 진정한 통찰을 제공하는 안내서를 본 적이 없다. 부부의 감정적인 호소가 어떤 방식으로 잘못 표현되는지를 성 성격과 부정 감정의 유전자를 염두에 두고 읽어보기를 권한다.

이제 우리의 마지막 주제인 대화의 시제로 들어가자. 이 주제의 해답과 만나려면 부부 갈등의 가장 기저에 있는 근본 원인에 새로운 시각으로 접근해야 한다. 왜 싸울까? 싸우는 이유는 간단하다. 자신의 감정을 호소하려고, 짝의 이해나 인정을 받으려고, 무엇인가를 획득하려고 싸운다.

따라서 부부 갈등이 생기는 근본 이유는 부부라는 명분, 사랑이라는 이름하에 '우리夫婦'보다 '다른 것들'을 더 중요하게 여기기 때문이다. 그래서 부부와 사랑은 다른 것들의 들러리가 되고 만다. 그런 들러리에는 자신의 감정에 기초한 입장과 주장, 욕심, 고집 따위가 있으며, 그 모든 것들은 미래와 과거에 연결되어 있다.

그러므로 진정한 대화를 위해 부부가 치워야 할 것은 미래와 과거이다. 오늘을 살라느니, 지금 여기가 가장 중요하다느니, 답은 현재에 있다느니, 하는 뻔하지만 뜬구름처럼 막연한 이야기를 하려는 게 아니다. 계획 없이 되어가는 대로 살라거나 고통의 진원이었던 과거를 잊으라는 얘기를 하려는 것도 아니다.

과거에서 오지 않은 성 성격이 어디에 있을 수 있으며, 계획 없는 미래가 여태껏 미래를 보고 살아온 부부에게 무엇을 보장해 줄 수 있을까. 과거를 잊으려는 시도는 존재 자체를 지우려는 어리석은 짓이다. 계획 없는 미래가 보장해 줄 수 있는 것이라고는 순리를 빙자한 나태 또는 현자 흉내를 내는 안분지족安分知足과 같은 자기기만적 행위들뿐이다.

먼저, 미래를 치워야 한다는 말은 모든 계획을 없애라는 것이 아니다. 이미 드러난 갈등을 무시하려거나 무리수를 동원해 갈등의 수준을 임의적으로 낮추기 위해, 또는 서로에 대한 불만을 애써 다른 곳으로 돌리기 위해 제시된 계획들을 찾아 없앰으로써 갈등에 집중하라는 것이다.

쫓아오는 포수가 두려운 나머지 짚단에 머리만 처박는 까투리가 될 수는 없다. 조금씩 높아져 가는 갈등의 수위가 우리를 불안으로 몰아갈 때, 미래는 우리를 속이기 위해 이런 주문을 걸어온다.

'지금은 당신들 관계가 엉망이지만, 이 일을 이렇게 하고 저 일을 저렇게 하면 미래에 상황이 바뀔 테고, 그럼 마음에 여유가 생겨서 다시 좋아질 거야. 일단 시키는 대로 해봐. 꼬인 관계를 해결해본답시고 들쑤시다가 완전히 틀어지는 것보단 낫잖아.'

완전히 틀린 주문은 아니다. 갈등을 해결할 수 있는 방법을 갖지 못한 상태라면 단기적인 회피도 큰 도움이 될 수 있기 때문이다. 그러나 그런 회피는 고통의 기간을 늘려서 우리를 더 긴 갈등의 늪으로 천천히 빠져들게 한다. 우리가 원하는 해결책은 일회성 회피가 아니다.

새끼를 과학고에 보내겠다던 계획이 성공을 거두면 아내의 얼굴이 펴질 수 있다. 경제적인 여건이 좋아지면 시큰둥했던 남편의 침실에 잠시간 화색이 돌 수도 있다. 하지만 중요한 것은 펴진 아내의 얼굴과 화색 도는 잠자리야말로 단기적인 효과일 뿐이라는 사실이다. 갈등 해소에 진지한 자세로 임하지 않는다면, 부부는 다음 계획을 위해 또 전보다 더 찌뿌드드하고 무미건조한 시간들을 바칠 각오를 다져야 한다. 그렇게 시들어갈 수밖에 없다.

갈등을 피하기 위해 제시된 계획은 앞으로는 지금과 다를 거라는 희망이다. 희망은 드러난 갈등을 억누를 힘을 주어서 실제보다 심각하지 않은 것으로, 그럭저럭 견뎌낼 만한 것으로 만들어준다. 그러나 그런 계획이란 '우리에게는 관계를 개선할 여력도 의지도 부족하니 더 좋아질 미래가 우리를 더 좋아지게 해 줄 것이라는 기대에 의지하자'는 합의에 불과할 뿐이다.

남편으로 산다는 것은 형언할 수 없는 번식의 기억들을 주는 것이다. 아내로 산다는 것은 언어로 완전하게 전달할 수 없는 예민한 감수성을 주는 것이다. 그래서 부부로 산다는 것은 수없이 많은 생명의 감정들, 즉 우리를 통해 다음 생명으로 이어질 부부의 가치 전체를 인간의 일상에 퍼붓는 성_聖스러운 행위이며, 생명의 연속성이 밟고 지나갈 수 있는 징검다리가 된다는 것이다.

얼마나 이기적인가, 그런 우리가 갈등을 회피할 목적으로 계획을 내세움으로써 우리의 생명을 우리 주변으로 몰아내다니. 얼마나 어리석은 결정인가, 그런 계획에 따라 살면서 생명의 감수성을 짝이 아닌 주변에 쏟아붓는 감정 상실자로 전락한다는 것이.

생명의 감수성은 사랑해야 할 이유가 아니라 사랑을 필요로 한다. 우리를 향해 사랑하도록 노력하지 말고 사랑이 되라고 말한다. 사랑이 되기 위해 미래와 논의할 까닭은 없다. 사랑은 미래에 있지 않고 지금의 갈등 속에 있으며, 사랑의 연속성이란 갈등을 미뤄두려는 대신 풀어내려는 두 사람의 노력을 의미하기 때문이다. 회피를 위해 마련된 미래에서 우리가 얻을 것이라고는 지금의 단절뿐이다. 지금, 사랑이 되어야 한다.

다음으로, 과거를 치워야 한다는 말은 지금의 나를 있게 한 시간들을 없애라는 말이 아니다. 그 시간들은 없앨 수 없을 뿐더러 설령 그럴 수 있다 해도 그것은 나라는 존재의 사망선고나 다름없다.

치워야 할 과거는 부정 감정의 유전자이고, 그 유전자는 내면에서 살아가고 있는 또 다른 내가 가지고 있다. 그러므로 과거를 치우는 일은 또 다른 나를 이해시키고 다독이는 일이라 할 수 있다.

지금은 밤 10시, 당신이 부스스한 머리를 긁적이며 일어날 내일 아침도 내일 아침이면 지금이고, 임종의 순간이 다가올 훗날도 그때가 되면 지금이다. 너무 당연해서 할 필요조차 없는 소리로 들리지만, 시제를 뒤집으면 자기성찰이 요구되는 말로 돌변한다.

나는 당신이라는 사람에 대해 늘 이런 생각에 사로잡혀 있으며, 때때로 울화가 치밀 때면 억센 말로 표현하기도 했다.

'내가 당신과 살고 있는 시간은 지금이야. 그런데 당신은 무슨 이유로 틈만 나면 지금의 나를 어제의 당신으로 대해? 나는 지금 여기에서 우리에 대해 말하고 있는데, 당신은 왜 어제 거기에서 당신에 대해 말하고 있는 거냐고. 날 당신의 과거로 끌어들이려고? 아니면 지금의 나와는 나눌게 없어서? 나에게 당신은 두 사람이야. 나와 함께 지금 여기에 있는 당신과 어제 거기에 있는 당신. 그래서 당신은 당신들이야… 당신들 사이에는 내가 들어갈 자리가 많지 않아. 둘이 얼마나 사랑하는지, 내가 여기 있는 당신이랑 이야기를 나누려 하면 어제의 당신이 끼어들고, 어제의 당신에게 그러지 말라고 소리라도 지를라 치면 여기 있는 당신이 막고 나서. 우리가 부부야? 도대체 나한테 왜 이러는 건데? 이런 식으로 살 거면 당신 그림자랑 살아. 당신들끼리 살라구!'

그러나 나의 정당한 불평은 늘 안 하느니만 못한 메아리로 되튕겨 나오곤 했다.

'칫, 그러는 당신은?'

결국 아귀가 맞지 않는 수십 차례의 논쟁 끝에 우리가 인정할 수밖에 없었던 것은, 부부란 네 사람이라는 사실, 그리고 나는 당신에게, 당신은 나에게 서로의 그림자까지 인정해주지 않으면 언제든 화를 낼 준비가 되어 있음을 끊임없이 알려왔다는 사실이었다.

지금의 나와 지금의 당신, 그리고 과거의 객체들. 우리가 우리夫婦라는 관계를 맺기 이전부터 존재해왔던 두 객체는 지니들이다. 지금까지 나는 당신만 사랑한 것이 아니라, 당신의 이미지에 충실한 당신도 사랑하려고 노력해왔다. 힘겹지만 부부라면 짝이 가진 이미지를 힘닿는 데까지 만족시켜줘야 하는 거라고, 마땅히 그래야 하는 거라고 믿었기 때문이다.

"월급 150만 원으로도 충분히 행복할 수 있지만 당신의 이미지를 만족시켜주려고, 그래서 30만 원짜리 아르바이트를 해온 거잖아."
"통통한 55kg 몸매가 무슨 죄라도 되는 것처럼 말하기에 지하철이며 아파트며 계단이라는 계단은 모두 밟고 다녔던 거라구."

"그런데 이제 당신의 지니까지 사랑해달라고?"

"난 못해. 아니, 그러기 싫어!"

과거가 현재에 끼어들어 난장판이 되어버린 지금을 예전처럼 회복하려면 어떻게 해야 할까? 해답은 예전에 하지 못했던 것들에 있다.

처음 정욕이 우리를 만나게 해주었을 때, 내 안에 있는 지니를 인식하지 못했던 나의 눈에는 당신만 보였다. 당신만 사랑하면 그것으로 행복할 수 있을 것만 같았다.

그때 만약 내가 내 안에 지니가 있음을 명확히 알고 있었더라면, 매우 부끄러웠겠지만, 아마도 나의 지니가 어떤 부정 감정을 가진 존재인지 부드러운 말로 설명하고 함께 사랑해주기를 진정으로 요청했을 것이며, 당신은 기꺼이 그러겠노라며 당신 자신의 지니도 내게 보여주었으리라.

그랬더라면 우리는 네 사람이라는 사실을 언제고 기억하고 있었을 것이며, 첫 다툼이 비록 과거와 현재가 엉킨 네 사람의 것이었다 해도 이어지는 다툼들은 차츰차츰 지금을 사는 두 사람의 것이 되어왔으리라.

그러나 정욕의 사랑은 항상 이해의 사랑에 앞서기에 나도 당신도 그렇게 하지 못했고, 우리는 이해의 사랑을 발견해야 하는 과제를 숙명처럼 받아들 수밖에 없었다. 돌이켜보면 서로를 이해할 수 있는 기회가 적지 않았지만, 우리는 서로의 지니에 예속된 채 그 기회들을 흘려보냄으로써 과거가 현재를 점령하도록 내버려두었다.

이제 나와 당신의 존재는 희미해졌고, 두 사람의 지니가 부부 행세를 하고 있다. 그들이 산사람의 시간과 죽은 대화를 지배하고 있다. 침묵과 외면조차 우리의 것이 아니라 그들의 차지가 되어버렸다.

지금이라도 되돌려야 한다. 많이 늦어버렸지만 소중했던 시간들을 상처로 기억하지 않으려면, 언젠가는 반드시 찾아올 자책과 후회와 짝에 대한 미안함을 지고 살아가지 않으려면, 이제라도 예전에 몰라서 하지 못했던 일들을 해야 한다.

가장 먼저 할 일은 내가 지니의 존재를 명확히 깨닫지 못했다는 사실, 그리고 나의 지니가 가진 부정 감정이 나를 당신에게서 떼어놓았다는 사실을 '부끄럽게' 느끼는 것이다. 그렇지만 그 부끄러움에 대한 책임은 나의 것도 지니의 것도 아님을 지니와 충분히 나눠야 한다.

그런 다음, 나를 지탱해온 부분들 중 하나인 부정 감정과 거기에서 비롯된 부정의 전통을 떠나보낼 수 있도록 지니를 다독여야 한다. 과거에 매여 있는 지니를 지금으로 끌어올려야 하는 것이다.

이는 하나의 부정적인 반응에 대응하는 하나의 부정 감정을 찾아내는 일이자 그 일을 반복해 나의 반응 전체를 바꾸는 것이라서 새로운 나를 만드는 것만큼이나 힘겨운 매 순간의 결단과 노력이 요구된다. 성공하는 사람도 드물다. 하지만 과거를 벗고 지금, 절망의 끝에서 있는 여기에서, 당신과 함께 살아갈 수 있는 진솔한 짝이 되려면, 성공할 수 없다 해도 그길로 나아가야만 한다.

그리고 마지막으로, 반응을 변화시키기에는 성 성격의 관성이 너무 크고 부정 감정의 저항이 너무도 벅차다고 느껴질 때, 당신 앞에 무릎을 꿇고 앉아야 한다. 앉아서 내 안에 불쌍한 지니가 살고 있으며, 아픈 기억들을 떠나보내기 위해 대화를 나눠왔지만, 너무 힘이 든다고, 있는 힘껏 애를 써봤지만 이젠 어떻게 해 볼 수도 없는 지경에 이르고 말았다고 고백해야 한다.

용서해달라는 말이나 이해해달라는 요청은 필요 없다. 당신의 지니에 대해 알려달라는 때늦은 화해의 제스처도 필요 없다. 용서도 이해도 당신에게 속한 것이며, 당신의 결정은 내가 해야만 하는 것을 하느냐 그렇지 않느냐에 달려 있기 때문이다.

오직 해야 할 것이라고는 혼자는 어려우니 도와달라고, 가슴으로 부탁하는 것뿐이다. 우리의 관계란 틀어질 때처럼 언제나 나에게 달려 있음을 진정으로 믿는다면, 부부란 별개이지만 깊은 곳에서 함께할 수 있고 그렇게 둘일 수 있음을 진정으로 믿는다면, 당신이 미처 감지하지 못했던 사랑이, 당신의 지니로 인해 겉으로 나올 수 없었던 사랑이, 우리가 애정이라 부르는 바로 그 사랑이, 나의 진정을 타고 흘러나올 것이기 때문이다.

우리를 청맹과니와도 같은 짝으로 맺어준 정욕의 사랑은, 자신과 짝의 성 성격에 무지하고 진솔한 대화를 나누는 방식에 어두우며 서로를 바라보는 진정한 시각을 갖지 못한 부부관계로 인도했던 정욕의 사랑은, 이렇게 진실한 감정의 채널을 통해서만 이해의 사랑으로 모습을 바꾼다.

결혼을 앞둔 부부가 서로에게서 가장 듣고 싶어 하는 확인의 말이 있다.
"자기, 나 얼마큼 사랑해?"
"하늘만큼 땅만큼."
"언제까지 사랑할 거야?"
"영원히"
"에이…"
"그럼 죽을 때까지."
이해의 사랑인 애정이 형성되지 않은 상태에서 영원히 또는 죽을 때까지 사랑하겠다고 말하는 사람은 주술가일 뿐이다. 그 또는 그녀는 사랑이 무엇인지 모른다. 좀 더 냉정한 어조로 공격하자면, 영원히 또는 죽을 때까지 사랑하겠다는 것은 지금 내가 가진 정욕이 변치 않을 거라는 다짐이다. 그 다짐은 옳다. 정욕이라는 하나의 차원에서만 보면, 정욕이란 변하는 것이 아니라 저도 모르게 사라지는 것이니.

세상 모든 것들과 마찬가지로 사랑 역시 변하지 않을 수 없다. 그리고 변해야 한다. 낭만의 사랑인 정욕만으로 살아가기에는 너무도 숭고하고 고귀한 사랑의 지평들이 존재하기 때문이다.

낭만의 사랑은 연애로 시작된다. 드 삐노에게 연애란 결혼의 새벽이었고, 결혼은 연애의 황혼이었다. 그럴싸하게 들리지만, 패배감에 휩싸여서 뱉어낸 말이었을 뿐이며, 그 패배감의 원인은 정욕을 사랑의 전부라고 착각한 데 있었다. 정욕을 사랑의 전부라고 생각하는 사람에게 결혼은 연애의 황혼이 분명하다.

우리는 이제 사랑이 크게 세 단계로 이루어져 있음을 안다. 세 단계의 사랑에는 각각의 전주곡이 있다. 낭만의 사랑에 맞는 전주곡과 이해의 사랑에 맞는 전주곡, 그리고 사랑의 정점에 맞는 전주곡이다. 연애란 이 세 가지 전주곡을 모두 아우르는 사랑의 시작점이다.

낭만의 사랑을 시작했다면 이제 갓 사랑의 입구에 서 있을 뿐이다. 영원히 또는 죽을 때까지 사랑하겠다는 언약은 새로 장만한 신접살림집 대문 앞에 서서 '집안은 정말로 아름답고 훌륭할 거야. 아무리 지겨워져도 인테리어는 절대로 바꾸지 말아야지!' 하는 얼토당

또 다른 새벽을 향해

토않은 기대와 다짐에 불과하다.

　낭만의 사랑이 끝나갈 즈음이면 새로운 사랑인 이해의 사랑을 향한 연애가 시작되어야 한다. 이해의 사랑인 애정이 없고서는 사랑의 다음 단계로 나아갈 수 없기 때문이다.

　치열한 애정의 단계를 넘어서면 정이라는 한층 고양된 사랑의 단계가 우리를 기다리고 있다. 사랑의 완성은 그 단계를 겪고서야 비로소 입에 올릴 수 있다. 우리는 결혼생활을 위해 단 한 번 연애의 새벽을 맞았던 드 삐노가 되어서는 안 된다. 세 번의 새벽을 스스로 여는 인간으로 성숙해가야 한다.

사랑의 정점, 정 1방울

사랑은 화살처럼 빠르게 지나가는 것만 같다. 하지만 사랑을 키우는 데는 시간이 필요하다. 어느 누구도 결혼 반세기가 흐르기 전에는 완벽한 사랑에 대해 말할 수 없다.

마크 트웨인Samuel Langhorne Clemens

낭만의 사랑은 너무도 아름답고 황홀해 어떤 언어와 수사로도 완전히 표현해낼 수 없다. 사랑의 산들바람은 열병처럼 피어올라 남성의 모습을 한 아이를 진짜 남성의 길로 이끌고, 여성의 모습을 한 아이에게 이제 진짜 여성이 되어야 할 때라고 속삭인다.

두 아이는 낭만의 사랑이 인도하는 대로 성숙해 남성과 여성이 된다. 갓 변태한 남녀에게 세상은 그들을 위해 준비된 것이다. 다른 수많은 이성은 그저 엑스트라일 뿐이다. 남녀는 단 한 사람의 이성으로 만족하려면 얼마나 멀고 엄청난 노력의 여정을 거쳐야 하는지 모른 채 나머지 이성들을 모두, 기꺼이 단념하겠다는 약속에 동의한다.

그러나 새끼를 출산한 이후, 낭만의 사랑은 남녀를 배신하고 차츰 멀어져 간다. 번식의 첫 단계, 즉 출산이라는 목적을 성취했기 때문이다. 그제야 남녀는 낭만이 자신의 의사와 상관없이 꼭 필요한 순간에 제멋대로 생겼다가 끝내는 사라져가는 열병이었음을 깨닫는다. 낭만이란, 아! 나의 열정을 얼마나 달뜨게 했던 허풍선이인가.

남녀는 멀어져 가는 낭만을 붙잡아 보려 하지만, 결혼은 그때까지 낭만에 가려져 있던 덜 낭만적인 국면들을 생활의 전면에 들이민다. 낭만에 멀었던 눈이 떠지고, 사랑할 권리보다 살아야 할 의무가 결혼생활의 주요 이유로 부상한다.

이때가 새로운 사랑의 단계로 접어들어야 할 시기이다. 하지만 남녀가 가진 결혼의 나침반에는 낭만만 있을 뿐이다. 낭만의 나침반은 무엇을 어떻게 해야 하는지 알려주지 않는다. 그래서 지금까지 그래왔던 것처럼 떠나가는 낭만만 붙잡으려 하거나 그저 유인원으로, 문명인으로, 자선가로, 광대로, 생긴 대로 살아가기로 결정한다.

낭만을 벗어던진 성 성격은 적나라하다. 서로를 향해 자신의 입장을 이야기하며 맞춰주기를 요청한다. 요청은 주장으로, 주장은 강제나 원망으로, 또 실망과 앙심으로 모습을 바꾸어가며 한때 낭만의 대상이었던 짝을 다른 종족처럼 여기게 만든다.

이해의 사랑이 피어나지 않는다면 결혼은 독신보다 나쁘다. 아내에게 남편은 행복한 결혼생활에 방해가 되는 유일한 가족 구성원이 될 수 있다. 밖으로 날아가 창공을 누비고 싶은 남편에게 아내는 새장 입구를 막고 앉아 있는 문지기 같은 존재로 전락할 수 있다. 어쩌면 지인의 결혼식에 참석해 부조금 봉투를 내밀며 '이거 축하를 해야 하나, 삼가 조의를 표한다고 해야 하나.' 하고 중얼거릴지도 모를 일이다.

성性스러운 결혼은 성聖스러운 결혼으로 나아가야 한다. 동물적인 관계보다 조금 더 나은 동물들의 관계가 생명의 연속성을 조금 더 보장해줄 것이기 때문이다. 낭만의 나침반은 남편과 아내에게 어떤 길도 가르쳐 줄 수 없다. 성 성격의 다양성만큼이나 수많은 결혼생활의 도정道程이 존재하는 까닭이다.

성聖스러운 결혼의 시작점은, 결혼이란 내 짝이니 이제 건드릴 생각은 말라는 값비싼 공표에 불과하며, 결혼하는 것만으로는 누릴 수 있는 행복이 낭만과 성적 쾌락밖에 없다는 사실을 인정하는 것이다.

누가 신혼부부를 위해 행복의 성찬을 차려놓을까? 차려놓을 사람도 없고, 성찬도 없다. 부부가 가진 것이라고는 손잡고 시장으로 가려는 마음憧憬, yearning과 사야 할 것들이 적힌 메모지理想, the ideal와 장바구니를 들고 올 수 있는 힘肉體, flesh이 전부이다.

부부가 시간의 시장에서 준비해 온 재료들이 삶의 테이블 위에 놓여 있다. 두 사람은 각자 자신에게 가장 알맞은 짝과 함께 있음에 안도하며 서로에게 요청한다.

"맛있게 만들어 줘. 난 네가 행복의 성찬을 잘 만들 수 있을 거라고 믿어."

아름다운 시적 감흥의 결정체인 결혼은 이때부터 어그러져 나간다.

"나, 이거 한 번도 만들어 본 적 없는데?"

"그, 그래?"

우리가 두 번째로 인정해야 할 것은, 결혼이란 황홀한 시집이 아니라, 두 사람이 보내는 시간과 내용에 따라 삶의 행로가 바뀌는 산문이고 수필이며, 오랜 세월 나누어야 할 대화이자 한없이 깊어질 수 있는 이해의 여정이라는 점이다. 마치 지知와 이성理性의 나르치스Narziß와 감정感情과 사랑의 골트문트Goldmund가 오랜 극단의 방랑 끝에 헤세Hermann Hesse의 영혼에서 마침내 조화를 모색하는 것처럼. 이 사실을 빨리 받아들이지 않는다면 맛없는 요리를 맛보게 되거나, 아예 어떤 요리도 맛볼 수 없게 된다.

세 번째로 인정해야 할 것은 나에게 가장 알맞은 짝은 세상에 없으며, 가장 알맞을 수 있는 짝이 있을 뿐이라는 사실이다. 가장 알맞을 수 있는 짝을 정말로 알맞은 짝이 되도록 하는 힘은 나에게 있다. 따라서 나는 먼저 짝에게 알맞은 짝이 되어야 한다.

이 세 가지 인정에 기초해 결혼생활을 해나가는 부부는 관계에 불을 지폈던 정욕을 모두 날리지 않고 애정으로 변화시켜 두 사람 사이에 머물게 하는 법을 배울 수 있다. 낭만의 신비로움과 쾌락이 사라져 가는 자리를 새로 피어나는 애정의 사랑으로 채우는 방법을 알게 되는 것이다.

애정은 양육의 전 과정에 포근하게 관여하며 부부로 하여금 짝에 대한 이해를 더욱 넓히도록 돕는다. 부부란 서로를 향해 세워져 있는 거울임을 알게 한다. 아내에게 남편이란 존중의 대상이지 굴복이나 자기희생의 대상이 아님을 가르쳐주고, 남편에게 아내란 사랑할 대상이지 소유의 대상이 아님을 깨닫게 한다. 그래서 마주선 상대의 가면을 벗겨주고 서로의 가슴에 묻은 얼룩을 손수건으로 닦아내주도

부부

록 이끈다.

이제 성聖스러운 결혼을 찾아 떠나온 이번 여행의 종착지를 눈앞에 두고 있다. 우리는 생각의 기억에는 없지만 몸의 기억gene에는 정확히 기록되어 있는 역사, 인간이 아닌 동물로, 식물로, 미생물로, 또 흙으로 살아온, 수십억 년 또는 어쩌면 수백억 년일지도 모를 기나긴 존재의 역사를 품고 살아가고 있다.

생명 연속성의 징검다리로서, 우리에게는 반드시 거쳐야 할 사랑의 시절들이 있다. 번식에 대한 생각이 처음으로 드는 시절, 사랑하는 사람을 하루라도 보지 않으면 못 살 것 같은 시절, 나도 모르게 열정이 식는 시절, 식어버린 사랑을 처음처럼 되돌리려고 노력하는 시절, 그런 시절이 다시 올 수 없다는 걸 알고 실망하는 시절, 짝을 이해하려는 시절, 그리고 이번 여행의 목적지인 정에 다다르는 시절이다. 정이란 무엇이며 어디에서 생겨나는 것일까?

애정이 견고해지면 부부는 새로운 사랑의 단계인 정을 경험한다. 애정이 두 사람의 성 성격의 차이를 확인하고 인정해가는 여정이라면, 정은 그 차이를 삶에 적용하고, 거기에서 오는 기쁨을 향유하는 여정이다. 그래서 심리학에서 말하는 '이성적인 요소와 대비되는 감정적인 요소'라기보다는 '존재에 근접한 상태에서 이성과 감정이 조화를 이룬 사랑의 최적 상태'이다.

짝에 대한 이해가 얼마나 깊은지에 상관없이, 애정의 단계까지 거친 모든 부부는 두 가지 종류의 정과 대면할 기회를 가진다. 버티고 인내함으로써 생기는 끈기의 정과 그럴 필요가 없는 포용의 정이다.

끈기의 정은 애정이 고갈되어 갈라서지 않는다면 대부분의 부부가 얻을 수 있다. 이 정은 수많은 갈등과 고통을 버티고 인내하는 과정에서 생겨나기 때문에 정이 생겨나기까지는 도를 닦는 것과 유사한 기간을 보내야 한다. 이런 이유로 끈기의 정을 얻은 부부는 대개 품 넓은 도인들이다. 노인들이 대개 도인인 이유도 여기에 있다.

여보, 나 좀 봐. 예? 잠깐만요…

부부가 도인이 되는 이유는, 부부란 하나가 되어야 한다는 그릇된 신념에 사로잡힌 시간을 최소한의 이해와 최대한의 인내로 보냈기 때문이다. 남편은 아내를 소유하고 있다고 생각했거나 보살펴야 하는 가녀린 존재로 여겼을 수 있다. 아내는 남편을 베란다에 놓인 분재처럼 만들려 했거나 거꾸로 스스로를 베란다에 놓인 분재로 여겼을 수 있다.

그들의 마음은 주로 자신이 설정해 놓은 생각과 신념, 그리고 인내에 의해 작동되었기 때문에 짝을 받아들일 수 있는 공간이 많지 않았다. 정욕이 애정으로, 애정이 정으로 변하는 과정에 충분한 이해와 공유의 삶이 동반되지 않았던 것이다. 그럼에도 끈기의 정은 생명에 대단히 유익하다.

포용의 정은 갈등과 고통을 버티고 인내한 결과로 얻어지는 정이 아니라서 부부가 도인이 될 필요가 없다. 포용의 정에 이른 부부는 사랑이 두 신체에 깃든 하나의 영혼이 아니라는 사실을 알고 있으며, 부부란 결코 하나가 될 수 없고 되어서도 안 된다는 것을 기정사실로 받아들인다.

그들의 지난날을 돌이켜보면, 그들에게는 짝이 다른 짝의 성 성격에 의해 굴복되는 일이 없었다. 짝이 자신을 포기하는 일도 없었다.

두 사람은 각자의 성 성격을 있는 그대로 발휘하며 부부의 행복이라는 동일한 목적지를 향해 나아가되, 서로를 이해할 수 있는 마음의 공간을 키우고 이해의 삶을 공유함으로써 각자가 생생히 살아 있는 삶을 살아왔다.

포용의 정은 참아야 할 자존심과 고집이 없는 사랑이다. 자신이 변해야 할 이유도, 짝에게 변화하기를 요구할 이유도 없는 사랑이다. 따로 대화의 시간을 가져야 할 필요도, 공동의 취미를 반드시 가져야 할 강박도 없고, 수시로 서로에게 관심을 보여야 한다거나 애정을 표현해야 한다거나 때때로 즐거웠던 지난날들을 회상함으로써 애틋함을 돈독히 해야 한다거나 할 필요도 없다. 포용의 정은 이미 독립된 무형의 개체로서 두 사람의 가슴과 몸과 외부 세계를 스스로의 힘으로 창조해가고 있기 때문이다.

포용의 정은 말이 없는 말과 움직이지 않는 행동으로 서로를 적신다. 알게 모르게 짙어지는 노을처럼, 수면에 일렁이는 은파처럼, 오랜 기억을 깨우는 카모마일의 은은한 향기처럼 서로를 품는다.

그래서 편안함의 사랑이고 안도의 사랑이다. 버틸 필요도, 인내할 필요도 없고, 용서나 화해를 할 필요도 없는 잔잔한 감동의 더께이다. 부부의 사랑에 정점을 찍기 위해 스스로 작동하는, 정욕과 애정이 생명계에 선사하는 사랑의 관성慣性, inertia이다. 이 정이야말로 우리가 외경의 염을 발동해야 하며, 모든 부부가 도달해야 하는 사랑의 성聖스러운 종착지이다.

마크 트웨인은 사랑에 심오한 세 단계가 있으며, 어떤 정욕과 애정도 이해가 없이는 반세기를 이어갈 수 없음을 정확히 알고 있었다.

'사랑은 화살처럼 빠르게 지나가는 것만 같다'는 그의 말에는 정

사랑 = 정욕 + 애정 + 정 + ⋯⋯

욕을 사랑의 전부로 착각하지 말라는 경고의 의미가 담겨 있다. '사랑을 키우는 데는 시간이 필요하다'는 말은 그 시간 동안 정욕을 애정으로 바꾸기 위해 노력해야 한다는 뜻이며, '어느 누구도 결혼 반세기가 흐르기 전에는 완벽한 사랑에 대해 말할 수 없다'는 말은 기나긴 사랑의 여정을 완성으로 이끌 수 있는 가장 중요한 사랑의 요소가 정이라는 의미이다.

그의 애정 어린 충고는 우리의 언어로 이렇게 바뀔 수 있다.

사랑은 정욕 100방울에 애정 10방울, 정 1방울로 이루어져 있다. 각각을 모두 사랑이라 불러도 좋고, 거기에 모든 의미를 부여해도 좋다. 그러나 정 1방울이 없고서는 사랑의 완성에 대해 말할 수 없다.

언젠가 우리 모두는 살아온 시간의 후회를 덮고 죽은 이들이 살아가는 새 존재의 영역으로 떠나야 한다.

그 미지의 여정에 후회할 것보다 사랑의 추억을 더 많이 가져갈 수 있다면 얼마나 안심이 될까. 그리고 그 사랑의 추억 속에 정욕과 애정과 정을 골고루 나눠가질 수 있게 해준 짝이 생생히 살아 있다면 또 얼마나 즐거울까.

반드시 떠나야만 할 날, 나는 정욕과 애정과 정을 함께 나눈 나의 짝과 조용히 눈을 맞추며 이런 작별을 고하고 싶다.

"여보…"

"예. 말씀하세요."

"관을 크게 짜서 함께 들어가 눕자고 했던 말 기억해요?"

"그럼요. 기억하지요."

"그렇게 되기는 어려울 것 같소."

"많이 힘이 드세요?"

"이제 다 되어 가는 것 같아요."

"그래요. 편안히 가세요."

"철없고 무심하기만 했던 지난날들을 견뎌줘서 고마워요."

"저두요."

"그래도 당신밖에 없었소."

"고마워요."

"사랑해요."

"이제 주무세요."

"……"

"여보…"

"……"

"여보, 사랑해요…"

에필로그

유진you·gene과 미진me·gene

모든 시작에는 끝이 준비되어 있다. 문제는 그 끝이 언제 오느냐 하는 것이다. 인류의 멸종은 피할 수 없는 것이었다. 이제까지 지구의 생명계는 다섯 차례의 대멸종mass extinction을 겪었으며, 그로 인해 지구상에 출현한 생물 종의 99%가 생명의 서書에서 사라져갔다.[284]

대멸종은 생명계에 존재하는 생명체에게 끔찍한 재앙이다. 그러나 모든 생명이 죽는 것은 아니라서, 설사 광학현미경으로도 볼 수 없을 만큼 작은 박테리아라 할지라도, 살아남는 생명체에게는 새로운 기회의 도래를 알리는 창조의 원천이기도 하다.

미진이 인간의 몸으로 목격한 마지막 재앙은 하늘로부터 다가왔다. 그 재앙은 태양에서 4억8천만km 떨어진 곳, 화성 뒤편에서 시작되었다.

어느 날, 천체물리학자들은 지금까지 전혀 관측된 기록이 없는 떠돌이 혜성이 마치 창조주의 신호라도 되는 것처럼 화성 뒤편에 있는 '행성이 되지 못한 파편 군단'을 강타하는 광경을 목격했다.

혜성의 공격을 받은 화성의 소행성대는 지름이 거의 1km에 달하는 돌덩어리 수만 개를 쏟아냈고, 그중 서로 튕기고 되튕기기를 반복하던 수백 개의 돌덩이가 지구로 쏟아져 내렸다.[285]

인간들은 소행성이 지구에 충돌할 경우를 대비해 폭파하는 방법과 접근해서 밖으로 밀어내는 방법 등 충돌을 피할 수 있는 몇 가지 기술을 보유하고 있었다. 그러나 수백 개의 돌덩이가, 그것도 바로 이웃동네나 마찬가지인 화성에서 날아드는 데에는 속수무책이었다.

격렬한 지진과 열 폭풍, 급상승한 기후와 산성비가 생명을 파괴한 이후, 얼음의 시대가 펼쳐졌다. 얼음의 시대가 가고 난 뒤, 파편 군단의 공습에서 살아남은 미생물들이 동전만큼 커졌을 때, 밀란코비치 주기Milankovitch cycle[286]에 따라 지구의 자전축 및 타원형 궤도에 변화가 생기면서 새로운 빙하기가 찾아들었다.

빙하기는 해수면을 130여 미터나 낮추며 수만 년 동안 지구를 얼어붙게 했다.[287] 살아 있는 모든 생명은 거대한 대륙 빙하가 전진과 후퇴를 반복하는 극지방과 온대지방을 피해 목숨을 걸고 적도 부근으로 향했다.

이후에도 세 번의 치명적인 대재앙이 생명계 자체의 종말을 노리며 지구 표면을 공격해왔다. 그중 첫 번째 대멸종의 원인은 지구에서 2만 광년 떨어진 초신성이 폭발하면서 발생한 감마선이었다.[288]

2만 광년이나 날아와 지구를 때린 감마선은 불과 몇 초 만에 사라졌지만, 대기 중의 질소와 산소 분자를 분해해 막대한 양의 이산화

질소를 생성함으로써 빙하기를 악착같이 버텨낸 생명들을 호흡곤란에 빠뜨렸다. 그런 후에도 약 10년 동안 오존층을 지속적으로 파괴해 생명들을 치명적인 태양의 자외선에 노출되게 했다.[289]

두 번째 대재앙은 감마선에 의한 멸종으로부터 천만 년 후에 일어났다. 초속 200km로 이동하는 우리 은하가 우주의 가스층을 통과할 때 엄청난 충격파가 형성되었는데, 은하계 원판 깊숙이 숨어 있던 지구가 원판 바깥쪽으로 돌출되면서 충격파에 그대로 노출되었던 것이다.[290] 그로 인해 육지에서 겨우 기지개를 켜고 있던 생명체들이 복사에너지에 맥없이 쓰러져갔다.

마지막 대재앙은 외부가 아니라 지구 내부 깊숙한 곳으로부터 찾아왔다. 지구의 핵에서 솟구친 열파가 맨틀과 지표를 차례로 뚫고 터져 나와 끝없이 흘러내렸던 것이다.[291]

대량의 아황산가스가 분출되어 대기 중의 수증기와 반응하면서 황산이 생성되고 산성비가 내려 지표면의 모든 생물을 녹였다.[292] 늪에서는 박테리아들이 독가스인 황화수소를 뿜어내 지하로 숨어든 생물들의 호흡을 끊었다.

바다도 안전하지 않았다. 대기의 균형이 무너지자, 독가스가 해수면을 통해 바닷물에 녹아들면서 냉동 메탄을 녹였고, 그 바람에 바다생물 중 99%가 산소 부족으로 질식해 죽었다.[293] 바다 역시 육지와 마찬가지로 텅 비어버렸다.

이미 대부분의 생명이 멸종되었음에도 불구하고, 지구는 이후로도 오랫동안 깊이 1km, 넓이 130만㎢의 용암과 5천만 조 톤에 달하는 가스를 끊임없이 쏟아내면서[294] 지구의 역사에서 종 따위가 아니라, 아예 생명의 서書 자체를 지워버리려 했다.

생명의 역사는 종말을 고할 위기 앞에 너무도 무기력했고, 창조의 원천이던 대멸종은 무생물의 역사가 창조되는 방향으로 흘러갔다. 새로운 종이 대멸종을 종족 번성의 기회로 삼을 수 있는 가능성은 점점 희박해져갔다.

생명이 도저히 살아남을 수 없을 것만 같은 열악한 상황. 그러나 생명은 끈질겼다. 연이은 네 차례의 대멸종은 독가스를 뿜어내는 박테리아를 포함해 겨우 일곱 종에게 번성할 수 있는 새로운 창조의 원천이 되어주었고, 그중 한 종은 하늘로부터 재앙이 내려온 이후 바다로 숨어들어 그 장구한 세월 동안 오직 살아남기 위해 몸부림쳐 온 종족, 바로 미진이 속한 인간 종족이었다.

일곱 종이 다시 새로운 생명의 기록에 동참한 지 수억 또는 수십억 년이 흐른 지금, 육지에서는 스스로를 빅아이쿠스bigeyecus라 칭하는 신인류가 자신들의 문명을 일구고 있고, 호모 사피엔스 사피엔스의 후예인 미진은 깊은 바닷속에서 살아가고 있다.

'엇, 까딱하면 죽을 뻔했네. 어디서 새우 흉내를 내고 있어? 나쁜 인간 같으니라구.'

작은 물고기가 미진이 드리운 발광 낚싯밥에 홀려 접근했다가 깜짝 놀라 뒤로 빠지면서 하는 생각이었다. 작은 물고기는 주변을 배회하며 미진이 사냥 중이라는 사실을 알렸다.

'얘들아, 저기 인간 있다, 인간. 조심해.'

'뭐? 애구, 무서워라.'

그곳에 더 머물러봐야 먹이를 잡을 가능성은 없었다. 미진은 몸

발광 미끼로 먹잇감을 사냥하는 인간 종족[295]

을 흔들어 등지느러미의 첫 번째 가시 끝에 달린 발광 낚싯밥을 끈 뒤에 해저에서 몸을 띄워 느릿느릿 헤엄쳐 갔다.[296]

한편, 마지막 대멸종에서 살아남은 미진의 인간 종족 중에는 미진이 그토록 만나기를 원했던 유진도 속해 있었다. 유진은 태어난 지 3주가 다 되도록 아무것도 먹지 않은 채 간에 저장되어 있는 영양분만으로 버티며 열심히 여성을 찾아다니고 있었다.[297] 이대로 한두 시간만 더 흐른다면 영락없이 굶어 죽을 판이었다.

그가 찾는 것은 여성의 머리에서 반짝이는 발광 낚싯밥 또는 바닷물에 실려 오는 여성 특유의 냄새였다. 그의 커다란 눈은 발광 낚싯밥을 찾아 사방을 두리번거렸고, 눈 앞쪽에 달린 하얀 코는 혹시라도 여성의 냄새를 놓칠까봐 연신 벌렁거렸다.[298]

기력이 쇠잔해 비틀거리며 간신히 헤엄치던 어느 순간, 그의 코에 마침내 여성의 냄새가 흘러들었다. 살아남을 수 있는 천재일우의 기회였다. 실제로 그는 대부분의 친구들이 여성을 찾지 못해 죽어 가는 광경을 이미 목격한 터였다. 그는 남은 힘을 모두 쥐어짜내 냄새를 좇아 필사적으로 헤엄쳐 갔다.

얼마나 갔을까, 저 멀리 느릿느릿 헤엄쳐 가는 무엇인가가 보였다. 그는 1cm밖에 안 되는 자신보다 백 배는 더 커 보이고 천 배는 더 무거워 보이는 그 무엇을 처음 봤지만, 그 무엇이 자신이 찾는 여성임을 본능으로 알 수 있었다.

그는 헤엄치던 속도 그대로 여성을 향해 돌진해 여성의 배에 이빨을 박고 물어뜯었다.[299]

'이거 뭐야?'

수컷 한 마리를 배에 매단 채 유영하는 미진

'으응?'

'저리 꺼져. 얼른 꺼지라고!'

여성의 옆구리에 먼저 이빨을 박고 있던 똑같이 생긴 친구의 생각이었다.

'난 너무 지쳤어… 좀 봐주면 안 돼?'

'안 돼! 이 여자는 내 아내란 말이야. 빨리 꺼져버려!'

'그러지 말고, 아내 좀 나눠주라. 부탁이야.'

'좋아. 그럼 내 허락 없이는 내 아내가 흘리는 먹이 주워 먹으면 안 돼. 내가 다 먹었다, 하고 생각한 뒤에 먹으란 말이야. 알겠어?'

'그, 그래. 알았어. 그렇게 할게.'

둘의 생각을 가만히 느끼고 있던 여성이 유진에게 생각을 전했다.

'너, 힘이 꽤 센데?'

'마지막 힘까지 다 쓰면서 온 거야.'

'근데 네 냄새가… 너 혹시 유진이니?'

'어? 그거 내가 막 물어보려던 건데… 너 혹시 유진이니?'

'어머? 나 미진이야.'

'나도 미진인데… 아, 너구나!'

'그래. 나야 나. 너 정말 나 잊지 않았구나.'

'야아, 지금까지 바다에서 살았던 거야?'

'아냐. 육지로 올라가서… 근데 잠깐만. 너 떨어질 수 있어?'

'아니. 이빨이 꼼짝도 안 해.'

'후우… 그럼 할 수 없네. 배고플 테니까 이야기는 나중에 하고, 일단 더

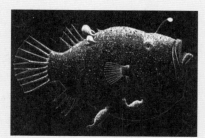

암컷의 생식기 부근에 수컷 두 마리가 붙어 동화기생을 준비하는 모습

파고 들어와서 단단히 들러붙어.'

유진이 완전히 자리를 잡자, 미진은 사냥에 나섰다. 얼마 후, 사냥에 성공한 미진은 사냥감을 거칠게 씹어 유진이 부스러기를 먹을 수 있게 해주었다. 그런 다음, 둘은 그간 어디서 무슨 일을 겪으며 살았는지 생각을 나누기 시작했다.

그들이 생각을 나누는 동안 둘의 혈관이 이어지면서 미진이 유진의 순환계를 관장할 수 있게 되었다. 그렇게 둘은 한 몸이 되어갔다.[300]

유진이 붙어살 준비, 즉 생식 기생생물로서 동화기생同化寄生할 준비를 마친 직후, 그의 몸은 퇴화에 들어갔다. 먼저 피부색이 미진과 똑같이 어두워졌다. 미진의 몸에는 남성이 물기 쉽도록 가시 모양의 돌기가 솟아 있었는데, 유진의 몸에서도 똑같은 돌기가 솟아올랐다.[301]

그의 입은 미진의 아가미에 물을 더 쉽게 공급할 수 있도록 머리 뒤쪽으로 차츰 이동해갔고, 여성을 찾기 쉽도록 몸집에 비해 유달리 컸던 눈도 빠르게 퇴화되어갔다. 그러나 자그마하던 그의 고환은 오히려 몸의 절반을 차지할 정도로 비대하게 발달했다.[302]

미진과 유진이 수십억 년에 걸친 자신들의 경험을 모두 나누었을 때, 유진은 미진에게 정자를 제공하는 고환의 역할밖에 하지 못하는 존재, 즉 미진의 완벽한 부속기관이 되어 있었다.

유진이 번식에 필요한 모든 변화를 끝내자, 미진의 몸속 깊은 곳에서 새끼를 낳아야겠다는 욕망이 일었다. 인간 종족은 남성과 여성이 만날 확률이 매우 낮은 심해에서 서식하기 때문에 평소에는 생식에 필요한 에너지를 쓰지 않고 살다가 동화기생 관계가 성립된 후에야 성적으로 성숙해졌다.[303]

미진이 유진 옆에 붙어 있는 친구를 내려다보며 생각했다.

'너, 준비됐니?'

'응.'

'좋아. 지금이 네 삶에서 가장 중요한 순간이라는 건 알고 있지? 남자의 유일한 존재 이유 말이야.'

'응. 알고 있어.'

유진이 생각에 끼어들었다.

'나도 준비됐어.'

'아, 미안하지만 네 정자는 필요 없어. 우린 너무 비슷하거든.'

'싫어. 나도 정자 내보낼 거야!'

'호호홋, 좋아. 할 수 있으면 해 봐. 자, 시작한다.'

미진이 몸속에 보관된 약 4억 개의 알 중 일부를 낳는 순간, 친구의 몸에서 정자가 쏟아져 나와 알들을 감쌌다. 유진도 정자를 방출하고 싶었지만, 몸 어디에 힘을 줘야 할지 알 수가 없었다. 낑낑거리며 애쓰는 그의 모습을 애처롭게 내려다보던 미진이 조용히 생각을 전했다.

'얘…'

'잠깐만 있어 봐. 이게, 이게 뭘 어떻게 해야 하지?'

'얘, 그거 네가 하는 게 아니라, 내가 하는 거야.'

'응? 무슨 소리야?'

'내가 필요할 때 내 몸이 신호를 보내서 네 몸에 있는 정자를 얼마나 방출할 건지 조절한다고.'

'그, 그래…?'

'그래.'

'그럼 난 앞으로 뭘 해야 해?'

'몸은 네 것이지만 너한테는 네 몸을 마음대로 할 수 있는 게 없어. 핏줄이랑 모든 신경이 나랑 연결되어 있어서 내 지시를 받아야 하거든.[304] 넌 그냥 내가 흘려주는 먹이나 받아먹으면서 살면 돼.'

'후우… 이게 왜 이렇게 된 거야?'

'너도 유인원이랑 인간으로 살았다고 했지?'

'응.'

'계속 남자로 살았고?'

'응.'

'그럼 벌 받고 있는 중이라는 거 알겠네.'

'에이 씨…'

'이런 결혼을 뭐라 그래?'

'일처다부제.'

'아냐. 이런 걸 완전히 한 몸이 되는 결혼이라고 하는 거야. 둘이 완전히 한 몸이 되려면 한쪽이 한쪽을 위해 희생해야 하는 거라구.'

'희생은 좋은 거 아닌가?'

'좋기도 하겠다. 지금 네 꼴이 어떤지.'

그때, 무엇인가가 미진의 몸을 휘감더니 빠르게 잡아당겼다. 그물이었다.

'으아아!'

'뭐, 뭐야? 이게 도대체 뭐야?'

한참 뒤, 정신을 차려 보니 어선 갑판 위였다. 육지에 사는 신인류들이 둥그렇게 모여 앉아 미진과 유진을 살피며 저마다 한마디씩 내뱉었다.

"야아, 이놈 이거 물건 한번 크다."

"그러게. 물고기한테 성기가 다 있네. 그것도 두 개씩이나."

늙수그레한 어부가 다가와 설명을 해주었다.

"이보게들. 그건 성기가 아니라 수컷이야, 수컷."

"예?"

"큰 놈은 시루와루 이키, 작은 놈들은 아루나베 꼬꼬피이."

"무슨 뜻인데요?"

"암컷은 심해 인간 고기라는 뜻이고, 수컷은 마누라 등쳐먹는 고기라는 뜻이네."

"등쳐먹는 고기? 하하하. 이런 장하고 훌륭한 놈들을 보겠나. 우리도 마누라 등 좀 쳐먹고 살아봤으면 좋겠네."

"하하하하."

"그러게. 허구한 날 죽도록 일만 하고. 이게 뭐냐고…"

"이 친구야, 그러니까 큰소리라도 치고 사는 것 아닌가. 막말로 돈 안 벌어다 주면 마누라 등쌀을 무슨 수로 버틸 텐가? 자네 그 코딱지만 한 물건으로?"

"거림! 코딱지 갖고는 절대로 못 버티지! 하하하."

다음 차례

"자자, 얼른 정리들 하고 큰소리나 치러 가세."

미진과 유진, 아니 미진과 미진 또는 유진과 유진은 신인류의 푸념과 웃음소리를 들으며 서로에게 마지막 생각을 전했다.

'유진, 만나서 반가웠어.'

'그래, 나도.'

성 성격 설문조사 자료

1. 조사의 목적

한국의 남편과 아내가 보이는 성 성격의 패턴과 네 가지 성 성격이 혼재되어 드러나는 비율을 파악해 배우자에 대한 이해를 돕는 자료로 활용하기 위함.

2. 조사 대상 93명의 내담자

3. 조사 기간 약 3년(2009년 11월 ~ 2012년 10월)

4. 자료 채택 건수 93명의 186건 중 54명의 108건(남편 9명, 아내 45명)

- 성별 참여 비율: 남편 16.7%, 아내 83.3%
- 부부 동시 참여 비율: 11.1%(54명 중 6명)
- 한쪽 배우자 참여 비율: 88.9%

5. 설문의 형식 및 내용

- 성 성격을 유인원, 문명인, 자선가, 광대, 네 유형으로 설정해 각 유형에 대한 설명을 제시한 후, 자신과 배우자의 성 성격을 느낌대로 백분율로 나누어 적게 하였다.

* 나이와 학력, 직업을 기재한 후, 남편의 백분율과 아내의 백분율의 합이 각각 100%가 되도록 아래 예시처럼 작성하세요.

남편				아내			
유인원	문명인	자선가	광대	유인원	문명인	자선가	광대
50%	20%	10%	30%	10%	25%	60%	5%
유인원 + 문명인 + 자선가 + 광대 = 100%				유인원 + 문명인 + 자선가 + 광대 = 100%			

6. 설문 결과(전체 요약)

■ 아내가 생각하는 남편의 유형

- 전체

유인원	문명인	자선가	광대
47.67%	26.56%	12.22%	13.56%

• 나이대별 결과

나이대	유인원	문명인	자선가	광대
20대 아내(5명)	34.0%	33.0%	22.0%	11.0%
30대 아내(12명)	39.6%	30.8%	16.7%	12.9%
40대 아내(17명)	51.8%	23.5%	9.1%	15.6%
50대 아내(11명)	56.4%	23.6%	7.7%	12.3%

• 학력별 결과

* 학력 미기재자: 8명

최종학력	유인원	문명인	자선가	광대
중졸(1명)	70.0%	10.0%	5.0%	15.0%
고졸(9명)	42.8%	28.9%	18.9%	9.4%
대졸(25명)	49.0%	26.0%	10.8%	14.2%
석·박사(2명)	52.5%	17.5%	10.0%	20.0%

• 직업별 결과

* 직업 미기재자: 3명

최종학력	유인원	문명인	자선가	광대
전업주부(15명)	50.7%	24.3%	10.0%	15.0%
일반직(15명)	41.7%	28.3%	18.0%	12.0%
전문직(8명)	50.6%	25.0%	7.5%	16.9%
자영업(4명)	51.3%	21.3%	13.8%	13.6%

■ 아내가 생각하는 자신의 유형

• 전체

유인원	문명인	자선가	광대
12.3%	39.4%	39.8%	8.5%

• 나이대별 결과

나이대	유인원	문명인	자선가	광대
20대 아내(5명)	26.0%	49.0%	21.0%	4.0%
30대 아내(12명)	11.3%	51.7%	31.3%	5.7%
40대 아내(17명)	11.8%	36.5%	39.0%	12.7%
50대 아내(11명)	8.2%	26.4%	58.6%	6.8%

• 학력별 결과

* 학력 미기재자: 8명

최종학력	유인원	문명인	자선가	광대
중졸(1명)	–	15.0%	75.0%	10.0%
고졸(9명)	13.3%	46.7%	34.4%	5.6%
대졸(25명)	12.0%	40.6%	38.0%	9.4%
석·박사(2명)	25.0%	20.0%	30.0%	25.0%

• 직업별 결과

* 직업 미기재자: 3명

최종학력	유인원	문명인	자선가	광대
전업주부(15명)	8.0%	35.7%	49.7%	6.6%
일반직(15명)	16.0%	44.3%	33.0%	6.7%
전문직(8명)	16.3%	43.8%	26.9%	13.0%
자영업(4명)	11.3%	35.0%	37.5%	16.2%

■ 남편이 생각하는 아내의 유형

* 직업 미기재자: 1명 포함

유인원	문명인	자선가	광대
16.7%	30.6%	41.7%	11.0%

• 나이대별 결과

나이대	유인원	문명인	자선가	광대
30대 남편(4명)	15.0%	32.5%	40.0%	12.5%
40대 남편(3명)	13.3%	25.0%	55.0%	6.7%
50대 남편(2명)	25.0%	35.0%	25.0%	15.0%

■ 남편이 생각하는 자신의 유형

유인원	문명인	자선가	광대
31.0%	27.8%	30.0%	11.2%

• 나이대별 결과

나이대	유인원	문명인	자선가	광대
30대 남편(4명)	35.0%	25.0%	26.3%	13.7%
40대 남편(3명)	26.7%	30.0%	33.3%	10.0%
50대 남편(2명)	30.0%	30.0%	32.5%	7.5%

* 설문의 한계
  ① 성 성격의 유형을 유인원, 문명인, 자선가, 광대로 단순 구분해 다른 유형이 존재할 가능성을 반영하지 못하였다.
  ② 설문에 참여한 비율이 남편 16.7%, 아내 83.3%로 아내에 편중되어 있어 남편들의 생각이 제대로 반영되지 못하였다.
  ③ 설문에 참여한 사람의 지역과 직업, 학력이 다양해 전반적인 방향성만 가늠해 볼 수 있을 뿐, 지역별, 직업별, 학력별로 유의미한 결과를 도출할 수는 없었다.

7. 설문 분석

■ 아내가 보는 남편의 유형 vs 남편 스스로 생각하는 유형 비교

	유인원	문명인	자선가	광대
아내가 보는 남편	47.67%	26.56%	12.22%	13.56%
남편 스스로의 생각	31.0%	27.8%	30.0%	11.2%

  ① 48%의 아내들이 남편을 유인원이라고 생각한 반면, 31%의 남편들만이 자신을 유인원이라 생각했다.
  ② 12%의 아내들만이 남편이 자신을 배려해준다고 생각한 반면, 무려 30%의 남편들은 자신이 아내를 배려하고 있다고 생각했다.
  ③ 갈등을 해결하는 면에서, 남편들은 아내들이 생각하는 것보다 더 많이 노력하고 있다고 생각했다.

남편들은 아내들이 생각하는 것보다 자신을 덜 유인원적이고 덜 광대적이며, 아내들이 생각하는 것보다 훨씬 더 많이 아내를 배려하고 있다고 생각했다.

■ 남편이 보는 아내의 유형 vs 아내 스스로 생각하는 유형 비교

	유인원	문명인	자선가	광대
남편이 보는 아내	16.7%	30.6%	41.7%	11.0%
아내 스스로의 생각	12.3%	39.4%	39.8%	8.5%

  ① 아내를 유인원으로 생각하는 면에서, 남편들은 아내들이 생각하는 것보다 더 아내를 유인원으로 생각했다.
  ② 아내를 문명인으로 생각하는 면에서, 남편들은 아내들이 생각하는 것보다 덜 아내를 문명인으로 생각했다.
  ③ 아내를 광대로 생각하는 면에서, 남편들은 아내들이 생각하는 것보다 더 광대로 생각했다.

■ 아내가 보는 남편의 유형

조사에 참여한 아내들(45명)은 남편을 이렇게 생각하고 있었다.
 – 내 남편은 유인원이다: 47.67%
 – 내 남편은 문명인이다: 26.56%
 – 내 남편은 자선가이다: 12.22%
 – 내 남편은 광대이다: 13.56%

① 절반에 가까운 아내들이 남편을 불뚝 성질을 부리는 유인원으로 생각했다.
② 12%의 아내들만이 남편이 자신을 배려해준다고 생각했다.
③ 남편이 갈등을 회피하는 성향을 갖고 있다고 생각한 아내는 13%였다.

• 연령별 결과

나이대	유인원	문명인	자선가	광대
20대 아내(5명)	34.0%	33.0%	22.0%	11.0%
30대 아내(12명)	39.6%	30.8%	16.7%	12.9%
40대 아내(17명)	51.8%	23.5%	9.1%	15.6%
50대 아내(11명)	56.4%	23.6%	7.7%	12.3%

① 아내들은 나이가 들어감에 따라 남편이 유인원으로 변해간다고 생각했다.
② 아내들은 나이가 들어감에 따라 남편의 문명인 성향이 줄어든다고 생각했다.
③ 아내들은 나이가 들어감에 따라 남편이 자신을 돕지 않는다고 생각했다.
④ 아내들은 남편의 광대의 성 성격은 나이에 따라 크게 차이를 보이지 않는다
   고 생각했다.

①항과 ②항에서, '낭만의 사랑(정욕)'을 누리는 시기인 20대에서 '이해의 사랑(애
정)'을 거쳐 '사랑의 정점(정)'으로 나아갈수록 남편의 유인원 같은 성 성격이 더
많이 드러나는 반면, 문명인의 성 성격은 줄어드는 것으로 판단할 수 있다. ③항은
남편의 고단한 사회생활과 관계가 있을 것으로 추정된다.

• 학력별 결과

* 학력 미기재자: 8명

최종학력	유인원	문명인	자선가	광대
중졸(1명)	70.0%	10.0%	5.0%	15.0%
고졸(9명)	42.8%	28.9%	18.9%	9.4%
대졸(25명)	49.0%	26.0%	10.8%	14.2%
석·박사(2명)	52.5%	17.5%	10.0%	20.0%

* 중졸 및 석·박사 아내의 수가 적어 제외하고 고졸과 대졸만 비교하였음.

① 아내들이 남편들을 유인원 또는 문명인으로 생각하는 비율에서 학력은 큰 변수가 아니다.
② 대졸 아내보다는 고졸 아내가 남편이 더 많이 배려해준다고 생각했다.
③ 대졸 아내보다는 고졸 아내가 남편이 갈등을 회피하지 않는다고 생각했다.

②항과 ③항에서, 남편의 학력이 높을수록 아내에 대한 배려가 덜하고 갈등상황을 회피하려는 경향을 보이는 것으로 판단된다.

• 직업별 결과

* 직업 미기재자: 3명

최종학력	유인원	문명인	자선가	광대
전업주부(15명)	50.7%	24.3%	10.0%	15.0%
일반직(15명)	41.7%	28.3%	18.0%	12.0%
전문직(8명)	50.6%	25.0%	7.5%	16.9%
자영업(4명)	51.3%	21.3%	13.8%	13.6%

① 남편을 유인원 또는 문명인으로 생각하는 비율은 직업과의 유의미한 상관관계를 찾을 수 없었다. 다만, 일반직 아내들이 다른 직업군보다 남편을 조금 덜 유인원적이고 조금 더 문명인적으로 생각하고 있었다.
② 남편의 배려를 받고 있다고 생각한 면에서는 일반직이 가장 높은 비율을, 전문직이 가장 낮은 비율을 차지했다. 이는 전문직에 종사하는 아내일수록 남편으로부터 배려를 덜 받고 있다고 간주하는 것으로 판단된다. 일반직〉자영업〉전업주부〉전문직

■ 아내가 보는 자신의 유형
조사에 참여한 아내들(45명)은 자신의 성 성격을 이렇게 생각하고 있었다.
– 나는 유인원이다: 12.3%
– 나는 문명인이다: 39.4%
– 나는 자선가이다: 39.8%
– 나는 광대이다: 8.5%

① 39%의 아내들은 자신이 문명인이라고 생각했다.
② 40%의 아내들은 자신이 유인원인 남편에게 희생하고 있다고 생각했다.
③ 아내들은 남편들보다 갈등을 해결하려는 경향이 더 크다.

• 나이대별 결과

나이대	유인원	문명인	자선가	광대
20대 아내(5명)	26.0%	49.0%	21.0%	4.0%
30대 아내(12명)	11.3%	51.7%	31.3%	5.7%
40대 아내(17명)	11.8%	36.5%	39.0%	12.7%
50대 아내(11명)	8.2%	26.4%	58.6%	6.8%

① 나이가 들어감에 따라 아내들은 자신의 유인원 성 성격이 줄어든다고 생각
   했다.
② 나이가 들어감에 따라 아내들은 자신의 문명인 성 성격이 줄어든다고 생각
   했다.
③ 나이가 들어감에 따라 아내들은 자신의 자선가 성 성격이 대폭 늘어난다고
   생각했다.

①항과 ②항에서, 아내들은 낭만의 사랑 시기에는 부부 간의 대화와 배려가 긴밀
하지만 결혼 기간이 길어짐에 따라 대화와 배려가 줄어들고, 그런 경향이 생활의
전면에서 드러난다고 생각하고 있는 것으로 판단된다. ③항에서, 결혼 기간이 늘어
날수록 남편을 위해 희생하는 정도가 커지는 것으로 판단된다.

• 학력별 결과

* 학력 미기재자: 8명

최종학력	유인원	문명인	자선가	광대
중졸(1명)	–	15.0%	75.0%	10.0%
고졸(9명)	13.3%	46.7%	34.4%	5.6%
대졸(25명)	12.0%	40.6%	38.0%	9.4%
석·박사(2명)	25.0%	20.0%	30.0%	25.0%

① 중졸 및 석·박사 아내를 제외하면, 학력에 따른 차이와 방향성은 발견할 수
   없었다.
② 차이가 크지는 않지만, 고졸 아내들이 자신을 좀 더 문명인으로 생각했다.
③ 차이가 크지는 않지만, 대졸 아내들이 자신을 좀 더 자선가로 생각했다.
④ 차이가 크지는 않지만, 대졸 아내들이 갈등을 더 많이 회피하는 경향을 보였다.

• 직업별 결과

* 직업 미기재자: 3명

최종학력	유인원	문명인	자선가	광대
전업주부(15명)	8.0%	35.7%	49.7%	6.6%
일반직(15명)	16.0%	44.3%	33.0%	6.7%
전문직(8명)	16.3%	43.8%	26.9%	13.0%
자영업(4명)	11.3%	35.0%	37.5%	16.2%

① 자신을 유인원으로 생각하는 측면에서, 일반직과 전문직 아내들이 전업주부
   와 자영업에 비해 더 높게 나타났다.
② 자신을 문명인으로 생각하는 측면에서, 일반직과 전문직 아내들이 전업주부
   와 자영업에 비해 더 높게 나타났다.
③ 자신을 자선가로 생각하는 측면에서는 반대로 전업주부와 자영업 아내들이
   더 높았다. 특히 전업주부의 비율은 다른 직업군보다 훨씬 높았다. 경제활동
   을 하는 아내들에 비해 오로지 남편의 경제력에 의지할 수밖에 없는 주부들
   에게서 높은 비율이 나온 것은 자선가의 성 성격이 부부의 경제 지배권과 밀
   접한 관계가 있는 것으로 추측할 수 있다. 전업주부〉자영업〉일반직〉전문직
④ 자신을 광대로 생각하는 측면에서, 자영업과 전문직이 전업주부와 일반직에
   비해 높았다.

■ 남편이 보는 아내의 유형

조사에 참여한 남편 9명 중 41.7%는 아내를 자선가로, 30.6%는 문명인으로, 16.7%
는 유인원으로, 11%는 광대로 생각하고 있었다. 이는 남편들이 대체적으로 아내를
자신보다 더 합리적이며, 그런 아내로부터 배려를 받고 있다고 생각하고 있음을 의
미한다.

■ 남편이 보는 자신의 유형

조사에 참여한 남편 9명 중 31%는 자신을 유인원으로, 30%는 자선가로, 27.8%는
문명인으로, 11.2%는 광대로 생각하고 있었다. 이러한 결과를 아내가 생각하는 남
편의 유형과 비교해 보면 매우 흥미롭다. 47.67%의 아내들이 남편을 유인원으로
생각한 데 비해 31%의 남편들만이 자신을 유인원으로 생각했다. 또한 12.22%의 아
내들이 남편을 자선가로 생각한 데 비해 자신을 자선가로 생각하는 남편은 30%였
다. 그러나 남편들의 생각은 표본의 수가 너무 적어 의미를 부여하기 어렵다.

Footnotes

1 광물에서 얻을 수 있는 무기물질의 상대개념으로, 탄소골격을 갖고 생명체와 밀접한 관계가 있는 물질

2 위도에 따른 태양복사에너지의 차이에 의해 해수의 수분과 염도에 변화가 생기는데, 이러한 변화로 인해 형성되는 밀도류를 말한다. 심층수는 북대서양 그린란드 동부의 래브라도해Labrador Sea, 남극 주변의 웨델해 Weddle Sea, 염도가 높은 지중해 등지에서 생성된다.

3 생명을 자기복제의 개념으로 간주할 때, 생명 이전의 화학물질에서 갓 탄생한 생물학적 생명체. AY Mulkidjanian et al, Proc. Natl. Acad. Sci. USA, 2012, DOI: 10.1073/pnas.1117774109

4 DNA(deoxyribonucleic acid)의 유전형질을 구성하는 인자

5 동식물이 주어진 환경에서 살아가기에 적절하게 변해가는 과정을 말한다. 이는 유전적 변이에 작용하는 자연선택의 결과로 생겨나는 특성이다. Encyclopedia BRITANNICA online.

6　박상대, 『분자세포생물학』, 아카데미서적(1998)

7　앞의 책, 참조

8　석회암으로 이루어진 층상 침전물인 스트로마톨라이트stromatolite에서 보 듯, 물속에서 광합성을 하며 산소를 대기 중으로 뿜어낸 원시 단세포식 물(남조류)의 활동을 지칭한다. 송지영, 『화석 지구 46억년의 비밀』, 시그마 프레스(2003) p608

9　선천기형Congenital malformation을 말한다. 선천기형의 기전에는 유전 적 요인과 환경적 요인에 의한 변이mutation, 염색체의 부조화 및 깨짐 Chromosomal nondisjunction and Breaks, 유사분열 장애Mitotic Interference 등이 있 다. Keith L. Moore, T.V.N. Persaud, 『인체발생학』, 대한체질인류학회 역, EPUBLIC(2010).

10　암컷의 몸 밖에서 이루어지는 수정. external fertilization.

11　David M. Buss, 『The Evolutionary Psychology(마음의 기원)』, 김교헌 외2 명 역, 나노미디어(2005)

12　앞의 책, 참조

13　앞의 책, 참조

14　Dennis M. Devaney. ... [et al.], 「The Natural history of Enewetak Atoll」, Office of Scientific and Technical Information, U.S. Department of Energy. Oak Ridge(1987), url p309

15　「Fishes of Australia」, Orange-red Pygmygoby, Trimma okinawae (Aoyagi 1949), http://www.fishesofaustralia.net.au/home/species/168

16　Carina Dennis, 'The oldest pregnant mum,' Nature 453, 575(2008) |doi:10. 1038/453575a, May 28, 2008.

17　Hoving HJT, Bush SL, Robison BH (2011), A shot in the dark: same-sex sexual behaviour in a deep-sea squid. Biol. Lett. doi:10.1098/rsbl.2011.0680.

18　Forsyth Adrian, 『A Natural History of Sex ; the Ecology and Evolution of Mating Behavior(성의 자연사)』, 진선미 역, 양문(2009)

19　앞의 'The oldest pregnant mum', 참조

20　진화학에서 육지에 최초로 상륙한 어류로 간주하는 틱타알릭Tiktaalik을 말한다.

21　고생대 석탄기에 살았던 원잠자리류Paleodictyoptera를 말한다. 원잠자리류

는 날개를 펴면 길이가 86cm에 이르렀다. 박종규, 『곤충의 세계』, 지경사 (2008)

22 앞의 『A Natural History of Sex; the Ecology and Evolution of Mating Behavior(성의 자연사)』, 참조

23 단성생식單性生殖, 처녀생식處女生殖을 하는 도마뱀류를 일컫는다. Nature (444호, 12월, 2006)

24 봄, 여름에는 처녀생식을 하다가 가을에는 암수가 교미해 수정된 알을 낳는 진딧물을 일컫는다. 정부희, 『곤충의 밥상』, 상상의숲(2010)

25 포유류 중 유일하게 다배생식多胚生殖 polyembryony을 하는 아르마딜로Nine-banded Armadillo를 일컫는다.

26 수컷이 축축한 땅에 정포를 내려놓으면 암컷이 집어삼켜 수정하는 불 도마뱀류를 일컫는다. 앞의 『A Natural History of Sex; the Ecology and Evolution of Mating Behavior(성의 자연사)』, 참조

27 앞의 책, 참조

28 앞의 책, 참조

29 이인식 과학평론가. http://leehoyeol123.blog.me/, news.dongascience.com/INC

30 앞의 '이인식 과학평론가', 『곤충의 밥상』, 참조

31 앞의 '이인식 과학평론가', 참조

32 Hotzy, Polak, Ronn & Anqvist, 'Phenotypic Engineering Unveils the Function of Genital Morphology.' Current Biology(2012)

33 Stutt AD, Siva-Jothy MT, "Traumatic insemination and sexual conflict in the bed bug Cimex lectularius" Proceeding of the National Academy of Sciences 98(10):5683-87(2001)

34 이용범, 『인간 딜레마』, 생각의 나무(2009)

35 대형 파충류가 지배하는 세상을 의미한다. 앞의 『A Natural History of Sex ; the Ecology and Evolution of Mating Behavior(성의 자연사)』, 참조

36 2억5000만 년 전 고생대 페름기말에 발생한 지구 역사상 최대의 사건으로, 해양 생물종의 약 95%, 육상 척추동물의 약 70% 이상이 절멸한 '페름기 대멸종'을 말한다. 브뤼노 파디, 『생물 다양성을 보전할 수 있을까』, 김성희 역, 민음IN(2007)

37 백악기 말기에 발생한 소행성 충돌을 의미한다. 앞의 책, 참조

38 앞의 『A Natural History of Sex ; the Ecology and Evolution of Mating Behavior(성의 자연사)』, 참조

39 Snow C.P., 『The Two Cultures and the Scientific Revolution(두 문화)』, 오영환 역, 사이언스북스(2007)

40 Montgomery SY, 『유인원과의 산책』, 김홍옥 역, 다빈치(2001)

41 프란스 드 발, 『내 안의 유인원』, 이충호 역, 김영사(2005)

42 Ridley M., 『Nature via Nurture(본성과 양육)』, 김한영 역, 김영사(2004)

43 Robert Wright, 『The Moral Animal: Evolutionary Psychology and Everyday Life(도덕적 동물)』, 박영준 역, 사이언스북스(2003)

44 Dawkins R. 『The Selfish Gene(이기적 유전자)』, 홍영남 역, 을유문화사 (1993)

45 Fisher Hellen, 『Why We Love: The Chemistry of Romantic Attraction(왜 우리는 사랑에 빠지는가)』, 정명진 역, 생각의나무(2005)

46 앞의 책, 참조

47 앞의 책, 참조

48 Fisher Hellen, 『Anatomy of Love: The Natural History of Monogamy, Adultery and Divorce(왜 사람은 바람을 피우고 싶어 할까?)』, 최소영 역, 21세기북스(2009)

49 앞의 책, 참조

50 앞의 『The Selfish Gene(이기적 유전자)』, 참조

51 앞의 『내 안의 유인원』, 참조

52 David M. Buss, 『The Evolution of Desire: Strategies of Human Mating(욕망의 진화)』, 전중환 역, 사이언스북스(2007)

53 에드워드 윌슨, 『지구의 정복자』, 이한음 역, 사이언스북스(2013)

54 에드워드 윌슨, 『사회생물학1』, 이병훈 외 역, 민음사(1992)

55 앞의 책, 참조

56 로버트 라이트, 『신의 진화』, 허수진 역, 동녘사이언스(2010)

57 원시종교가 탄생한 다양한 이유 중 전투와 관계된 기원을 단순 비유하

기 위한 문장이다.

58 조 지무쇼, 『신화대전』, 김재원 역, 반디출판사(2008)

59 제레미 다이아몬드, 『제3의 침팬지』, 김정흠 역, 문학사상사(1996)

60 맬컴 포츠, 『아담과 이브 그후』, 최윤재 역, 들녘(2004)

61 앞의 『The Selfish Gene(이기적 유전자)』, 참조

62 사랑을 정욕lust, 애정attraction, 애착attachment으로 구분한 헬렌 피셔의 관점에 착안한 세 가지 욕망, 즉 정욕, 애정, 정을 의미한다. 헬렌 피셔, 『연애본능』, 정명진 역, 생각의나무(2010), Hellen Fisher, 『Why We Love: The Chemistry of Romantic Attraction』, Henry Holt(2004)

63 앞의 『Why We Love: The Chemistry of Romantic Attraction』, 참조

64 앞의 책, 참조

65 함진선, 중앙대 임상심리학, CNS LAB. EBS 다큐프라임 '남과 여'의 인터뷰 중에서

66 앞의 『Why We Love: The Chemistry of Romantic Attraction』, 참조

67 에드워드 윌슨(1978), 『On Human Nature(인간 본성에 대하여)』, 이한음 역, 사이언스북스(2000)

68 앞의 『Why We Love: The Chemistry of Romantic Attraction』, 참조

69 앞의 『Anatomy of Love: The Natural History of Monogamy, Adultery and Divorce(왜 사람은 바람을 피우고 싶어 할까?)』, 참조

70 앞의 책, 참조

71 앞의 『지구의 정복자』, 참조

72 앞의 『사회생물학1』, 참조

73 앞의 『On Human Nature(인간 본성에 대하여)』, 참조

74 앞의 『연애본능』, 참조

75 앞의 『아담과 이브 그후』, 참조

76 앞의 『The Moral Animal: Evolutionary Psychology and Everyday Life(도덕적 동물)』, 이인식, 『짝짓기의 심리학』, 고즈원(2008), 참조

77 David M. Buss, 『The Evolution of Desire: Strategies of Human Mating(욕망의 진화)』, 전중환 역, 사이언스북스(2007)

78 한국심리학회, 『현대 심리학의 이해』, 학문사(2006)

79 마이클 맥컬러프, 『복수의 심리학』, 김정희 역, 살림(2009), 앞의 책, 참조

80 Miller. G., 『Mating mind(섹스는 어떻게 인간 본성을 만들었는가)』, 김명주 역, 소소(2004)

81 Richard J. Gerring 외, 『심리학과 삶』, 박권생 외 역, 시그마프레스(2004)

82 앞의 『현대 심리학의 이해』, 참조

83 앞의 『The Evolution of Desire: Strategies of Human Mating(욕망의 진화)』, 참조

84 Holmes, R. & Holmes, S., 『Profiling Violent Crimes(2 ed.)』, Thousand Oaks, CA: Sage(1996)

85 앞의 자료, 참조

86 로빈 베이커, 『정자전쟁』, 이민아 역, 이학사(2007)

87 앞의 『Why We Love: The Chemistry of Romantic Attraction』, 참조

88 앞의 책, 참조

89 앞의 『Anatomy of Love: The Natural History of Monogamy, Adultery and Divorce(왜 사람은 바람을 피우고 싶어 할까?)』, 참조

90 앞의 책, 참조

91 앞의 책, 참조

92 앞의 『The Evolution of Desire: Strategies of Human Mating(욕망의 진화)』, 참조

93 앞의 책, 참조

94 Publius Ovidius Naso. BC 43~AD 17. 저서로는 사랑Amores, 사랑의 기술 Ars amatoria, 변형담Metamorphoses 등이 있다.

95 앞의 『The Evolution of Desire: Strategies of Human Mating(욕망의 진화)』, 참조

96 앞의 『내 안의 유인원』, 참조

97 앞의 『정자전쟁』, 참조

98 김익수, 『그 강에는 물고기가 산다』, 다른세상(2013)

99 앞의 『내 안의 유인원』, 참조

100 Dr. Maryanne Fisher, BL, The Royal Society, http://www.canadaeast.com 19. Feb. 2004

101 앞의 『The Evolution of Desire: Strategies of Human Mating(욕망의 진화)』, 참조

102 David M. Buss, 『진화심리학』, 이충호 역, 웅진지식하우스(2012)

103 앞의 책, 참조

104 앞의 책, 참조

105 앞의 『The Evolutionary Psychology(마음의 기원)』, 참조

106 앞의 『진화심리학』, 참조

107 디어드리 배럿, 『인간은 왜 위험한 자극에 끌리는가』, 김한영 역, 이순(웅진씽크빅)(2011)

108 Dr. Maryanne Fisher, BL, The Royal Society, http://www.canadaeast.com 19. Feb. 2004

109 프랑스 극작가이자 배우. 본명은 Jean-Baptiste Poquelin. 1622~1673. 작품으로는 타르튀프Tartuffe, 인간혐오자Le Misanthrope, 아내들의 학교L'École des femmes 등이 있다.

110 프랑스 시인이자 비평가. 본명은 Charles-Pierre Baudelaire. 1821년~1867년. 대표작으로 첫 시집인 악의 꽃Les fleurs du mal이 있다.

111 앞의 『The Evolution of Desire: Strategies of Human Mating(욕망의 진화)』, 참조

112 앞의 『Nature via Nurture(본성과 양육)』, 참조

113 明心寶鑑, 治家篇, 文中子曰 婚娶而論財는 夷虜之道也.

114 앞의 『The Evolution of Desire: Strategies of Human Mating(욕망의 진화)』, 참조

115 앞의 책, 참조

116 앞의 책, 참조

117 한국보건사회원구원. https://www.kihasa.re.kr/html/tsearch/search.jsp

118 앞의 책, 참조

119 FoxNews.com, 'Study: Intelligent Men Have the Best Sperm', 2013.10.13 http://www.foxnews.com/story/2008/10/13/study-intelligent-men-have-

best-sperm/

120 앞의 책, 앞의 『Why We Love: The Chemistry of Romantic Attraction』, 참조

121 앞의 『Why We Love: The Chemistry of Romantic Attraction』, 참조

122 앞의 『The Evolution of Desire: Strategies of Human Mating(욕망의 진화)』, 참조

123 앞의 『The Evolutionary Psychology(마음의 기원)』, 참조

124 앞의 『Why We Love: The Chemistry of Romantic Attraction』, 참조

125 앞의 책, 참조

126 앞의 『The Evolution of Desire: Strategies of Human Mating(욕망의 진화)』, 참조

127 앞의 책, 참조

128 앞의 책, 참조

129 홍숙기, 『성격심리(하)』, 박영사(2011)

130 앞의 책, 참조

131 여성의 체내에 항원인 정자를 공격하는 항체가 형성되어 있는지 찾아내는 검사를 말한다. 항정자 항체는 정액과 접촉한 경험이 있을 때 생겨나므로 이 항체를 보유하고 있는 여성은 성경험이 있을 가능성이 높다. 그러나 항체가 생성될 확률이 지극히 낮기 때문에 ASA 검사 결과 음성으로 판정되더라도 성관계 횟수가 적다고 할 수도 없다. 실제로 성관계를 자주 갖는 여성들도 대부분 이 검사에서 음성 판정을 받는다. 따라서 이 검사로 처녀성을 확인하는 것은 실효성이 없다. 단지 남편의 정자에 대한 항체가 아내의 체내에 형성되어 있는지 여부, 즉 부부 불임의 원인을 파악하기 위한 검사로써 활용 가치가 있다. 서울대학교병원 불임클리닉 http://www.seoulivf.com

132 A.R. Momin(Professor), 'The Islamic World' Vol. 5 Issue 1 16-31 May 2010, The IOS MINARET. http://iosminaret.org/vol-5/issue1/Islamic_world.php

133 Dr. Gail Saltz, 'Many cheat for a thrill, more stay true for love', 4/16/2007, NBCNEWS, http://www.nbcnews.com/id/17951664/ns/health-sexual_health/t/many-cheat-thrill-more-stay-true-love/

134 앞의 『Anatomy of Love: The Natural History of Monogamy, Adultery and Divorce(왜 사람은 바람을 피우고 싶어 할까?)』, 참조

135 앞의 책, 참조

136 Dr. Maryanne Fisher, BL, The Royal Society, http://www.canadaeast.com 19. Feb. 2004

137 레너드 쉴레인, 『지나 사피엔스』, 강수아 역, 들녘(2005)

138 앞의 『The Evolutionary Psychology(마음의 기원)』, 참조

139 다이앤 애커먼, 『감각의 박물학』, 백영미 역, 작가정신(도)(2004)

140 앞의 책, 참조

141 앞의 책, 참조

142 앞의 책, 참조

143 강신성, 『교양생물학』, 아카데미서적(1998), 참조. 앞의 책, 참조

144 앞의 『감각의 박물학』, 참조

145 앞의 책, 참조

146 앞의 책, 참조

147 송인갑, 『향수(THE STORY OF PERFUME)』, 한길사(2004)

148 Dr. Maryanne Fisher, BL, The Royal Society, http://www.canadaeast.com 19. Feb. 2004

149 이종호, 『한국 7대 불가사의』, 역사의아침(2013), 앞의 『감각의 박물학』, 참조.

150 피에르 제르마, 『세계의 최초들1』, 김혜경 역, 하늘연못(2011), 앞의 『한국 7대 불가사의』, 앞의 『감각의 박물학』, 참조

151 가슴 성형술에 사용하는 보형물 중 한 가지이다. 실리콘이 주성분이라 기존의 식염수 팩에 비해 촉감이 좋고 터져도 몸에 흡수되지 않아 최근의 가슴 성형술은 대부분 코헤시브젤을 사용한다.

152 앞의 『인간은 왜 위험한 자극에 끌리는가』, 참조

153 교통안전공단, http://www.ts2020.kr/html/tss/tss/TSAByYear.do, 참조

154 UNICEF, www.unicef.or.kr, 참조

155 앞의 『The Evolution of Desire: Strategies of Human Mating(욕망의 진화)』, 참조

156 대한모발학회, 『모난 사람이 되자』, 무한(2008), 참조

157 앞의 책, 참조

158 앞의 책, 참조

159 신부섭 외, 『업 & 스타일링』, 광문각(2004), 참조

160 앞의 『모난 사람이 되자』, 참조

161 앞의 책, 참조

162 앞의 책, 참조

163 앞의 『감각의 박물학』, 참조

164 앞의 『업 & 스타일링』, 참조

165 막스 뮐러의 『독일인의 사랑』 중에서 인용.

166 정희진, 『페미니즘의 도전』, 교양인(2005)

167 마지막 간빙기인 75,000~115,000년 전에 유럽에서 살았던 것으로 추정되는, 호모 사피엔스 초기에 속하는 원인原人

168 앞의 『The Evolution of Desire: Strategies of Human Mating(욕망의 진화)』, 『The Evolutionary Psychology(마음의 기원)』, 참조

169 앞의 『The Evolutionary Psychology(마음의 기원)』, 참조

170 앞의 책, 참조

171 Dr. Maryanne Fisher, BL, The Royal Society, http://www.canadaeast.com 19. Feb. 2004

172 BBC(2012.2.5), 미니 비어드슬리 앨포드의 자서전 『Once Upon a Secret』의 내용에 대한 기사, Alford Mimi, 『Once Upon a Secret: My Affair with President John F. Kennedy and its Aftermath』, London, Hutchinson(2011)

173 뉴욕포스트(2012.2.5), 미니 비어드슬리 앨포드의 자서전 『Once Upon a Secret』의 내용에 대한 기사, Alford Mimi, 『Once Upon a Secret: My Affair with President John F. Kennedy and its Aftermath』, London, Hutchinson(2011)

174 Christoper Anderson, 『These Few Precious Days: The Final Year of Jack with Jackie』, Gallery Books(2013)

175 Leaming, Barbara, 『Jack Kennedy: The Education of a Statesman』, W.W. Norton(2006)

176 앞의 책, 참조

177 앞의 책, 참조

178 앞의 책, 참조

179 "케네디, 매일 다른 여자 만나지 않으면 두통", 연합뉴스(2013.10.20)

180 앞의 『Jack Kennedy: The Education of a Statesman』, 『Once Upon a Secret: My Affair with President John F. Kennedy and its Aftermath』, 참조

181 Daily mail(2013.10.19), 사라 브래드퍼드의 재클린 전기 『재클린 케네디 오나시스의 삶』의 내용에 관한 기사

182 New York Daily News(2013.8.4), 크리스토퍼 앤더슨의 『These Few Precious Days: The Final Year of Jack with Jackie』의 내용에 대한 기사

183 앞의 기사, 참조

184 '영웅에서 풋내기·바람둥이로… 케네디 신화 지워져도 향수 남아', 서울신문(2013.11.20)

185 Cassini Oleg, 『A Thousand Days of Magic: Dressing the First Lady for the White House』, Rizzoli International Publications(1995)

186 'Jackie Kennedy: Post-Camelot Style', Life, Retrieved October 9, 2009

187 Washington Post(2014.5.13) 기사, 참조 http://www.washingtonpost.com/news/morning-mix/wp/2014/05/13/jacqueline-kennedys-newly-discovered-personal-letters-reveal-14-years-of-secrets/?wpisrc=nl_headlines

188 Daily mail(2013.10.19), 사라 브래드퍼드의 재클린 전기 『재클린 케네디 오나시스의 삶』의 내용에 관한 기사

189 앞의 『Jack Kennedy: The Education of a Statesman』, 참조

190 Osborne Robert, 『Leading Ladies: The 50 Most Unforgettable Actresses of the Studio Era』, Chronicle Books(2006)

191 Reeves Richard, 『President Kennedy: Profile of Power』, New York: Simon & Schuster(1993)

192 앞의 책, 참조

193 앞의 책, 참조

194 앞의 『Jack Kennedy: The Education of a Statesman』, 참조

195 Garrow, David J. 'Substance Over Sex In Kennedy Biography', The New York Times, Retrieved 2013.01.20.

196 '잭이 구닐라 폰 포스트에게 보낸 11통의 자필 편지와 3통의 전보 낙찰', Legendary Auction, Chicago(2010.3.5)

197 위 보도자료, 참조

198 '1950년에서 1964년까지 아일랜드 신부 조셉 레너드에게 보낸 편지 33통 중에서' Washington Post(2014.5.13)

199 http://en.wikipedia.org/wiki/John_F._Kennedy

200 앞의 사이트, 참조

201 앞의 사이트, 참조

202 앞의 사이트, 참조

203 '기행과 악행, 그가 25년 하루도 빠짐없이 신문에 이름 올린 이유…', 서울신문 2011.6.27

204 http://en.wikipedia.org/wiki/John_F._Kennedy

205 앞의 사이트, 참조

206 '돈 있고 명예 있어도', The Korea Times. 2011.2.23

207 앞의 기사, 참조

208 앞의 기사, 참조

209 앞의 기사, 참조

210 http://en.wikipedia.org/wiki/John_F._Kennedy

211 http://en.wikipedia.org/wiki/Jacqueline_Kennedy_Onassis

212 http://en.wikipedia.org/wiki/Janet_Lee_Bouvier

213 Davis, John H., 『The Bouviers: Portrait of an American family』, National Press Books(1995)

214 앞의 책, 참조

215 Badrul Alam, Mohammed, 『Jackie Kennedy: Trailblazer』, Nova Publishers(2006)

216 http://en.wikipedia.org/wiki/Jacqueline_Kennedy_Onassis

217 New York Daily News, 유명 전기 작가 크리스토퍼 앤더슨의 저서 『이 소중한 나날들-잭과 재키의 마지막 해(These Few Precious Days: The Final Year of Jack with Jackie)』의 내용에 관한 기사(2013.8.4)

[218] '1950년에서 1964년까지 아일랜드 신부 조셉 레너드에게 보낸 편지 33통 중에서', Washington Post(2014.5.13), 참조

[219] http://en.wikipedia.org/wiki/Jacqueline_Kennedy_Onassis, Moon,Vicky, 『The Private Passion of Jackie Kennedy Onassis: Portrait of a Rider』, Harper Design(2005), 참조

[220] Tracy, Kathleen, 『Everything Jacqueline Kennedy Onassis Book: A portrait of an American icon』, Adams Media(2008)

[221] 앞의 『Everything Jacqueline Kennedy Onassis Book: A portrait of an American icon』, 참조

[222] 앞의 책, 참조

[223] 앞의 『President Kennedy: Profile of Power』, 참조

[224] 앞의 『Everything Jacqueline Kennedy Onassis Book: A portrait of an American icon』, 참조

[225] 앞의 책, 참조

[226] 앞의 책, 참조

[227] '신비한 TV 서프라이즈', MBC TV, Channel 11, 2013.7.21

[228] 앞의 『Everything Jacqueline Kennedy Onassis Book: A portrait of an American icon』, 참조

[229] 앞의 책, 참조

[230] 앞의 책, 참조

[231] 앞의 『The Evolutionary Psychology(마음의 기원)』, 참조

[232] 송대영, 최현섭, 『인간행동과 사회환경』, 한국방송통신대학교출판부(2005)

[233] Carl (Gustav) Jung. 스위스의 심리학자이자 정신의. 1875~1961. 프로이트의 정신분석학에 착안해 분석심리학의 기초를 세웠다.

[234] 한국 MBTI 연구소, http://www.mbti.co.kr/

[235] 홍순정, 이규미, 『정신건강』, KNOU PRESS(2009)

[236] 앞의 『인간행동과 사회환경』, 참조

[237] 앞의 책, 참조

[238] 앞의 책, 참조

239 앞의 책, 참조

240 앞의 책, 참조

241 마태19:24, 칼라GOOD라이프성경(2000)

242 루디 가즈코, 『불안한 원숭이는 왜 물건을 사지 않는가』, 마고북스(2010)

243 앞의 책, 참조

244 주인이 집을 비웠을 때, 애완견이 계속 울부짖거나 으르렁거리는 현상을 말한다.

245 마가렛 L. 앤더슨, 『성의 사회학』, 이동원, 김미숙 역, 이화여자대학교출판부(1990)

246 정노팔 외, 『생물과 인간 그리고 문화』, 연세대학교출판부(2000)

247 앞의 『The Evolution of Desire: Strategies of Human Mating(욕망의 진화)』, 『Why We Love: The Chemistry of Romantic Attraction』, 참조

248 앞의 『The Evolution of Desire: Strategies of Human Mating(욕망의 진화)』, 참조

249 앞의 『Why We Love: The Chemistry of Romantic Attraction』, 참조

250 시몬 드 보봐르, 『제2의 성』, 을유문화사(1993)

251 이인식, 『성이란 무엇인가』, 민음사(1998)

252 첨부된 '성 성격 설문조사 자료' 참조

253 자각하는 갈등이나 욕구불만에 의한 긴장을 대면하여 해결하는 대신 감정이나 원망 등을 의식적으로 눌러서 지우거나 참아내는 방어기제의 일종이다.

254 존 그레이의 『화성에서 온 남자, 금성에서 온 여자』를 지칭하는 것이다.

255 부모의 부정적인 감정은 아이를 양육하는 과정에 개입해 아이의 감정에 부정적인 영향을 미침으로써 세대에서 세대로 이어진다. 이런 현상을 리처드 도킨스가 말한 밈meme의 연장선으로 보고 '부정 감정의 유전자'로 이름 지었다.

256 코란의 수라Sura 72장, 참조. 지니에 대한 설명이 1절에서 28절까지 상세히 서술되어 있다.

257 Pinker S., 『The Blank Slate: The Modern Denial of Human Nature(빈 서판: 인간은 본성을 타고나는가)』, 김한영 역, 사이언스북스(2004), 참조

258 장 자끄 루소, 『에밀(Emile)』, 강도은 역, 도서출판산수야(2009)

259 앞의 『The Blank Slate: The Modern Denial of Human Nature(빈 서판: 인간은 본성을 타고나는가)』, 참조

260 앞의 책, 참조

261 앞의 『The Evolutionary Psychology(마음의 기원)』, 참조

262 앞의 『The Blank Slate: The Modern Denial of Human Nature(빈 서판: 인간은 본성을 타고나는가)』, 참조

263 앞의 책, 참조

264 프리드리히 엥겔스, 『포이에르바하와 독일 고전철학의 종말』, 양재혁 역, 돌베개(1987)

265 앞의 책, 참조

266 거름 편집부, 『변증법적 논리학』, 기획출판거름(1985)

267 자신의 재능이나 신체, 성격 등에 상상적 결함 또는 실제적 결함이 있다고 생각될 때, 다른 특징을 과도하게 발전시켜서 열등감 또는 결함을 극복하거나 우월성을 획득하려는 심리기제를 말한다.

268 A. 아들러, 『심리학 해설(What Life Should Mean to You)』, 선영사(2005)

269 인식하지 못하는 동기에서 나온 비이성적인 행동을 정당한 행위였던 것처럼 보이기 위해 그럴듯한 이유를 들어 설명하는 심리기제를 말한다. 행위자는 자신에게 내재되어 있는 무의식적 동기를 의식하지 못하므로 매우 성실하고 정직하게 말한다. 신포도기제, 레몬기제 등이 여기에 속한다.

270 사례에 등장하는 인물들과 그들이 겪어온 삶의 궤적들은 실제이지만, 고인과 생존자들이 마땅히 누려야 할 명예를 보호하기 위해 최소한의 픽션이 더해졌음을 밝혀둔다.

271 1974년 제4공화국 유신정권이 선포한 긴급조치 4호에 의해 급조된 '전국민주청년학생총연맹사건', '2차 인혁당사건' 등을 포함하는 희대의 용공조작사건들을 말한다.

272 역대 헌법 가운데 대통령이 가장 강력한 권한을 발휘했던 긴급권으로, 제4공화국 유신헌법에서, 국가의 안전보장이나 공공의 안녕이 중대한 위협을 받거나 재정, 경제상 위기에 처했을 때, 대통령이 내리는 특별 조치를 말한다.

273 전두환 전 국군보안사령관이 중앙정보부를 확대 개편해 발족시킨 국가

안전기획부의 줄임말로, 정부조직법 제14조에 의해 국가의 안전보장과 관련된 정보, 안보, 범죄 심사에 관한 업무를 담당했던 대통령직속 국가 정보기관을 말한다.

274 O. Henry의 단편소설『크리스마스 선물(The Gift of the Magi)』의 내용을 말한다.

275 영국 수상 처칠이 사용한 비유로, 2차 세계대전 이후 소련과 동유럽 사회주의 국가들이 보인 폐쇄적인 행태를 빗대어 표현한 용어이다.

276 어머니의 사촌오빠의 아내

277 지각위치변화perceptual position는 이중구속을 치유하는 기법 중 하나로, 관점을 나의 입장, 너의 입장, 관찰자의 입장, 초월적 입장으로 나누어 각각의 단계를 객관화할 수 있도록 함으로써 개인으로 하여금 상황에서 느끼는 감정의 강도를 누그러뜨리고, 더 폭넓은 관점에서 인식할 수 있도록 돕는다.

278 장미의 전쟁The War of The Roses. 부부싸움을 비극적으로 다룬 영화(1990). 감독 대니 드비토. 주연 마이클 더글라스, 캐서린 터너

279 일상생활에서 다른 사람의 역할을 본 따서 연기해보는 역할극에 대한 제안이다.

280 지그문트 프로이트,『농담과 무의식의 관계』, 임인주 역, 열린책들(1997)

281 지그문트 프로이트,『정신분석 입문』, 이명성 역, 홍신문화사(2001)

282 앞의 책, 참조

283 다음 백과사전 참조. http://100.daum.net/encyclopedia/view.do?docid=b02g1258a

284 더글라스 J.,『진화학』, 박영철, 서경인 외 역, 라이프사이언스(2008)

285 동아사이언스,「과학동아(2001.1)」, 참조

286 Jerry Sliver,『지구온난화와 기후변화』, 최영은 역, 푸른길(2010), http://ko.wikipedia.org/wiki/, 참조

287 김용환,『인류 진화의 오디세이』, 가람기획(2010)

288 최승언,『우주의 메시지』, 시그마프레스(2008)

289 앞의 책, 참조

290 앞의 책, 참조

291 김규한, 『생동하는 지구: 일반지질학』, 시그마프레스(1998)

292 앞의 책, 참조

293 슈테판 람슈토르프, 캐서린 리처드슨, 『바다의 미래, 어떠한 위험에 처해 있는가』, 길(도)(2012)

294 앞의 『생동하는 지구: 일반지질학』, 참조

295 angler Haplophryne mollis. Daphne J. Fairbairn, 'Odd Couples', Ch 8. Giant Seadevils: Fearsome Females and Parasitic Males

296 Mark Blumberg, 'Freaks of Nature', Ch 5. Anything Goes When it Comes to Sex, Expect Ambiguity

297 앞의 'Odd Couples', 참조

298 Theodore W. Pietsch, 『Oceanic Anglerfishes: Extraordinary Diversity in the Deep Sea』, 참조

299 앞의 책, 참조

300 앞의 책, 참조

301 앞의 책, 앞의 'Odd Couples', 'Oceanic Anglerfishes', 참조

302 앞의 책, 앞의 'Odd Couples', 'Oceanic Anglerfishes', 참조

303 앞의 『Oceanic Anglerfishes: Extraordinary Diversity in the Deep Sea』, 참조

304 앞의 책, 참조

Reference

가야마 리카, 『결혼의 심리학』, 이윤정 역, 예문(2006)

강신성, 『교양생물학』, 아카데미서적(1998)

거름 편집부, 『변증법적 논리학』, 기획출판거름(1985)

고익진, 『한국의 불교사상』, 동국대학교출판부(1987)

구혜란, 「변증법적 유물론에서의 인과관계에 대한 연구」, 이화여자대학교 대학원

김규한, 『생동하는 지구: 일반지질학』, 시그마프레스(주)(1998)

김동광, 김세균 외 1명, 『사회생물학 대논쟁』, 이음(2011)

김민주, 『2010 트렌드 키워드』, 미래의창(2010)

김용환, 『인류 진화의 오디세이』, 가람기획(2010)

김익수, 『그 강에는 물고기가 산다』, 다른세상(2013)

닐 슈빈, 『내 안의 물고기』, 김명남 역, 김영사(2009)

다이앤 애커먼, 『감각의 박물학』, 백영미 역, 작가정신(도)(2004)

대한모발학회, 『모난 사람이 되자』, 무한(2008)

더글라스 J., 『진화학』, 박영철, 서경인 외 역, 라이프사이언스(2008)

디어드리 배릿, 『인간은 왜 위험한 자극에 끌리는가』, 김한영 역, 이순(웅진씽크빅)(2011)

레너드 쉴레인, 『지나 사피엔스』, 강수아 역, 들녘(2005)

로버트 댈럭, 『케네디 평전』, 정초능 역, 푸른숲(2007)

로버트 라이트, 『신의 진화』, 허수진 역, 동녘사이언스(2010)

로빈 베이커, 『정자전쟁』, 이민아 역, 이학사(2007)

루디 가즈코, 『불안한 원숭이는 왜 물건을 사지 않는가』, 마고북스(2010)

마가렛 L. 앤더슨, 『성의 사회학』, 이동원, 김미숙 역, 이화여자대학교출판부(1990)

마이클 맥컬러프, 『복수의 심리학』, 김정희 역, 살림(2009)

마이클 샌델, 『생명의 윤리를 말하다』, 강명신, 김선욱 역, 동녘(도)(2010)

칼라GOOD라이프성경(2000), 마태19:24

맬컴 포츠, 『아담과 이브 그후』, 최윤재 역, 들녘(2004)

몽고메리 SY, 『유인원과의 산책』, 김홍옥 역, 다빈치(2001)

미겔 니코렐리스, 『뇌의 미래』, 김성훈 역, 김영사(2012)

박상대, 『분자세포생물학』, 아카데미서적(1998)

박종규, 『곤충의 세계』, 지경사(2008)

브뤼노 파디, 『생물 다양성을 보전할 수 있을까』, 김성희 역, 민음IN(2007)

송대영, 최현섭, 『인간행동과 사회환경』, 한국방송통신대학교출판부(2005)

송인갑, 『향수(THE STORY OF PERFUME)』, 한길사(2004)

송지영, 『화석 지구 46억 년의 비밀』, 시그마프레스(2003)

슈테판 람슈토르프, 캐서린 리처드슨, 『바다의 미래, 어떠한 위험에 처해 있는가』, 길(도)(2012)

시몬 드 보봐르, 『제2의 성』, 을유문화사(1993)

신부섭 외, 『업 & 스타일링』, 광문각(2004)

안건훈, 『인과성 분석』, 서울대학교출판부(2005)

앨리스 밀러, 『폭력의 기억』, 신흥민 역, 양철북(2007)

에드워드 윌슨, 『사회생물학1』, 이병훈 외 역, 민음사(1992)

에드워드 윌슨, 『지구의 정복자』, 이한음 역, 사이언스북스(2013)

에릭 드렉슬러, 『창조의 엔진』, 조현욱 역, 김영사(2011)

엘리자베스 하이켄, 『비너스의 유혹』, 권복규, 정진영 역, 문학과지성사(주) (2008)

염운옥, 『생명에도 계급이 있는가-유전자 정치와 영국의 우생학』, 책세상(도) (2009)

이용범, 『인간 딜레마』, 생각의나무(2009)

이을상, '유전자 인간학: 인간 본성의 통섭적 이해', 한국윤리학회 편, 『윤리 연구』제85호, 103-132(2012)

이인식, 『성이란 무엇인가』, 민음사(1998)

이인식, 『짝짓기의 심리학』, 고즈윈(2008)

이종호, 『한국 7대 불가사의』, 역사의아침(2013)

장 자끄 루소, 『에밀(Emile)』, 강도은 역, 도서출판산수야(2009)

정노팔 외, 『생물과 인간 그리고 문화』, 연세대학교출판부(2000)

정부희, 『곤충의 밥상』, 상상의숲(2010)

정희진, 『페미니즘의 도전』, 교양인(2005)

제레미 다이아몬드, 『제3의 침팬지』, 김정흠 역, 문학사상사(1996)

제인 구달, 제인 구달 연구소, 『제인 구달 침팬지와 함께 한 50년』, 김옥진 역, 궁리(2011)

조 지무쇼, 『신화대전』, 김재원 역, 반디출판사(2008)

존 올콕, 『사회생물학의 승리』, 김산하, 최재천 역, 옥스퍼드대학 출판부, 동아시아(2001)

지그문트 프로이트, 『농담과 무의식의 관계』, 임인주 역, 열린책들(1997)

지그문트 프로이트, 『정신분석 입문』, 이명성 역, 홍신문화사(2001)

최승언, 『우주의 메시지』, 시그마프레스(2008)

토머스 루이스 외, 『사랑을 위한 과학』, 김한영 역, 사이언스북스(21)

프란스 드 발, 『내 안의 유인원』, 이충호 역, 김영사(2005)

프리드리히 엥겔스, 『포이에르바하와 독일 고전철학의 종말』, 양재혁 역, 돌베개(1987)

피에르 제르마, 『세계의 최초들1』, 김혜경 역, 하늘연못(2011)

한국심리학회, 『현대 심리학의 이해』, 학문사(2006)

홍숙기, 『성격심리(하)』, 박영사(2011)

홍순정, 이규미, 『정신건강』, KNOU PRESS(2009)

Alford Mimi, 『Once Upon a Secret: My Affair with President John F. Kennedy and its Aftermath』, London, Hutchinson(2011)

Alfred Adler, 『심리학 해설(What Life Should Mean to You)』, 선영사(2005)

A. R. Momin(Professor), 'The Islamic World' Vol. 5 Issue 1 16-31 May 2010, The IOS MINARET. http://iosminaret.org/vol-5/issue1/Islamic_world. php

A Y Mulkidjanian et al, Proc. Natl. Acad. Sci. USA, 2012, DOI: 10.1073/ pnas.1117774109

Badrul Alam, Mohammed, 『Jackie Kennedy: Trailblazer』, Nova Publishers(2006)

Carina Dennis, 'The oldest pregnant mum,' Nature 453, 575 (2008) |doi:10. 1038/453575a, May 28, 2008.

Cassini Oleg, 『A Thousand Days of Magic: Dressing the First Lady for the White House』, Rizzoli International Publications(1995)

Christoper Anderson, 『These Few Precious Days: The Final Year of Jack with Jackie』, Gallery Books(2013)

Darwin C., 『On the Origin of Species by Means of Natural Selection(종의 기원)』, 송철용 역, 동서문화사(2009)

Davis, John H., 『The Bouviers: Portrait of an American family』, National Press Books(1995)

David M. Buss, 『Evolutionary Psychology(마음의 기원)』, 김교헌 외 2명 역, 나노미디어(2005)

David M. Buss, 『The Evolution of Desire: Strategies of Human Mating(욕망의 진화)』, 전중환 역, 사이언스북스(2007)

David M. Buss, 『진화심리학(마음과 행동을 탐구하는 새로운 과학)』, 이충호 역, 웅진지식하우스(2012)

Dawkins R., 『The Blind Watchmaker(눈먼 시계공)』, 이용철 역, 사이언스북스 (2004)

Dawkins R., 『The Selfish Gene(이기적 유전자)』, 홍영남 역, 을유문화사(1993)

Dennis M. Devaney…[et al.], 「The Natural history of Enewetak Atoll」, Office of Scientific and Technical Information, U.S. Department of Energy. Oak Ridge(1987)

Edward Osborne Wilson(1978), 『On Human Nature(인간 본성에 대하여)』, 이한음 역, 사이언스북스(2000)

Fisher Hellen, 『Anatomy of Love: The Naturual History of Monogmy, Adultery and Divorce (왜 사람은 바람을 피우고 싶어 할까?)』, 최소영 역, 21세기북스(2009)

Fisher Hellen, 『Why We Love: The Chemistry of Romantic Attraction(연애본능)』, 정명진 역, 생각의나무(2010), Henry Holt(2004)

Forsyth Adrian, 『A Natural History of Sex ; the Ecology and Evolution of Mating Behavior(성의 자연사)』, 진선미 역, 양문(2009)

Holmes, R. & Holmes, S., 「Profiling Violent Crimes(2ed.)」, Thousand Oaks, CA: Sage(1996)

Hotzy, Polak, Ronn & Anqvist, 'Phenotypic Engineering Unveils the Function of Genital Morphology.' Current Biology(2012)

Hoving HJT, Bush SL, Robison BH (2011) A shot in the dark: same-sex sexual behaviour in a deep-sea squid. Biol. Lett. doi:10.1098/rsbl.2011.0680.

Jerry Sliver, 「지구온난화와 기후변화」, 최영은 역, 푸른길(2010)

Keith L. Moore, T.V.N. Persaud, 『인체발생학』, 대한체질인류학회 역, EPUBLIC(2010)

Kruger, D.J., 'What is Evolutionary Psychology?' Ann Arbor, MI: Altralogical Press(2002)

Leaming, Barbara, 『Jack Kennedy: The Education of a Statesman』, W.W. Norton (2006)

Lewontin R.C. etc, 『Not in Our Genes: Biology, Ideology, and Human Nature(우리 유전자 안에 없다)』, 이상원 역, 한울(도)(2009)

Miller G., 『Mating mind(섹스는 어떻게 인간 본성을 만들었는가)』, 김명주 역, 소소(2004)

Moon,Vicky, 『The Private Passion of Jackie Kennedy Onassis: Portrait of a Rider』, Harper Design(2005)

Osborne Robert, 『Leading Ladies: The 50 Most Unforgettable Actresses of the

Studio Era』, Chronicle Books(2006)

Pinker S., 『The Blank Slate(빈 서판)』, 김한영 역, 사이언스북스(2004)

Reeves Richard, 『President Kennedy: Profile of Power』, New York: Simon & Schuster(1993)

Richard J. Gerring 외, 『심리학과 삶』, 박권생 외 역, 시그마프레스(2004)

Ridley M., 『Nature via Nurture(본성과 양육)』, 김한영 역, 김영사(2004)

Robert Wright, 『The Moral Animal: Evolutionary Psychology and Everyday Life(도덕적 동물)』, 박영준 역, 사이언스북스(2003)

Snow C.P., 『The Two Cultures and the Scientific Revolution(두 문화)』, 오영환 역, 사이언스북스(2007)

Sober E., 'Philosophy of Biology, 2nd,' Westview Press(2000)

Stutt AD, Siva-Jothy MT, "Traumatic insemination and sexual conflict in the bed bug Cimex lectularius" Proceeding of the National Academy of Sciences 98(10):5683-87(2001)

Theodore W. Pietsch, 'Oceanic Anglerfishes: Extraordinary Diversity in the Deep Sea', University of California Press(2009)

Tooby J. & Cosmides, 'The Adapted Mind: Evolutionary Psychology and the Generation of Culture', Oxford University Press(1992)

Tracy, Kathleen, 『Everything Jacqueline Kennedy Onassis Book: A portrait of an American icon』, Adams Media(2008)

Tulving E. and Donaldson W., 'Organization of Memory', New York: Academic Press(1972)

Wilson E. O., 『Sociobiology: The Abridged Edition(사회생물학)』, 이병훈, 박시룡 역, 민음사(1992)

Wilson E. O., 『Consilience: The Unity of Knowledge(통섭: 지식의 대통합)』, 최재천, 장대익 역, 사이언스북스(2005)

web sites

http://blog.naver.com/PostView.nhn?blogId=smartrol&logNo=40206819720

http://blog.naver.com/PostView.nhn?blogId=withcoffee67&logNo=70166585804

http://cogweb.ucla.edu/Debate/CEP_Gould.html

http://en.wikipedia.org/wiki/Jacqueline_Kennedy_Onassis

http://en.wikipedia.org/wiki/Janet_Lee_Bouvier

http://en.wikipedia.org/wiki/John_F._Kennedy

http://iosminaret.org/vol-5/issue1/Islamic_world.php

http://laborsbook.org/dic/view.php?dic_part=dic05&idx=1473

http://media.daum.net/breakingnews/newsview?newsid=1995020916 4800773

http://preview.britannica.co.kr/bol/topic.asp?article_id=k99n0387

http://waterjournal.co.kr/news/articleView.html?idxno=18705

http://www.britannica.com/

http://www.canadaeast.com 19. Feb. 2004
    Dr. Maryanne Fisher, BL, The Royal Society

http://www.epa.gov/endocrine/

http://www.epa.gov/opptintr/opptendo/index.htm

http://www.fishesofaustralia.net.au/home/species/168
    「Fishes of Australia」, Orange-red Pygmygoby, Trimma okinawae (Aoyagi 1949)

http://www.foxnews.com/story/2008/10/13/study-intelligent-men-have-best-sperm/ 'Study: Intelligent Men Have the Best Sperm' (2013. 10.13)

https://www.kihasa.re.kr/html/tsearch/search.jsp

http://www.mbti.co.kr/ 한국 MBTI 연구소

http://www.nbcnews.com/id/17951664/ns/health-sexual_health/t/many-cheat-thrill-more-stay-true-love/

http://www.oecd.org/ehs/endocrin.htm

http://www.psych.ucsb.edu/research/cep/primer.html
    Leda Cosmides & John Tooby, Evolutionary Psychology; A Primer

http://www.psychologicalscience.org/observer/getArticle.cfm?id=1960
    Leda Cosmides, The cognitive revolution: the next wave

http://www.seoulivf.com 서울대학교병원 불임클리닉

http://www.ts2020.kr/html/tss/tss/TSAByYear.do 교통안전공단

http://www.unicef.or.kr UNICEF

http://www.washingtonpost.com/news/morning-mix/wp/2014/05/13/

jacqueline-kennedys-newly-discovered-personal-letters-reveal-14-years-of-secrets/?wpisrc=nl_headlines

http://www.wwfcanada.org/hormone-disruptors/index.html

films

'신비한 TV 서프라이즈', MBC TV, Channel 11(2013.7.21)

Daphne J. Fairbairn, 'Odd Couples', Ch 8. Giant Seadevils: Fearsome Females and Parasitic Males

Dr. Gail Saltz, 'Many cheat for a thrill, more stay true for love', 4/16/2007, NBCNEWS

EBS 다큐프라임 '남과 여'

ET Global TV, 'Entertainment Tonight'

Mark Blumberg, 'Freaks of Nature', Ch 5. Anything Goes When it Comes to Sex, Expect Ambiguity

20th Century Fox TV, Bonnie Raskin Productions, Fox Television Network, 'America's Prince: The John F. Kennedy Jr. Story', 12 January 2003 (USA)

Magazines & Newspapers

article regarding 'Comodo Dragon', Nature 444(Dec.2006)

BBC(Feb.5.2012), 「Once Upon a Secret」

'Jackie Kennedy: Post-Camelot Style', Life, Retrieved October 9, 2009

'Jacqueline Kennedys newly discovered personal letters reveal 14 years of secret', Washington Post(May.13.2014)

New York Post(Feb.5.2012), 「Once Upon a Secret」

'Substance Over Sex In Kennedy Biography', Garrow, David J., The New York Times, Retrieved Jan.20.2013

'The oldest pregnant mum,', Carina Dennis, Nature 453, 575(May.28.2008)

'These Few Precious Days: The Final Year of Jack with Jackie', New York Daily News(Aug.4.2013)

「과학동아(2001.1)」, 동아사이언스

'기행과 악행, 그가 25년 하루도 빠짐없이 신문에 이름 올린 이유', 서울신문 (2011.6.27)

'돈 있고 명예 있어도', The Korea Times(2011.2.23)

'영웅에서 풋내기·바람둥이로 케네디 신화 지워져도 향수 남아', 서울신문 (2013.11.20)

'재클린 케네디 오나시스의 삶', Daily mail(2013.10.19)

'잭이 구닐라 폰 포스트에게 보낸 11통의 자필 편지와 3통의 전보 낙찰', Legendary Auction, Chicago(2010.3.5)

'케네디, 매일 다른 여자 만나지 않으면 두통', 연합뉴스(2013.10.20)

'1950년에서 1964년까지 아일랜드 신부 조셉 레너드에게 보낸 편지 33통 중에서', Washington Post(2014.5.13)

Photos & Illustrations

http://mycoloredlinks.com/goodBlogs/archives/3092

http://www.monografias.com/trabajos72/las-amebas/las-amebas2.shtml

http://www.m-x.com.mx/2014-03-28/un-estudio-sobre-el-genoma-permitira-saber-donde-y-cuando-se-generan-las-celulas-cancerigenas/

http://homepage3.nifty.com/nodeco-diver/gallery-okinawabenihaze.html

http://www.timesofmalta.com/articles/view/20110925/environment/Some-squids-do-it-in-the-dark-male-on-male.386196

http://prehistoricanimal.blogspot.kr/2010_10_01_archive.html

http://www.biol.unt.edu/~burggren/research.html

http://www.ecologia.unam.mx/laboratorios/labconductart/proyectos.htm

http://scienceblogs.com/corpuscallosum/2007/08/07/bizarre-sex-organs/

http://cnx.org/content/m34756/latest/

http://www.lestoutespremieresfois.com/3-la-vie-moderne/les-tout-premiers-mammiferes

http://www.dlwaldron.com/bonobos.html

http://www.polyvore.com/10_most_endangered_rainforest_animals/thing?id=63632781

http://www.northrup.org/photos/chimp/3/

http://www.adinnerguest.com/60-minutes/do-we-need-promiscuous-
females-to-survive/

http://asanempokasghanaway.wordpress.com/2013/10/02/polygamy-in-the-
family/

http://wweapons.blogspot.kr/2010/10/celtic-warriors.html

http://chrispridham.wordpress.com/tag/disciples-of-jesus/

http://www.pinterest.com/pin/155514993355732868/

http://www.whenindoubt.dk/?start=170

http://www.wallpaperstop.com/wallpapers/animal-wallpapers/bird-
wallpapers/bird-hunting-for-fish-1440x900-13140351.html

http://miss-india-world-universe.blogspot.kr/2010/09/miss-universe-photo-
2001-to-2010.html

http://whyfiles.org/2011/animal-love/

http://www.moneybagsfull.com/2010/04/women-that-love-rich-men-and-
their.html

http://www.raspberryheels.com/blog/?p=2369

http://www.ebay.com/itm/Chromolithographed-PC-Cat-Serenade-at-
Window-Crescent-Moon-by-Helena-Maguire-/261280759540

http://www.allaboutgemstones.com/jewelry_history_primitive_ethnic_tribal.
html

http://wildencounters.net/gallery2/v/animal_be/mammals/0187+-+Outside+pri
de+Male+Lion+killing+cub_+Masai+Mara_+Kenya+.jpg.html

http://www.islamophobiatoday.com/2010/10/12/french-students-protest-
burqa-ban-with-high-heels-mini-shorts/

http://beyondjane.com/women/virginity-even-today-raises-a-number-of-
emotions/

http://personalitycafe.com/intp-forum-thinkers/168591-fake-intps.html

http://acelebrationofwomen.org/2012/04/woman-of-action-cleopatra/

http://coreybruns.com/2013/11/20/a-protestant-attends-catholic-adoration-
and-the-transcendental-beauty-of-the-catholic-liturgy/

http://sanda-halcyondays.blogspot.kr/2013/03/hungary-water-first-moderneuropean.html

http://www.lilithgallery.com/articles/2005/corsetlarge009.jpg

http://www.fotosearch.com/UNW557/u12411387/

http://www.abovetopsecret.com/forum/thread776815/pg2

http://www.pinterest.com/pin/441704675923825029/

http://quizlet.com/12395127/bio-132-body-muscles-flash-cards/

http://weknowmemes.com/2012/05/plastic-surgery-you-cant-hide-it-forever/

http://forthepubliceye.wordpress.com/tag/mammals-2/

http://www.pinterest.com/pin/323766660683404636/

http://www.ascd.org/publications/books/101269/chapters/A-Walk-Through-
the-Brain.aspx

http://www.dailymail.co.uk/news/article-2130038/Loyal-dog-braves-traffic-
stay-fatally-struck-pal.html

http://www.artandarchitecture.org.uk/images/gallery/32db0380.html

http://www.ehow.com/how_4603825_intimate-moments-spouse.html

http://tavernadolol.blogspot.kr/2013/10/trivia-campeao-de-hoje-kogmaw-
boca-do.html

http://inforgather.tistory.com/348

http://bocaberta.org/2011/02/vida-sexual-cruel.html